Foto: © Jerry Bauer

Robert S. Elegant, geboren in New York, war Auslandskorrespondent in Hongkong, Singapur, Neu-Delhi und Tokio. Er lebt heute in England.

In der Reihe rororo-Taschenbücher erschienen ferner seine Romane «Die Dynastie» (rororo Nr. 5000), «Mandschu» (rororo Nr. 5484), «Mandarin» (rororo Nr. 5760), und «Sturm über Shanghai» (rororo Nr. 13152).

Robert S. Elegant

Die Krieger von Kamardol

Roman

Deutsch von Karl A. Klewer

rororo

Rowohlt

Die Originalausgabe erschien bei
Funk & Wagnalls, New York, unter dem Titel
«The Seeking»

Umschlaggestaltung Susanne Heeder

Deutsche Erstausgabe
Veröffentlicht im Rowohlt Taschenbuch Verlag GmbH,
Reinbek bei Hamburg, Juni 1993

Satz Sabon (Linotronic 500)
Gesamtherstellung Clausen & Bosse, Leck
Printed in Germany
1690-ISBN 3 499 13282 6

Für L. E.
(1898–1965)

Vorbemerkung

Dort, wo baufällige Holz- und Steinhäuser aus dem Mittelalter einander mühsam stützen, strebt die weiße Kuppel des Stupa von Bodinath aus dem Gewirr der Straßen zum Himmel empor. Pilger, die verwirrt und unsicher ihren Weg suchen, verlieren auf dem schlammbedeckten Kopfsteinpflaster der stets in gedämpftem Zwielicht liegenden engen Gassen ihr Ziel vollständig aus den Augen: den hoch aufragenden Schrein, der einige Haare vom Haupt des vor rund zweieinhalbtausend Jahren ins Nirwana eingegangenen Gautama Buddha birgt. Obwohl sich der Tantrismus, dem die Pilger anhängen, auf den unaufhörlichen Widerstreit zwischen Licht und Finsternis gründet, schwindet im übelriechenden Dämmer etwas von der Inbrunst des Glaubens, der ihnen auf dem beschwerlichen Weg südwärts nach Katmandu, dem Mittelpunkt des heiligen Landes Nepal, Ausdauer verliehen hat. Doch gewinnt er neue Kraft, kaum daß sie aus dem künstlichen Dämmer heraustreten und die in der Sonne leuchtende Kuppel von Bodinath wiederum vor Augen haben.

Zwar war ich kein Pilger und hatte in einer altgedienten Dakota der indischen Luftfahrtgesellschaft verhältnismäßig komfortabel den Weg von Süden her über das Gebirge zurückgelegt, doch fühlte auch ich mich von Ehrfurcht angerührt, als ich an einem Frühlingsmorgen des Jahres 1956 die Kuppel über dem Bodinath-Schrein zum erstenmal aus der Nähe sah. Reglos starrten die aufgemalten großen Augen des gewaltigen Obelisken ins grelle Sonnenlicht, das die schneebedeckten Flanken des Himalaja zurückwarfen. Es brach sich in den Halbedelsteinen, mit denen die in kurzen Abständen auf der Mauer angebrachten Gebetsräder aus Gold und Elfenbein besetzt waren, so daß ein rot, gelb und blau irisierender Farbvorhang über der niedrigen Umfassungsmauer des Stupa zu leuchten schien. Pilger, die den Schrein umschritten, versetzten mit ihren Handflächen die Räder in Umdrehung, um auf den Lichtstrahlen ihre mechanischen Gebete zum Himmel emporzuschicken – etwa so wie ein kleiner Junge mit einem Stock an einem metallenen Gitterzaun entlangrattert, um das Geräusch zu erzeugen, das seine Seele erhebt. Einige verzückte Minuten lang gewann das buddhistische Ideal der Erleuchtung in Form aufblitzender heller Farben sichtbare Wirklichkeit.

Als ich mich durch einen schmalen, niedrigen Eingang in den raucherfüllten Dämmer der unmittelbar außerhalb des großen Lichtkreises gelegenen Pilgerherberge zwängte, kehrte ich in die Wirklichkeit zurück, die mich dort hingeführt hatte. Einen Augenblick lang stand ich in der Finsternis, ohne etwas zu sehen. Mir drehte sich der Magen um von dem Gestank, der mich umgab. Es roch nach jahrelang nicht gewaschenen Leibern, nach den Gewändern aus halbgegerbtem Schaffell, die ranzige Butter und menschlicher Schweiß getränkt hatten, seit sie zum erstenmal angelegt worden waren. Der Geruch von Tibetern ist einmalig und unverkennbar. Hier war der Ort, an dem ich mit einigen von ihnen zusammentreffen sollte, die sich der chinesischen Beherrschung ihrer Heimat durch die Flucht entzogen hatten. Gegen eine geringe Gebühr hatte der Mönch, der dem Schrein vorstand, diese Begegnung in die Wege geleitet. Die Bewohner Nepals nannten ihn den Chini Lama, was so viel wie ‹chinesischer Mönch› bedeutet; doch wegen seiner geschäftsmäßigen, schnell zupackenden Art und der Reißverschlüsse an den Taschen seiner traditionellen purpurroten Gewänder bezeichnete ich ihn insgeheim als amerikanischen Lama. Nachdem sich meine Augen allmählich an das gedämpfte Licht gewöhnt hatten, erkannte ich fünf Tibeter, die um ein kleines Feuer hockten und Lammfleischstücke brieten. Einer von ihnen sprach gebrochen chinesisch – wohl der mir vom Chini Lama versprochene Dolmetscher. Trotz meiner Kopfschmerzen, die auf den Gestank und die großen Portionen Zhang zurückgingen – Bier, beinahe so stark wie Schnaps –, die ich der Runde spendierte, dauerte unser Gespräch an jenem Tag mehrere Stunden. Der Herbergswirt war ein vierschrötiger Tibeter mit tückischem Gesichtsausdruck, so verrußt und verraucht wie einer der Teufel aus seinem finsteren Pantheon. Viel erfuhr ich über die Vorgehensweise der chinesischen ‹Befreier› in Tibet und über den erbitterten – wenn auch vergeblichen – Widerstand, den die Bewohner des Landes leisteten. Angeführt wurden sie unter anderem von einer buddhistisch geprägten Kirche, die ihren Ursprung in einer Bewegung gesellschaftlichen Protests und politischer Reform hatte und im Lauf der Jahrhunderte zur unumschränkten Gebieterin in einer erstarrten gesellschaftlichen Ordnung geworden war, deren ritualisierte Ungerechtigkeit milde wirkte, wenn man sie mit den gewalttätigen Veränderungen verglich, welche die Chinesen dem Volk aufgezwungen hatten. Alles, was ich an jenem Tag erfuhr, ist mittlerweile allgemein bekannt. Bedenkt man, mit welcher Wildheit Tibeter und Chinesen später aufeinanderprallten, muten uns diese frühen Kämpfe heute unbedeutend an.

Gerade als ich gehen wollte, entnahm der Dolmetscher dem prall gewölbten Oberteil seines Schaffell-Umhangs ein kleines Bündel.

«Was ist Euch das wert?» fragte er.

Ich schob die mir angebotenen Papiere hin und her und erkannte einige tibetisch beschriebene Blätter.

«Flugblätter der Widerstandsbewegung», erläuterte er.

Ein zerfetztes Büchlein, erfuhr ich später, enthielt eine neuzeitliche Fassung einer der *Sutren*; außerdem erkannte ich eine Ausgabe der auf chinesisch erscheinenden Tageszeitung *Blatt der tibetischen Befreiung* sowie einige Behördenerlasse in chinesischer Sprache. Für das Ganze gab ich ihm Nepal-Rupien im Gegenwert von zehn Dollar. Ein chinesisches Büchlein mit dem Titel *Gudai Gushi* (Geschichten aus der alten Zeit), das ich als Dreingabe bekam, schien mir keiner besonderen Beachtung würdig. Die Herkunft seines Schatzes wollte der Tibeter offenbar nicht preisgeben – möglicherweise aber war diese Vermutung auch nur unseren mangelhaften Verständigungsmöglichkeiten oder der Wirkung des Zhang zuzuschreiben. Nachdem ich schließlich den Eindruck gewonnen hatte, das Material stamme aus einem von den Chinesen verwüsteten Lamakloster, drang ich nicht weiter in ihn.

Mit den neueren Papieren konnte ich sogleich etwas anfangen; die anderen legte ich beiseite. Als ich im Herbst 1957 von Neu-Delhi nach Hongkong umzog und meine Unterlagen ordnete, merkte ich, daß mir das Büchlein mit den *Geschichten aus der alten Zeit* völlig aus dem Gedächtnis geschwunden war. Ich stellte es zu den anderen auf meinem Schreibtisch, die ich schon immer hatte lesen wollen, kam aber erst Mitte des Jahres 1958 dazu, mich in Ruhe damit zu beschäftigen.

Was ich dem Aussehen nach für ein Druckwerk gehalten hatte, erwies sich als Handschrift mit so peinlich exakt gepinselten chinesischen Ideogrammen, daß sie wie gedruckt aussahen. Sie beschrieb nicht etwa sattsam Bekanntes aus der Mythologie oder der alten Geschichte Chinas, sondern eine Begebenheit, die ich mir anfänglich nur mühsam aus dem stark verkürzten klassischen Chinesisch zusammenreimen konnte.

Das auf bemerkenswert dünnes und festes Papier geschriebene Manuskript, das von fremdsprachigen Eigennamen und Begriffen in chinesischer Umschrift förmlich strotzte, war bedeutend umfangreicher, als ich ursprünglich angenommen hatte. Es dauerte eine ganze Weile, bis ich den Sinn erfaßt hatte, zumal mehrere Blätter zerrissen oder unleserlich waren. Auch wenn man das trockene Klima und die geradezu rituelle Fürsorge in Rechnung stellt, welche Tibeter allen Werken der Literatur entgegenbringen, mußte man es als Wunder bezeichnen, daß die Handschrift überhaupt erhalten geblieben war.

Nachdem ich in Hongkong Hilfe beim Entziffern gefunden hatte, war ich schließlich imstande, den Bericht vollständig zu lesen. Es ist denkbar, daß eine gründliche Untersuchung durch Fachleute noch mehr vom Sinn des Mitgeteilten enthüllt hätte. Bedauerlicherweise aber fiel die Handschrift, von der bereits festgestellt worden war, daß sie aus der Zeit um das Jahr 1500 stammte, gegen Ende 1959 einem Brand in meiner Wohnung zum Opfer, und so liegen nunmehr lediglich meine umfangreichen und detaillierten Notizen vor. Offensichtlich handelte es sich um die Abschrift eines älteren Manuskripts, seinerseits die Übertragung eines Berichts ins Chinesische, der allem Anschein nach ursprünglich in einem mit einzelnen griechischen Wörtern durchsetzten Gemisch aus Sanskrit und einer uigurischen Sprache abgefaßt worden war. Ich nahm an, daß die erste Fassung im Auftrag eines chinesischen Würdenträgers, der sich besonders mit Zentralasien beschäftigte, als Übersetzung einer weit älteren Handschrift entstanden war. Möglicherweise stammte sie aus der Zeit der hochstehenden Tang-Dynastie, die China von 618 bis 907 beherrschte und die Grenzen des Reiches beträchtlich ausweitete.

Hinweise auf islamische und andere Einflüsse, die zur Zeit der in jener Handschrift beschriebenen Ereignisse noch gar nicht existiert haben konnten, legten den Schluß nahe, daß die Handschrift, die mir vorgelegen hatte, später entstanden war. Dennoch habe ich mich so eng wie möglich an ihren Wortlaut gehalten – besser gesagt, an meine Notizen – und lediglich die krassesten Anachronismen getilgt. Eigennamen habe ich nach bestem Vermögen wiedergegeben und mich dabei an die üblichen Transliterationen gehalten. Da ich weder Spezialist für Mittelasien noch für die Epoche bin, um die es geht, sind zweifellos nicht alle Fehler beseitigt worden. Doch man weiß nicht viel über jenes Gebiet zur Zeit, da die beschriebenen Ereignisse stattfanden, und so halte ich es für besser, den Geist des Originals wiederzugeben, als eine ohnehin nicht erreichbare vollständige historische Genauigkeit anzustreben. Die Handschrift berichtete über einen Zug durch das Innere Mittelasiens, der – sofern meine Datierung zutrifft – um das Jahr 100 v. Chr. unternommen worden sein dürfte. Voll Selbstbewußtsein und unter dem Einfluß von Intrigen im Lande bemühte sich das nordwestlich des heutigen Kaschmir gelegene kleine Reich Kamardol darum, den Zug des Heiligen Hengstes wiederzubeleben, den ich in diesem Buch ‹die *Expedition*› nenne. Jenes zur Zeit, da der Bericht entstand, bereits nahezu in Vergessenheit geratene Unternehmen war ein Überbleibsel aus wedischer Zeit, der Epoche, da die arischen Völker nach Indien gekommen waren. Auch wenn alle Dokumente darüber, mit Ausnahme der Handschrift, die mir vorlag, verlorengegangen sind, darf man annehmen, daß es sich bei Kamardol um ein Arier-Reich mit starken griechischen und zentralasiatischen Einflüssen in Blut und Kultur handelte. Die Krieger, die dem Heiligen Hengst folgten, waren Kinder verschiedener Völker, die sich vermischt hatten. Da während jener Epoche mächtige historische Kräfte in Mittelasien aufeinanderprallten, begegnete die Expedition Vertretern mehrerer bedeutender Kulturen, die sich eine wie die andere in einem Übergangsstadium befanden – entweder in ihrer Blütezeit oder in der Phase ihres Niedergangs.

Es ist vorstellbar, daß den Leser widersprüchliche Aussagen in jenem Bericht ebenso verwundern wie mich. Neben einer erstaunlichen Naivität, mit der man aber wohl rechnen muß, findet sich ein so atemberaubender Zynismus, daß es dem Menschen unserer Zeit die Sprache verschlägt. Vor allem verblüffen Umfang und Genauigkeit des psychologischen, geographischen und medizinischen Wissens. Gerade das ließ mich anfangs befürchten, der Bericht sei bei der Weitergabe stark umgeformt worden. Doch wurde mir versichert, der Kenntnisstand sei auf diesen Gebieten in der arischen Kultur zu jener Zeit wirklich bemerkenswert hoch gewesen. Da ich zum einen neuzeitliche Begriffe verwende und zum anderen die europäischen Sprachen der Gegenwart geschmeidigere Ausdrucksmittel sind als das verderbte Sanskrit oder klassische Chinesisch der Handschrift, ließ sich eine gewisse Entstellung bei der Wiedergabe nicht vermeiden; so werden etwa einzelne Vorstellungen möglicherweise präziser ausgedrückt, als das ursprünglich der Fall war. Doch gibt es auch heute noch Menschen, die überzeugt sind, daß sie einem bedeutenden Auftrag folgen, hinter dem entweder ein göttliches Gebot oder eine unausweichliche Abfolge von Ereignissen steht. Ganz gleich, ob sie sich *Geißel Gottes* oder *Lokomotive der Geschichte* nennen, in solchen Fällen läßt sich schwer entscheiden, ob sie gänzlich im Recht oder gänzlich im Unrecht sind.

Müßig erscheint mir der Versuch, Parallelen zwischen dem letzten Auszug aus Kamardol und Begebenheiten unserer Zeit oder Unterschiede zwischen ihnen aufzuzeigen. Die Abenteuer der Krieger Kamardols, die danach trachteten, die Geltung ihres Reiches in der Welt zu mehren und die Gunst der Götter zu erringen, werfen lediglich ein flüchtiges Schlaglicht auf eine Epoche, die aus den Überlieferungen der Geschichte verschwunden ist. Ihre Suche nach dem Unbekannten, auch wenn es sich dabei um ein tollkühnes Abenteuer gehandelt haben mag, war eine der letzten Fanfaren, die den Frühling der Welt verkündeten. So abergläubisch, grausam und blutig dies Unternehmen war, haftet ihm die ungebändigte Kraft der Jugend an, welche die gesamte Menschheit durchlebte, bevor sie alt wurde.

ERSTES BUCH

1

Nachdem wir zwei Stunden über den Scheitelpunkt der Nacht hinaus geritten waren, überquerten wir im schwachen Schimmer des heraufkommenden Tages den ersten Bachlauf, der von den Gletschern herabkam. Die Strömung erfaßte die Fesseln des Hengstfohlens, und es kam auf den glatten Kieseln ins Rutschen, ganz das junge Tier, das noch nicht Herr seiner Gliedmaßen ist. Unaufgefordert nahmen es Harrap und mein Pony in die Mitte, als seien sie bereits auf die Expedition verpflichtet, und so erreichten wir zu dritt nebeneinander und hoch erhobenen Hauptes das Neue Reich Kamardol. Als Harrap etwas sagte, warf ich einen Blick zu ihm hinüber. Dunkel zeichnete sich der Umriß seines Gesichts vor dem schwachen Widerschein des Schnees ab. Ein Netz von Sternen überzog die Kuppel der Nacht und hing um den kalten Neumond in Falten herab, die den Himmel bedeckten.

«Könnten wir doch nur dem jungen Gottwesen ein Halfter anlegen», brummte Harrap. «Der Weg wäre leichter – und auch schneller zu bewältigen.»

«In dem Fall wäre unsere Expedition unter Umständen zu Ende, bevor sie richtig begonnen hat.» Ich hob die Stimme, damit meine Worte über dem Knirschen zu hören waren, mit dem die Hufe der ermüdeten Pferde in den verharschten Schnee eindrangen. Dabei bedachte ich nicht, daß auch der Priester sie hören konnte, der gerade von hinten zu uns aufschloß. Dabei keuchte er wie ein schwerbeladener Lastenträger, der sich auf dem regenarmen Höhepunkt des Sommers durch die Menschenmengen im Basar drängt.

Harrap verstummte und wand sich den Zügel aus rohem Leder um die breite Faust. Mir war klar, daß der Priester seine Beschwerde verstanden hatte, und wenn er sie nur aus meiner lauten Antwort erschlossen hatte. Ich begann mir um Harrap Sorgen zu machen, denn sein Stolz war so unbändig, daß es ihm das Herz brechen würde, wenn man ihn in seiner Stellung erniedrigte; aber auch um meiner selbst willen machte ich mir Sorgen. Selbstverständlich lag mir sein Wohl am Herzen, doch meines noch mehr – seines aber dann am meisten, wenn er geschlagen war. Ich fürchtete, daß ich womöglich eines Tages danach trachten könnte, ihn zu besiegen, nur um ihm dann Beistand leisten zu können.

Der Priester wandte sich mit keinem Wort an uns, als er uns dort einholte, wo wir dem wortlos erteilten Befehl folgend angehalten hatten. Von jener Stelle aus wollten wir den letzten Abstieg gemeinsam in Angriff nehmen. Stumm im Sattel sitzend, spähte er ins Tal hinab, als sei er imstande, Nacht und Wolken zu durchdringen, die über der Königsstadt lagen.

«Jetzt ist nicht die rechte Zeit», hatte er mir bereits vor unserem Aufbruch gesagt, «den Willen der Götter erkunden zu wollen, um Ihnen besser zu dienen. Es ist lediglich die Zeit, uns vor Ihrem Willen so zu bewegen, wie Gewitterwolken vor dem Winde dahintreiben.»

Der Priester atmete stoßweise und keuchend, ein Zeichen seiner stillen Verzückung. Diesen gequälten Rhythmus unterbrach ein scharfes Entweichen der Luft immer dann, wenn der Schmerz seine Klauen in die Eingeweide schlug. Seit unserem Aufbruch aus Kamardol, von unserem Volk seit undenklichen Zeiten das Neue Reich genannt, hatten ihn die Götter ununterbrochen Ihren Willen spüren lassen. Wieder einmal überlegte ich, ob er den Versuch unternommen hatte, mit Hilfe von Kräutern Ihre Strafe der nicht endenwollenden Ruhr zu vereiteln, doch auch diesmal wagte ich ihn nicht zu fragen.

«Die Nacht endet hier früh, als wolle der Tag uns führen.» Die klangvollen prophetischen Worte des Priesters wirkten wie die Stimme der Nacht. Mit einer Bewegung seiner knochigen Hand umfaßte er den ganzen dämmernden Horizont. Seine Augen, von buschigen Brauen überlagert, durchdrangen die Dunkelheit wie Dunst. Er spähte ins Tal hinab und suchte nach Stellen, wo sich unter einer dünnen Schneedecke Moos finden mochte. Nach diesem grünen Versprechen der Sterne sehnte sich sein gequälter Leib, auch wenn ihn, wie ich bisweilen befürchtete, sein Wille in den Stand setzte, auf alle Zeiten weiterzureiten.

Jenseits des breiten Flusses, ein gewaltiger Trog, über dem Wolken hingen, liebkoste hundert Meilen weiter ostwärts das erste Licht den fernen Rand der Berge. Während wir der aufgehenden Sonne entgegentrabten, wurde aus dem blaß schimmernden schmalen Band, das die Gipfel bekrönte, eine breite, mit glänzendem Gold und funkelnden Rubinen besetzte purpurrote Schärpe. Die bevorstehende Morgendämmerung gab dem Priester Kraft, und er brach sein Schweigen. Freilich sprach er, wie nicht anders zu erwarten, von Königen, Reichen und Lehren statt von seinen gemarterten Eingeweiden.

«Nach großen Entbehrungen», wandte er sich an die kalten Hügel, wobei die stechenden Schmerzen den vollen Klang seiner Worte ebenso beeinträchtigten wie die überströmende Freude, «haben wir erneut Pragpatis Tal erreicht, von dem wir unseren Ausgang nehmen werden.»

Verblüfft wandte sich Harrap im Sattel um, zuckte dann ärgerlich die Schultern und wandte sich erneut ostwärts.

«Zweimal zehntausend Meilen sind wir über die eisweißen Zähne der Welt geritten, hinweg über Gletscher und durch Bergwälder, leicht wie von Seiner... von Ihrer Gunst getragene Federn. Von der Grausamkeit der Wilden sind wir ebenso verschont geblieben wie von der schleichenden Verderbnis der inmitten des Sandes errichteten gottlosen Städte. Vorangetrieben hat uns der Wille der in dieser pferdegleichen Kreatur fleischgewordenen Götter. Sie ist Ihr Gefäß, belebter Ausdruck Ihres Willens und selbst gleichermaßen ein Gottwesen – sie verkörpert alle Götter. In Deren Namen werden wir Großes vollbringen und viele erschlagen, und unsere gepanzerten Heerscharen werden wir einem Ruhm entgegenführen, der alles überstrahlt, was die Welt bisher gesehen hat. Wir sind in Pragpatis Tal zurückgekehrt, in dem unser Anfang liegt.»

Harraps Schultern zuckten vor Ärger. Doch so flüchtig war die Bewegung, daß selbst ich darin beinahe nichts gesehen hätte als ein unterdrücktes Erschauern. Es war kaum der rechte Zeitpunkt, noch einmal in großen militärischen Vorstößen Ruhm zu suchen, zumal wir weder den ersten Versuch unternommen noch die goldenen Schnüre empfangen hatten, die uns für den Auszug zur Suche weihten. Zwar war es wahrscheinlich, daß die Wahl auf uns fallen würde, doch keineswegs gewiß. Während ich so meinen Gedanken nachhing, ließ ich allen lange unterdrückten Befürchtungen freien Lauf. Jubeln würde ich erst, wenn ich aus Tamars Mund erfahren hatte, welche Intrige seit unserem Aufbruch ihren Weg durch Königspalast und Tempel machte. Auch durften wir keinesfalls damit rechnen, daß man uns eine Schar Panzerreiter mitgab, sondern uns günstigstenfalls Hoffnung auf eine Tausendschaft Bogenschützen mit wattierten Lederkollern machen – immer vorausgesetzt, das Glück war uns gewogen.

Nochmals hob der Priester den Arm vor dem leeren Morgengrauen, als wolle er ein Heer in stählernen Rüstungen herbeibeschwören. Doch kurz bevor er den Mund auftat, schien er es sich anders zu überlegen und gab die Prophetenpose auf, mit der er in meinem Harrap stets stillen Grimm erweckte.

«Wann werden wir da sein?» fragte er, ein alter Mann, der sich nach Ruhe sehnte. «Was liegt vor uns?»

«Bis heller Tag ist, dauert es noch drei Stunden», gab Harrap zur Antwort. Es waren seine ersten Worte, seit ich ihm am Bachlauf den Verweis erteilt hatte. «Wenn ich mich richtig erinnere, dauert der Ritt von hier bis zur Furt nur noch zwei Stunden. Da können wir den Vormittag über lagern, damit die Tiere etwas Ruhe bekommen. Von dort bis zu den Türmen reitet man etwa drei Stunden... Immerhin haben wir die ganze Nacht im Sattel gesessen.»

«Nicht zur Furt», gebot der Priester. «Dort würde man uns sehen und es weiterberichten...»

«Aber wir könnten etwas von dem erfahren, was während unserer Abwesenheit vorgefallen ist», gab ich zu bedenken.

Mit finsterem Blick tadelte der Priester meinen Eifer sowie die Weltlichkeit, die trotz seiner beständigen Mahnungen noch nicht von mir gewichen war.

«Nicht zur Furt», wiederholte er. «Wir sollten unmittelbar unter der Schneegrenze Rast machen. Dorthin kommt niemand. Morgen dann können wir die Nacht hindurch reiten und beim Anbruch des folgenden Tages die Türme und die Stadt erreichen.»

«Und um so länger ohne Neuigkeiten von dort bleiben», wandte ich ein. «Auf diese Weise werden wir nicht erfahren, wie es um Stadt und König steht, und auch nicht wissen, ob unserer Reise Erfolg beschieden war.»

«Bei Wischnus Gebeinen», ließ sich Harrap vernehmen, womit er seinerseits den Priester verärgerte, «nicht nur ist es unvernünftig, die Tiere noch eine weitere Nacht von ihren Ställen fernzuhalten, sondern überflüssig grausam, uns die Currytöpfe, Weinkelche und eines anderen Menschen weiches Bett und noch weichere Arme vorzuenthalten.»

«Die Anweisung wird befolgt», beharrte der Priester, sonderbar sanftmütig. Er sah Harrap vorwurfsvoll an. «Für Euch wäre es am besten, wenn Ihr auf alle Zeiten warten müßtet. Auf jeden Fall dürfte es sich empfehlen, einen weiteren Tag zu warten, bevor Ihr den Forderungen Eures Fleisches nachgebt. Auch das meine ist so erschöpft, daß ich kaum reiten kann, dennoch befolge ich Seinen... Ihren Willen.»

«Mir hat man das Kommando über die Unternehmung gegeben», sagte Harrap, «und ich...»

Doch der Priester unterbrach ihn. An seinem flachen Atmen erkannte ich, daß der Schmerz wieder in ihm tobte. In einem Ton, der halb streitsüchtig und halb entschieden klang, sagte er: «Und ich habe den Auftrag, den Willen der Götter zu erfüllen. Der Hengst mag entscheiden.»

Ich löste den Blick von den erzürnten Augen der beiden Männer. Mit leicht zuckendem Schweif weidete das Fohlen unterhalb der Schneegrenze, wo einige wenige Grashalme sprossen.

«Sein Wille ist der Wille der Götter», ließ sich der Priester vernehmen. «Morgen werden wir die Stadt erreichen und aus den Morgenwolken zu den Türmen reiten.»

2

Trotz der Begierde, die in seinen Worten gelegen hatte, schlief Harrap ein, lange bevor der Priester und ich Ruhe fanden oder die Pferde ihre Suche nach frischem Gras aufgaben. Sein flacher Atem seufzte wie der Wind in den Dünen der Wüste. Auf meinem aus Umhängen bestehenden Lager zupfte ich leise die Saiten meiner Laute; ihre Töne riefen mir die Klänge der Heimat ins Herz. Harrap und ich lagen nebeneinander, während sich der Priester, wie stets, ein Dutzend Schritte entfernt gelagert hatte. Noch im Schlaf legte er

Wert darauf, den Unterschied hervorzuheben, der zwischen ihm und dem Soldaten sowie dem Schreiber bestand. Immer wieder von gequälten Atemstößen unterbrochen, murmelte er eine Weda vor sich hin, zu leise, als daß ich die Worte verstehen konnte.

Als die Gebete des Priesters zu guter Letzt aufhörten, lag ich allein wach und sah zu, wie die Morgendämmerung über unserem Lager sichtbar wurde, das wir zwischen zwei großen Felsblöcken aufgeschlagen hatten. Im nebligen Dunst wirkten die drei Reitpferde und das Saumtier wie höckerförmige Bodenerhebungen. Unbehaglich umkreiste das Hengstfohlen seine vier teilnahmslosen Artgenossen, deren Vorderbeine gefesselt waren. Im Morgendämmer blitzten seine hellen Flanken und die eisweiße Mähne wie ein Kristall reinen Lichts.

Murrend hatte Harrap dem Hinauszögern der Ankunft zugestimmt und dann seinen üblichen Vorschlag gemacht, wohl eher aus Gewohnheit als aus Überzeugung und ohne die Hoffnung, damit durchzudringen: «Wir könnten doch auch die Vorderbeine des jungen Gottwesens fesseln und uns damit morgen die Suche nach Ihm sparen.»

Die Antwort des Priesters hatte ich vorausgesehen: «Wollt Ihr Euch erdreisten, dem Willen der Götter Fesseln anzulegen? Könnten tausend Fußfesseln, und bestünde jede von ihnen aus tausend geschmiedeten Gliedern, diesen Einen halten, wenn Ihn danach gelüstete, fortzugehen?»

«Noch sind wir nicht auf die Expedition vereidigt», knurrte Harrap. Allerdings hatten diese Worte durch ihre ständige Wiederholung jeden Sinn verloren. «Noch ist der Geist nicht in uns eingedrungen. Der Hengst ist erst ein Anwärter. Er kann ohne weiteres eine Fußfessel tragen und uns damit Wege ersparen.»

Dann war der übliche Höhepunkt unserer allnächtlichen Litanei gekommen. Der Priester entrüstete sich wie immer: «Aber man wird Ihn ausersehen, und ich vermag die Zeichen zu deuten, die Euer vom Gewicht des Helms verhärteter Schädel nicht begreifen kann. Obwohl ich die Körner der Wahrheit zwischen meinen Zähnen mahle und sie Euch in den Mund lege, wie eine Mutter ihrem Säugling den Weizen weichkaut, seid Ihr außerstande, die Wahrheit zu schmecken. Diese Expedition wird vollkommen sein. Nur ein Narr würde jetzt aus Trägheit die Vollkommenheit beflecken.»

«Er wird heute nacht in der Wildnis nicht davonlaufen, sondern bei Seinen Gefährten bleiben», hatte ich mich ins Mittel gelegt, der nichtssagenden Wortgefechte müde.

Während ich sprach, hörte ich, wie Harrap, erneut beschämt, das Gebet des Kriegers murmelte und zu schnarchen begann. Er, der so viel mehr zu gewinnen hatte als wir beiden Männer des Wortes, war nicht bereit, Sein eigenes Geschick zu entweihen. Dabei hatte der Priester, fiel mir ein, in der ersten Woche mit eigenen Händen dem Fohlen die Fußfessel angelegt, als wir in der Nähe der Ihm vertrauten Weidegründe vorüberkamen. Wieder einmal fragte ich mich, um welchen Einsatz der Priester spielen mochte. Schon häufig hatte ich mich in Gedanken mit diesem Rätsel beschäftigt, und diesmal schlief ich darüber ein, die Finger noch auf den Saiten meiner Laute.

Ich erwachte gegen Mittag. Der Priester stapfte bereits mit gebeugtem Rücken den Hang zum Bach empor, um sich zu waschen und zu beten. Kaum war er außer Hörweite, erklang erneut Harraps Klage. Obwohl er eingehüllt in seine Umhänge auf weichem Moos lag, ein wohliges Lächeln auf den Lippen, klang seine Stimme ergrimmt – vielleicht aber war er auch unsicher.

«Löse mir, Jakir, das Rätsel dieses verrückten Priesters», forderte er mich auf. «Nie habe ich einen Mann gesehen, der rascher ein Vorzeichen herbeizuzwingen verstand. Dennoch will er nicht zulassen, daß ich seinem jungen Gottwesen die Vorderbeine fessle. Seine Dickschädeligkeit hat uns Wochen gekostet, und unter Umständen haben wir damit unsere Zukunftsaussichten verspielt.»

«Viele Wochen – und zwanzig gute Männer», erinnerte ich ihn. Er nickte betrübt. «Ja, auch die Männer, auf die wir kaum verzichten konnten. Und warum? Nur wegen der Phantastereien eines überspannten Priesters, der anfangs das Fohlen eher in ein ganzes Netz von Seilen gebunden und es auf den Rücken geworfen hätte, statt zuzulassen, daß es zu seiner Herde zurückkehrte.»

«Noch ein wenig Geduld, Harrap», riet ich ihm, «wir werden ihn in der Stadt noch brauchen. Noch können wir die Bande nicht durchtrennen, die unsere Geschicke verknüpfen.»

«Möglich», räumte er ein, «aber worin liegt die Heiligkeit, die des wahren Opferweges spottet? Ein weißer Hengst, heißt es in den Brahmanas, werde in den Herden des Königs auf seinem eigenen Grund und Boden zur Welt kommen. Wir aber sind nach Fergana gezogen – und noch weiter –, um das Fohlen eines fremden Schlages zu suchen. Welchen Sinn hat das – und welchen Nutzen trägt uns das ein?»

«Ihr wißt, daß wir im Reich des alten Königs, der nichts liebt als seine eigene Bequemlichkeit, keines zu finden vermochten. Der Priester hat uns versichert, daß unser Zug der bedeutendste von allen sein wird, da der Hengst in der Ferne gesucht und uns nicht einfach geschenkt wurde.»

«Ich kenne sein Versprechen», knurrte Harrap. «Aber ich sehe in dem Ganzen keinen Sinn. Eine Fußfessel ist so belanglos, daß sie die große Kette nicht zu belasten vermag. Das Schicksal kann durch die Hände der Menschen wirken. Aber ein fremdes Pferd ist etwas Bedeutendes.»

«Ich vermag das Rätsel nicht zu lösen – noch nicht», gab ich mit leiser Stimme zur Antwort, denn die gebeugte Gestalt des Priesters kam wie ein gekrümmter schwarzer Hirtenstab über den weißen Schnee auf uns zugewankt.

An jenem Nachmittag sprachen wir wenig. Der Priester lag hundert Schritt von uns, den Blick zu den lila und weiß leuchtenden Gipfeln gehoben, über die wir gekommen waren, als wolle er die Zukunft aus der Vergangenheit herauslesen. Mit seiner stummen Gegenwart band er trotz der Entfernung Harraps Zunge in einer Weise, wie das seine sauertöpfischen Vorhaltungen nicht vermocht hatten. Meinen Freund – diesen Prinzen dritten Ranges, den ein Schreiber Freund nennen durfte – beherrschte die Furcht vor dem, was wir in der Stadt vorfinden mochten. Ich für mein Teil war mit der Verzögerung einverstanden, bedeutete sie doch eine Atempause zwischen zwei Etappen außergewöhnlichen Tuns. Wenn wir erst in der Königsstadt waren, würde ich vermutlich am lautesten nach Neuigkeiten schreien. Doch die erzwungene Ruhepause gab meinem Geist und Körper Gelegenheit, sich zu entspannen.

Den ganzen Nachmittag und Abend lag ich unter meinen Umhängen, zupfte meine Laute und sang leise die Liebeslieder der Königsstadt, die fast in Sichtweite lag. Zwar hatte die Sonne mit ihrem Ansturm aus dem Osten die Nebelgeister von den Hängen vertrieben, doch noch bildete Wolkendunst ein Dach über dem tief eingeschnittenen Tal. Soweit wir zu sehen vermochten, lagen wir nach wie vor in der Wildnis, gleichermaßen fern von den Sorgen wie von den Annehmlichkeiten, die in den Städten der Menschen heimisch sind. Eine Weile gaukelten mir meine trüben Gedanken ein Bild vor, auf dem das Fohlen, der Priester und ich auf alle Zeiten über die hohen frostbedeckten Berge und durch die endlosen hitzeflirrenden Tage der weiten Wüsten zogen. Eigenartigerweise kam Harrap in dieser Vision nicht vor.

Als die Schatten des Nachmittags Seen der Schwärze zwischen den Bergzinnen zu bilden begannen, wurde mir klar, daß Harrap recht hatte: der Priester war in der Tat verrückt. In meinen Augen war die Expedition schon vor ihrem Beginn durch die Mißachtung des deutlich erkennbaren Willens der Brahmanas, der Schriften, die Anweisungen zur Ausführung des wedischen Opfers geben, zum Scheitern verurteilt. Gerade entsagte ich Tamar und der Königsstadt, indem ich mit einer Hand über die Laute fuhr und ihr planlos eine trübsinnige Melodie entlockte, als der Abendwind die Wolken zerriß und wir zwei Herzschläge lang über die Weizenfelder hin die wuchtigen roten Sandsteintürme aufragen sahen. Hinter ihnen banden Ketten aus Gold den irisierenden Schimmer der Königsstadt. In dem Augenblick durchflutete mich die Gewißheit, daß unserem Zug der Erfolg nicht versagt bleiben würde.

Dennoch empfand ich ein sonderbares Zögern, mich aus meinen Umhängen zu wickeln und mein Pferd zu besteigen, als die Sonne nach Westen strebte, den wilden Landstrichen zu, in denen wir das Hengstfohlen gefunden hatten. Am liebsten hätte ich es Harrap verwehrt, aufzusitzen, sofern mir das möglich gewesen wäre. Ich hätte nichts dagegen gehabt, weiterhin wochenlang unbesiedeltes Ödland zu durchreiten, mein einziges Kümmernis die Zänkereien zwischen Harrap und dem Priester.

Noch lagen die blitzenden Zacken der Sterne in ihren Hüllen, und die Nacht war schwarz, während wir uns hangabwärts den Weg suchten, den wir dort, wo die Krüppelkiefern begannen, fast verloren hätten. Doch Harraps bemerkenswerter Orientierungssinn schärfte sich um so mehr, je wärmer die Luft wurde. Wie von ihm vorausgesagt, erreichten wir nach Ablauf von zwei Stunden den Fluß.

Scharf senkte sich der Weg der breiten und seichten Furt entgegen. Der behäbige Sommerteich, den wir Monate zuvor hinter uns gelassen hatten, war verschwunden. Gefleckte und braune Forellen sprangen zwischen den Felsen aus dem kalten weißen Wasser, das von den Gebirgsbächen herabgeschossen kam und wie Hagelkörner in die Haut biß, als es unter den Hufen unserer Tiere aufspritzte. Obwohl wir unsere Beine um den Sattelknauf legten, drangen tausend eisige Klauen durch den Filz, mit dem wir sie zum Schutz gegen die Winde der Hochebenen umwickelt hatten. Das Fohlen blieb zurück; vielleicht begann es sein künftiges Geschick zu ahnen. Harrap und ich umritten es in großen Kreisen und drängten es mit Rufen weiter, ohne es jedoch zu berühren. Der Priester schwieg.

Mit einem Mal merkte ich, daß ich summte, dann begann ich mit voller Stimme zu singen. Harrap stimmte in das trotzige Lied ‹Heimkehr der Krieger› mit ein:

Heimkehr der Krieger

Zwischen die Feinde des Königs und diese schimmernde
Hauptstadt
Legten wir einen Vorhang aus Furcht.
Die magische Kraft seines Ringes trugen wir
Zu den Himmelshöhlen, in denen die Jahre
Schlafend liegen, bis die Erde, ihr Stauwehr,
Ein jedes weckt – zu herrschen und zu sterben.

Wir jagten dem großgehörnten Widder Angst ein,
Der vom Himmel auf seinen Berggipfel herabgestürmt kam,
Zehntausend mal zehntausend Meilen entfernt.
Noch immer hallt in den blau geäderten Gletschern
Das herrliche Waffengeklirr des Gefechts, bei dem das rote Blut
strömte,
Das die wilden Stämme unseres Herrschers Willen unterwarf.

Hört, ihr Mädchen von Kamardol,
Die Krieger kehren heim von der Schlacht.
Vernehmt es, ihr Frauen der trägen Städter,
Die Krieger kehren heim von der Schlacht.
Mit sich führen sie das Leben von zehntausend Feinden,
Das sie euch zwischen die weichen Schenkel legen,
Um weitere Krieger zu zeugen.
Die Krieger kehren heim von der Schlacht!

Unser letzter munterer Ton stieß gegen die stummen Sterne, und der Priester hinter uns beschwerte sich. «Genug, ihr jungen Dummköpfe. Wollt ihr den Fährmann wecken?»

Begierig auf einen Gruß in der Muttersprache, und sei es der eines Leibeigenen, hätten wir das tatsächlich getan, doch als wir die Böschung am jenseitigen Ufer emporritten, gähnte uns schwarz die Öffnung der Höhle an, in welcher der Fährmann hauste. Die Strohmatte, die als Tür diente, lag auf der taubedeckten Erde, und im Inneren glomm kein Feuer.

Harrap lachte. «Macht nichts – der Kerl hat sich heute nacht von seinem Posten geschlichen. Bald werden wir auf die Wächter der Furt stoßen, dann ist es mit der Heimlichtuerei vorbei.»

«Aber hütet eure Zunge», wies uns der Priester an.

«Schon gut, Alter, wir sagen, was wir verabredet haben», gab Harrap zur Antwort, einen Augenblick ernsthaft.

Wir folgten dem Pfad eine halbe Stunde lang, voll Sehnsucht, menschliche Laute zu vernehmen. Doch stumm umschloß uns die Nacht auch noch, als wir den mit unregelmäßig behauenen rötlichen Steinen belegten Knüppeldamm erreichten. Zwar hieß er Tschandra-Weg, nach dem Gründer der Dynastie, doch die Kinder nannten ihn Alexanders Heerweg, weil auf ihm der große Eroberer einst wie ein fliegender Pfeil zum Indus vorgedrungen war.

Unwillkürlich tastete meine Hand nach dem Lederbeutel am Gürtel. Ich mußte daran denken, wie mir früher meine Kinderfrau gedroht hatte, wenn ich meine Milch nicht trank, Alexander – meine Ayah nannte ihn Iskandar – werde diese Straße entlang galoppiert kommen, im Laufschritt von seinen blonden Fußsoldaten gefolgt, und mich mit sich nehmen. Stets hatte ich den Wunsch verspürt, den Becher von mir zu schleudern, um ihn damit herbeizubeschwören, es aber nie gewagt. Blind durchsuchten meine Finger den Beutel und schlossen sich um das ungleichmäßig geformte Stück Münzsilber. Sie fuhren dem Umriß nach, den das helmlose Haupt des Eroberers bildete, das Gesicht zum Himmel gewandt, wobei sich die Säule des Halses aus seiner Rüstung reckte. Gefunden hatte ich die Münze, als mein Vater mich mit zehn Jahren bei einer Erkundung mit auf den Hügel genommen hatte, von wo aus der Blick über das ganze Dorf schweifte und der von alters her Alexanders Ruheplatz hieß. Es war mein erster Schatz – und ich hielt ihn nach wie vor am meisten von allen in Ehren.

Vor dem Hintergrund der Wolken, die im Licht des neuen Mondes weißgestreift erschienen, erhob sich erneut der Hügel vor meinen Augen, und zur Rechten lagen die Kuben der Häuser aus gebranntem Lehm und rötlichem Stein, die Alexanders Ruheplatz umstanden. Verwirrt schweigend sah mich Harrap an. Längst hätten uns die patrouillierenden Wächter der Furt anrufen müssen. Andererseits kam es natürlich immer wieder einmal vor, daß Soldaten auf Wache einschliefen. Als die Pferde, in Erinnerung an warme Ställe, in denen es reichlich Futter gab, lebhaft dem Geruch menschlicher Behausungen entgegenstrebten, schlugen wir alle Vorsicht in den Wind. Das Hengstfohlen blieb einen Augenblick zurück, eilte dann aber seinen Artgenossen mit flinken Hufen nach. Ich hörte Hundegebell und sah, wie sich vom Dorf her dürre schwarze Umrisse näherten. Kläffend gaben sie uns das Geleit.

Die leichte Brise trug den Geruch nach Pfeffer, Koriander, Senf und frischem Brot zu uns herüber. Wir gaben den heimwärts drängenden Pferden die Zügel frei, lag doch uns selbst noch mehr daran als den Tieren, den Ort zu erreichen. Wir wollten die Gesichter von Menschen unseres Volkes und die volltönenden Klänge unserer eigenen Sprache hören. Sogar der Priester vergaß seine Pein und folgte uns mit seiner Stute im Galopp. So erreichte unsere wild dahinfliegende tapfere Reiterabteilung mit im Winde flatternden Wimpeln die ersten Hütten. Nur die Hunde verkündeten unsere Ankunft.

Kein Laternenschein blitzte, kein verstrubbelter Kopf zeigte sich verschlafen in den schmalen Spalten der dicken Mauern. Ich meinte, eine gebeugte Alte um eine Ecke verschwinden zu sehen, doch war es ohne weiteres möglich, daß das Mondlicht meinen Augen einen Streich gespielt hatte. Still und leblos lag das Dorf im blassen Licht da, als hätten sich seine Bewohner mitten im Mahl erhoben, um vor einem Eindringling zu fliehen. Harrap schlug mit dem Schwert gegen den Sattelknauf, und ich stieg ab, um mit dem Schaft meiner Lanze die Tür eines Hauses aufzustoßen. Niemand befand sich im Inneren, doch die Asche des Herdfeuers war noch warm.

«Unseren demütigen Dank, o Ihr Mächtigen, für dies Zeichen der Gnade!» Laut hallten die geflüsterten Worte des Priesters in unser verständnisloses Schweigen.

«Eher eine Katastrophe», knurrte Harrap. «Wir wollen weiterreiten. Bis zu den Türmen ist es nicht mehr weit, und die sind *mit Sicherheit* bemannt.»

Die Hunde gaben uns das Geleit aus dem Dorf, und die dreistesten von ihnen schnappten nach den Beinen der Pferde, während die übrigen ihren Triumph bejubelten. Wütend spießte Harrap einen der räudigen Kläffer mit seiner Lanze auf, und rasch trollte sich die Meute der anderen bei dem Klagegeheul, das dieser anstimmte, als er zwischen die Hufe der Pferde geschleudert wurde. Erschauernd zog ich meinen Umhang um Schultern und Hals zusammen. Auch wenn sogar am Eingang des Tales die Nachtluft wärmer war als alles, was wir seit Monaten erlebt hatten, saß mir die Kälte der Berge noch in den Adern.

Strahlend leuchtete eine Spur größer als in der Nacht zuvor die Mondsichel aus dem Dunst und den Wolken, die mit der scheidenden Sonne weitergezogen waren. Das Licht der Sterne war hell und scharf. Wir ritten zwischen bernsteinfarbenen Feldern, deren Ähren mit ihren harten Grannen unsere Köpfe überragten und im Licht des falschen Tages wie Gemmen aussahen. Die breiten weißen Gesichter neugieriger Ochsen tauchten über den Hecken auf, und sanfte Augen sahen zu uns her. Obwohl wir in gleichmäßigem Trab ritten, erreichten wir immer rascher Dörfer und ließen sie immer rascher zurück, ungleichmäßige Perlen, die in immer kürzeren Abständen auf der Schnur von Alexanders Heerweg saßen. Jedes schickte uns seine eigene Wachmannschaft von Hunden entgegen, die uns kläffend weiterwies, doch hörten wir keine menschliche Stimme und sahen kein Herdfeuer.

Das Land, das uns mit einer Fülle von Getreide, Obst und Haustieren umgab, war völlig menschenleer. Jeder unregelmäßig geformte Pflasterstein und jedes von der Last der Jahre windschief gewordene Wohngebäude war in unser Leben verwoben. Dies schöne Tal von Kamardol war das Ziel, dem wir all die langen grausamen Monate hindurch entgegengestrebt hatten. Jetzt fanden wir es so leer, als hätten achtzehn Höllen ihre Teufel nach Kamardol geschickt, um Männer, Frauen und Kinder vor ihren Feuerlanzen zusammenzutreiben wie Ochsen auf dem Weg zum Schinder.

Der Priester stimmte ein hohl klingendes Gebet an, um die Gottheiten günstig zu stimmen. Mit breitem Lächeln und unbeirrbar guter Laune rief mir Harrap zu: «Wir sind fast an den Türmen. Die sind bestimmt bemannt.»

Die Pferde wurden langsamer, denn es ging eine steile Steigung empor. Dann standen die Türme vor uns. Jäh erhoben sie sich aus der hügeligen Landschaft, eine Palisade aus braunen Reißzähnen, die sich links und rechts bis zum Horizont erstreckte, um die köstlichen Wonnen der Königsstadt zu schützen. Der alte König Tschandra, der sie hatte errichten lassen, hatte sich das Gelände geschickt zunutze gemacht und die Türme so angeordnet, daß sie sich aus den Bodenwellen der freien Felder erhoben, um die heimkehrenden Söhne der Stadt zu beeindrucken und Feinde in Furcht und Schrecken zu versetzen. Die Straße hatte er in ein Netz schmaler Pfade auseinanderlaufen lassen, die sich so durch die Erhebungen zogen, daß alle Ankömmlinge unter den Augen der Turmwächter im Gänsemarsch näherkamen und schließlich vor dem altehrwürdigen Bauwerk eintrafen.

Vorsichtshalber stimmte ich ‹Die Heimkehr des Fahrenden› an, wobei ich kräftig in die Saiten meiner Laute griff. Selbst der Priester sang den Refrain des friedvollen Liedes mit, das sich so sehr von der ‹Heimkehr der Krieger› unterschied:

Voll Sehnsucht nähern wir uns der Heimat.
Aus der Ferne kommen wir
Mit Liebe im frohen Herzen
Und Tribut in unseren ergebenen Händen.

Hundert Fuß über uns knarrten Scharniere hinter den Schießscharten der Turmbekrönung. Blasses Licht fiel durch die freigegebene Öffnung, legte sich um die schwarze Masse eines gewölbten Helms und leuchtete mit unwirklichem grünem Schimmer durch den Federbusch darüber.

«Haltet an, Fremdlinge!» rief die rauhe Stimme eines Panzerreiters. Ich spürte ein Prickeln an den Augenlidern, als ich endlich die Zunge Kamardols vernahm, auch wenn der Krieger in der gedehnten Art der Landbewohner sprach.

Wir warteten, bis die Wache das große doppelflügelige Tor am Fuße des Turms verließ. Acht Panzerreiter kamen auf uns zu. Ihre vorsichtshalber gezückten Schwerter blitzten im Schein von Fakkeln. Ihr Anführer trug die weiße Schärpe eines Leutnants.

Mit unterdrücktem Lachen flüsterte Harrap: «Ich habe es ja gleich gesagt, daß die Türme bemannt sein würden. Alles wird wie am Schnürchen nach Weisung ablaufen: ‹Ankömmlinge, so klein ihre Gruppe auch sein mag, sind nie ungefährlich. Bei jedem Ausritt führt ein Offizier das Kommando, der mindestens im Rang eines Leutnants sein muß, und er stellt die Frage…»

Die Stimme des Wachhabenden, jung, aber befehlsgewohnt, stellte weisungsgemäß die Frage: «Wer stört Kamardols nächtlichen Frieden?»

Gedehnt antwortete mein Freund: «Harrap, ein Prinz Kamardols, in Begleitung eines Schreibers und eines Priesters.»

«Und was ist mit dem weißen Fohlen?»

«Wir haben es aus Fergana geholt, wo man die schnellsten Pferde der Welt züchtet», gab Harrap die von uns abgesprochene Antwort. «Es ist für meinen Rennstall bestimmt.»

«Kommt näher, Prinz Harrap, aber langsam.»

Die Pferde gingen im Schritt weiter, bis wir der Wache nahezu Brustpanzer an Brustpanzer gegenüberstanden.

«Ihr sprecht unsere Sprache», sagte der Wachhabende, der sogar für seinen niedrigen Rang ziemlich jung war, «aber ich kenne Euch nicht. Ihr sagt, daß Ihr Harrap seid, ein Prinz des Reiches?»

«Das habe ich gesagt, und der bin ich», gab Harrap zur Antwort. In seiner Stimme lag Erstaunen, weil er den Wachhabenden nicht kannte – und gekränkter Stolz, weil er jenem nicht bekannt war.

Der Wachhabende legte sein Schwert quer über den Sattel, und die Panzerreiter nahmen in zwei Halbkreisen um uns herum Aufstellung.

«Was für eine Begrüßung ist das?» wollte Harrap wissen.

«Ich befolge meine Befehle», beschied ihn der Wachhabende, gänzlich ungerührt von den Worten meines Harrap, Prinz von Geblüt und Stolz der Streitkräfte. «Kein Prinz reitet nachts ohne Bedeckung. Euch müßte bekannt sein, daß das in Kamardol der Brauch ist. Und in dieser Nacht reitet kein Fremdling uneskortiert zur Stadt.»

«Was hat es mit dieser Nacht auf sich?» wollte Harrap wissen. «Warum liegen die Dörfer verlassen, und warum sind die Wächter der Furt nicht auf ihrem Posten?»

«Wie lange wart Ihr fort?» wollte der Wachhabende wissen.

«Drei Monate oder länger», antwortete Harrap zornig. «Aber beantwortet meine Frage, Mann!»

«Wäret Ihr nicht so lange fort gewesen, wüßtet Ihr, daß heute kein Prinz umherreitet, aus Furcht vor dem Schaden, den er anrichten könnte. Man hat alle Dorfbewohner in die Stadt befohlen und die Wächter der Furt aufgeboten, in den Straßen voller Menschen für Ruhe und Ordnung zu sorgen. Heute nacht durchschreitet der Großkönig das Tor zum Nirwana.»

Normalerweise hätte es mich erstaunt, einen erklärten Buddhisten als wachhabenden Offizier zu sehen, doch beeindruckte mich die Bedeutung seiner Worte so sehr, daß mir das nicht weiter auffiel.

Freudig schlug mein Herz, und das Blut strömte mir so rasch und herrscherlich durch die Adern wie die Gebirgsbäche, die wir überquert hatten. Der Priester murmelte ein Dankgebet, und ich begriff, daß er wahrhaft eine prophetische Gabe besaß. Wir hatten den ersten Teil unserer Aufgabe erfolgreich beendet. Teilnahmslos und mit gesenktem Blick saß Harrap im Sattel. Sein Vater lag im Sterben.

3

Der Wachhabende schien mehr Diplomat als Krieger zu sein. Er war verbindlich, aber auf der Hut und ließ sich nicht anmerken, ob Name und Rang meines Freundes Eindruck auf ihn machten.

«Es tut mir leid, Prinz Harrap», sagte er, den Titel verwendend, um ihn nicht zu kränken, aber die Anrede Hoheit vermeidend, die bei Strafe der Verstümmelung ausschließlich Prinzen von Geblüt vorbehalten war: «Ich bedaure, aber mir sind Eure Züge nicht vertraut, auch wenn mir der Name bekannt ist. Ich bin neu im Dienst. Es schmerzt mich, aber ich darf Euch keinesfalls ohne Geleit in die Stadt reiten lassen.»

«Welche Wahl laßt Ihr mir, Leutnant?» erkundigte sich Harrap scharf.

«Ihr könnt die Nacht hier im Turm verbringen oder unter Bewachung sogleich zum königlichen Palast reiten.»

«Zum Palast, so schnell es geht», flüsterte ich eindringlich.

«Wir werden zum Palast reiten, Leutnant», sagte Harrap.

«Wie Ihr wünscht, Prinz Harrap. Sergeant, setzt Euch an die Spitze der Patrouille und geleitet diese Herren zum südlichen Tor des Palastes. Sie dürfen sich unterwegs nicht verweilen und mit keinem von euch reden – auch nicht mit Euch selbst.»

Während wir davontrabten, vor und hinter uns je vier Panzerreiter, hob der Leutnant grüßend das Schwert und verabschiedete sich mit den Worten: «Gute Nacht, Prinz Harrap, und einen angenehmen Ritt.»

Flüchtig erwiderte Harrap den Gruß und murmelte: «Ziemlich unnahbar, dieser Leutnant. Nicht mal einen Becher Wein für eine kurze Rast. Wir werden ihn im Auge behalten.»

Aber er war besänftigt, als der Sergeant sich mit einer formvollendeten Ehrenbezeigung zu uns gesellte. Zwischen der Spitze seines Schwertes und der seines gewaltigen Reiterschnurrbarts lag höchstens die Breite eines Mückenflügels, als er salutierte.

«Ergebenste Entschuldigung, Hoheit», sagte er mit dröhnender Stimme. «Die Befehle sind heute nacht unmißverständlich. Doch falls Ihr mit einem alten Sergeanten einen Schluck trinken wollt, wie damals, als wir gemeinsam gegen die Jats geritten sind...»

«Aber gern», sagte Harrap mit breitem Lächeln und nahm die ihm angebotene lederne Feldflasche entgegen. «Mit Vergnügen. Ich hätte merken müssen, daß ich dein Gesicht schon einmal gesehen habe. Du heißt... du heißt... dein Name hat etwas mit Wasser zu tun. Ach ja... Jorat.»

«Jorat vom Fluß», gab der Sergeant mit sichtlichem Stolz zur Antwort. «Es ist keine drei Jahre her, daß wir miteinander den Indus überquert haben.»

«Das Gefecht im Hohlweg». Harrap freute sich offenkundig über die gemeinsame Kriegserinnerung und auch darüber, daß er den Sergeanten so rasch wiedererkannt hatte. «Dein Trupp war beinahe eine Stunde lang neben meinem, nicht wahr?»

«Ja, Hoheit. Und die ganze Armee wartet nur darauf, abermals mit Euch zu reiten», gab der Sergeant zur Antwort, inzwischen so von Stolz gebläht, daß er einem sich spreizenden Pfau ähnelte.

Voll Hochgefühl saß er im Sattel, während Harrap mir die Flasche weiterreichte. Doch zuckte er ein wenig zusammen, als ihn Harrap fragte: «Was ist in meiner Abwesenheit vorgefallen, Jorat? Was hat es im Palast gegeben? Warum hast du deinem Leutnant nicht gesagt, daß du mich kennst?»

«Es tut mir leid, Hoheit», gab Jorat zur Antwort. Mit einem Mal war sein Gesicht eingefallen und bleich. «Das ist einer von denen, die sprechen, aber nicht hören. Mehr darf ich nicht sagen, obwohl diese meine guten Leute niemals... Aber Ihr habt ja die Befehle gehört.»

«Natürlich, Jorat. Du mußt Disziplin halten, solange du unter den Befehlen deines Leutnants stehst.»

«Danke, Hoheit!» flüsterte der alte Sergeant erleichtert. «Und, Hoheit, die Armee lebt auf den Tag hin, an dem sie wieder für Euch reiten darf... sei es gegen die Jats, gegen die Kuschan oder gegen das Himmelsgebirge – oder gar über den Loyang hinaus, um die Schätze des Großen Kaisers selbst zu erbeuten.»

«Das könnte bald der Fall sein, Jorat, mein Freund.»

«Danke, Hoheit, danke», wiederholte Jorat, erneut stolzgeschwellt. Beim Versuch, sich zu verneigen, streifte seine Helmzier den Hals des Pferdes, und er hätte fast den Helm verloren. Er warf sein Schwert in die Scheide und wendete den Kopf seines Reittiers. Einen Augenblick später hörte ich, wie er der Eskorte zurief: «Gerade gesessen, ihr knochenlosen Ochsen. Eine stolze Haltung will ich sehen. Ihr geleitet den großen Feldherrn, Prinz Harrap persönlich.»

An die Stelle von Harraps schwarzem Zorn war kristallklare Freude getreten. Er lachte und dachte offensichtlich weder an das Schicksal seines Vaters noch an das seidenfeine Netz der Grausamkeit, dem wir vermutlich entgegenritten. Im königlichen Palast würde es zahllose tückische Intrigen geben, wobei all die parfümierten Spinnen einander gierig beobachteten und die dicksten Fliegen als Opfer für sich ausersahen, während sie auf das Dahinscheiden des Großkönigs warteten.

«Jakir, mein Freund», rief Harrap mit lauter Stimme, «gib mir zehntausend Leute wie diesen Mann, treu und voll Manneszucht, und ich werde die Welt erobern. Auch der junge Leutnant kennt zumindest seine Befehle...»

«O großer Prinz», fiel ich ihm ins Wort, obwohl ich wußte, daß er für Sarkasmus nicht empfänglich war, «bevor wir die Zinnen des Himmels stürmen, gibt es hier auf Erden... hier in Kamardol... dies und jenes zu erledigen. Sollten wir nicht zuerst daran denken?»

Der Priester holte uns ein und zischelte: «Vielleicht sollten wir *alle* schweigen, edle Freunde, bis wir sehen, wohin uns der Wind weht? Heute nacht liegt noch viel Arbeit vor uns. Wer wird dem Großkönig nachfolgen, angenommen, er geht tatsächlich dahin? Habt Ihr auch diese kleine Schwierigkeit bedacht?»

Voll Zorn flüsterte ich ihm zu: «Wollt Ihr Euren eigenen Vorzeichen mißtrauen? Ihr habt uns versichert, daß alles gut wird.»

«Das wird es auch. Aber wir müssen bereit sein... auf der Hut, damit wir den Willen der Götter erfüllen können. Und jetzt haltet den Mund, um Ihretwillen.»

Harrap ließ sein Pferd antraben. Zwar wirkte sein Schweigen gekränkt, doch umspielte ein Lächeln seine Lippen, und seine Augen blitzten, als er den Kopf wandte, um die Berittenen zu mustern. Nie hatte ich verstehen können, warum er so gern mit einfachen Soldaten sprach, was ihn am beißenden Geruch der von Tierdung genährten Wachfeuer anzog, was ihm an dem kratzigen Wein gefiel, den man aus haarenden ledernen Flaschen trank und der kaum besser schmeckte als gefärbter Essig. Er seinerseits wunderte sich sowohl darüber, daß ich mich gern mit Gelehrten unterhielt, wie darüber, daß ich meine Laute mit solcher Achtsamkeit behandelte. Doch jeder Handwerker liebt das Werkzeug, dessen er zur Ausübung seines Berufes bedarf, und Harraps Werkzeug waren Panzerreiter. Er würde sie brauchen, fürchtete ich.

Das von der Anwesenheit der Krieger verängstigte Hengstfohlen trabte neben der ihm vertrauten Stute des Priesters. Niemandem fiel in der Dunkelheit auf, daß es weder Zaumzeug noch Halfter trug. Das hoffnungsvollste Vorzeichen lag tatsächlich darin, daß das Tier so bereitwillig mit zur Stadt kam. Dann aber warf der Priester dem Tier eine Seilschlinge um den Hals. Es war so überrascht, daß es keinen Versuch unternahm, sie abzuschütteln. Zwar würde ein übermütiges Rennpferd mit einem Strick um den Hals in die Stadt gebracht, doch erneut wunderte ich mich, daß der Priester seine eigenen Gebote auf diese Weise mißachtete. Ich stieß Harrap an und wies hinüber, doch er bedeutete mir lediglich, Stillschweigen zu bewahren.

In immer dichterer Prozession zogen die Dörfer dahin, während wir den letzten Hügel vor der Stadt emporritten. Von Zeit zu Zeit überholten wir einen Ochsenkarren, der sich mit seiner Ladung hinaufquälte: eine ganze Familie, von kopfwackelnden Großeltern bis zu rundlichen Säuglingen, die man in den stumpfen Winkel zwischen dem Boden und der von Seilen begrenzten Außenwand des Karrens gestopft hatte. Doch davon abgesehen war die Straße leer. Das einzige Geräusch, das wir hörten, war das Klirren der Rüstungen unserer Eskorte.

Kurz vor der Anhöhe, unmittelbar bevor unser Weg zur Senke hinabführte, hörte ich wie einen wehklagenden Singsang das Summen Tausender von Wildbienenvölkern. Dann lag Kamardol in der Ebene vor uns. Die blaßroten Mauern schimmerten im Schein von zehnmal zehntausend Fackeln. Schlanke Rundtürme erhoben sich wie ein Volk von Riesen über die niedrigen Häuser der Stadt, bogenförmige Balkone liefen um ihre Tempel, die von gewölbten Kuppeln gekrönt waren: kostbare Turbane, die von Gold, Silber und Kupfer glänzten. Dann löste sich das zornige Summen in einzelne Klänge auf: schrille Trompetenstöße und das Zusammenschlagen von Messingbecken überlagerten das sehnsuchtsvolle Geseufz von Geigen; Sprechchöre aus Tausenden von Stimmen drückten im Gleichklang ihren Jubel durch das Gebrüll der millionenzüngigen Menge aus; und durchdringender als alles andere vernahm man wilde Schreie, die aus schmerzenden Kehlen aufstiegen. Der schwere Duft von Weihrauch vermischte sich mit dem Geruch geschmolzener Butter und bildete eine geradezu mit Händen greifbare Wolke, die uns schon von fern einhüllte, so daß die Pferde schnaubten und die Ohren angewidert zurücklegten.

Zwar waren wir zu einem Jubelfest heimgekehrt, doch nicht uns galt die Begeisterung. Einen Augenblick lang hatte ich die Traumvision, die Expedition liege hinter uns und unsere von Schlachten gelichtete Schar reite im Triumphzug ein, von Musik und Jubel begrüßt. Doch in jener Nacht gab es für uns nur ein Ziel: geräuschlos – und, so uns die Götter diese Gunst gewährten, unerkannt – durch den Tumult der Straße zu ziehen. Bevor wir die Zugbrücke in der Stadtmauer erreichten, warf ich mir die Kapuze meines Umhangs über den Kopf, als mache mir die Kälte nach wie vor zu schaffen, und auch Harrap verbarg seine der Menge wohlbekannten Züge. Der Priester hatte sich bereits in den Schatten seiner Kapuze zurückgezogen, so daß man sein bleiches Haupt nicht sah, das wie ein Totenschädel glänzte.

Mit seinem Spieß verstellte der Posten vor der Brücke unserem Trupp den Weg. Seiner Ausrüstung nach gehörte er zur Reiterei. «Die Parole, Jorat», verlangte er.

«Nirwana – und die Nacht ist kalt», gab der Sergeant zurück.

«Das Rad – der Tag wird warm sein», gab die Schildwache zur Antwort und präsentierte den Spieß.

Ich wunderte mich über das seltsame Gemisch aus vertrauten Formen und buddhistischen Begriffen, die in Parolen, soweit mir bekannt war, früher nie Verwendung gefunden hatten. Doch das war im nächsten Augenblick vergessen. Die Stadt hatte uns in sich aufgenommen, und wie Schwerthiebe traf uns der unaufhörliche Lärm, hatten wir doch so lange nichts gekannt als die gefrorene Stille der Hochebenen. Unerschütterlich gebot Jorat vom Fluß seinen Männern, einen Keil zu bilden, um auf diese Weise die Volksmasse zu durchdringen.

Er versagte es sich, im Weiterreiten den lauten Ruf «Platz für den Prinzen!» auszustoßen, das gefürchtete Kommando, das uns zu einer anderen Zeit in einer so dichtgedrängten Menge das Fortkommen gewiß erleichtert hätte. Zwei seiner Männer ließ er hinter uns reiten, damit wir nicht von der Eskorte getrennt wurden. Allerdings hätte er sich diese Vorsichtsmaßnahme sparen können, die ohnehin nur symbolischen Wert besaß. Für einen Reiter gab es im allgemeinen Gedränge nur eine Richtung: vorwärts, hinter den blitzenden Lanzen her, die mit dem Schaft voraus einen Weg durch die Masse bahnten.

Ich hatte ganz vergessen, wie das Leben in der Stadt war. Der Lärm der brodelnden Volksmenge und das Licht betäubten alle meine Sinne. Kaum merkte ich, durch welche Straßen wir kamen, und eine Flucht wäre mir selbst dann nicht gelungen, wenn ich entschlossen gewesen wäre, mich davonzumachen. Nur kurz nahm ich Bilder wahr, die inmitten der wirbelnden Arme und der kreischenden Münder in fratzenhaften Gesichtern aufblitzten. Die Menge hatte einen ölig wirkenden Kaufmann, dessen gewaltiger Bauch sich unter violetter Seide wölbte, gegen eine Mauer gedrängt, wo er hilflos stand. Ein schlanker Oberdiener in der Livree eines Edlen hielt sein Söhnchen über die schaukelnden Köpfe, so daß zumindest der Kleine mehr sehen konnte als den schweißbedeckten Rücken seines Nachbarn. Ein Kurier des Königs ließ seine Glocken in ungehörter Mahnung ertönen, während er sich mit gewaltigen Stößen vergeblich voranzukommen bemühte, wie ein Schwimmer in sturmgepeitschter See.

Als wir wie der Stein von einer Schleuder aus der engen Gasse auf den breiten Basar hinausschossen, nahm für eine Weile der Druck der Menge ein wenig ab. Die Krieger warfen sich beiseite, um einem Bettler auszuweichen, der mit gekreuzten Beinen auf einem niedrigen Hocker saß. Dafür, daß ihn freier Raum umgab wie ein Zauberkreis, sorgten sein bleiches, von Lepra zerfressenes Gesicht und die Stümpfe seiner Arme.

Ein Kind im groben braunen Gewand der Armen lag auf dem Rücken, die Arme eng um den Hals gelegt. Es war mir nicht möglich zu sagen, ob es Junge oder Mädchen war, denn der Kopf war zu einem Brei aus weißen Knochen, grauer Hirnmasse, scharlachrotem Fleisch und gelbem Haar zerquetscht. Also waren die Elefanten durch die Straße gezogen, herrlich anzusehen mit ihren diamant- und rubinbesetzten Schabracken und den rot-gelb gestreiften Rüsseln unter ihren breiten lilafarbenen Stirnen.

Doch die königlichen Tiere waren nicht mehr da. Auch als wir das Südtor des Königspalastes erreichten, war keins von ihnen zu sehen. Untersetzte Fußsoldaten der königlichen Garde verstellten uns den Weg. Die Schlitzaugen in ihren flachen Gesichtern wirkten unter den archaischen blauen Helmen starr. Der wachhabende Sergeant beantwortete Jorats Parole in der unzivilisiert klingenden Sprechweise der Gebirgsstämme. Als Harrap seine Kapuze zurückwarf und die Arme ausbreitete, stieß einer der breitschultrigen Wächter seinen Nachbarn an, und ein flüchtiges Lächeln trat auf beider schmale Lippen.

Wir mußten im Torweg warten, wo vor den Beinen unserer Pferde die schweren Spieße der Wächter einen Zaun bildeten, bis der herbeigerufene diensthabende Hauptmann eintraf. Es war der alte Ranbir Bahadur, der Harrap wie mich den Gebrauch des Schwertes gelehrt hatte und bei Harraps erster Schlacht an seiner Seite geritten war. Gemächlich kam er auf seinen kurzen Beinen herbei. Als die Wächter die Fackeln hoben, verzogen sich seine braunen Lippen beim Anblick unserer Gesichter, und seine Augen versanken in ihren von Fettpolstern umgebenen Höhlen. Er grüßte vorschriftsmäßig und rief: «Heil, Hoheit! Willkommen daheim, Jakir, mein Sohn. Ihr seid in dieser Nacht gerade richtig gekommen.»

«Heil, Vater Ranbir!» antworteten wir gleichzeitig. Die Wächter strafften sich, als sie den Gruß von Harraps Lippen vernahmen.

Während wir unsere Pferde durch den langen Gang führten, schob ich mich dicht neben Ranbir und fragte mit leiser Stimme: «Ist der Großkönig bereits tot?»

«Wieso tot?» Seine Stimme klang erstaunt. «Dem Großkönig geht es gut.»

«Aber der Wachoffizier am Turm hat gesagt», erläuterte Harrap, «daß mein Vater das Tor zum Nirwana durchschreitet. Welchen anderen Grund hätte die Feier in der Stadt?»

«Das tut er auch – jedenfalls sagt man das», gab Ranbir zur Antwort. «Heute nacht entsagt er dem Thron für immer und tritt in das Kloster von Ghokrao ein.»

«Und wer folgt ihm nach?» wollte der Priester wissen.

«Nun, der Unterkönig wird Großkönig. Aber erst in zwei Wochen, wenn die erste Zeit der Trauer vorüber ist.»

«Und wer… wer…» Ich zögerte mit der Frage, weil ich die Antwort fürchtete. «Wer ist Unterkönig?»

Ranbir verbarg seine Überraschung hinter versteinerter Teilnahmslosigkeit. Er antwortete langsam und dehnte seine Silben voll Mitgefühl. «Ihr wart wohl ziemlich lange fort? Es tut mir leid, Hoheit! Unterkönig ist Tschandra.»

Dieser Name ließ alles, was in mir lebendig war, förmlich verdorren.

Läge der Großkönig tatsächlich im Sterben, hätte sich Gupta in dem auf den Tod folgenden allgemeinen Durcheinander in den Besitz der Krone zu bringen verstanden. Aber wie stets war der Großkönig mit unübertrefflicher Schläue zu Werke gegangen. Nachdem er über Jahre hinweg in der Frage der Thronfolge einer Entscheidung ausgewichen war, hatte er einen Unterkönig ernannt und sich selbst zurückgezogen – alles im Verlauf weniger Monate. Ihm war durchaus klar, daß das einfache Volk mit der Redensart «Prinzen sind wie die Krabben, denn sie fressen ihre Väter» der Wahrheit außerordentlich nahe kommt. Jahrelang hatte er zwischen seinem älteren Sohn Gupta und dessen Bruder Tschandra bittere Rivalität geschürt, damit sie sich unter keinen Umständen gegen ihn verbündeten und ihn entmachteten. Dann hatte er von einem Augenblick auf den anderen seinen Nachfolger ernannt. Danach würde er sich hinter Klostermauern zurückziehen. Dieser heilige Ort bot ihm auf immer Sicherheit vor der Boshaftigkeit seiner Söhne. Für die Thronfolge war gesorgt, und die Stadt würde in Frieden leben.

Ein Schleier, dünn und leicht wie die Laune eines alten Mannes, doch fest und undurchdringlich wie eine Granitmauer, hatte sich über unsere Hoffnungen gelegt. Für Gupta war der Thron auf alle Zeiten verloren, denn nie und nimmer wäre er imstande, etwas gegen die auf diese Weise festgelegte Thronfolge zu unternehmen. Prunk und Pomp der Festlichkeit würden weitergehen, und Tschandra mit seinem quarkbleichen Gesicht und den frommen

Worten, dem Hang zu leerem Gerede und der Scheu vor Taten, würde Großkönig – Tschandra, der königliche Mönch.

Keiner von uns dreien fand Worte, als wir in den Vorhof gelangten, dessen Mauern mit lilafarbenen Tüchern ausgeschlagen waren. Nach dem Lärm und der Helligkeit draußen wirkte er dunkel und still. Ich sehnte mich nach nichts als einer ruhigen Ecke, wo ich mich schlafen legen und die Expedition vergessen konnte, die nie die Welt entflammen würde.

4

Als das Hengstfohlen den frischen Hafer witterte, der in Harraps Ställen auf ihn wartete, ging es ohne Widerstand zu leisten, ja, sogar bereitwillig, hinein.

Lange sah der Priester erstaunt auf Ranbir. Dieser zwar offenkundig gebändigte, aber unserer Religion ebenso offenkundig fernstehende Barbar war ihm zutiefst fremd. Bedächtig sagte er: «Hoheit, vielleicht wäre es angebracht, den Hauptmann darauf hinzuweisen, daß der Hengst nie einem Zwang unterworfen wurde und bisher nicht einmal das Gewicht eines Halfters gespürt hat. Es wäre uns nicht recht, Seinen Willen gebrochen und Seinen Wert auf der Rennstrecke zunichte gemacht zu sehen, nachdem Er einen so weiten Weg gekommen ist.»

Lange ruhte Ranbirs Blick auf dem Priester. Seine Züge verrieten nichts von dem, was er dachte. Schließlich sagte er, wobei er die Sprechweise der Bergstämme absichtlich übertrieb: «O heiliger Mann, ich sehe, daß Ihr im Umgang mit Pferden ebenso bewandert seid wie in der Auslegung Eurer göttlichen Schriften. Laßt Euch versichern, daß wir dem Geist dieses Fohlens nicht das geringste antun werden. Auch ich sähe es gern, wenn es für Prinz Harrap schneller liefe als der Wind – und ich dabei vielleicht sogar einige Kupfermünzen gewinnen könnte.»

Nachdem der Priester diese Zusicherung in sich aufgenommen hatte, verbannte er den Hauptmann aus seinem Blick, als existiere dieser nicht mehr, ja, als habe es ihn nie gegeben. Seine bleichen Züge und die tief in ihren Höhlen liegenden Augen bildeten eine Maske der Selbstzufriedenheit, auf welcher der Ausdruck strenger

Ekstase lag, wie sie nur dem vertraut ist, der den Göttern trotz Ihrer gefühllosen Launenhaftigkeit und der eigenen großen Qualen selbstlos dient. Er eilte davon, seine eigenen Geschäfte zu betreiben. Zweifellos hätte er enthüllen können, was uns verborgen blieb, war es ihm doch gegeben, Wissen auf Ebenen zu erkunden, die so weit von der Harraps oder meiner entfernt waren, daß wir so gut wie nichts davon ahnten.

Seit der Name Tschandra gefallen war, hatte Harrap kein Wort gesagt. Die neue Lage konnte nur eines bedeuten: unser Tun hatte allen Sinn verloren. Dennoch verließ ihn der Instinkt des Kommandierenden für das Wohl seiner Männer nicht.

«Geh nur, Jakir», sagte er. «Heute nacht brauche ich dich nicht. Ranbir und ich werden mit den Pferden allein fertig. Sieht ganz so aus, als ob es für mich hier nicht mehr viel zu tun gäbe. Es war ein guter Ritt. Komm morgen früh wieder zu mir.»

Ich zog den Umhang fester um mich, teils, um nicht erkannt zu werden, teils, um mich vor der feuchten Kälte zu schützen, die mich von den roh behauenen Steinquadern her anwehte, und machte mich auf den Weg. Durch das Gewirr von Gängen strebte ich der Wohnung meines Vaters zu, die auf der anderen Seite des Palastes lag. Da ich nicht sicher war, ob die Kapuze mein Gesicht hinlänglich verhüllte, wandte ich jedesmal den Kopf ab, wenn ich an Höflingen vorüberkam. Sie hielten den Blick gesenkt, und ihre Gewänder aus grober Baumwolle waren in Stücke gerissen und mit Dung beschmiert, als liege der Großkönig wahrhaftig im Sterben. Hinter dem Ausdruck allzu willfähriger Trauer, den sie zur Schau trugen, lag erkennbar Beutegier. Ebenso spürte ich ungezügelte Vorfreude auf Rache, die sie sich gewiß schon oft in wilden Tagträumen ausgemalt hatten, Rache für so lange ertragene bittere Demütigungen. Nur Freude lag auf keinem der Gesichter, die ich im königlichen Palast von Kamardol sah.

Hinter der Fassade der rituellen Trauer verbarg sich Furcht, durfte doch niemand im Palast, ob Mann oder Frau, seiner Stellung oder seines Lebens sicher sein. Mir war klar, daß alle angstvoll im Geiste ihre früheren Taten und Versprechungen durchgingen und zu erkennen versuchten, welchen Belastungen das Netz aus Bündnissen, Abneigungen und Verpflichtungen gewachsen war, das sie am ihnen zugewiesenen Platz umgab. Zu guter Letzt würden die Beherzteren – oder die Klügeren – alle Erwägungen beiseite schieben und sich zum Schlaf zwingen, in der Erkenntnis, daß sie den weiteren Gang der Dinge abwarten mußten, bevor sie etwas unternehmen konnten. Einige wenige würden gut schlafen, weil sie sich für unentbehrlich hielten, verfügten sie doch über Gaben, die für den Weiterbestand des Königspalastes oder der Stadt unerläßlich waren. Doch auch sie würde in der Nacht die Furcht heimsuchen, ihnen mit kalten Fingern über den bloßen Rücken fahren und sie bis ins Mark erschrecken. Tschandra wurde Großkönig – Tschandra, von dem niemand vorauszusagen vermochte, was er tun würde, weil ihn mit Ausnahme der buddhistischen Mönche niemand kannte.

Da ich wußte, daß ich nicht zu Tamar konnte, die wie stets der Königin aufwarten mußte, suchte ich unverzüglich die Wohnung meines Vaters auf. Wie immer rollte der Hofchronist ohne jede Eile die vor ihm liegende Rolle zusammen und schob die Butterlampe zur Wand, bevor er sich erhob. Sein Bart kratzte an meinem Ohr, als er mich umarmte, war aber nicht so stachelig wie bei meinem Aufbruch. Während meiner dreimonatigen Abwesenheit war sein Haar dünner und weißer geworden.

«Aminsa, Jarie ist da», rief er und drückte mich sanft auf ein Kissen nieder. Eine halbe Minute lang betrachtete er aufmerksam mein Gesicht, dann fing er an, mit dem Gesehenen offenbar zufrieden, mich über Gebräuche, Bücher und Regierungen der Länder zu befragen, durch die wir auf unserem Zug gekommen waren. Kaum hatte ich zur Antwort angesetzt, als meine Mutter hereinkam, die Schürzenbänder über ihren breiten Hüften zusammenknotend.

Sie umschloß mich mit der weichen Fülle ihrer Umarmung, an die ich mich so gut erinnerte. Der aus Jasmin, Knoblauch und Muskat gemischte Geruch führte mich durch die Jahre zurück.

«Jarie, mein Jarie», rief sie aus. «Geht es dir gut? Aber gewiß doch. Nie habe ich dich so kräftig und gesund gesehen. Nur zu mager bist du, das fühle ich. Sieh nur deine Arme. Ich muß …»

Sie hob die Hände, um durch Klatschen eins der Mädchen herbeizubeordern, denn ebensowenig, wie ich meine Hände von der Laute lassen konnte, vermochte sie ohne Anweisungen an ihre Küchenmädchen zu existieren. Dann aber sagte sie, ohne die beabsichtigte Bewegung auszuführen: «Nein, das mach ich selbst. Ich habe einen Topf Hammelbrei, der nur aufgewärmt werden muß. Nach all den sonderbaren Sachen, die du sicher hast essen müssen, gibt es für dich nichts Besseres.»

«Deine Mutter hält Hammelbrei nach wie vor für das unübertreffliche Allheilmittel bei allen Leiden des Leibes – und der Seele», sagte mein Vater lächelnd. «Nun aber berichte mir...»

«Laß doch den Jungen zufrieden», schalt ihn meine Mutter. «Siehst du nicht, daß er erschöpft ist und Hunger hat? Er kennt keinen sehnlicheren Wunsch, als eine Weile nicht an diese fremden Orte denken zu müssen, du hingegen...»

Wohlig räkelte ich mich auf den Kissen, vom vertrauten Geplänkel meiner Eltern eingelullt. Bald waren sie so darin vertieft, daß sie vergaßen, was der Anlaß dafür gewesen war, und wandten sich mir von Zeit zu Zeit beiläufig zu, um mich ihres Beistands zu versichern: «Stimmt es nicht, Jarie?... Ist es nicht so, mein Sohn?»

Ich gab keine Antwort, und sie erwarteten eigentlich auch keine. Beruhigt, daß sie sich so wie immer verhielten, für mich ein Zeichen, daß mit ihnen alles zum besten stand, muß ich eingeschlafen sein. Zwar hatte mein Vater im Lauf der Jahre dem Brauch gemäß Konkubinen genommen, jedoch meine Mutter, seine erste Ehefrau, dazu ausersehen, in der schwierigen Zeit des Übergangs von einem König zum anderen an seiner Seite zu sein. Für diese Tage hatte er unser von hohen Mauern umgebenes Landhaus auf dem Hügel, von dem aus der Blick die ganze Königsstadt umfaßte, verlassen und seine beengte Dienstwohnung im königlichen Palast aufsuchen müssen.

Nie erfuhr ich, wohin sich der Priester in jener Nacht begeben, noch, mit wem er gesprochen hatte. Doch der ganze Hof wußte, daß Harrap nach seiner Rückkehr weder Gelegenheit bekam zu baden, noch seine Reisekleider zu wechseln. Bevor unsere Tiere versorgt waren, wurde er vor den Großkönig befohlen. Harrap in eigener Person berichtete mir über die Audienz, als wir am nächsten Tag miteinander beratschlagten. Was er ausließ, weil er es vergessen hatte – oder nicht sagen wollte –, erfuhr ich von Hauptmann Ranbir. Er hatte den Auftrag bekommen, dem Großkönig aufzuwarten, während sich dieser von seinem Sohn verabschiedete. Weder Ranbir noch Harrap vermochte zu sagen, ob der Großkönig, der Ranbirs Liebe zu Harrap kannte, damit beiden eine besondere Gunst erweisen wollte oder den Hauptmann dabeihaben wollte, weil er seinem Sohn nicht über den Weg traute.

Der Großkönig empfing Harrap nicht im Thronsaal, wo er unmittelbar vor Morgengrauen zum letztenmal auf dem Smaragdthron Platz nehmen würde, angetan mit scharlachroten und gelben Gewändern aus der Wolle des Steinbocks, die, mit leuchtend hellem Marderfell besetzt, im Schimmer gewaltiger Schmucksteine glänzten, sondern in einem seiner privaten Gemächer. Die Umrisse des Raumes verschwammen, nicht nur, weil lediglich je eine hohe Lampe in zwei Ecken Licht spendete, sondern auch, weil die stark mit Moschus versetzte gereinigte Butter in den Lampenbehältern einen machtvollen Ansturm auf den Geruchssinn ausübte. Außerdem stieg von den zwanzig Holzkohlebecken, die auf dem Buchara-Teppich mit dem Lotosmuster glühende Inseln bildeten, Wärme in sichtbaren Wellen auf. Weitere Teppiche bedeckten die steinernen Wände, denn schon seit vielen Jahren quälte beißende Kälte den Großkönig, der bereits nahezu einundsiebzig Jahre vollendet hatte.

In jenem verschlossenen Gemach, das wie die Straßen an einem Augustmittag dampfte, sprach Harrap zum letzten Mal mit seinem Vater. An die scharfe Kälte der Hochebenen gewöhnt, konnte er unter den Wellen von Wärme und Geruch nach Moschus und Butter seine Gedanken nicht daran hindern, frei umherzuschweifen. Die Wärme ließ hinter den Wandbehängen fingerdünne Rinnsale von den Wänden laufen, die sich in kleinen Pfützen am Rand des Teppichs sammelten.

Von draußen ertönte das schrille Klagen der Gemahlinnen des Großkönigs. Manche, berichtete mir Tamar später, weinten vor grenzenlosem Kummer, da er auf alle Zeiten ihren Blicken entschwinden würde, als sei er tatsächlich gestorben. Merkwürdigerweise empfanden die jüngeren Frauen den unverfälschtesten Kummer. Die älteren weinten aus Furcht vor der Zukunft, obwohl ihnen bekannt war, daß der Großkönig seinen Nachfolger angewiesen hatte, sich um seine Gattinnen zu kümmern. Nur die Königin, kaum zehn Jahre jünger als ihr Gebieter, saß schweigend da, jenseits von Kummer und Furcht. Buddhisten wie Brahmanen hatten ihr den *Sati* verweigert – erstere, weil ihre Gesetze eine solche Witwenverbrennung nicht zuließen, die anderen, weil der Großkönig nicht wirklich tot war. Mich beeindruckte der Kummer der Frauen zutiefst, doch mußte Tamar kichern, als sie mir mitteilte, sie hätten wie verwirrte, unwillige Geister ausgesehen, da sie zum Zeichen der Trauer Gesicht und Brüste mit der üblichen Paste aus Weizenmehl und Kuhharn bestrichen hatten.

Der Großkönig trat seinem Sohn heiter, nahezu fröhlich, gegenüber. Wie jemand, der eine schwere Bürde abgelegt hat, fand er endlich Zeit und Gelegenheit zu Gelächter und Späßen. Halb liegend ruhte sein in ein schlichtes gelbes Wollgewand gehüllter schlanker Leib auf den leuchtenden Seidenkissen, mit denen das Podest übersät war. Er war barhäuptig, und die Haut seines schmalen Schädels glänzte rosafarben durch das schüttere weiße Haar. Seine Lippen zuckten und zogen sich über dem zahnlosen Mund zusammen, während er mit Harrap sprach, doch bildeten seine wäßrigen blauen Augen leuchtende Schildwachen neben der langen, schmalen Nase, von der es im Volk hieß, sie sei das Organ seiner Gerissenheit.

Trotz aller Munterkeit, die er an den Tag legte, muß der Abschied dem Großkönig schwer gefallen sein. Der knapp fünfundzwanzigjährige Harrap war nicht nur der Lieblingssohn seiner alten Tage. Er war zur Welt gekommen, als sein Vater bereits sechsundvierzig Jahre zählte, der jüngste und ungebärdigste aller siebenunddreißig legitimen Prinzen, die noch lebten. Jetzt saß er, durchdringend nach Pferd riechend, auf einem Kissen zu Füßen seines Vaters. Der Schmutz der Reise auf seinem schweren scharlachfarbenen Obergewand und der eng anliegenden Reithose, deren Grün verblichen war, drang in die feine Seide. In der Eile hatte er vergessen, das Schwert abzulegen, doch der Großkönig unterließ es, ihn dafür zurechtzuweisen, wie es sich eigentlich gehört hätte.

Nach der Begrüßungszeremonie saßen sie einander schweigend gegenüber und sahen sich an. Der einst kräftige Leib des Großkönigs war mit den Jahren immer zerbrechlicher geworden. Die Haut seines Gesichts war trocken und wirkte mürbe wie Herbstlaub. Die Lebenskraft war schon fast aus ihm gewichen. Dunkel und kraftvoll, die grünen Augen ein wenig auswärts gerichtet, saß der junge Prinz da. Man sah ihm an, daß seine Mutter, die Fünfte Königin, eine Prinzessin aus den Bergen war. Zwar sprang seine Nase vor, wie bei allen Prinzen Kamardols, doch war sie auch schon breiter als die seiner Brüder gewesen, bevor ein Stoß mit dem Stiel einer Kriegsaxt der Jats sie zertrümmert hatte. Die Wundärzte hatten den zersplitterten Knochen entfernt, so daß dort, wo einst der Nasenrükken gewesen war, eine flache weiße Narbe prangte. Fröhlich hatte Harrap ihnen mit einem Lachen gedankt: «Besser eine halbe Nase als ein halber Kopf!» Bisweilen spottete er mir gegenüber über sein finsteres Aussehen und behauptete, damit seinen Feinden mehr Angst einzujagen als mit seinen früheren Siegen. Aber ich trug dem Schicksal die Bosheit nach, mit dem es erzwungen hatte, daß sich seine grenzenlose Großherzigkeit und Güte hinter der Maske eines Kriegsteufels aus der Hölle verbergen mußten.

Als der Großkönig zu sprechen begann, lag in seiner Stimme erneut der Klang der weithin hallenden Trompete, mit dem er in seiner Jugend Heere zusammengerufen hatte. Allerdings ließ er oft Pausen eintreten, um Atem zu schöpfen.

«Hari, mein Sohn», sagte er, «ich bin froh über diese Nacht. Es war meine Hoffnung, daß du zurückkehren mögest, damit ich noch einmal mit dir sprechen konnte, bevor ich hinter den Vorhang trete.»

«Mein Vater! Mein Vater!» gab Harrap zur Antwort, wobei auf seinen Wangen Tränen glänzten. «Ich bin glücklich, Euch so gesund zu sehen. Als ich bei den Türmen ankam, hieß es, Ihr läget im Sterben.»

«Ganz so schlimm ist es nicht, Hari», lächelte der alte König. «Aber es ist gut, dich noch ein letztes Mal zu sehen.»

«Warum sagt Ihr ‹ein letztes Mal›, Vater? Gewiß werde ich Euch so oft besuchen, wie Ihr es erlaubt.»

«Das ist mir nicht gestattet – nicht ein einziges Mal», gab der Großkönig zur Antwort. «Wärest du nur wenige Stunden später gekommen, hätten wir keine Gelegenheit mehr gehabt, miteinander zu reden.»

«Warum, Vater? Warum werde ich von Eurem Angesicht verbannt? Welchen Vergehens habe ich mich schuldig gemacht, daß ich Euch heute nacht auf ewig Lebewohl sagen muß?»

«Keines, Hari. Aber die Regeln des Ordens von Ghokrao lassen keine Ausnahmen zu. Außerdem ziehe ich mich nicht aus der Welt zurück, um sie dann zu bitten, sie möge mich besuchen.»

«Nicht einmal Eure Söhne, Vater? Nicht einmal mich?»

«Keinen deiner Brüder, und vor allem dich nicht, Hari!»

«Warum, Vater, warum?» fragte Harrap erneut. In seiner Bestürzung hatte er seine enttäuschten Hoffnungen gänzlich vergessen.

«Weil jedermann weiß, daß du mir der Liebste bist, der Liebling der Streitkräfte und die Freude unseres Volkes... Weil unsere Feinde wissen, daß du das blitzende Schwert Kamardols bist. Deshalb darf ich dich nie wieder sehen.»

«Ich beginne zu verstehen, Vater», gab Harrap zur Antwort. «Aber könnte ich nicht bisweilen heimlich zu Euch kommen?»

«Hari», sagte der Großkönig mit einer Stimme, in der Ungeduld mitzuschwingen begann, «du solltest es besser wissen. Gibt es für Menschen wie uns Geheimnisse? Kannst du dir beispielsweise vorstellen, wie es in drei Monaten aussieht, wenn deine Brüder Tschandra und Gupta erst einmal König und Vizekönig sind...»

Bei der Erwähnung des Namens Tschandra erstarrte Harrap, wie es die Bluthunde am Tor tun, wenn sie einen Straßenköter wittern, der dort herumschnüffelt, und auch die Ankündigung, daß Gupta Vizekönig werden sollte, beglückte ihn nicht. Dies rein repräsentative Amt wurde nur selten besetzt, doch würde es Guptas Energien binden und ihn an Intrigen hindern, die er sonst anzetteln mochte, um sich selbst in den Besitz des Thrones zu bringen. Vieles hatte der Großkönig vorausbedacht und, so gut es einem Menschen möglich war, Vorkehrungen gegen die Raubgier seiner Söhne getroffen, die einer dem anderen nichts gönnten.

«Kannst du dir vorstellen», fuhr der alte Mann fort, «was geschähe, wenn bekannt würde, du hättest mich in Ghokrao besucht? Das mindeste wäre eine Lawine von Gerüchten: es würde heißen, ich sei mit der Herrschaft über das Reich nicht zufrieden; ich hätte dich zu mir gebeten, um mich mit dir zu beraten und die Thronfolge zu ändern. Das wäre das mindeste, was geschähe, und bereits das würde an den Grundfesten des Thrones rütteln. Im schlimmsten Fall käme es zu einem Staatsstreich, bevor Tschandra zwei Furchen für seine fetten Hinterbacken in den Thron gesessen hätte.»

Der Großkönig hielt Harrap die Hand hin, und dieser beugte sich darüber, um die geschwollenen Knöchel zu küssen. Dabei fielen ihm die braunen Altersflecken auf der kalkweißen Haut auf. Sie war um die breiten Fingerknochen, die ganze Tage des Kampfes hindurch die schwerste und längste Lanze geschwungen hatten, geschrumpft.

«Ich verstehe, Vater», flüsterte er.

«Nein, Hari, noch verstehst du nicht alles. Ich habe lange auf diesen Tag hin geplant – und auf das, was auf ihn folgen wird. Weder steht mir der Sinn danach, mit dem Wunsch, meinen unverbesserlichen Tunichtgut von Sohn wiederzusehen, Unfrieden über Kamardol zu bringen, noch möchte ich, daß ein im Auftrag deines Bruders geführter Dolchstoß die mir zugemessenen Tage vorzeitig beendet.»

«Aber warum Tschandra, Vater? Warum er?»

Der Großkönig lachte. «Du wärest es wohl gern selbst geworden, Junge, was? Aber das ist unmöglich, wie du sehr wohl weißt. Das Volk liebt dich als den Oberbefehlshaber der Streitkräfte, würde dich aber als König keinesfalls lieben. Du wärest ein Großkönig, dem das Mißtrauen Fesseln anlegte. Stets würde man befürchten, du könntest die Leute deiner Mutter ins Land rufen. Was immer du tätest, es würde Argwohn erregen. Es ist besser, du bleibst Kamardols blitzendes Schwert, der Verteidiger unseres Reiches.»

«Ich verstehe, Vater», sagte Harrap erneut und senkte ergeben das Haupt.

«Noch nicht, Hari. Noch hast du nicht vollständig verstanden. Trotz aller Bedenken, mit denen man dir gegenübertritt, hättest du dich unter Umständen durchsetzen können. Das Volk liebt dich noch mehr, als es mich in meiner Jugend liebte, und es läßt denen, die es liebt, viel durchgehen. Aber ich wollte dich nicht als Großkönig sehen.»

Harrap ließ die Hand seines Vaters los. Dieser zog sie zurück und schob sie unter seine Schärpe, um sie zu wärmen. Harrap erhob sich, zupfte sich das Obergewand zurecht und erklärte steif: «Jetzt verstehe ich vollständig, Eure Majestät. Ich bitte um die Erlaubnis, mich zu entfernen, jetzt, da alles gesagt worden ist.»

«Setz dich, Hari! Setz dich!» Der Befehl kam scharf, obwohl der Großkönig die Stimme nicht hob. «Du hast noch nicht annähernd verstanden. Auch das ist ein Grund, warum meine Wahl nicht auf dich gefallen ist. Immerzu ist dein rascher Zorn bereit, wie ein Pfeil von einer ständig straff gespannten Sehne zu fliegen. Das aber ist nicht der Hauptgrund.»

«Darf ich ihn erfahren, Majestät?» fragte Harrap, der unbehaglich auf seinem Kissen kniete.

«Ich werde ihn dir sagen, wenn du bereit bist, einen alten Mann anzuhören, Hari.»

«Es tut mir leid, Vater.»

«Auch wenn du noch nicht alt bist, Hari, gehörst du doch der Vergangenheit und nicht der Gegenwart an. Du paßt besser in die Zeit meines Ururgroßvaters als in meine eigene. Wahrlich, du hast das von mir begonnene Werk nahezu vollendet. Unsere Grenzen sind sicher. Feinde wie Freunde fürchten den Namen Kamardol. Rings um uns liegen unterworfene Reiche, die uns widerwillig

Vasallentreue gelobt haben und uns, was noch wichtiger ist, durch ihre bloße Existenz vor Überfällen schützen. Wärest du Großkönig, würdest du die Trompeten des Krieges erschallen, die Banner im Winde flattern lassen und unsere Heere in einem nie endenden fruchtlosen Streben nach Ruhm zu neuen Eroberungen führen. Aber im Lande herrscht ein neuer Geist, den wir geschaffen haben, auch wenn du nichts davon weißt. Jetzt ist die Zeit für den Frieden, jetzt muß auf die festen Fundamente gebaut werden, die du und ich gelegt haben. Das Reich muß erblühen und der Geist der Menschen sich erheben... Doch die Pfeile dürfen nicht fliegen.»

Die pergamentartigen Augenlider des Großkönigs zuckten. Seine Finger tasteten in einem mit Edelsteinen besetzten Kästchen, das neben ihm stand, nach einem braunen Opiumkügelchen. Als es unter seiner Zunge lag, fuhr er matt mit seiner Erklärung fort: «Das haben wir erreicht – und einen bedeutenden Teil der großen Taten hast du vollbracht, Hari.»

«Mein Vater», gab Harrap voll Bitterkeit zur Antwort, «für Euch und Euren Namen habt Ihr Ruhm erworben. Ich verstehe jetzt alles. Wer nach Euch kommt, soll innerhalb des Kreises bauen, den wir gezogen haben. Uns bleibt es verwehrt, durch eigene Taten nach eigenem Ruhm zu streben.»

«Es sind die Zeiten, Hari», sagte der alte Mann. «Sieh doch, unser Land ist zwar eingeschlossen, aber sicher. Nirgendwohin könnten wir uns ausdehnen, außer nordwärts auf die unbewohnten Hochflächen. Jedes andere Ziel würde den von uns geschlossenen Ring übellauniger Vasallen zerbrechen und der Vernichtung einen Weg nach Kamardol bahnen. Noch größerer Ruhm läßt sich erwerben, wenn wir den Geist unseres Volkes erheben. Doch dazu bist nicht du der Mann. Wie ich gesagt habe, ist es besser, daß du Kamardols Schild und blitzendes Schwert bleibst. Laß deinen Bruder die neue Stadt errichten.»

«Ich werde mich bemühen, Euch zu gehorchen, Vater», sagte Harrap. Nahezu unhörbar fügte er hinzu: «Sofern ich das vermag.»

«Tu das, Hari, unbedingt», ermahnte ihn der alte König. «Laß dein Fohlen seinen Ruhm auf der Rennbahn und später in der Zucht erwerben. Das sagt ihm bestimmt mehr zu als das Schicksal, für das du ihn auserwählt hast.»

Kaum überrascht, daß der Großkönig wußte, was wir mit dem Hengstfohlen zu tun gedachten, versuchte Harrap gar nicht erst,

Unwissenheit zu heucheln. Verzweifelt fragte er: «Warum Tschandra, Vater? Warum nicht Gupta, der trotz aller Hinterlist immerhin ein Mann ist? Warum ein falscher Mönch, der den Titel eines Prinzen trägt wie ein Schauspieler, der eine ihm verhaßte Rolle spielt?»

«Tschandra wird Großkönig, Hari, weil er unter all meinen Söhnen der einzige ist, der mit seinem Geist nicht auf den Turnierplatz beschränkt oder wie Gupta so vom Machttrieb besessen ist, daß er nicht begreift, warum Männer über andere Männer herrschen. Ich wollte mein eigenes Denkmal haben! Weder soll Kamardol eine Remonten-Station für eine hitzige Reitertruppe noch Ausgangspunkt für wilde Abenteuer oder ein Ort sein, an dem die Intrige gedeiht, ein Ort, an dem die Menschen einander vergiften, erdolchen und foltern.» Erschöpft hielt der alte Mann inne und fuhr dann fort:

«Sowohl deine wie Guptas Art vorzugehen könnte zum Niedergang unserer Herrschaft führen, denn im Süden werden die Republiken» – er spie das Wort förmlich aus – «immer mächtiger. Keine Sorge, Hari – es wird auch künftig Arbeit für dein Schwert geben.»

«Das habe ich nie bezweifelt, Vater. Eure neue Welt ist noch nicht erschaffen.»

«Nein, Hari, noch nicht», gab der Großkönig zur Antwort. Seine Stimme klang wieder milder. «Auch wird sie nicht in den wenigen Jahren entstehen, die mir noch bleiben. Aber ich habe, so gut mir das möglich war, dafür gesorgt, daß die Krone ohne Blutvergießen in andere Hände übergeht. Ich habe alles getan, was in meinen Kräften stand, um dem Zeitalter einen guten Anfang zu ermöglichen, und du, Hari, darfst dich meinen Plänen nicht in den Weg stellen.»

«Das werde ich nicht, Vater.»

«Ich weiß nicht, welche Gestalt dies Zeitalter annehmen wird. Es gibt noch so viele unerprobte Möglichkeiten. Wir müssen danach trachten, unsere Welt – und uns selbst – besser zu erkennen, indem wir uns unseres Geistes bedienen und nicht immer nur unserer Schwerter. Alle Bewohner Kamardols sollen als Menschen umhergehen – nicht als Besitztum anderer, auf niedrigerer Stufe stehend als das Vieh, zu einem Leben in leiblicher und geistiger Verkommenheit verdammt. Wir müssen uns bemühen, den Willen – und die Absichten – der Götter zu erkennen, die uns geschaffen haben. Damit läßt sich Ruhm auf Gebieten erringen, die es bereits gibt, auch wenn wir nichts von ihrer Existenz wissen und uns nicht vorzustellen vermögen, wo sie liegen. Zuerst müssen wir aus Kamardol ein neues Reich für alle Männer machen – und sogar für die Frauen. Dann wird die Welt offen vor uns liegen... vor unseren Augen und unserem rastlosen Geist, nicht aber vor unseren Speeren oder unter den Hufen unserer Schlachtrösser.»

«Habt Ihr all das von Euren Buddhisten, Vater?»

«Zum Teil, Hari. Ja, so sprechen sie. Und sie haben nicht unrecht. Wir müssen nach einer neuen Art von Ruhm streben... Doch auch die alte Welt liegt nach wie vor um uns, und du mußt wie bisher der Schild Kamardols sein, als Oberbefehlshaber der Streitkräfte.»

Die Aussicht auf den hohen Rang besserte Harraps Stimmung nicht, obwohl er noch vor wenigen Stunden in Jubel darüber ausgebrochen wäre. Schweigend neigte er das Haupt.

«Jetzt aber, mein Sohn, bin ich müde. Wir werden einander noch einmal sehen, wenn ich den Thron verlasse. Ich werde für dich beten.»

Unter Verbeugungen verließ Harrap den Raum. Als seine Hand auf dem Türknauf lag, lächelte der Großkönig breit, so daß sein Gesicht einen Augenblick lang dem seines Sohnes aufs Haar glich.

«Noch eins, Hari», sagte er, «ich habe festgestellt, daß es für Rennpferde nichts Besseres gibt als Kleie. Sie werden davon sehr schnell, auch wenn sie vielleicht an Ausdauer einbüßen. Gib deinem Fohlen Kleie, laß es keinesfalls Gras fressen!»

5

Es würde keine Einwilligung zur Expedition geben. Im selben Augenblick, da Ranbir zögernd Tschandras Namen ausgesprochen hatte, war jeder Zukunftsglaube erstorben, wenn auch nicht die Hoffnung. Jetzt war auch sie tot. Der Großkönig hatte Harrap untersagt zu hoffen.

Er sollte Oberbefehlshaber der Streitkräfte von Kamardol werden. Diesen Rang hatte er ersehnt, seit er zum erstenmal den rauhen Schaft einer Kinderlanze in seiner kleinen Hand gespürt hatte. Aber er sollte an der Spitze eines Heeres stehen, das zur Verteidigung bestimmt war; seine Hauptwaffe würden die an Maulwürfe erinnernden Fußsoldaten sein, deren Schwielen nicht vom Schwertknauf stammten, sondern vom Schanzzeug, von Hacke und Spaten. Ein hoher Verwaltungsbeamter würde er sein, der eine Rüstung trug und über Bau und Versorgung von Festungsanlagen entschied. Seine ausgeklügeltste Strategie würde darin bestehen, eine Verteidigungslinie zu halten, seine kühnste Schlacht der kurze Vorstoß eines Trupps leichter Reiter sein, der zur Erkundung ausschwärmt.

«Ich kann nicht, Jakir; ich habe das Gefühl, es wäre besser aufzugeben und mit meinem Vater ins Kloster zu gehen – oder mir mit der Spitze meines Schwertes das Herz herauszureißen», sagte er zu mir, als wir kurz vor Morgengrauen den Thronsaal betraten, um an den düsteren Feierlichkeiten zur Abdankung des Großkönigs teilzunehmen.

Dieser saß, wie es ihm seit fünfzig Jahren zukam, auf der großen silbernen Thronestrade. Als sei er eine Altarfigur, umgab ihn zu beiden Seiten und hinten ein Halbkreis geschwungener Stellwände, in deren Goldfiligran Edelsteine eingearbeitet waren. Der Halbdämmer, den die Butterlampen erzeugten – sie zuckten wie sein flach gehender Atem –, fiel auf die ziselierte rubinbesetzte goldene Krone. Er schien kein Mensch zu sein, ein Geschöpf, das den Ängsten und Begierden unterliegt, welche die Götter jedem von uns bestimmt haben. Der strahlende Glanz der großen Smaragdrosette, die an der hoch hinter ihm aufragenden Mandala prangte, überschattete seine eingefallenen Züge. Kaum vermochte sein Leib die schweren Falten seiner scharlachroten und gelben Gewänder zu tragen, auf denen überdies das Gewicht der vielen grauen und weißen Pelze lastete.

Einzeln sprach jeder der königlichen Prinzen seine Abschiedsformel. Als erster trat schwerfällig Tschandra vor, den Blick seiner in den vorquellenden Wangen begrabenen Augen gesenkt. Dem hochgewachsenen Gupta sah man an, daß er von Ehrgeiz förmlich zerfressen war. Sein leiser Schritt war so hochmütig wie der eines schwarzen Leoparden, der seit Wochen keine Beute geschlagen hat. Harrap bewegte sich wie ein zerbrochenes Kinderspielzeug – nichts war von seiner vierschrötigen Anmut geblieben. Gut dreißig weitere Prinzen folgten, rasch und leichtfüßig die einen, manche hingegen schwer und träge. Alle trugen eine betrübte Miene zur Schau. Während sie bei manchen fraglos geheuchelt war, mochte sie bei anderen durchaus echte Gefühle widerspiegeln. Gemächlich schob sich ihr Zug aus der Menge, die sich hinten im kalten hallenden Saal drängte und jeden nach seiner Rückkehr wieder in sich verschluckte.

Nach den Prinzen kamen die von ihren Hofdamen begleiteten Gemahlinnen des Königs. Das Haar lag ihnen wirr um den Kopf, von der gleichen Paste aus Weizenmehl und Kuhharn verfilzt, mit der sie sich Gesichter und entblößte Brüste bestrichen hatten. Ihre zerfetzten Röcke gaben den Blick auf Beine, Hüften und das dunkle Dreieck ihres Geschlechts frei. Dann folgten die hohen Hofbeamten, darunter mein Vater, und nach ihnen kamen alle anderen: die minder bedeutenden Beamten, deren Gehilfen und wer sonst noch bei Hofe tätig war oder sich dort aufhielt. Gerade wollte ich mich gesenkten Hauptes mit dem Trupp dieser Letztgenannten dem Großkönig nähern, als ein Lichtstrahl durch die östliche Fensteröffnung fiel. Zischend erloschen die Butterlampen. Ich hob den Kopf und sah, daß der Smaragdthron leer war. Der Großkönig hatte uns verlassen.

Noch einmal verneigten wir uns vor dem leeren Thron, so tief, daß unsere Stirnen den körnigen Sandsteinboden berührten, dann begann sich der Hofstaat in feierlicher Eile aufzulösen. Wir blieben zurück, wie Männer, die aus einem schändlichen Traum erwachen, oder wie Verschwörer, die, nachdem sie gemeinschaftlich ein schweres Verbrechen begangen haben, keinen anderen Wunsch kennen, als auseinanderzugehen, ohne sich gegenseitig in die Augen zu blicken. Inmitten der Leiber, die sich stumm den Türen entgegendrängten, schob ich mich an Tamars Seite und nahm ihre Hand. Überrascht hob sie den Blick, und ein flüchtiges Lächeln trat auf ihre Züge. Sie nickte, als ich ihr zuflüsterte: «Heute nachmittag, wenn die Schatten länger werden.» Dann war sie fort, der alten Königin nachgeeilt.

Der königliche Palast schlief an jenem Tag, mit Ausnahme der Diener, der Wächter und des Priesters, der uns begleitet hatte. Später beklagte sich Ranbir mir gegenüber: «Euer Priester da ist hin- und hergeschossen wie ein Weberschiffchen. Ich hatte keinen Auftrag, ihn festzuhalten, hätte ihn aber gern an der Rückkehr gehindert. Doch ich nahm an, Prinz Harrap wünsche mit ihm zu sprechen. Sofern der aufgeregte Priester ihn zu trösten vermochte, wollte ich dem nicht im Wege stehen.»

An jenem Nachmittag kam Tamar spät zu mir, als ich schließlich, ermattet von einem zu langen, zu häufig unterbrochenen Schlaf, mein Lager verlassen hatte. Noch immer haftete ihr das verklumpte Mehl auf Armen und Schultern, den zerfetzten Rock aber hatte sie mit einer einfachen Bahn rosa Baumwolltuch vertauscht, wie es die Tochter eines Grundbesitzers tragen mochte. Sie hatte es mehrfach um Beine und Hüften gewickelt und sich das lange Endstück über Schultern und Kopf gezogen, so daß es vom schimmernden Wasserfall bernsteinfarbenen Haares herab lose zwischen ihren Brüsten hing.

Als wir im Turmzimmer über dem Gemach meines Vaters beieinanderlagen, war ihr Körper seidenweich und hieß mich willkommen wie ehedem, selbst wenn die Eile sie dazu veranlassen mochte, sich weniger geübt zu bewegen als sonst. Auch ich prunkte nicht lange mit meiner Kenntnis der Lehre Watsjajanas, des Weisen der Liebe. Unsere Leiber, die einander lange entbehrt hatten, strebten in Mißachtung der vorgeschriebenen Künste von selbst zueinander.

Als wir erschöpft Seite an Seite lagen, fuhr ich zögernd mit dem Zeigefinger von den seidenen Stoppeln auf dem Hügel, der den Zusammenschluß ihrer Schenkel bekrönte, zu dem braunen Turm, der den Gipfel ihrer linken Brust bewachte.

«Man sollte glauben», sagte ich mit einem Lächeln, «du habest während der drei Monate, die ich fort war, bei keinem Mann gelegen.»

«Mir ist klar, daß du es nicht glauben wirst», gab sie mit einem halben Lachen zur Antwort, «aber so ist es.»

Ich verzog in gespieltem Erstaunen das Gesicht. Röte bedeckte Tamars Hals und Brüste, und sie fügte schüchtern hinzu: «Es ist fast unmöglich zu glauben... sogar für mich. Doch ich wollte wahrhaftig keinen Mann haben, bis du zurückgekehrt warst. Die Mädchen hielten mich für krank, aber du siehst, es ist nicht an dem.» Nach kurzem Schweigen fügte sie hinzu: «Erzähl mir von den fremden Frauen, denen du begegnet bist, und wie sie sich bei der Liebe aufführen.» Während ich es ihr schilderte, erinnerte ich mich voll Staunen an die sonderbaren Praktiken der Frauen von Fergana, die sich die Körperhaare nicht rasieren, und an die kalten Nächte in den Jurten der Uiguren, in denen sich ein Dutzend Männer und Weiber wärmesuchend aneinanderdrängen. Von Zeit zu Zeit unterbrach mich Tamar und wollte alle eigenartigen Gebräuche, die ich kennengelernt hatte, haarklein beschrieben haben.

So hätten wir den ganzen Nachmittag dort liegen und uns halb mit Worten und halb zwischen den Worten unterhalten können, wie es Liebende tun. Aber Gegenwart und Außenwelt machten ihre

Ansprüche geltend, und ich zwang mich zu fragen: «Sag mir, was in unserer Abwesenheit vorgefallen ist. Welcher Tücke verdankt es Tschandra, daß er sich auf den Smaragdthron hat schleichen können? Und wie ist es zugegangen, daß er, der Großkönig war, ins Kloster von Ghokrao eintrat? Was ist mit Gupta und...»

Indem sie mir ihre nach Mandeln duftende Hand auf den Mund legte, mahnte sie: «Eine Frage nach der anderen, mein Jarie!»

Einen Augenblick lang wurde sie ernst und berichtete mir neben dem Klatsch und Tratsch aus den Frauengemächern, was sie von ihrem Vater wußte, dem Ersten Obristen der Palastwache. In ihren grauen Augen spiegelte sich der Schein der Nachmittagssonne, die durch die vergitterte Wandöffnung ein leuchtendes Netz auf die Seidenkissen und unsere ineinander verschlungenen Leiber warf. Tamars runde Wangen waren übergoldet wie frisch gemähter Weizen, und ihr Hals war geschwungen wie der einer Taube. Aber auf ihren Zügen lag eher Entschlossenheit als weibliche Nachgiebigkeit. Vielleicht ging dieser Eindruck auf ihre Nase zurück, die geradlinig aus ihren Augenbrauen vorsprang wie die Alexanders auf meiner Münze. Erneut stellte ich überrascht fest, daß die weichen Konturen ihres Körpers einen unbeugsamen Geist umschlossen. Sie sprach rasch, ließ aber häufig Pausen eintreten, um mich auf Gesicht, Schultern und Unterleib zu küssen, und einmal, als meine Hand über ihr Gesäß fuhr, um die darunter liegende geheime Öffnung zu liebkosen, sprachen wir eine Weile kein Wort. Doch was sie berichtete, war geordnet und klar.

Sie erinnerte sich, daß nahezu im selben Augenblick, da Harrap, der Priester und ich mit der Leibgarde meines Prinzen ausgeritten waren, Mutmaßungen im Hofstaat die Runde gemacht hatten. Jeder kannte Harraps Vorliebe für Pferderennen, dennoch mochten nur wenige glauben, daß er Kamardol lediglich verlassen hatte, um zu einer Zeit, da die Regelung der Thronfolge bevorstand, einen neuen Hengst zu suchen. Am meisten zweifelten eigenartigerweise unsere Freunde. Sie behaupteten, Harrap wolle, um auf den Thron zu gelangen, ein Bündnis mit dem Volk schließen, dem seine Mutter entstammte. Unsere mißgünstigen Feinde setzten das Gerücht in Umlauf, er habe sich zum Rückzug gezwungen gesehen, sei es auf Guptas Befehl oder aus Furcht vor Tschandras Heimtücke. Von einer Expedition hatte keiner von ihnen gesprochen. So tief lag der Ritus, dem Harrap huldigte, unter halbvergessenen Ereignissen der

Vergangenheit begraben, daß sich nur wenige Gelehrte daran zu erinnern vermochten – sie aber wußten, daß das für ein solches Unternehmen vorgesehene Hengstfohlen in den eigenen Herden des Großkönigs und auf seinen Weiden zur Welt kommen mußte. Da niemand am Hofe wußte, daß der Priester mit uns geritten war, besaß niemand den Schlüssel zum Geheimnis unserer Expedition. Dennoch hatte Harraps Aufbruch die Ereignisse im Zusammenhang mit der Thronfolge beschleunigt.

Alles hatte damit begonnen, daß der Großkönig seiner Gemahlin anvertraute, er habe in einer Traumvision gesehen, wie sich die gesamte von ihm geschaffene Ordnung im Blut seiner einander bekämpfenden Söhne auflöste; mit Spießen seien seine Denkmäler gestürzt worden, Kriegselefanten hätten sie unter ihrem Gewicht zermalmt und die Hufe wilder Schlachtrösser sie in Stücke getrampelt. Nachdem der Großkönig dies Traumbild gesehen hatte, wurde, solange seine Besorgnis währte, auf den Gängen des königlichen Palastes der Hauptmönch des buddhistischen Sangha zu einer vertrauten Gestalt. Bis dahin hatte der Großkönig die Buddhisten geduldet, weil sie seine eigene Macht nicht in Frage stellten, wohl aber die Auswirkungen seiner Herrschaft milderten – sorgten sie doch für eine Verminderung des Einflusses, den die selbstherrlichen Brahmanen auf das Volk ausübten. Das war ihnen möglich, weil sie so zahlreich geworden waren, daß man sie nicht vernichten konnte, ohne die Gefahr eines Bürgerkriegs heraufzubeschwören. Doch hatte der Großkönig sie stets verachtet und nichts zu ihrem Schutz unternommen.

Als Tschandra die Besorgnis seines Vaters spürte, regte er eine Unterredung mit dem Hauptmönch an. Schon bei ihren ersten offiziellen Begegnungen hatte der vom Mönch geschickt ausgelegte Köder seine Wirkung im Gemüt des Königs gezeigt, der sein Leben mit dem Schwert gestaltet hatte. Nicht nur seine natürlichen Feinde hatte er erschlagen, wie das eines jeden Mannes Pflicht ist, er hatte sogar, um sich in den Besitz des Smaragdthrons zu bringen, den eigenen Vater erwürgen lassen und mit der Lanze in der Hand die Schar jener angeführt, die seine Onkel sowie seine zwölf älteren – und einige jüngere – Brüder hingemetzelt hatten. Zwar hatte der Großkönig über das Volk gespottet, als es angesichts des Mordes an den Angehörigen der Dynastie murrte, und es mit großartigen Geschenken, grandiosen Schauspielen und Siegen an allen Fronten auf seine Seite gezogen, doch lag ihm im Alter ebensoviel am eigenen Seelenfrieden wie am Frieden für Kamardol. Der listige Mönch, der sich zugleich diensteifrig und herablassend gebärdete, wie ein umherziehender Kaufmann, der die Begierde einer hochstehenden Dame nach seltenen Kleinodien schürt, machte sich erbötig, dafür zu sorgen, daß der König in beiderlei Hinsicht nichts zu befürchten hatte.

Zwar könnten, erklärte er, den Großkönig Sünden, die er in Unkenntnis ihrer Verwerflichkeit begangen habe, ebenso wie Untaten, deren er sich im vollen Bewußtsein ihrer Schändlichkeit schuldig gemacht habe, zur Wiedergeburt in der schmählichen Gestalt einer Schlange oder eines Skorpions verdammen, doch dürfe jemand, der unwissend gesündigt habe, eher auf Vergebung hoffen, als wenn er mit voller Absicht gehandelt hätte. Er müsse nur sein Herz dem ersten Schimmer der Erleuchtung öffnen und alle die unter seinen Schandtaten ungeschehen machen, bei denen ihm das möglich sei. Vor allem müsse er zur Verbreitung der buddhistischen Wahrheit, des Dharma, beitragen und sein Reich in Übereinstimmung mit ihr regieren. Wenn auch die Zukunft des Großkönigs keinesfalls rosig aussehe, da er weder die von ihm begangenen Morde ungeschehen machen noch das von ihm vergossene Blut zurückgeben könne, sei dennoch eine Wiedergeburt auf der gleichen Ebene möglich, womit er dem Nirwana, der großen Vereinigung des Buddhisten mit der Ewigkeit, näherkomme. Von jener Zusicherung hatte der Großkönig eine ganze Weile nichts wissen wollen und getobt, er sehe kein erstrebenswertes Ziel in seiner eigenen Auslöschung, wie friedlich auch immer diese vor sich gehen möge. Schließlich aber hatte er sich den Vorstellungen des Mönches zugänglich gezeigt. Allerdings habe der Großkönig, wie die alte Königin Tamar zugeflüstert hatte, den Pakt mit dem Hauptmönch keineswegs nur aus Sorge um sein Seelenheil geschlossen. Auf dessen Warnungen habe er nur halb gehört und die Versprechen zurückgewiesen, weil er sicher sei, daß *seine* Seele auf alle Zeiten unabhängig bleiben werde, stolz und unvermischt mit der allgemeinen Materie der gewöhnlichen Ewigkeit. Doch hätten die Wünsche des Großkönigs für sein irdisches Reich, nämlich Kamardol, hatte sie hinzugefügt, glänzend zu den Anregungen des Hauptmönchs gepaßt, in denen die Angelegenheiten dieser und der anderen Welten – wie bei den Buddhisten üblich – so miteinander verquickt waren, daß niemand in der Lage gewesen sei, die gegenwärtige Wirklichkeit von der künftigen zu unterscheiden.

Der Großkönig, erklärte der Hauptmönch, möge tun, was früher im Reich üblich war, nämlich einen Nachfolger benennen und dem Thron entsagen. Nur auf diese Weise sei zu gewährleisten, daß der Machtübergang ohne kriegerische Auseinandersetzungen erfolge. Anschließend werde die bloße Tatsache, daß er noch lebe, auch wenn er sich zurückgezogen habe, seine anderen Söhne davon abhalten, den von ihm erwählten Erben zu stürzen. Zuflucht, fügte er hinzu, könne dem Großkönig ausschließlich das Kloster Ghokrao bieten, das zum Teil in dieser Welt und zum Teil außerhalb von ihr liege. Zum Thronfolger schlug er Tschandra vor, da dieser von den königlichen Prinzen der einzige sei, den ganz Kamardol als Mann des Friedens kenne. Freilich war Tschandra, wie der Hauptmönch unumwunden einräumte, ein Freund der Buddhisten, wenn auch keineswegs zu deren Glauben übergetreten. Liebenswürdig fügte er hinzu, ihm erscheine die Wahl Tschandras äußerst klug, auch wenn der Großkönig in seiner Weisheit möglicherweise auf einen ihm genehmeren und geeigneter erscheinenden Kandidaten verfallen werde. Tschandra gelte bei der Verwaltung, den Kaufleuten und dem buddhistischen Sangha als Garant einer geordneten Herrschaft und werde daher deren Unterstützung finden. Dieser Allianz gegenüber seien die unberechenbaren und auf militärische Abenteuer versessenen Elemente – damit waren Gupta und die ungebärdigen Prinzen, die Streitkräfte und der Adel gemeint – nahezu vollständig machtlos, vor allem, wenn man dafür sorge, daß die beschwerlichen Pflichten eines Vizekönigs Guptas ungezügelte Energie aufzehrten.

Schließlich ließ sich der Großkönig überreden. Niemand vermochte die geheimen Seiten seines Geistes zu ergründen, doch schien er trotz seiner Überzeugung, daß seiner Seele keine Gefahr drohe, nicht abgeneigt, diese Gewißheit noch zusätzlich zu verstärken und damit zugleich für die Sicherheit seines irdischen Reiches zu sorgen.

«Immerhin», sagte Tamar lächelnd, «ist der Großkönig ein alter Mann, und nicht einmal er weiß, was im Jenseits liegt. Daher ist er dem Weg der Buddhisten ein ganzes Stück weit gefolgt und hat sogar einen Teil der vom Hauptmönch verlangten Reformen unterstützt. Die Parias, die Unberührbaren, gelten inzwischen als Menschen, und man hat angeordnet, daß sie nicht nur aus öffentlichen

Brunnen trinken, sondern auch über die Straßen ziehen dürfen, ohne wie bisher Warnrufe von sich zu geben, damit nicht ihr Schatten die zweimal geborenen Brahmanen besudelt, die ihren heiligen Zustand durch immer weiteres Emporsteigen auf der Leiter menschlichen Lebens erreicht haben und später durch die Riten der Wiedergeburt geheiligt werden. Doch nicht nur hüten sich die Unberührbaren wohlweislich, ihre neuen Rechte wahrzunehmen, auch das Entgegenkommen des Großkönigs ist nicht unendlich. So war er nicht bereit, die Anregung des Hauptmönchs zu befolgen, er möge Unberührbare in die Palastwache aufnehmen.»

Sie erschauerte ein wenig, zu einfühlsam, um unnötige Worte über solche Perversitäten zu verlieren, und beugte sich mit dem schimmernden Vorhang ihres hellbraunen Haares über mich. Während sie mir mit ihrer flinken Zunge über die verborgenen Teile fuhr, ertönte im unteren Geschoß des Hauses Harraps polternde Stimme. Zwar war nicht zu verstehen, was er sagte, doch deutlich stieg die Antwort meiner Mutter zu uns empor: «Er ist oben, Hoheit. Er liegt bei Tamar.»

«Kommt herauf zu uns, Harrap», rief ich, «aber gebt uns einige Minuten Zeit.»

«Später, meine Liebste», flüsterte ich und küßte Tamar. Wortlos lächelnd band sie sich den Rock um die Hüften.

Der kleine Raum schien Harraps gebieterische Gestalt kaum fassen zu können, obwohl er weder Schwert noch Kettenhemd trug, sondern lediglich ein schlichtes kurzärmeliges Gewand. Seine Arme, erkannte ich, waren mit einer Reihe kleiner roter Bißwunden bedeckt, ähnlich jenen, die bald auf meinen erblühen würden. Er lächelte, hob Tamar bei der Hand aus dem tiefen Knicks, in den sie versunken war, und fragte freundlich: «War es schön, meine Kinder?»

Langsam kam der Priester die schmale Wendeltreppe emporgekeucht. Als sich Tamar still verabschieden wollte, sagte er: «Nein, Dame Tamar, geht nicht! Bleibt bei uns, so es Euch recht ist. Wir haben keine Geheimnisse.»

«Erweise uns die Ehre, Tamar», fügte Harrap rasch hinzu.

Ganz von selbst verfielen wir in das Hofzeremoniell und blieben achtungsvoll stehen, bis sich Harrap auf die Kissen sinken ließ und uns mit einer Handbewegung bedeutete, wir sollten uns zu ihm setzen. Aus einer geschwungenen Silberkanne, die in einem in einer

Ecke eingelassenen Becken mit kaltem Wasser gestanden hatte und von der kühle Tropfen herabperlten, goß ich Weißwein ein. Der Priester machte eine ablehnende Handbewegung und bat um Wasser. Aus einem Beutel an der Schnur, die seine gelben Gewänder zusammenhielt, nahm er ein in ein Palmblatt und dünnes gehämmertes Silberblech gewickeltes Genußmittel. Der stechende Geruch verriet mir, daß es stark mit Haschisch versetzt sein mußte. Zwar ziehen manche Höflinge Hanf dem Wein vor, mir allerdings war die durch Haschisch ausgelöste Sinnenverwirrung schon immer zuwider gewesen. Der Priester, der Fleisch und Wein gleichermaßen ablehnte, schob das mit Haschisch versetzte Kügelchen zwischen seinen gelben Zähnen hin und her.

Fünf Minuten lang plauderten wir wie flüchtige Bekannte, die sich aus Langeweile oder gesellschaftlicher Notwendigkeit getroffen haben. Angelegentlich erkundigte ich mich, ob der Wein meinem Besucher zusagte, und Tamar gab Klatsch über den jüngsten Skandal aus dem königlichen Palast zum besten. Zwei Hofdamen, die dem Wein zu sehr zugesprochen hatten, berichtete sie lächelnd, hatten zwei Schildwachen an der Umgebungsmauer verführen wollen, obwohl es nur einfache Burschen aus den Bergen waren. Als es ihnen nicht gelang, den Argwohn der beiden zu zerstreuen, hatten sie sich miteinander zu Liebesspielen in ein Schilderhäuschen zurückgezogen, wo der wachhabende Offizier sie überraschte. Wir lachten, und ich war stolz auf die Mühelosigkeit, mit der Tamar ihre Rolle als Gastgeberin von Stand bewältigte.

Als sich meine Ungeduld nicht mehr zügeln ließ, nahm ich mir die Freiheit heraus, die mir als dem Gastgeber und dem Jüngeren gestattet war, und merkte an: «Von allem, was wir wollten, haben wir das Gegenteil erreicht. Tschandra wird Großkönig, und Gupta Vizekönig. Gewiß liegt keinem von beiden an Unruhe im Volk. Sofern es aber keine Expedition geben soll, was wird dann aus uns? Was sollen wir mit den vor uns liegenden Jahren anfangen?»

«Ich weiß nicht», gab Harrap matt zur Antwort. «Aber ich...»

«Ihr gebt zu rasch der Verzweiflung nach, mein lieber Jakir», ergriff der Priester das Wort. «Ob Tschandra Großkönig und Gupta Vizekönig wird, ist keinesfalls sicher, ebensowenig wie es sicher ist, daß aus der Expedition ein Abenteuer wird, das um die ganze Welt herum aufflammt. Es gibt viele...»

«Was soll dieser neue Unsinn?» unterbrach ihn Harrap.

«Was ich gesagt habe. Unsinn aber ist es nicht», beschied ihn der Priester in verweisendem Ton. «Weder Tschandra noch der sogenannte Hauptmönch der Ketzer kennt die Berichte der Sammler des Wissens. Sie hatten auch gar keine Gelegenheit, diese zu sehen, denn sie sind nach wie vor wirklich geheim und den wahrhaft Gläubigen vorbehalten. Die Wanderpriester, die schlauen Hausierer, die Prostituierten, die Bartscherer und die Dienstboten, die überall herumkommen und alles hören, sind zu einer Schlußfolgerung gelangt. Mit Ausnahme der Unberührbaren, auf deren Meinung es nicht ankommt, ist das gemeine Volk von der Aussicht auf eine Beherrschung durch die Ketzer alles andere als angetan. Die Menschen fürchten, daß damit ein Zeitabschnitt anbrechen könnte, da niemand seinem natürlichen Vergnügen nachgehen darf und eine Vielzahl einengender Vorschriften alle fesseln. Sie bangen darum, daß es keine Bacchanalien, keine Opfer und kein feierliches Schauspiel mehr geben wird. Die Dorfältesten sehen ihre Amtsgewalt von der Zentralregierung bedroht, und die wahre Priesterschaft ist selbstverständlich empört.»

«Was bedeutet uns das Gewäsch des Pöbels?»

«Ganz einfach.» Der Priester lachte, obwohl er die Hände in Gebetshaltung vor dem Gesicht verschlungen hielt. «Über eine unzufriedene Volksmasse kann Tschandra nur herrschen, wenn er mit den Buddhisten und deren Methoden bricht. Dazu aber ist er nicht in der Lage, denn sie stellen seine Hauptstützen dar. Nur wenn die Streitkräfte geschlossen hinter ihm stünden, wäre er imstande, dem Volk seinen Willen aufzuzwingen.»

«Die aber...» warf ich eifrig ein.

«Sind keineswegs gesonnen», fuhr der Priester fort, «das Blut von Bürgern zu vergießen, damit ein Mönch auf dem Smaragdthron das Reich von Kamardol in eine graue Wolke hüllt und das Ganze Frieden und Ordnung nennt. Die Streitkräfte fügen sich ausschließlich dem Mann, der hier unter uns weilt.»

«Sprich weiter!» forderte ihn Harrap auf.

«Meiner Ansicht nach», sagte der Priester mit übertriebener Hochachtung, «bietet dies Durcheinander eine ausgezeichnete Gelegenheit. Wenn Tschandra klug ist, gibt er sich lieber mit einem halben Thron zufrieden, als ganz ohne dazustehen. Mag er Gupta zum Mitkönig erheben und dafür sorgen, daß die Niedertracht der Ketzer gedämpft werde. In dem Fall allerdings...»

«... muß er den Auszug verkünden», endete ich eifrig.

«Unmöglich ist das nicht», sagte Harrap nachdenklich. «Aber dabei müssen zu viele Unwägbarkeiten berücksichtigt werden. Nicht nur mit Gupta, sondern auch mit Tschandra müßten wir reden.»

«Wir sollten das in Angriff nehmen, Harrap, wirklich», bat ich.

«Und was ist mit den Wünschen meines Vaters?»

«Der einstige Großkönig hat sich von der Welt zurückgezogen. Er wird nicht zurückkehren, um seine Söhne zu züchtigen, wenn sie eine neue Übereinkunft treffen, die der Königsstadt den Frieden bringt.»

«Aber er will, daß ich seinen Willen befolge.»

«Hoheit», sagte der Priester, die knochigen Hände mit nach oben weisenden Handflächen ausgestreckt: «Als Priester sage ich Euch, daß es keine Sünde, sondern Eure Pflicht ist, in diesem Fall entgegen dem Wunsch Eures Vaters zu handeln – sofern Ihr auf diese Weise das Bestreben fördert, das er damit verfolgt, und die wahre Religion hochhaltet. Die Ketzer haben ihn in seinem Alter verleitet. Seine Absicht ist klar, doch sucht er sie mit ungeeigneten Mitteln zu erreichen.»

«Vielleicht habt Ihr recht», sagte Harrap gedehnt. «Dennoch möchte ich nicht... Und warum sollte Tschandra – oder Gupta – auf den Aufbruch zur Expedition drängen, sobald sie Seite an Seite auf dem Smaragdthron sitzen?»

«Weil das der Preis für die Unterstützung durch die Streitkräfte ist – wie damals, als wir uns auf Guptas zügellose Gier stützten, um ihn dazu zu bringen, daß er unser Unternehmen förderte. Die Entscheidung des Großkönigs beruht auf einer Fehleinschätzung der Situation, und weder Gupta noch die Machtstruktur hat sich dem Wesen nach geändert, seit uns Euer Bruder, der Prinz, Unterstützung für den Fall zugesagt hat, daß Ihr ihm in seinem Machtstreben beisteht.»

«Was aber», fragte ich, «wenn sich die Streitkräfte nicht irremachen lassen und dem König zujubeln, sobald er gekrönt ist?»

«Die gegen Tschandra gerichteten Mächte dürsten danach, einzugreifen», gab der Priester zur Antwort. «Die Streitkräfte müssen etwas unternehmen – und sei es nur, um Auflösungserscheinungen vorzubeugen. Dazu aber müssen sie eine Entscheidung treffen. Wir wollen nicht außer acht lassen, daß noch ein weiterer Prinz die

Möglichkeit hat, in den Gang der Ereignisse einzugreifen. Die Thronfolge kann erringen, wer sich auf die Streitkräfte verlassen darf. Wer nach dem Smaragdthron strebt, muß bereitwillig an fernen Lagerfeuern gesessen und Wälle aus Lanzen geschaffen haben – denn der einzige Weg zum Thron führt durch ein Spalier von Lanzen.»

Harrap setzte seinen Pokal so fest nieder, daß die Bodenplatten davon widerhallten und ich einen Augenblick lang fürchtete, das Glas werde bersten.

«Ich sage dir, Brahmane», sagte er mit Nachdruck, «ich will den Thron nicht gegen den ausdrücklichen Wunsch meines Vaters. Mir liegt nichts an der Herrschaft über Kamardol – jedenfalls nicht jetzt, wenn überhaupt...»

«Prinz Harrap», versuchte ihn der Priester zu beschwichtigen. «Ich hatte mit meinen Worten nicht sagen wollen...»

«Mir liegt ausschließlich an der Expedition.» Harrap schien die Worte des Priesters nicht gehört zu haben. «Ich sehe nicht ein, warum mir meine Brüder diesen Gefallen nicht erweisen sollten, wenn sie erst einmal auf dem Thron sitzen.»

«Gupta hat unserem Auszug zugestimmt, weil er den Thron wollte», sagte der Priester mit einem Lächeln. «Wäre der Großkönig gestorben, hätte Gupta dem Volk in der Verwirrung, die sicherlich dem Tod gefolgt wäre, den Aufbruch zum Abenteuer angeboten... und damit dessen Unterstützung gewonnen.»

«Aber ganz gleich, auf welche Weise er das Ziel erreichte, auf das er hinarbeitet», wandte ich ein, «würde er doch keinesfalls die Expedition wünschen, sofern er als Mitkönig neben Tschandra säße. Die Gefahr wäre zu groß. Der Mühe wert war die Sache, als es für ihn keinen anderen Weg zum Thron gab. Bestimmt würde er nicht alles aufs Spiel setzen, hätte er ihn bereits auf andere Weise gewonnen.»

«Jakir, es gibt weder für Gupta noch für Tschandra einen anderen Weg», antwortete der Priester. «Sofern sich die beiden dem Auszug verweigern, könnte ein anderer Prinz auf den Thron gelangen, indem er die Expedition ausruft – vor allem, wenn in der Scheide seines Schwertes die Streitkräfte bereitlägen.»

«Ich habe dir gesagt, Brahmane, daß es mir nicht um den Thron zu tun ist», knurrte Harrap.

«Das habe ich auch nicht sagen wollen, Harrap. Aber Eure Brüder dürften sich ihrer Sache zu keinem Zeitpunkt sicher fühlen, ob sie nun mit dem Thron rechnen oder darauf sitzen, nicht einmal dann, wenn Ihr ihnen jeden Tag zwanzigmal aufrichtig versichertet, was in Eurem Herzen verborgen liegt.»

«Du bist wahrlich verschlagen, Brahmane», sagte Harrap. «Deine Pläne sind so fein gesponnen, daß sie über die Treulosigkeit hinaus in neue Welten der Tücke reichen.»

«Ergebenen Dank, Hoheit», sagte der Priester lächelnd.

«Aber Teulosigkeit ist und bleibt in meinen Augen Treulosigkeit. Sie entspricht nicht meiner Art. Mein Vater hat gesprochen... und ich gedenke mich seinem Willen nicht zu widersetzen. Außerdem ist dein Plan zu kompliziert... zu durchtrieben, als daß er gelingen könnte. Auch wenn ich deinem gewundenen Weg zu folgen vermöchte, würde uns das nichts nützen. Die Zwiekönige würden eingreifen – und wir alle würden verschwinden. Warum sollten sie den Aufbruch zur Expedition anordnen, wenn es viel leichter wäre, mir einen Dolch in die Rippen jagen zu lassen?»

«Weil dem Volk das Versprechen vor der gemeinsamen Thronbesteigung gegeben werden muß, Hoheit... weil der gute Wille der Streitkräfte den beiden Königen gegenüber von Dauer sein muß, sofern sie herrschen wollen. Trotz der großen Gefahren, die mit der Expedition verbunden sind, würden Tschandra wie Gupta den Auszug gutheißen. Welche andere Möglichkeit hätten sie, das Wohlverhalten der Streitkräfte zu erkaufen? Auf welche andere Weise könnten sie erreichen, daß Prinz Harrap mit den besten Männern außer Landes geht – für ein ganzes Jahr, wenn das Glück ihnen wohl will, und auf immer, wenn es ihnen besonders hold ist?»

«Was du sagst, klingt schlüssig», sagte Harrap nachdenklich. «Aber es entspricht einfach nicht meiner Art. Keinesfalls möchte ich meine Ziele damit erreichen, daß ich mich dem letzten Auftrag meines Vaters widersetze. Und für den Fall, daß die Expedition auf die von dir angesprochene Weise stattfindet, würde der Segen der Götter nicht auf dem Unternehmen liegen – im Gegenteil, Sie würden es mit Ihrem Zorn verfolgen.»

«Überlaßt es mir, Prinz Harrap, Ihren Willen zu deuten. Es ist mein Beruf. Ich versichere Euch, daß die Expedition, ganz gleich, auf welchem Wege Ihr die Einwilligung dazu erlangt, die Gunst der Unsterblichen findet und jeglichen Ungehorsam vergessen machen wird.»

Tamar erhob sich. Das lose Ende ihres rosafarbenen Gewandes über den Kopf ziehend, sagte sie: «Mit Eurer Erlaubnis, Hoheit. Ich muß der Königin aufwarten.»

Zerstreut sah Harrap zu ihr hin, als habe er ihre Anwesenheit vergessen, dann entließ er sie mit einem Nicken. Schweigend blieben wir sitzen, während sie mit raschelndem Rock die schmale Treppe hinabging und die Tür sich hinter ihr schloß.

«Nein, Brahmane, das ist für mich zu verwickelt», sagte Harrap schließlich. «Deine Wege sind nicht meine Wege. Sogar wenn ich deinem Weg zu folgen wünschte, müßten wir mit Gupta reden. Auch Tschandra müßte erfahren, was wir denken, obwohl wir es ihm nicht sagen können. Schlag dir diese Gedanken aus dem Kopf. Vielleicht werden uns die Götter den Auszug später gewähren.»

«Welche bessere Möglichkeit für die Prinzen gäbe es, von der Sache zu erfahren, als durch die Frauen?» ließ der Priester nicht locker, als habe er statt der Ablehnung eine Einwilligung bekommen.

«Sie wird nichts ausplaudern», sagte ich heftig. «Tamar wird uns nicht verraten.»

«Wer spricht von Verrat?» fragte der Priester. «Sofern es nötig ist, wird der Prinz dennoch alles durch die Frauen erfahren.»

6

Die Abdankungsriten waren vorüber, und die Stadt leerte sich wie ein Staubecken, das wirbelnd die wütenden Wasser eines ganzen Gewittermonats entläßt. Kaum war das Schleusentor geöffnet, strömten die Bauern mit ihren Familien hinaus aufs offene Land, um dort ihre gewohnte Lebensweise wiederaufzunehmen. Von der großen Zahl der Vettern vom Lande befreit, schüttelte die Stadtbevölkerung ihre Erschöpfung ab und wandte sich aufs neue ihrem Handel, ihren Streitigkeiten und ihrer Vergnügungssucht zu.

Im Palast, der höher gelegen war als die Königsstadt, aber noch innerhalb ihrer Grenzen, herrschten Düsterkeit und Stille. Nur Köche, Lakaien und Panzerreiter gingen ihren Verrichtungen nach, mußten sie doch dafür sorgen, daß jeder Angehörige des Hofstaates angekleidet wurde, zu essen hatte und vor Gefahren bewacht wurde, die von draußen drohen mochten. Eingezwängt in das stillstehende Mahlwerk des Hofes, einst Quelle aller Macht und allen Genusses, schoben sich die Höflinge durch die Schluchten der Innenhöfe und den Irrgarten der Gänge. Mit stumpf blickenden Augen kamen sie ihren Obliegenheiten nach, von Sorge um ihr künftiges Geschick gequält. Als sie dann merkten, daß sie nicht mehr wußten, worin diese Obliegenheiten eigentlich bestanden, stellten sie die Arbeit einfach ein. Die munteren Edelknaben, die diesen wie betäubt dahindämmernden Gestalten dienten, wurden von Tag zu Tag dreister und diebischer. Der Ablauf des täglichen Lebens ging ins Leere, jene Abfolge von Tagen und Aufgaben am Hof, welche die Zeit zu einem sakrosankten Ritual geweiht hatte. Da sich die Gemahlinnen des Großkönigs hinter verschlossene Türen zurückzogen, wurden meine Begegnungen mit Tamar so kurz, daß unsere Liebesfreude jeglicher Wonne entbehrte.

Diese Wolken der Düsternis über dem königlichen Palast wollten nicht weichen. Hätte man einen wie seine Vorgänger dahingeschiedenen Großkönig dem Brauch gemäß betrauert, wären die überlieferten Riten und Feierlichkeiten Quellen des Trostes gewesen, stellten sie doch vertraute Verpflichtungen dar. Man war gehalten, den wilden, erniedrigenden Kummer zur Schau zu stellen, der mit der Grablegung des Königs, seiner Gemahlinnen und der Dienstboten einherging, eine große Zahl von Opfertieren war zu töten, bis sich der Boden um die hundertacht Altäre vollgesogen hatte wie der Scharlachschwamm eines Färbers. Danach kam der finanzielle Aderlaß für die prunkvollen Darbietungen, die Geburt und Leben der Götter zum Gegenstand hatten. Außerdem hatte das gemeine Volk Anspruch auf Geschenke. Den krönenden Abschluß bildete der Zyklus von Zeitvertreib aller Art: Stier- und Gladiatorenkämpfe, Aufführungen und die große Lotterie, die einige Familien auf Generationen reich machen würde. All das war als Hinweis auf die beginnende Wiedergeburt zu verstehen, die anschließend in der prunkvoll begangenen Einsetzung des neuen Königs ihren Höhepunkt fände. Vorgeschrieben hatten dies Ritual die großen Brahmanen der alten Zeit, und da jede Einzelheit darin ihre genau festgelegte Bedeutung besaß, wich vom Adel bis zum einfachen Volk niemand von seinen Pflichten ab. Kummer und Untätigkeit durften die Menschen nicht so schwächen, daß sie außerstande waren, das eindrucksvolle Schauspiel der Abfolge von Tagen zu überstehen, die nach dem Heimgang des einstigen Herrschers vergehen mußten, bis sich die neue Sonne über die Erdkrümmung erhob.

Mit seinem freiwilligen Thronverzicht hatte der Großkönig einen geordneten Übergang auf eine neue Friedenszeit zu bewerkstelligen gehofft, die seinen eigenen Ruhm mehren und festigen würde. Zwiefach hatte er den Göttern getrotzt und Ihrem Willen den seinen entgegengesetzt: Er hatte seinen dynastischen Tod ausgerufen, bevor die Zeit dafür gekommen war, und er wollte seinen Nachfolgern – und damit auch den Göttern – eine neue Ordnung aufzwingen, die im Widerspruch zu allem früheren stand. Jetzt saß er wunschlos im Kloster Ghokrao, eingelullt von gefälschten Berichten lächelnder Mönche, während Kamardol für seine Selbstgefälligkeit Buße tat. Hof wie Volk tasteten sich durch den Nebel der Unsicherheit, den eigentlich die vorgegebenen feierlichen Abläufe hätten auflösen sollen.

Keine Katastrophe, wie gewaltig sie auch immer sein mochte, hätte die Priester von ihren heiligen Büchern und Opferaltären fernhalten können. Doch so viele Jahrhunderte waren ins Land gezogen, seit zum letztenmal ein Herrscher abgedankt hatte, daß sie sich nicht darauf einigen konnten, welche Riten sich für diesen Fall eigneten. Je mehr sie in den alten Texten suchten und die Vorzeichen deuteten, desto lärmender wurde ihr Streit. Eine Gruppe, die sich «Bewahrer der Überlieferung» nannte, versicherte, das Ritual für den Tod des Großkönigs müsse gewissenhaft befolgt werden. Eine andere Schule, deren Vertreter als «einzige Wahrer der rechten Lehre» auftraten, stellte die Behauptung auf, der Übergang «vom Leben zum Leben ohne Eintritt des Todes» lasse sich mit Hilfe der für das Dahinscheiden gewöhnlicher Könige vorgesehenen Opfer begehen. Diese Leute boten ihre eigenen Auslegungen der wedischen Schriften und gewisser obskurer brahmanischer Lehren an und verkündeten unheilvoll, Schrecken aller Art würden Kamardol heimsuchen, sofern man irgendein anderes Ritual befolge als das von ihnen angegebene. Wieder andere Schulen priesen ihre eigenen Wahrheiten an, in welchen die Riten von Tod und Geburt vermischt wurden. Nur wenigen Männern war klar, wie mein Vater sagte, daß es in Wahrheit unerheblich war, *welchem* Ritual man folgte – solange man sich zu *irgendeinem* entschloß.

Während all dieser Zeit lag Tschandra, in frommer Demut kalten Aprikosenmost schlürfend, tatenlos auf seinem Ruhelager und wartete darauf, daß die Macht auf rechtmäßige Weise allein ihm zufiel. Daß er nicht mit der Autorität auftrat, auf die er Anspruch hatte, mochte in seiner natürlichen Trägheit begründet sein; es konnte aber auch auf eine Empfehlung seiner neuen Berater zurückgehen. Obwohl die zunehmende Verbitterung den Glauben der Städter und sogar der Landbevölkerung allmählich beeinträchtigte, griff er nicht in den Streit der Priester ein. Möglicherweise war ihm nicht klar, daß er selbst die passenden Riten vorschreiben mußte, wenn er herrschen wollte, vielleicht aber legten ihm auch seine buddhistischen Spießgesellen Zurückhaltung nahe. Es war durchaus vorstellbar, daß sie die Parole ausgegeben hatten, er möge keine voreilige Entscheidung treffen, die zweifellos alle Gruppen mit Ausnahme der von ihm Begünstigten gegen ihn aufbringen würde, sondern lieber abwarten, bis das Gezänk die Priesterschaft des Alten Glaubens vollständig gespalten haben würde.

Dennoch hätte sich die Benommenheit, die wie eine schwarze Wolke über Kamardol hing und durch die von Zeit zu Zeit die Blitze des Priesterstreits gewitterten, früher oder später gelegt, wären nicht die Buddhisten gewesen. Sie mischten sich in die Auseinandersetzung um die Riten ein, als hätten sie nicht zwei Jahrhunderte zuvor dem Alten Glauben umd dem Reich abgeschworen, das dessen Verwirklichung auf Erden darstellte. Sie verschärften den Unfrieden sogar noch, indem sie eine verwässerte Variante der Riten vorschlugen, deren Wirksamkeit sich auf Blut und Wein stützen sollte. Sofern es in ihrer Absicht gelegen haben sollte, damit den Zerfall der alten Priesterschaft zu beschleunigen, hatten sie sich getäuscht. Andere Kräfte traten auf, den Buddhisten ebenso ein Greuel wie dem Alten Glauben.

Der Priester, der uns begleitet hatte, stand auf der Seite der Bewahrer der Überlieferung und verlangte, das für den Tod eines Großkönigs vorgesehene Ritual ungeschmälert zu befolgen. Gleichwohl erweckte er, wenn ich ihm auf den Gängen des Königspalastes begegnete, nie den Eindruck, ihm sei an einer raschen Beilegung der Querelen gelegen. Mehrfach sprachen wir kurz miteinander. Harrap allerdings war nicht bereit, ihn zu empfangen, und untersagte auch mir jeden Kontakt mit ihm.

«Man hört es schon knistern», sagte der Priester, als ich ihn wieder einmal traf. Dabei drehte er die Faust in der gewölbten Fläche der anderen Hand, daß seine Knöchel knackten. «Man hört es schon knistern! Jetzt wird es nicht mehr lange dauern. Der Großkönig ist tot und der neue König noch nicht geboren. Der Schlußstein ist dahin, und der Mörtel zerbröckelt. Bald muß alles einstürzen.»

Ich fragte, was er damit meine, ohne so recht eine klare Antwort zu erwarten.

Mit bedeutungsvoller Stimme entgegnete er: «Auf dem Lande wenden sich die Bauern wieder dem Kult der Erdmutter-Gottheit zu. Man erzählt sich, daß man Ihr Jünglinge und Jungfrauen zum Opfer gebracht hat. Das ist ein monströses und grauenvolles Zeichen.» Hinter seiner zur Schau getragenen düsteren Miene und dem traurigen Blick seiner Augen bemerkte ich ungetrübtes Entzücken. Mehr zu sagen war er nicht bereit.

Harrap wollte von Vorzeichen einer Katastrophe nichts wissen. Durch den Schwur gebunden, den ihm sein Vater abgenommen hatte, konnte er sich nicht in die wichtigen Belange des Landes einmischen und suchte statt dessen seine Zuflucht in lasterhaften Vergnügungen.

Ein bestimmter Vormittag ist mir in ganz besonderer Erinnerung. Drei Tage und drei Nächte hatten er und ich uns in der Königsstadt herumgetrieben. Wir hatten geschlafen, wo uns die Erschöpfung zu Boden warf: in irgendeinem Gartenschuppen, in der Vorhalle eines Gebäudes oder in einem Viehstall. Inmitten von Unberührbaren, verstümmelten Bettlern und geborenen Dieben hatten wir in schmutzstarrenden Gäßchen enger Elendsviertel gehockt und mit ihnen ekelhaften Hirseschnaps und neuen Wein gezecht, der nach halbgegerbten Fellen stank. Auf Haufen aus grobem Rupfen und schmierigen Baumwolldecken hatten wir schlampige und ungewaschene Weiber genommen: teils waren es Ladenmädchen, die in ihrer Trunkenheit nach der Ehre drängten, bei Vornehmen zu liegen, teils war es der Abschaum unter den Huren der Königsstadt. Selbst für ihresgleichen, die gewöhnlich in düsteren Hauseingängen oder Lagerschuppen kopulierten, weil sie weder Beschützer noch Betten besaßen, hatte es der Genüsse übergenug gegeben, als das Landvolk in die Stadt geströmt war. Je abstoßender diese Weiber waren, desto größer war Harraps Begierde. Einmal konnte ich ihn nur mit viel Überredungskunst davon abhalten, sich in die welken Arme einer leprösen Vettel zu werfen – fast mußte ich dazu Gewalt anwenden.

Sogar Harraps Unermüdlichkeit, die der eines Stieres ähnelte, begann nach drei Tagen nachzulassen, während ich schon im Nebel dumpfer Erschöpfung dahintaumelte. Nachdem er die halbe Nacht gelegen und die Dämpfe des «Großer Rauch» genannten Mohndestillats eingeatmet hatte, erhob er sich voll Ekel.

«Laß uns etwas frische Luft schnappen, Jakir», sagte er mit rauher Stimme, warf dem schmächtigen Inhaber der Opiumhöhle eine Börse zu, daß dieser von dem Anprall fast umgefallen wäre, stieß zwei Hocker voller Rauschmittel um und hätte um ein Haar die Tür zersplittert. Aus dem Menschengewirr heraus griff mich ein hochgewachsener, hagerer Beutelschneider mit bloßen Fäusten an. Ohne den Schritt zu verlangsamen oder den Dolch zu ziehen, hob Harrap wie beiläufig eine Hand und schob den Mordbuben beiseite. Dieser stürzte zu Boden, und ich hörte Knochen krachen. Als ich später auf diesen Angriff zu sprechen kam, sah Harrap mich an, als wisse er nicht, was ich meinte.

Möglicherweise hatte der Vorfall nie stattgefunden. Nach wie vor wechseln sich in meiner Erinnerung an jene Zeit Licht und Dunkelheit unversehens ab, taucht plötzlich die Sonne aus treibenden Wolken auf und wird ebenso plötzlich wieder von ihnen verhüllt. Ich weiß nicht, wie wir dorthin geraten waren – vielleicht im Ochsenkarren eines Bauern –, doch erinnere ich mich deutlich an unseren lautstarken Überfall auf einen Wachposten in der Nähe der Umfassungsmauer des Palastes. Anfänglich erfreut, Harrap zu sehen, dann aber von seinem sonderbaren Wesen erschreckt, stürmte die Wache davon, um ihren Hauptmann zu wecken, der im Bett lag, wie es sich zwei Stunden nach dem Scheitelpunkt der Nacht gehörte.

Der Hauptmann kannte Harrap. Als er dessen Forderungen vernahm, erbleichte er. Wenn sich der Prinz bei einem nächtlichen Ritt im Zustand der Volltrunkenheit den Schädel einschlug, würde er, der Hauptmann, es büßen müssen, würde man *ihn* pfählen. Doch Harrap setzte seinen Kopf durch, indem er dem Hauptmann abwechselnd drohte und an seine soldatische Kameradentreue appellierte. Fünf Minuten später stürmte ich auf einem struppigen halb zugerittenen Pferd durch die verschlafenen Straßen der Alten Stadt entgegen. Harrap hatte sich für einen grobknochigen Teufel von Streitroß entschieden, mit der geknurrten Begründung: «Je wilder, desto besser. Ich muß mir den Dreck aus dem Blut reiten.»

Verzweifelt spornten drei Berittene ihre Tiere an, um uns nicht aus den Augen zu verlieren. Harrap stellte sich im vollen Galopp in den Steigbügeln auf und schrie: «He, Brüder! Versucht doch mitzuhalten!»

Er lenkte sein Pferd von der Hauptstraße durch ein Gewirr von Gäßchen, Sackgassen und Höfen, die er aus unseren wilden Nächten in der Alten Stadt kannte. Wir übersprangen Staketzäune, deren Spitzen krachend unter den Hufen splitterten, und rissen Ziegel von Schuppendächern, über die wir hinwegsetzten. Die Berittenen gaben den Versuch auf, uns zu folgen, und mehrere Patrouillen der Stadtwache versetzten wir in Angst und Schrecken. Eine versperrte uns mit gesenkten Spießen den Weg, als wir über einen Platz voller Tongefäße herangepoltert kamen, doch schlug der Sergeant, als er im Schein der Fackeln Harraps verzerrtes Gesicht erkannte, die Spieße seiner Männer mit breitem Grinsen hoch. «Guten Ritt, Hoheit!» rief er uns nach, als unsere Tiere auf rutschenden Hufen um die nächste Ecke verschwanden.

Hätte ich nicht, weil ich merkte, daß ich im Sattel schwankte, «Haltet ein, Harrap!» gerufen – der verrückte Ritt hätte wohl erst geendet, wenn die Tiere vor Erschöpfung umgefallen wären.

Scharf riß er sein Roß zurück, so daß es auf den Pflastersteinen ausglitt und beinahe gestürzt wäre. Dann wandte er sich mir zu und sagte gelassen: «Schon besser. Was gibt es, Jakir?»

«Wohin reiten wir?» keuchte ich.

«Wir sind gleich da», gab er zur Antwort und trieb sein Pferd mit einem Tritt in die Weichen wieder an.

Jetzt ritten wir über den saugenden Schlamm eines schmalen Weges, der sich zwischen Steinmauern dahinwand. Mit dem Knauf seines Dolches schlug Harrap an ein massives Holztor, das mit silbernen Nagelköpfen besetzt war.

«Aufmachen!» brüllte er. «Aufmachen! Wir brauchen eine Erfrischung.»

Nach vollen fünf Minuten des Hämmerns und Brüllens öffnete sich das Tor in der Mauer einen Spalt weit. Ein graubärtiger alter Krieger mit einer Laterne in der einen und einem Spieß in der anderen Hand blinzelte verschlafen heraus.

«Sag den Mädchen, sie sollen deine Herrin wecken!» gebot Harrap. «Ich brauche ihre Unterhaltung.»

Schlaftrunken schob der Veteran die Riegel eines Torflügels beiseite. Während dieser aufschwang, salutierte der Wächter: «Heil, Hoheit. Die Dame ist zu Bett, aber ich brauche nicht zu fragen, ob sie bereit ist, Euch zu empfangen.»

«Recht so, Wachtmeister, recht so!» rief Harrap aus und warf ihm eine Silbermünze zu. «Trink auf meine Gesundheit; ich werde auf deine trinken.»

Der Wasserstrahl eines Springbrunnens in der Mitte des Hofes fiel abwechselnd in sich zusammen und stieg steil in die Luft, wobei er zehn silberne Bächlein füllte, die durch gewundene Kanäle den Mauern zuliefen. Inmitten der orangefarbenen Hibiskusblüten und der lila Bougainvilleen verhüllte das Wechselspiel der Schatten, die das blasse Mondlicht warf, in einem Augenblick steinerne Tänzer und Göttinnen und enthüllte sie im nächsten wieder. Kränze von Jasminblüten lagen um die dunklen Köpfe der Gestalten, hinter deren Ohren voll erblühte Rosen steckten. Trotz der vielen Blüten fiel es schwer, die Düfte in der Luft wahrzunehmen. Eher zogen sie den Menschen kaum merklich an, als daß sie seine Sinne benebelten. So geschickt waren die Büsche angeordnet, daß man ausschließlich die blaßrosa Mauern außerhalb der umfriedeten Fläche wahrzunehmen vermochte, die sich endlos nach draußen zu dehnen schien. Zwei nahezu unmerklich geschwungene symmetrisch geäderte Marmortreppen führten zu einer kleinen weißen Tür über unseren Köpfen empor. Die Hauptmasse des Gebäudes war vom Blattwerk verborgen.

Ich setzte mich auf die Brunnenbank. In meinem Kopf herrschte jene sonderbare übermäßige Klarheit, die auf vollständige Erschöpfung folgt. Wohl nahm ich mit all meinen Sinnen deutlich wahr, was um uns herum zu riechen, hören und sehen war, doch von ferne, etwa so, wie das Messer, das dem Bartscherer ausgleitet, die Wange ritzt, bevor man seine Bewegung spürt. Hinter mir steckte Harrap den Kopf ins Wasser des Brunnenbeckens und spritzte dabei wie ein Elefantenkalb, das sich in einem Fluß vergnügt. Sein Schnauben wirkte nicht unziemlich, sondern wie ein munteres Geräusch des Frühlings, der aus der kultivierten Schönheit einen Hain macht, dessen Hege ausschließlich der blind zugreifenden Anmut der Natur obliegt.

Über uns öffnete sich die weiße Tür, und ängstlich trat eine Dienerin auf den Absatz, den die zusammenlaufenden Treppen bildeten. Sie trug ihren blauen Sari in eigentümlicher Weise um sich geschlungen, und ihre Augen zwinkerten im schwachen gelben Schein der Laterne.

«Meine Herrin bittet Euch einzutreten», sagte sie mit bebender Stimme, wobei sie mit ihrem Blick unsere zerfetzten und besudelten Kleidungsstücke mied.

Wir folgten ihr durch Gemächer, deren Böden mit schwarzen und weißen Marmorplatten belegt waren. Gobelins, die bedeutende Gestalten zeigten, hingen an den Wänden und rahmten Nischen ein, in denen sich Gruppen von Statuen im flackernden Licht goldgetriebener Butterlampen auf silbernen Haltern zu bewegen schienen. Auf Onyxtischen standen reich ziselierte und mit Saphiren besetzte Goldvasen voller Blumen. Das Haus überstrahlte mit seiner Einrichtung noch die verschwenderische Fülle, die im königlichen Palast herrschte. Bei Hofe wurde gewitzelt, immer wenn es Kriegsbeute zu verteilen gebe, sei der Großkönig erst in den Besitz des auf ihn entfallenden Anteils gelangt, nachdem Ambiala ihre Wahl getroffen hatte. Die Dienerin klopfte an eine weiße Tür, die hinter mit Goldfiligran durchwirkten blauen Behängen lag.

In der Mitte des großen Schlafgemachs stand Ambiala. Das rabenschwarze Haar hing ihr in einem großen schweren Zopf über die rechte Schulter bis zur Hüfte herab, und ihr feingefälteltes Gewand reichte bis fast auf den Boden. Zuerst sah es aus, als bestehe es aus einem dichten weißen Gewebe, doch als sich die Falten bei ihren Schritten öffneten, zeigte sich, daß die schimmernde feine Seide durchsichtig war. Mit Ausnahme eines Gürtels aus roten Seidenbändern, der tief auf den Hüften verknotet war und dort, wo sich ihre Schenkel trafen, einen kurzen Fransenvorhang bildete, war das alles, was sie am Leibe trug. Auch wenn die jungen Kurtisanen, die der neuen Mode der Schlankheit huldigten, voll Spott über Ambialas Fülle sagten, sie erinnere an die alte Erdmutter-Gottheit, erschien sie wie eine Wiedergeburt der großzügigen Hetären, die in Flachreliefs aus der Zeit des Großen Eroberers weiterlebten.

Ich stand verwirrt. Schon bald zeigte sich, daß Ambiala nicht besonders guter Laune war. Schwarz stachen ihre Augen vor der unerwarteten Weiße ihrer Haut ab, und ihre vollen Lippen waren straff gespannt. Selbst der leichte Schwung ihrer Nase wirkte dies eine Mal abweisend.

«Ihr seid meinem Haus willkommen!» sagte sie die altüberlieferte Formel und fügte mit ihrer weithin bekannten Unverblümtheit hinzu: «Aber laßt Euch sagen, Harrap, nur um der Zuneigung willen, die ich für Jakir und Euch empfinde, habe ich Euch um diese Stunde eingelassen. Was begehrt Ihr von mir? Seid Ihr verletzt?»

«Wir brauchen vor allem Ruhe, Ambiala», warf ich ein. «Aber zuvor vielleicht einige Worte mit dir.»

«Das ist auch alles, was ihr heute nacht hier finden werdet», sagte sie streng. «Meine Schwestern schlafen, und ich bin nicht bereit, sie zu wecken – nicht einmal für euch beide.»

Es war jedesmal sonderbar, diese aus der Wüste des Nordens verstoßene Waise ‹meine Schwestern› sagen zu hören. Ein Bordellbesitzer aus Taxila hatte sie wie eine gerupfte Ente, die an den Beinen gebunden von einem Marktstand herabhängt, gekauft und sie wie einen Tanzbären ausgebildet, bis ein Bewunderer sie schließlich freikaufte. Dem neuen Brauch der Kurtisanen folgend, lebte sie mit zwei anderen Frauen zusammen, die in den Künsten der Liebe und des Gesprächs nahezu ebenso vollkommen ausgebildet waren wie sie selbst. Diese meinte sie, wenn sie von ihren Schwestern sprach.

«Aber jetzt seid ihr einmal hier», fügte sie hinzu und ließ die Förmlichkeit wie einen Mantel von sich abgleiten, «und ich bin viel zu munter, als daß ich ohne einen Kelch Wein wieder Schlaf finden könnte.»

Während wir uns mit schmerzenden Gliedern auf die Kissen am Boden niederließen, lachte sie: «Für euch beide ein Kelch leichter – sehr leichter – Wein, vermute ich?»

Sie klatschte in die Hände, und die Dienerin erschien. Während Trauben, Wein und kaltes Huhn gebracht wurden, plauderte Ambiala lebhaft und erzählte komische Geschichten über die Verwirrung, die eine Horde von Bauerntölpeln über die Köngisstadt gebracht hatte. Als sich die Dienerin zurückzog, sagte sie halb im Spott und halb im Ernst: «Es entzückt mich, daß ihr beiden Herumtreiber euch endlich hier sehen laßt. Seit eurer Rückkunft ist viel Zeit ins Land gegangen. Wie weit ist die Ausbildung Eures neuen Rennpferdes gediehen, Harrap?»

Dieser entschied sich, die boshafte Spitze der Frage zu überhören.

«Das Fohlen», gab er zur Antwort, «steht in meinen Stallungen und wird dabei fett und faul.»

«Das ist aber doch nicht die Zurichtung, die ein Rennpferd braucht, oder?» Sie ließ nicht locker.

«Es ist nicht für Rennen bestimmt.» Die Schroffheit, mit der Harrap das sagte, verblüffte mich.

Zwar sagte er, was alle Welt wußte, doch tat er es zum erstenmal, seit er die Empfehlungen des Priesters in den Wind geschlagen hatte, der beständig von der Expedition sprach.

«Ich bin zutiefst betrübt», sagte Ambiala ernst, «daß die Würfel nicht für Euch gefallen sind. Darf ich fortfahren?»

Sie ließ eine Pause eintreten, bis ihr Harrap bedächtig nickend die Bitte gewährte.

«Mich erstaunt die Leidenschaft, mit der Ihr nach einem neuen, noch längeren und weit unbequemeren Ritt über die gefrorenen Berge in die steinigen Wüsten strebt. All meine Besucher, die sich auf derlei verstehen, sagen mir, daß Eure Aussicht, dabei den Tod zu finden und in Gefangenschaft zu geraten, zehnmal so hoch ist wie die auf Wiederkehr – und die Aussicht, in Schande heimzukehren, hundertmal so groß wie die auf Erfolg. Worin gründet Eure Begeisterung?»

Weit mehr als die Tatsache, daß Harrap Ambiala gestattete, von der Expedition zu sprechen, beunruhigte mich ihre schlichte Frage, die so harmlos gemeint war und jetzt so naheliegend erscheint. Manches ist so sehr Bestandteil unser selbst, daß es uns nicht einmal die Absicht gestattet, uns darüber Gedanken zu machen.

Zuerst war ich der Ansicht, mir liege an der Expedition, weil Harrap davon besessen war. Aber eine kluge innere Stimme flüsterte mir zu, auch ich fühlte mich in Kamardol nicht wirklich wohl und sehnte mich deshalb danach, in die wundersamen Länder jenseits der Grenzen zu reiten. Der Verlauf meines künftigen Lebens war in jeder Hinsicht auf so geordneten Bahnen vorgezeichnet, daß ich mir das Ende meines Weges deutlich ausmalen konnte, bevor der Anfang feststand. Aber warum, überlegte ich immer wieder, war Harrap so darauf erpicht? Er war ein angesehener Prinz eines angesehenen Reiches, verwöhnt und hoch geehrt. Seine Wißbegier über das, was in anderen Ländern vor sich ging, beschränkte sich auf die Ausbildung der Fußtruppen und der Reiterei, deren Geheimnisse er kennenlernen wollte, um sie danach um so vernichtender zu schlagen. Letzten Endes versprach die Expedition, soweit ich sah, keine großen Eroberungen, von denen wir mit Schätzen und Ruhm bedeckt heimkehren würden. Es war lediglich ein vom launischen Schicksal gesteuerter bitterer Erkundungszug auf verschlungenen

Wegen, bei dem hinter jedem Gebirgspaß und an jeder Wegkreuzung Schimpf und Schande lauerte.

«Ich möchte hier nicht verfaulen», gab Harrap zur Antwort.

«Möchtet Ihr König werden?» Ambiala kümmerte sich keinen Deut um das Tabu, mit dem die Frage belegt war.

«Nein», sagte er schroff, und hinter dem Schleier, den Wein und Drogen über seine Augen gelegt hatten, zeigte sich Heiterkeit über ihre Anmaßung.

«Aber die Unternehmung...» Nicht einmal ihre Tollkühnheit ließ zu, daß sie die Expedition beim Namen nannte. «Die Unternehmung kann Euch nicht königlicher machen, als Ihr es schon seid.»

«So ist es», gab Harrap zur Antwort. Es hatte ganz den Anschein, als genieße er, was sie sagte.

«Warum stellt Ihr Euch dann nicht an die Spitze der Truppen, wenn Euer Ziel Ruhm und Ehre oder Beute und Macht heißt? Sicherlich wäre es besser, das Kommando zu übernehmen und zu warten, bis Ihr einen Grund findet, die Waffen zu gebrauchen. Ein solcher Grund müßte sich doch finden lassen.»

«Gewiß», stimmte Harrap zu.

«Und warum tut Ihr es dann nicht?»

«Wahrscheinlich werde ich das Kommando übernehmen – sobald mir der Zeitpunkt richtig erscheint.» Unvermittelt lachte er. «Aber Jakir möchte reisen... und ich habe keine Möglichkeit, ihn in meinem Dienst zu halten, wenn ich es ihm nicht gleichtue.»

Ambiala überging diese Ausflucht. Mir allerdings war klar, daß es keineswegs nur eine Ausflucht war. Schweigend wartete sie, bis er halb im Zorn herausplatzte: «Sieh her, Ambiala. Mir geht es nicht um Macht und Beute – und auch nicht um Ruhm und Ehre. So etwas läßt sich nur allzu leicht gewinnen.»

«Allzu leicht?» fragte ich.

«Allzu leicht, Jakir.» Harrap lachte. «Seite an Seite könnten wir erobern, wonach uns der Sinn steht – bis die ganze Welt unsere Namen vernähme und wir im Raub von hundert Reichen wateten. Das ließe sich einfach damit erreichen, daß ich mich an die Spitzen der Truppen stellte und unter einem Vorwand losschlüge. Ich könnte den Auftrag meines Vaters, dafür zu sorgen, daß Kamardol in Sicherheit lebt, erfüllen, ohne fern von unseren Grenzen Schlachten zu schlagen. Doch Ruhm, Ehre und Beute locken mich nicht.»

«Würdet Ihr dann Eurem Vater gehorchen und dafür sorgen, daß

Euer Bruder an Bedeutung gewinnt und Ihr in seinem Reich noch größer erscheint?» Ambiala ließ nicht locker.

«Mein Bruder ist von Bedeutung so weit entfernt wie ein Maulwurfshügel vom Horst eines Adlers. Eher wächst einer gelben Henne ein Pfauengefieder, als daß er lernt, auch nur zu erkennen, was Bedeutung ist.»

«Was also wollt Ihr?» beharrte Ambiala, wobei sie sich nach wie vor haarscharf am Rande des selbstauferlegten Tabus bewegte.

«Etwas, das nicht leicht ist – eine Sache, die Herz und Körperkräfte auf die Probe stellt – die Expedition.»

Auf die Kissen ausgestreckt, schloß Harrap die Augen. Seine Stimme war so leise, daß nicht einmal ich zu sagen vermochte, ob er im Ernst oder im Scherz sprach.

«Außerdem ist es der Wille der Götter!» murmelte er.

7

Ermattet ritten wir am folgenden Nachmittag durch die Stille, die über der Königsstadt lag, zum Palast zurück. Zu jener Stunde ruhten alle biederen Bürger samt ihren Dienstboten hinter fest verschlossenen Läden; im Schutze von Mauern und Brücken schliefen sogar die Bettler, bis zur Kinnspitze in Lumpen gehüllt. Aus dem Landesinneren stürmte der Wind durch das Tal und peitschte die Gebäude aus rotem Stein mit einem Hagel feinen braunen Sandes. Auch unseren schmerzenden Leibern setzte er zu. Schwer saßen wir im Sattel, den Umhang vor das Gesicht gezogen, um zu verhindern, daß uns Sand in Augen und Nasenlöcher drang. Die Pferde, die wir erst gegen Ende unseres ausgelassenen Streifzugs in unseren Besitz gebracht hatten, stapften mit schweren Hufen das breite Vorwerk empor, das den Palast schützte. Harrap war jetzt wortkarg, seine Wildheit war ebenso verflogen wie seine finstere Miene. Die schwarzen Wasser der Erschöpfung füllten uns vollständig an und hatten alles Empfinden und Denken in sich verschlungen. Er legte sein linkes Bein um den Sattelknauf, um sich ein wenig Erleichterung zu verschaffen, so daß er zu Pferd saß wie im Damensattel.

«Es ist wie bei einem Pferd», klagte er. «Wer sich zu wenig ernsthaft betätigt, verweichlicht, selbst wenn er Bewegung hat. Die Muskeln erschlaffen und taugen zu nichts mehr.»

Im Hof ließ er sich wie ein alter Mann aus dem Sattel gleiten und bedeutete einem Reitknecht, er möge sich um die Pferde kümmern. Als daraufhin zwei Angehörige der Reiterei verschlafen und furchtsam aus einer Tür gestolpert kamen, um sich der Schlachtrösser anzunehmen, lachte er mit einem Anflug seiner alten Energie. «Zucht, Jakir, Zucht – und immer den Zorn des Quartiermeisters einkalkuliert. Es hat Spaß gemacht, aber ich denke, ich werde jetzt ein wenig ruhen. Für den Augenblick lebe wohl.»

Später berichtete mir Ranbir, Harrap habe sich keineswegs ausgeruht, sondern sei zu den Stallungen gegangen, wo er zwei Stunden lang den Hengst gestriegelt und leise zu ihm gesprochen habe. Ich war halb über den Hof, als er mir nachrief: «Jakir, ich denke, ich werde ein paar Tage lang die Runde durch die Lager machen. Halte Ausschau nach mir, wenn ich zurückkehre.»

Zwar war ich verdutzt und ein wenig gekränkt, weil ich ihn nicht begleiten sollte, aber zugleich auch froh über die Ruhepause. Ich konnte auf die scharfen Ritte zwischen den Lagern gut verzichten und auch auf das harte Brot, den sauren Wein und die abgedroschenen Witze der Krieger. Irgendein Wunder bewirkte, daß Harrap stets erfrischt von Reisen zurückkehrte, die mich vollständig erschöpften. Außerdem wollte ich auf der Suche nach der Zukunft ungestört durch die abgelegenen Teile des Königspalastes streifen. Die tiefe Mattigkeit, die über dem Hof lag, konnte nicht lange dauern. Entweder mußte sie von sich aus enden, oder man würde ihr ein Ende bereiten.

Die fünf Tage von Harraps Abwesenheit waren zu Anfang wunderbar ruhig. Ich war allein, denn meine Eltern waren in ihr Landhaus am Hang zurückgekehrt. Sie machten kein Hehl daraus, wie froh sie waren, den sich krankhaft ausbreitenden Intrigen im Palast entronnen zu sein. Lange lag ich an jenem ersten Morgen auf den Ruhekissen, während meine Gedanken ziellos umherschweiften, verstohlen wie eine graue Maus, die in einer unbenutzten Speisekammer nach Krumen sucht. Jedesmal holte ich meine schweifenden Gedanken mit fester Hand zurück, als hielte ich sie am Zügel, doch stürmten sie schon im nächsten Augenblick wieder davon. Schließlich suchte ich meine Zuflucht bei den Übungen, die mich der Priester auf unserem langen Zug gelehrt hatte und die dazu dienten, «den

Geist von Gedanken zu leeren». Nachdem ich mir nacheinander vorgestellt hatte, ich sei eine Kobra, ein Pflug und ein Skorpion, kam eine Dienerin mit einem Krug Wein herein.

Womit auch immer sie gerechnet haben mochte, als sie ohne Anklopfen eintrat: sicherlich war es kein leicht schwankender nackter Fakir im Kopfstand. Sie stellte den Krug zu Boden und eilte entgeistert aus dem Raum. Von Lachen geschüttelt, ließ ich mich auf die Kissen plumpsen. Alle Hoffnung auf die erwünschte innere Entspannung war dahin.

Am Silber des Krugs hingen noch einige Flocken halb geschmolzenen Schnees. Ich goß mir einen Becher Wein ein, bevor ich mich wieder unter das Netz aus Sonnenlicht legte, inzwischen bereit, meinen Gedanken dorthin zu folgen, wohin sie strebten.

Der Harrap, der sich Ambiala zu erkennen gegeben hatte, war mir völlig fremd gewesen, und ich hatte auch nie das Bedürfnis gehabt, ihn kennenzulernen. Mir wurde klar, daß in der Liebe, die ich für ihn empfand, eine gewisse Herablassung lag, wie umgekehrt auch in seiner Liebe zu mir. Als wir fünfzehn Jahre zuvor begonnen hatten, gemeinsame Streifzüge zu unternehmen, hatte uns sowohl eine gewisse Verachtung wie auch gegenseitige Verehrung einander nähergebracht. Er als der jüngste der Prinzen aus königlichem Geblüt durfte nicht hoffen, seine Brüder in der Kunst der Waffen und der Jagd zu übertreffen. Ich, knapp zwei Jahre jünger als er, war die ideale Zielscheibe für die blitzenden Pfeile seiner Überlegenheit. Dennoch war ich keineswegs ungeübt in der Handhabung der Waffen, sondern ein würdiger Gegner – wenn auch stets von minderem Rang als er. Zum Glück machte ich ihm damit, daß ich gut sang und geschickt die Laute schlug, keins der Gebiete streitig, auf die er ein Anrecht hatte. Unter meiner Bewunderung lag die selbstgefällige Überzeugung, daß dies nach außen großartig auftretende Geschöpf auf meinen Rat angewiesen war. Ich liebte den jungen Prinzen, wie man einen furchtlosen, zur Rotwildhatz abgerichteten Jagdhund liebt, der ohne zu zögern angreift, sobald er Beute wahrnimmt. Da sich bei mir stets der Verstand zu Wort meldete, reagierte ich langsamer als er, war dafür aber meiner Sache sicherer. Daß es schwierig ist, die Rolle des zuverlässigen Beraters zu spielen, der nachdenkt, bevor er handelt, war mir klar. Auch wenn Harrap ein Prinz war, stand er von der Kaste her unterhalb der Brahmanen, denn er war nur ein Kschatrija, ein Angehöriger der Kriegerkaste. Während er gesellschaftlich nicht über einem Panzerreiter aus dem Adel rangierte, gehörte unsere Familie der höchsten Kaste an, den Brahmanen. Wir waren Männer der Schrift, nur daß wir aus freier Entscheidung nicht das Priesteramt ausübten.

Nach wie vor bemühten sich meine ruhelosen Gedanken, das Rätsel des Mannes zu ergründen, den ich von allen am besten zu kennen glaubte. Ich hatte vermutet, Harrap sei es lediglich um den Ruhm zu tun, den ihm ein Erfolg der Expedition eintragen würde, ihm liege daran, von allen gekannt und gepriesen zu werden. Ich hatte es für selbstverständlich gehalten, daß er weder mit dem Geist noch mit der Seele eine bewußte Entscheidung getroffen hatte, so wie auch ein Hund nicht grübelt, bevor er einen Knochen um eines größeren willen aufgibt. Doch hätte es, wie er zu Ambiala gesagt hatte, klar sein sollen, daß ihm Ruhm, Dichterlob und Reichtümer mit Sicherheit zufallen würden, wenn er als Oberbefehlshaber der Streitkräfte im Namen der Verteidigung Eroberungszüge machte.

Alexander von Makedonien hatte geweint, weil es für ihn keine weiteren Welten mehr zu erobern gab. Doch wir waren umgeben von Ländern, deren gewohnheitsmäßige Feindseligkeit Harrap Vorwände zum Angriff liefern würde, während ihre jeweilige Schwäche, wenn man sie geschickt ausnutzte, ihre Eroberung als sicher erscheinen ließ. Er wie ich hatten viel Erfahrung in der Kunst gewonnen, Mängel im politischen und militärischen Gewebe unserer Nachbarn zu vergrößern und uns ihrer Gebräuche und ihrer Denkweise so zu bedienen, daß sie sich selbst vernichteten. Doch Harraps Vermessenheit überstieg die des jungen Alexander. Er verschmähte die Welten, die seiner Eroberung offenstanden. Sein Stolz verlangte, Namen und Leben in den einengenden Gesetzen der Expedition aufs Spiel zu setzen, die ihn verwundbar und zugleich zur Zielscheibe aller machte. Er wollte sich unbedingt den Schicksalsmächten als Spielzeug darbieten, bis auf sein Schwert und einige Gefährten von allem Schutz entblößt.

Doch fragte ich mich, ob es in Wahrheit Stolz war, der ihn zu solcher Unvernunft anstachelte. «Außerdem ist es der Wille der Götter», hatte er zu Ambiala gesagt. Waren diese Worte die abergläubische Verneigung des Kriegers vor den Mächten, die er anerkannte, ohne ihre Macht wahrhaft in sich selbst zu spüren? Lag in dieser Behauptung ebensowenig Gefühl wie in einer peinlich genau ausgeführten Ehrenbezeigung, die ein Mannschaftsdienstgrad einem Vorgesetzten schuldete? War das vielleicht der Vorwand, den er unbewußt benutzte, um dem letzten Gebot seines Vaters den Gehorsam zu verweigern? Es fiel mir schwer, das Gegenteil zu glauben. Ich vermochte mir nicht recht vorzustellen, daß Harrap eine göttliche Eingebung zuteil geworden sein sollte, die mir versagt geblieben war. Doch weder Logik noch Tatsachen vermochten meine Zweifel zu stützen. Die Worte, die er gemurmelt hatte, bevor er in den todesähnlichen Schlaf sank, waren zum Teil von der Heiligkeit jener gewesen, die Menschen unmittelbar vor dem Übergang in den wirklichen Tod äußern. Kaum jemand belügt seinen Sargträger.

Ich sah mich außerstande, die Nuß zu knacken, die dies Rätsel für mich bedeutete. Stets hatte Harrap den raschesten Weg gewählt, um seine Wünsche zu erfüllen. Warum sollte er diesmal die einfache Lösung zurückweisen, die einen sicheren Weg bedeutete, und statt ihrer einen unendlich gewundenen Weg wählen, an dessen Ende höchstwahrscheinlich die Katastrophe stand? Warum – wenn er nicht davon überzeugt war, ihm sei eine göttliche Eingebung zuteil geworden?

Weder er noch ich waren je besonders religiös gewesen. Nie hatten wir die wilde Ekstase und die Schmerzen gekannt, welche manche von den Göttern besessenen jungen Leute erfahren. Natürlich hatten wir stets geglaubt – ich mehr als er. Zum einen war es mein Geburtsrecht, und zum anderen kannte ich die heiligen Bücher besser als er. Doch stets hatten wir Möglichkeiten gefunden, den unerbittlichen Willen der Götter unseren eigenen Bedürfnissen anzupassen, statt zu dulden, daß Sie durch Ihre erwählten Boten, die Priester, in unser Leben eingriffen. Unser Glaube war eine praktische Formalität, keine Besessenheit, die uns trieb.

Lange dachte ich an jenem hellen Wintermorgen nach. Meine Gedanken streiften hin und her wie ein Hund, der sich im Sonnenschein wälzt und davonstürmt, um bunten Papierfetzen nachzujagen, die der Wind vor sich hertreibt, der aber stets zu demselben dunklen Bau zurückkehrt, in dem sich eine Ratte verborgen hält – auch wenn er die Beute trotz allen Scharrens, Jaulens und seiner wilden Drohgebärden nicht zwischen die Zähne bekommen kann. Ich sah zu jener Zeit keinen Ansatz, wie ich das Rätsel lösen könnte, und bis auf den heutigen Tag habe ich nicht gänzlich verstanden, welche Kräfte Harrap anspornten.

Ambiala hatte Zweifel geweckt, von denen ich nicht wußte, daß sie in mir geschlummert hatten. Bis sie den Mund auftat, hatte ich geglaubt, daß ich mich nach der Expedition sehnte, weil Harrap sie wollte – schließlich hatten wir stets getan, was er wollte. Doch an jenem Vormittag grübelte ich über meine wahren Beweggründe nach. War es bloße Gewohnheit, daß sich mein Wille dem Harraps anglich, so wie eine Tanzgruppe den Bewegungen des Vortänzers folgt? War es lediglich die drängende Neugier auf das Leben von Menschen, die sich erkennbar von uns unterschieden – eine verderbte Form der tiefen Gelehrsamkeit meines Vaters, von der mir klar war, daß ich ihrer nie teilhaftig würde? Oder fühlte ich mich einfach vom Leben in Kamardol eingezwängt, das gleichermaßen zu starr und zu vertraut war? Nur allzu gut wußte ich, daß kein göttliches Feuer das rohe Erz meiner Seele zum reinen Gold der Hingabe umgeschmolzen hatte.

Natürlich war ich davon überzeugt, daß die Götter die Expedition wollten, sah aber darin lediglich das Vorspiel zu einer Auseinandersetzung zwischen ihnen und den Menschen, die auf dem riesigen Schachbrett Mittelasiens ausgetragen würde. Beide Seiten würden ihr eigenes Ziel verfolgen, wobei das unsere uns und vielleicht den menschlichen Gegenspielern bekannt war, denen wir begegnen würden, jenes hingegen, das die Götter verfolgten, nur Ihnen selbst. Der Heilige Hengst wie auch das Militär eigneten sich glänzend als Schachfiguren, die sich nach den von uns – und vermutlich auch den Göttern selbst – anerkannten Regeln bewegten. In meinen Augen lag der Sinn der Expedition darin, zu verstehen, auf welche Art und Weise die Götter das Leben der Menschen lenken – wie auch die Mittel, mit deren Hilfe letztere möglicherweise ihr eigenes Leben und das der Götter lenken können. Ich war von abstoßender Neugier besessen, ähnlich der lüsternen Begehrlichkeit von Bauerntölpeln, die auf Jahrmärkten ihre Kupferstücke hergeben, um zusehen zu dürfen, wie Affen oder Hunde mit Frauen kopulieren. Diese Neugier hatte keine religiösen Wurzeln, ja, war nicht einmal lästerlich. Sie bedeutete im wesentlichen eine Verneinung der alles überragenden Macht der Götter.

Keineswegs hatte ich Harrap meine Unterstützung ausdrücklich zugesichert. Auch konnte mich das Ehrgefühl nicht zu einer Beteiligung an der Expedition zwingen. Eigentlich verlangte mein Ehr- und Pflichtgefühl, daß ich blieb. Harrap hatte, wie es bei den Kschatrija der Brauch ist, bereits zwei Gattinnen genommen, Töchter benachbarter Könige. Er kümmerte sich wenig um sie, doch hatte es genügt, mit ihnen vier Söhne zu zeugen. Meine Eltern waren entsetzt, daß ich ihnen, trotz meiner dreiundzwanzig Jahre noch ledig, keine Enkel geschenkt hatte. Daß wir Brahmanen nur eine Ehe eingehen, versteht sich von selbst. Konnte ich unverheiratet und kinderlos zur Expedition aufbrechen, meinen Eltern auf alle Zeit aus den Augen, ein Stein, der in eine tiefe Schlucht gefallen war?

Mehr oder weniger hatte ich mich mit dem abgefunden, was mein Vater als meine Pflicht bezeichnet hatte. Ich war nicht mehr bereit, gegen die Zwänge der Herkunft anzukämpfen, die im Verein mit Kompromissen und Furchtsamkeit seine Lebenskraft gebrochen hatten. Auch ich würde mit untertäniger Bereitwilligkeit für kleine Beförderungen zahlen. Meine Dienste würde ich Tschandra anbieten, dem es gewiß recht wäre, wenn ich mich von Harrap abwandte. Meinen Eltern zu Gefallen und um sie zu ehren, würde ich eine Frau nehmen, ein anständiges Mädchen aus gutem brahmanischem Hause, das mir meine Mutter unaufhörlich aufzudrängen versuchte. Immerhin konnte ich dann sagen, es sei meine eigene Wahl, auch wenn die festgefügten brahmanischen Tugenden dabei im Vordergrund standen. Sie würde kein sinnlich-sorgloses Geschöpf sein wie Tamar. Unsere Kinder würden herkömmliche Namen tragen und in denkbar traditioneller Weise aufgezogen werden. Ihren Geist würde weder die Neugier noch die Verwirrung quälen, welche die Laxheit meines Vaters in mir hervorgerufen hatte.

Gerade als ich überlegte, ob ich mir nach alter Väter Sitte einen Bart wachsen lassen sollte, an dessen allmählichem Ergrauen ich meine Jahre messen konnte, trat Tamar in das Turmgemach. Auf ihren Röcken tanzte das Sonnenlicht. Den Rest des Tages berauschte ich mich daran, daß mein Bart noch nicht weiß war und mein Geist noch nicht in Ketten lag.

8

Als wir, für den Augenblick kraftlos, unter dem seidenen Überwurf lagen, sagte Tamar, den Kopf auf meinen Unterarm gebettet, so leichthin, als nehme sie eine vor einer Minute unterbrochene Unterhaltung wieder auf: «Nur eines ist entschieden. Die alte

Königin zieht sich in ein Landhaus außerhalb der Mauern zurück, wo sie in Abgeschiedenheit, aber geehrt, ein einfaches Leben führen will.»

«Nicht in ein Kloster?» fragte ich ohne größeres Interesse.

«Dies Ansinnen hat sie entschieden zurückgewiesen», gab Tamar mit großem Ernst zurück. «Sie haßt die Buddhisten, weil sie ihr den Großkönig genommen haben, und sie schäumt vor Wut, weil man ihr den *Sati* verweigert.»

«Mit welcher Begründung tut man das?»

«Die Buddhisten sagen, der Großkönig sei zwar für die Königin so gut wie tot, doch vertreten die Priester des Alten Glaubens einmütig die Ansicht, solange er lebt, dürfe sie sich keinesfalls als Witwe verbrennen lassen. Wenn es nach den Buddhisten geht, wird sie auch nie erfahren, wann ihr Gatte das Zeitliche segnet. Sie sehen im *Sati* nicht etwa die Krönung im Leben einer Frau, sondern einfach eine Sünde. Jetzt wehklagt die alte Königin, daß ihre Seele nie mit der des Großkönigs vereinigt werde.»

«Ich verstehe nicht.»

«Nun, ganz gleich, ob es ihre Schuld ist oder nicht, daß kein *Sati* stattfindet, gilt sie nicht als treue Gemahlin, wenn sie sich nicht als Witwe verbrennen läßt», gab Tamar zur Antwort, nach wie vor sehr ernst. «Außerdem wird der Großkönig in den Himmel der Buddhisten eingehen. Das hat man ihm versprochen. Die arme Königin hingegen wird in eine der tiefsten Höllen des Alten Glaubens verbannt – und womöglich als Eidechse oder Käfer wiedergeboren werden. Von morgens bis abends sitzt sie mit aufgelöstem Haar da und weint sich die Augen aus.»

Belustigung muß in meiner Stimme gelegen haben, als ich fragte: «Wie kann es zweierlei Himmel und Hölle geben, jeweils für die Buddhisten und die Anhänger des Alten Glaubens? Damit, daß sie die Art ihrer Gebete ändern, schaffen die Menschen doch keine neuen Himmel und Höllen. Götter treten nicht in unendlicher Folge auf, wie Saris, die man an- und ausziehen kann. Priester und Mönche rufen nicht Götter ins Leben; sie suchen lediglich ihr Wesen und ihren Willen zu erfassen. Hin und wieder gelingt ihnen das und bisweilen auch nicht.»

Auf einen Arm gestützt, sah Tamar voll Entsetzen auf mich hinab, legte sich wieder hin und rutschte so lange hin und her, bis ihr Kopf erneut bequem in der Beuge meines Ellbogens lag. Erst dann sagte sie mit einem Lächeln, aber erkennbarem Vorwurf in der Stimme: «Jarie, einen Augenblick lang war ich nicht sicher, ob du dir mit mir einen Scherz erlaubst. Du solltest nicht über mich spotten. Natürlich muß eine neue Religion ihren eigenen Himmel und ihre eigene Hölle haben.»

Ich konnte unmöglich weitersprechen, wollte ich nicht ein Streitgespräch über Religion im allgemeinen vom Zaun brechen. Aus Erfahrung wußte ich, daß es verzweifelt schwer war, ihrer weiblichen Schlichtheit und spontanen Frömmigkeit mit Logik entgegenzutreten. Ich stellte mir vor, wie der gesamte Raum oberhalb der Erdscheibe gleich einem Sommerbasar mit den Tausenden von Himmeln für all die verschiedenen Religionen auf der Welt angefüllt war – und ich sah vor mir, wie der Raum unter der Scheibe dicht an dicht Hölle auf Hölle enthielt.

Schweigend wartete ich, daß sie weitersprach, erfuhr ich doch von ihr mehr, als ihr bewußt war. Mit Sicherheit war die berückend einfache Verschmelzung der widersprüchlichen Forderungen beider Religionen nicht ihr Werk. Die scheinbare Vernunftbegründung ging auf irgendeinen raffinierteren Geist zurück. Offensichtlich waren die Höflinge, wie eh und je geschmeidig wie die Schlangen, dabei, ihr Gewissen auf den Tag vorzubereiten, da an einem Himmel zwei Sonnen leuchten würden. Es sah ganz so aus, als stünden Tschandras buddhistische Anhänger im Begriff, sich den Weg zur Macht zu ebnen. Fragen würde ich nicht, doch hoffte ich, daß mir Tamar aus eigenem Antrieb berichten würde, wie weit sich der neue leichte Glaube über die Frauengemächer hinaus verbreitet hatte.

Ich wurde enttäuscht. Während sie mir eine ihrer goldbraunen Locken um das Ohr wickelte, sprach sie mit der raffinierten Unbefangenheit des kleinen Mädchens, das sich laut fragt, ob der Vater auf dem Heimweg zufällig an einem Spielzeugstand vorübergekommen sei. «Aber wußtest du denn nichts von der Entscheidung der Königin? Wo warst du nur?»

«Für einige Tage mit Harrap in der Alten Stadt», gab ich mit der gleichen Unbefangenheit zurück.

«Und was habt ihr da getrieben, Jarie?» wollte sie wissen.

«Was tun wir, wenn wir in der Alten Stadt sind? Ein wenig trinken, ein wenig spielen, die eine oder andere Schlägerei... das war alles.»

«Ach! Mir schienst du ein wenig müde.»

Bei dem Vorwurf errötete ich, war ihre Vermutung doch treffender, als sie ahnte. Ich konnte mich nicht an jede einzelne Frau erinnern, bei der ich gelegen hatte, fragte mich aber in jenem Augenblick unwillkürlich, wie viele von ihnen in ihrem Schmutz die Krankheit tragen mochten, die eine Frau von innen zerfrißt und dafür sorgt, daß das Gemächt eines Mannes tropft wie ein schadhafter Krug. Der Priester hatte mir gesagt, ein Mann, der bei einer mit dieser Krankheit behafteten Frau liegt, könne das Übel der nächsten Frau weitergeben, bei der er lag. Ich betete, für den Fall, daß ich bei einer solchen Frau gelegen hatte, möge es nicht Tamar treffen, und hoffte, daß die Krankheit bereits auf eine andere Hure übergegangen war.

Ich befürchtete, Tamar werde, wie schon früher, den Grund meiner Unruhe erahnen, doch sie achtete nicht weiter darauf. Offenkundig verfolgte sie irgendeinen eigenen Zweck. «Dann weißt du also auch nicht, daß die alte Königin lediglich zehn oder fünfzehn ihrer Hofdamen mitnimmt? Die übrigen werden vom Dienst bei ihr befreit, unter ihnen ich.»

«Das ist für dich sicher eine Erleichterung. Es hat in den letzten Tagen um die Königin herum zuviel Düsternis und zuviel Wehklagen gegeben.»

Offensichtlich war diese Antwort nicht das, was sie von mir erwartet hatte, denn sie schwieg. Ich mußte daran denken, daß wir ein Spiel spielten, dessen Regeln ausschließlich ihr bekannt waren.

«Bedeutet das etwa, daß du den königlichen Hof verlassen mußt?»

«Nein, davon kann keine Rede sein, obwohl...» Ihre Stimme wurde allmählich leiser, und ihre Augen richteten sich fest auf die Haarsträhne, die um mein Ohr lag.

«Obwohl... was?»

«Obwohl...» Buchstabe für Buchstabe kam das Wort aus ihrem vorwurfsvoll aufgeworfenen Mund. Ihre Fingernägel stachen in mein Ohrläppchen, doch spürte ich den Schmerz kaum.

«Nun... eigentlich hat es nichts zu bedeuten. Aber mein Vater gibt mir mit Blicken zu verstehen, daß es an der Zeit sei zu heiraten. Auch in seinen Worten schwingt es mit. Bei meiner älteren Schwester war es genauso, bis sie schließlich verlobt wurde. Es ist nichts, aber...»

Es sei nichts, sagte sie. Dabei war sie mit ihren siebzehn Jahren überreif für die Ehe. Sollte ihr Vater auf seinem Wunsch bestehen –

und dazu hatte er allen Grund und jedes Recht –, konnte sie sich dem nicht lange widersetzen. Als ich versuchte, unsere Beziehung so zu sehen, wie sie ihr erscheinen mußte, beruhigte mich das nicht. Den jungen Edelfrauen von Kamardol wurde im Unterschied zu denen von Hindustan ein Frühling goldener Freiheit gewährt. Keinesfalls konnte Tamar ihr Leben unverheiratet und kinderlos vergeuden, bis die Flammen des Scheiterhaufens die unfruchtbare Hülle verzehrten. Sie mußte auf jeden Fall im Lauf des nächsten Jahres heiraten, weil es sonst aller Wahrscheinlichkeit nach nie geschehen würde.

Tamar wartete. Ich wußte nicht so recht, worauf sie hinaus wollte, wurde aber bei der Art, wie sie vorging, argwöhnisch.

«Und was hast du gesagt?» fragte ich.

«Noch nichts. Er hat noch nicht wirklich gedrängt. Mutter ist ganz reizend, wie du weißt. Sie sagt: ‹Laß das Mädchen zufrieden. Sie hat reichlich Zeit, um zu heiraten und Kinder in die Welt zu setzen. Jetzt soll sie ihr Leben genießen.› Das stopft meinem Vater für eine Weile den Mund.»

«Wie schön», sagte ich munter.

«Ja», sagte sie lächelnd. «Im Augenblick brauchen wir uns keine Sorgen zu machen. Ich habe es dir nur gesagt, weil du danach fragtest.»

«Wie schön», wiederholte ich. «Laß uns noch einen Kelch Wein trinken.»

Aber ich brachte es nicht fertig, die Besorgnis so leicht abzuschütteln wie sie. Einerseits war ich beschämt, weil ich sie einer List verdächtigt hatte, und zum anderen stand ich zum erstenmal der Zukunft sorgenvoll gegenüber. Meine Gedanken beschäftigten sich mit diesem neuen Rätsel, obwohl wir zufrieden im Sonnenlicht lagen, den nach Feuerstein schmeckenden Wein schlürften und die Wonnen der ersten Stunden auskosteten, die wir seit meiner Rückkehr miteinander genossen, ohne daß uns etwas zur Eile trieb.

Außer dem Drängen des Vaters gab es für Tamar noch weitere Gründe, an eine Ehe zu denken. Der Leibarzt der Königin hatte mit seinen geheiligten Händen bereits zwei Abtreibungen an ihr vorgenommen, wie es sich bei einem unverheirateten Mädchen geziemte. Sie hatten mich wenig interessiert, da es keinen wirklichen Anlaß gab anzunehmen, daß eins der Kinder von mir stammen könnte. Doch hatte mir der Priester bei unseren langen Gesprächen unterwegs gesagt, nach mehr als zwei Abtreibungen sei eine Frau nahezu mit Sicherheit außerstande, gesunde Kinder zu gebären.

Auch wenn er nicht weithin berühmt war, vertraute ich ihm mehr als jedem anderen Arzt. Er hatte sich dagegen entschieden, Reichtümer zu scheffeln, indem er Edelfrauen von eingebildeten Krankheiten heilte – und ihren Gatten schmeichelte. Zweifellos kannte Tamar die Gefahr aufgrund des geheimen Wissens, das Frauen besitzen, dennoch beschloß ich, sie später darauf anzusprechen. Keinesfalls war ich gesonnen, die Schönheit jenes herrlichen Nachmittags zu verderben.

Auch diesen Entschluß gab ich auf, kaum daß er zur Hälfte in mir aufgekeimt war. Alles, was sie darauf sagen konnte, war: «Was soll ich denn tun? Heiraten?» Was konnte *ich* auf diese Frage antworten?

Ihre eigene Querköpfigkeit mußte ihre Zwangslage zweifellos noch verschärfen. Nach meiner Heimkehr hatte sie lachend gesagt, sie verspüre keinen Wunsch, bei anderen Männern zu liegen. Zwar wußte sie, wie ungern ich das hörte, doch hatte sie ihre Ansicht inzwischen offenbar nicht geändert. Mir war klar, daß sie unsere unnatürliche Beziehung nicht lange verborgen halten konnte, auch wenn ihr das eine Zeitlang gelingen mochte. Bald schon mußte der Klatsch, hinter dem die Kraft der Wahrheit stand, durch das Gewirr hohler Köpfe und begieriger Ohren hallen, aus dem der königliche Palast recht eigentlich bestand und das beständiger war als Steine, Mörtel, Juwelen und Standbilder. Durch die perverse Bindung an einen einzigen Mann gebrandmarkt, würde sie trotz ihres reichen Vaters niemanden finden, der bereit war, sie zur Gattin zu nehmen.

Hätte sie mir nicht in aller Harmlosigkeit gezeigt, daß sie keinen geheimen Zweck verfolgte, hätte ich mich fragen können, was sie beabsichtigte. Konnte sie auf eine Ehe mit mir hoffen? Diese Vorstellung war so ganz und gar abwegig, daß wir nie darüber gesprochen hatten. Doch bei dem Gedanken, mich von ihr zu trennen, spürte ich tiefes Bedauern. Plötzlich wußte ich, daß ich bereit war, alles aufzugeben, um statt der kurzen Stunden, die uns wegen ihrer Flüchtigkeit so ungeheuer köstlich erschienen, alle Tage meines Lebens mit Tamar zubringen zu können.

Da ich nun *doch* über die Sache nachdachte, war die Vorstellung, daß wir heirateten, ganz offenkundig *nicht* undenkbar. Gleichwohl war es unmöglich. Obwohl wir nicht reich waren, konnte ihr Vater unter Umständen zustimmen, denn bei den Kschatrija gilt es als Ehre, eine ihrer Frauen mit einem Brahmanen zu verheiraten. Doch wie sollte ich meinem eigenen Vater entgegentreten? Sein Familienstolz gründete sich nicht nur darauf, daß unsere Vorfahren in ununterbrochener Reihenfolge Brahmanen gewesen waren, sondern auch darauf, daß sich unser arisches Blut seit tausend Jahren weder mit dem drawidischer noch mittelasiatischer Rassen vermischt hatte.

Wie konnte ich erwägen, eine Frau zu heiraten, in deren Adern unverkennbar griechisches Blut floß? Schließlich wußte ich, wie sehr mein Vater wegen des Blutes seiner Mutter auf Harrap herabsah, obwohl sie immerhin von den Königen des Hochgebirges abstammte. Sollte die Mutter der Nachkommen seines Erstgeborenen, seiner ersten Enkel in direkter Linie, ein Halbblut sein, Mischling von Indern und Europäern? Sofern ich ihn bat, Tamar an unseren Altären willkommen zu heißen, konnte ich ebensogut, ja eher noch, erwarten, daß er meine Mutter in ein Kloster schickte oder gar seine Bücher verbrannte.

All diese Gedanken, deren Wiedergabe so schwerfällig wirkt, gingen mir in einem Augenblick durch den Kopf. Doch muß ich wohl meine Besorgnis zu erkennen gegeben haben, denn Tamar fragte leise: «Woran denkst du, Jarie?»

Ich lächelte, wobei ich spürte, wie sich meine Gesichtsmuskeln erneut bewegten, und gab zur Antwort: «An dich und mich.» Es war schließlich nichts als die Wahrheit.

«Angenehme Gedanken?» fragte sie leichthin und fuhr mir mit den Fingerspitzen über die Brust, als bilde sie dort ein Muster.

«Wie könnte es anders sein?» wich ich aus.

«Wie schön, Jarie.» Sie lächelte, und erneut lagen wir während langer seidiger Minuten still beieinander. «Da ist noch etwas», sagte sie mit gesenkter Stimme. «Ich habe es dir nicht früher gesagt, weil du so abscheulich warst und mit Harrap in die Alte Stadt davongelaufen bist, als ich mich nach dir sehnte.»

Ihre verbohrte Annahme, ich hätte mich ständig für ihre Bedürfnisse bereitzuhalten, brachte mich in Wut. War ich ein Edelknabe, der verpflichtet ist, zu Füßen seiner Herrin zu sitzen, während sie mit ihren Freundinnen tratscht und sich jeden Winks gewärtig in ihrer Nähe halten muß, wenn ihre Dienerinnen sie baden? Der Wutanfall ging so rasch vorüber, wie er gekommen war, und eine plötzliche Unruhe bewirkte, daß sich meine Nackenhaare sträubten. Hatte sie die beruhigenden Worte nur gesprochen, um mich auf eine weitere Bedrohung vorzubereiten? «Worum geht es…?» fragte ich rasch.

«Nun sei doch nicht zornig», beschwichtigte sie mich. «Es ist wirklich nichts.»

«Wieder nichts?» Ich war verblüfft über die Schärfe, die in meiner Stimme lag.

Tamars leuchtend graue Augen schlossen sich halb vor Zorn, aber ihre Stimme klang unbeschwert.

«Mit dir und mir hat es nichts zu tun, Jarie. Es ist einfach Klatsch.»

«Ach so», sagte ich. «Bitte erzähl es mir.»

«Mein Vater hat gesagt, die alte Königin habe Tschandra in einem Netz gefangen, als ich es ihm erzählt habe. Du weißt ja, das Volk verlangt, daß die Riten für den Großkönig gefeiert werden, bevor Tschandra den Thron besteigt. Er kann sich aber trotzdem nicht entscheiden. Seine Berater verwerfen jedes Ritual, kaum daß es vorgeschlagen wird. Das eine gefällt ihnen nicht, weil es ihrer Ansicht nach die Achtung des Volkes vor ihm untergräbt. Das andere scheint ihnen für die Übergabe der höchsten Macht im Lande nicht weihevoll genug.»

«Und was ist mit der alten Königin?»

«Darauf komme ich gleich. Tschandra wollte, daß die Riten ausschließlich nach den Vorschriften der Buddhisten stattfinden sollen. In erster Linie wollte er damit die Unberührbaren auf seine Seite bringen, von denen es weit mehr zu geben scheint, als ich dachte. Tschandra meint offenbar, seine Macht auf sie stützen zu können, hat aber anfangs wohl nicht angenommen, daß er die Sache zum Ende bringen muß. Er war sicher, daß die Bruderschaft der Priester mit den Buddhisten paktieren und sich auf eine Vermengung der Riten einigen würde, damit nicht der Buddhismus dadurch zur Hauptreligion wird, daß der neue König ausschließlich nach dessen Ritus auf den Thron gelangt. Auf diese Weise wäre aller Streit zu Ende, und Tschandra säße mit allgemeiner Billigung auf dem Thron.»

«Und die alte Königin?»

«Es ist wirklich sonderbar», kicherte sie, «all die bedeutenden

Männer in ihren bunten Gewändern so hilflos vor einer kleinen alten Frau zu sehen.»

«Ja?» drängte ich ungeduldig.

«Die Königin haßt die Buddhisten», sagte Tamar mit plötzlich munterer Stimme. «Sie hat dem Großkönig gehorcht und keinen Widerspruch gegen seine Abdankung eingelegt. Sie hat nicht versucht, ihren *Sati* durchzusetzen, schwört aber, daß sie sich verbrennen lassen wird, falls Tschandra den Thron nach dem Ritus der Buddhisten zu besteigen gedenkt. In dem Fall wird sie sich nicht nur verbrennen lassen, weil ihr Gemahl für sie tot ist, sondern auch, weil ihr Sohn die wahre Religion mißachtet hat. In dem Fall würde ihr *Sati* dem Tod der Dynastie gelten – dem Ende von Kamardol.»

«Das ist erstaunlich. Wirklich sehr erstaunlich, und obendrein beängstigend», sagte ich betroffen. «Aber es ist wohl kaum so amüsant, wie du es zu finden scheinst.»

«Entschuldige», sagte sie. «Aber jeden Tag kommen all die alten Männer zu ihr – und auch Tschandra selbst. Sie hört einige Minuten lang auf zu weinen, gerade lange genug, um alle verwirrt davonzuschicken. Ich glaube, insgeheim macht ihr die Sache Spaß. Sie möchte sich wirklich verbrennen lassen. Die anderen wissen also, daß es keine leeren Drohungen sind. Noch mehr aber als vom Wunsch, die eigene Seele zu bewahren, wird sie vom Verlangen beherrscht, die wahre Religion vor Tschandra zu bewahren.»

Als ich mir vorstellte, welches Chaos die Königsstadt heimsuchen würde, wenn die alte Königin ihre Drohung wahr machte, überlief mich ein Schauer. Es wäre nicht nur bloße Torheit, sondern selbstzerstörerischer Wahnsinn, wollte man ihr gestatten, sich zur Sühne für den Untergang der Dynastie verbrennen zu lassen. Das durfte Tschandra unter keinen Umständen zulassen. Würde er etwa seine Herrschaft mit einem Muttermord beginnen?

«Ich hoffe, sie wird gut bewacht», sagte ich.

«O ja», gab Tamar zur Antwort, einen Augenblick lang ernst geworden. «Vorkoster probieren jede ihrer Speisen, und der alte Ranbir hat eine Doppelwache aufgestellt. Als jemand behauptet hat, er mische sich damit in innere Angelegenheiten des Landes ein und entziehe der Vorschrift, daß für die königliche Garde Angehörige der Bergstämme rekrutiert werden, die Grundlage, hat er schulterzuckend gesagt: ‹Keineswegs. Es ist meine Pflicht, die königliche Familie zu beschützen. Außerdem war die alte Königin stets gut zu mir, und ich bin schließlich ein alter Mann.›»

«Sonst hat er nichts gesagt? Nichts über Harrap?»

«Das war alles. Wieso fragst du nach ihm? Ach so, ...ich verstehe. Dieser Strang ist fast zu sehr in sich verschlungen, als daß man ihn noch auflösen könnte, nicht wahr?»

Sie schob den Überwurf von ihren Brüsten, legte mir einen Arm um den Oberkörper und vergrub ihr Gesicht in meiner Achselhöhle. Leicht fuhr sie mir mit den Lippen über die Haut, und ihre Stimme klang gedämpft, als sie fragte: «Ach, Jarie. Mußt du... Mußt du Harrap begleiten, falls er fortgeht?»

«Das weiß nicht einmal ich, Tamar», gab ich gedehnt zur Antwort und strich ihr übers Haar.

Mit meinen Gedanken war ich noch bei dem Wirrwarr, den die alte Königin auslösen konnte, wenn sie sich in einer Gebärde des Protestes als Brandopfer darbrachte. Zwar besaß im verwickelten Geflecht der religiösen Vorstellungen, die wir den Alten Glauben nannten, der Kult der Erdmutter-Gottheit keinen besonders hohen Stellenwert mehr, doch würde sich das Volk auf den Straßen drängen. Nicht nur Banden von Räubern und liederlichem Gesindel sowie Pulks von Zuhältern und Huren würden mit den aufgebrachten Bauern ziehen, die mit ihren primitiven Waffen zur Verteidigung der reinen Lehre in die Königsstadt strömen würden, auch der größte Teil der rechtschaffenen Bürger würde sich ihnen anschließen. Mit ihrer Trotzhaltung konnte die Königin das Reich in Anarchie stürzen und Tschandra zugrunde richten – bis ein starker Prinz erneut Ordnung schuf.

Ging es der Königin wirklich um das Wohl der königlichen Familie und den Alten Glauben. Schon vor langer Zeit hatte Harrap ihr Herz mit dem Zauber betört, der ihm alle Frauen zuzuführen schien. Seine leibliche Mutter war dahingeschieden, als er noch sehr jung war, und so hatte ihn die alte Königin als Kind ihrer späten Jahre betrachtet. Gefährdete jetzt womöglich die Erinnerung an seine dunklen Kleinkindlocken Kamardols Zukunft?

Gerade als ich Tamar fragen wollte, ob sich die alte Königin je über Harrap äußerte, fuhr sie mir mit den Lippen über das Ohrläppchen. Als wir uns eine halbe Stunde später ermattet wieder ruhig hinlegten, war jeder Gedankenfaden aus meinem Bewußtsein geschwunden.

9

Die fünf Tage, in denen Harrap durch die Lager zog, leuchteten immerwährend wie Edelsteine in meiner Erinnerung. Noch heute hole ich sie zuweilen aus den Tiefen meines Gedächtnisses hervor, vor allem wenn mich Niedergeschlagenheit überfällt.

Am ersten Tag meiner Freiheit wurde mir klar, daß mein Streben nicht nachgelassen hatte, seit wir ausgeritten waren, um den Heiligen Hengst zu suchen. Eine unaufhörliche Spannung hatte zum Widerstreit zwischen meinem Leib und meinem Geist geführt. Angesichts von Harraps geradezu besessener Hingabe konnte ich weder sein Ziel in Frage stellen, noch vermochte ich zu erkennen, daß seine Begeisterung in irgendeiner Weise ungewöhnlich war. So lange hatte ich auf den Höhen gelebt, daß ich erst nach dem Abstieg ins Tiefland merkte, auf welche Weise mich die rauhe und unfruchtbare Höhenluft zu immer heftigeren Anstrengungen angestachelt hatte – doch mein Geist verkümmerte.

Als Harrap aufbrach, kehrte ich in meine Täler zurück, wo ich mich wohlfühlte und nahezu eine Woche lang die Fülle der warmen Luft genoß. Weil ich meinen Weg nicht allein bestimmen durfte, war ich auch frei von dem belanglosen Ärger, der unsere geschäftigen Tage heimsucht, wenn wir Herren unserer Ziele zu sein glauben. Ich wartete auf Anweisungen, einerlei, ob sie von den Göttern oder von Menschen kamen. Das einzige, was ich für Harrap zu tun vermochte, war, daß ich auf ihn wartete, wußte ich doch weder, was er trieb, noch kannte ich seine Wünsche. Während ich dem Nichtstun frönte, nahm ich die zunehmende Bestürzung des Hofes wahr, ohne jedoch viel davon zu spüren.

Auf sonderbare Weise blieb mein Hochgefühl unbeeinträchtigt vom Bewußtsein, daß unsere kleine Welt aus Neigung und Gemütlichkeit, unsere üppige Hofhaltung, bei der Sinnentaumel, Gier und Anmut im Vordergrund standen, zu zerfallen drohte. Im Klang der Gespräche und der über die Gänge eilenden Schritte lag so viel Zorn und Verzweiflung wie in dem wütenden Gesumm, das einen Sommernachmittag verdirbt, wenn honigsammelnde Männer ihre Fakkeln in die hohlen Stämme schleudern, in denen die Wildbienen sich eingerichtet haben. Hohe Hofbeamte und kecke Edelknaben, dreiste Subalterne und unerprobte Konkubinen – jeder wußte, daß es nicht mehr lange dauern würde, bis sich der Mißmut des einfachen

Volkes in der Königsstadt wie auf dem Lande in einem Aufruhr Luft machte. Dennoch unternahm Tschandra nichts.

Lediglich ein einziges Mal nahm ich während jener Tage eine Empfindung wahr, die sich zwar nicht offen gegen Tamar richtete, dennoch aber stärker war als der vorübergehende Ärger eines Zuschauers über eine schlechte Aufführung. Als ich am dritten Nachmittag nach Harraps Abwesenheit das Landhaus meines Vaters aufsuchte, zupfte sich dieser zerstreut den Bart, während er mir meine muntere Tatenlosigkeit vorhielt. Inmitten all der Nöte, die Kamardol litt, sagte er, sei ich so kalt und gefühllos wie ein Besucher aus China, für ihn stets das fernste und verächtlichste aller Länder. Für eine kurze Weile empfand ich Scham darüber, daß mich all das nicht berührte, schlenderte aber bereits wenige Minuten später fröhlich zum Tor hinaus und sagte wie gewöhnlich den vom Wind gepeitschten Kiefern Lebewohl, die links und rechts des Weges standen. Vielleicht hieß die Botschaft der Götter, daß es keine Botschaft geben würde.

Während jener halben Woche kam Tamar häufig zu mir. Vermutlich beherrschte damals das besondere Aroma der langsam dahinfließenden Tage und Nächte, die wir miteinander verbrachten, all meine Sinne. Heute erinnere ich mich nur an einen geringen Teil dessen, was sich zwischen uns zutrug. Weder die Einzelheiten unserer Liebesspiele noch die Gegenstände unseres Gesprächs sind mir deutlich in Erinnerung, doch spüre ich bisweilen in den Fingerspitzen, wenn ich im Sonnenschein auf dem Felsvorsprung oberhalb der purpurrot leuchtenden Königsstadt stehe oder zusehe, wie zwischen den blauen Felsen eines Gebirgsbachs die Forellen springen, deutlich das Gewebe jener fünf Tage. In solchen Augenblicken steigt in mir eine Welle des Glücks empor.

Mit niemandem habe ich je über diese Augenblicke gesprochen, und ich weiß nicht, welche Erkenntnis mir widerwärtiger wäre – die, daß jeder, oder die, daß sonst keiner dergleichen erlebt.

Während ich jene Tage mit Worten neu erstehen zu lassen versuche, kehrt mir ein bestimmter Zeitpunkt mit allen Einzelheiten ins Gedächtnis zurück. Ich glaube, daß ich mich daran jetzt deshalb erinnere, weil mich damals die Erkenntnis meines wirklichen Gefühls so erstaunte – bevor ich die Einsicht von mir schob. Nach jenem ersten Morgen kam Tamar nicht wieder auf die Frage ihrer eigenen Zukunft zu sprechen. Als ich sie bat – durch meine Besorgnis tollkühn geworden –, sie möge etwas sagen, lächelte sie lediglich und sagte: «Jarie, ich verspreche dir, daß ich so lange bei dir bleibe, wie du mich brauchst – oder so lange, wie ich kann.»

Mir kam der Gedanke, daß meine leichtfertige Annahme töricht gewesen war, die Vollkommenheit der Empfindung beruhe auf ihrer Einzigartigkeit, wie bei einer auf schwarzer Seide prangenden einzelnen Perle. Mir wurde klar: ohne Zukunft kann in der Gegenwart weder Freude noch Kummer vollkommen erblühen. Eine Gegenwart, die um die Samenkörner der Zukunft gebracht wird, ist unfruchtbar. Für Tamar und mich aber gab es keine Zukunft; weder konnten wir gemeinsam Hoffnungen nachhängen noch Pläne schmieden, auf welche Art und Weise wir Gefahren entgegentreten wollten. Da unsere Liebe – ich verwendete schließlich das Wort doch, allerdings ausschließlich mir selbst gegenüber – sich nicht vervollkommnen konnte, wurde der Keim zu ihrer Zerstörung gelegt, bevor sie zur Reife gelangte. Doch schob ich diese Erkenntnis, wie ich schon sagte, von mir, denn mich gelüstete nach den minder bedeutenden Wonnen des Augenblicks.

Dennoch bedrückte es mich nicht, daß ich mit all den Befürchtungen und Hoffnungen der Zukunft, welche die Gegenwart gestalten, nichts zu tun hatte. In gewisser Hinsicht ähnelte mein vollkommenes Hochgefühl dem Zustand, den die Buddhisten als Erleuchtung bezeichnen, jener vollständigen Abwesenheit von Verlangen, die der Mensch kennenlernen muß, bevor er das als Nirwana bezeichnete Einssein mit dem All zu erlangen vermag. In der mir eigenen nachlässigen Art und Weise gab ich allen Forderungen des Fleisches nach, statt mich ihnen zu verweigern, wie es die Buddhisten predigen. Später erfuhr ich ohne große Überraschung, daß zumindest eine Schule des Buddhismus danach trachtet, das Verlangen auszurotten, indem sie den Sinnen überreiche Nahrung gibt. Doch bin ich keinem Jünger jener Schule begegnet, der damit Erfolg gehabt hätte, bevor er das sechzigste Jahr erreichte – auch wenn sich viele unablässig bemühen. Überdies scheint mir vollkommene Erleuchtung nach wie vor kein erstrebenswertes Ziel und in der damit augenscheinlich verbundenen Selbstverleugnung obendrein äußerst eigensüchtig zu sein. Die nächste Welt wird sich jedem versagen, der sich dieser Welt ganz und gar versagt.

Mein eigenes Nirwana war nicht geistlicher, sondern weltlicher Art, und sein Ende kam bald. Sechs Tage nach Harraps Aufbruch sagte die Dienerin, als sie uns das aus goldener Melone, Weizenküchlein und leichtem Bier bestehende Frühstück brachte, atemlos: «Prinz Harrap ist zwischen Mitternacht und Tagesanbruch eingetroffen. Er liegt jetzt zu Bett.»

Meine geknurrte Antwort kränkte sie wohl. Offenbar war auch sie dem Zauber erlegen, mit dem Harrap alle Frauen in seinen Bann schlug. Sie warf mir einen vorwurfsvollen Blick zu, bevor sie die Treppe hinabpolterte, das leere Tablett neben sich schwingend.

Mein Magen zog sich schmerzlich zusammen, und alles in meinem Inneren spannte sich, so daß dort nichts blieb als eine schleimbedeckte kalte Höhle. Sofern sich Harrap nach wie vor in jener besonderen Stimmung befand, die ihn dazu veranlaßt hatte, allein fortzugehen, würde es Stunden dauern, bis er mich zu sich befahl – vielleicht sogar noch einen weiteren Tag. Nichtsdestoweniger waren die Tage meiner Beglückung vorüber. Obwohl mir weder von Göttern noch von Menschen ein Zeichen zuteil geworden war, würde man von mir bald eine Entscheidung verlangen. Ich konnte sie nicht länger hinausschieben. Entweder mußte ich mich Tschandra in aller Form unterwerfen oder Harrap folgen, wohin auch immer er ging.

Heftig wandte ich mich dem Lager zu, auf dem Tamar ruhte. Über dem blaßblauen Bettüberwurf waren lediglich ihre Augen und ihre von schimmernden Haarsträhnen bedeckte Stirn zu sehen. Halb wach und umgeben von den warmen Gerüchen des Schlafs und ihres Parfüms, umschlang sie meinen Rücken.

«Wirst du mit ihm gehen, Jarie?» flüsterte sie.

«Ich weiß nicht... Ich weiß ja nicht einmal, ob er geht!»

Angespannt und voller Zweifel legte ich meine Lippen zwischen ihre Brüste, um mich mit ihrem Duft nach Moschus und Blüten zu betäuben. Als ich mich aufrichtete, um mich mit Nachdruck zwischen ihre Schenkel zu drängen, sah sie mich betrübt und wie zum Abschied an. Möglicherweise habe ich mir diesen Blick auch nur eingebildet, denn sie zog mich mit Armen und Beinen fest an ihren Leib. Ihre Spannung löste sich in einem lauten Schrei, und ihre Nägel fuhren mir scharf über den Rücken.

Wir lösten uns voneinander und blieben in ehrfürchtig schweigender Scheu liegen. So still war es, daß ich in meinen Ohren ein fernes Dröhnen zu hören meinte. Ich schüttelte die Einbildung ab und sah auf ihr Gesicht hinab, das völlig offen vor mir lag, obwohl sie die Lider geschlossen hatte.

«Jarie, hörst du etwas?» fragte sie und setzte sich auf.

«Lediglich die große Wonne, die allmählich zurückweicht. Das hören wir beide.»

«Nein, draußen. Sieh doch bitte nach.»

Über ihre Wahnvorstellungen murrend, schob ich mich aus den warmen Laken und stieg unter der hochgelegenen vergitterten Öffnung fröstelnd auf einen Hocker. Mit Macht fuhr mir die grelle Morgensonne in die Augen, und so konnte ich zuerst lediglich die mit Gold übergossenen verschwommen sichtbaren Türme der Königsstadt ausmachen. Bald jedoch sah ich inmitten des Schimmers eine schwarze Menschenmenge, die sich im Vorfeld der Befestigungsanlagen drängte. Es war ihr Geschrei, das wir gehört hatten. Als sich meine Augen an die Helligkeit gewöhnten, erkannte ich eine auf halbem Weg zwischen dem Fuß der Befestigungsanlagen und den Toren des königlichen Palastes aufgestellte Kette von Wachposten. Die runden Helme und die allgemeine Erscheinung der Krieger sagten mir, daß es sich um die regulären Fußtruppen der Palastwache und nicht um die untersetzten Gebirgstruppen der königlichen Garde handelte.

«Was gibt es?» fragte Tamar.

«Ich weiß noch nicht genau. Komm und sieh selbst.»

Wir drängten uns auf dem Hocker aneinander, den Bettüberwurf um die nackten Schultern gelegt, und ich umklammerte mit der Hand die Rundung ihrer warmen Hüfte.

Kaum merklich schob sich die Menschenmenge den glatten steilen Hang des Festungsvorfeldes empor, so unerbittlich wie eine Phalanx kämpferischer Treiberameisen. In einer Eigenbewegung öffnete und schloß sich der gezackte vordere Rand. Während einzelne strauchelten und zu Boden stürzten, schob sich die große Welle ungebrochen hangaufwärts.

Das Dröhnen nahm an Lautstärke zu, wurde deutlicher. Mit angespannter Aufmerksamkeit konnte ich die Worte unterscheiden: «Gebt uns... Waisen unseren König! Gebt uns... unseren König!»

Einzelne Menschen hoben sich von den anderen ab, während sich die Menge dichter heranschob. Gelbe Gewänder von Unterpriestern leuchteten in der düsteren Masse wie blasse Rosinen in einem Curry-Gericht. Die Pastelltöne der von ledigen Frauen getragenen

Saris und die satte Farbenfülle der Gewänder der älteren Frauen bildeten bunte Tupfer im Meer der bei den Umhängen der Männer vorherrschenden Rot- und Brauntöne.

«Gebt... uns... unseren König! Gebt uns... Waisen... unseren König!»

Mit diesem Sprechgesang schob sich die Welle gegen die Postenkette vor. Ich hörte das Kommando nicht, sah aber, wie sich die Spieße der Fußsoldaten in einer einzigen Bewegung senkten – wie eine Zugbrücke, die herabgelassen wird – und den von Spitzen starrenden «stählernen Wall von Kamardol» bildeten, an dem hundert Angriffe fremder Panzerreiter gescheitert waren und sich aufgelöst hatten. Neben mir hörte ich Tamar nach Atem ringen.

Beharrlich schob sich die Menge näher. Immer mehr schwoll ihr Sprechgesang an: «Gebt... uns... Waisen unseren König.»

Voll Erbitterung drängten sich Kamardols Bürger gegen den schrecklichen Wall aus Spießen. Ein Lichtstreif, nicht breiter als der Finger eines Mannes, lag zwischen der dunklen Menge und der blitzenden silbernen Linie der Stahlspitzen. Tamars Nägel krallten sich in meinen Handrücken. Die Schranke aus Licht verschwand, die Stahlspitzen wurden von der vordersten Linie der herandrängenden Masse aufgesogen, und tiefer drangen mir die Fingernägel ins Fleisch.

Weder vernahm man gequälte Schreie, noch wich die Menge aufgelöst zurück. Die Postenkette... es kann nicht sein, dachte ich, aber sie gab Schritt für Schritt nach. Die Fußtruppen kapitulierten, Kamardols Stolz, deren selbstbewußter Wahlspruch seit Jahrhunderte lautete: *‹Hier stehen wir, und hier sterben wir!›* – die Fußtruppen, von denen ganze Kompanien im Kampf gegen den großen Alexander auf der Walstatt geblieben waren, jeder am ihm zugewiesenen Platz, statt sich schmachvoll vor dem Angriff des Feindes zurückzuziehen. Das waren die Männer, die eher ihr Leben gaben, als zuzulassen, daß in ihren stählernen Wall eine Bresche gerissen wurde.

«Gebt uns... unseren... König!»

Wegen der großen Entfernung gingen alle einzelnen Laute im wütenden Sprechgesang unter. Halb betäubt, wie in einem Alptraum, glaubte ich die verzweifelten Befehle zu hören, welche die untergeordneten Offiziere angesichts der ihnen drohenden Ehrlosigkeit erteilten. Nicht einmal für die Herrschaft über ganz Asien hätte ich näher an jenem tosenden Kessel der Schande stehen mögen – nicht für alles Wissen der gesamten Welt. Winzige silbrige Blitze, die in großen Abständen aufstiegen und herniederfuhren, zeigten mir, daß die Offiziere mit der flachen Schwertklinge ihre eigenen Leute antrieben, Kamardols freie Krieger. Seit zwei Jahrhunderten hatte es das nicht mehr gegeben. Damals hatten unsere Truppen dem großen Alexander in eigener Person an der Furt gegenübergestanden. Anschließend hatten über hundert Offiziere daran glauben müssen: einige waren unter den Händen ihrer eigenen Männer getötet, andere im Auftrag des Großkönigs garottiert worden. Noch heute heißt es, angesichts ihrer Entehrung seien sie voll Erleichterung in den Tod gegangen.

Die Tragödie des Wahnsinns nahm ihren Fortgang. Wut, Gewissensbisse und Furcht stachelte beide Gruppen an. Erneut wurde der Lichtstreif zwischen den Helmen und der dunklen Menschenmasse sichtbar. Die langen Spieße geschultert, zogen sich die Fußtruppen zu den Toren des Palastes zurück. Nur das halbe Dutzend Schwerter der Offiziere blitzte noch hie und da in der Menge auf. Einer nach dem anderen verschwanden diese aufzuckenden Lichtpunkte, als die Offiziere zu Boden gerissen wurden. So unmerklich wie zuvor, aber unaufhaltsam, drängte die dunkle Masse den Toren des königlichen Palastes zu. Es kam mir vor wie eine kleine Ewigkeit, aber ich wußte, daß keine zehn Minuten vergangen waren, seit ich das ferne Dröhnen zum erstenmal wahrgenommen hatte.

Die Fußsoldaten drängten sich durch die Tore, strebten der Hölle aus wilden Vorwürfen und scharfer Bestrafung entgegen, die sie sich nach der Weigerung, ihre Mitbürger niederzumachen, selbst zuzuschreiben hatten. Durch ihre ungeordneten Reihen schoben sich die blauen Helme der königlichen Garde mit den quadratischen Helmen zu den Toren hinaus. Aus meinem Kummer wurde quälende Besorgnis um das Schicksal Kamardols, und ich spürte, wie mir das Herz bis hinauf zum Halse schlug. Immerhin rückten die Gebirgstruppen ohne Spieße aus, und noch hatten sie ihre Schwerter nicht gezückt. Auf krummen Beinen stieß das geschlossene Karree der Gardisten im Dauerlauf in die Menge vor, so daß ihre Helmzier munter schwankte. Mit dem spitzen Buckel ihrer Rundschilde wollten sie die unbewaffneten Bürger beiseite schieben.

«Gebt... uns... Waisen... unseren... König!»

Der Sprechgesang schwoll an. Die mit helleren Flecken durchsetzte Menge löste sich nicht auf, sondern bedrängte das Karree aus blauen Helmen von allen Seiten. Die blaue Linie geriet ins Wanken, dann fuhren blitzend die Kurzschwerter der königlichen Garde aus der Scheide. Auf und nieder tanzte der helle Streifen in demselben gemächlichen Rhythmus, mit dem Bauern Getreide dreschen. Volle fünf Minuten dauerte es, bis der Sprechgesang erstarb und die Menge in getrennten dunklen Rinnsalen den Hang vor der Befestigungsanlage hinabzuströmen begann. Die Gebirgstruppen hielten inne. Um die blauen Quadrate ihrer Helme herum entstanden Ränder: die Leichname dunkel gekleideter Bürger, die gelben Gewänder von Priestern und sogar einige pastellfarbene und dunkelrote Saris.

Vier rote Furchen hatten Tamars Nägel in meinen Handrücken gegraben. Sie legte ihren Kopf an meinen Hals und umschlang meine Brust.

Von alters her hatte das einfache Volk die königliche Garde mit vielen verächtlichen Namen belegt. Man nannte sie ‹fremde Barbaren›, ‹zahme Affen des Königs› oder ‹Bergmenschen› und spottete über ihren schwerfälligen Gang ebenso wie über ihre verschliffene Sprechweise. Zum erstenmal war es dahin gekommen, daß des Königs Affen Männer und Frauen aus Kamardol erschlagen hatten, eine Pflicht, die das Gefühl der Rache ihnen versüßt haben mochte. Ganz gleich, wer den Befehl erteilt hatte, ob Hofbeamte, die Streitkräfte oder der künftige König selbst – er war gegen die Bürger gerichtet. Da es die ausschließliche Aufgabe der königlichen Garde war, den König und seinen Hof vor dem Adel und den Streitkräften zu schützen, durften sich die Männer, die ihr angehörten, nach dem Ende ihrer Dienstzeit nicht in Kamardol niederlassen, damit keine neue Machtgruppierung entstand, die ihrerseits imstande wäre, Intrigen zu schüren. Die Garde bildete den verlängerten Arm des Königs, und dieser hatte die Hand gegen das eigene Volk gekehrt.

Es wäre besser gewesen, den Bitten der Volksmasse Gehör zu schenken, als die regulären Fußtruppen gegen sie aufmarschieren zu lassen – und weit, weit besser wäre es gewesen, zuzulassen, daß die Bürger gegen die Tore hämmerten und in die äußeren Höfe stürmten, als die königliche Garde mit blutigen Schwertern in ihre Mitte zu treiben. Jemand hatte, blind vor Panik oder vor Bosheit, den Befehl gegeben. Jetzt waren Stolz und Ordnung unserer Welt in sich zusammengebrochen. Das Gerüst Kamardols zerfiel, wie die Wände aus getrocknetem Lehm dahinschwinden, wenn die Frühjahrsfluten über die Häuser eines Paria-Dorfes hinweggehen.

Aneinandergeklammert und zitternd, standen Tamar und ich da. Wir waren so angstvoll wie Kinder, die ein uraltes Krokodil aufstören, das in seinem eigenen Verwesungsgestank schläft, und in dem Augenblick hinter eine Mauer flüchten, da das Tier sich zornig erhebt. Als Tamars Tränen meine Schulter benetzten, fiel mir ein, daß ihr Vater Erster Obrist der Palastwache war.

10

Der Ruf erreichte mich in der folgenden halben Stunde. Von jenem Augenblick an zwang mir der Ablauf der Ereignisse die Entscheidung auf, blieb mir jede Möglichkeit verwehrt, mein Schwanken zwischen Tamar und der Expedition zu beeinflussen. Harraps Lieblingspage, ein kräftiger Junge, dessen runden Kopf dichtes Haar von der Farbe reifender Mandarinen bedeckte, kam mit der Aufforderung, ich möge den Prinzen aufsuchen.

Tamar und ich lösten uns aus unserer verzweifelten Umarmung, als wir das leise Geräusch der weichen Schuhe auf der steinernen Treppe hörten. So eilig hatte es der Page, daß er im selben Augenblick eintrat, da wir sein Klopfen hörten. Als er uns halb bedeckt dort liegen sah, drehte er sich um und hob den Blick zur vergitterten Wandöffnung. Auf seinen Wangen lagen rote und weiße Flecken, und seine Hände zitterten. Diese Bewegung übertrug sich auf die Klinge eines schmalen Schwertes, das er mitsamt der goldbestickten Scheide am edelsteinbesetzten Knauf an die Brust drückte.

«Ja, Orberk! Wie lautet deine Botschaft?» fragte ich so freundlich, wie ich es in meiner Überraschung fertigbrachte.

«Jakir, Herr», stotterte der Junge, wobei sein Blick den Fugen zwischen den Bodenplatten zu folgen schien. «Seine Hoheit gebietet Euch, eilends an der südlichen Ausfallpforte zu ihm zu stoßen. Legt Eure reichsten Gewänder an, befiehlt er, aber weder Rüstung noch Waffen – außer seinem Zeremonienschwert, das er Euch durch mich überreichen läßt.»

Während er mir das Schwert zuwarf, stürmte er bereits wieder die Treppe hinab, rascher, als er gekommen war. Mit halbem Auge sah ich, daß Tamar über seine Verwirrung lächelte. Ihre Tränen waren versiegt – weibliche Launenhaftigkeit. Doch konnte ich ihr keinen weiteren Blick gönnen. Während ich die zusammengelegten Gewänder in meiner niedrigen Truhe durchwühlte, merkte ich kaum, daß ihre geschickten Hände den meinen zuschoben, was ich suchte. Schon halb aus der Tür, wandte ich mich um, sie an mich zu drükken, und sie umschlang mich verzweifelt. Während ich durch die dunklen Gänge eilte, sah ich nicht die vertrauten roten Steinquader, sondern Tamar, die sich mit tränennassen Wangen über die zerwühlten Laken geworfen hatte, unter denen wir noch vor wenigen Minuten beieinander gelegen hatten.

Als ich auf dem Hof ins Sonnenlicht trat, erfaßte der Wind meinen pfauenblauen Umhang, so daß er hinter mir herwehte. Die mit Smaragdsplittern besetzten rotgoldenen Frösche blitzten wie die schimmernden Federn an den Flügeln einer Krähe. Doch verblaßte dieser Glanz, als ich auf die glitzernde Pracht der Diamanten und Rubine hinabsah, die den Knauf meines Schwertes zierten.

Harrap, der angespannt neben zwei Streitrössern an der Ausfallpforte wartete, trug das Gegenstück zu meinem Schwert. Voll überraschter Begeisterung begriff ich, was ich schon in dem Augenblick hätte verstehen müssen, da Orberk in mein Gemach getreten war: Harrap hatte mir eines der beiden identischen Zeremonienschwerter geschenkt, mit denen ihn sein Vater nach dem Sieg über die Jats bei der Schlacht am Gebirgspaß belohnt hatte. Unendlich wertvoll, sowohl wegen der kunstvollen Arbeit als auch wegen der Edelsteine, waren sie als Waffen nutzlos, aber als Prunkstücke zu festlicher Kleidung eines Herrn unerläßlich – vorausgesetzt, dieser war unvorstellbar reich oder ein Prinz von Geblüt.

Als Harrap mich sah, saß er auf. Er sagte kein Wort, bis wir im gestreckten Galopp den Hang vor der Verteidigungsanlage hinabstürmten. Seine Standarte wehte von dem vergoldeten Fahnenstock, den Orberk in Händen hielt, wobei er sich verzweifelt auf einem grauen Schlachtroß zu halten versuchte.

«Freue mich... dich... zu sehen... Jarie», überschrie Harrap den Lärm der Hufe, wobei ihm der Wind die Worte von den Lippen riß. Es erleichterte ihn sichtlich, daß etwas geschah, und er lächelte breit, so daß sich seine Augen zu Schlitzen zusammenzogen. Schließlich zügelte er sein Tier. «Jetzt haben wir keine Zeit zu reden. Später. Wir reiten in die Königsstadt. Ich habe die Berufung zum

Oberbefehlshaber angenommen... Du bist mein persönlicher Adjutant... Sei gegrüßt, Oberst.»

«Seid gegrüßt, General», ahmte ich ihn nach, und erneut spornten wir die Pferde zum Galopp an. Auch wenn ich imstande gewesen wäre, so laut zu reden, daß er mich hörte, hätte ich Harrap keine Freude über meinen neuen Rang auszudrücken vermocht. Ich dachte daran, mit welchem Abscheu mein Vater meinen Entschluß quittiert hatte, eine militärische Laufbahn einzuschlagen. Es war der zwiefache Abscheu des Gelehrten und des Brahmanen. Nicht einmal die Erklärung, das Reich sei in großer Gefahr, würde ihm eine solche Entscheidung verständlich machen. In jenem Augenblick wurde mir klar, daß ich den mir zugedachten Rang nicht annehmen konnte; ich beschloß aber, Harrap erst später darauf anzusprechen.

Als wir in die schmalen Wege hinter dem Weideland gelangten, das um das Vorwerk herum liegt, zügelte Harrap sein Pferd scharf. Das Schnauben der Tiere übertönend, sagte er: «Jakir... dies eine Mal macht dir doch nichts aus? Orberk, gib dem Obristen meine Standarte und warte hier auf mich!»

Ich nahm den Fahnenstock aus der schlaffen Hand des Jungen. Sein Gesicht war mit weißen und roten Flecken bedeckt, und Tränen standen ihm in den Augen. Sein Mund zuckte, als wolle er aufbegehren, doch Harrap war bereits davongaloppiert.

Mein erster – und letzter – Auftrag als Obrist des Heiligen Hengstes war in der Tat befremdlich, überlegte ich, während wir zwischen den Häusern, deren Läden geschlossen waren, über das Pflaster stoben. Wir trugen feine Seide wie Stutzer auf dem Weg zu einer großen Abendeinladung, und wir waren unbewaffnet, abgesehen vom Zeremonienschwert am Gürtel, das so dünn wie eine Peitschenschnur war. Wir ritten in eine Stadt ein, die an jenem herbstlichen Vormittag von Leben hätte vibrieren müssen, aber so still war wie an einem Sommernachmittag, wenn sich alle Bürger unter dem Ansturm der Hitze in ihre Häuser zurückgezogen haben. Dennoch war es ein Ritt in die Gefahr hinein, denn ein übellauniger Groll erfüllte die Königsstadt, ein Groll, der nur auf den Funken eines einzigen Wortes wartete, um in gewalttätiger Vergeltung aufzuflammen. Wäre ich nicht mit eigenen Augen Zeuge des Massakers geworden, ich hätte die Gefahr, in der wir uns befanden, an der schroffen Munterkeit erkennen können, die in jeder Bewegung Harraps lag, an der wilden Freude, die ihn in die Schlacht trug.

So unbehindert galoppierten wir durch die verlassenen Straßen, als preschten wir über einen Feldweg dahin. Zwanzig Minuten nachdem sich die Ausfallpforte hinter uns geschlossen hatte, erreichten wir den Zentralen Basar. Vom Dach eines Gemüsestandes herab gestikulierte ein Priester, dessen ursprünglich senffarbene Gewänder so ausgebleicht waren, daß sie fast weiß schienen. Seine angestrengte Kanzelstimme scholl über die Vielzahl der zu ihm emporgewandten Gesichter hinweg und hallte in der angespannten Stille von den alten Gebäuden aus roten Quadern wider, die den Basar einschlossen. Neben einem Ochsenfuhrwerk hielten wir unsere Tiere an, um uns die Litanei seiner Vorwürfe anzuhören.

«...den Wahren Glauben auf vielerlei schimpfliche Weise entweiht. Die alte Königin weint Tag und Nacht. Sie haben die Affen des Königs auf uns gehetzt, wobei unschuldige Bewohner Kamardols niedergemetzelt wurden. Freie Männer sind unter dem Schwert gefallen. Unseren wahren König haben sie gegen seinen Willen hinweggeschafft. Warum sonst weigern sie sich, ihren neuen König zu krönen, wenn sie nicht wegen ihres Betrugs den Zorn der Götter fürchten? Sie müssen dem verwaisten Volk seinen wahren König zurückgeben!»

Er ließ eine Pause eintreten. Eine tiefe Stille lag über der atemlos lauschenden Masse und hielt wie mit einem riesigen Netz die Bürger gefangen. Dann erhob sich die Stimme des Priesters erneut über die Menge, kreischend wie der Schrei eines Vogels: «Wir müssen marschieren... wieder zum Königspalast! Wir freien Männer von Kamardol müssen den Anspruch auf unseren König erheben. Und... diesmal ... wird man uns nicht ... wird man uns nicht ... zurückweisen!»

«Zum Palast! Gebt uns unseren wahren König!»

Über große Strecken hinweg wurde der Ruf von Stimmen in der Menge aufgenommen. Die Sprechchöre erhoben sich, erst langsam, breiteten sich dann von den Stimmführern aus und schwollen zum lautstarken Ausbruch einer wütenden Volksmasse an. Harrap warf mir einen Blick zu, und wortlos bestiegen wir den Ochsenkarren. Aufrecht stehend hob ich den Wimpel in den Wind.

«Mitbürger!» Mit seiner rauhen Stimme hätte Harrap eine in gestrecktem Galopp angreifende Reiterschwadron zum Stillstand gebracht. «Freie Männer Kamardols! Ich begehre zu sprechen.»

Die Menge reagierte mit der Trägheit eines fressenden Elefanten, den der ferne Schrei eines Schakals aufgestört hat. Köpfe in unserer Nähe wandten sich um, und allmählich drängte die Welle zu den fernen Rändern hin. Die flatternde grüngoldene Standarte lenkte die Aufmerksamkeit auf sich, zeigte die Stelle an, von der aus Harraps Ruf erscholl.

«Landsleute – Männer und Frauen –, ich begehre zu euch zu reden!»

Die Masse wandte sich uns zu. Hin und wieder unterbrach ein Ausruf des Erkennens die beklemmende Stille, die auf die Sprechchöre folgte. Ein blasser Jüngling, der höchstens fünfzehn Fuß von uns entfernt stand, bückte sich und hob nun darauf mit verzerrtem Gesicht den Arm, einen Pflasterstein in der Hand. Ein stämmiger Mann in mittleren Jahren warf sich auf ihn. Ich erschauerte. Man hätte uns in Stücke gerissen, wenn der Stein Harrap getroffen, der Wut der Meute ein Ventil verschafft hätte.

«Schweigen für den Prinzen Harrap!» rief der stämmige Mann. «Prinz Harrap will reden. Schweigt!»

«Freie Männer und Frauen Kamardols, ich bringe euch euren König!» Harrap nutzte den Augenblick und sprach. «Ich, Harrap, verspreche euch euren König. Kehrt in Frieden in eure Häuser zurück. Ihr sollt euren König haben. Er wird nach den alten, den vorgeschriebenen, Riten gekrönt werden.»

«Hoch, Harrap! Hoch, Harrap!» Erneut riefen vereinzelte Stimmen, und verblüfft sah ich, daß sich der Jüngling, der den Pflasterstein aufgehoben hatte, den Rufen der anderen anschloß. Binnen Sekunden schrie die ganze riesige Versammlung, unberechenbar wie plötzlich einsetzender Sommerregen: «Hoch, Harrap! Hoch, König Harrap!»

Dieser hob die Arme. Die eng anliegenden silberglänzenden Ärmel seines Waffenrocks umrahmten das dunkle Gesicht des Prinzen, und der Wind breitete seinen scharlachroten Umhang zu einer schwingenden Rosette aus.

«Hört mich, freie Männer Kamardols!» rief er mit lauter Stimme. «Gern würde ich aus euren Händen diese Ehre entgegennehmen und sie wie eine Krone tragen, die mehr wert wäre als jede andere – wenn ich könnte. Aber es ist nicht mir bestimmt, euer Kö...»

«Hoch, Harrap! Hoch, König Harrap! Harrap, der Großkönig!» Im Ansturm der Sprechchöre ging seine Stimme unter.

Ich flüsterte ihm etwas ins Ohr. Erneut gebot er mit erhobenen

Armen Schweigen, und ich ließ die grüngoldene Standarte im Winde tanzen.

«Freie Männer und Frauen Kamardols. Habt ihr den Großkönig, meinen Vater, aufrichtig geliebt?»

«Aufrichtig!» Dies einzelne Wort ging wie ein Wolkenbruch über uns nieder.

«Dann hört mich an, Landsleute! Der Großkönig hat uns alle seinen Willen wissen lassen. Ihr müßt ihm gehorchen. Sogar ich, denn...»

«Hoch, König Harrap!» Erneut ertönte der Sprechchor. «Harrap, der Großkönig!» Doch diesmal kam es etwas weniger machtvoll, ließ sich von Harraps Geste leichter beschwichtigen.

«Freie Männer, freie Frauen Kamardols. Ich kann nicht euer König sein. Mir haben die Götter einen anderen Auftrag zugedacht. Es ist eine bedeutende Aufgabe, die uns allen Ehre einbringen wird – nur darf ich sie euch nicht enthüllen, weil die Götter es noch nicht zulassen. Doch eins verspreche ich euch bei meinem Schwert: die Schuldigen werden bestraft. Ihr werdet euren wahren König bekommen.»

Noch herrschte in dem einfachen Volk Gottesfurcht. Mit seiner Ermahnung zur Treue hatte Harrap die Menge nur halb gewonnen, doch mit dem Appell an ihren Glauben gewann er sie ganz. Zwar mußten wir noch einigen uns zugerufenen Fragen Rede und Antwort stehen, doch schon begann sich die Menge aufzulösen.

Etwa zwei Stunden nachdem wir ausgeritten waren, wandten wir die Köpfe unserer Pferde von dem Basar fort, der jetzt still dalag. Lächelnd winkte Harrap, doch das Hochgefühl, das die Gefahr in ihm wachgerufen hatte, war geschwunden. Erst als wir die schmalen Straßen voller jubelnder Menschen fast hinter uns hatten, richtete er das Wort wieder an mich. Unmittelbar bevor wir den Edelknaben Orberk erreichten, der am Rande des Weidelandes wartete, fragte er mit verzweifelter Stimme: «Nun, Jakir? Du siehst selbst, daß unser Traum von der Expedition jetzt auf alle Zeiten beendet ist. Aber was hätte ich sonst tun können?»

Während ich Orberk die Standarte zurückgab, fuhr Harrap mit seiner eintönigen Stimme fort: «Ich schlief noch und habe den Vorfall nicht mit eigenen Augen beobachtet. Tschandra ist selbst gerannt gekommen, um mich zu wecken. Er hat vor Furcht gezittert und geschluchzt, ich müsse den von unserem Vater erteilten Auftrag übernehmen. Er hat mich gebeten, das Volk zu beruhigen. Was hätte ich tun sollen? Wir haben die Bürde auf uns genommen, die uns mein Vater zugewiesen hat. Nie werden wir hinter dem Heiligen Hengst durch die Mitte der Welt reiten.»

Ich vermochte in mir keinen großen Kummer darüber zu entdekken, daß wir die Expedition aufgaben. Dennoch fand Harraps Enttäuschung in mir ein Echo, und ich gab zur Antwort: «Vielleicht finden wir eine Möglichkeit.»

«Nein, Jakir. Die Sache ist vorüber. Ich danke dir, daß du mit mir geritten bist. Ich weiß, daß du es verabscheust, aber für diese Aufgabe mußtest du Obrist sein – und das wird noch eine ganze Weile von Bedeutung sein. Wir müssen bei der von meinem Bruder eingebrachten Ernte noch die Spreu vom Weizen trennen – und das wird lange dauern. Bei Wischnu, welch entsetzliches Durcheinander die in wenigen Tagen angerichtet haben.»

Verblüfft darüber, daß er meine Ablehnung des mir zugedachten Ranges erahnt hatte, schwor ich mir, der Rolle des Adjutanten und Beraters gerecht zu werden, die ich mit meinem geflüsterten Hinweis auf dem Basar auszufüllen begonnen hatte.

«Möglicherweise wäre es nicht so weit gekommen, Harrap», sagte ich, «wenn Ihr geblieben wäret und Tschandra unterstützt hättet, wie es Euch der Großkönig geboten hatte. Die Dinge wären nie so weit gediehen, und es wären keine Menschen getötet worden.»

«Deine Zuversicht schmeichelt mir, Jakir», gab er zur Antwort, wobei Belustigung an die Stelle der anfänglich in seiner Stimme liegenden Überraschung trat. «Aber mein Vater hat mich nicht zum Kindermädchen meines dicken Bruders bestimmt, sondern mir lediglich den Auftrag erteilt, Tschandra zu gehorchen. Das habe ich getan.»

An der Ausfallpforte hatten vier Pikeniere der königlichen Garde Posten bezogen. Ihre flachen Gesichter waren der Außenwelt gegenüber verschlossen, und ihre Ehrenbezeigung war von schwerfälliger Förmlichkeit. Hinter ihnen wartete Ranbir.

«Seid gegrüßt, Hoheit!» sagte er.

«Seid gegrüßt, Hauptmann Ranbir Bahadur!» gab Harrap im selben ernsten Ton zurück.

«Der Hohe Prinz Tschandra beauftragt mich, Euch zu sagen, daß er hocherfreut ist, weil Ihr wohlbehalten wiedergekehrt seid.»

«Dem Hohen Prinzen Tschandra meinen ehrerbietigen Dank. Wann darf ich ihm meine Aufwartung machen?»

«Ich soll Euch seinen Kummer darüber ausdrücken, daß er Eure Hoheit nicht sogleich empfangen kann. Er hat sich zum Gebet zurückgezogen, wird Euch aber vor sich befehlen, sobald ihm das möglich ist. Allerdings wünscht er zu erfahren, wie es um Euren Auftrag steht.»

«Sag dem Hohen Prinzen, daß alles ruhig ist – vorderhand.»

«Sehr wohl, Hoheit», gab Ranbir zur Antwort. Sein Schwert blitzte zum Gruß auf, dann wandte er sich ab. In jenem kurzen Augenblick erkannte ich, daß sein Gesicht mit einem Mal unfaßbar gealtert war; voller Runzeln sah es aus wie ein Apfel, den man zu lange aufbewahrt hat.

«Warum habt Ihr nicht zugelassen, daß ich Euch einige meiner Männer mitgab?» rief er aus und sah uns erneut an. «Oder daß zumindest ich allein mitkam?»

«Damit man uns allen den Schädel mit Pflastersteinen eingeschlagen hätte, Ranbir?»

«Ich schwöre Euch, Harrap», beharrte Ranbir, «mir blieb keine Wahl, als die Klinge einzusetzen. Andernfalls wären meine Männer dort vor den Befestigungsanlagen von den Massen überwältigt worden. Sie hätten alles unter sich begraben und zertrampelt.»

Harrap gab keine Antwort. Der sonst so wortkarge Alte aus den Bergen setzte eine Flut von Worten gegen das trotzige Schweigen.

«Ich habe gehört, wie der Erste Obrist dem Prinzen Tschandra geraten hat, keine Truppen einzusetzen. Er hat ihn gebeten und angefleht, das Volk bis an die Tore kommen zu lassen, selbst zu den Leuten zu sprechen. Aber Prinz Tschandra, der vor Angst den Verstand verloren zu haben schien, war nicht bereit, auf ihn zu hören. Dann kam die Reihe an uns. Ich habe dem Prinzen mitgeteilt, daß es nicht unserem Auftrag entspricht, bewaffnet unter die Leute zu gehen, und ihn gebeten zu gestatten, daß wir vor den Toren Aufstellung nehmen. Aber er hat mir den Befehl erteilt. Was konnte ich da tun?»

Harraps Gesicht war fahl vor Zorn, doch seine Stimme klang freundlich. «Vater Ranbir, ich versichere dir, man wird weder dir noch deinen Männern etwas antun, wenn es sich so verhält, wie du sagst. Bleib hier. Ich gehe jetzt zu Tschandra.»

Er schritt durch den Gang in den Hof hinaus, wobei seine Stiefel aus weichem Leder auf den Steinen ein seufzendes Geräusch von sich gaben. Ich folgte ihm, weil ich nicht wußte, was ich sonst hätte tun können.

Bevor wir Tschandras Gemächer erreichten, die er nach wie vor bewohnte, während die des Königs leerstanden, vertrat uns der Begleitpriester unserer Reise den Weg. Seine roten Gewänder aus schwerer Seide wurden von einer goldenen Schnur um die Hüften zusammengehalten. Seine Bewegungen waren die eines geschmeidigen alten Stiers, sein Gesicht strahlte vor Selbstzufriedenheit, und an seiner Miene ließ sich ablesen, daß er sich im Besitz von Macht fühlte.

«Seid gegrüßt, Hoheit! Seid gegrüßt, Oberst!» Mit der Nennung meines Ranges verspottete er mich. «Darf ein alter Weggefährte einige Worte mit Euch wechseln?»

«Sei gegrüßt, Brahmane!» gab Harrap zur Antwort. «Später. Jetzt gehe ich zu Tschandra.»

«Er mag warten», sagte der Priester. «Was ich zu sagen habe, ist wichtiger. Im Augenblick des Triumphes muß man nachsetzen.»

«Wißt Ihr, was im Basar vorgefallen ist?» fragte ich.

«Gewiß. Ich schon, er hingegen nicht.» Er machte eine Handbewegung zu Tschandras Tür. «Er mag warten und sich fragen.»

Harrap hob die Hand, um den Priester beiseite zu winken, doch ich legte mich ins Mittel. «Harrap, wir sollten uns anhören, was er zu sagen hat. Tschandra mag ruhig eine Weile in seinen eigenen stinkenden Ängsten schmoren. Eine Verzögerung von fünf Minuten wird Euren Zorn nicht verrauchen lassen.»

«Wenn das dein Wunsch ist, Jakir», gab Harrap kalt nach.

Noch bevor wir in Harraps eigenen Gemächern Platz genommen hatten, fragte er: «Nun, Brahmane, was konnte nicht warten, bis ich mit meinem Bruder gesprochen hatte, der König sein soll? Bringst du mir Mitteilungen deiner Spione, die mir helfen können, das Volk zu befrieden? Da du alles weißt, ist dir auch bekannt, daß ich mich erst heute morgen bereit gefunden habe, die Aufgabe der Befriedung zu übernehmen und allem anderen zu entsagen.»

«Ich würde mir, o Prinz, nicht zu viele Gedanken um das Volk machen», gab der Angesprochene zur Antwort. «Es wird sich ruhig verhalten, sobald es seinen König hat. Ich bin in aller Eile gekommen, um Euch zu drängen, daß Ihr jetzt die Vorbereitungen zur Expedition trefft, nachdem alle Vorzeichen so günstig stehen, wie das nur möglich ist.»

«Verhöhne mich nicht, Brahmane!» Harraps Worte waren scharf. In der Art, wie er sprach, lag allerdings lediglich der vorübergehende Ärger eines Mannes, der nicht bereit ist, sich weiterhin mit den Träumereien eines Kindes abzugeben. «Ich verbiete dir, von der Expedition zu sprechen. Auch wenn nicht die Ehre auf dem Spiel stünde – die Umstände erlauben sie nicht. Ich muß die übernommene Aufgabe zu Ende führen und habe all meine Vorteile aufgegeben.»

«Wie sagtet Ihr? Alle Vorzeichen stehen so günstig, wie es nur möglich ist?» fragte ich. Ich fürchtete die Gerissenheit des Priesters. «Meint Ihr damit die irdischen Vorzeichen hier in Kamardol oder die Vorzeichen der Himmel?»

«Beide, o Oberst, beide. Ich habe erneut in den Sternen gelesen – mit größter Sorgfalt, wie das meine Aufgabe ist. Achthundertzwanzig Jahre lang haben die Gestirne für die Expedition nicht so günstig gestanden. Es ist vorausbestimmt, daß sie uns nicht nur Ruhm eintragen wird, der den Tod überdauert, sondern... Es ist beinahe lästerlich, die Worte zu sagen, obwohl es in den Sternen steht... unser Platz wird jetzt und hinkünftig nahezu neben den Göttern sein – und weit über den Menschen.»

Vergebens wartete ich, daß Harrap etwas sagte. Schließlich formulierte ich die Frage, von der ich erwartet hatte, daß er sie stellen würde: «Und die irdischen Vorzeichen? Prinz Harrap hat gesagt, daß alle Hoffnung dahin ist. Er hat die Waffen niedergelegt, mit denen er seinen Willen vielleicht hätte durchsetzen können, und eine neue Aufgabe übernommen. Uns bleibt keinerlei Macht, den künftigen König dazu zu bringen, daß er die Aufwendungen für die gefährliche Expedition bewilligt.»

«Im Gegenteil, o überaus tapferer Oberst.» Der Priester war bester Laune und seiner Sache offenbar denkbar sicher. Andernfalls hätte er sich nicht die Freiheit herausgenommen, so offen verletzend zu sein. «Die Aufträge sind das eine, und die Mittel das andere. Nur die Expedition vermag Kamardol den inneren Frieden zu bringen.»

«Wieso das, Brahmane?» knurrte Harrap, verärgert über die Leichtfertigkeit, mit welcher der Priester sprach, von seinen Versprechungen aber gleichwohl eingenommen.

«Seht, Prinz Harrap! Der Hohe Prinz Tschandra hat Euch ausgeschickt, der von ihm selbst heraufbeschworenen Gefahr gegenüberzutreten. In welche Richtung ging seine Hoffnung? Rechnete er damit, daß man Euch erschlug, oder erwartete er, daß Ihr triumphiertet? Ich weiß es nicht.»

Der Priester ließ eine Pause eintreten, wie ein Zauberkünstler, der im Begriff steht, ein Schwein in ein goldenes Standbild zu verwandeln.

«Aber es ist dahin gekommen, daß Ihr lebt und das Volk vorläufig ruhig ist. Das allerdings lediglich wegen Eures Versprechens, daß man es rächen wird und Ihr auf Anweisung der Götter einen bedeutenden Auftrag übernehmen werdet. Tschandra muß den Auszug verkünden – oder Ihr müßt an seiner Statt König werden.»

«Unsinn!» Harrap riß das Wort förmlich aus seiner Kehle. «Ich habe dem Volk seinen rechtmäßigen König versprochen. Das ist Tschandra, die Götter mögen uns helfen, und sie haben ihn aus meinen Händen entgegengenommen. Von der Expedition habe ich nichts gesagt.»

«Sie haben sich mit Tschandra nur einverstanden erklärt, weil Ihr ihnen dargelegt habt, eine bedeutendere Aufgabe harre Eurer.»

«Ich sagte, mir sei eine bedeutende Aufgabe übertragen worden, nicht eine bedeutendere.»

«Ein Auftrag, der es Euch verwehrt, die Krone aus den Händen des Volkes entgegenzunehmen, muß bedeutender sein als das Königtum. Wie wäre das sonst möglich? Ist es nicht so, Jakir, Herr?»

«Seine Worte sind nicht ohne Sinn, Harrap.»

«Also weiter», gebot Harrap. «Inwiefern kann nur die Expedition Kamardol den inneren Frieden bringen?»

«Laßt es mich auf meine eigene Art zu Ende bringen, o Prinz. Sie mag langsam und gewunden sein, macht mir aber den Weg leichter.»

«Dann tu das, aber bleib nicht unterwegs stehen.»

«Danke, Hoheit», sagte der Priester mit honigsüßer Stimme. «Euer Vater, der Großkönig, hat das Volk in seiner Sorge um das Volk vergessen. Meine Männer in der Menge haben gerufen: ‹Hoch, König Harrap!› Sie haben den Beifall angeheizt. Aber sie hätten nichts damit erreicht, wäre nicht im Herzen des Volkes der Wunsch lebendig gewesen. Wir können lediglich erreichen, daß sich die Volksmasse ein wenig rascher bewegt, sie aber nicht dazu bringen, ein Ziel anzusteuern, das sie nicht erreichen will.»

«Deine Männer?» fragte Harrap.

«Ich wollte nur behilflich sein, o Prinz, nur behilflich sein. Jetzt sage auch ich, daß Ihr König werden oder aber, sofern man Tschandra gestattet, daß er Herrscher wird, zur Expedition aufbrechen müßt. Mit weniger wird sich das Volk nicht zufrieden geben.»

«Aber meine Ehre steht auf dem Spiel. Ich habe meinem Vater gelobt, daß ich Tschandra unterstützen werde, und ihm mehr oder weniger versprochen, auf die Expedition zu verzichten.»

«Ehre!» Der Priester spie das Wort aus, als sei es ein Kügelchen Rattenkot, das sich in seinen Reis verirrt hatte. «Ehre! In den letzten Tagen hat man in Kamardol zu viel von Ehre geredet und sich zu wenig um die Ehre gekümmert. Ihr habt versprochen, dafür zu sorgen, daß Tschandra sicher auf seinem Thron sitzt und das Reich Frieden hat. Würdet Ihr jetzt um Eurer Ehre willen so weit gehen, Kamardol zu zerstören? Und wird die alte Königin wegen ihrer eigenen Ehre den Untergang der Königsstadt sowie den des Wahren Glaubens herbeiführen, den sie eigentlich in Ehren hält? Sollte sie sich verbrennen lassen, wie sie es angedroht hat, würde sie Kamardol zugrunde richten. Dennoch würde sie sich mit ihrem Handeln wie Ihr mit Eurem auf die Ehre berufen!»

«Was würdet Ihr vorschlagen?» fragte ich.

«Endlich eine vernünftige Frage», sagte der Priester lächelnd. «Wir Brahmanen verstehen das wahre Wesen der Ehre, nicht wahr, Meister Jakir?»

«Raus mit der Sprache, Mann.» Harraps Vorrat an Geduld war unter dem Ansturm seiner Verwirrung rasch dahingeschmolzen.

«Zum einen hat der Großkönig die Expedition nicht abgelehnt, oder?»

«Wörtlich genommen mag das stimmen», räumte Harrap ein, «aber er wünschte sie nicht.»

«Es wäre also nicht unbedingt Ungehorsam, sie zu unternehmen?»

Zögernd schüttelte Harrap den Kopf.

«Was das andere angeht – das Inthronisationsritual ist bereits festgesetzt. Das habe ich über die Bruderschaft erreicht. Wir werden den buddhistischen Ketzern sogar einen unbedeutenden Anteil zubilligen, damit sie ihr Ansehen bei den Parias bewahren – und die Parias stillhalten.»

«Die Priesterschaft des Alten Glaubens paktiert mit den Buddhisten?» fragte ich.

«Es ist mir zwar zuwider», gab der Priester zur Antwort, «aber uns bleibt keine Wahl. Gautama selbst wollte von den Göttern nichts wissen, aber seine Anhänger schaffen neue Götter in Hülle und Fülle. Die Buddhisten haben anfangs die Behauptung aufgestellt, sie würden dafür sorgen, daß es allen Menschen auf Erden und im Himmel besser geht. Jetzt intrigieren sie noch gerissener, um an die Macht zu gelangen, als wir es je getan haben – und mit noch geringeren Bedenken.»

«Sofern das möglich ist», bemerkte Harrap. «Aber fahre mit deinem Plan fort.»

«Das Ritual ist festgesetzt, auch wenn Tschandra noch nichts davon weiß. Allerdings müssen dann zwei Könige gemeinsam herrschen, nämlich Tschandra *und* Gupta.»

«Du versuchst mich zum Handeln zu drängen, Brahmane», sagte Harrap warnend.

«Nein. Ich möchte lediglich das Reich und die Dynastie retten, Hoheit. Euch überlasse ich es, die Königin zu beruhigen und die Streitkräfte zu bändigen. Wir von der Bruderschaft werden Euch bei der Erfüllung der Aufgabe unterstützen, die Ihr dem Großkönig zugeschworen und Tschandra soeben versprochen habt, indem wir das Volk besänftigen.»

Der Priester ließ seine Worte auf die Mauer unseres Schweigens prallen.

«Aber die Expedition ist der Schlußstein des ganzen Gebäudes. Ohne sie bricht es zusammen. Tschandra und Gupta müssen den Thron mit einem Schatz und mit Gefahr erkaufen. Natürlich wird der Schatz nicht ihnen gehören, sondern dem Volk. Die Gefahr wird nicht die ihre sein, sondern Eure und meine. Doch bedenkt nur dies eine: Wären sie auf dem Thron in Sicherheit, wenn Ihr in Kamardol bliebet?»

«Es sieht fast so aus, als sei die Sache vom Schicksal beschlossen, Harrap», stimmte ich zögernd zu.

«Bisher habe ich mich dem Schicksal noch nie gebeugt», gab er zur Antwort, «und ich werde nicht jetzt damit anfangen!»

«Obwohl es Eurem eigenen Wunsch entspricht, o Prinz, und Kamardol ausschließlich auf diese Weise gerettet werden kann?» fragte der Priester mit leiser Stimme.

Er erhob sich und schritt rückwärts zur Tür, wobei er sich tief verbeugte. Die Hand auf dem Türknauf, sagte er: «Eines noch, Prinz Harrap. Euer Bruder, Prinz Gupta, bat mich, Euch zu sagen, daß er Euch heute abend im Hause der Kurtisane Ambiala erwartet.»

Als sich die Tür schloß, fragte Harrap verwirrt: «Was hältst du davon, Jakir?»

«Was ist Euer Wunsch, Harrap?»

«Natürlich die Expedition! Immer und zu allen Zeiten – die Expedition!»

«In dem Fall hat der Priester recht!» gab ich zur Antwort, gleichzeitig Narr des Schicksals und blinder Richter meines eigenen Lebens.

II

Als ich an jenem Abend dem mit Harrap verabredeten Treffpunkt über dunkle Gänge entgegeneilte, die kaum Licht von den ölgetränkten Fackeln empfingen, welche in größeren Abständen an den roten Steinwänden in eisernen Haltern steckten, lief ich Tamar über den Weg.

Ihr Gesicht lag im Schatten der Butterlampe, die sie an einer silbernen Kette vor sich her trug, um in der Finsternis etwas sehen zu können. Einen Augenblick lang sah sie aus wie eine bezaubernde alte Statuette, deren Blick unter dem Einfluß der Witterung in grotesker Weise leer und blind geworden ist. Die Täuschung verflog, als sie das parfümierte Öl roch, mit dem ich mich reichlich eingerieben hatte, um die Rolle eines jungen Schwerenöters zu spielen, der in der Alten Stadt seinem Vergnügen entgegenstrebt.

«Pfui Teufel!» lachte sie. «Ein zum Opfer gesalbter Mastwidder.»

«Ich dachte, es würde dir gefallen», gab ich zurück.

«Aber du hast dich doch nicht für mich eingesalbt, Jakir, oder?» fragte sie. «Harrap sucht sein Vergnügen, und du hast mich verlassen, bist zusammen mit ihm auf dem Weg zu Ambiala. Das stimmt doch?»

«So ist es nicht», erklärte ich, war mir doch mein geckenhafter Putz peinlich. «Es geht nicht um Vergnügen. Wir suchen in der Alten Stadt andere…»

«Ich weiß doch, Jarie, mein Liebling, ich weiß», fiel sie mir ins

Wort, wobei die Schatten der Lampe wie ein Pendel über ihre Wangen fuhren. «Mir ist bekannt, warum du gehst. Ich sollte dich nicht hänseln.»

Sie erhob sich auf die Zehenspitzen. Sanft fuhren mir ihre Lippen über die Wange und legten sich weich auf meinen Mund.

«Mein Liebster», flüsterte sie. «Ich bete um das Glück, das du verdienst. Mögen dir die Götter all das schenken, was du dir wahrhaft ersehnst.»

«Sofern wir fort müssen, sind es immer noch sechs Monate bis zum vollen Frühling!» antwortete ich. «Und dein Vater? Was hört man über seine Bestrafung?»

«Von oben nur Schweigen.» Sie sah mich an. «Aber Jarie, Liebling, vielleicht könntest du...»

«Das hoffe ich. Zwar schachern wir heute nacht um Reiche, aber vielleicht...»

Einen Augenblick lang hielt ich sie fest, dann öffnete ich meine Arme. Ohne an den wartenden Harrap zu denken, sah ich ihr nach, sah ihren schmalen Rücken allmählich im langen Korridor entschwinden. Der leuchtend blaue Rock, der im Takt ihrer Hüften schwang, bildete eine abwechselnd dunkle und hell schimmernde Säule, bis sie schließlich um eine Ecke herum verschwand.

Im Hof warteten Sänften und Fackelträger. Wie all die jungen Galane, die Ambiala zu ihrem Vergnügen aufsuchten, mußten wir unsere Pferde zurücklassen. Aber Harrap war noch nicht da.

Ich fand ihn in den Stallungen. Verzückt betrachtete er das Hengstfohlen im zuckenden Schein seiner Fackel. Schweigend stand ich im Dunkeln und sah, wie seine Hand dem schimmernden Bogen des Halses nachfuhr und seine Finger sanft mit der weißen Mähne des Tieres spielten. Mit leisem Wiehern hob Es fragend den Blick. Seine Augen waren in der Finsternis dunkel, fast schwarz. Das sich in ihrer Tiefe spiegelnde Feuer rief Blitze hervor, doch konnten sie im Schnee auch schiefergrau sein. Der Hengst bewegte sich unter Harraps Hand, und während der breite Kopf unruhig hin und her fuhr, spannten und entspannten sich seine Nackenmuskeln.

«Bald ist es so weit, kleiner Bruder, bald!» flüsterte Harrap.

In jenem Augenblick gab es für mich keinen Zweifel mehr. Harrap war sich seiner Sache sicher; er würde zur Expedition aufbrechen. Ich wußte, daß ich ihm folgen würde, und meine Vorfreude überraschte mich.

«Harrap!» sagte ich leise. «Wollen wir jetzt gehen und unsere Vorkehrungen treffen?»

Er lächelte. «Gewiß, Jakir, wir wollen unsere Vorkehrungen zur Reise treffen.»

Harrap legte seinen Arm in meinen und führte mich zum Hof zurück, wo er seine Fackel einem Bedienten zuwarf. Bevor er die schweren Vorhänge seiner Sänfte um sich herum zufallen ließ, sprach ich kurz die Sache mit Tamars Vater an.

Eigentlich hätten mich, allein im Dunkel der Sänfte, Bedenken und Bedauern heimsuchen müssen, während wir langsam der Alten Stadt zustrebten. Doch ich spürte nichts als ungeheure Erleichterung darüber, daß die Entscheidung gefallen war. In meinem Eifer bedauerte ich lediglich, daß es bis zu unserem Aufbruch noch volle sechs Monate dauern würde.

Als die Träger unsere Sänften niedersetzten und deren Vorhänge zurückzogen, so daß die Düfte des Parks hereinströmten, wartete Ambiala vor der Doppeltreppe. Ihre Lidränder waren mit Kajal geschwärzt und ihr schwarzes Haar war in kunstvollen Knoten zusammengefaßt, von denen Perlengehänge über den runden, mit vielen Falten versehenen Kragen ihres glatten purpurroten Gewandes fielen.

«Willkommen in meinem Hause, junge Herren», begrüßte sie uns. «Jemand erwartet euch dort – und zwar mit großer Ungeduld.»

Sie begleitete uns an Statuen im Halbschatten vorüber durch den Gang, der zum Vorraum des Bades führte, wo uns Sklavinnen aus den Kleidern halfen. Es waren halb erblühte Jungfrauen der Gebirgsstämme oder der drawidischen Völker im Süden. Ihre Sklavinnen des Bades, beteuerte Ambiala, kannten von unserer Sprache nichts als die wenigen Wörter, die sie brauchten, um den Wünschen ihrer Besucher willfahren zu können.

Gupta lag allein im Dampf, den die über schwarze Marmorwände des Baderaums und zwischen schwarzen Marmorbänken hinablaufenden Ströme heißen Wassers erzeugten. Zwei dunkelhäutigen Sklavinnen liebkoste er mit seinen langen, knochenlos wirkenden Händen die bloßen Schenkel, als sie sich neben ihn hockten, um ihn mit Duftöl einzureiben. Wie das Haupt einer Schlange hob sich sein Gesicht mit der schmalen geschwungenen Nase durch den Dunst über den dürren dunklen Leib. Die Feuchtigkeit hatte sein

Haupthaar geglättet, und die ebenfalls glatt anliegenden Löckchen auf Rumpf und Gliedmaßen schimmerten wie graue Schuppen.

Mit einem Wink gebot er den Sklavinnen, den Raum zu verlassen, und sagte vorwurfsvoll, als sich die schwere Tür hinter ihnen schloß: «Ich habe gewartet, mein Bruder. Was hat dich aufgehalten?»

«Es tut mir leid, Gupta. Ich mußte mich noch um etwas kümmern», tat Harrap den Vorwurf leichthin ab. «Ich habe die Vorzeichen gedeutet.»

«So rasch wollte ich nicht zur Sache kommen», sagte Gupta mit wachsamem Lächeln. «Vor allem nicht, da du mich seit der Abdankung unseres Vaters absichtsvoll gemieden hast. Doch du selbst hast von den Vorzeichen gesprochen... Also frage ich dich: Worauf deuten sie hin?»

«Sollen wir so bald schon ans Ende unserer Unterhaltung gelangen, Hoheit?» mischte ich mich ein. «Bevor Einigkeit über den Weg erzielt wurde?»

Träge wandte Gupta den Kopf, der anmutig und lässig auf seinem langen Hals thronte. Mit einem ausdruckslosen Blick seiner wäßrigen kleinen Augen sagte er schließlich: «Ach, Meister Jakir! Guten Abend. Wie geht's, wie steht's mit all den Schriftrollen und Lautensaiten? Ich hoffe doch, daß es Eurem Vater, dem Chronisten, wohl ergeht?»

Bevor ich eine ebenso geschnörkelte und mit Anzüglichkeiten gespickte höfliche Antwort auf seine Anrede zustande brachte, wandte er sich an Harrap und fragte: «Ich dachte, wir wollten allein miteinander sprechen, mein Bruder?»

«Jakir wird mit mir reiten», beschied ihn Harrap kurz angebunden. «Er begleitet mich auf allen Wegen – sofern das sein Wunsch ist.»

Obwohl ich wußte, daß mich Harrap brauchte, war ich ihm für diese Erläuterung dankbar – und doppelt dankbar, daß er es unterließ, zur Bekräftigung meiner neuen Position den verhaßten militärischen Rang zu nennen.

Das tat dann Gupta, dessen Entschuldigung nachlässig und salbungsvoll zugleich war: «So bleibt denn, Oberst», sagte er. «Ich war von Eurem Erscheinen überrascht, obwohl ich Euch natürlich hätte erwarten müssen.»

«Der ausschließliche Sinn meines Hierseins, Prinz Gupta, liegt darin, Prinz Harrap und Euch zu dienen», gab ich zur Antwort, wobei ich die gestelzte und scheinbar demütige Formel besonders betonte. «Ich werde lediglich so lange bleiben, wie ich zu Diensten sein kann.»

«Und wir werden ihn brauchen, mein Guter», knurrte Harrap.

«Davon bin ich überzeugt, mein Bruder», gab Gupta mit einem flüchtigen Lächeln zurück.

Auch wenn ich gegen meine Absicht in den Vordergrund gedrängt worden war, wartete ich doch ab, daß Harrap, wie wir es vereinbart hatten, als erster sprach. Als er begann, mußte ich an die alte Geschichte denken, die man sich halb lachend und halb bewundernd erzählte. Die Familie von Harraps Mutter, hieß es, habe ein Gebiet erobert, nicht größer als der Grundbesitz eines Landadeligen, und dann durch Handel und Eheschließungen daraus das größte Königreich im Hochgebirge gemacht. Sie hatten nur gekämpft, wenn sie mußten, dann aber mit gutem Ergebnis.

«Es tut mir leid, mein Bruder», sagte Harrap, «wenn ich den Anschein erweckt habe, dich zu vernachlässigen, doch mein Herz war voll. Womit kann ich das wiedergutmachen?»

Gupta richtete sich voll angespannter Aufmerksamkeit mit einer fließenden Bewegung auf wie eine Königskobra. Dabei ließ er seinen hochaufgeschossenen eingeölten Oberkörper leicht kreisen, so daß er uns beide ständig im Auge hatte.

«Ich dachte», begann er, «daß wir hier besser miteinander reden können als im Palast. Sollte die Zusammenkunft bekannt werden, bleibt zumindest unter uns, worüber wir gesprochen haben. Selbstverständlich habe ich bereits einen großen Teil der Angelegenheit mit deinem Abgesandten, deinem Hausgeistlichen, besprochen...»

«Der Priester ist weder mein Hausgeistlicher noch mein Abgesandter.»

«Darf ich zumindest annehmen, daß er dir gewisse Vorschläge unterbreitet hat?»

«Wir haben eine Anzahl von Gedanken vernommen», gab ich bedächtig zur Antwort, «die hauptsächlich wegen der darin enthaltenen Phantasterei bemerkenswert sind. Von klar umrissenen Plänen oder Vorschlägen war keine Rede.»

Guptas Zunge fuhr zwischen seinen schmalen Lippen hin und her. Mit einem Lächeln, hinter dem kein Empfinden stand, sagte er aufs Geratewohl: «Darf ich annehmen, daß ihr mit dem Verlauf der Ereignisse, die sich seit eurer Rückkehr von der Reise abgespielt haben, im großen und ganzen vertraut seid?»

«Selbstverständlich darfst du das, Bruder», entgegnete Harrap. «Und wir sind dir auch dankbar für deine Unterstützung bei unserer Suche nach dem Heiligen Hengst. Aber natürlich ist das jetzt alles vorbei.»

«Vorbei? Ich dachte, es hätte gerade wieder begonnen!» Verstört hielt Gupta für einen Augenblick in seiner beständigen Schlangenbewegung inne.

«Natürlich ist es vorbei», gab Harrap zur Antwort, wobei seine übliche Murmelstimme vor Überraschung laut wurde. «Wie du weißt, habe ich den Oberbefehl über die Truppen übernommen – und da gibt es viel zu tun.»

Er wischte sich mit den Fingerknöcheln den Schweiß aus den Augen. Vom Dampf halb benommen, öffnete er die schwere Tür einen Spaltbreit und rief nach kaltem Wein.

«Jakir», fragte er, «möchtest du dich auch massieren lassen?»

«Die Mädchen sollen draußen bleiben!» blaffte Gupta.

«Gewiß, wenn es dein Wunsch ist», gab Harrap zur Antwort und hielt einer Sklavin die Tür auf, die einen silbernen Krug und Becher aus Silber herbeibrachte. «Aber warum denn?»

«Ambiala kann man trauen, den anderen nicht. Bestimmt haben sie im Laufe der Zeit mehr von unserer Sprache gelernt, als sie zugeben.»

«Wie du wünschst, mein Bruder», sagte Harrap gleichmütig und sah mit bedauerndem Seufzen den festen braunen Hinterbacken nach, die der Tür entgegenstrebten. «Allerdings sieht es ganz so aus, als gäbe es nicht viel zu besprechen.»

Guptas Körper fuhr mit seiner ruhelosen Bewegung fort, wobei im aufsteigenden Dampf sein schmaler Kopf hin und her schwang. Die langen Muskeln seiner grauen Arme waren vor Anspannung hart.

«Harrap», fragte er mit rauher Stimme, «möchtest *du* König sein?»

«Der Vorschlag wurde bereits gemacht. Nein, nicht unbedingt. Warum?»

«Weil das nicht geht. Ich möchte, daß dir das klar ist. Sobald du den Thron bestiegest, würde sich der Adel zusammen mit den Parias gegen dich erheben, auch wenn das sonderbare Verbündete zu sein scheinen.»

«Ich denke, Prinz Gupta», erwiderte ich, «daß die Streitkräfte und das Volk, die Prinz Harrap den Thron erst heute morgen angetragen haben, auch noch ein Wort dabei mitzureden hätten.»

«Soll das Reich durch einen Bürgerkrieg zerrissen werden?» fragte Gupta mit einem Lächeln. «Wünschst du Kamardol dies Geschick, mein Bruder? Sollen Leopard und Elefant einander vernichten, während sich draußen die Schakale im Kreis versammeln?»

Harrap und ich schwiegen.

«Natürlich nicht», fuhr Gupta fort. «Dazu bist du zu anständig. Du weißt aber, daß Tschandra und ich nicht zögern würden, Adel und Unberührbare zu bewaffnen, statt zuzulassen, daß du den Thron besteigst.»

«Die Streitkräfte haben den Hohen Prinzen Tschandra in ihrer Gewalt», gab ich nachsichtig zu bedenken. «Sie bewachen ihn.»

«So war das bisher. Aber die heutige Nacht verbringt Tschandra in seiner Burg außerhalb der Mauern, bewacht von den Männern seines Leibregiments.»

«Warum, o Prinz, sagt Ihr stets ‹Tschandra und ich›? Warum sollte der Hohe Prinz Tschandra Euch Harrap als Verbündeten vorziehen?»

«Weil er ihn mehr fürchtet... weil, oberflächlich betrachtet, Harrap mächtiger ist... weil Tschandra den Eindruck hat, daß Harrap allein König sein könnte, was mir nicht möglich wäre... weil er ihn nicht zu verstehen vermag, während er meine Habgier ohne weiteres begreifen kann, denn sie ist wie die seine... und letztlich, weil er mich braucht.»

«Wie das, o Prinz?» faßte ich nach.

«Die Bruderschaft der Priester hat sich endlich auf das Ritual geeinigt, mit dem die Übergabe der Macht begangen werden soll. Sie sind zu dem Ergebnis gekommen, daß zwei Männer als Zwiekönige herrschen müssen, der ältere wie der jüngere Bruder, wobei der ältere den Großkönig vertritt, der zwar nicht mehr unter uns weilt, aber auch nicht tot ist. Ich verstehe zwar das ganze Affentheater nicht, aber ihr werdet mir recht geben, daß es für mich günstig ist.»

«Dies ‹Affentheater›», brach ich undiplomatisch los, «ist völlig klar – und zugleich von unvorstellbarer Eleganz. Es hat Eure Dynastie Jahrhunderte hindurch auf dem Thron gehalten, auch wenn Ihr jetzt darüber spottet.»

«Jakir!» fuhr Harraps Stimme wie eine Peitschenschnur durch die rote Dunkelheit, die sich um mich gelegt hatte.

«Verzeihung», murmelte ich. Die Wut, die sich um keine Folgen scherte, dröhnte mir noch immer in den Ohren, auch wenn meine Stimme wieder gelassen klang. «Dann steht meinem Prinzen lediglich Euer Stolz und Eure Bedenkenlosigkeit im Weg, Prinz Gupta. Falls wir Euch hier den Hals umdrehten, würde Prinz Tschandra allein niemals wagen, die Edlen und die Parias zum Aufruhr anzustacheln.»

Der kleine schmale Kopf zog sich zurück, als wolle er zustoßen, doch Gupta lachte. «Nie und nimmer würde mein ehrenwerter Bruder Harrap… außerdem habe ich in den Gassen draußen fünfzig Männer postiert. Ihr Auftrag lautet, jeden zu töten, der das Gebäude vor mir verläßt, ob Dienerin, Kurtisane, Brahmane oder Prinz.»

«Genug!» unterbrach Harraps Befehl unsere wütende Auseinandersetzung. «Ich habe gesagt, daß ich nicht König sein will. Mein Vater wünschte es nicht. Außerdem möchte ich es selbst nicht. Halte Frieden, mein Bruder Gupta!»

«Was willst du *dann*?» fragte Gupta mit leiser Stimme.

«Daß der Wille unseres Vaters erfüllt wird – Friede für Kamardol – und Ruhm.»

«Der eine Begriff widerspricht dem anderen. Aber darüber will ich nicht rechten», sagte Gupta. «Ich meinte: was willst du für dich selbst?»

«Was bietet Ihr?» mischte ich mich ein.

«Die Expedition!» antwortete Gupta. «Die Expedition, aber nicht für euch allein. Sie bedeutet zur Zeit für Kamardol den einzigen Weg zum inneren Frieden – und vielleicht auch zum Ruhm.»

«Ich habe diese Klage schon zuvor gehört, mein Bruder. Zeige mir also, daß sie berechtigt ist, und du wirst noch Zwiekönig. Aber der Nachweis muß schlüssig sein.»

Mein plötzlich aufflammender Zorn hatte wie ein kurzes Sommergewitter die Atmosphäre gereinigt. Auch der dampferfüllte Raum wirkte auf einmal nicht mehr so bedrückend. Nachdem

Gupta aus eigenem Willen die Wegscheide hinter sich gebracht hatte, an die wir ihn ohne sein Wissen getrieben hatten, war er die Herzlichkeit und entgegenkommende Rechtschaffenheit in Person. Als wir ihn weiter auf die Probe stellten, indem wir Widerstand heuchelten, brachte er mit bereitwilliger Deutlichkeit alle Argumente des Priesters vor und überredete allmählich Harrap zu dem Plan, den dieser von Anfang der Begegnung an im Kopf gehabt hatte.

«Was du vorbringst, hat Gewicht – aber es reicht nicht weit», sagte Harrap schließlich. «Was ist mit Tschandra? Nur er kann das wahr machen.»

«Er erwartet uns auf seiner Burg. Wir können um Mitternacht hinreiten.»

«Und uns in Eure Macht begeben?» wandte ich ein.

«Eins ist klar, Oberst», sagte Gupta. «Harrap muß erneut mit dem Volk reden – sonst gibt es kein Reich Kamardol mehr zu verteilen. Und er muß an die Spitze der Expedition treten. Sucht keine Bedrohung, wo keine ist, Oberst. Es gibt bereits genug wirkliche Gefahren, denen wir uns stellen müssen.»

Die Sklavinnen massierten uns, und anschließend vergnügten wir uns mit ihnen im Kaltwasserbecken wie Burschen vom Lande. Mit vor Kälte prickelnder Haut betraten wir das Gemach, in dem Ambiala wartete. In meiner Ungeduld merkte ich kaum, was wir aßen und tranken, und hörte fast nichts von dem geistvollen Wortgeplänkel zwischen Ambiala und Gupta, zu dem Harrap gelegentlich maulfaul das eine oder andere Wort beisteuerte.

Wohl aber erinnere ich mich an Ambialas Frage: «Seid ihr euch einig geworden, ihr Herren? Darf ich Euren Männern einige Krüge und etwas Bratfleisch hinausschicken, Prinz Gupta? Und den Euren, Oberst Jarie?»

Würdevoll erteilte ich die Erlaubnis, unserer Leibwache, die sie mit ihren Worten hatte erstehen lassen, etwas zum Essen zu bringen. Offenbar glaubten die beiden Prinzen an die Existenz dieser Wächter, denn Gupta sah mich lange mit einem Blick an, der zwischen Berechnung und Hochachtung schwankte, während in Harraps Augen offener Ärger zu erkennen war.

Vor unserem Aufbruch fragte Ambiala, wie schon eine Woche zuvor: «Harrap, könnt Ihr mir aufrichtig sagen, warum Ihr den Auszug wollt? Wir haben hier in Kamardol alles, was das Herz eines Menschen begehren kann, und Ihr habt mehr als jeder andere in Kamardol.»

«Ja, Harrap, sag es uns», fügte Gupta hinzu, «auch ich wüßte das schon lange gern.»

«Ambiala», gab Harrap mit einem angedeuteten Lächeln bedächtig zur Antwort, «frag meinen Bruder, warum er König sein möchte. Als Vizekönig hätte er der beste Mann in Kamardol sein können – ihm würde der ganze Ruhm gehören, die ganze Macht und der ganze Prunk, ohne daß er Verantwortung tragen müßte. Verantwortung liebt er noch weniger als Macht, gleichwohl strebt er nach beidem.»

Mit einer schlangenhaften Bewegung die Schultern zuckend, gab Gupta zur Antwort: «Mein Bruder hat recht, Ambiala. Am liebsten würde ich nicht herrschen, sondern reden, trinken und neue Ekstasen entdecken. Aber wir leben nicht in den Himmeln, sondern in dieser Welt. In ihr müssen Männer – und wahrscheinlich auch Frauen – manches tun, wonach ihnen der Sinn eigentlich nicht steht, wollen sie nicht die Kraft verlieren, zu genießen, was ihnen am Herzen liegt. Ich handle, wie es meine Vorfahren verfügt haben. Doch nach wie vor entzieht sich meinem Verständnis, was Harrap zu tun gedenkt.»

Dieser überhörte die Herausforderung. Während des ganzen langen kalten Ritts, der uns aus dem Mauerring um die Stadt zu dem Hügel führte, von dem herab Tschandras Burg im Mondlicht dräute, schwieg er.

Gupta, glänzender Unterhändler wie eh und je, hatte sich abwechselnd unklar und dann wieder scheinbar freimütig ausgedrückt, im einen Augenblick gedroht und im nächsten gelockt. Während wir im Vorraum von Tschandras Schlafgemach warteten, fragte ich mich, wie der Prinz wohl sein mochte, den ich kaum kannte. Er war achtundvierzig Jahre alt, doch die dreiundzwanzig Jahre zwischen ihm und Harrap, der nie viel mit ihm zusammen gewesen war, sorgten für einen größeren Abstand als die fünfundzwanzig Jahre, die zwischen Harrap und Gupta lagen, denn mit jenem hatte er einen gewissen Leichtsinn gemeinsam. Tschandra ähnelte keinem von beiden, und niemand kannte ihn wirklich. Man verlachte seine Begeisterung, seine Hingabe an den Buddhismus, und seinen Wunsch, eine Welt umzugestalten, welche die meisten Menschen als durchaus zufriedenstellend empfanden. Niemand aber kannte seine Gedanken – oder deren Hintergründe. Weder schenkte er jemandem sein Vertrauen, noch gab er je unbeabsichtigt etwas von sich preis. Dennoch hielt Tschandra die Zügel des Geschicks in seinen weichen Händen. Vorschläge mochte Gupta machen, doch ausschließlich Tschandras Wort galt als Bestätigung, da er nach wie vor im Besitz dessen war, was noch an formaler Macht in Kamardol existierte.

Während er in den Vorraum getappt kam, zog er ein weißes Gewand um seine Leibesfülle zusammen. Seine aufgequollenen bleichen Füße steckten in weichen Lederpantoffeln. Sogar Gupta und Harrap erhoben sich und blieben stehen, bis sich Tschandra auf einem Kissenhaufen niedergelassen hatte. Der Unterkönig nahm unsere Begrüßung gravitätisch nickend zur Kenntnis. Als er schließlich den Mund auftat, hörte ich verblüfft, daß er sich eine brummige Verdrießlichkeit gestattete, die nur an den Tag legen sollte, wer unumschränkte und unerschütterliche Macht besitzt.

«Wer ist das?» fragte er vorwurfsvoll und wies mit einem Zeigefinger auf mich, der fahl und biegsam war wie eine augenlose Made.

«Oberst Jakir, mein persönlicher Adjutant», gab Harrap unbeschwert zur Antwort.

«Warum hast du ihn mitgebracht? Es sollte eine private Unterhaltung sein – ein Gespräch im Familienkreis über Familienangelegenheiten. Wolltest du das nicht?»

«Ich wollte keine Unterhaltung, weder privat noch öffentlich», gab Harrap leichthin zur Antwort. «Du hast mich zu kommen aufgefordert. Oberst Jakir jedenfalls ist hier, weil wir zum einen irgendeine Art von Protokoll brauchen und er zum anderen der einzige ist, dem ich rückhaltlos vertraue.»

«Es gefällt mir nicht», beharrte Tschandra.

«Nun, warum schickst du dann nicht nach deinen eigenen Leuten? Es muß doch jemanden geben, dem ihr beide – du und mein Bruder Gupta – traut.»

«Schön, er mag bleiben», räumte Tschandra ein. «Es gibt Wichtigeres zu besprechen. Du weißt, mein Bruder Harrap, daß du dich mir gegenüber nicht einwandfrei verhalten hast. Ich habe heute stundenlang auf eine Mitteilung über deine Mission gewartet. Schließlich bekam ich sie von einem klatschsüchtigen Pagen, obwohl ich den Hauptmann der königlichen Garde angewiesen hatte, mir Bericht zu erstatten. Du hast diesen Befehl außer Kraft gesetzt. Natürlich habe ich angeordnet, Ranbir im Morgengrauen zu garottieren. Das aber ändert nichts an meinem langen, quälenden Warten.»

Harraps Stiernacken verfärbte sich rot von dem Blut, das ihm in den Kopf stieg, und seine Augen zogen sich zu Schlitzen zusammen. «Auf meinen Befehl hin hat Ranbir gewartet. Ich lasse nicht zu, daß er hingerichtet wird – immerhin bin ich Oberbefehlshaber der Streitkräfte.»

«Na schön, Harrap, wenn du darauf bestehst», gab Tschandra mit einem nachlässigen Wedeln seiner schwammigen Hand zur Antwort. «Trotzdem hättest du zu mir kommen sollen. Dann muß man eben den Ersten Obristen der Palastwache garottieren – aus Gründen der Manneszucht. Sicher wirst du mir zustimmen. Immerhin trägt er die Schuld an diesem Debakel.»

Flehend sah ich zu Harrap hinüber und hoffte, dies eine Mal Zeuge zu werden, wie sich sein aufgestauter Zorn Luft verschaffte.

«Das lasse ich nicht zu, o Prinz!» sagte er mit Nachdruck. «Wenn ich in Angelegenheiten der Streitkräfte und der Disziplin nicht selbst entscheiden darf, kannst du dein eigenes verworrenes Garnknäuel allein entknoten. Komm, Jakir!»

«Setz dich, Harrap, setz dich!» gebot Tschandra. «Laß uns über die Sache reden.»

«Da gibt es nichts zu reden», antwortete Harrap. «Entweder habe ich den Oberbefehl, oder ich habe ihn nicht.»

«Wenn du hier gewesen wärest, um zu befehlen, als man dich brauchte», sagte Tschandra mit bitterem Unterton, «wäre es nicht zu diesem Vorfall gekommen.»

«Du, mein Bruder, hast den Befehl gegeben, daß meine Leute gegen unser Volk vorgingen. Du zerstörst meine Streitkräfte. Meine Männer werden deiner Angst geopfert.»

«Wie auch immer...» begann der Unterkönig, und ich sah, wie sich Harraps Hände erneut vor Zorn zu Fäusten ballten.

«Brüder», legte sich Gupta ins Mittel, «vielleicht fangen wir doch am besten mit dieser Frage an. Harrap, vorausgesetzt, wir einigen uns heute nacht, was soll dann mit der Palastwache geschehen?»

«Ich nehme alle mit – die Fußtruppen der Palastwache, die königliche Garde und auch ihren Ersten Obristen. Wenn du die Leute streng bestraftest, würdest du den Willen der Streitkräfte brechen. Wenn sie bleiben, wird sich das Volk immer wieder erheben.»

«Das ist doch vernünftig, Tschandra, oder nicht? Ohnehin werden wir eine Weile mit unseren eigenen Leibregimentern besser fahren.»

«Von mir aus», sagte Tschandra. «Willst du dich nicht setzen, Harrap?»

Harrap ließ sich auf sein Kissen sinken, und ich setzte mich hinter ihn.

«Ich vermute, daß du damit einverstanden bist, die Expedition zu unternehmen?» fragte Tschandra.

«Gupta hat mich davon überzeugt, daß ich den Willen unseres Vaters am besten erfülle, wenn ich dich den Thron einnehmen lasse und Kamardol Frieden bringe. Sofern das aber nicht deinen Wünschen entspricht...»

«Das wird sehr kostspielig», sagte Tschandra. «Allein die Gaben für die Priester, dann die Spiele und die Geschenke für die Bevölkerung...»

«Ich fürchte, dafür wirst du aufkommen müssen», gab Harrap zur Antwort.

Tschandra schüttelte den Kopf. «Und die Gefahr, die du über die Königsstadt bringst? Sind wir stark genug, die Welt herauszufordern? Beschwören wir damit nicht größere Katastrophen herauf als die, welche wir heute nacht möglicherweise abwenden? Warum gibst du dich nicht damit zufrieden, an unserer Seite zu bleiben und uns beim Aufbau des neuen Kamardol zu helfen, Harrap?»

«Gupta behauptet, die Expedition bedeute die einzige Möglichkeit, dem Lande Sicherheit zu verschaffen», gab Harrap unbehaglich zur Antwort.

«Und so verhält es sich auch, meine Brüder», mischte sich Gupta ein.

«Vielleicht ließe sich eine andere Möglichkeit finden», fuhr Tschandra fort, ohne auf den finsteren Ausdruck zu achten, der sich auf Guptas dunkle Stirn gelegt hatte. «Siehst du nicht, Harrap, mein Bruder, daß die Aufgabe hier in Kamardol bedeutender ist als alles, was du unterwegs finden könntest? Unsere Herrschaft hat sich stets auf das Herkommen und die Gewalt der Waffen gestützt. Aber unser Vater hat eine Vision gesehen – und ich habe einen kleinen Teil dieser Vision mitbekommen.»

«Um welche Vision handelt es sich, Tschandra?» fragte Harrap freundlich.

«Die eines Reiches, das inneren Frieden hat und in Frieden mit seinen Nachbarn lebt… ein Reich, in dem es jedem möglich ist, in gleichem Maße der guten Dinge teilhaftig zu werden, welche die Götter den Menschen auf dieser Erde geschenkt haben. Darüber hinaus ist mir die Vision nicht besonders klar. Aber ich sehe ein Reich, in dem alle Menschen an einem Strang ziehen und keiner über den anderen gesetzt ist, außer in Fällen, in denen die Notwendigkeit es gebietet, nicht aber gestützt auf Herkommen und Macht. Alle Menschen bemühen sich, den Willen der Götter und ihr eigenes Wesen zu erkunden, die Götter mit Standbildern und Gesängen zu preisen…»

«Aber Hoheit», unterbrach ich entsetzt, «die Götter haben geboten, daß die Menschen am ihnen zugewiesenen Platz leben, dienen und bedient werden sollen. Sogar die Unberührbaren, die nicht einmal richtige Menschen sind, nehmen den ihnen zugewiesenen Platz ein. So lehrt es der Wahre Glaube. In dieser festgelegten Ordnung liegt Schönheit.»

«Haben das die Götter tatsächlich geboten, junger Mann?» fragte Tschandra. «Ich bin da nicht so sicher.»

«Ich vermag deine Vision nicht zu sehen, mein Bruder», sagte Harrap mit schwacher Stimme, so, als hätten ihn Tschandras Worte zutiefst bewegt und erstaunt.

«Nun, wohl nicht», seufzte der Unterkönig. «Vielleicht wirst auch du eines Tages…»

«Wollen wir uns wieder den Fragen der Gegenwart zuwenden?» fragte Gupta geschäftsmäßig.

«Gemach, mein Bruder, gemach!» Tschandra gebot ihm mit einer Handbewegung Schweigen. «Nun ja. Ich habe von der Aufgabe gesprochen, die du der Welt stellen würdest. Wie dir bekannt ist, äußern sich die Brahmanas unzweideutig darüber. Nur wer wahrhaft allmächtig ist, darf den Titel des Weltherrschers beanspruchen, indem er den Auszug zur Expedition bekanntmacht. Sofern er weniger als allmächtig ist, wäre es nichts als eine törichte Geste, die dafür sorgen würde, daß sich seine Feinde begierig auf seine Schwäche stürzen.»

«Das ist bekannt», gab Harrap zur Antwort. «Aber alle Zeichen des Himmels und der Erde verlangen, daß wir den Auszug zur Expedition ausrufen. Wer kennt seine Macht, wenn er sie noch nicht erprobt hat?»

«Und Harrap ist kein Narr, daß er sich zu weit von der Heimat entfernt», versicherte ihm Gupta. «Das wirst du doch nicht tun, nicht wahr, Bruder?»

Harrap gab keine Antwort.

«Ich verstehe nicht, warum das alles so schwierig sein muß», sang Tschandra sein Klagelied weiter. «Ich will nichts als das Beste für mein Volk. Aber die Dinge sind so kompliziert geworden. Du, Harrap, dein Wunsch... der wilde Zorn meiner Mutter, nur, weil ich mit den liebenswürdigen Buddhisten spreche...»

Tief aufseufzend kratzte er sich die schwammige Innenfläche des Oberschenkels, den sein Gewand freigab. Sie war von stumpfem Weiß. Eigenartigerweise empfand ich in jenem Augenblick zum erstenmal Furcht vor ihm.

«Das Leben ist voller Schwierigkeiten, mein Bruder», sagte Gupta. «Aber wir werden es schon schaffen. Ich weiß, daß sich Harrap für die Streitkräfte verbürgen kann, und er wird auch mit unserer Mutter sprechen – die Priester, die Bruderschaft, werden ihn dabei unterstützen. Aber warum sie nicht bereit ist, auf uns, ihre ältesten Söhne, zu hören...»

«Wie du sagst, mein Bruder, das Leben ist voller Schwierigkeiten», bestätigte Tschandra. «Und was ist mit dem Volk?»

«Nun, gewiß ist Harrap imstande, den Leuten binnen eines Tages klarzumachen, daß die Thronfolge geregelt ist», antwortete Gupta. «Er könnte ihnen alles mitteilen: daß die Übergangsriten und die Inthronisierung stattfinden – und schließlich auch den Auszug zur Expedition. Wir dachten, daß das Volk dann ruhig bleiben würde.»

«Es wird alles schrecklich viel kosten, aber vermutlich bleibt uns keine Wahl», stimmte Tschandra zu.

Als es an die Einzelheiten ging, dauerte die Besprechung eines jeden Punktes eine Ewigkeit. Der Tag war längst angebrochen, als wir auf dem steingepflasterten Weg von Tschandras Burg fortritten.

«Nun, Jakir», sagte Harrap ohne Begeisterung, «da scheinen wir ja ein neues Königreich zusammengestichelt zu haben. Meine beiden Brüder werden Könige sein. Und du wirst zu dem langen Ritt aufbrechen, auf den du so erpicht bist.»

Nach der ereignisreichen Nacht spürte ich zum erstenmal Müdigkeit. Außerdem kam mir erstmals der Gedanke, daß wir auch gebunden waren: ich so fest an Harrap wie er an seine Brüder.

Ich seufzte. «Nun, aus all dem Gefeilsche und all der Verderbtheit ergibt sich vielleicht...»

Er drehte sich im Sattel um und sah mich überrascht an. «Wieso sprichst du von Verderbtheit?» sagte er. «Ich habe keine entdecken können.»

12

Bedenkt man, daß das Schicksal von Völkern schwer auf uns lastete, war es möglicherweise kleinlich von mir, mich um den militärischen Rang zu grämen, den mir Harrap aufgezwungen hatte. Zwar machte das meinem Gewissen zu schaffen, doch brachte ich es nicht über mich, Harrap Vorhaltungen zu machen und ihm zu erklären, ich würde ihm ebenso bereitwillig dienen, wenn man mich nicht «Oberst» nannte. Als sich schließlich die Gelegenheit von selbst ergab, wußte ich bereits, daß der Rang keine leere Formalität war, sondern von wesentlicher Bedeutung für die Erfüllung der Aufgaben, die mir Harrap aufbürdete.

Während der neunzehn Monate zwischen dem Abkommen, das die beiden Prinzen geschlossen hatten, und dem Höhepunkt der Expedition verdiente ich mir diesen Rang mit der Ausführung beschwerlicher Aufträge, nicht aber mit spektakulärer Tapferkeit. Wer konnte sich an Tapferkeit mit Harrap messen? Also erwarb ich mir meine Schärpe, indem ich all die bedeutenden Einzelheiten der Organisation auf mich nahm und ihm Ratschläge gab, die er von niemandem außer mir angenommen hätte. So kam es, daß ich gegen Ende unserer Expedition die anfangs von mir verachtete Bezeichnung nicht ohne eine gewisse Selbstgefälligkeit und bisweilen auch voll Stolz hörte.

Da Harraps Versprechen, das Volk zu beruhigen, ihn an die Königsstadt fesselte, schickte er am Abend nach unserer Zusammenkunft in Tschandras Schloß mich aus. Außer Ranbir und seinen dreihundert Berittenen begleiteten mich die zweihundert Fußsoldaten, die vor der Volksmenge zurückgewichen waren. Zwischen beiden Gruppen gab es keine Bitterkeit. Sie sahen sich trotz der gegensätzlichen Rolle, die sie gespielt hatten, offenkundig als Opfer einer über sie alle gemeinsam hereingebrochenen Tragödie. Unter Ranbirs fester Hand ließen die Männer der königlichen Garde weder Selbstgerechtigkeit noch Bedauern erkennen. Regungslos trugen sie die Last ihrer Schande, die darin bestand, daß sie für den Tod der von ihnen im Stich gelassenen Offiziere verantwortlich waren. Sogar das Hengstfohlen trabte inmitten all der ihm fremden Krieger fügsam neben mir her. Es war noch nicht gesalbt, aber Es war auserwählt, und so würde ich den Halfter nicht verwenden, solange Es zu meinem vertrauten Geruch und dem Klang meiner Stimme zurückkehrte.

Da meine Schutzbefohlenen, die sich äußerlich so sehr unterschieden, unterwegs keine der insgeheim von mir befürchteten Schwierigkeiten machten, hatte ich während unseres Zuges häufig Gelegenheit, an Tamar zu denken. Unser unvermittelter Aufbruch verhinderte, daß ich sie noch einmal sah. Statt dessen hatte ich ihr in einfacher Sprache, von der ich wußte, daß sie sie lesen konnte, eine kurze Nachricht zukommen lassen. Darin teilte ich ihr kaum mehr mit, als daß ich fort mußte und ihr Vater begnadigt worden war. Vielleicht, dachte ich, hätte ich etwas ausführlicher schreiben sollen.

Wir zogen in den Südosten des Reiches. Zuerst stießen wir auf Ebenen, dann erstreckten sich lange Täler zwischen Hügelkuppen. Nach sechs Tagen stießen wir auf das weit von der Königsstadt entfernte und von steilen Felswänden umgebene Tal, das wir suchten. Dies geschützte, wasserreiche und abgelegene Tal bot guten Zugang zu Ebenen und Bergen, ganz wie es Harrap haben wollte, und in den Nachbartälern lagen in großen Abständen Bauerngehöfte, die uns ernähren konnten. Für das Fohlen errichteten wir einen auf einer Seite offenen Unterstand, so daß es frei umherstreifen konnte. Ein Priester aus Ranbirs Stamm weihte das Bauwerk mit Wein und dem Blut eines schwarzen Hahns. Anschließend legten wir unser eigenes Lager an, so daß alles schon ziemlich weit gediehen war, als Harrap zehn Tage später zu uns stieß.

Das Volk habe die Ankündigung der gemeinsamen Thronfolge jubelnd aufgenommen, erklärte er mir mit einer gewissen Bitterkeit. Es giere nach den glänzenden Spielen und reichen Geschenken, die mit der Machtübergabe traditionell verbunden waren, und habe über seiner Begehrlichkeit ganz und gar seine Forderung vergessen, er selbst solle König werden. Der Priester, der uns von Zeit zu Zeit in unserem Exil besuchte, versicherte Harrap, er besitze nach wie vor in höherem Maße als all seine Brüder die Liebe des Volkes. Doch ich fragte mich, ob nicht die Spione des Priesters für ihren Lohn sorgten, indem sie berichteten, wovon sie annahmen, es werde ihm am meisten gefallen. Dennoch war der Auszug gesichert, konnten doch die Zwiekönige keinesfalls ihre Zusage rückgängig machen, ohne das Volk zu erzürnen. Was sie sonst treiben mochten, interessierte Harrap und mich in keiner Weise, solange sie Kamardol damit nicht gefährdeten.

Die Königsstadt lag von uns so weit entfernt, wie wir mit unseren Gedanken fern von ihr waren. Nie hatte man uns die verwickelte Intrige enthüllt, die dafür gesorgt hatte, daß wir die Expedition unternehmen konnten. In unserem Tal, eingezwängt zwischen Bergen und Ebene, verlor die Erinnerung ihren unangenehmen Beigeschmack und war bald so mit Vergessen und Widersprüchen vermischt wie die Berichte von Abenteuern anderer, die man nur einmal am Lagerfeuer gehört hat. Außerdem trieb uns Harrap mit den hohen Anforderungen, die er an uns stellte, in unserem eigenen kleinen Reich am Rande der bewohnten Welt zur Erschöpfung.

Mit sich gebracht hatte er hundert edle Söhne, von denen jeder den Anspruch auf den Titel Prinz erheben konnte. Da der Faden der Herkunft bei den meisten von ihnen so lang und verwickelt, so voller unbewiesener Verbindungen und laut beteuerter Unehelichkeit war, nannten wir sie schließlich alle miteinander den Trupp der großspurigen Bankerte. Prinzen mußten sie sein, um sich an der Expedition beteiligen zu dürfen, und Prinzen waren sie – auch wenn sie dafür mit heiligen Eiden sämtlichen weiblichen Vorfahren der letzten fünfhundert Jahre die Tugendhaftigkeit absprachen. Froh, aus den mehr als tausend sich um den Vorrang streitenden Kandidaten für den Prinzentrupp wählen zu dürfen, hatte Harrap ihre Abstammung nicht mit übermäßiger Sorgfalt erkundet. Ihn stellte zufrieden, daß die von ihm ausgewählten Männer den Anweisungen der Brahmanas mehr oder weniger entsprachen. Doch wenn wir allein waren, begann er mich «Prinz Jakir» zu nennen, und sich selbst bezeichnete er als «abgefallenen Brahmanen».

«Ihr müßt einsehen, Prinz», äußerte er, «da nun einmal offensichtlich während der letzten zehn Jahrhunderte alle weiblichen Angehörigen jeder alten Familie von Kamardol in schamloser Weise fruchtbare ehebrecherische Abenteuer bestanden haben, dürfte kaum anzunehmen sein, daß wir bei den sich daraus ergebenen Kreuzungen eine Ausnahme bilden.»

«Gewiß, gelehrter Brahmane», gab ich zur Antwort. «Doch beantwortet mir eine Frage, bevor Ihr mir einen Vers von strittiger Heiligkeit ausdeutet. Wozu gedenkt Ihr unsere tapferen Bankerte zu verwenden? Sollen wir sie vor uns hersenden, damit sie durch Zauberkraft die Wegelagerer von den Gebirgspässen vertreiben, die Gletscher von ihrer vorgezeichneten Bahn abbringen und mit ihrer dreisten Beredsamkeit in den Wüsten Quellen entspringen lassen?»

«Nein, das ist Seine Aufgabe», sagte Harrap lachend.

«Dann könnten sie doch unsere Vorausabteilung bilden. Da sie so gekonnt lügen, müßten sie mit ihrer Verdrehung der Wahrheit sogar dem Großen Kaiser von China Schrecken ins Herz pflanzen können, so daß er seine Männer entwaffnet und uns den Inhalt seiner Schatzkammer schenkt.»

«Das kommt vielleicht später. Augenblicklich habe ich für die Bankerte eine andere Verwendung. Sie sollen uns als Spähtrupp dienen. Ihnen Manneszucht beibringen zu wollen wäre verlorene Liebesmühe, wenn auch nicht ganz und gar unmöglich. Statt ausdauernd in der Schlacht zu kämpfen, was nicht ihre Stärke ist, sollen sie vor uns herreiten und berichten, was voraus liegt. Einige von ihnen sollen auf den Schutz des Heiligen Hengstes vereidigt werden und sich als Wächter ununterbrochen in Seiner Nähe aufhalten.»

Seit Harrap aus der Königsstadt zu uns gestoßen war, sprach er nicht mehr halb herablassend von dem kleinen Gottwesen, sondern nannte das Tier stets den Heiligen Hengst. Doch in meinen Gedanken blieb Er stets das Fohlen, auch wenn ich im Gespräch bisweilen ‹Hengst› sagte.

So also bestimmten wir über unseren Prinzentrupp. Harrap lehrte die Männer in eigener Person die Taktik des raschen Auftauchens und Verschwindens, deren Wirksamkeit er mit Hilfe der regulären leichten Reiterei bewiesen hatte. Auch zeigte er ihnen, wie man in scharfem Angriff aus der Nacht, die auf den Bergen liegt, herabstößt und dann zu jeweils zweit oder dritt in den Schluchten, Wasserläufen und Sanddünen verschwindet. Er rüstete die Bankerte mit leichter Bewaffnung aus, lehrte sie, sich von in Streifen geschnittenem und an der Sonne gedörrtem Hammelfleisch und getrockneten Bohnen zu ernähren, und führte sie auf Ausritte, die sogar ihre vorzüglichen Pferde auf eine harte Probe stellten.

Da der Erfolg solch schwieriger Manöver davon abhing, wie rasch und ausdauernd sie durchgeführt wurden, durchstöberten unsere Abgesandten in der Verkleidung umherziehender Pferdehändler Kamardol und die umliegenden Königreiche, um Tiere zu erwerben, die Ergebnis einer Kreuzung zwischen den schweren Kavalleriepferden aus der Ebene und den zottigen Bergponys waren. Harrap zahlte aus eigener Tasche für sie. Auch wenn sie mit ihren plumpen Köpfen, den breiten Kruppen über verkürzten Beinen und dem langhaarigen Fell, das nicht geschoren wurde, keine Augenweide waren, sondern eher viereckigen, nur halb aus dem Material herausgearbeiteten Spielzeugpferden ähnelten, wie sie ein Bauer seinem Söhnchen aus einem herabgestürzten Ast schnitzt, konnten sie es über kurze Strecken nahezu mit einem Rennpferd aufnehmen. Überdies waren sie ausdauernd, bei den Göttern – ausdauernd waren sie. Siebzig bis achtzig Meilen pro Tag legten sie zurück, ob über steinige Gebirgspässe, durch tiefen Schlamm oder über heiße Sandflächen, unter Bedingungen, bei denen ein Kavalleriepferd oft schon nach höchstens vierzig Meilen zusammenbrach.

«Ihr werdet viermal so viel reiten müssen wie die anderen», teilte Harrap den Prinzen mit, «alles sehen, euch alles merken und entsetzliche Blutbäder anrichten, wenn ihr angreift. Doch nie werdet ihr euch einem Angriff stellen oder euch länger als fünf Minuten in ein Gefecht verwickeln lassen, es sei denn, ich befehle es ausdrücklich anders.»

Zehn der Bankerte hielten beim Heiligen Hengst Wache. Da wir Ihn laufen ließen, wohin Er wollte, führte Er die Männer häufig einen Wochenritt weit in die Berge, die Er so liebte. Uns war klar, daß Ihn die Bankerte keinesfalls aus den Augen lassen würden, weil sie sonst sterben mußten, und daher befürchteten wir nicht, daß Er uns davonlaufen könnte, obwohl Er schneller war als all ihre Pferde und ausdauernder als die meisten von ihnen. Immerhin wußte Er, daß das Lager mit Futter und dem vertrauten Geruch von Männern und ihren Pferden auf Ihn wartete. Auch wenn kein Grund zur Sorge bestand, Er könne uns davonlaufen, war es für mich jedesmal ein herrlicher Augenblick, wenn das weiße Gottwesen in der Klamm über unserem Lager auftauchte und das Licht der Sonne in

Seiner Mähne spielte. Jedesmal erfüllte mich große Dankbarkeit, wenn Er sich mit hochgewölbtem Hals den erhabenen Weg über den steinigen Pfad hinab zu Seinem Tempel suchte. Unterdessen wuchs das Tier zu jener Vollkommenheit heran, die Harrap bereits in Ihm sah. Zu der Zeit, da der Auszug zur Expedition feierlich verkündet wurde, stand Es mit Seinen fast zwei Jahren in der frühen Blüte des Lebens.

Von Zeit zu Zeit nahm Harrap den Platz eines der Bankerte ein und ritt selbst mit auf den Wegen, über die der Hengst zog. Wenn ich diese Aufgabe hin und wieder übernahm, blieb Harrap zurück, um im Lager für Ordnung zu sorgen. Einige wenige Male unternahmen wir alle gemeinsam einen Ausritt aus den Bergen hinaus, weil wir sehen wollten, wie geschickt sich der Hengst herumwarf und dahinflog, dem Rauch im Winde gleich.

«Es ist eine erstklassige Vorbereitung», erklärte Harrap. «Ich muß jede seiner Bewegungen kennen und wissen, wie er sich auf unterschiedlichem Gelände und bei ungünstigem Wetter verhält. Zwar ist mir verboten, Ihn abzurichten, aber erproben werde ich Ihn doch dürfen.»

Weder die Herrlichkeit des Hengstes noch die langen Jagden durch die Berge, die bis an die Wolken stießen, vermochten mich von den täglich vielfältigeren Pflichten abzuhalten, die meine Aufgabe, das Lager zu leiten, mit sich brachte. In den ersten Wochen stieß außer einer Hundertschaft Panzerreiter eine Hundertschaft Bogenschützen zu uns, die Söhne von Bogenschützen waren, sowie ein Trupp von hundert Freisassen, jeder von ihnen Sohn eines Freisassen. So sah Prinz Harraps Aufgebot aus, das die Brahmanas verlangten. Zusammen mit Ranbirs dreihundert Gardisten und den zweihundert Fußsoldaten hätte unsere Kampfstärke etwas über neunhundert betragen, doch da immer wieder Neuankömmlinge aus eigenem Antrieb zu uns stießen, umfaßte die von Harrap als «Stoßtrupp» bezeichnete Hauptstreitmacht stets mindestens zehn und zeitweilig sogar elf Hundertschaften. Außerdem bekamen verschiedene reguläre Einheiten den Befehl, sich uns anzuschließen – gewöhnlich die widerspenstigsten. Als unsere Streitmacht am Ende des dritten Monats ihre Sollstärke erreicht hatte, geboten wir über nahezu fünfundzwanzig Hundertschaften erstklassiger Krieger.

Inzwischen war der Winter gekommen, der blau-kalte und pulvertrockene Gebirgswinter. Unseren Kriegern blieb die Winterruhe versagt, während derer sie sich mit ihren Frauen hatten vergnügen wollen – oder mit den liederlichen Frauenzimmern, die trotz Harraps Verbot gekommen waren und im benachbarten Tal ein kunterbuntes Lager aufgeschlagen hatten, nahezu ebenso groß wie unser eigenes. Im Gegenteil: die Truppen wurden noch schärfer herangenommen als im Herbst, denn jede Einheit sollte an jeweils genau zugewiesener Stelle ihre Pflichten erfüllen können. Alle lernten den Umgang mit den dreihundert Kamelen und den fünfhundert Jaks, die Harrap aus der Heimat seiner Mutter herbeigeschafft hatte. Die Männer von Ranbirs Gebirgstruppe mühten sich nach wie vor mit ihren Pferden ab. Sitzriesen, die sie waren, boten sie mit ihren kurzen Beinen im Sattel einen lachhaften Anblick. Harrap bestand darauf, daß sie ebenso reiten lernen müßten wie die Männer aus dem Tiefland, doch würden die königliche Garde und die regulären Fußtruppen nicht zu Pferde kämpfen müssen. Mit Ausnahme der Bankerte wurde die gesamte Streitmacht gründlich in der Taktik der Fußtruppen gedrillt. Bekümmert schüttelte Tamars Vater Mirab den Kopf und sagte eine Katastrophe für den Fall voraus, daß man Kamardols flinke Reiterei als Infanteristen verwendete. So lange spottete Harrap über die Bedenken des Alten, der schon so oft über die Grenze in Nachbarreiche eingefallen war, und rief ihm ins Gedächtnis, daß sie beide zu Fuß hatten weiterkämpfen müssen, wenn man ihnen während der Schlacht das Reittier unter dem Leib zusammengehauen hatte, bis dessen wohlgeformter Kopf mit seiner weißen Mähne vor Gelächter hin und her zuckte.

«Ich würde mich nicht wundern», fügte Harrap hinzu, «wenn du mir als nächstes weiszumachen versuchtest, daß die Gebirgstruppe nie wieder zu Fuß kämpfen wird, weil ich dafür gesorgt habe, daß die Männer reiten lernen, und ihnen damit die Möglichkeit zur Flucht eröffnet habe.»

Zu meiner Überraschung hörten wir von den jungen Reitereioffizieren, den parfümierten Galanen, die nie den geringsten Zweifel daran ließen, daß Kamardols Kavallerie die Krone der Menschheit sei, keinerlei Klagen über die neue Taktik. Niemand war eifriger als Anand, der Leutnant, der uns bei unserer Rückkehr von der ersten Expedition an den Türmen so kühl begrüßt hatte. Trotz der Bedenken, die ich äußerte, als er mit seinen Leuten zu uns stieß, hatte ihm Harrap erlaubt zu bleiben.

«Es kann nichts schaden, ein paar Buddhisten in unseren Reihen zu haben», sagte er, «auch wenn ich wetten möchte, daß der hier in erster Linie Kavallerist, in zweiter Linie Krieger und erst ganz zum Schluß Buddhist ist.»

Als sich die Reiterei schließlich doch beschwerte, galt die Klage nicht der Härte und Eintönigkeit des beständigen Drills. Sie zeigten sich gekränkt, nachdem Harrap sie angewiesen hatte, die behaglichen steinernen Unterkünfte mit Strohdächern zu zerstören, die wir errichtet hatten. Beim Bau der Jurten, die wir nördlich der Berge gesehen hatten, stellten sie sich betont unbeholfen an, um den Eindruck zu erwecken, sie seien nicht dazu imstande. In Wahrheit aber ließen sich diese Filzzelte sehr leicht aufstellen. Ihr Traggerüst bestand aus eingekerbten Weidenruten, die so miteinander verbunden wurden, daß ein halbkugelförmiger Rahmen entstand, auf den einander überlappende dreieckige Bahnen aus schwerem Filztuch gelegt wurden. Um den Wind von diesem Filztuch abzuhalten, konnte man zusätzlich eine geflochtene Außenwand aus Röhricht errichten. Bei den Reitern der Steppe beherbergte eine Jurte jeweils eine Familie von fünf oder sechs Köpfen, wobei jeder hinter seinem Sattel einige Teile mitführte. Harrap ordnete an, daß sich je zwölf Männer eine Jurte zu teilen hätten, weil dann der einzelne weniger Gewicht transportieren mußte. Außerdem könnten sie einander besser wärmen. Zwei Einheiten der leichten Reiterei erklärten, unter diesen Umständen würden sie lieber im Schnee schlafen.

Eine Woche lang hielten wir Frieden, weil die Abweichler um so verbohrter wurden, je mehr sich ihre Kameraden über ihren Hang zur Unbequemlichkeit lustig machten und je mehr sie an Fluß und Fieber litten. In der Abenddämmerung des achten Tages schickte Harrap nach einem langen Blick zum Himmel die beiden Einheiten – mit den Kranken zweihundert Männer – zu einem Gewaltritt, bei dem sie in zwei Tagen zweihundert Meilen zurücklegen mußten. Als sie nach vier Tagen noch nicht zurück waren, folgten er und ich mit Ranbirs Männern ihrer Spur auf dem schaukelnden Rücken unserer Kamele. Wir fanden sie zwanzig Meilen vom Lager entfernt an einem Paß, wo der Schneesturm sie eingeholt hatte. Die Pferde waren im weichen Schnee eingesunken, und in Decken und Umhänge gehüllt, kauerten die Reiter, die keine Jurten hatten mitnehmen wollen, in Löchern, die sie in den Schnee gegraben hatten. Sie waren sehr geschwächt und schleppten sich auf der von den Kamelen mit ihren breiten Hufen getretenen Spur ins Lager zurück.

Obwohl wir bei dieser Unternehmung siebenundzwanzig Männer und über fünfzig Pferde einbüßten, die sich die Beine gebrochen hatten oder deren Nüstern voll Eis waren, beklagte Harrap den Verlust nicht so sehr, als daß er darüber geredet hätte. Noch bevor die Reiter absitzen durften, versammelte er seine gesamte Streitmacht und teilte allen mit: «Berge und Steppen stellen ihre eigenen Herausforderungen, und die sehen anders aus als bei uns im Tiefland. In einem Jahr werdet ihr diesen Winter und euer eingebildetes Leiden für das auf Seide gebettete und parfümierte Wohlleben der Himmel selbst halten.»

Von Zeit zu Zeit schickten wir Einheiten mit so allgemeinen Anweisungen aus wie beispielsweise: «Sucht etwas, das uns überrascht.» Manchmal folgte der ersten Einheit eine zweite und legte ihr einen Hinterhalt. Meine Einwände tat Harrap mit der Begründung ab, die ständige Wachsamkeit, welche die Männer auf diese Weise lernten, sei durch die wenigen Todesfälle billig erkauft, zu denen es kam, weil nicht alle sofort merkten, gegen wen sie kämpften.

Meine Lieblingstrophäe von jenen Streifzügen war ein geäderter vielfarbiger Steinbrocken im Gewicht von zwanzig Männern, den Anands Reiter auf einem aus Ästen verfertigten und von vier Pferden gezogenen Schlitten mitbrachten. Gelassen erklärte der Leutnant: «Es ist ein Splitter von Schiwas Fußbank.» Mehr zu sagen war er nicht bereit.

Am verblüffendsten allerdings war der Fang, der den Gebirgstruppen gelang. Sie brachten ein sonderbares struppiges Geschöpf mit, das halb wie ein Bär und halb wie ein Affe aussah. Größer als der hünenhafteste Mann, war sein Leib nicht mit Fell bedeckt, sondern mit rauhem rötlichem Haar. Noch nachdem es drei Tage gefesselt quer über einem Pferderücken gelegen hatte, machte es Gesten, die etwas zu bedeuten schienen. Am nächsten Tag starb es, und Ranbir lachte vor Schadenfreude, waren doch drei seiner Männer den Wunden erlegen, die es ihnen zugefügt hatte, bevor man es hatte fesseln können.

Wenige Tage nach dem Tod des Bären-Affen rief Harrap alle Offiziere zusammen. Wir trafen uns in dem einzigen Gebäude, das er hatte stehen lassen, einem aus Stein und Holz errichteten saalartigen Bau. Gewöhnlich diente es ihm und mir als Hauptquartier. Auch die von Harrap zusammengezogenen Handwerker arbeiteten dort – Huf- und Waffenschmiede, Schneider, Zimmerleute und so weiter. An den Wänden stapelten sich grobe Jutesäcke voll Getreide, glänzende Pferdegeschirre und Sattelzeug sowie große Haufen von Stoff, und in den glatten Spitzen von Spießen und Pfeilen spiegelte sich das gelbe Licht der Fackeln. Ich stand im Halbdunkel hinter Harrap und nahm das Bild der Vielfalt dessen in mich auf, was wir für den Auszug zusammengetragen hatten. Über den gehämmerten Brustpanzern der Reiterei-Offiziere öffneten sich Umhänge aus verfilztem Schaffell, und mit Edelsteinen besetzte Schwertknäufe ruhten auf groben Reithosen aus braunem Filz. Unter ihren quadratischen blauen Helmen sahen die Schlitzaugen von Ranbirs Leutnants bewegungslos geradeaus. Unruhig schweiften die weit auseinander stehenden blauen und grauen Augen der Stammesangehörigen aus dem Nordwesten über das Ganze hinweg. Schmale Adlernasen in scharf gefurchten Gesichtern waren fragend auf die ausdruckslosen Züge von Bergbewohnern aus dem Osten gerichtet, und die vielen Tönungen der Gesichtsfarbe zwischen Weizengold und Teakbraun waren ein getreues Spiegelbild des Dutzends von Rassen, die in Kamardol miteinander lebten.

«Meine Herren!» durchschnitt Harraps tiefe Stimme die allgemeine Unterhaltung. «Meine Herren! In diese Anrede schließe ich Prinzen, Brahmanen und auch Berittene ein... Meine Herren, wir alle kennen unser Ziel, soweit uns das möglich ist. Weder ich noch die Obristen Mirab und Jakir – und ich glaube, ich darf sagen, nicht einmal die Priester – wissen genau, worum es dabei geht. Doch was wir wissen, hat uns hergeführt.»

Das Gelächter, das die gegen die Reiterei gerichtete Spitze hervorgerufen hatte, erstarb, als er von unserem unbekannten Ziel sprach, und erhob sich erneut, als er über die Priester spöttelte.

«Meine Herren, ich kann nicht sagen, was ich nicht weiß, kann euch die genaue Natur unseres Ziels nicht enthüllen. Aber ich kann euch sagen, auf welche Weise wir uns bemühen werden, es zu erreichen. Vielleicht bringt ihr dann mehr Verständnis für die verrückt erscheinenden Unternehmungen auf, die ihr in den letzten Monaten unter meinem Kommando habt auf euch nehmen müssen. Ich weiß, daß manche von euch glauben, die Verrücktheit liege nicht in den Unternehmungen, sondern in meiner Person.»

Beschämte Erleichterung mischte sich in das erneut aufbrandende Gelächter, und verschiedene Angehörige der Reiterei betrachteten aufmerksam die glänzend polierten Helme, die sie in ihren Händen hielten.

«Es hat Eroberungen und auch Expeditionen gegeben. Manche waren es nur dem Namen nach, andere mieden Fährnisse absichtlich. Niemand hat je ein Wagnis wie das unsere auf sich genommen. Zwar marschieren wir nicht, um zu erobern, doch werden wir auf keinen Fall von der Spur des Hengstes abweichen. Wir sind Marionetten in den Händen der Götter. Das, vermute ich, wußtet ihr, denn ihr kennt mich.»

Seine Stimme wurde leiser und zwang die Anwesenden zu verstärkter Aufmerksamkeit.

«Aber ich denke, es ist der Götter Wunsch, daß wir mit allen verfügbaren Mitteln danach trachten, uns zu bewahren – und den Göttern besser zu dienen. Da wir ins Unbekannte ziehen, muß sich jeder so gut wie möglich kennen, mit all seinen Stärken und Schwächen. Das gilt für jede Einheit und für jeden Einzelnen, ob Offizier oder Unteroffizier. Es gilt gleichfalls für die Mannschaftsdienstgrade. Zu ihnen werde ich später sprechen.

Denkt euch einen breiten Lanzenschaft mit einer diamantscharfen Spitze, die mit der Wildheit eines von einem Steilabfall in den Abgrund stürzenden Felsens zustößt. Trotz seines Gewichts ist dieser Lanzenschaft in jeder Beziehung ausbalanciert und gehorcht der kleinsten Bewegung des Mannes, der ihn handhabt. Dieser Mann bin ich.

Nun denkt euch nicht einen einzigen massigen Schaft, sondern einen, der aus einer Vielzahl von Pfeilen besteht. Jeder von ihnen gehorcht in vollkommener Weise dem Willen dessen, der ihn lenkt. Das seid ihr, meine Herren. Wir sind ein einzelner Schaft, zugleich aber auch eine ungeheuer große Zahl flinker Pfeile, jeder von seiner eigenen Klugheit geleitet, so daß er, wenn es nötig ist, einzeln angreifen kann – oder die Flucht ergreifen.»

Mit großer Gewissenhaftigkeit hatten Harrap und ich diese Ansprache vorbereitet. Wir wollten mit so einfachen Worten wie möglich unsere Vorstellung von einer Kraft vermitteln, die so schnell zustößt, daß sie den Feind trifft, bevor er etwas von ihrer Existenz weiß, einer Kraft, die sich unablässig bewegt, so daß der Feind sie ebensowenig zu einem massierten Angriff zu stellen vermag wie eine Rauchfahne. Als Harrap den Versammelten mitteilte, daß wir uns mitunter zur Flucht wenden würden, antwortete ihm atemloser Unglaube, und ich wußte, daß er ihnen das noch oft würde erklären müssen.

Dennoch verließen er und ich das befestigte Lager am folgenden Tag – mein Ziel war die Königsstadt, und Harrap wollte die Lager des stehenden Heeres inspizieren. Mirab blieb als Befehlshaber zurück und wurde ermahnt, keinesfalls einzugreifen, solange nicht gerade eine Katastrophe abgewendet werden mußte.

«Die Leute sollen ruhig eine Zeitlang ihre eigenen Fehler machen», wies ihn Harrap noch aus dem Sattel herab an. «Sie haben sich zu lange den meinen unterwerfen müssen.»

Die Behaglichkeit, die Kamardol zu bieten hatte, war mir ebenso hochwillkommen wie die Erregung, die man ausschließlich in einer großen Stadt vorfinden kann. Dennoch kehrten meine Gedanken häufig zu unserem kriegerischen Lager zurück, das für mich größere Wirklichkeit besaß als die Steinbauten und das hektische Leben der Königsstadt. Das Feilschen beim Erwerb dessen, was wir benötigten, wie auch die Beratungen mit den Priestern für die bevorstehende Weihe des Hengstes hielten mich lange auf, und so sah ich Tamar lediglich einige Stunden. Da es ihre Zeit des Mondes war, konnten wir nicht beieinander liegen, doch machte sie mir wegen meiner Treue zu Harrap und meiner Bindung an die Expedition keine weiteren Vorwürfe. Statt dessen dankte sie mir für das Leben ihres Vaters, und da wir nicht über unsere eigene Zukunft sprechen konnten, die es nicht geben durfte, berichtete sie mir den Klatsch, den sie am Hofe gehört hatte. Tschandra und Gupta waren bereits vor ihrer Inthronisierung in vielem unterschiedlicher Meinung, doch das Volk schien zufrieden. Insgesamt war der Aufenthalt in der Stadt für mich äußerst nichtssagend, und so war ich froh, ins Lager zurückreiten zu können.

Harrap, einen Tag vor mir zurückgekehrt, blieb nur wenige Tage, gerade lange genug, um einmal mit den Truppen auszureiten. Dann machte er sich selbst nach Kamardol auf, denn seine Anwesenheit bei der Inthronisierung war unerläßlich. Einer von uns beiden mußte bei den Streitkräften bleiben, und es war mir durchaus recht, nicht mitreiten zu müssen.

Nach zwanzig Tagen kehrte Harrap zurück, neben sich den zum Begleiter unserer Expedition ausersehenen Priester, der so unbeholfen und steif im Sattel saß wie eh und je. Es war zu erkennen, daß ihre Beziehung jetzt auf einer anderen Grundlage ruhte. Beide sprachen, voll Wohlbehagen lästernd, abwechselnd von der Inthronisierung. Während ich ihrem Bericht lauschte, fiel mir mit einem Mal auf, daß auch zwischen Harrap und mir eine andere Beziehung entstanden war. Ich hatte Pflichten übernommen, die eigentlich ihm zukamen, und so waren wir nicht mehr zwei miteinander verbundene Teile, die in Denken und Handeln ein Ganzes bildeten. Ich war jetzt mehr als sein «getreulicher Schatten und klügeres Echo» – so hatte er mich einst genannt.

Die Inthronisierung, teilten sie mir mit, habe mit Bezug auf das dabei vergossene Opferblut und aufgewendete Gold alles Dagewesene weit übertroffen, denn sogar der Knauserer Tschandra erwies sich als spendabel, wenn es darum ging, das Volk an den Thron zu binden. Zum persönlichen Wappentier hatte er den Elefantenbullen erwählt, und Gupta die Königskobra, beides Tiere, die landläufig für ihre Weisheit wie ihre Stärke bekannt waren.

«Manche allerdings sprechen von der Sau und der Schlange, weil sie der Ansicht sind, daß das besser zu ihrem Wesen paßt», sagte Harrap. «Jetzt habe ich alles getan, was in meinen Kräften steht, die Anordnung meines Vaters zu erfüllen.»

Der Priester äußerte sich vor allem über die äußere Form der Zeremonie und die dabei dargebrachten Opfer. Da das ein Gespräch von einem Brahmanen zum anderen war, erläuterte er den Ablauf des Rituals zur Inthronisierung von Zwiekönigen in allen Einzelheiten. Mir allerdings war mehr daran gelegen zu erfahren, welche Stimmung in der Königsstadt herrschte, darüber aber sagte er nichts. Mich belustigte die Begeisterung, mit der er das Scheinopfer beschrieb, bei dem ein Unberührbarer der Erdmutter dargebracht wurde, der uralten Gottheit, die er einst gefürchtet hatte.

«In einem gespaltenen Ast haben sie den Burschen herumgewirbelt», erinnerte er sich, «und fast hätten sie ihn damit wirklich zu Tode gebracht. Wo er zwischen den Asthälften steckte, hat er ein paar gebrochene Rippen. So bedauerlich dieser Rückfall in die alten Riten in gewisser Hinsicht war, so aufschlußreich wäre es dennoch gewesen, sie bis zum Ende beobachten zu können. Nötig war die Sache auf jeden Fall, geht es doch um die Göttin der Zerstörung und Geburt, die Quelle der Vielfalt. Wie hätten wir ohne sie zwei Könige zugleich ernennen können?»

«Und was ist mit unserem eigenen Vorhaben?» unterbrach ich ihn schließlich. «Wie stehen die Zeichen für die Expedition?»

«Ach ja, die Expedition.» Meine Frage riß den Priester aus seiner Selbstversunkenheit. «Alles steht zum besten – wie auch nicht?»

«Tschandra machte mir nicht gerade einen begeisterten Eindruck», merkte ich mißmutig an.

«Richtig beobachtet», gab Harrap zur Antwort, «aber welche Wahl bleibt ihm?»

«Er *muß* in den Auszug einwilligen», fügte der Priester hinzu. «Er hat es uns zugesichert. Hielte er nicht Wort, würde ihn Gupta dazu zwingen. Die beiden sind unauflösbar ineinander verstrickt. Außerdem wünschen sie Harraps Abwesenheit mehr als seinen Rat oder seine unmittelbare Unterstützung.»

«Beide werden uns mit Sicherheit so viele Hindernisse in den Weg legen, wie sie nur können», sagte Harrap beiläufig.

«Hindernisse?» wiederholte ich.

«Aber ja», sagte der Priester, «damit ist zu rechnen. Sie werden alles daran setzen, uns kurz zu halten. Es ist ungefähr so wie bei quengelnden Kindern; man schenkt ihnen gefährliches Spielzeug, damit sie Ruhe geben, behält sie aber danach besonders gut im Auge, weil sie sich verletzen könnten.»

«Gerade jetzt», fügte Harrap hinzu, «stellen sie einen Trupp von hundert alten Schindmähren zusammen. Tschandra wird darauf bestehen, daß sie mit uns ziehen, da das in den Brahmanas vorgesehen ist. Mit denen kämen wir höchstens hundert Meilen weit.»

«Was können wir tun?» fragte ich bedrückt. «Zurückweisen dürfen wir die Tiere nicht, da es der Vorschrift entspricht, sie mitzusenden. Vielleicht kann man das Volk dazu bringen, daß es sich erhebt, um zu erreichen, daß wir frei schalten und walten können.»

Dieser Einfall, der mir gerade erst gekommen war, sagte mir zu. Ich hatte den Eindruck, inzwischen ebenso geschickt mit Intrigen umzugehen wie der Priester. Dieser aber lächelte mitleidig.

«Das Volk, Jakir, begeistert sich im Zusammenhang mit der Expedition lediglich für den äußeren Rahmen: die Geschenke und die Wettkämpfe, bei denen Blut fließt.

Dem Volk ist die Wirklichkeit noch weniger wichtig als Tschandra und Gupta, denen Ruhm winkt, wenn das Abenteuer glückt, und die Harrap los sind, wenn es fehlschlägt.»

«Und wie geht es jetzt weiter?» wollte ich wissen. Erneut kam ich mir vor wie ein blutiger Anfänger. «Bedeutet das, daß wir in der Falle sitzen?»

«Es gibt andere Texte und andere Deutungen», gab der Priester zur Antwort.

«Und sobald wir Kamardol hinter uns haben», sagte Harrap, «bestimmen nur noch die Götter.»

13

Das Frühjahr kam nur langsam über unsere Berge gezogen. Es erreichte uns, als wir unsere Taktik erst zur Hälfte gelernt, erst die Hälfte unserer Vorräte angehäuft und die Hälfte unserer Waffen geschmiedet hatten. So jedenfalls schien es mir, der ich eng in den Tagesrhythmus des Lagers eingebunden war. Doch Harrap lachte über meine Enttäuschung, als bei einsetzender Schneeschmelze Mensch wie Tier durch die brüchige Kruste brachen und hilflos im saugenden Matsch versanken, wobei ihnen das Gemisch aus Wasser und Eis die Nasen verstopfte.

«Jakir», sagte er, «du hast deine neue Rolle zu gut gelernt. Seit es zwischen den Menschen Kriege gibt, war keine Streitmacht je vollständig gerüstet, und kein Adjutant war je der Ansicht, seine Leute seien mehr als zur Hälfte vorbereitet. Zieh eine Weile mit dem Hengst und den Bankerten in die Berge und laß all das kleinliche Durcheinander hier hinter dir. Nimm deine Laute und zaubere die Frühlingsblumen unter dem Schnee hervor. Ich sehne mich nach ihrem Anblick.»

Gern verließ ich das befestigte Lager, wo ich Tag für Tag zu der Aufgabe erwachte, mich über fehlendes Zaumzeug und unauffindbare Speere ärgern oder wieder einmal Medizin für von Kolik befallene Pferde und lahmende Kamele abwiegen zu müssen. In der warmen, feuchten Frühlingsluft der Berge vergaß ich das Gezänk der Männer aus den verschiedenen Teilen des Reiches und die Intrigen ihrer Priester. Außerdem begann ich einen großen «Gesang des Auszugs» abzufassen.

Lediglich zwei Tage waren mir vergönnt, an denen ich dem Hengst durch die erwachenden Berge folgen durfte. Unlustig und ängstlich wagte er sich nicht auf Hänge, die unter dem Gewicht seiner Hufe ihre Gestalt veränderten. Die Bankerte langweilten sich. Nur mit wiederholten Befehlen und beständiger Wachsamkeit ließ sich verhindern, daß sie den Hengst zurück ins Lager trieben. Doch am zweiten Tag wandte Er den Kopf unserem Tal zu, und wir folgten Ihm. Ich hatte mich damit abgefunden, daß ich mich erneut meinen Aufgaben widmen mußte, und die Bankerte trugen Verlangen nach den Wonnen des Lagers: sich um die Wette mit Wein vollaufen lassen, mit Hölzchen um Gold knobeln und sich um die Weiber im Nachbartal prügeln.

Als wir das Tal erreichten, war das Lager verschwunden, wie fortgezaubert. Gekenterten Booten gleich trieben die Halle des Rates und der Tempel des Hengstes mit windschiefen Mauern in einem See aus schwarzem Schlamm, der an die Ränder mit lila Freesien übersäter Hänge schlug. Die widerwärtig riechenden Jurten, denen die Sehnsucht der Bankerte gegolten hatte, waren – zusammen mit allen Wimpeln, Waffen und Vorräten – in Packtaschen und auf Bagagewagen verschwunden.

Unsere gesamte Streitmacht war über die Felsbänder um unser Lager herum verteilt. Halbnackt lagen die Krieger in der Sonne. Kleidung und Waffen hatten sie zum Trocknen um sich ausgebreitet. Die meisten nutzten die Ruhepause dazu, Nähte und Säume ihrer Kleidungsstücke nach Läusen abzusuchen, andere säbelten mit Dolchen am langen Haupthaar und den verfilzten Bärten von Kameraden herum. Die Weiber im Nachbartal jammerten – Harrap hatte Befehl gegeben, daß sie uns nicht zur Königsstadt folgen durften.

«Hallo, Jakir!» begrüßte er mich. «Ich habe deine Arbeit erledigt. Jetzt tu du meine: Bring diese vollgefressenen faulen Burschen auf die Beine!»

Ich löste die Laute vom Sattel und intonierte, nachdem ich einige Male probehalber an den Saiten gezupft hatte, «Die Heimkehr der Krieger»:

Wir haben zwischen diese leuchtende Stadt und des Königs Feinde
Einen Vorhang aus Angst gelegt.
Wir haben die Zauberkraft dieses Ringes
Bis zur Himmelshöhle getragen, wo schlafend
Die Jahre liegen, bis die Erde, die sie erschafft,
Alle weckt – zu herrschen und zu sterben.

Während ich die ersten Verse sang, legte sich Stille über das Lager. Harrap stimmte als erster in den Refrain ein, dann schlossen sich weitere Männer an:

O ihr Mädchen Kamardols,
Die Krieger kehren heim von der Schlacht.
Hört, ihr bedächtigen Frauen der Städter
Die Krieger kehren heim von der Schlacht.
Mit sich führen sie das Leben von zehntausend Feinden,
Das sie euch zwischen die weichen Schenkel legen,
Um weitere Krieger zu zeugen.
Die Krieger kehren heim von der Schlacht.

Kaum war der Refrain zum ersten Mal erschollen, kam Leben in die dreist grinsenden Krieger. Nachdem sie ihn mit ihren rauhen Stimmen zum letzten Mal hinausgebrüllt hatten, verlor sich das von den Bergen zurückhallende Echo, das der feuchte Bewuchs schon dämpfte, der sich über alles gelegt hatte, im Klirren von Zaumzeug, dem gleichmäßigen Aufprall von Schwertscheiden auf Rüstungsteile und in den Klagelauten der neugeborenen Fohlen. Endlich hatten wir uns auf dem Boden, den allmählich der Frühling eroberte, in Marsch gesetzt.

Zuerst bewegten wir uns mit den trägen Wellenbewegungen einer Schlange, die nach ihrem Winterschlaf halbblind aus dem auftauenden Sumpf kriecht. Die Expedition hatte ihren Anfang genommen, auch wenn die Weihe noch bevorstand. Dennoch war mein erster Auszug mit dem schwergeprüften Kern unserer Streitmacht aus der verfinsterten Königsstadt feuriger gewesen. Die Gelenke von Mensch und Tier waren steif geworden vom Zögern, das Tal zu verlassen, das durch die Gewohnheit von sechs Monaten zu ihrem Zuhause geworden war. Auch waren wir nicht imstande, uns von dem langen Troß all jener zu befreien, die den Winter im Nachbartal verbracht und sich dem Auszug aus dem Lager angeschlossen hatten – Ehefrauen, Huren, Kinder, fliegende Händler, Wahrsager, Akrobaten, Tänzerinnen und Schauspieler. Ihre halb sichtbare, aber stets unüberhörbare Gegenwart schwächte den Willen der Krieger, als seien ihnen die Hände gebunden. Die Reiter hielten die Zügel ihrer unwilligen Tiere lose.

Doch nichts von all dem, was seinen ausdrücklichen Anweisungen zuwiderlief, konnte Harraps gute Laune so beeinträchtigen, daß er Ungeduld an den Tag legte oder die Krieger zur Eile antrieb. An seiner Miene erkannte ich, daß es noch nicht Zeit war, die Wirkung meines neuen Gesangs zu erproben. Ohnehin war dieser noch nicht ganz fertig. Lediglich der Priester, der nach dem langen Winter aufgequollen und blaß aussah, murmelte, er fürchte, wir würden den Schauplatz unserer Weihe nicht bis zum festgelegten Tag und zur festgelegten Stunde erreichen. In seiner Ungeduld betete er uns dem Ziel entgegen, wobei er die Götter anflehte, die Marschsäule trotz der Sorglosigkeit des Kommandierenden voranzutreiben.

So gelangten wir gemächlich über die aufblühenden Berge nach Kamardol. Als Harrap fünf Tage später die für die Zeremonie der Weihe bestimmten Einheiten abordnete, murrten die übrigen, die anfangs so träge gewesen waren, weil sie erneut die Langeweile eines Lagers auf sich nehmen sollten. Harrap riet ihnen, von seinem strengen Verbot des Unvermeidlichen abrückend, ein letztes Mal die Dienste des Trosses zu genießen. Während Mirab blieb, um die Hauptstreitmacht im Auge zu behalten, ritten Harrap, der Priester und ich Kamardols Türmen entgegen, gefolgt von den auserwählten Männern, die grölend ihrem Gefühlsüberschwang freien Lauf ließen. Es waren die hundert Prinzen sowie die Hundertschaften der Panzerreiter, Bogenschützen und Freisassen. In der mit Lichtern und bunten Wimpeln geschmückten Königsstadt, über welcher der Geruch praller Schläuche aus Ochsenhaut lag, denen an jeder Ecke Wein entströmte, hielten die Vierhundert auf dem Großen Basar an, um ihre Befehle entgegenzunehmen.

«Geht jetzt auseinander», rief ihnen Harrap zu. «Genießt diese Nacht und die nächste in vollen Zügen. Übermorgen, unmittelbar nach der Mittagsruhe, treffen wir uns mit geröteten Augen und schwerem Kopf am Rande des Festungs-Vorfeldes.»

Der Priester war seiner Gewohnheit entsprechend verschwunden. Wir beide ritten, den Hengst zwischen uns, dem königlichen Palast entgegen. Der Lärm der Königsstadt beunruhigte das Tier noch mehr als in der acht Monate zurückliegenden Nacht, da man Ihn erstmals hergebracht hatte, um Sein Geschick auf die Probe zu stellen. Menschen säumten die in der Mittagssonne liegenden Straßen, um unserem kurzen Zug zuzujubeln. Auch mir kam es vor, als sei die Wildnis trotz all ihrer Gefahren weniger angsteinflößend als diese, meine eigene Stadt.

Schon nach kurzer Zeit verflog unser Gefühl, heimgekehrt zu sein. Ich kann mich an keine Zeit erinnern, zu der ich den Königspalast nicht gekannt hätte. Die unangenehm feuchten Gänge und die Schmetterlingswolken von Höflingen, die unterirdische Küche und die von den gewaltigen Feuern geröteten, fettbeschmierten Gesichter der Küchenjungen – all das war der Hintergrund meiner frühen Jahre gewesen. Dies unveränderliche Muster hatte sich so tief in mein Wesen eingefressen, daß ich das Unbehagen, das ich empfand, als wir das Südtor erreichten, weder benennen noch wirklich glauben konnte.

Mit vor Abscheu steifem Oberkörper wies Harrap mit dem Kinn auf die Torwachen und sagte: «Ein merkwürdiger Anblick, was?»

Tausendmal war ich durch das Tor gegangen, und stets hatten mich Ranbirs untersetzte Gebirgssoldaten mit ihren quadratischen blauen Helmen eingelassen. Doch an jenem Tag hielten dort statt ihrer die Männer von Tschandras Leibregiment Wache, Krieger mit aufgequollenen Leibern und harten Gesichtern. Streng nach Vorschrift machten sie die uns zustehende Ehrenbezeigung und holten ebenso streng nach Vorschrift ihren Vorgesetzten, damit dieser uns einließ. Weder seine breiten Schultern noch sein gewaltiger Bauch paßten so recht zu seinem kurzen Wuchs, und er wirkte eher wie ein zum Garottieren kommandierter Scharfrichter als wie ein Wachoffizier. Während uns dies Spottbild eines Hauptmanns absichtsvoll lange musterte, ehe er uns schließlich grüßte, empfand ich tiefe Trauer. Ich sehnte mich nach den Tagen des Großkönigs und der festen Ordnung, die bestanden hatte, bevor seine Abdankung und die Suche nach dem Hengst die Welt veränderten. Ich hatte den Eindruck, älter zu sein als mein eigener Vater, und tiefste Niedergeschlagenheit überfiel mich.

Als wir aus dem langen Durchgang in den Hof gelangten, hob Harrap zum Zeichen des Abschieds die Hand. Wortlos übersah ich den Hinweis. Gemeinsam führten wir den Hengst in den Stall und blieben bei Ihm, bis Ihm die Stallknechte Eimer und Krippe füllten. Anschließend rieben sie Ihm die Flanken und befreiten die Mähne vom Schmutz.

«Na, immer auf dem Posten, Jakir?» sagte Harrap mit breitem Lächeln, als wir uns an der Tür verabschiedeten.

«Das ist nicht der Grund», sagte ich, seinem Scherz ausweichend. «Aber Es ist ein gutes Pferd.»

«Ja, das ist Er», gab er milde gestimmt zur Antwort.

Dann trennten wir uns. Ich suchte sogleich die Bäder auf. Kichernd verspotteten mich die Badewärterinnen – weder so jung noch so schön oder so unbekleidet wie die Ambialas – als von der Sonne versengten dreckigen Barbaren, während sie mir das verfilzte Haar kämmten und den Bart schoren. Zweimal schrubbten und spülten sie mich ab, bevor sie mir Zutritt zum Becken mit parfümiertem heißem Wasser gewährten, dennoch verfärbte es sich allmählich grau, als sich der Schmutz aus meinen Poren löste. Obwohl sich eine der Frauen, die mir die Nägel schnitt, mit Bürste und Bimsstein bemühte, wollte der Schmutz nicht von den Knöcheln meiner Finger weichen.

Ein Edelknabe brachte meine alten Gewänder herbei. Sie waren aus weißer Baumwolle, denn grobe Kleidung trug ich nicht gern, und meine Seidengewänder wollte ich in der fiebrigen Königsstadt nicht aufs Spiel setzen. Ich verließ den Palast durch das Nordtor und wandte mich dem Landhaus meines Vaters zu. Das Obergewand spannte auf der Brust und an den Schultern, und der Boden unter meinen Füßen schien zu schwanken. Monatelang war ich kaum aus dem Sattel gekommen, und dies war kein Tag, seine verkrampften Muskeln auf Kamardols Straßen zu Fuß zu erproben, denn auf ihnen ging es wild zu. Es war die Zeit des Holi-Festes, mit dem das Volk das Frühjahr begrüßt und zu lauter Musik auf den Straßen tanzt. Ich hatte es viele Male zuvor erlebt, doch nie zuvor hatte ich die feiernde Menge mit Augen gesehen, die in den endlosen Bergen den Maßstab der das Blickfeld eingrenzenden Gebäude verloren hatten.

Bevor ich hundert Schritte getan hatte, waren meine Kleider von dem gefärbten Wasser, mit dem die Holi-Tänzer freigebig umgingen, wie von dem geweihten Harn und Rinderblut, das die Feiernden aus Schaf- und Schweineblasen verspritzten, lila, grün und rot gefleckt. Neben den großen Weinschläuchen, aus denen jeder trinken durfte, waren kleine Altäre mit tönernen Abbildern männlicher und weiblicher Gottheiten errichtet. Ob elefantenköpfig, schweineschnäuzig, vielarmig oder so mit Brüsten behangen, daß sie aussahen wie ein Tannenzapfen, alle Statuen waren mit dem scharlachfarbenen Blut der auf den Altären zuckenden Opfertiere überströmt – weiße Kitzlein und gescheckte Kälbchen, braune Schweine und schwarze Hunde. Man sah weit mehr Statuen der Schwarzen Kali als bei jedem früheren Holi-Fest, und ihre Zahl überstieg die aller anderen Gottheiten, wohl weil das einfache Volk diese Göttin des Zerstörens und Erschaffens fälschlich mit der alten Erdmutter-Gottheit gleichsetzt. Da ihnen allen der gleiche tödliche Tribut dargebracht wurde, war jede von ihnen mit Schwärmen tiefschwarzer und grünschillernder Fliegen bedeckt, die laut summend den Zug der Pilger begleiteten.

Majestätisch schritten Priester durch die Straßen, scharfe Messer in den Händen, als seien es Szepter. Von ihren blutgetränkten Gewändern tropfte es auf die Pflastersteine. An jeder Ecke verhielt einer von ihnen den Schritt, um eine Silbermünze entgegenzunehmen, das Blutgeld der Götter, und einem angebundenen Opfertier die Kehle aufzuschlitzen. Angstvoll rissen die Tiere inmitten des Blutgeruchs und des atemberaubenden Weihrauchdunstes, der die Frühlingsluft verdrängte, die Augen auf und erhoben die Stimmen zu einem beklemmenden Chor. Ihr Blöken, Muhen, Quieken, Bellen und Gackern überdeckte die munteren Rufe der Feiernden und die rauhkehligen Auseinandersetzungen jener, die bereits zuviel getrunken hatten.

Auf kleineren Altären, die mitten auf der Straße standen, wurden ausschließlich Ferkel und Karnickel geopfert. Mit der Kraft der Fruchtbarkeit, die im Blut dieser Tiere so stark war, bestrich man gewaltige Phalli, eine volle Elle hoch und fünf Handbreit im Umfang, sowie Vulven, die so gestaltet waren, daß sie diese Phalli aufzunehmen vermochten. Manche entsprachen dem alten Stil, von generationenlanger Verehrung abgewetzte einfache Holzstangen oder hohle Steinovale. Andere waren mit großer Kunstfertigkeit aus Holz geschnitzt und mit den kühnsten Linien bemalt. Auf ihnen waren alle Einzelheiten lebensgetreu nachempfunden, nur um vieles größer – die schwellenden Eicheln und herabhängenden Hoden der Phalli, die in sich gewundenen Lippen der Vulven, letztere mit rauhem Stier- oder Kuhfell umgeben. Gegen Abend würden sie alle gleich aussehen. Die Rot- und Brauntöne herablaufenden und halb geronnenen Blutes würden sie ebenso bedecken wie die kleineren Phalli und Vulven, welche die Tänzer auf den Straßen über ihre kurze Kleidung geschnallt hatten. Beim Holi-Fest sind alle Bilder und ist alles Tun heilig.

Einige der Feiernden befanden sich bereits im Zustand der Ekstase und vollführten, nackt, wie sie waren, im Sonnenlicht wilde

Sprünge. Die Geschlechtsorgane der Männer waren lilafleckig und ihre Rücken mit Szenen bemalt, welche Kopulationen der Gottheiten zeigten. Oberschenkel, Hinterbacken und Brüste der Frauen glänzten vor purpurroter Farbe. Von Zeit zu Zeit löste sich ein Paar aus dem Tanz und lag einander auf der Straße bei, wobei sie sich bemühten, die von den Göttern praktizierte unendliche Kompliziertheit der Positionen nachzuahmen. Die anderen umtanzten sie in engem Kreis und stachelten den Erfindungsreichtum der Kopulierenden an, indem sie mit lauter Stimme alte Gesänge von sich gaben.

Viele Frauen – und manche Männer – zogen abgesondert durch das Gewimmel der bunten Menge. Masken bedeckten ihre Gesichter, und sie trugen vielfarbige Gewänder, die von spitz zulaufenden Narrenkappen bis zum Boden reichten. Es waren Brahmanen oder Kschatrija, deren Stolz es nicht zuließ, sich am wilden Gebaren des einfachen Volkes zu beteiligen – oder Menschen, die so taten, als gehörten sie einer der beiden vornehmsten Kasten des Hinduismus an. Frauen, die sich auf diese Weise verhüllt hatten, spreizten von Zeit zu Zeit die Ellbogen, so daß sich ihre Gewänder öffneten und zu erkennen war, daß sie darunter ebenso nackt und bemalt waren wie die anderen. Lediglich die Maske saß unverrückbar fest.

Während ich mich mühsam durch die Menge voranarbeitete wie ein Reisender durch den losen Sand der Wüste, wirbelten maskierte Frauen vor mir umher und zeigten mir ihre vor Schweiß und Begierde glänzenden Flanken und Brüste. Ich spürte, wie sich meine Lenden spannten, und in meinem Gemächt die Hitze – welche nach meiner langen Enthaltsamkeit sogar die ältlichen Badewärterinnen hatten wecken können – zunahm, so daß es anschwoll. Warum ich dennoch weiterging, kann ich nicht sagen. Doch binnen Sekunden fanden all diese Frauen, wie ich erleichtert sah, einen willigen Mann.

Auf einem Haufen Getreidesäcke mitten im Weg lag eine maskierte Frau, die goldbraunen Knie hochgezogen und die Schenkel gespreizt, während mindestens zehn Männer Schlange standen, um in sie eindringen zu dürfen. Mit lauten Rufen trieben sie alle, Fuhrleute, Lastenträger, Ladeninhaber, Dienstboten und anderes einfaches Volk, den Mann an der Spitze zu größerer Eile an. Der schmale, schweißnasse Leib und die bebenden Schenkel der Frau kamen mir vertraut vor, wenn ich auch nichts Genaues zu sagen vermocht hätte. Einen Augenblick lang überlegte ich voll bitteren Widerwillens, ob es sich um Tamar handeln mochte. Doch beherrschte ich mich und schritt weiter, wobei ich mich lediglich über meine eigene Besorgnis wunderte, ist doch beim Holi-Fest alles heilig, was ein Mensch tut.

Als ich den niedrigen Hügel erreichte, auf dem hinter einer Reihe knorriger Kiefern das Landhaus meines Vaters stand, blieb dies Treiben hinter mir. Hinter fest verschlossenen Fenstern saß mein Vater über seinen Büchern. Ich ließ die überwältigende Fürsorge meiner Mutter über mich ergehen, bis sie sich zurückzog, um nachzusehen, welche Speisen die Küchenmädchen, die gleichfalls zum lärmenden Treiben aufbrechen wollten, zubereitet hatten. Nach dem Überschwang, mit dem mich meine Mutter begrüßt hatte, bedeutete es eine Erleichterung, die forschenden Fragen meines Vaters zu beantworten. Ohne sich nach meinem Wohlergehen zu erkundigen, wollte er gleich wissen, wie wir unsere Streitkraft ausgebildet und gegliedert hatten. Ich beantwortete alles, so gründlich ich konnte, wußte ich doch, daß er als Hofchronist für die *Königliche Geschichte Kamardols* eine möglichst genaue Schilderung der Expedition abfassen würde.

Schließlich legte er die Feder beiseite und knetete seine verkrampften Finger. «Ich sehe», sagte er, den milden Blick seiner Augen auf mich gerichtet, «daß du dir das Haar wie ein Kschatrija-Krieger hast wachsen lassen. Außerdem höre ich, daß man dich Oberst nennt.»

Kaum daß er diesen Satz gesagt hatte, trat meine Mutter ein. Auf einem polierten Holztablett brachte sie die unvermeidliche schwarze Tonschüssel mit Hammelbrühe. Sie war von beredter Schweigsamkeit.

«Wenn ich Truppen befehligen soll, bleibt mir keine andere Möglichkeit», sagte ich mit betont gleichmütiger Stimme. «Das Haar lang zu tragen ist einfach praktisch. Zum einen verwischt es den äußeren Unterschied zu anderen Offizieren – und es erfordert weniger Pflege. Ich habe nicht viel darüber nachgedacht, aber ich werde es ordentlich schneiden lassen, wenn ich dir damit eine Freude mache.»

«Guter Junge, Jarie», konnte sich meine Mutter nicht verkneifen. «Dein Vater und ich werden...»

«Nein, Aminsa», fiel ihr mein Vater ins Wort. «Er muß tun, was er für richtig hält. Er hat die Aufgabe übernommen und muß sie nach besten Kräften ausführen. Später, wenn er wiederkommt, werden wir natürlich…»

«Wie du meinst, Liebling», sagte meine Mutter mit ungewohnter Nachgiebigkeit. «Trotzdem ist es eine entsetzliche Schande, daß er nicht heiraten konnte, bevor er fortging. So manches vortreffliche Brahmanenmädchen hätte keinen sehnlicheren Wunsch als…»

Die weißen Brauen meines Vaters hoben sich als Vorboten einer scharfen Antwort, doch ich legte mich ins Mittel und fragte, welche Köstlichkeit aus der Küche mich erwarte. Durch die bereitwillige Antwort meiner Mutter wurde der bevorstehende Streit zwischen meinen Eltern vermieden. In so abgeschwächter Form hatte mein Vater seine Mißbilligung dessen, was ich tat, ausgedrückt, daß man sie für eine verhüllte Billigung meines Vorhabens halten konnte, wenn auch nicht der Mittel, mit denen ich sie verwirklichte. Die Vorstellung, meine Eltern würden meine Erleichterung mit einer ihrer endlosen Auseinandersetzungen ersticken, in denen es stets um sie beide ging, war mir unerträglich, und ich, der eigentlich der verwöhnte Gast hätte sein sollen, mußte mit allem mir zu Gebote stehenden Takt dafür sorgen, daß sie ihre Umgangsformen nicht vergaßen.

Trotz der im Hintergrund lauernden Spannung nahm der Nachmittag einen angenehmen Verlauf. Als es allmählich dunkel wurde, entzog ich mich der Beharrlichkeit, mit der mich meine Mutter aufforderte, die Nacht daheim zu verbringen, indem ich dankbar das Angebot meines Vaters annahm, mich in seiner Sänfte zurück zum königlichen Palast tragen zu lassen. Ich hatte nicht den Wunsch, erneut durch Straßen zu gehen, in denen die Menschen voll Begierde dem Höhepunkt des Holi-Festes entgegenstrebten. Aufs neue nahm mir mein Vater das Versprechen ab, gewissenhaft alles für seine Chronik aufzuschreiben, und zu guter Letzt brachte ich auch den tränenreichen und sich lang hinziehenden Abschied von meiner Mutter hinter mich.

Mein persönlicher Aufbruch zur Expedition begann, als ich die Kiefernallee vor dem Haus meines Vaters hinter mir ließ, obwohl mich Tamar an jenem Abend in den Gemächern des Palastes besuchte. Ich begrüßte sie mit dem Ausdruck leichter Überraschung. Mir war nicht danach, weitere Stürme weiblichen Gefühls über mich ergehen zu lassen.

«Nanu?» spottete ich. «Kostest du nicht draußen die Freuden des Holi-Festes aus?»

«Irgendwie wollte ich nicht...» gab sie im gleichen munteren Ton zur Antwort.

Als wir einander umarmten, zerbarst unser gekünsteltes Verhalten. In jener Nacht begegneten wir einander mit wilder Leidenschaft. Die lange Trennung, die gerade hinter uns lag, und die noch längere, die uns bevorstand, entflammte unsere Leiber, so daß sie, vollständig von unserem Willen losgelöst, zueinander drängten und einander umklammerten, als wollten sie sich auf alle Zeiten miteinander verbinden.

Wir erwachten nicht beim ersten Morgenstrahl, hatten wir doch die ganze Nacht nicht geschlafen. Erst im vollen Licht der Sonne kam ich zu mir. Tamar betrachtete mich. Sie schien mir zugleich verwüstet und strahlend. Violette Schatten der Erschöpfung lagen unter ihren Augen, deren grauer Schimmer sanft und zugleich glühend war. Ein heißer Wind in mir riß alles mit sich, was Zurückhaltung und gesellschaftlicher Anstand geboten.

«Ich gehe fort, weil ich muß», sagte ich, wobei meine Worte unter dem Gewicht ihrer völligen Aufrichtigkeit taumelten. «Glaub mir, Tamar, meine Liebste, ich würde – ach, wie sehr – lieber bei dir bleiben.»

«Und wirst du zurückkehren?»

«Sofern es der Wille der Götter ist. Und dann...» Beschämt ließ ich eine Pause eintreten.

«Ja?»

«...werden wir einen Weg finden, vorausgesetzt, es ist dein Wunsch.»

«Soll ich... also... warten?»

«Tu das... wenn du möchtest», gab ich zur Antwort und gewann aus der Festigkeit meiner eigenen Stimme Zuversicht.

«Ach, Jarie, mein Liebster... wenn ich kann...» seufzte sie, die Lippen in meine Halsbeuge gelegt.

Erneut liebten wir uns, ausgiebig und hingebungsvoll, und anschließend sagte ich ihr noch einmal, was ich auf dem langen Weg suchte. Sie sprach die Frage unserer Zukunft nicht wieder an, und ich war ihr dankbar, daß sie den Augenblick nicht mit Ungewißheit beschwerte. Erst nach ihrem Fortgang, bei dem sie trotz der Tränen, die ihr über die Wangen liefen, lächelte, überlegte ich, was ich da versprochen hatte.

Ich konnte Tamar nicht gut zurückrufen, um sie zu fragen.

Außerdem hatte ich eigentlich nichts versprochen. Das Versprechen, wie sie es auslegen mochte, würde dafür sorgen, daß sie in meiner Abwesenheit zufrieden war. Doch konnte der Verlauf eines einzigen Jahres, und sei es ein Jahr der Wunder, das Unmögliche nicht möglich machen, ja, nicht einmal wahrscheinlich.

Als ich mein grobes Feldzeug anlegte, vergaß ich diese störenden Gedanken. Auch Tamar vergaß ich, als ich über das Vorfeld der Festungsanlage dorthin ritt, wo die geweihten vier Hundertschaften versammelt waren – in glänzend polierten Brustpanzern die Prinzen, unsere großspurigen Bankerte, düster in schwarzen Rüstungen die Panzerreiter, sodann die Bogenschützen, die ihre Pfeilspitzen spiegelblank poliert hatten, und die Freisassen, die ihre mit scharfen Stahlstacheln besetzten Kampfstäbe durch die Luft pfeifen ließen. An den grauen Halbkreisen unter ihren Augen, den schlaff herabhängenden Köpfen und ihrem dumpfen Schweigen erkannte ich, daß sie alle Wonnen genossen hatten, die Kamardol bot.

Wir ritten durch Straßen, die noch immer von Feiernden überquollen, obwohl die Menschen an diesem dritten Tag des Festes allmählich müde wurden. Die Menge teilte sich, um uns durchzulassen, und nur von Zeit zu Zeit beugte sich einer der Lanzenreiter an der Spitze unseres Trupps vor, um ein ineinander verschlungenes Paar aus dem Weg zu stacheln. Harrap und ich folgten ihnen, den Hengst mit Lederriemen an unsere Sättel gebunden. Ein schwarzes Tuch verhüllte Ihm die Augen, doch als Er den Blutgeruch wahrnahm, warf Er den Kopf hin und her und bäumte sich auf. Bis wir die auf halbem Wege zwischen der Königsstadt und den Türmen gelegene Weihestätte erreicht hatten, tropfte es rot von Seinen Hufen.

Wir pflockten die Tiere an und errichteten unser Lager auf der großen Weidefläche nördlich der Weihestätte, die sonst als Arena für Stierhatz und Gladiatorenkämpfe diente und jetzt still dalag. Nach den wüsten und blutigen Exzessen, welche während der vergangenen Woche die Königsstadt und die Arena beherrscht hatten, waren wir zur strengen Reinheit der Weihe gekommen. Es paßte gut, daß nach der Todespein und dem Kopulationsfieber die rituelle Wiedergeburt von schlichter Klarheit war. Bei unserem Tun waren weder Äußerlichkeiten noch Spannungsreichtum von Bedeutung; alles konzentrierte sich auf das Wesen der Tat, die den Willen der Menschen und Götter miteinander verknüpfte, so daß eins mit dem anderen zusammenhing und beide eins mit dem All waren.

Mir blieb viel Zeit für solche Gedanken, da ich beim Hengst und den Vierhundert wartete, während Harrap mit dem Priester die Weihestätte aufsuchte. Die vorbereitenden Riten, die seit einer Woche stattfanden, sollten in jener Nacht ihren Höhepunkt erreichen.

Alles wurde bereit gemacht. Vierhundert Priester – je hundert für eine Himmelsrichtung – hatten das geweihte Getreide und die großen Kessel mit Soma vorbereitet, dem Getränk, das den Menschen über den Zustand des Rausches und der Betäubung hinaus zur erhabenen Betrachtung kristallreiner Visionen der Welt führt. Es läßt ihn die Welt wahrnehmen, wie sie war, in Wirklichkeit ist und einst sein wird, wobei alles in einer Aura aus vollkommenen Regenbogenfarben leuchtet. Die Priester hatten den Strick geflochten, an dem der Hengst geführt werden sollte, und ihn mit gereinigter Butter eingefettet, dem feurigen Geist, der Pragpati heilig ist, dem obersten Gott des Ritus. Sie hatten die Soma-Gesänge und die Anbetungsgesänge für die Zerstörerin und Erschafferin Kali angestimmt und den Zwiekönigen auf goldenen Schalen Reis und zerstampften Weizen gereicht, Samen der Welt und Samen des Hengstes. Die Könige ihrerseits hatten den Priestern vierhundert Gran Gold übergeben, Samen des Alls. Diese Menge Gold hätte ausgereicht, viertausend Kühe zu kaufen, doch hatten die Könige den Priestern diese zusätzlich bewilligt.

Während ich dem unerforschlichen Wunder nachgrübelte, das in der Art liegt, wie sich die Schöpfung in irdischen Gestalten ausdrückt, mußte ich doch laut lachen. Tschandra zahlte – und gewiß war ihm schon damals, als er sich beklagte, die Expedition sei nicht nur voller entsetzlicher Gefahren, sondern auch entsetzlich teuer, klar gewesen, wieviel er würde zahlen müssen.

In jener Nacht befand ich mich außerhalb der großen Strömungen. An der Weihestätte waren die Priester in Gruppen aufgeteilt. Da gab es die in senffarbene Gewänder gehüllten Anrufer, die Opferer in Gelb, die Sänger in Safran und die Hohen Brahmanen, welche die Feier leiteten, in Orange. So, wie sie in vier Gruppen eingeteilt waren, würden vier Gruppen dem Hengst aufwarten und Ihn begleiten, denn vier mal vier ist sechzehn, die heilige Zahl der Elemente Pragpatis wie auch der Weltteile. Jedem der Priester wurden drei Portionen Reis dargeboten – «vier Schalen voll, vier Hände voll, vier doppelte Hände voll, alles in allem zwölffältig», wie es in den Brahmanas heißt. Zwölffältig ist das in seine Monate eingeteilte Jahr und zwölffältig das Seil, an welchem der Hengst geführt wird. Es besteht aus zwölf Längeneinheiten und enthält das gesamte Jahr des Pferdes, die Expedition, die alles umschließt, denn der Hengst ist alles – Schöpfer und Geschöpf, Götter und Mensch, Erde und Himmel, Priester und Edle, Menschen und Tiere. Aus dem gemeinsamen Auftreten des Sechzehnfältigen, des Zwölffältigen und des Vierfältigen entsteht das Eine, welches die vollkommene Einheit bildet, das All, welches Götter und Menschen erschafft.

Als die Priester vom geweihten Reis gegessen und vom Soma getrunken hatten, gaben ihnen die Zwiekönige erneut Gold, und zwar beide jedem der vier Hauptpriester der Anrufenden, der Sänger, der Opferer und der die Feier leitenden Hohen Brahmanen eine Goldscheibe von jeweils hundert Gran Gewicht. Daraufhin intonierte der erste Priester der Opfernden: «Feuer seid Ihr, o Könige, Licht und Unsterblichkeit!»

Da das Gold Feuer, Licht und Unsterblichkeit bedeutet, erstattete der Priester die Gabe der Könige zurück, indem er die Götter aufforderte: «Schenkt Leben und alles überragende Macht diesen Königen und ihren Gemahlinnen.» Letztere waren mit Gold behängt, das als Samen gilt; auch sie traten jeweils zu viert auf, vier für jeden der Zwiekönige.

Als die Riten des Abends abgeschlossen waren, zogen sich die Könige zurück, jeder mit seinen vier Gemahlinnen in sein privates Zelt hinter dem Großen Altar. Sie legten ihre reichen Gewänder ab, entledigten sich ihres Schmucks und legten sich unbekleidet nieder, um beieinander zu ruhen. Jeder der Könige war gehalten, mit aufgerecktem Glied zwischen den Schenkeln seiner Lieblingsgemahlin zu liegen, doch weder in sie einzudringen, noch seinen Samen verströmen zu lassen. Geschähe das doch, ob mit Absicht oder mangels Selbstbeherrschung, wäre das gleichbedeutend mit dem Verströmen des Samens der Welt, den der Hengst bedeutet. An die Stelle des Glücks und überlegener Macht, welche die Expedition vor allen anderen ihm, dem König, eintragen sollte, träte Unglück, und die Macht des Reiches würde dahingehen.

Es entzieht sich meiner Kenntnis, ob die Könige das Gebot befolgten oder nicht. Ebensowenig weiß ich, ob sie sich im Verlauf des Jahres der Expedition an die Vorschrift hielten, sich jeglicher geschlechtlichen Paarung zu enthalten, so, wie auch der Hengst keine Stute kennen durfte. Während ich den Riten in meiner Vorstellung so weit folgte, flüsterte mir eine innere Stimme zu, Gupta sehe der

Expedition wegen des Enthaltsamkeitsgebots nicht mit besonderer Begeisterung entgegen, ähnlich wie der damit verbundene Aufwand an Gold Tschandra ärgerte. Jeder von beiden blieb seiner eigenen Schwäche treu.

Wäre dieser Bericht eine Anleitung für junge Brahmanen, die nie die Weihe zum Auszug miterleben werden, würde ich über jeden Augenblick der Vormittagsriten am folgenden Tag berichten. Handelte es sich hier nicht um die Geschichte unserer Expedition, würde ich von den weiteren Gaben der Könige und den Trankopfern – Soma, Wein, Milch und halbflüssige Butter aus Büffelmilch – berichten, die ausgegossen wurden, während vierhundert Priester einen Zyklus von Lobpreisungen sangen, um die Gottheiten der vier Himmelsrichtungen günstig zu stimmen, insbesondere Waruna, der außerdem den Frühling und die Expedition verkörpert, sowie Puschan, die Erde selbst und Herr über alle Straßen und Wege. Doch werde ich nichts dergleichen tun, findet sich dies Wissen doch in hundert Büchern. Außerdem verfasse ich meine Beschreibung nicht für Priester, sondern für Menschen, die den Auftrag haben, über andere Menschen zu herrschen, vielleicht über solche, die nicht unserer Rasse oder unseres Glaubens sind. So werde ich lediglich berichten, was ich mit eigenen Augen sah, als ich an der Spitze der Vierhundert durch das offene Nordende in das große Hufeisen eintritt, das die Weihestätte bildete.

Ich selbst führte den Hengst, da ich zugleich Brahmane und Krieger war.

Die Ränge zu beiden Seiten waren bunte farbige Felder, die in der Morgensonne schimmerten. Im Laufe der Nacht hatten die Menschen in ihren schönsten Gewändern die Plätze eingenommen, wobei sie Mutmaßungen voll derber Späße über das Martyrium anstellten, das die Könige in ihren Zelten hinter dem Großen Altar litten. Als meine vier Hundertschaften, auf die vier Himmelsrichtungen verteilt, ihre Tiere zum Stehen brachten, während ich mit dem Hengst weiterritt, hielten die Zehntausende auf den Rängen alle zugleich den Atem an. Harrap und der zum Begleiter der Expedition ausersehene Priester kamen mir auf ihren Pferden entgegen.

Ich hörte, wie der Hauptpriester der Anrufenden die Litanei anstimmte: «Der Hengst ist mit allen Farben gekennzeichnet. Er besitzt vollkommene Schnelligkeit. Er besitzt den Wert von tausend, nein, zehnmal tausend Rindern. Außerdem ist Er ohnegleichen.»

Wir ritten auf das vor der aufragenden Masse des Großen Altars ausgehobene seichte Wasserbecken zu. Dort stand eine Gestalt im rehbraunen Hemd eines Unberührbaren. Sie hielt unter dem einen Arm einen Hund, unter dem anderen hing eine Keule herab.

«Er ist mit allen Farben gekennzeichnet, denn Er ist weiß», sangen die hundert Anrufenden. «Und Er ist mit allen Farben gekennzeichnet, so daß die opfernden Könige alles erlangen können, denn Farbe, die das ist, was man sieht, ist alles – und die Expedition ist alles. Er ist vollkommen in der Schnelligkeit, denn Schnelligkeit ist Kraft, und Er wird Seine Kraft den Königen mitteilen. Auch ist Er zehnmal tausend Rinder wert, denn die Zahl tausend umfaßt alles, was existiert, und die Könige werden alles gewinnen, was existiert, und über alles herrschen. Vor allem ist Er ohnegleichen, so daß die Könige mit Ihm alles gewinnen werden, sogar die Sonne, die ohnegleichen ist. So, wie niemand dem Hengst gleichkommt, wird niemand den Königen gleichkommen.»

Ich erschauerte angesichts der Lästerung, die *zwei* Königen Einzigartigkeit zusprach, etwas, das es weder der Logik noch der Vorstellung nach geben kann. Doch andere schienen den Riß im saumlosen Gewebe der Riten nicht wahrzunehmen.

Ich kannte den Paria, der schielend blinzelte, als er sich mit dem Hund unter dem Arm in das Wasserbecken kniete. Dieser Dieb und gedungene Schläger war Sohn einer der Huren des Großen Basars, ein rauher Bursche, der für Geld alles tat, wie es hieß, sogar Morde beging. Ich führte den Hengst in das Becken und ließ Ihn vor dem Paria frei stehen. Dieser warf den Hund ins Wasser, und japsend schwamm dieser dem Rand entgegen, wobei sich der Kopf des Tieres so rasch auf und ab bewegte, daß die schwarzen Flecken über den Augen den Eindruck erweckten, als habe es vier Augen.

Der Sohn der Hure hob die Keule und ließ sie auf den Schädel des Hundes niederfahren, daß man den Knochen krachen hörte. Blut zog in rosafarbenen Bändern durch das flache Wasser, während das Tier starb.

Reglos war der Hengst stehengeblieben, vom Geist der Gottheit beruhigt. Doch der Blutgeruch reizte Seine Nüstern. Er warf den Kopf hoch und schlug mit den Hinterläufen aus. Ein Huf traf den Paria an der Schläfe, so daß er ins Wasser stürzte. Als die Priester kamen, um dem Hengst das geweihte Seil um die Schultern zu legen, stieg der zum Begleiter der Expedition ausersehene Priester ins Wasser und wandte den Unberührbaren um. Er löste seinen Griff, und das Gesicht des Mannes drehte sich wieder nach unten.

«Es ist gut», flüsterte mir der Priester zu. «Der Sohn der Hure ist tot. Da wir den Segen des zweifachen Blutopfers empfangen, ist alles Übel verscheucht.»

Die Priester führten den Hengst vor den Großen Altar, während wir neben dem Wasserbecken warteten, in welchem die beiden Leichen trieben. Die Zeremonie dauerte lange. Der Hengst wurde gesalbt, Gesänge erschollen, weitere Geschenke an die Priester wurden übergeben und die Aufforderungen an sie wiederholt, den Zwiekönigen in allem zu dienen. Als der letzte Widerhall der letzten Anrufung erstorben war, traten der zum Begleiter der Expedition ausersehene Priester und ich abermals vor. Ich flüsterte dem Hengst ins rechte Ohr, und er ins linke.

«Fruchtbar ist Deine Mutter, und Dein Vater voll der Stärke, denn Deine Mutter ist die Erde, und Dein Vater der Himmel. Ein Hengst bist Du, ein Schlachtroß bist Du, ein Reittier bist Du.»

Das Auge, an jenem Vormittag grau, sah zu mir her, und der kräftige Hals erbebte.

«Kind wirst Du genannt», flüsterten wir, «und niemand ist schneller als Du. Du bist das beste aller Pferde, und das Vorbild aller Menschen. In Deiner Gestalt zeigt sich die Gestalt der Erde.»

Priester banden die hundertundacht Opfertiere an die Pflöcke, an denen sie geschlachtet werden sollten. Nachdem Harrap und ich uns vor den Zwiekönigen und deren Gemahlinnen verneigt hatten, führten wir den Hengst in die Mitte der Arena. Der Begleitpriester der Expedition überreichte uns, bereits zum Aufbruch bereit auf seinem Reittier sitzend, die goldenen Fäden der Weihe und verpflichtete uns mit geheimen Worten auf die Expedition, wobei er die Fäden an unserer Stirn befestigte. Seine Stimme erhob sich, um jeden Winkel der Weihestätte zu durchdringen, und er begann: «O, Ihr Götter, Wächter der vier Himmelsrichtungen, bewahrt diesen den Göttern geweihten Hengst. O, ihr Männer, die ihr mit dem Hengst reitet, die Götter der vier Himmelsrichtungen sehen auf euch. Bewahrt Ihn wohl und laßt Ihn ein Jahr lang vorwärtsstreben. Für den Fall, daß Er umkehrte, würde sich hier in Kamardol alles umkehren und dem Untergang entgegenstreben.»

Die schrecklichen Worte hallten in der Stille.

«Wer Ihm bis zum Ende das Geleit gibt, wird an der Macht über

Kamardol teilhaben. Die Opferkönige werden die bedeutendsten Herrscher werden, welche Kamardol oder die Welt je gekannt hat. Wer Ihm nicht bis zum Ende das Geleit gibt, wird Landarbeiter und Unberührbarer. Wenn ihr unterwegs auf einen Brahmanen trefft, fragt ihn: ‹O, Brahmane, was ist der Sinn des Zuges?› So er nicht zu antworten vermag, müßt ihr ihm alles nehmen, was er bei sich trägt, und ihn erschlagen, denn der ist kein wahrer Brahmane, der eure Suche nicht kennt, die alles ist.

Das ist der Sinn eures Zugs. Ihr folgt dem Hengst, wohin auch immer Er geht, ohne von dem Pfad abzuweichen, den Er ausersieht, und ohne für Ihn den Pfad auszuwählen. Sein Wille ist der Wille der Götter, und Ihnen müßt ihr folgen, indem ihr Ihm folgt. Die Götter werden Ihn leiten, so daß Er nach Ablauf des festgesetzten Jahres zu eben diesem Großen Altar zurückkehrt.

Wohin auch immer Er den Schritt lenkt, müßt ihr gehen. In fremden Landen wird kein Fürst, der den Willen der Götter kennt, den Hengst auf Seinem Weg zu behindern versuchen. Statt dessen wird man Ihn verehren, Ihm den Weg ebnen und den Königen von Kamardol Tribut anbieten, sind doch sie die wahren Herren solcher Fürsten. Sollten Prinzen und Könige, die den Willen der Götter nicht kennen oder von Ihrem Willen nichts wissen wollen, den Versuch unternehmen, dem Hengst den Durchzug zu verweigern oder Ihn einzufangen, müßt ihr gegen sie kämpfen, damit Er Seinen Weg unbehindert gehen kann. Und wo Er frei über die Länder solcher gottlosen Fürsten zieht, werden diese Kamardols mächtigen Königen untertan gemacht. Das ist eure Aufgabe vor den Göttern. Nun zieht dahin!»

Vom Strick befreit, stürmte der Hengst durch die offene Seite der Arena nordwärts. Er floh den Ort, wo man Ihn zum Gott gemacht hatte, strebte den weiten Feldern und Wiesen des Nordens entgegen, getrieben von Seiner anderen Natur, die nach wie vor die eines Pferdes war.

Er hatte Seine Wahl getroffen. Sie bedeutete, daß wir nordwärts ziehen würden. Eine nach der anderen sammelten sich die vier Hundertschaften und galoppierten Ihm mit donnernden Hufen nach, Alexanders Heerweg und dem hohen Gebirge entgegen.

Zweites Buch

14

Alexanders Heerweg zog sich vor uns durch das von der Morgensonne vergoldete Tal wie ein Sturzbach aus rosafarbenem Fels. Hinter dem Hufschlag unserer Pferde blieben die Dörfer, Felder und Wiesen unserer Jugend allmählich zurück. Im Schmuck bunter Blütengirlanden und gesprenkelt von den weißen Umhängen gaffender Landbewohner schimmerte das Heimattal in den machtvollen Strahlen der frühen Sonne. Ihr Schein ließ die Schatten von Häusern und Bäumen zu grotesken Gestalten verschmelzen und warf wie glänzendes Kupfer verzerrte und schwankende Abbilder unser selbst zurück. Die Feuer des Morgens verbargen Mensch und Tier, verzehrten sie fast hinter Flammenvorhängen, doch hörten wir das unruhige Dröhnen von Trommeln, das dünne Schrillen von Flöten und das Gebell der Dorfhunde, die den Durchzug unserer berittenen Truppe meldeten.

Als die Abstände zwischen den Dörfern größer wurden, ließ Orberk, Harraps hellhaariger Edelknabe, die Hand seines Herrn nicht aus den Augen. Senkte dieser sie, neigte Orberk dreimal den goldgrünen Wimpel, die vierhundert Mann verlangsamten ihr Tempo, und die nächste Zehnergruppe von Prinzen setzte im Galopp dem Hengst nach, der sich noch immer auf der Flucht befand. Unmittelbar bevor wir diese zehn aus den Augen verloren, stürmten ihnen zehn weitere nach, denen noch einmal zehn folgten. Ihnen würden wieder zehn folgen, sofern der Hengst nicht müde wurde, bis die hundert Bankerte, die notfalls einzeln weiterreiten mußten, zwischen uns und dem Hengst eine lebende Kette bildeten. Wir hatten sie gedrillt, bis sie so jäh und schlagartig zu handeln vermochten, wie ein Kind die Hand von einem heißen Ofen zurückzieht. Den

Prinzen sagte ihre Aufgabe zu, durften sie doch ungehindert reiten – allen anderen voran. Auch die Panzerreiter waren für diese Aufgabe ausgebildet, doch hielten wir unsere streitbarsten Kämpfer lieber in unserer Nähe, als sie fünfzig Meilen weit über Berge und Täler zu verstreuen, schwache und verletzliche Glieder einer lebenden Kette. Über allem aber stand die Notwendigkeit, die Verbindung zum Hengst nicht abreißen zu lassen.

Unter Harraps dunkler Haut zeigte sich purpurne Röte, und seine tiefliegenden, schrägen Augen waren weit aufgerissen. An seinem staunenden Blick, dem alles neu schien, erkannte ich, wie auch an seinen ausholenden Bewegungen, daß das rituelle Soma seinen Blick weit über unseren Bergkessel hinaushob. Auch in mir arbeiteten die drei Becher, die ich davon getrunken hatte: ich meinte einen unsichtbaren Glanz hinter den vertrauten Felsen und Hütten zu spüren, den ich jeweils nach der nächsten Wegbiegung zu erkennen hoffte – und dort so selten fand.

Nach wie vor sprach Harrap mit seiner gewohnten grollenden Stimme. «Nun, Jakir, der Anfang ist gemacht. Wir haben alles getan, was in unseren Kräften steht. Der Kurier ist unterwegs, um die Hauptstreitmacht zu verständigen. Von diesem Augenblick an sind wir nichts als Distelsamen im Wind der Götter.»

«Ich wäre lieber ein Pfeil.»

«Gewiß, auch das, mein ungebärdiger kleiner Priester. Doch bevor das Jahr um ist, wirst du Schwerter und Pfeile hassen.»

«Distelsamen im Wind?» beharrte ich. «Ist das alles, was nach allen Mühen, Opfern und Intrigen aus uns geworden ist?»

«Bitte spotte meiner nicht mit deinen brahmanischen Haarspaltereien. Ich bin es zufrieden, Distel zu sein», sagte Harrap mit dem Anflug eines Lächelns. Dann wurde aus dem Lächeln ein breites Grinsen. «Natürlich eine schöne dicke – eine riesige, schwere Distel, die jedem die Stacheln tief ins Fleisch senkt, der es wagt, ihrem Weg durch die freie Luft Einhalt zu gebieten.»

«Und die stets den Weg nimmt, den uns der Hengst führt?»

«Aber gewiß. Aus Seinem Willen erfahren wir den Willen der Götter. Das ist unser Schicksal – Ihm sind wir geweiht.»

«Könnten wir nicht von Zeit zu Zeit dem Hengst einen Zügel anlegen?» zog ich ihn auf. «Oder ihm auf andere Weise die Richtung vorgeben, damit wir unseren eigenen Zielen entgegenreiten können?»

Auf Harraps dunklen Zügen und in den schmal zusammengezogenen grünen Augen über den schweren und hohen Wangenknochen zeigte sich der Ausdruck von Spott. Unter seiner verwüsteten Nase, die mit weißen, lila und scharlachroten Narben wie ein flugunfähiger Schmetterling aussah, gaben seine Lippen den Blick auf leicht gekrümmte Reißzähne frei, was ihm ein wölfisches Aussehen verlieh. Wieder sah ich, wie flach, geradezu archaisch sein breites Gesicht war, auf dem sich der unnachgiebige Wille spiegelte, seinen eigenen Wünschen zu folgen.

«Spotte meiner heute nicht so», gab er beunruhigt zur Antwort. «Ich hatte unrecht. Nie durften wir Ihn binden. Jetzt ist es uns natürlich weniger gestattet denn je.»

Er drehte sich im Sattel herum, um mit einem Blick die seinem Kommando unterstellten Trupps Panzerreiter zu mustern. Da ich merkte, daß er seinen Gedanken beendet hatte, schoß ich in der von der Sonne erwärmten Luft zwischen uns eine weitere Frage auf ihn ab: «Und wenn wir unser Ziel erreicht haben, was dann...?»

Erneut sah er mich an. «Du fragst nach unserem Ziel? Ich weiß von keinem, außer daß wir vielleicht keins haben. Wüßte ich, wohin uns dies Jahr führt und wie es enden könnte... wenn ich Zielen nachstrebte, die mir bekannt sind, würde ich jetzt nicht neben dir reiten.»

Er verstummte. Vielleicht grübelte er für sich weiter über der Frage nach, die er von Anfang an nicht mir vorgelegt hatte, sondern sich selbst. Nach einer Weile sprach er mich erneut an, und zwar im Ton eines Lehrers, der sich darum bemüht, gemeinsam mit seinem Schüler Wissen zu erlangen.

«Ich weiß durchaus, daß ich Männern befehlen und Ereignisse beeinflussen kann. Bei unserer Unternehmung, der Suche, liegt der Ruhm – wenn du willst, das Abenteuer – darin, daß wir einem unbekannten Ziel zustreben, wobei wir weder befehlen noch beeinflussen. Mehr noch, Jakir, wir müssen frei von jedem Wunsch sein, unseren Weg zu bestimmen. Zwar befehlige ich diese Männer, aber meinen eigenen Willen habe ich anderen Befehlen untergeordnet.»

Erneut spürte ich die an den Nerven zerrende Eindringlichkeit jener frühen Morgenstunden in Ambialas Schlafgemach, als zum erstenmal ein unbekannter Harrap mit der Stimme meines alten

Spielgefährten gesprochen hatte. «Harrap, mein Prinz, Harrap, mein Bruder, das ist in der Tat Haarspalterei», erwiderte ich. «Was Ihr sagt, ist brahmanischer als die Worte der Brahmanen und mystischer als die Weissagungen der Seher, die stets von irgendeiner Wirklichkeit sprechen. Schlimmer noch, es ist ketzerisch.»

«Wieso das, Jakir, mein Gewissen?»

«Streben nicht die Buddhisten nach der Seligkeit, indem sie ihren Willen und ihre Begierden vollständig aufgeben und sich von derlei Nichtigkeiten lösen?»

«Ich kenne ihre Lehren nicht», gab er zur Antwort, ohne mit Zorn oder Gelächter auf meine Vorhaltungen zu reagieren. «Aber ich denke, das Ziel der Buddhisten ist stets das eigene Ich. Sie wollen der Begierde entsagen, um Seligkeit für das Ich zu erlangen. Ist es nicht so?»

«Wie ich diese Menschen verstehe, verhält es sich im großen und ganzen so», gab ich zur Antwort, verblüfft, weil unsere gewohnten Rollen vertauscht waren und er mit listigen Fragen mich zu einer Antwort hinführte.

«In diesem Fall liegt zwischen ihrer Ketzerei und meinem wahren Glauben eine gewaltige Kluft. Mein Ziel ist nicht mein *Ich*. Weder strebe ich nach künftiger Seligkeit für meine Seele noch nach dem Lohn, den die Menschen jenen zuteil werden lassen, die sie ‹bedeutend› nennen. Ersteres könnte ich weit besser in einem Kloster erreichen, letzteres mit größerer Aussicht auf Erfolg an der Spitze eines Eroberungsheeres.»

«Und warum sucht Ihr?»

«Ich habe dir gesagt, Jakir, daß ich nicht suche», gab er barsch zur Antwort. «Ich habe mich dem Willen der Götter unterworfen, wie er sich im Vollkommenen Hengst verkörpert, froh, daß er für meine Wahrnehmung greifbar und deutlich geworden ist. Soweit ich sagen kann, empfinde ich weder Stolz noch die Befriedigung des Opfernden darüber, daß ich mich auf diese Weise ausgeliefert habe. Das *Ich* spielt nicht mit hinein.»

«Und für Euch selbst begehrt Ihr nichts?»

«Ich denke nein. Wenn du von Belohnung sprechen willst, liegt sie wohl darin, daß wir uns selbst erkennen und auf die Probe stellen lassen – unter der Führung des Willens, dem wir uns unterworfen haben. Doch werde ich mich nicht grämen, wenn man uns nicht gestattet, weiteres Wissen zu erlangen – oder wenn wir ein Jahr lang friedlich im Kreis umherziehen müssen, vorausgesetzt, daß uns weder Hindernisse noch Feinde auf die Probe stellen.»

«Aber sofern uns Widrigkeiten vorherbestimmt sind... was dann?»

Er hatte so aufmerksam zugehört, wie er gesprochen hatte, und seinen Kopf hin und her gewiegt, als wolle er aus seinen eigenen Worten herauslesen, was ihn bewegte. Jetzt lachte er befreit auf und sagte: «Das ist etwas ganz anderes, mein Freund. Sofern uns Widrigkeiten zugedacht sind, bin ich sicher, daß die Götter meine Hand führen werden. Aber ich würde mich Ihnen gegenüber unredlich verhalten, bediente ich mich nicht aller Kraft, aller Geschicklichkeit, aller List und aller Waffen, die Sie mir verliehen haben.»

Der Priester ritt auf gleicher Höhe wie wir, war aber rasch wieder in seine alte Gewohnheit verfallen und hielt sich ein wenig abseits. Als er jetzt seinen gescheckten Wallach näher herantrieb, wirkte sogar dies einfache Manöver unbeholfen. «Natürlich gibt es ein Ziel», sagte er ohne besonderen Nachdruck, «doch liegt es möglicherweise so offen auf der Hand, daß ihr es nicht gesehen habt.»

Wir warteten, aber er sprach nicht weiter. Lediglich ein leichtes Aufstöhnen unterbrach hin und wieder sein Schweigen, wenn ihn sein Reittier durchschüttelte. Als er sich wortlos wieder zu entfernen begann, fragte ich: «Worin besteht dies Ziel, das wir nicht gesehen haben?»

«Einfach darin, den Wahren Glauben und die Religion der Vorfahren erneut in ihre Rechte einzusetzen. Wir haben den Auftrag, die großen Altäre der Wahren Götter neu zu erbauen und Ihre Throne aufs neue in den Herzen der Menschen von Kamardol zu errichten. Dann werden die Götter wieder Ihren alten Glanz und Ihre einstige Macht besitzen – und die Menschen von Kamardol werden Ihre Gunst erkennen, wenn sie sich willig unseren Wünschen fügen.»

«Was hat das mit uns zu tun, wenn...» begann ich, doch Harrap fiel mir ins Wort und beendete den Satz, als seien wir wieder übereifrige Jungen, die beide gleichzeitig sprachen: «...wir dies Jahr hindurch vollständig von Kamardol getrennt – ja, losgelöst – sind?»

Der Priester seufzte und schüttelte resigniert den Kopf. Die Zügel lose in der Hand, legte er seine langen Finger auf den Sattelknauf, und wieder fiel mir auf, daß sie zwischen geschwollenen Knöcheln ungesund aufgequollen aussahen.

«Gelegentlich fällt es mir schwer zu sagen», bemerkte er scharf, «ob ich mit Kriegern oder Adepten der Philosophie reite. Ich wäre besser in der Behaglichkeit der Heimat geblieben und hätte junge Leute unterrichtet, die den roten Faden der Mannheit noch nicht empfangen haben, oder mit denen Streitgespräche geführt, die alles wissen und verstehen, weil sie jenen Faden seit einem oder zwei Monaten tragen.»

«Was bedeutet diese Klage, o Brahmane?» knurrte Harrap. Seine gelöste Stimmung war unverkennbar. «Wir wissen, daß es Kriegern schwerfällt, über sich selbst hinaus zu denken. Wir wissen auch, daß Priester die Vernunft hassen und Abscheu vor dem Denken als einer teuflischen Ablenkung haben.»

«Ihr habt wieder zu Jakirs Füßen gesessen, Harrap», sagte der Priester. «Wer außer unserem jungen Tugendbold, halb Priester und halb Krieger, kennte beide Welten so gut – und sähe mit so viel Verachtung auf sie herab?»

«Sei dem, wie ihm wolle, mein Gebieter», mischte ich mich ein. Insgeheim beunruhigte es mich, daß der Priester ständig und ohne Umstände Harrap mit Namen und ohne Titel anredete. «Sagt uns, so kurz Ihr könnt, was der Grund Eurer Klage ist – und worin dies unser Ziel besteht, das ausschließlich Euch bekannt ist?»

«Was den ersten Punkt betrifft, mein Standesgenosse», begann er mit einem meckernden Lachen, «sind wir zur Zeit nicht von Kamardol abgelöst – und werden auch in einem halben Jahr nicht weiter von Kamardol entfernt sein als jetzt. Euer jugendliches Philosophieren verwechselt Tat und Absicht. Zögen wir drei barfuß mit Pilgerstab und Bettelschale durchs Land, entschlossen, auf unserer Suche nach der Wirklichkeit Kamardol auf immer hinter uns zu lassen, wären wir auch dann wahrhaft von Kamardol abgelöst, wenn wir uns innerhalb seiner Grenzen befänden. Doch da wir dem Zug geweiht sind, der gleichbedeutend mit Kamardol ist, tragen wir das Reich mit uns. Wir sind Kamardol, wo auch immer wir sein mögen. Wir werden uns nie weiter als einen Zehnminutenritt vom königlichen Palast entfernt befinden, nicht einmal dann, wenn wir in den gefrorenen Steppen jenseits des Himmelsgebirges verschwinden, das wir vielleicht erreichen, wenn wir die Wüste der Verlassenheit durchquert haben.»

«Ich verstehe nicht ganz, was du sagen willst», sagte Harrap.

«Das mag daran liegen, daß Ihr meine Worte zu eng auslegt, Harrap», gab der Priester freundlich zur Antwort. «Sie sind nicht schwer zu verstehen. Wir sind ein lebender Arm Kamardols, weil die Kraft, die uns treibt, von Kamardol stammt und unsere Taten Kamardol zum Ruhm gereichen werden. Die Ablösung ist eine Illusion. Um erneut von unserem Ziel zu sprechen: es besteht darin, Kamardol vom Fluch der Buddhisten zu befreien, welche den Wahren Glauben in den Schmutz ziehen und deren Absicht es ist, die von den Göttern unter den Menschen eingesetzte gebührende Ordnung zu verändern.»

«Die Buddhisten?» fragte ich. «Was haben wir mit denen zu tun?»

«Seht doch, Jakir», gab er zur Antwort, und kein Spott lag mehr in seiner Stimme. «Wie sah es in Hindustan aus, als sich Kaiser Aschoka den Buddhisten unterwarf? Die kaiserlichen Heere stellten ihren Vormarsch nach Süden ein, und das Land, das in einzigartiger Weise fast geeinigt war, blieb geteilt. Die Menschen hatten den Absichten der Götter zuwidergehandelt. Aschoka mißachtete den Befehl der Götter. Sie hatten ihm geboten zu tun, was einem Kschatrija zukommt, nämlich zu erobern und zu herrschen. Er sandte Missionare aus, von denen einige die schädlichen Lehren unter uns verbreiteten, die Leben und Tod leugnen. So kam es, daß in Kamardol und anderen Reichen an Hindustans Grenzen der falsche Glaube zur Blüte gelangte, der in Hindustan selbst bald dahinzusterben begann.»

«Jeder von uns kennt Aschokas Feigheit. Wir alle wissen, wie sich die buddhistische Geißel während der letzten Generationen in Kamardol ausgebreitet hat. Aber was haben diese Leute mit uns gemein, frage ich dich noch einmal?»

«Wenn die Buddhisten siegen, werden sie die unter den Menschen gesetzte Ordnung umstürzen und aus uns ein Weibervolk machen. Sie bestreiten, daß sich die Götter der Menschen bedienen, um Ihre Zwecke zu erreichen, wie sie auch bestreiten, daß Menschen entweder ihren *eigenen* Zielen nachstreben oder die Götter um Hilfe bitten können. Die Buddhisten streben nach der allgemeinen Auflösung.»

«O Brahmane!» unterbrach Harrap die Tirade des Priesters voll Ungeduld. «Wie Jakir frage ich: was sagt uns das über unsere Expedition?»

«Einfach das – und damit kommen wir zur Frage, was unser Ziel ist. Wenn Kamardol leben soll, muß der Wahre Glaube über die Buddhisten siegen. Er muß vollständig triumphieren, denn geteilt kann die Wahrheit nicht existieren», fuhr der Priester mit Nachdruck fort, wobei er seine kräftige Stimme voll tönen ließ. «Wir sind das Schwert des Wahren Glaubens. Wir wurden auserwählt, den Menschen vermittels unserer Kraft erneut die Wahrheit zu zeigen. Wenn wir im Triumph zurückkehren, wird die Lawine der im Volk ausbrechenden Begeisterung die Buddhisten mit sich reißen.»

«Das ist *dein* Ziel», sagte Harrap nachdenklich. «Ich begnüge mich damit, dem Hengst zu folgen.»

«Für den Augenblick genügt das auch», gab der Priester zur Antwort. «Darin liegt unsere Stärke – daß wir außer unserem großen Ziel keinen bestimmten Zweck verfolgen. Damit, daß wir uns Ihrem Willen unterwerfen, werden wir aller Schwäche ledig.»

Wohl wußte ich, daß die Götter Ihren Sitz im Heiligen Hengst hatten, doch konnte ich nicht glauben, daß Sie, die so viel anderes zu tun haben, vor Seinen Hufen einhereilten, um Ihm jeden Stein aus dem Weg zu räumen, damit Er nicht lahmte. Ebensowenig war ich imstande zu glauben, daß Sie unaufhörlich Seine Neigung lenkten, damit Er allen alltäglichen Verlockungen zum Trotz nicht vom Ihm vorgegebenen Pfad abwich, der zum Erreichen des göttlichen Ziels dienen sollte. Auch wenn mir nicht bekannt war, auf welche Weise das Schicksal auf uns einwirken würde, so war mir doch bewußt, daß das heilige Jahr nicht, wie der Priester wohl annahm, genau auf bestimmte Daten eingegrenzt war. Wäre alles bis zum letzten ausgefallenen Hufnagel vorherbestimmt, hätte es sich bei unserer Expedition nicht um eine Suche gehandelt, sondern um kaum mehr als eine ungeheuer kostspielige und haarsträubend gefährliche Darbietung geistloser fahrender Schauspieler, die ihren Text nicht beherrschten. Wer das Element des Zufalls mit der Behauptung ausschloß, alles sei vorherbestimmt, würdigte den Zug zu einer sinnlosen Übung herab – auch wenn wir den Höhepunkt erst am Ende erkennen sollten. Folge einer solchen Unternehmung konnte weder Wissen noch Ruhm sein, weder Erhebung noch Gnade. Wenn bereits vorherbestimmt wäre, daß wir entweder unendlich stark sein würden, um alle Hindernisse zu überwinden, oder im Gegenteil so schwach, daß ein Fehlschlag unvermeidlich war, wären wir selbst nichts als Teilchen getrockneten Dungs im

Winde, und die Götter wären Toren, uns um Ihres nichtssagenden Vergnügens willen so sehr zu bedrängen.

Die Betrachtungsweise des Priesters hielt ich für ebenso irrig wie kindisch. Doch vermochte ich weniger als jeder andere das wahre Gleichgewicht der Kräfte herzustellen. Ich konnte lediglich abwarten und mich bemühen, die Tatsachen richtig einzuschätzen, wo sie sich zeigten. Wenn schon nicht zufrieden, war ich doch damit einverstanden, daß wir die Wirklichkeit mit jeder Elle Weges erkannten, welche unsere Pferde zurücklegten.

Da ich Harrap nach wie vor liebte, brachte ich es nicht fertig, den Dolch meiner Zweifelsucht in den Ballon seiner unerschütterlichen Gelassenheit zu stoßen. So müde ich der aufgeblasenen Darstellungen des Priesters war, konnte ich seiner Deutung des großen Plans keine vernünftige Alternative entgegensetzen. Seine Visionen waren auf der einen Seite so alltäglich wie das Feilschen eines Hausierers um eine halbe Kupfermünze, zugleich aber so übersteigert wie die Beschreibung der verschiedenen Himmel, die ein vom Haschisch berauschter Fakir liefert – bis hin zu den Teppichmustern und dem Aussehen der Lampen, welche die Throne der Götter erhellen.

Wir hatten die Furt nahezu erreicht. Das Dorf Alexanderruhe auf der felsigen Hochfläche lag bereits hinter uns. Kurz bevor sich die Straße zum Fluß hinab senkte, kamen aus einer Gruppe spärlich belaubter Pappeln zu unserer Linken zwei Hirten getrabt, wegen der Hitze des Vormittags die Schaffell-Umhänge lose um die Schultern gelegt. Nahezu schwarzgebrannt stachen ihre mageren Leiber vor dem grauen Vlies ab.

«Hoheit», sagte der Ältere, dessen freche Augen hellgrau in den Furchen seines Gesichts wie aus Lederhaut lagen, «auf König Tschandras Geheiß bringen wir Euch hundert Pferde. Es kann sein, daß sie Euch ein wenig entkräftet erscheinen.»

«Wo sind sie?» fragte Harrap.

«Im Schatten der Bäume. Es ist für sie besser so.»

«Ich übernehme sie. Eure Aufgabe ist erledigt. Ihr könnt zurückreiten.»

Uns dreist musternd, verabschiedeten sich die Hirten mit knappem Gruß, die Handflächen flüchtig aneinanderpressend. Dann wendeten sie ihre struppigen Pferde, der Königsstadt entgegen. Auf Harraps leise gesprochenen Befehl hin schwenkte Orberk den

Wimpel hin und her, das Signal, daß alle anhalten sollten. Von seinem Bannerträger gefolgt, ritt Harrap mit dem Priester und mir auf die Pappelgruppe zu.

«Zwei Männer, um hundert Gäule zu treiben», merkte Harrap an, während wir uns den Bäumen näherten. «Das müssen in der Tat außerordentliche Tiere sein.»

Unter den Bäumen standen höchstens zehn oder fünfzehn der abgemagerten Pferde. Auf ihren Flanken und Kruppen sah man Flekken rohen Fleisches von der Größe eines Handtellers. Die übrigen lagen kraftlos zwischen den Felsen am Rande des Hangs. Ihre von Wunden bedeckten Schultern hoben und senkten sich. Die gelben Augäpfel lagen tief in den Höhlen.

«Bei Kalis Schenkeln!» fluchte Harrap. «Habe ich gesagt, wir würden mit den Schindmähren meines Bruders Tschandra höchstens hundert Meilen weit kommen? Um mit denen da in unserem ganzen Jahr auch nur hundert Meilen hinter uns zu bringen, würden wir mehr Glück brauchen, als die Welt je gesehen hat. Für die wenigen Streifen Fleisch auf den verkalkten alten Knochen lohnt es die Mühe nicht, die Tiere zu schlachten.»

«Gewiß hat Tschandra lange suchen müssen, um diese stolzen Rösser aufzutreiben», lachte ich. «Es hat ihn sicher einiges gekostet, denn es ist nicht einfach, Tiere zu finden, die so heruntergekommen sind und dennoch leben.»

«Das kann ich mir nicht vorstellen, Jakir. Vergiß nicht, daß es ein Geschenk meines Bruders Tschandra ist. Wie ich ihn kenne, hat er kein Gold dafür aufgewendet, uns diesen Tort anzutun.»

Harrap ließ sich aus dem Sattel gleiten und stieß mit der Fußspitze unentschlossen das ihm zunächst liegende Tier an, eine Rappstute. Schmutziggrau dort, wo das Fell abgeschabt war, und moosgrün an den Stellen, an denen die vorstehenden Rippen ein Wellenmuster bildeten, rührte sie sich kaum. Lediglich ein Ohr zuckte, um eine blaugrüne Fliege abzuschütteln, und die vorstehenden Schulterknochen hoben sich, während das Tier die Vorderläufe in die Höhlung zwischen zwei Felsen schob.

«Die Schlächter sind bei der Hauptstreitmacht», sagte Harrap nachdenklich, «denn darauf wäre ich nie im Leben gekommen. Ich hätte nicht gedacht, daß er… Diese Klepper würden das Treiben kaum überstehen.»

«Not kennt kein Gebot…» meldete sich der Priester zu Wort.

«Ohnehin sind diese hundert Tiere lediglich eine nachträgliche Dreingabe zu den Riten, wie furchtsame Könige sie liefern, um den Tatendrang der Krieger zu dämpfen und die Gefahren der Expedition zu verringern. Sie stehen in keinem Zusammenhang mit der Suche.»

«So sei es», sagte Harrap gedehnt, «...seid Ihr Eurer Sache auch sicher?»

Ohne das Nicken des Priesters abzuwarten, erteilte er Orberk seine Anweisungen. Wortlos sahen wir zu, wie dieser durch die Baumreihen ritt, und warteten, bis Hufschlag und das Geklirr von Rüstungen der sich nähernden Krieger die Stille unterbrach.

Zwischen den Bäumen und den Pferden bildeten die vier Hundertschaften eine Linie, die wie eine Sichel gekrümmt war. Als Harrap die Hand hob, spannte ein Dutzend Schützen ihre Bogensehnen. Während in meinen Ohren das Schwirren nachhallte, mit dem sich die Pfeile lösten, sah ich zu, wie sie aufstiegen, um die stehenden Pferde herum herniederfielen und tief in ihre Flanken drangen. In ihrer Panik spannten die ermatteten Tiere den Nacken, und in ihre gelben Augen trat ein rötlicher Schimmer. Mit krankhafter Langsamkeit, die an meinen Nerven zerrte, schlich der Trupp dahin. Eine Angst, welche die Knochen krachen ließ, peinigte ihre Leiber. Das leise Scharren alter Hufe im Staub spottete der Anmut und Stärke, die Pferde üblicherweise auszeichnen.

Harrap ließ die Hand sinken, und die Sichel schob sich vor. Spieße richteten sich auf die stolpernd vorantappenden Pferde, die Bogenschützen stießen den Jagdruf des grauen Wolfes aus, der ihr Totemtier ist, und die Freisassen trieben die Tiere mit den spitzen Stacheln ihrer Stäbe dem Tod entgegen. Als die vordersten den Abgrund erreichten, wurden sie vom Gewicht der ihnen nachdrängenden Artgenossen – und hinter ihnen das Gewicht von Männern auf kräftigen Pferden – über den Rand geschoben. Erst eins nach dem anderen, dann zu dritt oder viert, stürzten die erschöpften Tiere den Felsen entgegen, torkelten in langsamen anmutigen Windungen, während sie mit wild schlagenden Hufen in der nachgebenden Luft Halt zu finden suchten. Schrilles Gewieher übertönte das Stampfen der Hufe im Staub und die Schreie der Krieger. Noch in der Stille, die eintrat, als das letzte Pferd den Hang hinabgestürzt war, hallten die Angstschreie in meinen Ohren.

«Das ist eine Arbeit für Parias!» sagte ich leise zu Harrap.

«Sie mußte getan werden», gab er zur Antwort. «Oder bist du anderer Ansicht?»

Ohne besondere Aufforderung wandten sich die Vierhundert dem Heerweg zu. Die letzten derer, die unbedingt einen Blick in den Abgrund werfen mußten, kehrten schneller von seinem Rand zurück, als sie hingeritten waren. Zwei Minuten nachdem der letzte Angstschrei verhallt war, galoppierten wir über den Heerweg zur Furt. Die Trompeten ertönten in der von Sonnenstäubchen tanzenden Luft, und ich ließ die Finger über die Saiten meiner am Sattel hängenden Laute gleiten. Niemand sagte ein Wort.

Während wir durch die Furt ritten, daß das kalte Wasser vor den Hufen unserer Tiere aufspritzte, begriff ich: jetzt war der letzte Vorwand zerstoben, das letzte Band zerschnitten, das uns in der Nähe von Kamardol hätte halten können. Erneut zupfte ich an den Saiten der Laute, in einige halb erinnerte Klänge versunken. Dann gelang meiner Hand eine reine, klare Melodie, und mein Blick ging weit über das grüne Tal hinaus, bis zu den blauen Gletschern und den vom Eis versperrten Pässen, dann weiter zu den goldenen Wüsteneien, die angeblich im Norden und Osten lagen. Die Vision – sofern es sich um eine solche handelte – wurzelte nicht in meiner eigenen Erfahrung oder der unseres Volkes. Bei unserem Zug nordwärts und westwärts war bei der Suche nach dem Hengst niemand von uns über die Berge hinausgelangt, so daß niemand in Kamardol hätte berichten können, was nördlich der Reihen rot-bläulich schimmernder Gipfel lag, deren Häupter und Schultern mit weißem Schnee bedeckt waren. Ich erschauerte in der heißen Sonne, und meine Hand sank herab.

Über dem steil abfallenden Ufer wartete einer der Bankerte, den purpurnen Helmbusch großspurig gegen den grünen Hang geneigt.

«Hoheit», rief er, so laut, daß es das Aufspritzen und Getrappel übertönte. «Er hat den Heerweg verlassen und ist nach rechts gezogen. Er scheint nicht nach Fergana zurückkehren zu wollen, woher Er mit Euch kam.»

Reihe auf Reihe entstiegen die Vierhundert tropfnaß dem weiß schäumenden Gewässer und wandten die Köpfe ihrer Tiere nordostwärts. Jenseits der grauen Grate, zwischen denen sich kalte Schatten senkten, während die Sonne allmählich im Westen sank, lagen die dunklen Länder – unermeßliche Weiten, von denen nicht einmal die Legenden unseres Volkes kündeten.

15

Nicht einen Augenblick verlangsamte der Hengst seinen Lauf, obwohl die grauenvolle Weihestätte schon weit hinter Ihm lag. Zwar bekam ich Ihn, als nach Überquerung der Furt die Hauptstreitmacht unter Mirab zu uns gestoßen war, volle fünf Tage nicht zu Gesicht, konnte aber aus den Berichten der Bankerten jede Seiner Bewegungen verfolgen. Ungehindert zog Er vor uns her und drang häufig tief in die Vorberge ein, um auf den mit roten Mohnblüten durchsetzten saftig-grünen Teppichen Frühlingskräuter zu grasen. Doch jedesmal zwangen Ihn die hohen Berge, die dahinter lagen, auf den schmalen Uferstreifen des sich nordostwärts windenden tief eingeschnittenen Gebirgsbachs zurück. Er nutzte Seine Freiheit nur mit Maßen und legte es nie darauf an, den Berittenen zu entkommen, die Ihm folgten. Im Gegenteil blieb Er häufig auf niedrigen Anhöhen stehen, als halte Er Ausschau nach den fernen Gestalten in ihren Kettenhemden und gestatte ihnen, sich Ihm zu nähern.

Der Priester hörte diese Berichte mit Befriedigung. Ein wohlgefälliges Lächeln trat auf seine Züge und breitete sich bis auf seine Hängebacken aus. Das mangelnde Feuer des Tieres schien Harrap zu beunruhigen, auch wenn die anderen seinem gelegentlichen enttäuschten Knurren wenig entnahmen. In der dritten Nacht nach unserem Aufbruch hockten wir am Feuer, über dem das Fleisch von den Bogenschützen erlegter Bergziegen briet.

«He, Priester, was ist mit der Suche?» wollte Harrap wissen und lehnte seinen langen Dolch, an dem er zusammen mit einigen der kleinen wilden Zwiebeln, die in den Bergen wachsen, drei Stücke kroß gebratenen Fleisches aufgespießt hatte, an einen Stein.

«Was soll damit sein?» fragte der Priester und spie ein Stück Knorpel ins Feuer. Obwohl mir durchaus klar war, was Harrap damit meinte – schließlich hatte ich mit angesehen, wie sich sein Zorn steigerte –, hütete ich mich, etwas zu sagen. Die bevorstehende Auseinandersetzung war ganz in meinem Sinne. Ich kannte den Priester seit einem Jahr, und zum erstenmal war er in einem Netz von Verblüffung gefangen, so daß ihm weder ein bedeutungsschwerer Aphorismus noch ein spöttisches Lächeln gelingen wollte. Ich schluckte einen Mundvoll Kumyß herunter, die säuerlich schmeckende gegorene Stutenmilch, die kaum stärker war als Wein, und lehnte mich zurück, um zuzuhören.

«Ja, was ist mit der Suche?» wiederholte Harrap und wischte sich mit dem Saum seines Umhangs das Fett von den Lippen.

«Ich verstehe nicht ganz, worauf Ihr hinauswollt, Prinz», sagte der Priester.

Harrap griff nach seinem Dolch und biß ein Stück von dem Fleisch ab. Während er die Fasern zwischen den Zähnen zermalmte, spie er seine Worte förmlich hinaus. «Folgen wir hier einem Hengst oder einem Wallach? Wie eine trächtige Stute geht Er schwerfüßig und voller Angst, Seine Begleitung aus dem Auge zu verlieren. Wo ist Sein Feuer, der gebieterische Wille der Götter? Wir haben Ihn deinen Vorschriften gemäß ausgewählt, und du versprachst... etwa das?»

«Habt noch etwas Geduld, Harrap», riet der Priester. «Wir stehen ja noch fast am Anfang. Der Wille der Götter wird sich zeigen, wenn es an der Zeit ist. Habt Ihr je Pferde grundlos galoppieren sehen? Es sind träge Tiere!»

«Aber dieser Hengst ist kein bloßes Pferd. In Seinem Leib ist das Gebot der Götter verkörpert.»

«Habt Ihr nicht beim Ausritt aus Kamardol gesagt, Ihr würdet auch dann zufrieden sein, wenn wir keinen Widrigkeiten begegneten?»

«Ja... sofern das dem göttlichen Willen entspricht. Aber in dem faulen Tier ist überhaupt kein Wille am Werk.»

«Er ist das geweihte Gefäß», sagte der Priester im salbungsvollsten Ton, der ihm zu Gebote stand. «Ich schwöre Euch – Wille und Geist werden aufflammen, wenn die dafür festgesetzte Zeit kommt. Habe ich Euch je irregeleitet?»

«Nein», sagte Harrap kurz angebunden. Allem Anschein nach war er mit der Auskunft zufrieden.

Ich staunte über sein Wesen. Er war abwechselnd gekränkt wie ein Kind – so kannte ich ihn von früher –, dann wieder legte er die Art gelassener Einsicht an den Tag, die wir unmittelbar nach der Weihe an ihm wahrgenommen hatten. Mein alter Spielgefährte stand im Begriff, ein äußerst befremdliches Geschöpf zu werden, sprunghaft und unbegreiflich. Aber es bestand nur wenig Aussicht, daß ich ihn aus der Nähe würde beobachten können, denn wir hatten bereits die Marschordnung eingenommen, die wir bis zum Ende durchhalten würden.

Harrap ritt mit den Vierhundert in der Vorhut und überließ die

Hauptstreitmacht den alten Waffengefährten Oberst Mirab und Hauptmann Ranbir. Ich hielt mich zwischen beiden Gruppen, um mir ein Bild vom Ganzen machen und Fragen entscheiden zu können, die entweder zu unerheblich oder zu dringend waren, als daß man sie an Harrap hätte weiterleiten können. Zu meiner Überraschung stellte ich fest, daß mir die Anspannung ebenso großen Genuß bereitete wie die Macht, Entscheidungen zu treffen. Später zeigte sich, daß meine Aufgabe hohe körperliche Anforderungen stellte. Wenn ich zur Vorhut vorstoßen wollte, mußte ich meinem Pferd alles abverlangen, konnte mich allerdings auch ausruhen, während ich wartete, bis mich die aus zweitausend Männern bestehende Hauptstreitmacht wieder einholte. In jenen frühen Tagen zwangen mich deren beständige Bedürfnisse, einen Großteil der Zeit mit ihnen zu reiten. Die vier Hundertschaften der Vorhut waren bereits zu einer gut ausgewogenen Lanze in Harraps Hand geworden. Allmählich sollte auch die Hauptstreitmacht, die von den Bagagewagen und Packtieren des Trains aufgehalten wurde, so beweglich und reaktionsschnell werden, wie wir das erwarteten. Immerzu folgte ihnen der Troß aus Jahrmarktskünstlern, Prostituierten und Marketenderinnen, und obwohl Krankheit und Unfälle ihre Zahl verminderte, waren es nie weniger als mehrere hundert.

Wie schon gesagt, bekam ich den Hengst in den ersten Tagen, da sich die Truppen auf den Weg machten, nicht ein einziges Mal zu Gesicht. Zu sehr nahm mich meine Aufgabe vorauszureiten in Anspruch, als daß ich nach Ihm hätte Ausschau halten können. Ich schlichtete Streitigkeiten über zum Weiden freigegebene Flächen, teilte Rationen aus, beauftragte Handwerker, zerbrochene Räder oder gerissene Gurte zu reparieren, und achtete darauf, daß die kleinlichen Querelen der Krieger nicht in Blutvergießen mündeten. Mehrfach unternahm ich Anläufe, meinen ‹Gesang des Auszugs› zu vollenden, doch jedesmal nahmen mich drängende Bedürfnisse in Anspruch. Männer mußten verpflegt, Tiere gefüttert und Ausrüstungsteile in Ordnung gebracht werden. Ich sah mich eher in der Rolle der hohen Frau, die einer gewaltigen wandelnden Hofhaltung vorsteht, als in der des tapferen Offiziers oder fahrenden Sängers, und ich empfand tiefstes Mitgefühl mit jenen Damen, denen es irgendwie gelingt, das Meer von Alltäglichkeiten um sich herum zur Ruhe zu bringen, ohne in seinen Wogen unterzugehen.

Sonderbarerweise aber trug der nicht endende Ansturm geringfügiger Aufgaben auch seinen Lohn in sich. Da ich mich meinem Gesang nicht ausschließlich widmen konnte, waren die kurzen Abschnitte der Freiheit ziemlich leer. In einer Art benommenen Behagens ritt ich am Rand des engen Tals entlang, das der von uns Tschunjar genannte eisbekrönte Fluß durchströmt, ein Name, welcher *der Unbekannte* bedeutet. Als es schließlich durch stets höher aufragende Berge ging, die kein Angehöriger unseres Volkes vor uns erblickt hatte, milderten der von der warmen Luft herübergetragene süße Duft der Frühlingsblumen und der leicht bittere Geruch des wilden Knoblauchs den frostigen Eindruck des vor uns aufragenden hohen Massivs. In der Helle des Nachmittags schienen uns die kahlen Hänge so nah zu sein, daß es aussah, als könne man sich im Sattel vorbeugen und die mit Felsnadeln besetzte Barriere beiseite schieben. Da die blaugrauen Klippen im Morgendunst zurückwichen, wußten wir nicht, wie viele Tagesritte es dauern würde, bis wir den ersten Hang erreichten.

Unaufhörlich spürte ich in irgendeiner fernen Höhle meines Geistes die Anwesenheit des Heiligen Hengstes. Zuletzt hatte ich Seinen silberglänzenden Umriß auf einer Anhöhe an Alexanders Heerweg gesehen, von wo Er sich umsah. Schweif und Mähne wehten im Winde. Danach war Er in einer Bodensenke verschwunden und Sein Gefolge von Prinzen Ihm nachgeritten. Dennoch wußte ich weit besser als aus den dürren Worten ihrer Berichte, daß Er gleichmäßig vor unserem kleinen Trupp herzog, denn im Pochen meines eigenen Pulses spürte ich den Schlag Seiner suchenden Hufe. Ich teilte Harraps Ansicht nicht, daß Er uns einem strahlenden unausweichlichen Geschick entgegenführen würde, den Wunsch der Unsterblichen kannte und dazu beitrug, Ihren Willen Wirklichkeit werden zu lassen. Vielmehr sah ich den Hengst ständig vor meinem inneren Auge, wie Er vor uns durch die Wildnis zog, eine nicht genau bestimmte Gewißheit von einem Ziel.

Unmittelbar nach dem Scheitelpunkt des fünften Tages endeten sowohl die Reibereien unter den Kriegern wie auch mein Hochgefühl angesichts des unwirklichen Friedens der tiefen Schlucht, die sich unendlich weit in eine grenzenlose unbekannte Welt erstreckte. Ich war der beständigen Kleinigkeiten müde, die Mirab mit herablassender guter Laune unfehlbar mir zuschob, weil er, der geborene Krieger, sie verachtete. Mit Knien und Sporen trieb ich mein Tier zum Galopp an und stieß früher als vermutet auf die Vierhundert, die abgesessen waren, um zwischen verstreuten Felsbrocken zu rasten. Ich suchte meinen Weg zwischen ihnen und fand Harrap, der einige Schritte weiter vorn auf seinem Pferd saß.

«Ho, Jakir, du kommst gerade richtig!» rief er mir zu. «Seit zwei Stunden warten wir darauf, daß der Hengst Seinen Weg sucht, obwohl der Pfad von hier aus kaum einen Faden breit zu sein scheint. Dort steht Er.»

Ich hob den Blick, und mein Atem stockte. Auf dem Hügel vor mir leuchtete Er, ein lebendes Standbild geäderten milchweißen Marmors. Seine Begleiter warteten hundert Schritt tiefer am Hang auf einer großen sichelförmigen Lichtung. Hier sah ich einen Awatara aus der Lehre des Hinduismus – die Verkörperung eines zur Erde herabgestiegenen göttlichen Wesens, der wir bis an den Rand der Himmel folgen konnten – vorausgesetzt, Er setzte sich in Bewegung.

«Zwei Stunden», wiederholte Harrap, «und der Priester hat sich zurückgezogen, um Weisung zu finden. Ich möchte Ihn nicht zu einer Entscheidung drängen, aber, bei Pragpati, wenn Er sich in den nächsten Minuten nicht rührt, sitzen wir auf und reiten. Ich möchte unser gutes Vorankommen nicht hemmen.»

Ich sah mich um und bemerkte, daß wir das große blaue Gebirgsmassiv, das uns seit Tagen lockte, schon fast bezwungen hatten. Wohl war sein Hauptgipfel von Wolken verhangen, doch sah man statt des Gewirrs von Krüppelkiefern an den steilen Hängen nur noch einzelne Bäume.

«Wir müssen vor Einbruch der Nacht so weit wie möglich kommen», fuhr Harrap voll Unruhe fort. «Es wird nach wie vor Seine Entscheidung sein, wir werden sie nur ein wenig beschleunigen.»

Er sagte etwas zu Orberk, und dieser schwenkte seinen Wimpel auf und ab, zum Zeichen, daß alle aufsitzen sollten. Die Trompeten gaben ihre schrillen todeswehmütigen Töne von sich, und die vier Hundertschaften trabten an, dem bewegungslos dastehenden Hengst entgegen. Er keuchte, und Seine Kehle zog sich zusammen, als sie Ihm näher kamen. Seine Flanken waren mit blutigen Linien bedeckt, die mich aus der Ferne ein Standbild aus geädertem weißen Mamor hatten sehen lassen.

«Er blutet», rief ich mit einer Stimme, die sich vor Besorgnis überschlug.

Harraps Antwort entsetzte mich ebenso wie die schlimmen Wunden des Pferdes. «Natürlich», sagte er gleichmütig.

«Ist Er gestürzt? Hat Ihn eine Lawine erfaßt? Gibt es in den Bergen feindliche Bogenschützen?» fragte ich, ohne mir die geringste Mühe zu geben, mein Entsetzen über den von Harrap angeschlagenen leichten Ton zu verhehlen. Daß Er trotz Seiner schweren Wunden noch stand, bewies mir, daß ich Zeuge eines unheilverkündenden Wunders war.

«Natürlich», wiederholte Harrap laut lachend, «Er blutet.»

«Was ist geschehen, Harrap?» fragte ich. «Wie könnt Ihr lachen?»

«Entschuldige, Jakir», prustete er heraus und konnte sich vor Lachen nicht halten. «Aber du siehst aus, als hättest du die Geister der Hölle gesehen. Hast du so rasch vergessen, woher Er kommt?»

«Nein», gab ich zur Antwort, immer noch trotzig, obwohl ich spürte, wie sich in mir eine Erinnerung beharrlich, aber kaum merklich emporarbeitete.

«Die Blut schwitzenden Pferde von Fergana!» sagte Harrap, minder verweisend als zuvor, auch wenn nach wie vor helles Gelächter seine Worte begleitete. «Die Tausend-Meilen-Pferde von Fergana!»

«Möglich, daß ich mich jetzt erinnere», sagte ich und kam mir töricht vor, auch wenn meine ehrfürchtige Scheu vor dem Wunder andauerte. Es fiel mir in der Tat wieder ein. Ich hörte sogar in meinem inneren Ohr die ölige Stimme des uigurischen Pferdehändlers, der uns auf diese Besonderheit hingewiesen hatte: «Edle Herren, nach Anstrengungen in der großen Höhe, aus der sie kommen, bluten meine Pferde in Strömen. Niemand weiß, woran es liegt. Es scheint den Druck in ihren Adern zu mindern, den sie durch ihre hohe Ausdauer und Schnelligkeit aufbauen. Es ist eine Stärke, nicht etwa eine Schwäche.» Erleichtert lachte auch ich, fügte aber störrisch hinzu: «Trotzdem kommt es mir wie ein Wunder vor.»

«Vielleicht ist es auch eines, Jakir.»

Während dieser Unterhaltung waren wir der reglosen Gestalt nähergekommen. Als wir Seine Bedeckung von zehn Prinzen erreicht hatten, schüttelte der Hengst die Mähne und ließ sich den Hang hinab auf den schmalen Pfad neben der Schlucht gleiten. Eine enge Klamm verschmähend, die nahezu genau nach Westen führte, galoppierte Er nordostwärts, dem blauen Bergmassiv entgegen. Die vier Hundertschaften machten sich auf, Ihm zu folgen. Der Hufschlag ihrer Tiere hallte aus den Tiefen der Schlucht zurück, wo sich einige niedrige Sträucher mit dunkelgrünen Blättern an große Felsbrocken und Fleckchen gelber Erde klammerten.

Immer tiefer reichten die Schneemäntel von den Hängen zu beiden Seiten herab. Die Luft wurde eisig, und der Pfad war steil und schmal. Froh, bei der Vorhut zu sein, statt mit den Zweitausend zu reiten, fragte ich mich, auf welche Weise ich umkehren konnte, um zu sehen, wie es Mirab und Ranbir erging. Dann verspottete ich mich selbst als übereifrigen Narren. Wenn der alte Haudegen und der Hauptmann der Gebirgstruppen nicht imstande waren, diese ersten Berge zu bezwingen, würde unser Zug keinesfalls erfolgreich enden. Außerdem hatten Ranbir und seine Leute während der Rast fast zu uns aufgeschlossen.

Meine Hand lag auf der Laute, als sich zwischen senkrecht abfallenden Felswänden ein ebener Hohlweg vor uns öffnete, den links und rechts Eisflächen säumten. Ich wollte an meinem Gesang für den Hengst weiterarbeiten, jetzt, da Er kaum mehr als hundert Schritt vor uns auf eine im Schatten liegende Felsspalte zutrabte, an der sich der Weg erneut verengte. Doch kraftlos blieb meine Hand auf den Saiten liegen. Ein Felsbrocken stürzte von einem Überhang herab und zerschellte vor den Hufen des Hengstes. Er blieb stehen. Ein weiterer Brocken ging in noch größerer Nähe nieder, Pfeile schwirrten durch die Luft und spickten den Boden um Ihn herum.

«Schilde hoch!» rief Harrap. «Vorwärts, Prinzen, und Deckung gegeben!»

Die hundert Bankerte stürmten voran, um eine Mauer um den Hengst zu bilden, wobei die Ihm nächsten ihre breiten Schilde hoben, so daß sie ein Dach über Seinem Leib bildeten. In ihrer Mitte nahmen sie den Hengst zu der vor ihnen liegenden Felsspalte mit, in der sie Sicherheit finden würden.

Unsere Bogenschützen schossen auf die Felspalisaden um uns herum, um den Bankerten jede Unterstützung zu gewähren, die sie ihnen zu geben vermochten. Doch die Felswände stiegen so steil auf, daß wir höchstens einmal die Spitze eines Speers oder das schwankende obere Ende eines Bogens zu sehen bekamen. Während wir mit über die Köpfe gehaltenen Schilden weiterritten, auf denen wir den Aufprall der Pfeile spürten, fürchtete ich, die Berge selbst hätten, erzürnt ob unserer Dreistigkeit, eine Heerschar von Teufeln gegen uns aufgeboten. Der menschliche Feind war ebenso unsichtbar wie unbekannt und unerwartet.

Die Bankerte wichen vor der Felsspalte zurück und kamen, den Hengst in ihrer Mitte, im Galopp auf uns zu.

«Blockiert, bei Wischnu!» fluchte Harrap. «Laßt sie durch!»

Während wir gegen unsere Quälgeister Pfeile und Speere schickten, die so gut wie nichts ausrichteten, wichen wir langsam zurück. Fünfmal gingen Pferde laut aufwiehernd zu Boden. Drei der Bogenschützen sprangen nicht zurück und blieben regungslos liegen. Einer von ihnen umklammerte den zwischen seinen Rippen steckenden Pfeil. Als wir unter den überhängenden Felsen ein wenig Schutz gefunden hatten, gebot uns Harrap Halt.

«Die Narren!» lachte er. «Sie hätten beide Enden des Sacks zumachen müssen. Jakir, hol Ranbir. Rasch!»

Irgendwie gelang es mir, durch den schmalen Durchlaß zu galoppieren, ohne ein Dutzend Männer an den Felswänden zu zerquetschen. Im Vorrüberreiten warf ich nur einen kurzen Blick auf den Hengst, der mit blutbedeckten Flanken inmitten seiner Prinzen stand. Unmittelbar hinter ihnen wartete Ranbir. Unverhülltes Entzücken lag auf seinem zerknitterten Gesicht, und seine dreihundert Männer standen bereit, geordnet und frisch, wie zur Truppenparade.

«Sei mir gegrüßt, Jakir, mein Sohn!» hieß er mich willkommen. «Könnte ich den jungen Herren unter Umständen behilflich sein?»

Ich bezähmte meine Erregung und lächelte breit, weil er damit die spöttisch-förmliche Anredeform heraufbeschwor, deren er sich bedient hatte, als Harrap und ich kleine Jungen waren. Ich antwortete im gleichen Ton: «Ich grüße Euch, Vater Ranbir! Wir sehen uns einer kleinen Schwierigkeit gegenüber. Prinz Harrap wäre Eure Hilfe angenehm.»

«Laß mich raten», gab Ranbir zur Antwort. «Hinterhalt, was?» Ich nickte, und er fragte: «Wie sieht die Gegend vor euch aus?»

Mit einem abgebrochenen Zweig zeichnete ich auf einem Stück weichen Boden das Tal auf und kam mir dabei vor wie ein kleiner Junge, der sich mit Ranbir als Führer und Lehrer zum erstenmal in die Berge wagt.

«Und Ihr seid ganz sicher», fragte er, «daß es keinen Weg nach oben oder unten gibt, wenn man sich erst einmal zwischen den Felswänden um den Einschnitt befindet?»

Erneut nickte ich, und der alte Bergfuchs sagte in seiner kehligen, mit Zischlauten durchsetzten Muttersprache etwas zu zweien seiner

Offiziere. Während er und ich unsere Tiere dem versperrten Durchgang entgegentrieben, glitten die Gardisten aus dem Sattel, legten ihre kunstvoll verzierten blauen Helme ab und schwärmten zu beiden Seiten des Wegs aus, die steilen Hänge empor.

Als wir bei Harrap eintrafen, sagte dieser in ernstem Ton: «Ranbir, ich hätte zu dir kommen sollen. Steigen deine Bergaffen schon auf?» Auf dessen Nicken hin fügte er hinzu: «Dann wollen wir ihnen nachreiten. Du nimmst die linke Seite und ich die rechte. Laß uns gleich aufbrechen. Der Anstieg macht mir keinen Spaß, wenn deine Männer schon zu weit vorauf sind.»

Ranbir und ich verhielten unsere Pferde, und ich befeuchtete mir die Lippen, um zu sagen, daß es besser wäre, wenn ich die rechte Flanke übernähme, während der General bei der Truppe bliebe. Doch Ranbir kam mir zuvor und sagte: «Ich hatte gedacht, Harrap, mein Prinz, daß Ihr bei den Truppen im Hohlweg bleibt, denn ich werde allmählich alt. Außerdem hatte ich gedacht, daß vielleicht Jakir und ich hier unten warten könnten, während meine jungen Männer das Hindernis aus dem Weg räumen.»

Harraps Gesicht verfinsterte sich, und der schwarze Haaransatz auf seiner Stirn näherte sich bedrohlich den Augenbrauen. Doch schwand der Zorn, bevor er seinen Höhepunkt erreicht hatte. «Gewiß, du hast recht», sagte er leichthin. «Aber ich fühle mich wohler, wenn du deine Behaglichkeit opferst. Du links, und Jakir rechts.»

«Das hatte ich kommen sehen», knurrte Ranbir, als wir zurückritten. «Ein kräftezehrender Anstieg statt einer Ruhepause.»

Aber schneller als seine jungen Speerträger war er von seinem Tier herunter und erklomm den Hang. Er wandte sich um und rief mir zu: «Denkt daran: schön langsam, wenn Ihr Euch dem Grat nähert.»

Ich winkte bestätigend, da ich schon bald keine Luft mehr zum Antworten hatte, obwohl mich links und rechts von mir junge Männer der Gebirgstruppen begleiteten, die mir beistehen sollten. Die vor uns befindlichen Gardisten, deren graubraune Umhänge mit den Felsen verschmolzen, stiegen vorsichtig empor. Wir erreichten sie nach einer halben Stunde. Nach wie vor war der Anstieg mühsam. Immer, wenn wir eine Stelle erreichten, an der uns aufragende Felszinnen auch vor den schärfsten Augen derer schützten, die im Hinterhalt lagen, reckten sich die Männer empor. Da sie nichts zu sehen vermochten, kletterten sie weiter, wobei sie ihre kurzen

Hornbögen und Schwerter festhielten, damit nichts klirrte oder klapperte. Sie gruben ihre Fersen in den Boden und stiegen den Hang empor, als sei er eine Treppe, und ich war froh über die stützenden Hände meiner beiden jungen Begleiter.

Unmittelbar unter der Gratlinie hockend, sah ich die gesamte Streitmacht unter mir versammelt wie Kinderspielzeug. Auf der gegenüberliegenden Seite des Hohlwegs bildeten Ranbir und seine Leute ein Spiegelbild meiner eigenen Gruppe. Wie wir preßten sie sich an den Erdboden, um möglichst nicht gesehen zu werden. Unter uns erkannte ich Harrap, den Hengst und die Vierhundert, die geschützt am Eingang des Hohlwegs warteten. Das vor ihnen liegende winzige Tal war leer, mit Ausnahme der verendeten Pferde und der drei gefallenen Bogenschützen. Einer von ihnen sah aus wie von einem langen Pfeil aufgespießt. Am jenseitigen Ende versperrten aufeinander getürmte Gesteinsblöcke die Spalte zwischen den Felswänden. Ohne die gut getarnten Heckenschützen sehen zu können, schossen die Bogenschützen im Hohlweg ihre Pfeile zu ihnen empor.

Oberhalb des schmalen Durchlasses lagen etwa zweihundert Männer zwischen den Felsen verteilt. Immer, wenn sich einer von ihnen erhob, um einen Pfeil abzuschießen oder einen Felsblock zu lockern, den er hinabstürzen wollte, sah ich, daß sie Umhänge aus Bärenfell und geschmiedete Eisenhelme trugen, auf denen die Hörner der Bergziege prangten. Daran erkannte ich, daß es sich um Krieger der Minderen Kamar handelte, deren Herden gewöhnlich fern der Königsstadt weideten. Da die Familie von Guptas Mutter diesem Stamm angehörte, bevorzugte Gupta ihn in jeder Hinsicht. In einem weiter östlich gelegenen Einschnitt, den die Männer von der Ebene aus nicht einsehen konnten, weil er von Gebüsch umstanden war, erkannte ich mehrere hundert ledige Pferde und mindestens hundert Männer jenes Volkes. So sehr war die Aufmerksamkeit der Minderen Kamar auf die Krieger unten im Hohlweg gerichtet, daß sie weder über noch hinter sich blickten, wo wir uns langsam voranarbeiteten.

Wir hielten uns hinter Felsgraten verborgen, bis wir unsere Angreifer in einem großen Bogen umgangen hatten, dessen Enden unmittelbar hinter ihnen zusammenstießen, als das Tageslicht zu schwinden begann. Allmählich sank die Sonne hinter den Bergen im Westen, und in dichten Wolken stieg uns der Atem vom Mund auf, als wir unsere Angriffsposition erreichten.

Ein graubärtiger Krieger erhob sich aus einer Vertiefung zu meinen

Füßen. Die Strahlen der waagrecht stehenden Sonne waren auf den Hörnern seines Helms aufgespießt. Sein Mund bildete einen gewaltigen Kreis, so daß ich tief in die rote Höhle seiner Kehle sehen konnte, während ich nach meinem Dolch griff. Bevor er die Möglichkeit hatte, seinen Warnruf auszustoßen, sprang einer der Gardisten vor, der sich hinter mir gehalten hatte. Sein halbmondförmiges Messer blitzte auf, und mit seinem gekrümmten braunen Arm umschlang er den Hals des Kriegers. Er schlitzte ihm den Unterleib auf, dann fuhr die breite Klinge von innen aufwärts, so daß sie auf der linken Seite mit einem raschen Ruck herauskam. Auf diese Weise stach man Wildeber ab.

Der Mund, vorhin noch angespannt, hing jetzt lose, und das einen Fuß von meinem eigenen entfernte Gesicht, auf dem noch der Ausdruck der Verblüffung lag, wurde grau. Der Gebirgssoldat, ein junger Bursche von höchstens sechzehn Jahren, ließ den schlaffen Leib auf die Felsen sinken und stieß die halbmondförmige Klinge zweimal in den Boden, um das Blut abzuwischen. Er lächelte mir scheu zu.

Ganz kurz sah ich, wie sich Ranbir auf dem gegenüberliegenden Grat erhob. Auf sein Zeichen hin ließen wir Schwärme unserer kurzen Pfeile fliegen, und der wilde Kampfschrei der Gebirgstruppen ertönte von den Felsen herab. Aus kurzer Entfernung deckten wir die Krieger der Minderen Kamar, die sich in ihren beengten Erdlöchern kaum umdrehen konnten, von oben mit Pfeilen ein. Als sie aufstanden, weil sie sonst nicht auf uns hätten schießen können, jubelten die Bogenschützen unten im Hohlweg vor Freude. Endlich wurden sie des bis dahin unsichtbaren Feindes ansichtig, der sie so gepeinigt hatte. Auf beiden Seiten waren wir hundertfünfzig gegen ihre hundert.

Als wir uns auf sie stürzten und im schwindenden Sonnenlicht die Halbmond-Messer aufblitzten, war unsere Aufgabe rasch getan. Meine Aufforderung, die Anführer zu schonen, kam zu spät.

Ich schob einen Krieger beiseite, aus dessen Hals das helle Blut sprudelte, beugte mich vor und rief zu Harrap hinab. Während ich auf seine Antwort wartete, sah ich, daß auf der rechten Hand des Kriegers die blaue Schlange prangte, die Tätowierung des Stammes der Minderen Kamar.

«Eine Hundertschaft Reiter», rief ich und wies auf den verborgenen Einschnitt. Die Panzerreiter galoppierten aus dem Hohlweg, und ich folgte meinen Gardisten, die im Sturmschritt am Grat entlangliefen, zu den Höhen empor, von wo man die feindliche Kavallerie im Blick hatte.

Wir kamen so spät oben an, daß wir lediglich Gelegenheit hatten, eine einzige Salve von Pfeilen abzuschießen, bevor Harrap mit seinen Berittenen heransprengte. Zu unseren Füßen tobte das Gefecht in dem sonderbar hellen Licht, das in den Bergen der Abenddämmerung voraufgeht. Angstvoll wieherten Pferde auf, als sie das Blut rochen, und Männer stürzten aus dem Sattel in den Schnee, während wir den Hang hinabglitten, um zu unseren Panzerreitern zu stoßen und ihnen bei ihrem blutigen Geschäft zu helfen. Obwohl unser Abstieg höchstens fünf Minuten dauerte, kamen wir zu spät.

Blaß-lila leuchtete Harraps Narbe auf der goldenen Haut. Er stand einem verwundeten Krieger der Minderen Kamar gegenüber; dem Doppelgehörn auf dem Helm nach war es ein Häuptling. Einer unserer Kavalleristen hielt ihn aufrecht, indem er ihn mit der Faust in der Achselhöhle stützte.

«... sechs Einheiten abgestellt... an jedem Paß eine», brachte der Mann keuchend hervor. Seine altväterliche Sprechweise, die auf dem Lande noch gepflegt wurde, wirkte sonderbar. «König Gupta hat befohlen... den Hengst ergreifen und gefangenhalten... oder Harrap töten. Am besten beides...»

«Das hat Gupta befohlen?» fuhr ihn Harrap an.

«So ist es», bestätigte der Häuptling mit leisem Seufzen. «Um Kalis und des Weines willen, den wir am Indus miteinander tranken, verbindet mir den Arm.»

Harrap schüttelte den Kopf, und der Kavallerist trat zurück. Kaum nahm er seine Faust aus der Achselhöhle, stürzte der Häuptling zu Boden, und in regelmäßigen Stößen spritzte helles Blut von seinem Handgelenk auf den befleckten Schnee. Eine Minute lang schlugen seine Schuhe aus weichem Leder in der Nässe um sich. Dann war es vorbei.

«Die Götter», sagte Harrap, Jubel in der Stimme, «schicken uns Widrigkeiten und werden dabei von meinen königlichen Brüdern unterstützt. Wird Gupta annehmen, wir seien zu den Himmeln empor entschwunden, wenn keiner seiner Stammesgenossen von diesem Hinterhalt zurückkehrt?» Sein Ton wurde bitter. «Geiz und Intrigen! Tschandra hat uns die klapprigen Schindmähren geschickt, damit wir keinesfalls Gefahren bestehen müssen. Gupta hat uns durch die Männer seines Stammes einen Hinterhalt legen lassen, weil es ihm besser schien, daß wir nie zurückkehren. Beide haben entsprechend ihrem Charakter gehandelt – und sich dabei so unfähig erwiesen wie eh und je. Mögen uns die Götter mehr Feinde vom Schlage meiner Brüder schicken.»

Wir errichteten unser beengtes Lager in dem kleinen Tal, nachdem wir die Getöteten entkleidet und die Pferde angepflockt hatten, die vom Blutgeruch unruhig waren. Als wir unsere Feuer entzündet und uns etwas Fleisch gebraten hatten, sprach Harrap erneut: «Bei Licht betrachtet, ist mir Guptas Art lieber. Immerhin hat er uns *frisches* Pferdefleisch geliefert.»

16

In der Nacht verschwand der Hengst. Dumpf trommelten Seine unbeschlagenen Hufe im Dämmerlicht des Mondes und der tiefhängenden Sterne auf den Boden, während Er vor dem abstoßenden süßlichen Geruch zerfetzten Fleisches floh.

Die Flüche schlaftrunkener Männer und das Klirren von Zaumzeug drangen an mein Ohr, weckten mich jedoch nicht ganz. Der Lärm kam vom jenseitigen Ende des kleinen Tales, wo die Bankerte neben ihren Pferden schliefen. Während sich die ersten zehn, einander Schmähungen zurufend und wütend mit den Schwertern rasselnd, an die Verfolgung machten, drehte ich mich in meinem Schaffell-Umhang wohlig zum Weiterschlafen um. Dabei achtete ich darauf, den scharfen Stein zu meiden, der sich wie immer unter meiner Hüfte festgekeilt hatte.

Die Nacht war noch nicht vollständig vorüber, als eine Abordnung von Prinzen zu mir kam. Kurz vor Morgengrauen wurde aus dem schimmernden Silber der flachen Mondscheibe ein kaum wahrnehmbares Weiß, und die Sterne waren an die Himmelswölbung geheftete Flöckchen aus grauer Wolle, während die Schildwachen des Himmels wechselten. Als zwischen den gezackten Gipfeln im Osten der orangefarbene Rand der Sonne auftauchte, suchten mich drei Prinzen mit matt glänzenden Brustpanzern und rotgeränderten Augen auf.

Mehr als die Hälfte der hundert Bankerte befand sich noch im

Lager, die übrigen aber waren dem Hengst durch die Finsternis gefolgt. Gerade wollte ich sie zu der Disziplin beglückwünschen, mit der sie einen Zehnertrupp nach dem anderen ausgeschickt hatten, um den Hengst im Auge zu behalten. Bevor ich aber mein Lob anbringen konnte, erstattete der erste von ihnen, ein hoch aufgeschossener hagerer Bursche mit schütterem Backenbart, seine Meldung. Sein Vater, Gebieter über eine handtuchgroße Länderei im unfruchtbaren Südwesten, hatte ihm den hochtrabenden Namen Gorbabordol gegeben, und obwohl sein Anspruch auf den Prinzentitel ebenso fadenscheinig war wie bei der Hälfte der anderen, beharrte er mit ungebärdigem Hochmut auf dem ihm gebührenden Rang. Er war gewöhnlich so erregt, daß Harrap eigentlich nichts von ihm hatte wissen wollen, brachte aber mit seinem bitteren Humor seine Gefährten immer dann zum Lachen, wenn die Schlacht am gefährlichsten war. An jenem Tag im halben Morgengrauen allerdings bewies der unbedeutende Prinz Gorbabordol nur wenig Humor.

Mit schriller Stimme rief er «Meister Jakir!», um meine Aufmerksamkeit auf sich zu lenken. Ich begann ihn entsprechend der brahmanischen Form anzureden und hätte ihn fast zur Ordnung gerufen, wartete aber dann ab – in erster Linie, weil ich daran denken mußte, mit welchem Zögern ich den militärischen Rang akzeptiert hatte.

«Meister Jakir!» wiederholte er. «Wir möchten den General nicht gern belästigen – jedenfalls noch nicht. Aber man hat mich beauftragt zu sagen, daß wir Prinzen unzufrieden sind.»

«Warum?» fragte ich gelassen.

«Uns sind Aufgaben übertragen, die besser zu Reitknechten passen.» Seine Stimme hob und senkte sich so regelmäßig, als habe er auswendig gelernt, was er sagen wollte. «Nach dem Kampf bleibt uns der Schlaf versagt, weil wir dem Hengst nachjagen müssen. Schlimmer noch, wenn es zum Kampf kommt, werden wir davon ausgeschlossen, weil wir Ihn bewachen müssen. Unser Auftrag geziemt sich nicht für Prinzen.»

«Meine Herren, ich bin froh, daß ihr mit mir und nicht mit dem General darüber redet, der das unter Umständen nicht gut aufnähme. Ich hingegen höre euch geduldig an, weil ich weder von seinem Blut bin, noch sein aufbrausendes Temperament habe.»

«Daher sind wir auch zu Euch gekommen, Meister Jakir. Wir wußten, daß Ihr uns raten würdet. Wir sind...»

Ich unterbrach ihn, ohne auf die Anspielung zu achten, ich solle ihnen raten und nicht befehlen: «Laßt mich euch eine Frage stellen: Ist die Aufgabe leicht?»

«Nein, bei Wischnu, das ist sie nicht», gab Gorbabordol zur Antwort. «Das habe ich Euch ja gesagt. Sie ist äußerst mühselig und gehört sich nicht für...»

«Könnten Reitknechte sie wirklich ausführen?»

«Ich glaube nicht», räumte er ein. «Dessen ungeachtet...»

«Dessen ungeachtet... werdet ihr künftig noch in reichem Maße Gelegenheit zum Kampf bekommen. Gestern konnten ausschließlich Bogenschützen und Gebirgstruppen ihre Waffen ehrenhaft einsetzen. Für die Panzerreiter war es ein Schlachten, aber keine Schlacht.»

«Das stimmt vermutlich. Dennoch hätten wir gern...»

«Meine Herren, ich verspreche euch viele Schlachten und viel Blut, sobald wir wieder in der Ebene sind, wo ihr euch hervortun könnt. Bis dahin fällt euch die mühseligste, anspruchsvollste und bedeutendste Aufgabe zu, nämlich den Awatara vor Schaden zu bewahren. Ist das kein Auftrag für Prinzen?»

«Wenn Ihr es so sagt», gab er nach. «Gleichwohl ist er schwer – und unserer unwürdig. Demnächst werden wir noch seinen Dung für Gemüsegärten sammeln.»

Seine Begleiter gluckten bei der Vorstellung, wie sie ihre aristokratischen Hände, die ausschließlich zum Blutvergießen gut genug waren, mit Dung besudelten. Im stillen nahm ich mir etwas vor, sagte aber mit meinem freundlichsten Lächeln: «Das nicht, das versichere ich euch.»

«Nun gut, Meister Jakir...»

«Oberst Jakir», blaffte ich ihn an. «Solange ihr unter diesem Kommando steht, werdet ihr mich Oberst nennen!»

«Gewiß, Oberst», antwortete er, wobei er die Winkel seines breiten Mundes in gespielter Überraschung herabzog. «Aber Ihr denkt *bestimmt* daran, wenn wir die Ebene erreichen...»

«Ich verspreche euch viele Tode.»

An ihrem steifbeinigen Gang war zu erkennen, daß sie nur zur Hälfte besänftigt waren. Ich führte den Schlauch mit Kumyß zum Mund und kaute ein Stück gedörrtes Pferdefleisch, um den Geschmack meines Erwachens aus dem Mund zu vertreiben. Doch der trübselige Tag ging genauso weiter, wie er begonnen hatte.

Wir mußten unsere vier Toten begraben und dreißig weiteren

Männern die Wunden verbinden. Diese Arbeit überließ ich dem Priester. Ich vermerkte lediglich die Zahlen und dankte den Göttern, daß wir den Sieg gegen die Heckenschützen ohne große Opfer errungen hatten, weil es uns gelungen war, sie zu überraschen.

Die Leichen der erschlagenen dreihundertzweiundzwanzig Minderen Kamar warfen wir in die Schlucht und häuften Schnee und Felsbrocken darauf. Ihre Waffen, Rüstungen und Bärenfell-Umhänge verteilten wir unter unseren Männern. Die gehörnten Helme stellten wir als Opfer an die Götter und als Warnung für die Menschen auf den Felsen am Rande des Einschnitts in Reih und Glied auf.

Am widerwärtigsten war mir das anschließende Abschlachten der Pferde des Feindes. Fünfzig der besten wählten wir aus, um unsere Verluste zu ersetzen und unsere Reserven aufzufüllen. Verletzte Tiere konnten wir natürlich nur töten. Die übrigen, es waren nahezu zweihundert, wurden geschlachtet. So gierig schlangen unsere Männer zu Mittag gebratenes Pferdefleisch herunter, daß danach ihre Stiefel und Ärmel mit eingetrocknetem schwarzen Blut bedeckt waren. Zusätzlich bekam jeder ein bluttriefendes Paket, das er sich an den Sattelknauf hängen konnte. Die Köpfe der Tiere mit ihren starren Augen ließen wir, ebenso wie die Knochen, auf den Felsen liegen: mochten die Vögel sie sauberpicken.

Gegen Mittag des Tages erlagen noch zwei unserer Bogenschützen ihren Verwundungen, und der Priester wies darauf hin, daß drei weitere sterben müßten, wenn man ihnen keinen Ruhetag gewährte. Nicht nur die Prinzen ließen die Köpfe hängen, auch die Vierhundert waren vom Vorstoß ins Hochgebirge und ihrer ersten kurzen Schlacht übermäßig mitgenommen. Dasselbe galt für die Kavallerie und die berittene Infanterie der Hauptstreitmacht. Mit Fleisch vollgestopft, lagen sie träge in der Sonne, die Augen in ihren grau wirkenden Höhlen halb geschlossen. Lediglich Ranbirs Gardisten war nichts von der allgemeinen Erschlaffung anzumerken. Die Männer stammten von barbarischen Bergstämmen im Osten ab und waren angeworben worden, um die königliche Familie vor dem Adel zu schützen. Nur diese Söldner waren imstande, die allgemeine Apathie zu ertragen, die alle anderen niederwarf, obwohl keiner auch nur mit einem Wort darauf zu sprechen kam. Nachdem wir erfahren hatten, daß uns die Minderen Kamar, Guptas Stammesgenossen, auf Geheiß des Mitkönigs angegriffen hatten, gab es nichts mehr zu sagen.

Auch wenn ich als Brahmane außerhalb des feingesponnenen Netzes von Treuebindungen stand, auf das die Kriegerkaste vereidigt war, spürte ich das Entsetzen unserer Krieger, und mir war klar, daß noch die trägsten unter ihnen von Zorn und Verblüffung verstört waren. Unsere Väter und Vorväter hatten eine Königsstadt errichtet, und dazu ein Reich, das sich den üblichen Göttern unterwarf. Alle Bewohner Kamardols waren ein Volk geworden, und jeder sah im Leben des anderen das Leben aller. Gupta hatte diesen heiligen Pakt gebrochen und uns damit ins Zeitalter der im Krieg miteinander liegenden Stämme zurückgeworfen. Es war die Zeit vor der Entstehung Kamardols, da man nicht nur das eigene Leben hüten mußte, so gut man konnte, sondern auch Leben, Familie und Besitz aller anderen an sich bringen durfte, sofern man dazu imstande war.

Harrap allein schien von all dem unberührt. Kaum eine halbe Stunde nachdem das letzte Pferd geschlachtet war, gab er den Befehl zum Aufsitzen. «Genug gefaulenzt!» rief er mir munter zu. «Die Expedition hat gerade erst angefangen. Wenn wir uns nach jedem kleinen Scharmützel auf die Bärenhaut legen und unsere Wunden lecken, werden wir sie nie beenden.»

Ich bat ihn mit Nachdruck, erst am nächsten Morgen reiten zu lassen. Vielleicht könnten die drei Schwerverwundeten überleben, fügte ich hinzu, wenn wir ihren erschöpften Leibern einen Nachmittag lang Ruhe bewilligten.

Zorn zeigte sich auf Harraps Stirn, und er hob die Faust. Eine volle Minute lang standen wir schweigend da und sahen einander an. Noch nie hatte ich seinen Wutanfällen nachgegeben, und ich konnte es auch diesmal nicht, wollte ich nicht alles zerstören, was zwischen uns lag. Schließlich senkte er die Hand und brach das Schweigen.

«Jakir!» Seine Stimme bebte vor Zorn. «Wenn die Götter die drei Bogenschützen fordern, werden Sie sie bekommen. Unsere Aufgabe heißt ausschließlich vorwärts gehen, dem Hengst folgen, wohin Er geht, nur dann innehalten, wenn Er innehält. Gib den Befehl aufzusitzen.»

Obgleich mir Harraps rasch entflammter Zorn vertraut war, erstaunte mich, daß er plötzlich so aufbrauste – er, den als einzigen von uns allen der brudermörderische Angriff des Stammes der Minderen Kamar nicht berührt hatte.

So antwortete ich mit ruhiger Stimme: «Ist denn sicher, daß das Opfer verlangt wird? Diese Männer sind dem Dienst des Hengstes geweiht. Sollen wir drei Leben auslöschen, die eines Tages Seines bewahren könnten, nur um heute zehn Meilen weiter zu kommen?»

Sein Gesicht entspannte sich. Schon hoffte ich, sein Herz für den einfachen Soldaten werde ihn veranlassen, den Befehl rückgängig zu machen. Doch störrisch wiederholte er: «Laß die Männer aufsitzen. Oder muß ich den Befehl höchstpersönlich geben?»

Resigniert wandte ich mich an den Bannerträger Orberk, damit dieser den Befehl an die Trompeter weitergab. Doch Mirab – er war mit Ranbir gekommen, um bei der Verteilung der Beute zuzusehen – sagte mit rauher Stimme, höchstens halb so laut wie sein sonstiges Dröhnen, in das kalte Schweigen hinein: «Hoheit! Ich möchte Euch einen Vorschlag machen... meine Männer bedürfen der Ruhe. Ihre Ermattung kommt aus der Seele. Gönnt ihnen diesen Ruhetag und laßt sie durch die Priester vom Brudermord entsühnen. Im Augenblick fürchten sie, daß ein Fluch auf unserer Expedition ruht.»

«Prinz Harrap, denkt über die Worte des Obristen nach», riet Ranbir. «Zwar könnten meine Kletteraffen ohne weiteres weiterziehen, doch auch für sie ist es nicht gut, wenn sie merken, daß die anderen mit sich selbst im Widerstreit liegen.»

Harrap preßte die Lippen zusammen. Das war nicht etwa ein Hinweis auf Unentschlossenheit, sondern ging auf eine Erkenntnis zurück, die ihn stets ärgerte – das Bewußtsein, daß andere schwach waren. Ich sah meine Gelegenheit gekommen.

«Könnten wir nicht», sagte ich, «den Männern Ruhe bewilligen und zugleich dem Priester den Auftrag erteilen, Weizen und Milch zu opfern, um sie zu entsühnen? Könnten wir nicht eine Ruhepause einlegen, um zu beten, daß die Expedition der Königsstadt zur Ehre gereichen möge, statt einen Keil zwischen alle Beteiligten zu treiben?»

Sicherlich hätten wir unser Anliegen vergeblich vorgetragen, wäre nicht ein Kurier der Prinzen ins Lager getrabt gekommen. Von der Mitteilung beruhigt, daß der Hengst in aller Seelenruhe fünfzehn Meilen entfernt graste, ordnete Harrap an, die Krieger sollten eine Pause einlegen und der Priester solle beten.

Während Mirab und Ranbir auf ihren Posten zurückkehrten, legte ich mich nieder, um das üppige Mahl schlafend zu verdauen. Harrap stieg auf den Hang ein Stück weit empor, setzte sich schweigend und drehte einen der eisernen Häuptlingshelme mit dem Doppelgehörn in Händen, den ein Axthieb gespalten hatte.

Am späten Abend, die Lagerfeuer waren bis auf die letzte Glut zusammengesunken, und die Wolken, die der Nordwind vor sich hertrieb, hatten einen Vorhang zwischen die Erde und den hellen Himmel gelegt, kam Harrap zu mir zurück.

Ich sah, wo er stand, weil die Finsternis vor dem Schimmer der Glut noch ein wenig dunkler wirkte. Seine Stimme flüsterte aus der Schwärze wie früher, wenn man uns als Jungen für Taten bestraft hatte, bei denen wir die uns gesetzten Grenzen mißachtet hatten. So hatte er gesprochen, wenn man uns mit Sattelgurten dafür züchtigte, weil wir die Heiligen Karpfen im Schiwa-Teich gespeert oder Krischnas Heilige Stiere gereizt hatten.

«Jakir, es tut mir leid, daß wir gestritten haben – und noch mehr, daß wir nicht weitergeritten sind. Begreifst du nicht, daß wir geschworen haben weiterzuziehen – bis jeder von uns gefallen ist, sofern das dem Willen der Götter entspricht?»

Ich gab keine Antwort, und die angstvolle Stimme fuhr fort: «Jakir, ohne weiteres hätte ich dem Häuptling der Minderen Kamar das Leben geschenkt. Dazu hätte ich nur zu nicken brauchen, statt den Kopf zu schütteln... Gemeinsam sind wir gegen die Jats geritten, und mit mir zusammen hat er bei deren Verwundeten Beute gemacht. Aber ich konnte nicht. Damit, daß er gegen den Hengst vorging, hatte er den Fluch auf sich und all seine Leute geladen. Nicht meine Kopfbewegung hat ihn verdammt, sondern der Wille der Götter.»

«Ich verstehe, was Ihr sagen wollt, Harrap», antwortete ich. «Hätte ich mir nicht Euer Ziel zu eigen gemacht, würde ich neben Euch reiten. Aber nicht alle Menschen sind wie Ihr. Andere müssen rasten und beten.»

«Nein!» In diesem einen geflüsterten Wort flammte der leicht verletzte Stolz der königlichen Kamar durch die Dunkelheit auf. «Nun, mag sein. Natürlich sind die anderen nicht wie ich, und das ist auch gut für sie.»

«Gute Nacht, Harrap.»

«Gute Nacht, Jakir», gab er mit plötzlich friedfertiger Stimme zur Antwort. «Die Götter mögen deinen Schlaf behüten.»

Unser Morgen kam früh, obwohl ihn das Licht nicht begleitete. Noch immer beschämten die tiefhängenden schwarzgestreiften

Wolken die Sonne und drückten die schweren Winde auf die kalte Erde hernieder. Kommandeure und Handwerker kamen zu mir, bevor ich den ersten Schluck Kumyß getrunken hatte. Die Rast hatte den gewohnten Ablauf unseres Zuges unterbrochen, und ich wurde mit immer neuen Einzelheiten bestürmt: Was sollte mit den Waffen der Minderen Kamar geschehen? Konnten wir die Rast nicht verlängern – in der Nacht hatten vier Kamelbullen einander angefallen und böse zugerichtet. An zweien der Bagagewagen waren die Räder gebrochen – mußten wir die zurücklassen? Die endlose Litanei unbedeutender Schwierigkeiten war fast ebenso lang wie damals beim Aufbruch aus dem Winterlager.

Schließlich kam auch der Priester zu mir. Die drei verwundeten Bogenschützen, erklärte er, würden wohl überleben, wenn wir jetzt weiterritten. Gerade als ich ihm für diese willkommene Auskunft dankte, stürmte vom anderen Ende des Hohlwegs Gorbabordol herbei und scheuchte Männer und Tiere auf. Sein Pferd war schweißbedeckt, und sein teigiges Gesicht, in dem die rotgeränderten Augen glänzten, sah aus wie das eines Totenschädels.

«Oberst», rief er, noch im Sattel, «der Hengst ist fort! Er hat in der Morgendämmerung das Weite gesucht, als seien alle Teufel hinter Ihm her. Er ist mindestens fünfzig Meilen fort und stürmt immer weiter. Bei Seinem Vater Pragpati, es sieht so aus, als wolle Er nie wieder stehenbleiben.»

Er wandte sich um, forderte den letzten Zehnertrupp der Bankerte auf, ihm zu folgen, und war wieder fort. Halb belustigt von seiner Eile, ging ich zu Harrap hinüber, der die Hufe seines struppigen Grauen kontrollierte.

«Wir müssen in einer halben Stunde zum Aufbruch bereit sein», sagte ich. «Übrigens berichten die Bankerte, daß sich der Hengst fünfzig Meilen von hier befindet und immer weiter galoppiert.»

Harrap ließ den Huf los, den er gerade in der Hand hielt, als habe dieser sich von einem Augenblick auf den anderen in eine Schlange verwandelt. Er sprang mit einem Satz in den Sattel und rief: «Aufsitzen und abreiten! Aufsitzen... und... abreiten!» Mit einem wütenden Blick auf mich sagte er leise und boshaft: «Verflucht sollst du sein, Jakir! Und wenn wir Ihn nun nicht mehr finden? Ich habe dir gesagt, daß wir nicht rasten dürfen. Du folgst mit der Hauptstreitmacht.»

«Aber Er ist noch immer in Sicht», erinnerte ich Harrap. «Was die Männer geübt haben, klappt vorzüglich. Wir werden Ihn nicht verlieren.»

Ohne weiter auf mich zu achten, ritt er davon, wobei er erneut ausstieß: «Aufsitzen... und... abreiten!»

Die letzten Prinzen stürmten in den Hohlweg, als die Hufschläge von Harraps Pferd noch darin hallten. Im Abstand von zehn Minuten folgten ihnen Panzerreiter, Bogenschützen und Freisassen, während ich auf die Hauptstreitmacht wartete. Den ganzen Tag über war mir bewußt, daß Harrap weit vor uns dahinstürmte, um den Hengst zu verfolgen. So groß war der Unterschied in der Geschwindigkeit der einzelnen Einheiten, daß Mirab auf meine Empfehlung hin eine halbe Kavallerieschwadron nach vorn schickte, damit wir die Vorhut nicht aus den Augen verloren.

Harraps Schwung führte uns ohne Schwierigkeiten über das blaue Massiv, das seit einer Woche in majestätischer Teilnahmslosigkeit vor uns aufragte. Auf der Fährte des Hengstes gelangten wir immer höher, fort vom Fluß, doch ging der Anstieg trotz des breiten Weges jetzt langsam voran. Als es für kurze Zeit so schien, als gebe es keinen Durchgang durch eine große Felsbarriere, zeigten uns die Reiter an der Spitze den Weg, den der Hengst gefunden hatte. So geschmeidig wie sich ein Tiger zwischen den grauen Flanken der Elefanten hindurchwindet, wenn der Aufseher der Mahouts nicht darauf geachtet hat, die Lücke zu schließen, glitten wir durch die Öffnung in der verwitterten Fläche. Das Massiv wirkte nicht faßbarer als die Trugbilder, die über heißem Sand entweder schattige Behaglichkeit oder feindselige Begegnungen vorgaukeln und die verschwinden, wenn der Reisende, von leichtgläubiger Hoffnung oder verzweifeltem Mut angetrieben, stracks auf sie zureitet. Sogar die Kamele, die normalerweise nicht besonders gut klettern, erklommen willig die sanft ansteigenden Hänge, und die Bagagewagen des Trains rollten so leicht dahin, als gehe es über einen Heerweg.

Die Flanke des Bergmassivs umrundeten wir am Mittag des zweiten Tages, nachdem Harrap fuchsteufelswild aus dem winzigen Tal gestürmt war. Wieder wurde der Fluß zu unserer Rechten sichtbar. Er glänzte wie ein mehrfach gewundener Einschluß in der grünen Jade der von Kiefern umstandenen Schluchten. Unter uns, allerdings volle fünfzehn Meilen entfernt, arbeiteten sich die Vierhundert auf vielen Kehren durch das kristallklare Licht zum Fluß hinab. Ich glaubte, Harrap, den Priester und das Banner jeweils im Abstand weniger Schritte zu sehen. Ebenso glaubte ich, den weißen Blitz von Harraps Zähnen zu erkennen, wenn er lächelte. Ich wußte, daß er wieder zufrieden war, denn ich sah gleichfalls die Kette der Prinzen in gelben Gewändern, die sich den Hang hinab ergossen. Am letzten goldenen Kettenglied hing der Schimmer der vollkommenen Perle – der Hengst.

Jenseits der Schlucht erstreckten sich ringsherum lila übergossene weiße Zinnen von Bergketten bis zum Horizont. Auf ihnen prangten wildgezackte grüne und rote Einschnitte. Hinter der ersten Gipfelreihe erhob sich die nächste noch höher, dann eine dritte, und so weiter, so daß mein Auge an den Rand der Unendlichkeit gelenkt wurde. Ich riß mich davon los und betrachtete das Bild, das sich mir bot, mit den Augen eines Adjutanten. Jedem Abstieg, der vor uns lag, würde ein steilerer Aufstieg folgen, jede Etappe würde uns höher führen, bis wir schließlich die letzte und höchste Bergkette überquerten – vorausgesetzt, daß die Berge irgendwann einmal endeten. Sofern das von Eis eingeschlossene Gebirge nicht bis zur Spitze der Welt emporreichte, mußten wir dahinter die goldglänzenden Städte der Menschen finden.

Erst am folgenden Tag stieß ich wieder zur Vorhut. Ich wollte Harrap Zeit lassen, in der Hoffnung, daß an die Stelle seiner Wut nagende Gewissensbisse traten. Erst dann, das wußte ich, würde er sich zu einer großmütigen Entschuldigung bereit finden.

Wie erwartet hieß mich Harrap mit einem halben Lächeln willkommen. «Ein schönes Land, was, Jakir?» fragte er. «Allerdings eignet es sich besser für Vögel als für Menschen. Die Götter selbst müssen für ihre Schlachten diese Brustwehren aus Fels aufgeworfen haben.»

«Ein schönes Land, Harrap», stimmte ich zu und wartete.

«Wie steht es mit der Hauptstreitmacht? Alles in Ordnung?»

«Alles in Ordnung», bestätigte ich und wartete erneut.

Einen Augenblick lang verfinsterte sich sein Gesicht wie ein Wäldchen, wenn eine Wolke über die Sonne huscht.

«Diesmal sind wir von der Katastrophe verschont geblieben, Jakir. Es war eher meine Schuld als deine, daß wir gewartet haben. Jetzt geht es voran, und wir werden den Ritt nur unterbrechen, um Feinde des Hengstes niederzumachen, die den Göttern trotzen.»

Ich schluckte meine Empörung herunter und zügelte meine Stimme. «Ich fürchte, Ihr laßt den Vorzeichen nicht genug Möglichkeiten, sich zu entwickeln, wenn Ihr zu dicht am Hengst bleibt.» Da ich nicht wollte, daß seine fortdauernde Bitterkeit zwischen uns stand, fügte ich munter hinzu: «Aber unbestritten habt Ihr das Kommando.»

«So ist es», sagte er schroff. «Aber komm, berichte mir, wie es um die Hauptstreitmacht steht. Ich habe sie allzu lange vernachlässigt.»

Ohne mich lange bei den Einzelheiten aufzuhalten, erstattete ich meinen dienstlichen Bericht und schloß: «Die Männer sind bereit zu kämpfen, sobald sie gebraucht werden. Ich fürchte, die Reiterei wird allmählich unruhig, weil sie keine Gelegenheit zum Kampf bekommt.»

«Die ergibt sich schon – und das bald genug. Dann wird es reichlich Blut für alle geben. Dafür werden die Götter sorgen, wenn wir nur gehorchen und Ihrem Vollkommenen Hengst ohne Zaudern folgen. Doch ist es gut, daß auf dem Berg statt der Krieger Kamardols die Gardetruppen gekämpft haben.»

«Ihr habt recht», gab ich zur Antwort, während ich nach dem festen Boden gegenseitigen Verstehens tastete, auf dem wir immer gestanden hatten.

«Hätte es sich um eine Einheit Kamardols gehandelt», spann er seinen Gedanken weiter, «wäre die Mißgunst der anderen grenzenlos gewesen. Ranbirs Männer aber brüsten sich ihrer Taten nie. Für sie ist der Kampf eine willkommene Abwechslung, er gehört einfach zu ihrer Tätigkeit wie Wachestehen oder eine Parade. Sie gehen in die Schlacht wie ein Kaufmann auf den Markt – nur daß sie ihre Gewinne oder ihre Verluste mit weniger Wehgeschrei zählen.»

«Aber beim nächsten Mal sollten wir unseren eigenen Leuten den Vortritt lassen», bekräftigte ich. «Falls Ihr jetzt mit mir fertig seid, Harrap, reite ich zurück.»

«Ich bin mit dir fertig, Jakir», gab er zur Antwort, wobei ein Lächeln um seine Lippen spielte. «Das heißt, für den Augenblick. Aber warte noch... Murren die Männer nach wie vor wegen des Unsinns mit dem Brudermord, und sind sie deshalb immer noch so überreizt?»

«Natürlich haben die Priester die Opfer ausgeführt...»

«Das ist mir bekannt, Jakir. Was aber denken die Männer?»

«Ich weiß es nicht, Harrap. Sie teilen mir ihre Gedanken nicht mit. Ich bin durch meine Geburt von ihnen getrennt, und Ihr habt mich durch meinen Rang über sie gesetzt.»

«Ich muß ihre Gedanken kennen, um sie zur Erkenntnis zu leiten, daß die Götter den Menschen auf verschlungenen Wegen zum Ruhm führen. Erst dann kann ich ihnen den höheren Zweck zeigen, der alle normalen Gesetze außer Kraft setzt.»

«Ich werde tun, was ich vermag», gab ich zur Antwort und grüßte ihn flüchtig, so, wie es sich für einen Adjutanten im Obristenrang gegenüber einem kommandierenden General geziemt.

Meine Förmlichkeit verblüffte ihn, und automatisch hoben sich seine Hände mit zusammengelegten Handflächen, als ich aus der Kolonne ausscherte.

Ich wartete mit meinem Pferd neben dem Pfad, der zwischen den Bergwänden hindurchführte, bis die Vierhundert vorüber waren. Die Prinzen ritten mit hochmütiger Gelassenheit. Sie trugen unterschiedliche und mit allerlei Phantasiegebilden geschmückte Helme und Brustpanzer, und die Stoffmasse ihrer gelben Umhänge hing über die Kruppen ihrer Pferde herab. Die blaugrauen Kettenhemden der Panzerreiter, die ihnen mit ihren kürzeren scharlachroten Umhängen folgten, wirkten um so bedrohlicher, als sie bar jeden Schmucks waren. Zwar bildeten die Panzerreiter unregelmäßige und wellenförmige Reihen, doch herrschte darin, im Unterschied zum bunten Durcheinander, in dem die Prinzen ritten, eine erkennbare Ordnung. Hinter ihnen kamen die Bogenschützen, und als letzte ritten die Freisassen. Beide Gruppen trugen grüne Umhänge und hielten in ihren Reihen eine annehmbare Ordnung ein. Ihre Halbschalenhelme hingen an den Sätteln, die Bogen, die sie umgehängt hatten, standen ebenso wie die Stäbe mit den stählernen Spitzen unregelmäßig unter den Umhängen hervor. Beim einen unterbrach eine Pelzmütze mit aufgeklappten Ohrenschützern die Gleichförmigkeit, bei einem anderen wehte das lose Ende eines weißen Halstuchs oder leuchtete eine Satteldecke aus Tigerfell.

Als ich zehn Minuten später zusah, wie Kamardols reguläre Reiterei den Paß emporgeritten kam, wurde mir wieder einmal klar, warum Harrap seine Streitmacht in zwei Verbände unterschiedlicher Größe aufgeteilt hatte. Die Reitertruppe hätte sich mit ihren Helmen und Brustpanzern, die so glänzend poliert waren, daß sich auf allen die Sonne genau an derselben Stelle spiegelte, ihren grünen und scharlachrot gemusterten Umhängen, die sie exakt im selben

Winkel umgeworfen hatten, von einem Augenblick auf den anderen zu einer Inspektion ihrer schnurgeraden Reihen durch den König stellen können. Auch wenn die berittenen regulären Fußtruppen und die Palastwache nicht die anmaßende Mühelosigkeit der Reiterei an den Tag legten, sahen Waffen und Kleidung aller Männer einander zum Verwechseln ähnlich, und die Reihen waren sauber ausgerichtet.

Etwa eine Viertelstunde lang konnte ich von meinem leicht erhöhten Beobachtungsposten neben dem Weg unser gesamtes Aufgebot sehen. Der Weg des Hengstes führte in wunderbarer Weise immer weiter durch die gezackten Felsen des hoch aufragenden Gebirges mit seinen kalten Weiß- und Blautönen, unter denen unvermutet Rot, Grün, Lila und sogar Orange und Rosa aufblitzten. Das gewaltige Schauspiel, das sich bot, begleitete die Krieger durch den grenzenlosen Raum und schloß sie mit undurchdringlichen Mauern ein. Vor dem monumentalen Hintergrund wirkten unsere vorwärtsziehenden Marschsäulen unendlich klein und verloren, zugleich aber auch unendlich groß und mächtig. Der Mut, der sie in unauslotbare Gefahren geführt hatte, ließ sie über sich hinauswachsen.

In jenen sich lang hinziehenden Minuten konnte ich Harraps Hochgefühl beinahe nachvollziehen. Wie bei der Geburt der Zeit war das ausgedehnte Amphitheater um uns herum von den Werken des Menschen völlig unberührt. Wäre ich der Schöpfer dieser Bergketten, hätte ich sie zur Weihestätte ausersehen, an der ich meine Wunder wirken würde.

Erneut überlegte ich, was der Grund für Harraps starke Gemütsbewegung gewesen sein mochte. Fand er in der unpersönlichen Erhabenheit der Landschaft seine Überzeugung bestärkt, eine göttliche Sendung auszuführen, und änderte das sein innerstes Wesen? Lenkte eine ihm unmittelbar zuteil gewordene Inspiration sein Streben so, daß er nur noch das eine Ziel sah, wie ein kreisender Adler nichts sieht als das von ihm zur Beute ausersehene Tier? Sprach er auf den langen Etappen des Zuges mit dem Priester, und nährte er sein eigenes Feuer mit dessen prophetischer Begeisterung?

Ich wußte es nicht. Aber während ich am Weg wartete, überfiel mich eine sonderbare Vorstellung davon, welcher Art unsere Suche war. Mir drängte sich der unabweisbare Eindruck auf, daß der Hengst trotz Seiner göttlichen Weihe lediglich ein Pferd war. Obwohl die Finger der Götter Ihn berührt hatten, trieb Ihn Harrap stärker voran als deren Wille. Die wahre Größe von Harraps Ziel lag darin, begriff ich, daß er sich unwissentlich sein eigenes Ziel geschaffen hatte. Da ich wußte, daß das Fohlen zwar sterblich war, aber, im Unterschied zur Sterblichkeit des Menschen, Seiner eigenen Natur gegenüber taub, liebte ich Es um der Schwäche willen, die Seine Stärke ausmachte, mit verzehrender Leidenschaft. Wir waren die willenlosen Figuren, mit denen Harrap seine Züge auf dem Spielbrett durchführte, und der Hengst war einerseits die willenlose Figur willenloser Figuren, zugleich aber unendlich liebevoll umsorgt.

Trotz der Sonnenwärme erschauerte ich und zog mir den Umhang eng um die Schultern. Während ich ein munteres Lächeln aufsetzte, bemühte ich mich, mein Pferd neben dem Mirabs in Gleichschritt zu bringen. Seine groben Züge, die sich deutlich von seinem weißen Haar und weißen Schnurrbart abhoben, glänzten von ungetrübter Gutmütigkeit.

17

Nachdem der Hengst das Gebirgsmassiv überwunden hatte, führte er uns durch eine Schlucht hinab und später über eine Furt in ein weites Tal, das allmorgendlich vom goldenen Vorrat der Sonne überquoll. Obwohl überall um uns her die Berge dem Himmel den Rang streitig machten, fanden wir uns in einem Reich geheimer Behaglichkeit wieder. Hoch über uns zogen die wenigen Wolken dahin, und die Luft war durchsichtig und kühl. Der Hengst strebte nach Osten, als gehe es über eine Heerstraße, und am üppigen Grün der von Gipfeln umgebenen Landschaft änderte sich auch dann nichts, als sich der Fluß zwischen den sanft abfallenden Hängen nach Norden wandte.

Neugierig tauchten Fasane vor den Hufen unserer Pferde aus dem Unterholz auf, so furchtlos, daß ich dreimal sah, wie Männer diese Vögel mit bloßen Händen ergriffen. In grenzenloser Fülle gab es Kaninchen, Wildhühner und Igel. Sie flohen ebensowenig vor unseren Pfeilen wie der langhaarige Yak und das kleinwüchsige braune Rehwild. Als unsere Jäger erst einmal erkannten, wie der Glanz des

Frühlings die Tiere förmlich blendete, gaben sie es auf, mühevoll die flinken Bergziegen zu jagen – wimmelte es doch von anderer Beute. In unseren Satteltaschen wurde das gedörrte Pferdefleisch hart. Üppig behangene Beerensträucher zogen sich an den Hängen zwischen Gruppen sturmzerzauster Krüppelbäumchen herab, deren längliche glatthäutige Früchte gelbgrün aus einem Blattwerk von silbrig schimmerndem sattem Grün leuchteten. Blitzend schoß das Wasser der kalten Bäche dahin. Das zarte Gras des Frühlings ließ unsere Stuten mehr Milch geben, als wir trinken oder vergären konnten.

Fünfmal sahen wir in jenen Tagen den Rauch ferner Feuerstellen oder einige mit Fellen bedeckte runde Hütten. Offenbar waren Gebirgsnomaden in der Nähe. Das Bewußtsein, daß nicht wir dies Tal als erste betreten hatten, sondern sie, dämpfte unsere Freude ein wenig. Harrap verwehrte der Reiterei, ihnen nachzusetzen. Er erklärte, sie seien keine wirklichen Menschen, sondern lediglich eine Art Tiere, Teufelsanbeter, die weder eigene Götter noch eigenes Land besäßen. Solange sie nicht danach trachteten, uns den Weg zu verlegen, werde er sie nicht belästigen. Wo immer Bäche zusammenflossen, Gelenkstellen des lebenden Landes, ließ er unseren Priester rituelle Opfer bringen, und meine Handwerker mußten in flache Steine am Rand der Bachläufe Angaben über unseren bis dorthin zurückgelegten Weg einritzen. Unter den Texten ließ er sein eigenes Siegel sowie die Worte anbringen: *Harrap, Prinz von Kamardol, Regent und General für Tschandra-Gupta, Könige von Kamardol und höchste Herrscher aller Länder, in die ihn die Hufe seiner Tiere tragen.* Tschandras Elefantensymbol und Guptas Kobra ließ er nicht anbringen, denn das, erklärte er, würde zu viel Zeit in Anspruch nehmen.

Zweimal sahen wir im Verlauf jener Tage Herden struppiger kleiner Wildpferde vorüberziehen. Beim erstenmal befand sich der Hengst so weit vor uns, daß Er ihre Anwesenheit nicht gewahrte. Beim zweitenmal kam Er herbeigaloppiert und umkreiste die Herde – Seine Vettern, wäre Er ein ganz und gar sterbliches Pferd gewesen. Da es die Zeit des Tragens war und nicht die des Beschälens, verfolgte Er die aufgestörte Herde nicht, sondern zog so folgsam über den geraden Weg der Täler, als treibe man Ihn. Flüchtig fragte ich mich, wie wir Ihn von unseren eigenen Stuten fernhalten wollten, wenn ihre Zeit kam. Dann aber schob ich diese Überlegung beiseite, war sie doch von der gleichen niedrigen Art wie Harraps frühere

Befürchtung, das Bedürfnis des Fohlens nach der Gesellschaft der Menschen habe Seinen kühnen unabhängigen Geist in Fesseln gelegt. Wenn die Götter es so einrichteten, entsprach das Ihrem Plan.

Während unserer Überquerung des Gebirgsmassivs hatte ich geglaubt, das wahre Wesen der Suche habe sich mir enthüllt. Die unechte Deutlichkeit der Vision, die mir vorgaukelte, wir und der Hengst unterlägen gleichermaßen Harraps Willen, verblaßte, während wir durch die Täler zogen. Die bloße Tatsache, daß wir uns jenseits des Gebirges befanden, das stets die Grenze unserer Welt bedeutet hatte, war ein unwiderleglicher Hinweis darauf, daß der Glaube unserer Väter gültig war wie eh und je. Warum wären wir in dies Land gelangt, wenn uns nicht die Götter geführt hatten?

Damals begriff ich, daß ich mich zuvor vom überlieferten brahmanischen Bedürfnis hatte irreleiten lassen, der unvollkommenen Verbindung zwischen Menschen und Göttern Vollkommenheit zu verleihen. Auch wenn ich mir Gedanken über Feinheiten unseres Verhaltens gegenüber dem Hengst sowie über die sich in Ihm spiegelnde Haltung der Götter uns gegenüber machen mochte, hatte die unabänderliche Wirklichkeit keinerlei Einfluß auf mein eigensinniges Grübeln. Die Hand der Götter leitete Ihn, und unsere Apotheose bestand darin, Ihm aus eigenem Antrieb zu folgen. Zwar mochte die ursprüngliche Entscheidung, ob wir Ihm folgen wollten oder nicht, auf den freien Entschluß eines jeden einzelnen zurückgehen, doch wäre es ein unheilvoller Irrtum gewesen, in jener unbedeutenden Anstrengung des menschlichen Willens eine Verneinung des göttlichen Willens sehen zu wollen. An jedem Tag unserer Expedition lag der große Wille auf uns, halbblinden Menschen eher erfaßbar, da die Gestalt, in der er sich äußerte, die eines Tieres war. Der Hengst selbst spürte die Absichten der Götter unverfälscht, weil nicht jener Stolz auf den eigenen Geist dazwischentrat, den die Menschen Vernunft nennen. Sofern Er, wie ich angenommen hatte, wegen Seines Mangels an Vernunft unterhalb der Menschen einzustufen war, stellte Ihn das unbehinderte Wirken des göttlichen Willens letzten Endes weit über die Menschen.

Sogar auf Harraps leidenschaftliches Temperament wirkte die goldene Gewißheit des verzauberten Tales mäßigend. Besänftigt hatte ihn das Wunder der Täler beinahe ebenso sehr wie die Begegnung mit den Minderen Kamar, die Kamardols Krieger solche Furcht eingejagt hatte, weil es sich dabei ihrer Ansicht nach um

Brudermord handelte. Im Anschlag der Angehörigen jenes Stammes sah Harrap eine Zusicherung der Götter, daß sie uns immer wieder auf die Probe stellen würden, bis Leib und Seele unter dem Schmerz der Anstrengung aufschrien. Von dieser Zuversicht durchdrungen, war er so lange mit allem einverstanden, wie der Hengst uns weiterführte. Groll und Abneigung schwanden unter seinem neu erwachten Gefühl, und wir sprachen wieder miteinander, wie damals, als uns der göttliche Wille noch nicht entzweit hatte.

So sehr erfüllte wahrer Glanz jene Tage in den Tälern, daß weder für Furcht noch Zweifel Platz blieb. Zum erstenmal, seit ich zu nächtlicher Stunde die königliche Garde, die Blutschuld auf sich geladen hatte, und die entehrten Männer der Palastwache aus der Königsstadt geführt hatte, war ich der kleinlichen Sorgen des Alltags ledig. Weder Harrap noch die Krieger bedurften meiner in besonderem Maße, denn unsere Marschsäule zog so majestätisch voran wie der breite Ganges. Schritt für Schritt legte ich das neue Wesen ab, das ich angenommen hatte, halb Krieger und halb Quartiermeister, und wurde allmählich annähernd wieder, was ich vor dem Aufbruch zur Expedition gewesen war.

So fühlt sich ein Krieger, wenn er seine Rüstung Stück um Stück ablegt. Nach der ersten Freude, der Bürde ledig zu sein, bewegen sich die Muskeln seiner Arme und Beine schwerfällig, da ihnen die gewohnte Last fehlt und sie von der Erinnerung an diese in ihrer Bewegung gehemmt werden. Dennoch löste ich mich von den anderen und nahm nach einem Tag des Alleinreitens meine Laute vom Sattel. Nur mit Mühe stellten sich die Worte ein, doch schließlich kamen sie und gestalteten meinen ‹Gesang der Suche›, ein einfaches Lied, zu dem Männer reiten konnten und das sie später in den Schenken grölen oder ihren Enkeln vorsingen mochten:

Der Hengst, im Norden geboren,
Im weißen Land über der letzten großen Himmelskrümmung.
Wohin Männer unseres Blutes nur gehen, um zu sterben,
Es sei denn, der Wille der Götter und die Liebe zu Ihnen bindet sie.
Der Hengst, Er kam aus dem Norden.
Der Hengst, aus dem Norden gebracht,
Von Harrap, einem Prinzen unseres Landes,
Und anderen Männern, die an seiner Seite ritten
Und deren Stolz jeden anderen übertrifft.

Wie sanftmütige Rinder ließen sie sich der Götter
Stachelstab gefallen.
Die Götter brachten den Hengst aus dem Norden!

Zum Willen unserer Könige wurde der Wille der Götter,
Die uns in Ihrem Namen geboten,
Ihm zu folgen, und sogar den Brahmanen
Zu töten, der des Hengstes Ruhm nicht kennt.

Bevor diese Verse, die lediglich den Anfang meines Gesanges bilden sollten, entstanden, verwarf ich viele Anfänge als ungeeignet. Irgendwie wollten die Worte nicht emporsteigen, wollte meine Laute nicht singen. Mein Geist sehnte sich nach einem Zeichen, daß uns die Götter nicht nur großen Taten entgegen, sondern auch im Triumph wieder heimwärts führen würden. Andere Verse kamen mir in den Sinn, Verse, die auf die Taten hätten warten müssen, die ihnen Leben verliehen:

Jeder unserer Tage führt uns der Ewigkeit entgegen,
Ob gemächlich oder geschwind.
Wir begehren einen Hinweis, der uns zeigt,
Daß die Suche nicht vergebens ist
Und wir vom brüchigen Rand des Untergangs
Wieder in die Heimat zurückkehren werden.

Richtig hörte ich diese Worte erst, als der letzte Vers an seinem Platz war und ich alle miteinander laut wiederholte. Obwohl die Strophe noch in hohem Maße der Glättung bedurfte, gefiel mir der Doppelsinn der letzten drei Verse: Sie schilderten den Weg des Menschen durch die sichtbare Welt, stellten aber auch unsere Expedition in Frage. Noch einmal sang ich die Strophen laut, um sie auf der Zunge zu spüren, wie ein Bildhauer mit Augen und Fingerspitzen den Linien seines neu geschaffenen Standbildes nachfährt. War es, überlegte ich, einfach ein prosodischer Kunstgriff, daß ich Zweifel heraufbeschwor, um sie am Ende zu zerstreuen? Oder lag in meinem Herzen ein Zweifel verschlossen, der sich in meinem Gesang Ausdruck verschaffte?

Ich war voll Unruhe, und mir war klar, daß ich an jenem Tag mit meinem Text nicht weiterkommen würde. Als ich hinter mir Hufschlag hörte, band ich die Laute wieder an den Sattel und ließ mein Pferd antraben. Ein Krieger unserer Reiterei näherte sich auf einem Grauschimmel, einem der schweren Schlachtrösser, die wir in der Ebene gelassen hätten, wenn es nach mir gegangen wäre. Ich fürchtete, daß die massigen Tiere unser Vorankommen behindern würden – im Gebirge, weil sie nicht besonders leichtfüßig, und in der Wüste, weil sie nicht besonders ausdauernd waren. Harrap aber wollte sie unbedingt behalten, weil nur sie imstande waren, Kavalleristen in voller Rüstung zu tragen. Lieber wollte er es auf die Anpassungsfähigkeit der Schlachtrösser ankommen lassen, als die Disziplin der Panzerreiter dadurch aufs Spiel zu setzen, daß er ihnen andere Pferde gab und sie anders ausrüstete, als sie es gewohnt waren.

Dem Mann, der näherkam, saß der Helm mit dem Federbusch gerade ausgerichtet auf dem Kopf, und vorschriftsmäßig hing sein Schild am vorderen Sattelbaum. Noch im Galopp war sein Umhang peinlich genau in Falten gelegt. Er trug das weiße Halstuch eines Leutnants, und voll Freude sah ich, daß es sich um Anand handelte, den Offizier, der uns einen so dreisten Empfang bei den Türmen bereitet hatte, als wir mit dem Hengstfohlen vor der Königsstadt eingetroffen waren. Später, im Lager, waren wir überrascht gewesen zu sehen, mit welch glühender Bereitwilligkeit er uns unterstützte. Häufig hatte ich mich während der letzten Tage dort mit ihm unterhalten, anfänglich, weil ich die Stimmung der Leute erkunden wollte, wie es Harraps Auftrag war, schon bald aber, weil sich zeigte, daß ich gern mit ihm sprach.

«Holla, Jakir!» sagte er mit einem Lächeln und hob die Hand zu einem freundschaftlichen Gruß.

«Holla, Anand!» gab ich zur Antwort.

Wir hatten den Ballast der Rangbezeichnungen und der Förmlichkeit bereits abgeworfen, da wir nahezu gleichaltrig waren und unsere Gedanken auf gleichen Bahnen liefen, wenn sie auch kaum übereinstimmten. Anand, der gleichfalls aus einer Brahmanenfamilie stammte, hatte seine Kaste aufgegeben, um sich dem Buddhismus zuzuwenden. Später dann war er Offizier geworden. Da ich selbst nicht genau wußte, welcher Kaste ich wirklich angehörte, empfand ich mit ihm. Außerdem bewunderte ich, mit welcher Sicherheit er seine Entscheidungen traf. So kam es, daß wir einander gut verstanden, obwohl mich der Priester vor ihm warnte: Er war sicher, daß Anand für Tschandra und die buddhistischen Mönche spionierte.

«Holla, Anand!» wiederholte ich, plötzlich beflügelt. «Welch neue Kümmernisse bringst du, um sie meinen überlasteten Schultern aufzubürden?»

«Nicht den kleinsten Strohhalm, Jakir. Mirab grummelt mit seinen Hauptleuten, und Ranbir brabbelt vor sich hin wie seine eigene Großmutter an ihrem Feuer. Es steht also alles wohl. Ich dachte nur, daß ich vorausreiten könnte.»

«Du kannst gern mit mir reiten», antwortete ich, und wir trabten eine Weile in einvernehmlichem Schweigen nebeneinander her.

Erneut bewunderte ich die Entschiedenheit meines Weggefährten, der so farblos wirkte. Trotz seiner Jugend war sein Körper rundlich, als habe er die Lebensmitte bereits überschritten. Seine schmalen Lippen waren kaum dunkler als die fahlen Wangen, und sein hagerer Nasenrücken bildete einen Knorpelhöcker. Sandfarbenes Haar, das ihm dicht auf der fleischigen Stirn wuchs, brachte ihn um das würdige Aussehen, das ihm seine breit ausladenden Schläfen sonst möglicherweise verliehen hätten. Ein rötliches Bartbüschel bedeckte ein vermutlich stark fliehendes Kinn. Tief unter den schweren Brauen lagen seine Augen, die gewöhnlich von durchscheinendem Schwarz waren. Doch wenn sein Geist in Wallung geriet und seinem Mund lebhafte Sätze entströmten, leuchtete in ihnen das geheime Feuer flammenlos brennender Kohle.

«Nun, Jakir», fragte er übergangslos, «wie steht es mit deinen Nachforschungen? Was hast du dem General über den Zustand unserer Seelen berichtet?»

«Noch nichts. Aber ich werde bald etwas darüber mitzuteilen haben.»

«Und dann?»

«Alles ist so gut, wie man es sich erhoffen darf», lachte ich. «Ich weiß nicht, was ich ihm sonst sagen kann. Natürlich ist es möglich, daß er es mir sogleich heimzahlt... Allerdings hast du mir dabei nicht besonders geholfen.»

«Nun, du weißt ja, wir Buddhisten halten nichts von den unauslöschlichen Banden der Kaste, die ohne Unterbrechung bis zum ersten von Kali vergossenen Blut zurückreichen. Was mich betrifft, wenn ich töten muß, kann ich ebensogut Kamar-Krieger – oder solche der Minderen Kamar – töten wie jeden anderen.»

«Da spricht der wahre Abtrünnige», sagte ich lächelnd. «Es ist bezeichnend für einen abgefallenen Brahmanen, daß es ihm Freude macht, Kschatrija zu erschlagen.»

«Oder für einen Brahmanen, der im Begriff steht abzufallen», kam seine prompte Antwort.

«Das stimmt nicht», erwiderte ich ernst. «In deinen Worten liegt mehr Witz als Wahrheit. Unser Sieg über die Minderen Kamar hat mir nicht behagt.»

«Wieso nicht? Sie wollten unseren Tod.»

«Aber es waren Männer unseres eigenen Landes», entgegnete ich. «Wir waren ihnen durch gemeinsame Ziele und dadurch verbunden, daß wir lange gemeinsam mit ihnen gegen Eindringlinge Widerstand geleistet haben. Aus diesem Grund – und zwar ausschließlich – war ich entsetzt. Weder hat es mir gefallen, daß sie Kschatrija waren, noch habe ich mich der Aufgabe wegen ihrer Kastenzugehörigkeit entzogen.»

«Nun, das ist durchaus etwas anderes. Was ich sagte, war nicht ganz ernst gemeint. Wie du weißt, glauben wir Buddhisten, daß die Kastenzugehörigkeit Menschen nicht aneinander bindet, sondern eher die von den Menschen im Verlauf der Jahrhunderte geschaffenen Bande durchtrennt. Nicht die Götter haben die Verbindung zwischen uns hergestellt, sondern wir selbst mit unserem eigenen Tun. Ich bin davon überzeugt, daß wir unser gemeinsames Ziel und unsere gemeinsame Menschlichkeit schwächen, wenn wir an den Unterscheidungen festhalten, von denen die Priester behaupten, die Götter hätten sie uns auferlegt.»

«Heißt das, daß alle Menschen gleich sind – Hohlkopf und Gelehrter, Kaufmann und Krieger, Bauer und Priester?»

«Natürlich nicht. Ohne Unterscheidungen wären die Menschen nicht fähig, miteinander zu leben. Zwar sind die Menschen nicht unterschiedslos geboren, doch glauben wir nicht – das gilt auch für mich selbst –, daß uns die Götter diese Unterschiede mit der Geburt auferlegen. Es ist also nicht den Angehörigen der einen Familie bestimmt, auf alle Zeiten Dunggruben zu leeren, und denen einer anderen, auf alle Zeiten den göttlichen Willen auszulegen.»

«Auf welche andere Weise aber könnten wir diese erforderlichen Unterscheidungen vornehmen? Wenn wir die Möglichkeit vorherbestimmter Unterscheidungen ausschließen, lassen wir den puren Zufall gelten.»

«Jeder muß tun, was er am besten kann. Ich bin als Angehöriger der Priesterkaste geboren, aber Krieger geworden. Diese Aufgabe erfülle ich am besten. Natürlich ist mir der Schritt nach unten leicht gefallen – zu leicht. Doch müßte es ebenso einfach sein, den Schritt nach oben zu tun.»

«Und was würde durch eine solche planlose Bewegung erreicht?»

«Meine Antwort darauf muß ich unterteilen. Erstens gibt es so etwas wie die reine Gerechtigkeit, oder, wenn dir der Begriff lieber ist, Unvoreingenommenheit...»

«Ich verstehe nicht», unterbrach ich ihn. «Gerecht ist, was die Götter vorherbestimmt haben. Es ist gerecht, weil es sich so und nicht anders verhält... daß jener Mann Lohgerber ist und ich Priester bin. Es ist gerecht, weil es so vorherbestimmt wurde...»

«Aber du bist kein Priester! Du bist Obrist und Harraps Adjutant.»

«Gewiß, zur Zeit bin ich weder Priester noch Gelehrter», räumte ich zögernd ein. «Das aber gilt nur für den Augenblick – und ich gehorche damit einem höheren Befehl derselben Götter. Später werde ich...»

«Möglich...» fiel er mir ins Wort. «Das wird sich zeigen. Aber jetzt sollten wir die Frage nach der Gerechtigkeit für eine Weile beiseite lassen.»

«Wenn das dein Wunsch ist... Allerdings weist es auf die Schwäche deiner Logik hin, wenn du der Frage nicht weiter nachgehst. Schön – ich frage noch einmal: wohin führt all diese ziellose Bewegung – aus Kriegern werden Gelehrte, aus Gelehrten Bauern, ja, sogar aus Bauern Krieger oder, um die Sache endgültig ad absurdum zu führen, aus Parias Priester?»

«Ich stimme dir zu, Jakir: es fällt schwer, von Gerechtigkeit zu sprechen. Aber du verstehst meine Worte falsch. Wir Buddhisten sagen, daß es keine erblichen Klassen wie Krieger, Priester, Bauern oder Klassenlose wie die Parias geben soll – und daß es sie auch in Wahrheit gar nicht gibt. Diese Unterscheidungen wurden nicht von den Göttern verfügt, sondern sind eine Erfindung der Brahmanen. Wir sagen, daß jeder Mensch zur Welt kommt, um zu tun, was er am besten kann. Dabei wird natürlich vorausgesetzt, daß es ihm seine eigene Energie oder der Wohlstand seines Vaters ermöglicht, die von ihm angestrebten Ziele zu erreichen.»

«Das ist unsinnig, Anand. Wenn sich alle Menschen in ständiger

Bewegung befänden, wüßte niemand, wer er ist oder was er zu tun hat. Es gäbe keinerlei Sicherheit – weder mit Bezug auf uns selbst noch auf andere, und es würde auch für das Reich keinerlei Sicherheit geben.»

«Der in uns tätige Geist würde jeden mit größerer Gewißheit führen als die von außen einwirkenden Gesetze der Kaste. Außerdem wäre das Reich unendlich viel stärker – gegen äußere Feinde und gegen Unzufriedenheit im Inneren.»

«Wie denn?» fragte ich knapp und half ihm dabei, in die Grube zu stürzen, die er sich – mit meiner verschlagenen Unterstützung – gegraben hatte.

«Gegenwärtig verformt die ungeheure Belastung, die auf die innere Unausgeglichenheit der Menschen zurückgeht, ihre Seele, und die Bande der Kaste knechten ihren Geist.»

«So muß es auch sein, Anand. Unsere Sicherheit ist auf Einschränkungen angewiesen. Der Geist der Menschen muß gebunden werden.»

«Das ist eine falsche Sicherheit, denn sie führt zur Spaltung. Ziel der Menschen ist das Wohl ihrer Kaste, nicht aber das des Staates. Er ist schwach, weil in ihm keine Einheit herrscht. Die Menschen können ihre Kraft nicht vollständig zum eigenen Wohl oder zum Wohl des Staates einsetzen. Die von den Priestern geschaffenen Unterscheidungen behindern sie. Wir, die wir eins sein sollten, sind viele! Geteilt sind wir schwach!»

«Ich kann mir keine andere Möglichkeit vorstellen», wandte ich ein. «Die Menschen können nicht miteinander leben, wenn nicht ihre Aufgaben und ihr Platz in der Gesellschaft festgelegt sind.»

«Das kannst du dir nicht vorstellen, weil du es nie gesehen hast, nicht aber, weil es unvorstellbar wäre. In früheren Zeiten waren wir nicht in dieser Weise uneins.»

«Es bedeutete aber einen Fortschritt, einen Schritt hin zur Zivilisation, als die Menschen den von den Göttern geschaffenen Unterscheidungen in ihren Gebeten – und ihrem Leben – zustimmten. Tiere sind einander gleich, Menschen nicht.»

«Der Ansicht bin ich nicht, Jakir. Und ich weise dich darauf hin, daß diese Ungleichheit Schwäche bedeutet. Kamardol ist in geradezu gefährlicher Weise schwach. Eines Tages wird uns ein Volk zerstören, das stark ist, weil keine Kasten es spalten.»

«Deine Argumente stehen auf tönernen Füßen, wenn du dich auf

Prophezeiungen zurückziehen mußt – und ohne daß dich die Brahmanas dabei anleiten», entgegnete ich. «Aber wir wollen uns der Gegenwart zuwenden. Was ist mit der dir unterstellten Reiterei, und was mit den anderen? Fürchten die Männer immer noch, daß auf unserem Vorhaben ein Fluch liegt, weil wir die Minderen Kamar getötet haben?»

«Wer vermöchte in diesem grünen Lande etwas anderes zu sehen als angenehme Dinge?» wich er mir aus.

«Ich verstehe dich nicht», beharrte ich. «Du mußt doch sagen können, ob die Herzen der Menschen noch von Furcht beherrscht werden.»

«Ich wollte damit sagen, daß wir durch ein Land reiten, auf dem der Segen der Götter ruht. Keiner von denen, die mit uns reiten, glaubt, daß dieser Segen auch unserer Expedition und ihm selbst zuteil wird. Später, sobald wir uns der Gefahr gegenübersehen, werden sich Zweifel und Befürchtungen erneut melden – wenn nicht der Fluch des Brudermordes, dann dieser oder jener andere, denn jeder trägt seine eigene Furcht im Herzen, wie jeder Same seine eigene besondere Blüte trägt.»

«Dann kann ich also Harrap berichten, daß alles in Ordnung ist?»

«Gewiß, für den Augenblick. Aber sobald der Zeitpunkt der Gefahr nahe ist, wird sich zeigen, warum jeder einzelne der Männer reitet.»

«Warum jeder einzelne der Männer reitet?» wiederholte ich. «Gewiß doch deshalb, weil es so verfügt wurde und unser Opfer uns Ehre und Ruhm einbringt?»

«Glaubst du das wirklich?»

Ich lachte. «Natürlich nicht. Außer, ganz allgemein, daß unser Ritt uns einem gemeinsamen Ziel entgegenführt. Natürlich hat jeder der Männer daneben seine eigenen Gründe. Der eine sucht vor seiner Frau das Weite, ein anderer hofft auf Beute, mit deren Hilfe er sich Frauen kaufen kann. Harrap hat die Frage der erschlagenen Minderen Kamar nicht angesprochen, weil er sich bewußt ist, daß er lediglich als Arm der Götter handelte. Er *weiß*, daß diese Tötung von ihm verlangt wurde, weil sich die Männer dem Hengst in den Weg gestellt hatten.»

«Und warum reiten die Bankerte, wie ihr sie nennt?»

«Offensichtlich, weil sie gern unterwegs sind und gern kämpfen –

und zweifellos, weil sie auf Beute hoffen. Die königliche Garde und die Männer der Palastwache reiten, nebenbei gesagt, weil es für sie Tod – oder zumindest Ehrlosigkeit – bedeutet hätte, wenn sie daheim geblieben wären.»

«Und du?»

«Das weiß ich noch nicht genau», sagte ich ausweichend. «Aber ich werde versuchen, es dir zu sagen, sobald ich es weiß.»

«Das ist gut», gab er mit ernster Stimme zur Antwort.

«Und Harrap?» wollte ich wissen. «Was glaubst du, warum Harrap die Sache mit solcher Besessenheit betreibt?»

Anand schwieg so lange, bis die Pferde etwa hundert Schritte zurückgelegt hatten. Das Land um uns war nach wie vor grün und fruchtbar, doch kam es mir vor, als stünden die Nadelbäume in etwas größeren Abständen als zuvor und als sei das Unterholz etwas weniger dicht, der Boden unter den Hufen der Tiere etwas weniger nachgiebig. Eine Wolkenbank lag vor der breiten Öffnung des Tales, und unsere Tiere erklommen eine leichte Anhöhe, die bis in die Wolken hineinreichte.

«Es scheint kälter zu werden», sagte Anand schließlich, «und ich glaube, ich habe über den Wolken da vorn einen Gipfel gesehen.»

Ich spähte lange, sah aber nichts außer der wirbelnden grauen Masse, einen Vorhang vor dem Sonnenlicht.

«Harrap ... Harrap, denke ich», nahm Anand den Faden wieder auf, als hätte ich die Frage soeben erst gestellt, «reitet aus demselben Grund wie ich.»

«Wie meinst du das?» fragte ich, von der Gleichsetzung ein wenig verletzt.

«Weil wir beide – jeder auf seine eigene Weise - danach streben, Taten zu vollbringen, die über uns hinausweisen ... über die Erfahrung der Menschen und die Gebote der Götter hinausgehen, wie wir sie kennen.»

«Ich verstehe dich nicht ganz», sagte ich, diesmal wirklich verwirrt.

«Sieh doch, Jakir!» gab Anand knapp und mit entschlossener Stimme zur Antwort. «Ich habe gesagt: der Mensch – jeder Mensch – ist, was er ist, unabhängig vom Willen der Götter. Sobald Sie einen Menschen herangebildet haben, wird er entsprechend seiner wahren Natur handeln. Auch die Götter können lediglich den Versuch unternehmen, ihn zu leiten. Daher habe ich gesagt, daß die Untertelung der Menschen in Kasten Unsinn ist, denn wenn es nicht sinnvoll ist, daß aus jedem Sohn jeder Familie dasselbe wird, ist es das erst recht nicht, wenn es für jeden Mann – und jede Frau – in jeder Kaste und Unterkaste gilt.»

«In der Frage der Kaste stimme ich dir nicht zu, wie du weißt. Es handelt sich um eine Unterscheidung, die über die Einzelnatur eines jeden Menschen hinausgeht – und manche sind keine Menschen, da sie keinen individuellen Geist besitzen, beispielsweise die Parias. Doch bin ich gern bereit, dir zuzugestehen, daß mit Bezug auf uns Brahmanen und zumindest die Kschatrija, zutrifft, was du gesagt hast. Jeder Mensch unterscheidet sich ganz und gar von den anderen.»

«So soll es sein, und ich werde heute nicht mehr mit dir über Kasten reden.»

«Und Harrap?»

«Ja, Harrap. Wie soll ich es sagen – sieh, Jakir, er hätte König werden können, wollte es aber nicht. Stimmt das?»

«Ja», gab ich zu. «Es entspricht zwar nicht haargenau den Tatsachen, im großen und ganzen aber verhält es sich so.»

«Er hat sich geweigert, König zu werden, weil er mehr sein will. Wie ich sucht er ein Ziel, das ihn über andere erhebt – aber nicht unbedingt auf die übliche Weise.»

«Und die Expedition?»

«In ihr hat er sein Ziel gefunden, so wie ich im Buddhismus. Die Expedition ist ein Ziel an und für sich, und ich fürchte, daß es für Harrap dabei um einen großartigen Triumph oder eine entsetzliche Niederlage geht.»

«Denkbar», gab ich zur Antwort. «Ich glaube, mit den Bergen hattest du recht. Sieh nur, da vorn.»

Der Wolkenvorhang hatte sich geteilt. Vor uns türmte sich ein Gebirge auf, weit abweisender als jedes andere, das wir bis dahin überwunden hatten. Endlos schienen sich die Berge in den Himmel zu erheben, so daß wir weder ihre Gipfel noch zwischen ihnen und dem dunklen Himmel den kleinsten Lichtschimmer zu erkennen vermochten.

18

In jener Nacht schlief ich unruhig. Die von Anand heraufbeschworenen Phantome des Zweifels quälten mich, die nächtlichen Geräusche des Lagers weckten mich immer wieder – Pferde wieherten, Kamele keuchten, Zaumzeug knirschte und klirrte, und jedesmal, wenn die Wachposten die Stunde ausriefen, wälzten sich Schlafende ächzend auf die andere Seite.

Trotz der Dunkelheit des mond- und sternlosen Himmels und obwohl mir der dichte Schaffell-Umhang Schutz vor den kalten Winden bot, wurde ich zwei Stunden nach dem Scheitelpunkt der Nacht vollständig wach. Torkelnd kehrten die Soldaten von ihren trunkenen Abenteuern beim Troß zurück, der nach wie vor mit Hunderten von Frauenzimmern so fest an uns hing wie eine Zecke im Fell eines Hundes. Kavalleristen riefen Fußsoldaten wüste Drohungen zu, weil diese sie angeblich beim Glücksspiel betrogen hatten. Andere sangen, wobei die Liebesballaden ebenso auf den weinseligen Zungen verschwammen wie die Marschlieder. Manche rühmten sich ihrer Großtaten in den Liebeszelten, wobei sie ihre eigene Unermüdlichkeit als ebenso fabelhaft hinstellten wie Schönheit und Liebeskünste ihrer Huren. Trotz meines Ärgers reizten mich ihre unglaubwürdigen Beschreibungen und das beschwörende durchdringende Flüstern zum Lachen, mit dem sie einander immer wieder mahnten: «Leise... gib acht... du weckst ja alle auf.»

Ich gab den Versuch auf, weiterzuschlafen, rollte meine Habe zusammen, verließ Mirab, dessen silbrige Schnurrbarthaare im Schlaf munter unter seiner stumpfen Nase abstanden, und führte mein Pferd aus dem Lichtkreis der glimmenden Reste des Feuers. Noch ruhte die Morgendämmerung im Osten, doch im Schnee, der auf dem Hang lag, fing sich Licht aus der Ferne. Durch die Nacht des fünfzehnten Tages nach dem Hinterhalt im Hohlweg ritt ich der Vorhut nach. Ich hoffte sie zu erreichen, bevor sie ihrerseits aufbrach. Auch wenn mein Bericht an Harrap über die Moral der Hauptstreitmacht schon lange überfällig war, rief mich nicht nur die Pflicht, sondern auch mein Wunsch, erneut mit den Vierhundert zu reiten und den Hengst vor Augen zu haben.

Die Morgendämmerung bildete einen kaum wahrnehmbaren Riß im schwarzen Mantel der Nacht, aber an Stellen, wo die Hufe den Schlamm aufgeworfen hatten, fand ich die Fährte. Wieder stieg der

Weg steil an, fort vom verzauberten Tal. Als das mürrische Grau des Morgens die Nacht zerriß, sah ich das Lager der Vierhundert auf einem rings von Felswänden umgebenen Hochplateau, etwa eine halbe Meile nördlich von mir und einige hundert Schritt über mir. Das stumpfe Dämmerlicht ließ die bunten Wimpel der Vorhut verschwimmen, und ihre Morgenfeuer waren blaßgelbe Flecken unter spiralig aufsteigenden Rauchsäulen. Jenseits der Hochfläche lag ein wildes und menschenleeres Universum aus Eis, Schnee und Felsen. Hätte ich geglaubt – wie Gelehrte bis vor einem Jahrhundert und wie es Frauen noch heute tun –, die Erde sei eine in dunklen Luftozeanen treibende Scheibe, hätte mich namenlose Beklemmung geschüttelt. Die Berge, die noch höher aufragten, das nordwärts suchende Auge gefangen nahmen und den Blick nach Osten und Westen versperrten, hätten die letzte Schranke sein können, die den Rand der Welt bildete. Obwohl ich wußte, daß die Erde einem riesigen Ei glich, von dem Menschen nicht herunterfallen können, schlug mein Herz heftig angesichts der gewaltigen Zitadelle, die wir da herausfordern wollten – halb vor Ehrfurcht und halb vor Schrecken.

Eine ungeheure Zahl kahler Bergrücken ließ im Osten Felsnadeln über Felsnadeln aufragen. Noch auf die große Entfernung sahen die schwarzen und grauen Gesteinsflächen unregelmäßig und gezackt aus. Das ganze gewaltige Massiv schien aus den Resten eines gigantischen Steinbruchs zu bestehen, den man tausend- und noch einmal zehntausendfach vergrößert hatte. Weit im Westen erhob sich ein weiterer Gebirgszug von vergleichbarer Größe bis an den von Wolken verdeckten Horizont. Ein dichter Schneeschleier verhüllte dessen Umrisse, doch ließen sich durch ihn hier und da steil abfallende Felswände unterscheiden. Auf schwarzem Gestein vermochten sich vereinzelt Anflüge von Grün zu halten – ob Gebüsch, Krüppelkiefern oder nur unempfindliches Frühlingsgras, konnte ich nicht sagen.

Aus sieben verschiedenen Bergketten bestand dies titanische Amphitheater. Ungezählte Einzelgipfel stiegen schroff von seinem Boden auf, um diese Bergketten zu bilden. Abgesehen von den durch Wind und Hagel hervorgerufenen Kanten und Vertiefungen bildete jeder Gipfel einen vollkommenen Kegel, und die Gebirgszüge waren so gerade ausgerichtet wie Soldaten auf dem Exerzierplatz. Die Kinder der Götter – wenn nicht die Götter selbst in ihrer Jugend – hatten bei ihrem Spiel eine ungeheure Zahl spitzer Zelte zu einem Lager zusammengestellt. Über dies gewaltige Panorama lief ein breiter Weg und wand sich an den schneebedeckten Flanken der Berge empor.

Der Wind heulte durch die Schlucht und trieb den harten Schnee gegen meine Wimpern, bestürmte meine Nase mit dem vermischten Geruch von Heidekraut und Rauch. Ich zog mir den Umhang vor das Gesicht und sehnte mich trübsinnig nach den hinter uns liegenden grünen Tälern. Doch zugleich pries ich die Götter, weil Sie uns einen Weg gewiesen hatten.

Die Wolken hoben sich über den grauen Gesteinsrändern im Osten, und segensreich zogen hundert Strahlen morgendlichen Sonnenlichts heran. Das ganze Amphitheater war mit flüssigem Licht übergossen, so daß die tausend Berggipfel glühten. Alle leuchtenden Farben der Welt erwachten in jenem Morgengrauen himmlischen Ursprungs – Abschattierungen von Grün und Weiß, Rot und Ebenholz, Lila und Blau –, und sie alle stürzten in den Lichtwellen dahin wie ein endloser Wasserfall von Edelsteinen.

Erneut dankte ich den Göttern – diesmal für den unirdischen Glanz des Morgens und den Weg, der uns hindurchführen sollte. Ganz von selbst traten mir die Verse auf die Lippen: «O Waruna, der du die Sonne gemacht hast und die Sonne bist; Waruna, dessen leuchtendem Sproß wir folgen...» Doch dann entdeckte mein suchendes Auge Neues, und das Lied blieb unvollendet. Dort, wo die Strahlen der Sonne auf den breiten Weg zwischen den Bergen trafen, leuchtete er kaltblau und unendlich tief, und ich sah, daß es gar kein für uns gangbarer Weg war, sondern eine bizarre, bedrohliche Eisbarriere. In meiner Verzweiflung vermochte ich keinen Pfad zu erkennen, der hinüberführte, und ich war überzeugt, daß wir umkehren oder auf alle Zeiten durch die Wildnis würden ziehen müssen. Die Götter hatten unmittelbar zu uns gesprochen und uns gezeigt, daß wir keinen Versuch unternehmen durften, vorwärts zu gehen.

Die Wolken stiegen höher, und das unbewegte Licht ließ die Vielzahl der Gipfel in ihrem ganzen Glanz erstrahlen. Ich sah den Hengst auf einer Felszacke nicht weit vom Lager stehen, jeder angespannte Muskel glänzte; ein mit leuchtendem Platin übergossenes Elfenbein-Standbild. Zehn Prinzen umstanden Ihn mit ihren ungestümen Pferden und hatten den Göttern den Rücken zugekehrt. Reglos stand der Hengst, als beeindrucke auch Ihn der nicht für Menschen gedachte Glanz, den Er uns enthüllt hatte. Hinter Ihm und den sieben Bergketten leuchteten in ewiger Weiße und mit scharfen Umrissen weitere Gipfel, die man bis dahin nicht hatte sehen können, bis mein Auge nicht mehr weiter in den kalten Norden zu spähen vermochte.

Die Vision dauerte nur wenige Sekunden. Als sich die Wolken wieder senkten, verschwand der Hengst, und Nebel umschloß mich. Er füllte das Amphitheater und verdüsterte das Lager. Ich ritt dem Klang der Stimmen und dem Geruch des Rauches nach dorthin, wo inmitten wellenförmig schwebender Dunstwände träge Gestalten unförmige Tiere beluden. Dort, wo der Lärm am lautesten war, fand ich Harrap.

«Holla, Jakir!» sagte er mit breitem Lächeln, wobei im Dämmerlicht seine Schneidezähne aufblitzten wie die großen Eckzähne eines alten Wolfs, der im Mondlicht jagt. «Du bist gerade im rechten Augenblick gekommen. Wir sind im Aufbruch begriffen.»

Er setzte den linken Fuß in den Steigbügel und schwang sich mit so geradem Rücken in den Sattel, als tanze er auf dem Marmorboden des königlichen Palastes. Die Schmucksteine auf Scheide und Knauf seines Zeremonienschwertes glänzten durch den Dunst, und mit einem Mal mußte ich daran denken, daß ich das Gegenstück dazu trug – beide zerbrechlich und über alle Maßen kostbar. Für die Schlacht verließ sich Harrap auf seine Streitaxt, ich hingegen hatte unter den Lederriemen meines Steigbügels ein Kurzschwert geschoben, wie es die Fußsoldaten verwendeten.

«Schön, daß du zu uns heraufgekommen bist», begrüßte er mich. «Hier, nimm, wenn du noch nicht gefrühstückt hast. Dann können wir reden.»

Ich biß in das zarte Lendenstück eines Hirschferkels, das er mir reichte, und schmeckte den süßen Saft auf der Zunge, obwohl das Fleisch bereits kalt war. Offensichtlich wollte er mit dieser Aufmerksamkeit zu erkennen geben, daß sein Zorn verraucht war. Er geruhte meine Verstöße zu verzeihen – vorausgesetzt, ich widersetzte mich künftig seinem Willen nicht. Wir suchten uns den Weg durch den Dunst, wobei der Priester, Harrap und ich nebeneinander ritten, während sich der Bannerträger unmittelbar außer Hörweite hielt. Ich zerknackte den Wildbretknochen und sog das dunkle Mark heraus, dann warf ich ihn beiseite. Als ich meine lederne Feldflasche wieder in der Satteltasche verstaut hatte, sprach Harrap erneut: «Nun, Jakir, wie steht es um die regulären Truppen?»

«Recht gut», gab ich leichthin zur Antwort. «Aber wie sie in diesem Höllenkessel durch die Teufelssuppe hindurchkommen sollen, weiß ich nicht. Im übrigen gilt das auch für uns.»

«Vergeude deine Kräfte nicht mit unnötiger Besorgnis. Als wir gestern heraufkamen, war es schlimmer.»

«Und der Hengst – kann Er Seinen Weg... unseren Weg finden? Geht Er ohne Furcht, obwohl Er geblendet ist? Ich sah Ihn heute bei Tagesanbruch so nahe am Lager, als zögere Er, vorwärts zu gehen.»

Antwort wurde mir von beiden Seiten gleichzeitig zuteil.

«Der Abkömmling der Götter ist nie geblendet», versicherte mir der Priester mit einer Stimme, die klang, als sei er ein Prophet. «Wo Er geht, ist ständig Licht, auch wenn wir durch eine endlose Nacht ziehen müßten.»

«Er geht voran!» sagte Harrap. «Er geht voran! Weder muß man Ihn antreiben noch Ihn vor Gefahren bewahren. Es ist uns *versprochen*, daß Er den Weg für mich finden wird.»

So bald schon hatte sich in Harraps Augen die Suche auf das göttliche Paar – ihn selbst und den Hengst – eingeengt. Belustigt, wenn auch nicht überrascht, sagte ich nichts – mir fiel auch nichts Rechtes ein –, bis Harrap voll Ungeduld fragte: «Nun, Jakir, was ist mit der Hauptstreitmacht? Zugestoßen ist ihr nichts, denn davon hätte ich gehört. Aber wie steht es um ihre Moral? Vergießen sie immer noch törichterweise Angstschweiß vor dem, was sie Brudermord nennen?»

«Es stimmt, zugestoßen ist ihnen nichts. Das hättet Ihr in der Tat erfahren», gab ich zur Antwort. «Und die Moral scheint gut, die Furcht verflogen.»

«Gut! Sprich weiter.»

«Mehr gibt es nicht zu berichten, Harrap. Die Männer sind guten Mutes. Welche Bangigkeit sie unter ihren Alltagsgesichtern verbergen, vermag ich nicht zu sagen. Doch habe ich weder furchtsam niedergeschlagene Augen noch ängstlich murmelnde Lippen gesehen. Auch ihre Offiziere haben nichts dergleichen wahrgenommen. Am besten reitet Ihr einen Tag lang mit ihnen und seht selbst.»

«Das wäre sicherlich von Nutzen, aber ich kann nicht», gab er mit bedeutungsvoller Miene zur Antwort. «Es ist so bestimmt, daß ich stets mit der Vorhut reiten muß, dem Hengst unmittelbar auf den Fersen.»

«Von wem?» fragte ich sofort. «Ich kann mich an keine solche Bestimmung in den Brahmanas erinnern.»

«Es verhält sich nun einmal so», entgegnete er störrisch. «Das weiß ich. Also diene du mir als meine Augen, Jakir – wie du es schon seit so vielen Jahren tust.»

«Wie Ihr sagt, Harrap, es ist so bestimmt», fügte der Priester auf seinen fragenden Blick hinzu.

«Was die Furcht betrifft», sagte ich, «habe ich nicht den Eindruck, daß sie tot ist. Möglicherweise schlummert sie unter der Oberfläche, denn unser Weg durch das fruchtbare Land, das jetzt hinter uns liegt, war leicht. Es ist denkbar, daß sie in den Bergen vor uns hungrig und wütend erwacht. Kann ich Euch noch mehr berichten?»

«Was du sagst, mag stimmen», sagte Harrap nachdenklich. «So sind Soldaten nun einmal – je tapferer sie in der Schlacht sind, desto furchtsamer gebärden sie sich angesichts eingebildeter Gefahren.»

«Aber wir müssen... es muß doch eine Möglichkeit geben, ihren Mut so zu beflügeln, daß sie tun, was zu tun ist», sagte der Priester. Mit der breiten Hakennase, den zitternden Wangen und den besorgt geschürzten Lippen erinnerte er mich an eine beflissene Hausfrau, die sich überlegt, wie sie erreichen kann, daß sich die Diebereien ihrer Dienstboten in annehmbaren Grenzen halten.

«Dazu müßte es in der Tat eine Möglichkeit geben», sagte Harrap. «Deine Worte, Jakir, sind tröstlich. Wie aber können wir diese Soldaten so beflügeln, wie wir es selbst sind?»

«Soldaten... beflügeln?» fragte ich verächtlich. Mein Abscheu vor dem sinnlosen Gerede der beiden verdrängte die Belustigung über Harraps saubere Unterscheidungen. Immer, wenn er sich über die Gunst der Götter äußerte, hieß es *ich, mein* und *mich*, doch sobald es um Schwierigkeiten ging, sagte er *wir, unser* und *uns*.

«Ja, Soldaten beflügeln... einfache Soldaten», schnaubte er. Trotz seiner Überzeugung, im göttlichen Auftrag zu handeln, fehlte es ihm noch an gelassenem Gleichmut. An dessen Stelle brannte in ihm ein wilder Zorn, der stets kurz vor dem Ausbruch stand. «Jakir, laß diesen verdammten brahmanischen Hochmut beiseite. Einfache Soldaten sind Männer wie du und ich. Auch ihr Geist läßt sich hinauf zu den Höhen des göttlichen Zieles führen.»

«Wie Ihr sagt, Harrap», gab ich zur Antwort, unsicher, ob ich ihn damit beschwichtigen oder seinen Zorn anstacheln würde.

Aber er hatte die äußeren Tore der Wut bereits hinter sich gelassen, denn milder gestimmt fuhr er fort: «Möglicherweise, wenn ich mit ihnen spräche...»

«Vielleicht später», legte sich der Priester ins Mittel, der sich unbehaglich im Sattel umdrehte und die Falten seines großen roten Gewandes zwischen den Beinen ordnete. «Im Augenblick besteht unsere Stärke darin, daß wir ohne festes Ziel weiterziehen – und ohne bestimmte Befürchtungen. Das mag eine Weile so bleiben.»

«Inwiefern, Priester?» fragte ich.

«Abgesehen von unserem allgemeinen Ziel – nämlich, den Göttern zu gehorchen – bindet uns kein bestimmter Zweck.»

«Und darin soll Stärke liegen?» ließ ich nicht locker. «In der Ziellosigkeit sehe ich heute so wenig Stärke wie damals, als Ihr diesen Begriff zum erstenmal verwendet habt.»

«Ja, Jakir, darin liegt Stärke. Es ist unsere Stärke, daß wir nicht danach trachten, der Zukunft unsere eigenen Wünsche aufzuzwingen.»

«Soweit ich sehe», sagte ich und wies mit der Hand auf den Nebel, der im Abstand weniger Pferdelängen um uns herum die ganze Welt vor unseren Augen verbarg, «besteht unser einziges Ziel im Augenblick darin, zu überleben... weiterzuziehen... sofern wir dazu imstande sind, denn das müssen wir. Ich kann mich aber nicht der Ansicht anschließen, daß diese Ziellosigkeit uns stark macht.»

«Seht einmal, Jakir, es ist doch so», beharrte der Priester, «wenn wir erst einmal auf bestimmte Mittel festgelegt und auf ein bestimmtes Ziel gelenkt sind, verlieren wir die Hälfte unserer Kraft. Selbstverständlich leitet irgendein Zweck die Menschen durch das Leben. Aber sie reiten zwischen Klippen, die immer höher neben einem immer schmaler werdenden Pfad aufragen. So geht es mit den meisten Menschen. Sie sind durch ihren Willen gebunden. Die freie Wahl, die sie getroffen zu haben glauben, legt sie in Fesseln. Aber indem wir unser Ziel ausschließlich in Seine... in Ihre Hände gelegt haben, sind wir frei von den Banden jenes trügerischen freien Willens. Indem wir jene wichtigeren Bindungen eingegangen sind, haben wir die minder bedeutenden gelöst. Dennoch... auch jetzt... während wir... bewußt die ersten Schritte nach unserer eigenen Entscheidung tun, bestimmen wir damit alle darauf folgenden

Schritte – bis wir das Ziel erreicht haben, das wir zu wählen glaubten... oder es nicht erreichen. Das aber befreit uns aufs neue von den Bindungen, die wir uns unbewußt selbst auferlegt haben.»

«Bei den meisten Menschen ist dieser erste Schritt die Geburt», fügte ich hinzu, denn mir gefiel seine Gedankenkette nicht, «und die Lösung kommt erst mit dem Tod.»

«Genau so ist es. Die meisten glauben, daß sie eine Entscheidung treffen, dabei ist die Mehrheit nicht einmal fähig, sich in dem begrenzten Rahmen zu entscheiden, der uns dadurch zur Verfügung steht, daß wir uns aus dem Leben Kamardols gelöst haben. Wir sind unfähig, uns von unserer Rolle als erobernder Heerführer, als Gelehrter und als Priester frei zu machen, der sich um eine Gemeinde kümmern muß. Selbstverständlich ist jeder Schritt, den wir bei diesem unserem Zug tun, vorherbestimmt.»

«Dann wäre es also sinnlos», fragte ich, denn noch hallte mein Gespräch mit Anand in den Kammern meines Geistes wider, «einer Verpflichtung entweder auszuweichen oder – andererseits – eine zu wählen? In beiden Fällen ist alles vorherbestimmt.»

«Strenggenommen, ja», gab der Priester zur Antwort. «Bei Licht betrachtet, habt Ihr recht mit dem, was Ihr sagt, Jakir. Es ist ein Irrtum zu glauben, daß wir auch nur den ersten Schritt zu wählen vermögen, der uns bindet. Ob der Wille der Götter in uns tätig ist oder von außen auf uns einwirkt, alles ist festgelegt. Der erste Schritt bestimmt über die nächsten, und die Götter legen auch den ersten Schritt fest, der den Weg bestimmt, dem wir danach bis zum Ende folgen müssen.»

«Aber warum strebt Ihr dann nach Ziellosigkeit – nach dieser Zweckfreiheit, die, wie Ihr sagt, im Augenblick unsere Stärke ist? Unser Weg ist doch auf jeden Fall auf einer großen Karte vorgezeichnet, so weit wir auch immer gehen mögen.»

«Der Grund dafür ist einfach der – unser Weg ist mehr oder weniger genau im Raum festgelegt und in dem, was wir bewirken, nicht aber in der Zeit. Damit, daß wir unsere Ziellosigkeit, wie Ihr es nennt, bewahren, daß wir uns nicht festlegen, gewinnen wir Zeit. Außerdem vermeiden wir auf diese Weise Kümmernisse, denen ein Mensch ausgesetzt ist, wenn ihn die Götter zwingen, auf einem Weg wieder umzukehren, den er irrtümlich gegangen ist.»

«Ich bin nicht sicher, daß ich Euch wirklich verstehe», sagte ich, und das entsprach der Wahrheit.

Harrap, der mehr auf eine innere Stimme als auf unser verwickeltes Gespräch gehört hatte, sagte entschlossen: «Ich werde zu den Leuten sprechen, sobald wir diese Berge hier hinter uns haben. Es wird dann auch nötig sein.»

Während der furchtbaren drei Wochen unseres Leidens im Gebirge benagten der Priester und ich wieder und wieder die Knochen jener Unterhaltung. Wie gefräßige Schakale kehrten wir immer aufs neue zu dem gefledderten Kadaver zurück, um noch ein Stück davon herunterzuzerren. So nachgiebig sich der Priester im Gespräch gab, so unerbittlich blieb er bei seiner Gewißheit. Vermutlich war ihm klar, daß ich mich am Rande eines Abgrundes bewegte, unfähig, die Schranke zu überwinden, die zwischen mir und Harrap lag, und daß es mir nicht gegeben war, in der Expedition festen Boden zu sehen. Dennoch lieferte mir die unbeugsame Überzeugung des Priesters nur wenig Trost – und keinerlei Sicherheit. Eher noch konnte ich in Anands unerschütterlichem und für mich unerklärlichen Glauben an die Menschen Halt finden.

Harrap beteiligte sich nicht an meinen Gesprächen mit dem Priester, hörte aber nachsichtig zu, wenn er sich in unserer Nähe befand. Sein Ausdruck – zugleich aufmerksam und versunken – war der eines alten Weisen, der seinen unerfahrenen Schülern törichte Spekulationen gestattet. *Ich* bin im Besitz des Wissens, sagte sein Lächeln, aber ihr müßt selbst dahinterkommen.

Doch füllten diese Gespräche nur einen kleinen Teil meiner Tage. Beständig ritt ich zwischen Vorhut und Hauptstreitmacht hin und her, verlangte doch mein Pflichtgefühl wie der Überdruß, den ich angesichts Harraps in sich ruhender Selbstzufriedenheit empfand, daß ich mich um die Krieger kümmerte. Daß es mich immer wieder zur Vorhut zog, hatte weniger mit meinen Aufgaben zu tun als mit meinem Verlangen, den Hengst zu sehen – und sonderbarerweise auch mit dem Wunsch, aus Harraps Führerschaft Kraft zu gewinnen. Seine Haltung mir gegenüber blieb unverändert, sie war wie eh und je eine Mischung aus rauher Herzlichkeit und gedankenloser Schärfe. Die Beziehung zwischen uns blieb angespannt, doch mit seiner Willenskraft stützte er mich wie alle anderen.

Inzwischen war die Zeit der Prüfungen gekommen, von der Harrap gesprochen hatte. Weder Menschen noch Götter machten uns den Weg streitig, das tat die Erde selbst. Der Frühling drang gerade ins Hochgebirge vor, dessen Granitfestungen den Winter gefangengehalten hatten, während es in den Ebenen bereits blühte. Im Gebirge ist das Frühjahr die unberechenbarste und irreführendste Jahreszeit, denn alles befindet sich in unablässiger Bewegung. Eine oder zwei Stunden lang hoben sich die Wolken, und der Nebel verzog sich, um den ganzen Schrecken des Teufelsreichs zu enthüllen, durch das uns der Hengst führte. Irgendwie fand Er stets einen Weg durch eine enge Schlucht oder über einen Felssporn inmitten der gleißenden Schneemassen, der Ströme von Eis und der aufgehäuften Barrikaden aus Felsbrocken, größer als Elefanten. Dann wieder kehrten Nebel und Wolken zurück und schleuderten ihren beißenden Schneeregen gegen unsere schmerzenden Leiber. Doch bot die Dunkelheit gnädige Erleichterung, verbarg sie doch vor unseren Augen bodenlose Spalten, messerscharfe Klippen und Schneesäulen von trügerischer Standfestigkeit, die uns zerschmettern konnten, wenn unsere Aufmerksamkeit auch nur zehn oder zwanzig Herzschläge lang nachließ.

Die Krieger beklagten sich unaufhörlich. Zuerst murrten sie nur leise, doch nach einer Weile schrien sie ihre Ängste heraus, ohne sich ihrer zu schämen. Sie wußten, daß ich lediglich so tat, als hörte ich ihre unaufhörliche Klage nicht: «Das ist die Strafe für unseren Brudermord! Wir werden alle untergehen! Nicht die Götter leiten den Hengst, sondern Ihn reiten tausend Teufel!»

Weder konnte ich sie wegen Feigheit verachten, noch sie mit mahnenden Hinweisen vorantreiben, durchlebte ich doch dieselben Schrecken wie sie. Tag für Tag versank unter zwei oder drei Reitern das Tier, wobei Mann und Roß laut aufschreiend im kalten grauen Dunst um uns herum verschwanden. Es war weit schlimmer, als wenn wir im wäßrigen Sonnenlicht den Felsrand unter den Hufen eines unaufmerksamen Pferdes hätten zerbröckeln sehen und mit den Augen Reiter und Tier sich überschlagend im grausamen Lichtschein hätten verfolgen können, bis die Tiefe beide verschlang.

Lediglich Ranbirs Männer blieben von all dem unbeeindruckt – sei es, daß sie sich in den hohen Bergen, in denen ihre Götter lebten, sicher fühlten, sei es, daß ihre straffe Disziplin sie daran hinderte, offen Furcht zu zeigen. Möglicherweise waren sie auch wirklich unerschütterlich, tatsächlich «halb Mensch, halb Tier, ohne schlagende Herzen», vielleicht traf auf sie zu, was die regulären Truppen von sich behaupteten, die erklärten, sie empfänden keine Furcht. Doch hatte die königliche Garde, deren Angehörige erst wenige Monate zuvor gelernt hatten, zu Pferde zu sitzen, nicht einmal halb so viele Opfer zu beklagen wie die regulären Truppen. Der Grund dafür, daß sie so wenige Männer einbüßten, mochte darin liegen, daß die Männer der Kavallerie nicht bereit waren, ihre Pferde über schwierige Geländeabschnitte zu führen, wie es die Gardisten taten. Sie schworen, sie würden im Sattel sterben, wenn sie schon sterben mußten, aber nicht absitzen. Allerdings glaube ich, daß nicht Stolz sie so störrisch machte, sondern daß sie ihren eigenen Füßen nicht trauten.

Die Bankerte waren anfänglich zu stolz, über ihre Furcht zu sprechen, und verbargen sie sogar voreinander. Aber die Art, wie sie verstohlen in den Abgrund spähten, zeigte mir, daß die Raben auch an ihren Herzen pickten. Am sechsten Tag kam Gorbabordol zu mir. Da sie untereinander keinen als Führer anerkannten, hatten sie ihn zum Sprecher bestimmt.

«Oberst Jakir», sagte er, «der Hengst war im Nebel nicht mehr zu sehen, und zwei von uns, die als erste Glieder der Kette vorausgeritten sind, verloren vor meinen Augen den festen Fels unter den Füßen. Wir werden sie nie wiedersehen.»

«Das bedaure ich», sagte ich, «doch was kann ich tun? Uns allen drohen dieselben Gefahren.»

«Könnt Ihr nicht mit dem General sprechen?» bat er, «damit er wartet, bis sich die Wut des Frühjahrs gelegt hat? Besser noch: könnten wir nicht umkehren? Welchem Ziel streben wir denn in solcher Eile entgegen? Warum müssen wir so rasch vorwärtsdrängen? Es ist doch besser, daß die Priester in ihren festen Tempeln den Beweis für den Willen der Götter erbringen, als daß wir auf der Jagd nach einem Trugbild untergehen.»

«Ihr denkt an Umkehr?» fragte ich spontan zurück. Auch ich hatte mir diese Möglichkeit schon gründlich durch den Kopf gehen lassen. «Die noch vor uns liegenden Gefahren können nicht schwerwiegender sein als die, die wir bereits überwunden haben. Sollen wir haltmachen? Hier den Tod erwarten? Niemand kennt sich mit diesen Bergen aus, und unter Umständen dauert ihr Wüten ständig an – oder wird gar noch schlimmer. Es ist besser weiterzuziehen. Immerhin führt uns der Hengst.»

«Der Hengst!» Er spie das Wort aus. «Wenn ich das hier überlebe, werde ich mich nach unserer Heimkehr nie wieder in einen

Sattel setzen. Ich werde zu Fuß gehen oder mich wie eine alte Frau in einer Sänfte tragen lassen und voll Freude und bereitwillig den Göttern Pferde opfern – Dutzende, Hunderte davon.»

Jedem der Hauptleute, die mir in den nächsten zwei Wochen insgeheim ihre Bedenken vortrugen, entgegnete ich das gleiche. Ihnen mangelte Gorbabordols Gabe, spöttisch über sich selbst zu lachen, doch mußten alle mit der Antwort vorliebnehmen, die ich ihm gegeben hatte – ob sie das nun voll Würde taten oder nicht. Zufrieden mit der Antwort war keiner von ihnen, das war mir klar, aber alle akzeptierten die Wahrheit, die sie enthielt. Mehr oder weniger hörte ich von allen, ob offen oder verhüllt, je nachdem, wie es ihre Art war, Gorbabordols Klage, die Expedition sei ein Ergebnis menschlicher Torheit, aber keinesfalls eine von den Göttern vorherbestimmte Suche. Keiner der Offiziere wurde bei Harrap vorstellig, nicht einmal, als nach Ablauf der zweiten Woche das Gebirge erst richtig anzufangen schien. Ich hörte, wie ein Hauptmann knurrte, die geringe Aussicht auf Leben, die ihm bleibe, wenn er gehorche, sei ihm lieber als die Gewißheit des Todes, den er zu gewärtigen habe, wenn er Harraps Zorn auf sich lade.

Mich selbst überzeugte meine Antwort. Während jeder Tag unter seinem grauen Mantel neue Schrecken heraufbeschwor, gewöhnte ich mich an die ständige Gefahr und genoß sie schließlich sogar. Wenn den Hengst nicht die Götter führten – wie war es dann möglich, daß wir durch eine unablässige Folge von Gefahren so weit gelangt waren? Verschleierte uns nicht der Segen der Götter die Gefahren, wo der Anblick ihres unverhüllten Antlitzes unsere Entschlußkraft womöglich gelähmt hätte? Nur eine Macht, die unendlich größer war als Sein eigener unausgesprochener Wille, konnte den Hengst über Felszinnen vorantreiben, vor denen sogar Bergziegen zurückschreckten. Die Strapazen überzeugten mich, wie mich die Mühelosigkeit nicht zu überzeugen vermocht hatte.

Nicht einmal Anands beständige Zweifel konnten mich bedrükken, als wir uns unterhielten, während wir gedörrtes Pferdefleisch kauten. Zu jagen gab es nichts, und da das Fleisch sehr trocken war, löschten wir unseren Durst mit Schnee. Temperamentvoll und beharrlich argumentierte Anand gegen meine neu erwachte Überzeugung. Der Hengst kehre nicht um, sagte er, weil Ihm die Krieger den Weg versperrten. Er gehe voran, weil Ihm die Bankerte ununterbrochen auf den Fersen seien und Ihn damit nötigten, vorwärts zu ziehen, um den Abstand zu wahren. Lachend fragte ich, ob er je gesehen habe, wie ein Pferd aus freien Stücken – ja, aus freien Stücken – durch eine Landschaft des Todes gezogen sei. Der Hengst, erinnerte ich ihn, habe völlige Freiheit zu gehen, wo Er wolle.

Zweimal sah sich Harrap gezwungen, eine Unterbrechung des Zuges zu gebieten. Das eine Mal kauerten wir uns drei Nächte und zwei Tage unter einen Überhang, während der Wind ungeheure Schneemassen an uns vorübertrieb. Zwar mußten wir vor dem zweiten Schneesturm vier Tage später lediglich einen Tag und eine Nacht lang in einem Hohlweg Zuflucht suchen, doch war er noch schlimmer als der erste. Die Berge schienen zu bersten, und wir hörten über dem angstvollen Kreischen der Windsbraut das teuflische Dröhnen, mit dem Schnee in Massen von den Gipfeln zu Tal stürzte. Die an uns vorüberfliegenden Eiszapfen waren so lang wie unsere Spieße und scharfkantiger als die Schneiden unserer Schwerter.

Drei Stunden nach Mitternacht legte sich der Sturm, und ein strahlender Morgen zog herauf. In seinem Schein sah ich, daß wir so weit gekommen waren, wie es menschenmöglich war. Zehn Meilen vor uns ragte eine senkrechte weiße Wand so hoch auf, daß ich keine weiteren Berggipfel dahinter zu sehen vermochte. Diese horizontale Kuppe trug den grauen Himmel, und die Masse befand sich in einem so schwankenden Gleichgewicht, daß ich mich fragte, ob sie nicht im nächsten Augenblick auf uns herniederkrachen werde. Der Fuß des Berges lag so hoch, daß Schnee und Eis an seinen mächtigen Flanken vom Tauwetter des Frühlings völlig unbeeindruckt waren; sie wiesen keine noch so feinen Risse auf.

Nach wie vor vermochte mich Harrap zu überraschen. Jeder andere Heerführer hätte nach der entsetzlichen Nacht seinen Männern etwas Ruhe gegönnt, doch er lachte nur und ließ durch die Trompeter den Weitermarsch befehlen. Betäubt von der wilden Nacht und seinem Wagemut saßen erst die Vierhundert und dann die Hauptstreitmacht auf und folgten ihm.

Der Hengst war deutlich zu sehen, denn auch Er hatte sich mit uns in den Schutz des Hohlwegs zurückgezogen. Er zog voran, fast als zaudere Er. Nur wenige Längen hinter Ihm folgten die Bankerte. Fast hätte ich Harrap zugerufen, er tue dem Willen der Götter Gewalt an und gefährde unseren Zug, indem er den Hengst vor sich hertrieb, als sich dieser daran machte, einen kaum wahrnehmbaren Einschnitt zur Hochfläche emporzutraben. So führte Er uns aus dem heraus, was uns als Sackgasse erschienen war. Dennoch sah ich für den Fall, daß wir die Suche weiterbetreiben wollten, einen mühevollen Rückweg voraus, denn auch Harrap würde gewiß nach wenigen Stunden erkennen, daß uns dieser Weg lediglich dem Untergang entgegenführte. Doch er schien sich der Herausforderung zu stellen, ohne zu begreifen, daß damit das geringe Vertrauen schwand, das die Krieger noch in ihn setzten. Selbst seine Autorität nutzte sich allmählich ab.

«Vorwärts, Jakir, es geht weiter», rief er über dem durchdringenden Heulen der Winde, die um den toten Schneesturm wehklagten. «Die Götter sind großherzig. Bring mir Ranbir und seine Männer herauf. Vielleicht brauche ich sie. Heute reite ich mit den Bankerten, einen Schritt hinter dem Vollkommenen Hengst.»

Drei Stunden später war ich mit den Gebirgstruppen zurück. Die Vierhundert hatten die leuchtend weiße Flanke des gewaltigen Berges bereits in Angriff genommen. Der Pfad sah aus wie ein Band mit grünen, scharlachroten und goldenen Abschnitten. Der Hengst war samt Harrap und etwa einem Drittel der Bankerte außer Sichtweite. Vor meinen Augen zog sich das gefleckte Band langsam aufwärts, und ein weiterer Zoll davon verschwand unter einem breiten eisbedeckten Felsvorsprung.

«Vater Ranbir», sagte Harrap, als ihn dieser hinter dem die Sicht versperrenden Felsen erreichte, «halte deine Männer in meiner Nähe. Vielleicht müssen deine Schneeaffen jetzt ihre Geschicklichkeit beweisen.»

«Ein Ausflug für junge Mädchen ist das bestimmt nicht, Prinz Harrap. Aber ich glaube, wir können es schaffen», gab Ranbir zur Antwort, während er mit zusammengekniffenen Augen die Zickzacklinie musterte, die zu einem halb aus Schnee und halb aus Eis bestehenden natürlichen Glacis emporführte. Dahinter öffnete sich in der Felswand eine Spalte.

Ich war erstaunt, daß Harraps Glück immer noch andauerte und er abermals einen Pfad durch das unwegsame Gelände gefunden hatte.

«Nein, Ranbir», sagte er, «um deine Männer mache ich mir keine Sorgen; aber vielleicht könnt ihr den anderen helfen. Entscheide das gemeinsam mit Jakir; ich reite voraus.»

Nach vier Stunden unmenschlicher Schinderei, die kein Ende zu nehmen schien, erreichten wir den Rand des Glacis. Fast alle wurden wir von den Männern der Gebirgstruppe getragen. Sie ließen ihre Pferde am Fuß des Einschnitts stehen und kletterten mit einer Geschwindigkeit hoch, daß es aussah, als stiegen sie wie die Adler empor. Nachdem sie einen Weg gefunden hatten, kehrten sie ebenso leichtfüßig zurück und halfen, die Pferde der Bankerte nach oben zu ziehen. Harrap kletterte mit dem Hengst, beugte sich bisweilen zu Ihm hinüber, um Ihm etwas ins Ohr zu flüstern, und fuhr Ihm mit der Hand über den zitternden Hals. So bewältigte der Hengst unter freundlichem Zuspruch den Steilhang als erster, weder gezwungen noch von Furcht verschreckt.

Sofern wir den Bergsattel erreichen wollten, mußten wir noch den Halbgletscher überqueren, der wie ein Glacis aussah. Ich hoffte inständig, daß das möglich war. Die Männer der Gebirgstruppe spannten ein Seil über den Gletscher und befestigten es an Lanzen, die sie tief in Fels- und Eisspalten hämmerten. Als Harrap und der Hengst bis zum Sattel vorgedrungen waren, folgten die ersten zwanzig Bankerte, wobei sie sich jeweils zu fünft an das Seil klammerten und jedes Pferd einzeln hinaufzogen. Auch ich stieg mit dem Trompeter empor, um mit Harrap zu reden. Da er entschlossen war, dem Hengst zu folgen, komme, was da wolle, mußte ich allein dafür sorgen, daß alle anderen nachkamen.

Den Arm um den Hals des Tieres gelegt, stand Harrap auf dem Boden eines Einschnitts, der kaum breiter war als die Schultern eines Mannes. «Komm etwas höher, Jakir!» rief er, so daß er den Wind übertönte. «Komm etwas höher und sieh eine völlig neue Welt.»

Den Hengst zwischen uns, stiegen wir so weit empor, bis wir einen Blick auf das zu erhaschen vermochten, was vor uns lag. Es war ein gefrorenes Meer aus weißen Gipfeln, gezackt, grob zubehauen und steil abfallend. Doch ging es beständig abwärts, und jeder Gipfel war niedriger als die Felszinne, auf der wir standen. Weit hinter den Bergen, doch für das Auge in der dort oben herrschenden unirdischen Klarheit des Lichtes unmittelbar zu unseren Füßen, glänzte ein Streifen brauner Erde, über den sich leuchtendes Grün zog.

«Sorg dafür, daß die anderen auch auf die andere Seite kommen», rief Harrap so leichthin, als handele es sich darum, eine Kompanie Rekruten zu drillen. Dann stieg er, vom Hengst gefolgt, weiter aufwärts. In einem vor dem Wind geschützten Felswinkel wartete er, bis die Bankerte zu ihm stießen.

Nahezu eine Stunde lang stand ich unter der Felsspalte, während die gelben Umhänge der Prinzen und die Kruppen ihrer erschöpften Pferde nacheinander durch die Spalte verschwanden, bis vierzig es geschafft hatten. Der Hengst führte sie weiter, erst gemächlich, dann so lebhaft, daß Seine Hufe über den leicht abwärts geneigten Hang tanzten. Über Ihm ragten dräuend Schneemassen auf, höher als die hohen Türme von Kamardol.

Der Erschöpfung nahe, wollte ich mich erneut der Aufgabe zuwenden, die anderen hinüberzubringen, als ich aus dem Augenwinkel etwas Weißes wahrnahm, das sich bewegte. Im Umdrehen sah ich, daß einer der hohen Schneetürme an seiner Grundlinie einknickte, so daß fiedriger weißer Gischt von seinen Seiten stob. Dann neigte er sich dem Hang entgegen, auf dem übermütig der Hengst einhersprengte, von Harrap gefolgt. Ich öffnete den Mund zu einem Warnruf, doch hätte das Tosen des Windes auch den herausgebrüllten Zorn der Götter überdeckt.

«Alarm!» rief ich dem Trompeter zu.

Ein-, zwei- und dreimal ertönte aus dem ehernen Mund der gellende Ruf wie der Angriffsschrei eines wütenden Elefantenbullen oder das Kreischen des Pfaus, der einen Falken am Himmel gesehen hat.

Harrap wandte sich um und hob den Blick in die Richtung, in die ich wies. Er zückte sein Schwert und trieb den Hengst mit der flachen Klinge vor sich her. Während die beiden über den Hang stürmten, gab der Schneeturm nach und stürzte ein.

Minutenlang starrte ich angstvoll wartend in den tosenden weißen Kessel, doch sehen konnte ich erst wieder etwas, als sich die Schneemassen beruhigt hatten. Jenseits der Lawine erkannte ich Harrap und den Hengst mit acht der Prinzen, und auf meiner Seite zählte ich weitere achtzehn gelbe Umhänge. Vierzehn Prinzen waren mit in die Tiefe gerissen worden.

In der Hoffnung, daß damit die Götter der Berge und des Frühlings Ihr letztes Opfer gefordert hatten, machte ich mich aufs neue an meine Aufgabe, die Krieger Kamardols über den Bergsattel zu bringen. Obwohl die Männer der Garde schufteten, als seien ihnen Müdigkeit und Verzagtheit unbekannt, dauerte es zwei volle Tage, bis der letzte Mann der Hauptstreitmacht das Hindernis überwunden hatte. Während der ganzen Zeit hielt sich Anand an meiner Seite, bestärkte mich in meiner Entschlossenheit und traf, bis auf die wichtigsten, alle Entscheidungen selbst. Männer schleppten die Lasten der Saumtiere auf dem Rücken hinüber. Die leichten Fahrzeuge wurden zerlegt auf die andere Seite gebracht, und die schweren Bagagewagen ließ ich zurück, wohl wissend, daß mir Harraps Zorn sicher war, hatte er sie doch zum Transport von Beute vorgesehen. In den letzten Stunden des zweiten Tages lud ich erneut die Gewißheit seines Grimms auf mein Haupt, da ich auch noch die schätzungsweise zweihundert losen Frauenzimmer und sonstigen Angehörigen des Trosses hinüberschaffen ließ, die von den anfänglich sechshundert geblieben waren.

Während all dieser Zeit ritt unser Oberbefehlshaber Harrap munter hinter dem Hengst her. Eine Woche, nachdem wir das gewaltige Bergmassiv zum erstenmal gesehen hatten, erreichte ich ihn schließlich, am Ende meiner Kräfte. Er wartete in einem mit Felsbrocken übersäten Tal, an dessen Rändern grünes Frühlingsgras sproß. Es lag auf einem Felsband oberhalb der weiten Ebene, die wir von der Felszinne aus erblickt hatten. Ohne besondere Bewegung zu zeigen, nahm er meinen Bericht entgegen und sagte lediglich: «Ich wußte, daß du es schaffen würdest, Jakir. Aber das mit den schweren Fuhrwerken ist schrecklich.»

Niedergeschlagen wendete ich wortlos mein Pferd, um auf meinen Posten bei der Hauptstreitmacht zurückzukehren. Doch er hielt mich fest und sagte: «Vielleicht wäre es gut, wenn ich jetzt zu den Leuten spräche.»

«Wie Ihr wollt», gab ich zur Antwort.

Mirab und ich sammelten die Truppe. Von einem großen Felsbrocken aus, von wo sein Blick über das ganze Tal schweifen konnte, begann Harrap seine Ansprache: «Prinzen, Panzerreiter, Bogenschützen, Freisassen, Gebirgstruppen und Männer meiner eigenen Einheit! Krieger Kamardols! Dank der Gnade der Götter ist es uns gelungen, den Teufelskessel zu überwinden.» Er warf den Kopf in den Nacken, so daß ihm das glänzende schwarze Haar über die Schultern fiel. Mit bedeutungsvoller Stimme sagte er: «Einige von euch fluchen darüber, daß sie Verluste erlitten haben, andere weinen – auch ich habe geweint. Wir wurden schwer heimgesucht: dreiundachtzig Männer und Tiere sind tot. Mehr als doppelt so viele haben in den feindseligen Bergen und durch die kalten Stürme der Hölle Verletzungen erlitten.»

Stolz hallte seine Stimme von der steinernen Kanzel wider: «Aber laßt euch sagen, die Götter sind uns geneigt und beschützen uns…

Andernfalls wären zehnmal so viele dahingegangen. Nie zuvor haben Menschen mit so geringen Verlusten derlei Gefahren bestanden. Nie haben lebende Menschen solche Fährnisse überwunden wie ihr und ich. Das aber haben wir der Gnade der Götter und der Beherztheit des Vollkommenen Hengstes zu danken!

Krieger, es mag sein, daß uns noch herbere Verluste bevorstehen, doch vermag uns nach dieser Heimsuchung auf Erden – oder in den Himmeln – nichts mehr zu ängstigen, solange wir uns vor dem Willen der Götter beugen und Ihres Schutzes teilhaftig werden. Krieger, wir werden großen Ruhm gewinnen, viele einträgliche Gefangene machen und die Schätze großer Reiche in unseren Händen halten. Krieger, unser Triumph ist gewiß!»

Eine volle Minute schwiegen die Männer, während der Nachhall von Harraps Worten durch das Tal zog. Schon fürchtete ich, sie würden ergrimmt die Waffen gegen ihn erheben, doch endlich schleuderten sie voll Begeisterung ihre Lanzen in die Luft. Sie jubelten, als habe Harrap sie zu einem Sieg und nicht an den Rand der Katastrophe geführt.

19

Eine Vision von Wärme und Behaglichkeit erschien vor unseren Augen und wurde mit jedem Felsband eindringlicher, das wir auf der vor uns hinabführenden großen Treppe der Götter bewältigten. Den eiskalten Griff der Berge allerdings konnte ich erst abschütteln, als wir am letzten Hang standen und die gesamte Teufelswildnis hinter uns wußten. Schließlich sahen wir nur noch braune Erde und grüne Pflanzen vor uns, deren leuchtendes Leben völlig unberührt vom schwarzen Fels und weißen Schnee waren, die uns nahezu einen Monat in ihren Fängen gehalten hatten.

Doch war dieser schmale Streifen zwischen den Bergen und dem Sand, den wir auf der Fährte des Hengstes erreicht hatten, ein karges Land. Zwischen den flach wurzelnden Pflanzen lagen große Abstände. Auch an den schmalen Wasserläufen war es tagsüber heiß und trocken – nachts aber wurde es so kalt, daß den Tieren der Atem auf den Nüstern gefror.

Nie würden wir auf unserem Zug das im Herzen des Kontinents

liegende Vollkommene Königreich entdecken, von dem die Fabeln berichten. Dort gibt es hundert Arten von Reben, hängen die Bäume voll mit den süßesten Früchten eines ewigen Sommers, und in seinen breiten, kühlen Flüssen findet sich Gold in Hülle und Fülle. Jenes Reich, in dem alle Menschen frei von Schmerz und Krankheit jahrhundertelang im ewigen Frieden unter weisen und gelehrten Königen so sicher leben, daß sie weder Armeen unterhalten noch ihre Städte bewachen, mußte woanders liegen. Keine größere Sehnsucht kannten wir, als dies Vollkommene Königreich auszuplündern, doch wir fanden es nie.

Dennoch erlebten wir an jenen ersten Tagen, nachdem uns die Berge aus ihren Klauen freigegeben hatten, so viel Freude, daß man hätte glauben können, wir befänden uns in jenem Reich. Auch Ranbirs Gardisten, welche durch die Zerreißprobe gegangen waren, als handle es sich um eine Übung auf dem Exerzierplatz, jubelten und ließen die übrigen an ihrer Kraft und Geschicklichkeit teilhaben. Selbst sie lachten, stießen begeisterte Rufe aus wie Jungen auf ihrer ersten Jagd und führten ausgelassen mit ihren Lanzen Scheingefechte. Für uns andere war es das reine Entzücken, unseren schmerzenden Muskeln bei unserem Zug durch die Ebene Entspannung zu gönnen, ohne daß wir befürchten mußten, der feste Boden unter unseren Füßen würde nachgeben oder herabstürzende Schneeberge würden uns unter sich begraben.

Fünf entspannte Tage in der Sonne waren uns bewilligt, um uns zu erholen und unsere Verletzungen zu kurieren. Die von den Anstrengungen abgemagerten Tiere grasten und schliefen. Jagdtrupps stießen auf uns unbekannte kleine Tiere; sie lieferten uns soviel Wild, daß sogar noch Fleisch zum Dörren übrigblieb. Als die Milch der Stuten erneut zu fließen begann, konnten wir Kumyß herstellen. Anand und ich konnten den Wankelmut der Krieger nicht fassen und fragten uns, wie lange ihre neugewonnene Zuversicht den nächsten Belastungsproben standhalten würde. Doch freuten auch wir uns über das Ende der Schinderei und waren froh, daß sich die Krieger erneut guter Stimmung zeigten und nicht mehr mißmutig behaupteten, wegen des Brudermordes ruhe ein Fluch auf ihnen.

«Der General hat recht», sagten sie zueinander. «Wir ziehen im Glanz der Götter dahin!»

Die Atempause verdankten wir dem Hengst und nicht etwa Harrap. Er hätte uns womöglich nicht mehr als einen einzigen Ruhetag zugestanden, nachdem wir aus den Bergen heraus waren. Der Hengst zögerte, verlockt von den schmalen Streifen jungen Grüns, welche den toten Sand der Wüste durchzogen, das Vorgebirge zu verlassen. Jeden Morgen, berichteten die Bankerte, entfernte Er sich nur wenige Meilen vom Lager, das von niedrigen Hügeln umstanden war, um auf einsamen Wiesen, von denen dünne Rinnsale in den Sand liefen, zu weiden und sich im Gras zu wälzen. Allabendlich kehrte Er ins Lager zurück, als sei Er Sein Leben lang dazu ausgebildet worden, sich wie ein Ochse auf einem Bauernhof zu verhalten. Das Feuer der göttlichen Eingebung, das uns sicher durch die Berge hierher geleitet hatte, schien in Ihm erloschen zu sein. Im Unterschied zu den anderen Tieren hatte Ihn die Zerreißprobe gekräftigt. Sein Fell war glatt und glänzte, und Er wußte vor Kraft nicht wohin, als wir die Berge verließen. Doch nach einigen Ruhetagen verschwammen die scharfen Umrisse Seiner Muskeln, und Sein munterer Schritt verlangsamte sich. Es war, als sei Er in jenen Tagen beträchtlich gealtert. Doch in Harrap brannte die Flamme der Suche, die im Hengst erstorben schien, unvermindert weiter, und nach drei Tagen im Lager knurrte er mir zu: «Jetzt sind beinahe zwei Monate um – ein Sechstel der uns zugebilligten Zeit, und noch immer haben wir keine großen Taten vollbracht.»

«Nicht ganz zwei Monate», sagte ich leichthin, zu sehr dem Wohlbehagen hingegeben, um mich unruhig zu fühlen – oder besonders auf Harraps Worte zu achten.

«Ziemlich genau zwei Monate, Jakir. Fast bin ich entschlossen, den Hengst ein wenig voranzutreiben.»

«Willst du den Vorzeichen Gewalt antun?» fragte ich voll Unruhe. «Die Gestalt zerstören, die der Wille der Götter angenommen hat?»

«So doch nicht, Jakir... Nur ein leichter Ansporn, um Ihn wieder auf die richtige Fährte zu bringen», sagte Harrap voll Zuversicht. Dennoch war mir klar, daß ich erneut seine beständige Befürchtung wachgerufen hatte, etwas könne ihm die Suche verderben.

Der Priester, der von hinten hinzutrat, ersparte mir die Notwendigkeit, darauf hinzuweisen, daß Männer wie Tiere nach wie vor Ruhe brauchten. Ermattet von der mir durch die Götter auferlegten fortwährenden Aufgabe, Harrap zu zügeln, war mir nicht nach einer weiteren Auseinandersetzung zumute.

«Auch einen noch so sachten Ansporn kann ich nicht gutheißen», sagte der Priester streng. «Wie könnt Ihr zweifeln, daß es der Wille der Götter ist, wenn wir hier eine Weile rasten? Ihr seid Zeuge des wahren Wunders geworden. Der Awatara hat uns ohne zu rasten mit seinem beständigen Vorwärtsstreben in wahrhaft wunderbarer Weise durch die Berge geführt, als wären wir blind. Jetzt erholt Er sich, und dem müssen wir uns fügen.»

«Können wir Ihn nicht ein wenig antreiben, um Ihn an Seinen Auftrag zu erinnern, o Brahmane?» schmeichelte Harrap mit dem Blick eines Kindes, das um ein Spielzeug bettelt.

«Ihr gebietet, o Prinz», gab der Priester zur Antwort, «aber die Vorzeichen sagen mir, daß es zur Katastrophe führen und unsere Vollkommene Suche so aus der Bahn werfen würde, daß all meine Gewitztheit uns nicht mehr zu helfen vermöchte.»

Harraps aufflammender Ärger verwandelte sich in das Schmollen eines Kindes, dem man seinen Wunsch abschlägt. Doch verhinderte die schwarze Angst vor dem Versagen, daß er etwas unternahm oder auch nur eine Antwort gab.

Aus eigenem Antrieb machte der Hengst am Morgen des sechsten Tages am Flußufer kehrt und trabte ostwärts. Später, als mich nichts mehr überraschen konnte, erfuhr ich, daß der Priester die Ruhepause künstlich herbeigeführt hatte, weil seiner Ansicht nach Menschen wie Tiere einer weiteren Belastung nicht gewachsen waren. Er hatte Gorbabordol und zwei weiteren Prinzen enthüllt, die Götter hätten eine Ruhepause angeordnet und sie schwören lassen, daß sie die Sache vor Harrap geheimhalten würden. Auf welche Weise er sie davon überzeugte, daß sie den Hengst behutsam zurückhalten sollten, weiß ich nicht, doch dürfte es für seine an Winkelzüge gewöhnte Art keine Schwierigkeit bedeutet haben, diese überheblichen und ungebildeten Söhne von Edelleuten auf seine Seite zu ziehen. An jedem der fünf Vormittage waren sie stracks zu den mit Luzerne bewachsenen Wiesen galoppiert, auf denen der Hengst wie ein munteres Füllen graste, und dieser war gern dort geblieben, wohl weil Er die Gesellschaft ihrer Pferde schätzte.

Als ich Monate später dem Priester vorwarf, er habe uns hintergangen, erklärte er: «Es war unumgänglich, die Leute zurückzuhalten – zum einen, weil sie wirklich Ruhe brauchten, und zum anderen, um zu verhindern, daß zu früh eine Entscheidung fiel. Aber ich habe nicht eingegriffen. Niemand hat den Hengst angerührt. Hätten die Götter gewollt, daß Er weiterzog, wäre der Versuch, Ihn aufzuhalten, aussichtslos gewesen.»

Ich ging der Sache nicht weiter nach. Als mir der Priester diese Gedanken anvertraute, war ich schon mehr oder weniger überzeugt, daß er entweder an gar nichts glaubte oder vor uns allen seinen wahren Glauben verborgen hielt. Diese Erkenntnis kam mir, lange nachdem wir zur Wüste hinabgestiegen waren, und vielleicht hätte ich den Bericht darüber auch für jenen Zeitpunkt in der Erzählung aufsparen sollen. Zu der Zeit, da er die Täuschung verübte, war ich einfach dankbar für die Verschnaufpause und kam nicht auf den Gedanken, dem Hengst sei ein fremder Willen aufgezwungen worden. Wer weiß, vielleicht hätte Er auch ohnehin gerastet.

Am Vormittag des sechsten Tages zogen wir weiter. Erfrischt und munter ließen wir ohne Bedauern die Berge hinter uns, die uns so zugesetzt hatten. Während jener Tage in der Ebene hinderten das tägliche Auf und Ab der Temperaturen, die Eintönigkeit des Treibsandes zu beiden Seiten und auch die Hinweise auf eine bevorstehende Zeit des Hungers die Männer an überschäumender Fröhlichkeit. Immer seltener zeigten sich Vögel und Säugetiere, doch fragten sich wohl nur wenige – wie Anand und ich –, auf welche Weise wir je zurückkehren würden. Das erneuerte Vertrauen in den Hengst, das um so stärker war, weil wir an Ihm gezweifelt hatten, besänftigte die Ängste der Männer, bevor sie diese überhaupt in Worte zu fassen vermochten.

Es wäre ermüdend und sinnlos, über jeden Augenblick der langen, öden Etappen zu berichten, die wir in den folgenden Monaten zurücklegten, während wir dem Hengst folgten. Halten wir uns lieber an Ereignisse, die von Bedeutung für unseren Endzweck waren oder zumindest ein mehr oder weniger klares Licht darauf werfen. Daher dürfte der Hinweis genügen, daß die Wüste eintönig war und unsere – eigentlich belanglosen – Sorgen uns bald zu schaffen machten. Zwischen gefährlichen Begegnungen und schweren Anfechtungen lagen lange Pausen. Ich möchte nicht den Eindruck erwecken, als hätte es in der öden Wüste feindliche Städte gegeben oder von Kriegern gewimmelt. In Wirklichkeit sahen wir Menschen und Menschenwerk nicht öfter als die Spuren von Gewürm auf dem sich weithin erstreckenden Weideland des Großkönigs von Kamardol.

Während wir zwölf Tage lang unendlich langsam und blind wie die Würmer durch die Wüste zogen, begegneten wir wohl Tieren, aber keinen Menschen. Die Vegetation wurde von Stunde zu Stunde spärlicher, und der blaß bernsteinfarbene Sand schob den Streifen Grün zu beiden Seiten des Bachlaufs noch enger zusammen. Doch solange wir ihm folgten, hatten wir stets genug Futter für die Tiere und ausreichend Wasser. Lediglich die schweren Kavalleriepferde, die sich noch nicht hinlänglich von den Strapazen im Gebirge erholt hatten, litten unter der Hitze, und ihnen boten die verdorrten Pflanzen nicht genug Nahrung. Ihr Fell wurde rauh, ihr Atem stank, sie lahmten, und am zehnten Tag lagen die ersten verendet am Boden, von giftigen Gasen aufgequollen. Den Bergponys und den Halbblut-Pferden, die neben den Schlachtrössern der Reiterei so unproportioniert und verwachsen aussahen, machte das grobe Futter nichts aus. Mit besseren Proportionen als die Schlachtrösser, schneller und ausdauernder als die Ponys, flog uns der Hengst munter voran und war etliche Male in großer Ferne als Erscheinung am Himmel zu sehen. Harrap, der Priester, Anand und ich wußten, daß es sich dabei um Luftspiegelungen über einer ebenen Sandfläche handelte, doch den Kriegern lieferte das weiße Trugbild vor dem blauen Himmel einen weiteren Beweis für die Göttlichkeit des Wesens, dem sie folgten. Selbst Harrap sagte, nur halb lächelnd: «Gestern sah ich, wie zwei der Bankerte am Himmel hinter dem Vollkommenen Hengst herritten. Nur ein außergewöhnliches Wunder kann solche Burschen erheben.»

«Das stimmt zwar, Harrap», lachte ich, froh, ihm diesmal rückhaltlos zustimmen zu können, «aber kein Wunder kann es abwenden, daß sie bald wieder auf ihre natürliche Stufe herabfallen.»

«Das stimmt, auch wenn Ihr das im Scherz sagt», mischte sich der Priester ein. «Ich sehe darin kein Wunder, aber beweisen kann ich das nicht. Wenn Kamardols Krieger ein Wunder wollen, können sie es haben.»

«Ich denke, daß es nützt», sagte Harrap nachdenklich, «aber nötig ist es kaum. Wir wissen ja schließlich Bescheid!»

Da er so guter Stimmung war, gab ich meinem Adjutanten-Instinkt nach und trug ihm den Fall der Kavalleriepferde vor.

«Da können wir nicht viel tun, Jakir», gab er so gleichmütig zur Antwort, als sei nicht er derjenige, der die Schwierigkeit heraufbeschworen hatte, weil er nicht bereit gewesen war, die Reiterei mit anderen Pferden auszurüsten. «Tu, was du kannst. Doch wenn sie krepieren, können wir es nicht ändern.»

«Ich gebe den Männern neue Pferde aus der Reserve, aber es sind bei weitem nicht genug...» begann ich. Im selben Augenblick verhielt ein Kurier mit gelbem Umhang sein Pferd vor uns.

«Nomaden, General», kündigte er an. «Es scheinen höchstens fünfzig Männer zu sein, außerdem Frauen und Kinder.»

«Wird der Hengst bewacht?» fragte Harrap. «Dann werde ich vorausreiten und mit ihnen reden.»

Ungebeten begleitete ich ihn, und die Hundertschaft Panzerreiter folgte uns. Als wir die Nomaden eine Stunde später erreichten, erschraken sie. Das schien gar nicht zu der bei solchen Menschen häufig anzutreffenden wilden und trotzigen Haltung zu passen. Allerdings entsprachen jene auch in keiner Weise unseren Vorstellungen. Ihre von Ruß und Schmutz starrenden dürren Leiber waren in ungegerbte Felle gehüllt. An den Enden langer Stangen führten sie Bärenschädel mit. Vermutlich war der Bär ihr Totemtier.

Während wir mit großer Mühe versuchten, Wörter aus den Sprachen der in der Mitte des Kontinents lebenden Barbaren zu finden, welche auch die Nomaden verstanden, kräuselten sich voll Abscheu unsere Nasen, die nach so langem Zug kaum verzärtelt genannt werden konnten, vor dem Gestank, der von ihnen ausging. Nachdem wir uns nahezu eine volle Stunde abgemüht hatten, glaubten wir die Worte des bärtigen Anführers verstanden zu haben: «Hunnja...die Geißel...drei Tagesritte hinter uns...töten alles, was ihnen in den Weg kommt...vielleicht zweimal zehn Zehn.»

«Laßt sie weiterziehen», gebot Harrap, und die Panzerreiter gaben den davonstiebenden Nomaden eine Gasse frei. «Hunnja?» fragte er. «Was bedeutet das, Jakir?»

Ich konnte nur verwirrt den Kopf schütteln, da ich nicht einmal wußte, ob es sich dabei um Menschen oder Tiere handelte. Dreimal am folgenden Tag stießen wir auf ähnliche Nomadentrupps, von denen einer zweihundert kampffähige Männer sowie Frauen und Kinder umfaßte. Alle flohen in dieselbe Richtung, und alle berichteten dasselbe. Allerdings vermuteten wir aufgrund dessen, was uns die zweite Gruppe sagte, daß es sich bei den Hunnja um Menschen handelte. «Schreckliche Krieger...sie verschonen niemanden, der ihnen kein Gold gibt...sie treten nie den Rückzug an...sie sind wie die Tiere.»

Harrap tat das achselzuckend ab, ordnete dann aber an, wobei er sich über seine eigene Vorsicht lustig machte: «Jakir, laß die Panzerreiter, die Bogenschützen und dreihundert Mann der leichten Reiterei vor uns ausschwärmen. Schicke Kundschafter voraus und Boten zu mir, damit ich auf dem laufenden bleibe. Sorge dafür, daß dem Hengst nichts geschieht.»

Am zweiten Tag kamen uns die Hunnja bei Sonnenaufgang entgegen. Sie verzichteten auf jede Art der Tarnung und hatten nicht einmal Späher ausgeschickt. Die Köpfe tief hinter die Hälse ihrer Ponys geduckt, ritten sie mit der geballten Kraft einer Wolfsmeute, die eine Gazelle jagt. So rasch kamen sie in ihrem unermüdlichen und todbringenden Trab heran, daß zwischen der Mitteilung, die mir meine Kundschafter brachten, und ihrem Eintreffen keine halbe Stunde verging. Kaum hatte ich einen Boten an Harrap abgeschickt und meine Streitmacht zusammengezogen, als sie aus der Sonne heraus angriffen. Sie vergoldete ihre Kegelhelme und zeichnete ihre Gestalten als schwarze Umrisse.

Hundert Schritt von meiner Formation entfernt, verlangsamten sie für einen Augenblick das Tempo ihrer Tiere, ähnlich wie sich ein Tiger zum Sprung duckt. Da um sie herum eine gelbe Staubwolke lag, die sich wie ein goldener Hahnenschwanz hinter ihnen ausbreitete, war ihre Zahl nicht zu schätzen. Einen Augenblick, bevor sich die unerbittliche Marschsäule erneut in scharfem Trab in Bewegung setzte, löste sich die Linie meiner Männer auf. Ohne daß ich einen Befehl gegeben hätte, stürmten vierzig Berittene in gelben Umhängen und mit leuchtenden Helmen los, die Lanzen gesenkt – alle Prinzen, die sich meiner Truppe angeschlossen hatten.

Sie werden einen guten Tod haben, dachte ich, und sah zugleich, daß die disziplinierten Kavalleristen die entstandenen Lücken sogleich wieder schlossen. Binnen weniger Sekunden stießen die beiden Trupps aufeinander. Nur kurz hemmte der Aufprall der Lanzen das Vorrücken der Hunnja, die lediglich Schwerter und Äxte schwangen. Schon im nächsten Augenblick waren die Vierzig von ihren Reihen verschlungen. Lediglich eine stürmische Wellenbewegung in ihrer Mitte zeigte mir, daß die Prinzen nach wie vor kämpften. Lange würden sie sich nicht halten können.

Ich nickte dem Trompeter und Anand neben mir zu. Das Schwirren der Bogensehnen hinter uns schwoll zu einem einzigen Akkord an, dann ging ein Pfeilhagel auf die Hunnja nieder. Die Panzerreiter in der Mitte und die Kavalleristen auf den Flügeln schleuderten ihre

Speere und senkten dann die Lanzen, um den bevorstehenden Anprall aufzufangen.

Die Hunnja schüttelten sich kurz, wie Hunde, die ein Wasserstrahl getroffen hat, dann griffen sie erneut an. In dem nur einen Pulsschlag währenden Augenblick, bevor sie mit lautem Kriegsgeheul wieder auf unsere Lanzen stießen, sah ich, daß sie mit ihren runden, ockerfarbenen Gesichtern, den Schlitzaugen und den langen dünnen Schnurrbärten zwischen den Kegelhelmen und den kleinen Rundschilden nicht wie wirkliche Menschen aussahen. Dann waren sie da. Einige spießte die Stoßkraft ihres eigenen Angriffs und der Druck, den ihre Kameraden von hinten ausübten, auf unsere Lanzen. Andere, die zwischen ihnen hindurchglitten oder sie beiseite stießen, griffen uns mit ihren Streitäxten und langen Schwertern an.

Um in den Schwertkampf eingreifen zu können, öffneten wir die von unseren Langschilden gebildete Mauer. Unsere Linie gab nicht nach und wich dabei gemäß meiner Anweisung um ein weniges zurück. Zwei oder drei Minuten lang erkannte ich im Gesichtsfeld unmittelbar vor mir nichts als hin und her zuckende Leiber und blitzende Schwerter. Nicht mehr die ganze Streitmacht war meine Waffe, sondern nur noch mein eigenes Kurzschwert. Dann hörten die Hunnja mit einem Schlag auf, uns zu bedrängen. Noch während sie sich zurückzuziehen begannen, stießen sie unablässig ihre kehligen Kriegsrufe aus. So rasch sie vorgestoßen waren, ritten sie auch wieder davon.

Vermutlich hatte der Pfeilhagel, der sie von hinten getroffen hatte, die Kraft ihres Angriffs gebrochen. Ich jubelte im stillen. Wir hatten den Kriegern standgehalten, die sich nie zurückzogen. Das war ebenso unerwartet und nahezu unmöglich, als hätten wir eine Schar der kriegerischen Treiberameisen zurückgeschlagen. Doch wie jene würden auch die Hunnja immer wieder über uns herfallen, bis sie uns überwunden oder wir sie alle miteinander getötet hatten. Wir hatten nicht gesiegt, sondern lediglich eine Atempause gewonnen, und die Zahl der Feinde war mindestens dreimal so groß wie unsere.

Sie sammelten sich unmittelbar außer Reichweite unserer Pfeile erneut. In der Mitte ihrer Angriffslinie erkannte ich eine kleine Gruppe von Männern, allem Anschein nach Anführer, die sich miteinander berieten, während die übrigen kurze Bogen von ihren Sätteln lösten. Ich gab Anweisung, unsere Reihen zu öffnen. Unsere Bogenschützen stiegen ab, um ihre Langbogen wirksam einsetzen zu können, und feuerten ganze Serien von Pfeilen ab – diesmal nicht steil aufwärts, sondern flach und rasch hintereinander. Die Morgenluft war durchdrungen von Staub und dem starken Geruch nach Schweiß und Blut.

Unsere Attacke reizte die Hunnja, die sich vor den Pfeilen sicher gewähnt hatten. Sie fächerten ihre Linien weit auf und griffen erneut an. Die meisten der kurzen Pfeile, die sie aus vollem Galopp auf uns abfeuerten, prallten harmlos auf unsere Schilde. Doch ein Panzerreiter neben mir schrie auf und stürzte zu Boden; als sich sein Tier in Panik herumwarf, entstand in unserer Schlachtreihe eine Lücke. Fast waren die Hunnja vollständig heran. Ich widerstand der Versuchung, ihnen die Stirn zu bieten, und gab Befehl, die Reihen weiter zu öffnen. Im Trab zogen wir uns etwa hundert Schritt zurück, wandten uns um und empfingen sie erneut, während wir weiter langsam zurückwichen, um ihrem Anprall die Schärfe zu nehmen.

Wieder durchbrachen die Hunnja den Wall unserer Lanzen, wobei sie uns schwere Verluste zufügten, und wieder fiel eine ganze Anzahl von ihnen unter unserem Pfeilhagel. Doch löste sich ihre vorderste Reihe nicht von uns – sie schienen entschlossen, jeden niederzumachen. Die hinterste Reihe hob zur Abwehr der Pfeile ihre Schilde über die Köpfe, die allerdings zu klein waren, als daß sie einen wirksamen Schutz geboten hätten. Mir wurde klar, daß wir nicht noch einmal würden standhalten können.

Anand bestätigte meinen Eindruck mit den Worten: «Unsere Verluste sind zu hoch. Wenn wir zusammenbleiben, um unsere Bogenschützen zu decken, rollen sie uns von den Flanken her auf, und wenn wir uns auffächern, brechen sie durch und reiten die Bogenschützen nieder.»

Voll Überraschung sah ich, daß er mir einen Verband anlegte, und merkte in dem Augenblick, daß mir Blut aus einer gezackten Axtwunde schoß. Er selbst hatte eine Wunde in der Stirn, und als er sich schüttelte, bildete das Blut einen feinen Sprühnebel über seinen dunklen Brauen. Ich merkte, wie ich allmählich benommen wurde. Zum erstenmal seit dem Auftauchen der Hunnja spürte ich, daß mir die Sonne das Gesicht wärmte, das noch von der Nacht kalt war. Sengend fielen ihre Strahlen auf den Sand um uns herum. Bis auf einen leichten Luftzug, der das hohe Gras bog, war die Natur um uns herum still. Doch Männer fluchten und stöhnten, und verendende Pferde schrien.

«Hilf mir...o hilf...Indra!» Der schrille Schrei, der nicht aus dem Mund eines Menschen zu kommen schien, ertönte von dem Sandhügel, wo sich die Hunnja unschlüssig zusammendrängten. Dort wurde mindestens einer der draufgängerischen Prinzen gefoltert, der den Angriff überlebt hatte.

Der Verzweiflungsschrei drang durch meine Benommenheit und ließ mich wieder klar denken. «Zieht euch so weit wie möglich auseinander», befahl ich. «Wir werden uns kämpfend Schritt für Schritt zurückziehen, bis Harrap heran ist.»

Nahezu eine Stunde lang stellten wir uns abwechselnd zum Kampf und wichen zurück. Obwohl die Hunnja viele Männer verloren und sie über ihre eigenen Verwundeten hinweg gegen uns anstürmten, die dabei keinen Laut von sich gaben, ließ die Wildheit ihrer Angriffe nicht nach. Wir mußten mit unseren Pfeilen währenddessen sparsamer umgehen und hatten kaum noch Hoffnung, den Kampf zu überstehen. In meiner Erschöpfung fragte ich mich, warum die Hunnja nicht von uns abließen. Zwar waren wir zu schwach, um ihnen nachzusetzen, doch scheiterte jeder ihrer Angriffe, und wir fügten ihnen schwere Verluste zu. Sie hätten sich ohne weiteres von uns lösen können, um leichtere Beute zu suchen, dennoch warfen sie sich immer wieder auf uns, so wie ein Hund nicht von einem Bären abläßt, und mag er noch so übel zugerichtet sein. Wir erlebten, überlegte ich mit einer kühlen Distanz, die mich selbst überraschte, eine Schlacht aus früheren Zeiten, einen Kampf zwischen Zivilisation und Barbarei, wobei unsere Disziplin und Taktik auf die dumpfe Beharrlichkeit der anderen prallte, die uns unablässig frontal angriffen.

Im selben Augenblick hörte ich Harraps Kriegsschrei und sah, wie die schweren Schlachtrösser unserer Kavallerie gegen die Flanken der Hunnja anrannten. Von einem Augenblick auf den anderen aus dem Kampfgeschehen ausgeschlossen, sank ich über meinem Sattelhorn zusammen. Ich war zu erschöpft, um auch nur hinzusehen. Nach einer Minute sagte ich zu Anand: «Wir müßten wohl hinreiten und helfen, das Gemetzel zu beenden.»

Wortlos wies er auf einen von Ranbirs jungen Offizieren, der geduldig vor uns wartete.

«Seid gegrüßt, Oberst!» Das Schwert des Gardisten hob sich zur Ehrenbezeugung wie bei einer Parade. «Der General bittet Euch, mit uns als Reserve zu warten, bis er Eurer Streitmacht bedarf.»

An jenem Tag kämpften wir nicht mehr – man brauchte uns nicht. Auch die Gebirgstruppen wurden nicht eingesetzt. Zwar leisteten die Hunnja so verbissen Widerstand wie Wölfe, die man in die Enge getrieben hat, doch ging ihnen die Verschlagenheit dieser Tiere ab. Wiederholte Angriffe gegen beide Flanken setzten ihnen schwer zu, doch wandten sie sich nicht zur Flucht, obwohl das Gelände hinter ihnen frei war. Zuerst stürmten sie nach Norden, wo die Fußsoldaten mit gesenkten Spießen standen, dann warfen sie sich in den Wall von Spießen, der sie im Süden erwartete. Immer wieder zurückgeworfen, duckten sie sich unter dem Pfeilhagel, der nur dann aufhörte, wenn unsere Kavallerie eine Attacke ritt.

Des Gemetzels müde und betrübt über unsere eigenen Verluste, wandte ich mich ab. In jenem Augenblick war mir die weiße Erhabenheit des Hengstes beinahe zuwider, der, von einer lebenden Mauer aus Prinzen umgeben, friedlich graste. Als ich mich wieder umwandte, hielt Harrap neben mir und wischte sich mit einem bluttränkten Tuch die Stirn.

«Noch eine halbe Stunde, dann ist es vorbei», sagte er lächelnd, wobei die große weiße Narbe auf seiner Nase im Takt seines schwergehenden Atems pulste. «Eine großartige Leistung, Jakir. Du hast ihnen standgehalten und sie wunderbar zu uns hergezogen.»

Diese Anerkennung ließ den Groll verfliegen, der zwischen uns gestanden hatte. Sie freute mich – und noch mehr freute mich das Wissen, daß Harrap und ich den Sieg gemeinsam errungen hatten, so wie es früher immer gewesen war.

«Seid gegrüßt, General!» sagte ich lächelnd. «Seht die Geißel des Kontinents! Die Krieger, die sich nie zurückziehen!»

«Das werden sie nicht tun», gab er mit ernster Stimme zur Antwort, «und auch nicht um Gnade bitten. Aber selbstverständlich müssen sie sterben. Nur ist es mir gar nicht recht, meine Krieger bei der Scharfrichter-Arbeit einzubüßen.»

«Dann laßt doch die Bogenschützen die Sache beenden», schlug ich vor.

Er sagte einige Worte zu seinem Standartenträger Orberk mit dem lohfarbenen Haar. Kaum ließ dieser das grün-goldene Banner tanzen, bliesen die Trompeten zum Rückzug. Harrap gab seine Befehle, die Reiterei ließ von den verbliebenen mehreren hundert Hunnja ab, und die Fußsoldaten schlossen den Wall aus Spießen um sie. Hinter ihnen legten die Bogenschützen gleichmütig Pfeile auf die Sehne ihrer Bogen und ließen sie fliegen.

Fast eine Stunde dauerte es, bis das Blutbad vorüber war, dann ritten wir durch die Reihen der toten und sterbenden Hunnja, deren mit Filzstreifen umwickelte kurze Beine roter Staub bedeckte. Wie sie in ihren aus den Fellen vieler Tiere verfertigten Umhängen dalagen, wirkten sie zwar kleiner als zuvor, aber eher noch schrecklicher. Noch im Tode umklammerten kräftige Hände schwere Langschwerter, auf deren blitzenden Parierstangen schlanke hirschähnliche Tiere den Rücken wölbten. Keins der runden Gesichter, die ich sah, zeigte im Angesicht des Todes Überraschung oder Furcht. Auf allen lag dieselbe dumpfe Entschlossenheit, die mir beim ersten Angriff der Hunnja-Krieger aufgefallen war.

Einer von ihnen erhob sich unter den Hufen unserer Pferde mühsam fast auf die Knie und schwang seine Streitaxt. Eine zweifache Goldkette hielt seinen Umhang zusammen, und sein Kegelhelm war mit goldenen Streifen verziert. Harrap und mir gelang es, auszuweichen, Orberk aber war zu langsam. Im selben Augenblick, da ihm die Axt den Schädel spaltete, durchbohrte Harraps Lanze den letzten Hunnja-Krieger so mühelos wie einen einjährigen Eber.

Während jener blutüberströmt halb nach vorn sank – denn die Lanze in seiner Brust hielt den Körper halb aufrecht –, sagte er etwas in einer sonderbar schrill klingenden Sprache mit kehligen Knurrlauten. Im gleichen Augenblick hörte ich hinter mir eine Stimme, die im flüssigen Sanskrit Osthindustans sagte: «Wir haben uns nicht zurückgezogen. Wir sind im Kampf gefallen! Noch gehört uns das Land nicht, aber eines Tages wird es unser sein; alle Länder werden uns gehören. Dann werden wir Rache nehmen. Merkt es euch gut: Wir sind die Hunnen!»

Mit erhobenem Schwert fuhr ich herum, ließ es aber nicht herniederfahren. Zwar trug der Mann, der sich vor mir kaum auf den Beinen halten konnte, Umhang und Helm der Angreifer, doch war er dunkelhäutig und waffenlos.

«Gnade!» keuchte er. «Ich bin kein Hunne, der lieber stirbt, als um Gnade zu flehen. Ich heiße Barniar und komme aus Hindustan. Schenk mir mein Leben, Bruder.»

Ich stieß das Schwert in die Scheide, und er sank inmitten der Leichen zu Boden. Zwei Fußsoldaten brachten den seltsamen Mann auf mein Geheiß fort.

«Seht zu, daß er durchkommt», rief ich ihnen nach.

«Ich möchte deiner Weisung nicht widersprechen», sagte mir Harrap ins Ohr. «Aber eigentlich hätte er sterben müssen. Er hat sich gegen den Hengst gestellt! Andererseits gelang uns die Rache so schnell, daß wir *ein* Leben symbolisch verschonen können.»

«Vielleicht erfahren wir von ihm ja etwas über diese Hunnja», sagte ich.

«Möglich», stimmte Harrap zu. Wir wandten uns vom Ort des Gemetzels ab und überließen es Mirab, sich um unsere eigenen Verwundeten zu kümmern und unter den gefallenen Feinden Beute zu machen.

Drei volle Tage sollte es dauern, bis wir weiterziehen konnten, und Harrap erhob, von unserem raschen Sieg sichtlich erleichtert, keine Einwände. Unermüdlich folgten die sechsundvierzig Prinzen, die uns geblieben waren, dem Hengst, der den Ort der Schlacht floh, und auch die Panzerreiter waren für diese Aufgabe abgestellt.

Mirabs Zählung unserer Verluste ergab, daß Kamardol neben den vierzig Prinzen, die ihr Leben von sich geworfen hatten, zweihundertsechzehn getötete Krieger zu beklagen hatte. Außerdem waren fünfzig unserer Männer schwer und an die dreihundert leicht verwundet. Die Hunnen, um ihren richtigen Namen zu verwenden, hatten mit nahezu tausendsechshundert Kriegern angegriffen, und keiner von ihnen hatte die Schlacht überlebt. Unsere Reiterei bekam die zähen Pferde des Feindes, soweit sie nicht verstümmelt waren, während wir unsere stolzen Kavallerierösser schlachteten und die schweren Rüstungen unserer Reiterei auf die verbliebenen Fuhrwerke luden. Den großen Schatz an Gold und Edelsteinen, den der Feind in seinen Satteltaschen mit sich geführt hatte, verteilten wir.

Zwei Tage später erwachte Barniar, der Mann aus Hindustan, der mit den Hunnen geritten war, wenige Augenblicke lang aus seinem Fieber. Jetzt, da er unsere Kleidung trug, sah er mit seiner schmalen gebogenen Nase und der Haut von der Farbe dunklen Weizens nicht wie ein Barbar aus, sondern wie jemand, der südlich der Berge zur Welt gekommen ist.

«Ich bin Brahmane und Wundarzt und stamme aus Osthindustan», berichtete er. Von längeren Pausen unterbrochen, fuhr er fort: «Mit sechs Gefährten bin ich einem Bergstamm in die Hände gefallen, als wir im Gebirge nach Kräutern und geheimer Medizin suchten, die aus bestimmten Teilen des weißen Nashorns gewonnen wird. Als dieser Stamm später zu einem Raubzug nach Norden aufbrach, wurde er von einer Horde Hunnen überfallen. Sie haben alle erschlagen bis auf mich, den sie als Dolmetscher und Arzt brauchen konnten. Sechs Jahre bin ich mit ihnen geritten und habe mit angesehen, wie sich in den leeren Steppen des Nordens ihre Zelte von einem Horizont zum anderen ausbreiteten. Diese Krieger sind zahlreich wie die Fische im Ganges und tödlich wie Kobras. So groß ist ihre Zahl, daß ihnen das Fehlen des räuberischen Trupps, den ihr ihnen erschlagen habt, erst bei der Frühjahrszusammenkunft aller Stämme auffallen wird. Bis dahin wird noch fast ein Jahr ins Land ziehen.»

«Wo leben sie?» unterbrach ich ihn, denn ich sah, daß seine Kräfte nachließen.

«Fünfzig Tagesmärsche nach Norden beginnt ihr Weideland. Allerdings sind sie unablässig unterwegs. Reitet nicht dorthin. Sie würden euch so mühelos vernichten, wie ich mit meinen Fingern eine Laus knacke... Schenk mir das Leben, Bruder, damit ich eines Tages nach Hindustan zurückkehren kann. Laßt mich euch dienen und mit euch dem Heiligen Hengst folgen.»

«Wer sind ihre Götter?»

«Sie haben keine. Gleichwohl gilt ihnen alles als göttlich – Flüsse und Felsen, Vögel und Säugetiere, ja, sogar Lanzen, Speere und das Feuer.»

Der Priester winkte mich beiseite. Er legte zum Zeichen, daß der Mann nicht weitersprechen durfte, wenn er überleben sollte, einen Finger auf die Lippen.

Als ich Harrap berichtete, was mir Barniar gesagt hatte, jubelte er. «Ein Brahmane, der bereit ist, dem Hengst zu folgen? Er muß unbedingt weiterleben. Aus ihm sprechen die Götter. Mit seinem Erscheinen unter uns schenken Sie uns ein weiteres Wunder.»

Wir legten Barniar in die beste Sänfte, die wir für verwundete Offiziere in Bereitschaft hielten. Viele Tage dauerte es, bis er uns ausführlich schildern konnte, was er wußte, doch erfuhren wir von ihm zu jener Zeit und später manch sonderbare Geschichte über die Hunnen und andere merkwürdige Völkerschaften, denen er begegnet war.

Bevor wir weiterritten, um den Hengst einzuholen, teilte mir Barniar in kurzen Worten mit, woher jener Hunnentrupp gekommen war. «Wir hatten den Tribut einer Stadt abgeholt, die annähernd zwei Wochenritte entfernt liegt. Obwohl sie viele Einwohner zählt, haben sie lieber gezahlt, als zu kämpfen. Sie nennen sich Hellenen, und die Stadt heißt... der Name läßt sich nur schwer aussprechen... sie heißt Kosmopolis.»

20

Volle fünfzehn Tage folgten wir dem grüngesäumten Bach durch den Treibsand nach Kosmopolis. Noch bevor wir die Stadt sahen, wußten wir, daß die Menschen dort von den Heeren des großen Alexander abstammen mußten. Auch deren Angehörige hatten sich als Hellenen bezeichnet, wir hingegen nennen sie Griechen. Ich fragte mich, welchen Grund solche Menschen gehabt haben sollten, den hunnischen Räubern Tribut anzubieten, statt sie zu vernichten. Immerhin würden wir, dachte ich, die glänzende Hauptstadt eines bedeutenden Reiches sehen, eine Stadt, verglichen mit der sogar Kamardol unbedeutend und beengt wirken mußte. Das wenige, an das sich mein Volk von der Sprache der Griechen erinnerte, genügte mir, um zu verstehen, daß Kosmopolis soviel wie ‹Stadt – besser Hauptstadt – der Welt› bedeutete. Später erfuhr ich, daß die Griechen diesem Namen die Bedeutung unterlegen ‹die Stadt, in der die ganze Welt zusammenkommt›. Auf diese Weise brachten sie den stolzen Anspruch, den er verkündete, mit ihrer eigenen degenerierten Schwäche in Übereinstimmung, denn mit Fug und Recht konnten sie behaupten, daß die Völker der Welt einander in Kosmopolis friedlich begegneten.

Der Hengst hatte die Möglichkeit, sich frei zu entscheiden, wohin Er ziehen wollte. So kurze Zeit, nachdem uns die Götter Beistand zur Überwindung der Hunnen geleistet hatten, würde nicht einmal der Priester den Willen des Tieres beeinflussen. Geheimnisvoll hatte er nach der Schlacht gegen die Hunnen zu mir gesagt: «Jetzt liegt alles in den Händen der Götter.»

Doch trotz seiner völligen Entscheidungsfreiheit schien der Hengst Seinen Willen dem des Landes unterzuordnen. Tagaus, tagein trabte Er immer weiter dem grünen Streifen nach, den der Bach aus der Wüste hervorgezaubert hatte, unermüdlich nordwestwärts. Obwohl wir drei weitere Wasserläufe querten, die genau nach Norden und nach Westen führten, schenkte Er ihnen keine Aufmerksamkeit. Als wir uns erst einmal an die fortwährende lautlose Bedrohung durch den Todessand gewöhnt hatten, kamen wir rasch voran. Ohne das Stöhnen der Verwundeten in ihren Sänften, den Gestank ihrer Wunden und den täglichen Halt, den wir einlegen mußten, um unsere Toten zu beerdigen, hätten wir auch eine friedliche Handelskarawane sein können, die auf der Suche nach besseren Verkaufsmöglichkeiten durch das Land zog.

Nach fünf Tagen erkannte Harrap, daß der Hengst nicht vom eingeschlagenen Weg abweichen würde. Eingedenk Barniars Angabe, daß wir Kosmopolis binnen zehn Tagen erreichen würden, aber unsicher, ob er dessen Auskunft trauen konnte, die Griechen würden nicht kämpfen, schickte er Mirab mit dreihundert Panzerreitern voraus. Er sollte dafür sorgen, daß sich stets eine lebende Mauer vor dem Hengst befand, und außerdem das Gelände für uns erkunden. Mit seinem beständigen unzufriedenen Murren hatte der alte Oberst erreicht, daß ihm die Aufgabe zugewiesen wurde, nach der ich so sehr verlangt hatte.

«Ganz zum Schluß durfte ich ja noch mein Schwert gegen die Hunnen erheben», klagte er. «Aber dann? Ein Leichenfledderer ist aus mir geworden, nichts als ein Totengräber!»

Der von der endlosen Wiederholung dieser Litanei aufgebrachte Harrap war froh, ihn fortschicken zu können, mußte er doch auf diese Weise sein Gejammer nicht länger anhören. Doch im Morgengrauen des zwölften Tages kehrte Mirab zurück, gefolgt von seiner persönlichen Garde aus vierzig Lanzenträgern.

«Ich habe sonderbare Burschen gesehen», sagte er wichtigtuerisch, nachdem er die vorgeschriebenen Begrüßungsformeln heruntergespult hatte. «Es schien mir klüger, zurückzukehren und Euch persönlich davon zu berichten. Wirklich sonderbare Burschen.»

«Und was ist mit dem Hengst?» fragte Harrap, dem das Blut in die Wangen gestiegen war. Nervös zupfte er an den Edelsteinen, die den Knauf seines Schwertes verzierten.

«Ach», gab Mirab zur Antwort, «dem geht es gut. Um Ihn braucht Ihr Euch keine Sorgen zu machen. Es gibt keinen Grund zur Unruhe. Dennoch habe ich sicherheitshalber den größten Teil meiner Leute bei Ihm gelassen. Jetzt laßt mich Euch über diese sonderbaren Burschen berichten.»

Harrap verzog ergeben das Gesicht, ließ sich auf seinen Sattel nieder, der neben dem Morgenfeuer lag, und bedeutete Mirab, dem Priester und mir, uns auf den umherliegenden Ausrüstungsteilen niederzulassen.

«Hast du schon gegessen, Mirab?» fragte er mit bemühter Höflichkeit.

«Bei Wischnu, jetzt, wo Ihr es sagt, fällt es mir erst auf. Ich hätte tatsächlich nichts gegen eine Kleinigkeit, wirklich nicht.»

«Bring dem Obristen heiße Milch und Kaninchen-Dörrfleisch», gebot Harrap seinem neuen Bannerträger. «Und jetzt, Mirab, könntest du vielleicht beginnen.»

«Wirklich sehr aufmerksam von Euch, General, sehr aufmerksam. Nun, mal sehen. Ach ja. Nach einem gemütlichen Tagesritt haben wir den Hengst und die Prinzen eingeholt. Es war gar nicht schwer. Meine Leute sind gute Reiter, und die Hunnenpferde laufen wie der Wind. Allerdings können sie nicht besonders schwer tragen. Wirklich schade.»

«Die sonderbaren Burschen», warf ich ein. «O Mirab, mir an Alter und Rang voraus, was ist mit den sonderbaren Burschen, von denen Ihr berichten wolltet?»

«Nicht so hastig, mein Junge. Glaubt Ihr, daß ich nach all den Jahren nicht weiß, wie man ordnungsgemäß Meldung macht?»

«Es wäre gut, zu erfahren, worum es geht, o geschätzter Berater und machtvoller Krieger», murmelte Harrap.

«Ich komme gleich darauf, General. Nur noch eine Minute.» Mirab ließ sich von Harraps ausgesuchter Höflichkeit nicht beirren. «Nun, wie ich schon sagte, wir haben den Hengst ohne Schwierigkeiten eingeholt. Es war der leichteste Ritt seit Jahren...»

Harrap, der sich damit abgefunden hatte, den Alten die Geschichte auf seine eigene Weise erzählen zu lassen, hob eine Lederflasche mit Kumyß an die Lippen.

«Dann sind wir ein paar Tage geritten, ohne daß es besondere Vorkommnisse gegeben hätte», fuhr Mirab fort, nachdem er seinerseits einen Schluck genommen und sich den Schaum des Getränks aus dem Schnurrbart geblasen hatte. «Aber an den folgenden Tagen sahen wir dreimal Nomadentrupps auf uns zukommen. Oder war es viermal? Ich weiß es nicht mehr genau, aber das ist auch nicht wichtig, oder?»

«Wie Ihr sagt, Oberst», stimmte der Priester zu, bevor Harrap den Mund auftun konnte.

«Natürlich nicht. Nun, ich habe einen Spähtrupp ausgesandt, der sich die Leute näher ansehen sollte. Aber er konnte sie nicht einholen. Jedesmal, wenn er näherkam, wandten sich die Nomaden um und ritten, als ob alle Teufel hinter ihnen her wären. Ist das nicht eigenartig? Noch nie habe ich Menschen so schnell reiten sehen. Ich verstehe es einfach nicht.»

«Die merkwürdigen Burschen, Oberst – und der Hengst?» brach es aus Harrap heraus.

«Ach ja, gleich. Danke für die Erinnerung, General. Nun, ein paar Tage später haben wir in der Abenddämmerung eine größere Gruppe gesehen. Auf die Entfernung waren keine Einzelheiten zu erkennen, aber immerhin wandten sie sich nicht zur Flucht. Meine Kundschafter berichteten mir, daß es keine Nomaden seien, sondern Angehörige eines Volkes, das sich selbst als Hellenen bezeichnet und in jeder Beziehung einen friedlichen Eindruck macht. Ihrer Aussage nach trugen die Männer keine wirklichen Waffen, sondern lediglich Zierschwerter.

Ja, und da waren sie, alle in lange Gewänder gekleidet, als sollten sie einem König als Botschafter dienen, mit Herolden, Leuten, die Geschenke mit sich führten... Ich hab dies und jenes für Euch, General. Seide, hübschen Tand, Gold und Edelsteine, Ihr wißt schon. Ich kann es sogleich herbeibringen lassen, wenn Ihr es Euch gern ansehen möchtet.»

Mirab nagte die letzten Fleischfasern ab und schleuderte die dünnen Kaninchenknochen ins Feuer. Dann trank er den letzten Schluck Milch aus dem schwarzen Lederbecher, wobei er den Kopf in den Nacken warf und der Adamsapfel in seinem sehnigen Hals langsam auf und ab zuckte. Mit der Spitze seines Dolches holte er die Reste seiner Mahlzeit aus den Zwischenräumen seiner Backenzähne, während er auf Harraps Antwort wartete. Selbstzufrieden glänzten im Schein des Feuers Mirabs Stupsnase und Kinn. Seine Kinderaugen waren vor Genugtuung weit aufgerissen.

«Komm zur Sache, Mann», knurrte Harrap. «Was haben sie gesagt?»

«Gesagt? Ach so, was sie gesagt haben. Nun, General, sie hatten einen Kerl dabei, der glaubte, daß er Sanskrit sprechen konnte... Es war ziemlich barbarisch. Nur gut, daß ich noch eine ganze Menge von dem Griechisch kann, das ich früher mit meiner Großmutter gesprochen habe. Denn das war die Sprache, in der sich diese Leute unterhielten, müßt Ihr wissen... Griechisch. Sie sind sehr stolz und behaupten, daß in ihren Adern das Blut von Alexanders Generälen fließt... Nun, kurz gesagt, wir haben alles zum guten Ende geführt. Nur gut, daß ich noch Griechisch kann, denn sonst wäre ich jetzt noch bei den Leuten und würde versuchen, das Gestammel von dem Burschen zu verstehen.» Erneut ließ er eine Pause eintreten, offenbar in der Erwartung, wir würden in sein Eigenlob einstimmen. Doch als er unsere finsteren Blicke sah, sprach er rasch weiter.

«Na ja, sie scheinen uns für gute Freunde zu halten... Oder sie glauben, daß wir das sein müßten. Die Nomaden hatten ihnen schon gesagt, was wir mit den Hunnen gemacht haben. Einer, so eine Art Fürst, hat gesagt... ‹Der Feind meines Feindes ist mein Freund›. Klingt vernünftig, was? Ganz schön raffiniert, das so auszudrücken.»

«Der Gedanke ist nicht völlig neu, Oberst, wenn auch zweifellos geistreich formuliert», sagte der Priester, der allmählich ebenfalls seine unendliche Geduld verlor. «Aber fahrt doch bitte fort.»

«Nun, viel gibt es da nicht mehr zu erzählen. Die Leute haben gesagt, sofern wir in friedlicher Absicht kämen, würden sie uns friedlich begegnen und uns als Ehrengäste empfangen. Vielleicht würden sie uns auch noch etwas Gold geben, um zu zeigen, daß sie auf unserer Seite stehen – und zur Belohnung dafür, daß wir ihnen die Hunnen vom Hals geschafft haben. Kurz gesagt, meine Herren, es scheint, als hätten sie uns gern als ihre Verbündeten. Soweit ich gesehen habe, ist die Stadt groß... ziemlich mächtig... und wir sind doch recht ruhebedürftig. Mein Vorschlag wäre, daß wir das Angebot annehmen.»

«Auf keinen Fall, Mirab!» sagte Harrap mit scharfer Stimme. «Begreifst du nicht, daß ich nicht verfahren kann, wie ich möchte, sondern nur handeln, wie man mir gebietet? Was hast du mit dem Hengst gemacht?»

«Mit dem Hengst? Ach, natürlich... Nun, ich sagte ja schon, Ihm fehlt es an nichts. Meine Leute bewachen Ihn, während Er auf den grünen Weiden grast, welche die Stadt umgeben. Sie haben dort Brunnen und reichlich Wasser, müßt Ihr wissen.»

«Und wie hat man Ihn empfangen?» fragte ich.

«Nun, einer meiner jungen Burschen war der Ansicht, daß wir über den Hengst reden müßten. Also habe ich ganz offen gefragt, ob das Tier hingehen kann, wo Es will, und weiden, wo es Ihm beliebt. Und sie sagten: ‹Warum nicht?› Dann hat ihnen der junge Bursche gesagt... behutsam, denn wir waren ja nur wenige hundert..., daß es sich nicht einfach um einen Hengst handelt, sondern um ein Gottwesen, und daß sie dem göttlichen Gebot gehorchen, wenn sie Ihn frei grasen und umherziehen lassen. Darauf sagten sie wieder: ‹Warum nicht?› Also denke ich, daß alles seine Ordnung hat und...»

Harrap und ich kehrten der Flut von Mirabs Worten den Rücken. Ich war dafür, den Griechen friedvoll zu begegnen, fürchtete aber, daß Harrap versuchen würde, sich das Wohlwollen der Götter damit zu erwerben, daß er die Griechen herausforderte. Beide warteten wir auf das Urteil des Priesters. Mit Lippen, die im Schein des Feuers feucht glänzten, sagte er rasch und, wie es schien, ohne lange nachzudenken: «Meine Herren, das Vorzeichen dürfte klar sein – soweit wir es verstehen können. Sofern diese Griechen den Frieden wünschen und sich dem Gebot der Götter unterwerfen, indem sie dem Awatara freies Geleit über ihr Gebiet gewähren, dürfen wir nicht angreifen. Mit einem Überfall würden wir ebenso offen gegen die Vorschrift verstoßen, als wenn wir uns einer Herausforderung zum Kampf entzögen.»

«Aber außer jedem Zweifel steht das nicht – oder doch, o Priester?»

«Nein, mein Fürst. Aber solange wir von nichts anderem Kenntnis erlangen, scheint das Omen Frieden zu verheißen.»

«Wir werden friedlich weiterreiten», entschied Harrap unvermittelt, «aber auf unserer Hut sein. Sofern die Götter auf einem Kampf bestehen, werden wir dazu bereit sein. Danke, Mirab, du hast recht gehandelt. Kehrst du jetzt zur Hauptstreitmacht zurück?»

Ich hatte angenommen, daß sich die enorme Selbstgefälligkeit des Obristen keinesfalls noch steigern ließ. Doch als er sich mit seinen vierzig Lanzenreitern zur Nachhut begab, als handele es sich um eine Prozession der Staatsmacht, schwoll sein schwerer Leib vor Genugtuung an, und sein silbriger Schnurrbart sträubte sich noch selbstbewußter.

Das Verhalten der Griechen gab mir Rätsel auf. Obwohl sie ihre

Abkunft von des Makedoniers unbesiegbaren Kriegern höher zu schätzen schienen als alles irdische Hab und Gut, hatten sie den Hunnen Tribut gezahlt und waren offenbar bereit, uns Hergelaufene mit einer Höflichkeit zu empfangen, die teils das feierliche Willkommen war, das man Verbündeten schuldete, teils Unterwerfung, die man Eroberern bezeigt. Sofern Mirabs Bericht der Wahrheit entsprach, handelte es sich bei diesem Verhalten um ein unerklärliches Paradox. Während ich unsere Truppen an mir vorüberziehen ließ, bis die von geduldigen Maultieren getragenen Sänften mit den Verwundeten heranschwankten, hörte ich, welche Genüsse sich die Männer von einem Aufenthalt in Kosmopolis erhofften.

Barniar, der Mann aus Osthindustan, hatte sich bei geöffneten Vorhängen auf einen Ellbogen gestützt, und so konnten Sonnenlicht und ein leichter Windhauch zu seiner Sänfte dringen. Als ich mich näherte, winkte er erst fröhlich und begrüßte mich sodann mit steifer Förmlichkeit. Doch als mich die Welle von Gestank erreichte, die von ihm ausging, würgte es mich. Die Flecken auf den dicken Verbänden um sein rechtes Bein zeigten mir, daß die ihm von einem Lanzenstoß in den Oberschenkel gerissene gezackte Wunde nach wie vor eiterte.

«Sei gegrüßt, Barniar», sagte ich. «Der Priester sagt mir, daß deine Heilungsaussichten glänzend sind – solange die Wunde offen bleibt, so daß der Eiter abfließen kann. Schließen darf sie sich erst, wenn sie sich von selbst vollständig gereinigt hat.»

«Gewiß, Oberst», sagte er und verzog das Gesicht. «Ich bin ebenfalls voller Hoffnung. Bestimmt wird sie heilen und der Eiter von selbst aufhören. Aber als Arzt fürchte ich, daß mein geschwächter Körper nicht lange genug leben wird, um der Wunde die Zeit zu geben, die sie braucht.»

Ich lächelte unbehaglich. Was kann man zu einem Mann sagen, der in Kalis Hand steht, außer ihm zu versichern, daß es keinen besseren Arzt gibt als den, der sich um ihn kümmert? Das teilte ich ihm auch mit, bevor ich ihm leichthin einige Fragen stellte.

Ich erklärte ihm, wir seien nach wie vor unsicher, ob wir uns für das Schwert oder den Freundschaftskelch entscheiden sollten. Zwar schwand das Lächeln nicht aus seinen blutunterlaufenen Augen, und seine braunen Lippen schlossen sich nicht über den Zähnen, die so dicht beieinander saßen, so regelmäßig geformt waren und so fest zu sein schienen wie die Reihe von Steinen, die eine Brustwehr bekrönt, doch verfärbte sich sein Gesicht und wurde so gelb wie Galle, die jene hervorwürgen, welche an Brechdurchfall leiden.

«Warum wollt ihr kämpfen?» fragte er, mit einer Stimme, in der Unglaube schwang. «Ich frage nicht nur, weil eine Schlacht für mich – in diesem Zustand – den Tod bedeuten würde, sondern vor allem, weil ich nicht verstehe, warum ihr überhaupt an Kampf denkt.»

«Barniar, wie du sagst, bist du ein Brahmane aus Hindustan. In dem Fall mußt du den Sinn unserer Expedition kennen, des Zuges, bei dem wir einander begegnet sind.» Möglicherweise klangen meine Worte schärfer, als das einem Mann meiner eigenen Kaste gegenüber angebracht war, der so lange in der Gefangenschaft der Barbaren ausgeharrt hatte und jetzt dalag und darauf wartete, daß ihm die Schwarze Göttin ihre Bereitschaft zeigte, ihn aufzunehmen. Ich mochte diesen Barniar, der so vieles überlebt hatte, doch angesichts seiner Begriffsstutzigkeit, auf die ich so kurz nach der Begegnung mit Mirabs alberner Selbstgefälligkeit stieß, kam ich mir vor wie jemand, der in einem Faß voll geklärter Butter ertrinkt.

«Ich kenne die Bedeutung des Zuges, Oberst, wenn auch nur aus den alten Schriften», gab er zur Antwort, wobei seine gedämpfte Stimme zwischen Unterwürfigkeit und Unmut schwankte. «Ich weiß, daß euer Tun vom Willen der Götter abhängt.»

«Wie kannst du dann, bei Wischnu, fragen, warum wir kämpfen wollen? Es ist nicht unsere Entscheidung. Wir handeln nach Ihrem Geheiß und warten auf Ihre Weisung.»

«Bei Kali, die mich in Ihrer Umklammerung hält, was die Götter von euch wollen, ist klar.» Barniars Zorn war jetzt ebenso groß wie mein eigener. «Es ergibt sich unmißverständlich aus dem, was die Griechen gesagt haben – und aus dem, was sie sagen werden.»

«Möglich: aber weder wir noch du wissen, was sie sagen werden.»

«Im Gegenteil, Oberst», entgegnete er, ruhiger geworden. «Das steht in ihrem Wesen geschrieben. Mehr als ein Jahrhundert lang hat diese Stadt dadurch zu überdauern vermocht, daß ihre Bewohner stets darauf achteten, welche Macht hinter den Spitzen der Speere liegt. Diese Menschen haben den Hunnen, die auf Raubzug waren, Tribut gezahlt, weil sie wissen, welch mächtige Horden hinter der kleinen Zahl von Brandschatzern stehen und welche Schrekken eine Weigerung heraufbeschwören würde, Schrecken, die aus den Steppen jenseits des Himmelsgebirges kommen.»

«Und wie ist das Wesen jener Griechen beschaffen, von dem du sprichst?»

«Sie weichen aus, um Zeit zu gewinnen. Mit dieser Taktik haben sie überlebt – und sind dabei sogar reich geworden. Zu ihrem Wesen gehört, daß sie sich allen Händlern nützlich machen, allen Plünderern vergleichsweise bescheidene Tribute zahlen und bei all dem ihren Stolz einsperren wie einen Wachhund, dessen man nicht bedarf. Gewalttätig sind sie nur auf eigenem Gebiet – und nur untereinander. Auf diese Weise machen sie sich zugleich kleiner und gewährleisten ihr Überleben. Dennoch sind sie so mächtig, daß die meisten Völker lieber mit ihnen handeln, als sie um ihrer wenigen fruchtbaren Äcker willen zu vernichten. Außerdem liegt die Stadt im Schutz großer Flächen wüsten Landes, das sie umgibt.»

«Aber wie kannst du so sicher sein», fuhr ich aufrichtig verwirrt fort, «daß sie vor der Macht Kamardols gleichfalls ausweichen werden? Im Unterschied zu den Hunnen sind wir ihnen völlig unbekannt.»

«Gerade deshalb werden sie euch mit Anstand begrüßen, wie sie es bereits getan haben, denn sie möchten euch lieber gar nicht richtig kennenlernen. Dem Hengst und eurer Streitmacht werden sie Ehre erweisen, in welcher Form auch immer ihr das verlangt – solange sie den Eindruck haben, damit nicht über die Grenzen hinauszugehen, welche die Gebote der Höflichkeit und das geringe Maß an Würde ziehen, von dem ihr Stolz abhängt.»

«Aber woher wollen wir wissen, ob sie es ehrlich meinen? Verstellen sie sich nicht?»

«Sagt mir, Oberst: was ist wahre Unterwerfung, und was geheuchelte? Wenn sich die Götter mit der Respektsbekundung jener Menschen zufriedengeben – wie könnt dann Ihr an der Aufrichtigkeit ihrer Geste zweifeln? Wollt Ihr den Leuten das Herz herausreißen, um ihre Aufrichtigkeit darin zu lesen, wie ein Priester in den Eingeweiden von Opfertieren liest?»

Als ich Harrap die Worte des Mannes aus Hindustan berichtete, schnaubte er ärgerlich über seine Wortklaubereien. Wir zogen kampfbereit weiter, ließen aber die Schwerter in der Scheide stekken, als wir einen Tagesritt von Kosmopolis entfernt auf die Abgesandten der Hellenen trafen. Sie sprachen, wie Barniar es vorausgesagt hatte, boten uns ihre Freundschaft und die Gastlichkeit ihrer Stadt an und bekräftigten ihre Worte mit reichen Gaben.

Im Unterschied zu dem, was Mirab uns hatte weismachen wollen, formulierten sie ihr Freundschaftsangebot in tadellosem Sanskrit. Drei in weiße Gewänder gekleidete Greise unter den Abgesandten stützten sich auf mit Schlangenschuppen bemalte glatte Heroldsstäbe. Um den Hals trugen sie Schilde mit jeweils einem rotgestickten Mund und Ohr. Diese Sprachmittler behaupteten, gemeinsam die Sprachen aller Völker zu kennen, die nach Kosmopolis kamen.

Der Priester, der für Harrap sprach, verhielt sich so zurückhaltend, wie es unsere Bräuche gebieten. Er dankte für das entbotene Willkommen und stellte die rituelle Frage mit Bezug auf den Hengst. Der Sprachherold gab sich gar nicht erst die Mühe, diese Frage seinen Vorgesetzten zu wiederholen.

«Kosmopolis, o Fürsten und Priester», gab er sogleich zur Antwort, «heißt alle Götter willkommen und ehrt sie.»

«Unser im Hengst wohnender Gott ist über andere gesetzt – und muß als solcher verehrt werden», beharrte der Priester. «So, wie unsere Herrscher über alle anderen Könige gesetzt sind.»

«Das verstehen und akzeptieren wir», gab der Herold zur Antwort. «Der jeweils anwesende Gott ist stets über andere gesetzt, und das gleiche gilt für die Könige.»

Mir gefiel diese Antwort nicht besonders, und Harraps Hand spielte mit der Schlaufe seiner Axt. Doch der Priester sagte lächelnd: «Wir nehmen eure Respektsbekundungen entgegen.»

Bevor ich über unseren Empfang durch die Mitglieder des Magistrats von Kosmopolis verhandelte, teilte mir Harrap mit: «Die Hauptstreitmacht und natürlich auch der Hengst bleiben außerhalb der Stadtmauern, Jakir. Man weiß nie ... Mirab bekommt das Kommando und darf nur in die Stadt, wenn du oder ich ihn ablösen. Waruna gebe, daß der Alte seine Zeit nicht mit weiteren langatmigen Berichten vergeudet.»

Diese Bosheit Harraps im Ohr, ritt ich mit Anand zu den Magistratsherren, um mit ihnen zu verhandeln. Mir war es durchaus recht, daß wir diesmal nicht kämpfen mußten, und nach unserer langen Reise durch die Wildnis empfand ich Sehnsucht nach den Annehmlichkeiten der Stadt. Mein mangelnder Kampfgeist verursachte mir kein schlechtes Gewissen, hatten die Götter doch Frieden geboten. Harrap verbarg vor mir seinen Ärger darüber, daß er sein Schwert stecken lassen mußte. Dies eine Mal hatten ihm die

Götter keine weiteren Feinde zu vernichten gegeben, sondern lediglich die bereitwillige Bezeugung von deren Respekt.

«Das nenne ich ein Geschenk», lachte Anand, als wir bei den Magistratsherren eintrafen. «Fast könnte ich glauben, daß auf unserer Unternehmung doch Buddhas Segen ruht. Eine Stadt, Frieden, Wärme und keine Schlacht. Dennoch fürchte ich Verrat, wie Harrap.»

Der Sprachenherold hielt sich in unserer Nähe, bis klar war, daß wir seiner Hilfe nicht mehr bedurften. Das wenige Griechisch, das Anand und ich sprachen, bildete zwischen uns, zusammen mit der unkultiviert klingenden Turk-Sprache, die jeder in der Mitte des Erdteils beherrschte, und dem wenigen Sanskrit der Magistratsherren eine tragfähige Brücke, auch wenn sie nicht besonders stilvoll war und wir bisweilen über eine lose Planke stolperten. Doch erzielten wir damit eine raschere und einfachere Verständigung, als es uns möglich gewesen wäre, wenn wir all das hätten durchdringen müssen, was der Gebrauch einer gemeinsamen Sprache den Menschen auferlegt: Rangbezeichnungen und Titel, förmliche Höflichkeiten, zierliche und gedrechselte Komplimente sowie den verhüllten Wettstreit um den Vorrang.

Nur in einem Punkt schienen die praktisch gesonnenen Magistratsherren nicht besonders vernünftig zu sein. Bevor wir zum eigentlichen Gegenstand unserer Unterredung kamen, ließen sie uns in einem Ton, der keinen Widerspruch duldete, wissen, daß sie von uns weder Griechen noch Hellenen, sondern Kosmopoliten genannt werden wollten. Nicht verpflanzte Griechen seien sie, sondern in der ganzen Welt zu Hause, wie ihre Vorfahren, die mit Alexander marschiert waren. Ich gewann den Eindruck, daß sie ihre Unterwürfigkeit allen gegenüber, die sich ihnen gewappnet näherten, nur damit zu rechtfertigen vermochten, daß sie sich als Kosmopoliten hinstellten. Außerdem war deutlich zu erkennen, daß sie kaum griechischer aussahen als ich, denn Kosmopolis ist ein Mischtiegel, zu dem Menschen aus allen Rassen des Kontinents etwas beigesteuert haben. Doch verurteile ich diese Leute nicht, weiß ich doch, daß der Name eines Volkes der ist, den es sich selbst beilegt, und dieser ist ihnen beinahe ebenso wichtig wie ihre Götter.

Ansonsten waren die Kosmopoliten so entgegenkommend und hatten so viel Erfahrung mit der Aufnahme von Fremden, daß sie uns jegliche Mühe abnahmen. Die Art, wie sie sich rasch und gründlich um alles kümmerten, vom Futter für die Tiere über Essen und Wein bis hin zu Ärzten, Freudenmädchen und Sattlern, zeigte, daß sie schon viele Armeen versorgt hatten. Kaum war eine Stunde vergangen, als wir schon den letzten Punkt auf unserer Liste abhaken konnten. Die Beratung war beendet.

Die Hauptstreitmacht sollte, wie von Harrap angeordnet, außerhalb der Stadtmauern bleiben. Wagenzüge würden sie mit allem versorgen, wessen sie bedurften. Harrap und seine Begleiter wurden, wie es sein Rang gebot, geleitet von der Hundertschaft Panzerreiter in der Stadt in einem Gebäude untergebracht, das die Kosmopoliten als Großen Palast bezeichneten. Von der Hauptstreitmacht sollten nie mehr als jeweils dreihundert Männer für höchstens vierundzwanzig Stunden in die Stadt kommen und dann von ihren Kameraden abgelöst werden, die schon darauf warteten. Das entsprach der Interessenlage beider Seiten, denn trotz aller offen bezeugten Freundschaft und des besonderen Danks, den man uns für die Vernichtung der Hunnen zollte, schienen die Kosmopoliten zu befürchten, wir könnten zu viele Männer in die Stadt bringen und sie dann von innen mit Gewalt nehmen. Wir wiederum wollten unsere Hauptstreitmacht nicht in der Stadt wissen, denn damit wäre sie den Kosmopoliten in die Hände gegeben.

Unser Gott, erklärten sie und meinten damit den Hengst, könne draußen bleiben oder hereinkommen, wie es Ihm beliebe. Es überraschte sie, als ich nicht darauf bestand, daß man Ihn in dem großen leeren Saal verehrte, den sie das Pantheon von Kosmopolis nannten.

An die Gesichter der Magistratsherren, mit denen ich mich in jenem angenehmen Dämmerlicht unterhielt, kann ich mich nicht erinnern, denn ich habe sie nicht wiedergesehen. Während unseres Aufenthalts in der Stadt überließ ich die minder wichtigen Aufgaben Anand, die wichtigeren hingegen Harrap und dem Priester.

Als wir schließlich in die Stadt einzogen, war ich ermattet, nicht nur vom langen Ritt und der Behandlung lästiger Alltagsdinge, sondern auch von der Vorfreude auf die Ruhe. Sie entspannte meine Muskeln und meinen Geist so sehr, daß ich mich nahezu kraftlos fühlte. Vor Schwäche im Sattel schwankend, sah ich im zuckenden Schein der Fackeln, welche die Wächter in Händen hielten, nur wenig. Mir fiel lediglich auf, daß Kosmopolis kleiner war als Kamardol. Außerdem gab sich die Stadt mit Hilfe des Kniffs, die Häuser zu tünchen oder mit Fassaden aus dünnen Schichten von Mamor zu verkleiden, den Anschein, weiß zu sein, in Wirklichkeit aber herrschte das Rotbraun der Backsteine vor.

Nach höchstens zwanzig Minuten erreichten wir den mit einem Säulengang versehenen ‹Großen Palast›. Ich lehnte das von unseren Gastgebern angebotene heiße Bad ebenso ab wie das kalte Fleisch, zog die Decke von der Liegestatt in meiner Kammer und legte mich auf den Steinboden. Unruhig wälzte ich mich hin und her, weil die Steine weich und nachgiebig schienen und die Luft in dem geschlossenen Raum tot schmeckte. In der ersten Nacht seit Monaten, die ich unter einem Dach verbrachte, stellte sich der Schlaf nur zögernd ein.

21

Unser Aufenthalt in Kosmopolis dauerte nicht so lange, daß ich gelernt hätte, frei hinter den dicken Mauern zu atmen, die das Sonnenlicht ausschlossen und dem Wind die Schärfe nahmen. Rasch gewöhnte sich mein Körper wieder daran, unter einem Dach zu schlafen, und anfangs nahm ich mit allen Sinnen die kleinen Annehmlichkeiten wahr, die eine Stadt dem Menschen bietet. Doch schon nach der ersten Woche war mir der Aufenthalt in jenem Marktflecken zuwider, der sich großmäulig «Stadt der ganzen Welt» nannte. Ich sehnte mich danach, wieder unter den harten und einfachen Gesetzen der Expedition zu reiten, die genau festlegten, wie sich jeder von uns zu verhalten und den Menschen zu begegnen hatte, mit denen wir unterwegs zusammentrafen. In Kosmopolis gab es keinerlei Gewißheit, nicht einmal im kleinsten, denn alles war im Fluß – Verhaltensweisen, Bräuche und Gesetze.

Schon bevor ich erkannte, welch niedrige Gesinnung unter den Bewohnern jener «Stadt der ganzen Welt» herrschte, widerte ihre anmaßende Armseligkeit mich an. Hinter den silberblechdünnen Marmorfassaden der großen Häuser lagen um winzige Höfe herum beengte Empfangsräume und hinter jenen die luftlosen Schlafräume der Familienangehörigen. Noch darunter rangierten die nur flüchtig saubergehaltenen Lehmhütten der Sklaven, in denen sie minderwertige Mahlzeiten zubereiteten, sich paarten und im eigenen Schmutz schliefen.

Auch die Tempel von Kosmopolis waren armselig. Sie hielten keinen Vergleich mit den weiten Hallen aus, in denen Kamardols aus massivem Material gefertigte und glänzend geschmückte Götter unsere Huldigung entgegennehmen. Auch mangelte ihnen die Anmut von Linie und Proportion, die sich in Griechenland in den vollkommenen Heimstätten der Götter findet. Selbstverständlich enthielten jene Tempel Götterbilder unter ihren spitzen Dächern, die von Reihen runder Säulen mit geborstenem Marmorüberzug umgeben waren. Doch wie blaß und alltäglich wirkten diese Standbilder von Männern und Frauen! Ohne weiteres hätten sie verbrauchte Darstellerinnen umherziehender Schauspielertruppen oder Speck ansetzende Athleten darstellen können, die den Höhepunkt ihrer Laufbahn überschritten hatten! Wie die Tempel selbst bedeckte ein Schmutzüberzug auch die Standbilder.

Die Vorstellungskraft der Kosmopoliten erhob sich nicht über ihre niedrigen Gebäude oder die flachen Dünen, die sich hinter der ebenen Oase erstreckten. Zwar behauptete dies Volk aus schmuddligen und ruhelosen Händlern, alle Götter zu verehren, brachte aber keinem wahrhafte Verehrung entgegen. Auch achteten sie keinen Menschen wirklich, galten ihnen doch alle Freien als gleich, nicht nur was Geburt und privates Leben anging, sondern auch im Hinblick auf die Verwaltung ihrer Stadt. Ebenso könnte ein Koch behaupten, alles, was er zubereitet, schmecke gleich, weil es aus dem gleichen Topf kommt – sei es nun der Milchbrei des Säuglings oder der mit wildem Honig bestrichene und mit Speckstreifen von einjährigen Wildschweinen gespickte Zwergfasan, der mit köstlichen Gewürzen aus dem Süden kunstvoll abgeschmeckt wurde. So lächerlich war das, was die Kosmopoliten glaubten, und alles andere paßte dazu. Da man zwischen den Menschen keinen Unterschied machte, konnte es unter ihnen auch keine Ehre geben. Nur zweierlei veranlaßte diese Mischlingsrasse dazu, Ehrgeiz oder Einfallsreichtum zu entfalten: Ihre Schatzkammern quollen über vom goldenen Ertrag eines Jahrhunderts der Feigheit, und sie oblagen den faden Freuden des Fleisches, als sei diese Welt nicht nur wirklich, sondern die einzige Welt überhaupt.

Dennoch hatte ich meinen Ärger und meine Abneigung Kosmopolis gegenüber unterdrückt und mich innerlich gegen Harraps Ungeduld gewappnet, denn unsere Männer brauchten Erholung. Ich hatte erwartet, er werde den erneuten Aufbruch verlangen, bevor sich Mensch und Tier auch nur annähernd von den Qualen und Anstrengungen der Schlacht und des Zuges durch das Gebirge ausgeruht hatten. Doch in diesem Fall dauerte Harraps eigene Trägheit volle zwanzig Tage an. Als er spürte, wie sehr es mich nach dem Aufbruch drängte, sagte er: «Sieh nur, Jakir, der Hengst läuft nicht. Er bewegt sich, als halte Ihn eine unsichtbare Fußfessel in diesem Kreis aus grünen Wiesen. Solange die Götter Ihn nicht zum Aufbruch drängen, werde ich die Wonnen genießen, die Sie mir gewähren.»

Sogar diese Genüsse erschienen mir abgeschmackt, denn der Schmutz, der sich allenthalben in jener Stadt mit dem hochtrabenden Namen fand, stieß meine Sinne ab. Immer häufiger zog es mich zu unserem Lager außerhalb der Stadtmauern hinaus, so daß Mirab die Bäder und Bordelle genießen konnte. Nach wie vor rühmte er sein Verhandlungsgeschick in den höchsten Tönen und stellte es als sein Verdienst hin, daß wir mit den Kosmopoliten Frieden hielten. Er nannte sie seine Stammesangehörigen und erging sich in langen, sinnlosen und nur halb verständlichen Gesprächen mit ihren Ältesten. Da sich Kamardols Krieger rückhaltlos den Genüssen hingaben, die Kosmopolis bot, fand ein ansehnlicher Teil des Schatzes, den wir den Hunnen abgenommen hatten, wie auch des uns von der Stadt gezahlten Tributs seinen Weg in ihre Weinschenken, an ihre Spieltische sowie in die Taschen ihrer Huren und Zauberkünstler. Harrap hatte Befehl gegeben, mit Ausnahme dessen, was dem König vorbehalten war, alles zu verteilen.

Sogar den Hengst lockte die in Kosmopolis herrschende Unruhe an. Dreimal betrat Er die Stadt durch die Tore und streifte durch ihre Straßen, wobei Ihm die Bankerte mit klirrender Rüstung folgten. Er schnoberte an Verkaufsständen, in Tempeln, in Höfen von Privathäusern und sogar in den Frauengemächern herum, als wollten die Götter in Seinem Leibe die Stadt erkunden, in die Sie uns geführt hatten. Die Kosmopoliten erwiesen Ihm Ehre, indem sie Ihm eifrig auswichen und in ihrer üblichen Weise kleine Opfergaben darbrachten. Ich sah, daß manche hinter vorgehaltener Hand Männer verlachten, die – wie es ihrem schlichten Verstand vorkam – ein Pferd anbeteten. Eher würde ein Elefant die Weden hersagen, als daß diese verrottete Rasse das verwickelte Wechselspiel der starken Mächte verstünde, die aus Ihm ein Gefäß der Götter und zugleich ein Gottwesen machten, das einerseits unendlich mehr war als ein Mensch und andererseits weniger als eine Zuchtstute, aber stets unser göttlicher Führer – unser Herr und unser Kind in einem. Ich tobte vor Wut, als ich sah, wie Ihm Straßenbengel spöttisch Ehre erwiesen, während sie mit ihrem neben den Kopf gehaltenen ungewaschenen Händen das Zucken Seiner Ohren nachäfften.

Der Entrüstung voll fürchtete ich, die degenerierten Kosmopoliten würden nicht nur unsere Krieger verderben, sondern auch unser Ziel zunichte machen, wenn wir es ungerächt ließen, daß sie kaum verhohlen die in unserem Hengst wohnenden Götter verspottet hatten.

Den Priester konnte ich nicht befragen, da er sich gründlich mit den Wahrsagern und Orakelschlägern der Stadt befaßte. Er bemühte sich, zum Kern der von den Kosmopoliten «Mysterien» genannten sonderbaren Kulte vorzudringen, welche die völlige Erleuchtung im Hier und Heute dieser Erde versprachen. Diese Verlockung unterschied sich in jeder Beziehung von dem, was die Buddhisten Erleuchtung nennen. Wer sich den geheimen Gepflogenheiten jener Kulte unterwarf, wurde, wie es hieß, ins Reich der Geister befördert, um, am Leib unbeschädigt und reich an Wissen und Macht, aus der Welt jenseits des Todes in unsere Welt des Lebens zurückzukehren. Wie tief der Priester in diese Geheimnisse eindrang, mit denen sich ein Brahmane nicht beschäftigen durfte, weiß ich nicht. Auf jeden Fall freute es ihn, daß er seinen privaten Vorrat an Mitteln hatte ergänzen können, die das Wohlbefinden steigern. Aus den dicken glänzenden Blättern einer stachligen Pflanze, die im Schutz der Dünen wächst, stellen die Kosmopoliten einen Trank her, der kräftiger ist als Bhang und auf den Farbigkeit und leuchtende Visionen ihrer «Mysterien» zum großen Teil zurückgehen.

Anand konnte meine Bedrücktheit nicht verstehen und wiederholte seine Überzeugung, daß bei der Suche lediglich die Form von Bedeutung sei. Wir könnten kaum hoffen, erklärte er, der Menschen Herz mit unseren Schwertern und Lanzen zu ändern, die lediglich die Macht besitzen, sein Schlagen auf immer zu beenden. Dennoch begleitete er mich zum Bad im Großen Palast, wo Harrap im Halbschlaf unter den Händen der Badewärterinnen lag und Wein trank.

Er war so teilnahmslos, daß er Anands Anwesenheit mit keinem Wort kommentierte. Als ich auf meine Befürchtungen zu sprechen kam, sah er mich unverwandt an, wie ein Tiger, der auf einem Felsen döst, nachdem er eine Antilope verschlungen hat.

«Harrap», sagte ich mahnend, «es bedeutet eine Gefahr für unsere Expedition, daß wir uns mit diesen Kosmopoliten einlassen!»

«Wieso das, Jakir?» fragte er. Was ich sagte, berührte ihn allem Anschein nach ebensowenig, als wenn ich ihm berichtet hätte, daß zwei Dutzend Kamele lahmten – eher noch weniger.

«Ihr fragt, wieso. Ich bin davon überzeugt, daß diese Menschen weder dem Hengst noch unseren Königen wahrhaft Achtung erweisen. Wir täuschen uns, doch die Götter können wir nicht täuschen, wenn wir so tun, als entspreche dieser Scheinrespekt der Kosmopoliten der in den Brahmanas verlangten vollständigen Unterwerfung.»

«Gewiß, Jakir, das gibt Anlaß zur Sorge», gab Harrap zur Antwort, doch sprach er wie im Schlaf und verzog beglückt das Gesicht, als die Aufwärterinnen seinen Rücken kneteten. «Aber wie der Priester sagte, und du hast es soeben bestätigt – wir können die Götter nicht täuschen. Angesichts dessen, daß Sie zufrieden sind, wäre es da nicht anmaßend – ja, sogar gottlos –, wenn wir uns mit unseren kleinlichen Zweifeln gegen Ihre Gewißheit wenden, wo wir doch von Ihrem Willen so wenig wissen?»

Mit einer Bewegung wies er die Badewärterin an, seinen Hals stärker zu reiben, wozu er ihre Hand eine Weile in die eigene nahm, um ihr die Stelle zu zeigen. Dann fuhr er fort: «Nein, Jakir, du machst dir grundlos Sorgen. Es handelt sich um eine wahre Unterwerfung, und sie gefällt den Göttern.»

«Seid Ihr dessen sicher?»

«Ganz und gar. Würden uns die Götter nicht machtvolle Vorzeichen schicken, wenn Sie nicht zufrieden wären? Würde nicht der Vollkommene Hengst davonstürmen oder die Leute anfallen, statt majestätisch durch die Stadt zu ziehen, welche die Seine ist?»

«Es ist *unsere* Aufgabe, den Willen der Götter zu deuten», wandte ich ein. «Sie zwingen ihn uns nicht auf, wie ein Kindermädchen ein kleines Kind mahnt, sich vor einer Schlange in acht zu nehmen oder vor dem Schlafengehen seine heiße Milch zu trinken. Das wäre zu viel der Gunst!»

«Ich kann mich dieser Meinung nicht anschließen, Jakir. Der Zug selbst ist ein Zeichen der Gunst. Es wäre gottlos, wollten wir Ihre geheimen Absichten zu enträtseln trachten. Wir müssen demütig warten, bis Sie uns diese Absichten enthüllen. Was sagst du, Leutnant?»

«Ich weiß nicht recht, o Prinz», gab Anand zur Antwort. Seine Worte kamen langsam, wobei sich seine fleischige Stirn in Falten legte. «Ich kann den Willen der Götter nicht deuten, aber ich denke...»

«Nun?» bestärkte ihn Harrap. «Was denkst du?»

Da ich wußte, daß Anand das göttliche Element unseres Zuges in Frage stellte, wartete ich voll Besorgnis auf seine Antwort. Auch wenn seine Zweifel meinen eigenen Glauben bestärkten, durfte der von unserem Zug geradezu fanatisch überzeugte Harrap keinesfalls erfahren, daß einer seiner Offiziere solche Bedenken hegte.

«Ich fürchte, o Prinz», sagte Anand schließlich, «daß die Art der Kosmopoliten – ihre Haltung gegenüber allem, nicht nur dem Hengst – unsere Krieger ansteckt und sie in einer Weise schwächt, wie es hundert Schlachten nicht vermöchten.»

«Wie meinst du das?» fragte Harrap, nun doch beunruhigt. «Womit könnten diese Stadtratten Kamardols Krieger verderben?»

«Gerade damit, daß sie Stadtratten *sind*, o Prinz, wie Ihr sie höchstselbst genannt habt.» Anands Antwort kam diesmal rascher und mit größerer Sicherheit. Ich merkte, daß er nicht für sich sprach, sondern für mich. Er faßte meine Befürchtungen in klare, scharfe Worte, und sie verfehlten ihren Eindruck auf Harrap nicht.

«Wie Ihr wißt, ordnen sich die Kosmopoliten weder Königen noch Priestern unter – ganz so, wie auch Ratten nichts von Göttern oder durch den Willen der Götter gesalbten Oberbefehlshabern wissen.»

«Das stimmt», gab ihm Harrap recht. «Sie leben nach einer wunderlichen Vorschrift, die sie Demokratie nennen.»

«In ihrer Sprache bedeutet das Herrschaft durch das Volk», fuhr Anand fort. «Das aber heißt natürlich letzten Endes, daß es keinerlei Herrschaft gibt. Nicht nur erklären sie, alle Menschen seien gleich, sie versteigen sich sogar zu der Behauptung, daß die Götter nicht über den Menschen stehen – vorausgesetzt, sie bringen ihren eigenen Göttern überhaupt mehr als spöttische Ehrfurcht entgegen.»

«Und es bedeutet außerdem», unterbrach ich Anand, «daß der Mensch ihr Gott ist, Harrap. Sie fertigen von ihren sogenannten Göttern Standbilder in Menschengestalt an. Damit aber verherrlichen sie eher die Menschen als die Götter. Zu diesen Statuen schauen sie nicht einmal wirklich auf, wie das der Fall wäre, wenn sie diese wirklich für Götter hielten. Statt dessen huldigen sie der äußeren Schönheit, die sie in ihnen sehen – ob diese Standbilder nun

Menschen oder Götter darstellen. Weil aber ihre Götter die Gestalt von Männern oder Frauen haben, beten sie eigentlich die menschliche Schönheit an – und damit die Menschen, die solche Schönheit erschaffen haben.»

«Aber machen nicht auch wir uns Bilder von unseren Göttern?» fragte Harrap.

«Gewiß», gab ich zur Antwort, «aber nur selten verleihen wir Ihnen die Gestalt von Menschen oder Tieren. Wir lassen Sie in vielerlei Gestalt auftreten, und häufig vermischen wir Teile von Menschen und Tieren miteinander. Der Pöbel glaubt, daß wir diese Abbilder verehren, von denen die Buddhisten sagen, sie seien verzerrt. In Wirklichkeit geben wir den verschiedenen Erscheinungsformen unserer Götter diese Gestalt, weil uns ihr wahres Aussehen unbekannt ist. Und nicht die Bilder verehren wir, sondern die Eigenart des Göttlichen, das die Götter ihnen verleihen.»

«Das ist alles schön und gut, Jakir. Ich weiß auch, daß du das die neue Theogonie nennst. Aber worin unterscheiden sich die Kosmopoliten von uns? Können sie nicht auch sagen, daß ihre Standbilder das göttliche Wesen enthalten?»

«Absolut nicht», gab ich erhitzt zur Antwort. «Sie verehren in ihren Standbildern die menschliche Schönheit. Die Legenden der Kosmopoliten berichten nicht von wahren Göttern, wohl aber von Männern und Frauen, die zwar mächtiger sind als irdische Männer und Frauen, aber allen Begierden und Schwächen der Menschen unterworfen. Sie sprechen mit ihren Göttern, wie sie mit Menschen sprechen, und leben ausschließlich den menschlichen Freuden. Ihr Vergnügen finden sie nicht nur im Genuß der Sinne, wie das die Götter wollten, sondern auch in endlosen Debatten, bei denen sie alle verbotenen Geheimnisse mit Hilfe des Verstandes zu durchdringen trachten. Auch wenn das schwer vorstellbar ist, ich versichere Euch, es verhält sich so: sie wollen diese Fragen mit Hilfe des Verstandes lösen.»

«Mag sein.» Harrap war meiner Rede müde. «Aber was hat das mit uns zu tun? Inwiefern bedeutet das für uns eine Bedrohung?»

«O Prinz!» Anand nahm den Faden auf, als hätten wir nicht nur unsere Rolle geprobt, sondern als hätte er auch seinen eigenen Ketzerglauben unterdrückt. «Sie beleidigen die Götter mit ihrer Anmaßung. Außerdem wählen sie ihre Führer – das heißt, sie stellen fest, wem von allen unter den Freien die meisten Stimmen zufallen. Für das von den Göttern eingesetzte System, bei dem es gesalbte Führer gibt und von vornherein feststeht, wer Untertan ist, haben sie nichts als Spott. Ihren Mut haben sie fortgeworfen und ergeben sich jeder Macht, die aus der Wüste kommt, solange diese nicht darauf aus ist, sie zu zerstören...»

«Genug der moralischen Erläuterungen», unterbrach Harrap. «Nur eins will ich wissen: Inwiefern bedeuten sie für uns eine Bedrohung – wie du gesagt hast?»

«Harrap», sagte ich, «stellt Euch vor, unsere Krieger nähmen den Charakter dieser Kosmopoliten an...»

«Das ist ausgeschlossen!»

«Natürlich ist es ausgeschlossen, daß sie in jeder Hinsicht genau wie jene werden. Aber es ist nicht ausgeschlossen, daß sie ihnen in mancher Weise ähnlich werden. Es gäbe keine Ehrfurcht und keinen Gehorsam mehr, jeder Freie könnte tun, was ihm gut dünkt... Schluß mit der Unterwerfung unter gesalbte Führer, nur noch Streit mit dem Nächsten... kein Erdulden von Widrigkeiten mehr, und nur noch die Erfüllung der eigenen Wünsche...»

«Das wäre keine Armee, sondern ein widerwärtiger Haufen», stimmte Harrap zu. «Du weckst in mir allmählich die Besorgnis, daß es vielleicht doch eine Gefahr gibt. Was sollen wir deiner Ansicht nach tun?»

«Zweierlei», sagte ich rasch. «Wir müssen diesen Sumpf der Verkommenheit so schnell wie möglich hinter uns lassen. Doch zuvor wollen wir die Kosmopoliten zu einem Akt wahrer Unterwerfung nötigen.»

«Darüber muß ich nachdenken», sagte er bedächtig. «Möglicherweise ist die Gefahr beinahe so groß, wie du befürchtest.»

«Es geschieht, was Ihr sagt», murmelte ich, und der aufkeimenden Hoffnung folgte Verzagtheit.

Es schien, als seien Menschenworte nicht imstande, das Moos der Trägheit beiseite zu reißen, das auf Harrap gewachsen war, als vermöge derlei lediglich der Zorn der Götter. Seinen Willen und seine Urteilskraft hatte er Ihnen unterstellt – so, als ob Sie jede seiner Bewegungen durch klare Vorzeichen bestimmen würden. Auch mich erfüllte Glaube, doch war ich nicht der Ansicht, daß die Götter uns am Nasenring führen, wie ein Rinderhirte den Stier. Der Priester, merkte ich, war damit beschäftigt, seine eigenen Vorzeichen zu verfertigen, wobei er ständig erklärte, er besitze die Fähigkeit, den verborgenen Willen der Götter zu lesen. Und Anand – an Kamardol mochte er wohl glauben, aber wohl kaum an etwas darüber hinaus. Unsere Seelen waren nicht wirklich auf die Expedition eingestimmt.

«Es geschieht, was Ihr sagt», murmelte ich erneut.

Er mußte meinen leisen Worten Spott entnommen haben, denn er schleuderte die sanften Hände der Badewärterinnen beiseite, richtete sich von der glatten Holzbank auf und erklärte voll Leidenschaft: «Jakir, ich schwöre dir, wenn ich nur einen Augenblick lang annehmen müßte… wenn ich wüßte, daß sich diese Leute nicht wahrhaftig unterworfen haben… ich würde sie dazu zwingen oder sie vernichten.»

Zuversicht trieb mir das Blut rascher durch die Adern. Dann aber wurden seine Worte leiser, und er legte sich wieder hin, während die Leidenschaft aus ihm wich. «Doch genau vermag ich das erst zu wissen, wenn uns die Götter ein Zeichen senden. Ich werde über deine Worte nachdenken. Handeln aber kann ich nur in Ihrem Auftrag. Der Hengst ist mit den Dingen zufrieden, wie sie sind.»

Nachdem ich meinen Einsatz gewagt und verloren hatte, blieb mir nichts mehr zu tun. Ich konnte nur noch warten, daß der Hengst der grünen Weiden von Kosmopolis müde wurde. Vielleicht waren meine Befürchtungen von einem bevorstehenden moralischen Untergang übertrieben, vielleicht gab es für meinen Eifer, von den Kosmopoliten eine wahre Unterwerfung zu erzwingen, andere Gründe als den übermächtigen Abscheu, den ich ihrem lasterhaften Wandel und ihrer niedrigen Gesinnung gegenüber empfand.

Das Zeichen, von dem Harrap gesprochen hatte – den Beweis, daß sich die Kosmopoliten lediglich der Form halber unterworfen hatten –, bekamen wir zwei Nächte vor unserem Aufbruch. Natürlich war das viel zu spät. Inzwischen hatten wir die Gastfreundschaft der Kosmopoliten schon in reichem Maße genossen und, schlimmer noch, uns ihnen als großmütige Herren erwiesen. Wir hätten uns selbst herabgesetzt und die Bedeutung der Götter Kamardols vermindert, wenn wir von ihnen nunmehr erneut einen Akt der Unterwerfung verlangt hätten.

Als ich mich träge zu einem Gelage aufmachte, bei dem sich die Kosmopoliten anschickten, das mit uns zu trinken, was sie «doppelt gebrannten Wein» nannten, ein scharfes Getränk, das sie aus dem Wein der Trauben destillieren, wußte ich nicht, daß es unser letztes

Festmahl in jener Stadt sein würde, denn noch hatte sich der Hengst nicht gerührt. Unsere Gastgeber, stolz auf ihre Fähigkeit, große Mengen ihres dunklen Gebräus zu trinken, hatten sich fortwährend bemüht, uns auf ihre Seite zu ziehen, indem sie uns betrunken machten.

Ich beugte mich über den niedrigen Tisch, an dem ich Harrap und dem dicken Alten mit den bleichen Wangen gegenübersaß, der als Oberster Magistrat des Jahres fungierte. Bei meiner Frage an ihn: «Warum, o Magistrat, habt Ihr uns so ohne weiteres als Eure Herren anerkannt?», wäre ich fast von meinem Kissenhaufen gefallen.

«Warum sollten wir das nicht tun?» fragte er und fuhr sich mit dem Handrücken über den weißen Bart.

«Jetzt aber ernsthaft, o Ältester», beharrte ich mit schwerer Zunge. «Warum so ohne weiteres?»

«Es handelt sich um eine aufrichtige Unterwerfung», beeilte er sich zu erklären. Verschwörerisch zogen sich seine blaßblauen Augen zusammen, deren Weiß vergilbt und von einem Netz feiner unterbrochener Adern durchzogen war, als er hinzufügte: «Was sollte uns daran hindern? Wir haben zahlreiche Herren anerkannt – Chinesen, Hunnen, Wusun, Uiguren und sogar die Leute aus Khotan. Warum dann nicht Euch, mächtige Krieger von Kamardol?»

Als ich sah, daß Harrap die Stirn runzelte, fuhr ich fort: «Aber wie könnt Ihr so vielen verschiedenen Herren wahre Treue geloben?»

«Treue geloben wir immer dem, der als letzter zu uns kommt – dem, der seinen Anspruch durchzusetzen vermag», sagte der Oberste Magistrat lächelnd. «Es hat uns bisher nicht geschadet. Es ist uns dabei gutgegangen. Schließlich gibt es viele Herren und viele wahre Götter.»

Mit finsterem Gesicht lockerte Harrap seinen Dolch im Gürtel. Nachdem es mir endlich gelungen war, die Wahrheit aus dem Lügengewebe hervorzulocken, fürchtete ich mit einemmal Harraps Zorn. Es war nicht der richtige Zeitpunkt zur Vergeltung, da wir keine unmittelbare Verbindung zu unserer Hauptstreitmacht hatten.

Ich machte ein ernsthaftes Gesicht und sagte mit der schwerfälligen Gewichtigkeit eines Betrunkenen: «Ältester Magistrat, wir bringen Euch nichts als guten Willen entgegen. Aber gebt acht, daß sich nicht eines Tages die Götter wegen Eurer Leichtfertigkeit an Euch rächen.»

«Wir werden achtgeben, o Oberst», lachte er, als hätte ein einfältiges Weib etwas Belangloses gesagt. «Wir sind auf unserer Hut, und wir wissen, daß unsere Herren aus Kamardol uns schützen werden. Zwar ist es nicht unser Wunsch zu kämpfen, doch sind wir durchaus dazu imstande. Ich trinke auf Eure großen Herrscher, die jetzt unsere Könige sind!»

So blieb die Frage in einem Gewirr von Zweideutigkeiten ungelöst, zumal uns der doppelt gebrannte Wein halb benommen gemacht hatte. Wie ich sagte, war es zu spät, die ihnen abgenommenen Eide zurückzugeben oder das von uns gemachte Versprechen zurückzunehmen. Sinnlosigkeit legte sich wie grauer Staub auf unsere Unternehmung und bildete eine schleimige Schicht zwischen uns und unserem leuchtenden Ziel. Mein Unbehagen war von anderer Art als meine früheren Zweifel und im Unterschied zu ihnen unauslöschlich. Im Gebirge hatte ich bezweifelt, daß der Zug auf göttliches Geheiß zurückging, nach Kosmopolis zweifelte ich an dem, was die Götter damit bezweckten, obwohl ich *wußte*, daß uns Ihr erklärter Wille leitete.

Doch bin ich wohl in meinem Eifer, zum Kern der Sache vorzudringen, meiner Erzählung vorausgeeilt. Bevor wir die Enthüllungen erfuhren, die uns bei jenem letzten Festmahl gemacht wurden, hatten wir uns mit unserem eigenen Verhalten in ein Netz von Beziehungen verstrickt, das wir nicht zerreißen konnten, wollten wir uns nicht ins Unrecht setzen. Ungeachtet meiner Vorhaltungen trank Harrap mit den Männern von Kosmopolis und lag bei den Weibern jener Stadt. Erstmals seit unserem Auszug aus Kamardol folgte er nicht mehr dem Ruf der Götter, und ich merkte zu meiner eigenen Bestürzung, daß mich sein Verhalten freute. Er war wieder der Mann, den ich kannte, der kühne Krieger und fröhliche Zecher, ungebeugt von der Last der Gunst, welche ihm die Götter aufgebürdet hatten. Harrap und ich kamen einander wieder näher, sprachen wie in früheren Jahren müßig über dies und jenes und keineswegs wie in den vergangenen Monaten immer und ausschließlich über die Expedition.

Auch ich lag bei den Weibern der Stadt und fand sie gewinnend sowie anspruchsvoll in ihrem Wesen und ihrer Rede. Die großen Familien der Stadt führten den neuen Herren ihre Töchter zu, und jene sahen darin, daß sie uns Gesellschaft leisteten, sowohl eine Ehre wie eine Verpflichtung. Ich fand Gefallen an ihrer Anwesenheit und genoß ihre Unterhaltung, auch wenn diese wegen der mangelnden Beherrschung der Sprache des Gegenübers gewisse Mängel aufwies. Trotz allem waren die geschlechtlichen Freuden, die sie boten, kein wirklicher Genuß. Da für jene Frauen die Begattung etwas so Selbstverständliches war wie alle anderen natürlichen Tätigkeiten, gewann ich dem Akt lediglich die kurze Erleichterung ab, die gewöhnlich damit einhergeht. Die gefühlskalte und zugleich ruhelose Wesensart der Kosmopoliten hatte sogar auf das Verhalten ihrer Frauen im Bett abgefärbt.

Bei jenem Festmahl erkannte ich deutlich den wahren Charakter jener Menschen, die sich selbst zu Abkömmlingen von Alexanders Kriegern ernannt hatten. Wie ich schon gesagt hatte, ließ der Oberste Magistrat durchblicken, welch niedrige Feigheit der Freundlichkeit zugrunde lag, die sie Fremden erwiesen. So heruntergekommen waren sie, daß ihnen nicht mehr aufging, was sie in unseren Augen waren, nämlich weniger als Menschen, galten ihnen doch weder ihre Götter noch ihre Ehre etwas. Ihre Blindheit hinderte sie daran zu erkennen, daß ihnen bei der Art, wie sie sich gegenüber Außenstehenden verhielten, ihre schändliche Freiheit nur so lange erhalten bleiben würde, bis eine der großen Mächte sie vernichtete, die durch das Herz des Erdteils zogen.

Als ich erfaßt hatte, wie die Natur der Kosmopoliten in Wirklichkeit beschaffen war, stimmte ich Harraps und des Priesters Ansicht zu, daß wir ihre Unterwerfung so gelten lassen mußten, wie sie uns gemacht worden war. Es hätte reine Kraftverschwendung bedeutet, sie zu einer wahrhaften Ehrerbietung zu zwingen, denn mit ihrer Flatterhaftigkeit waren sie dazu gar nicht fähig. Hätten wir von ihnen eine aus ganzem Herzen kommende Unterwerfung zu erlangen vermocht, wäre diese so bedeutungslos gewesen wie jetzt ihre beständigen Vorbehalte. Beides bewirkte im wirklichen Leben der Götter wie auch im Scheinleben der Erde nur wenig. Ihre Wesensart machte den Kosmopoliten große Taten ebenso unmöglich, wie die Natur den Maultieren Nachkommen verwehrt.

Noch vor dem Gelage, bei dem ich mir über die bedeutungslose Unterwerfung Gedanken machte, war aus Nordosten ein Trupp von dreihundert Bewaffneten mit ihren Offizieren und einer Reihe von Gelehrten gekommen. Sie nannten sich Han-Leute, nach der Dynastie, unter der sie lebten, hatten aber mit den Hunnen, die sie in ihrer munter hüpfenden Sprache Hjung-nju nannten, nichts zu tun hatte. Es handelte sich um die Menschen, die wir nach der frühen Dynastie der Qin als Chini bezeichnen, also Chinesen, und sie kamen, wie sie sagten, als Vorhut eines großen Heeres, das auf einem kalten, nördlichen Weg aus Loyang, der Stadt ihres Kaisers, zum fernen Fergana marschierte, von wo wir das Hengstfohlen geholt hatten. Sie behaupteten – und Barniar, der so vieles überlebt hatte, bestätigte, daß sie die Wahrheit sagten –, ihre Streitkräfte hätten vor mehr als zwanzig Jahren die Hunnen von ihren Grenzen zurückgeworfen. Davon war die Wilde Horde auf den großen Zug nach Westen geschickt worden, der Uiguren, Wusun und andere kleinere Völker hinweggefegt hatte, wie ein Tiger, der vor den Jägern flieht, kleineres Getier vor sich hertreibt.

Diese Chinesen unterschieden sich von uns ebenso sehr wie wir uns von den Kosmopoliten. Natürlich waren wir einander körperlich sehr ähnlich, und wir alle drückten uns, jeder auf seine Weise, mit Worten aus, wie es die Tiere nicht tun. Dennoch fiel es nicht leicht hinzunehmen, daß wir Kamar, die Kosmopoliten und die Chinesen alle miteinander – und noch dazu in gleicher Weise – Menschen waren. Vielleicht hatten verschiedene Götter mit unterschiedlichen Absichten die drei Rassen ins Leben gerufen.

Offenkundig hielten uns die Kosmopoliten für von unseren Göttern berauschte Fanatiker. Unsere Unterwerfung unter den Willen der Götter, die sicherlich nicht vollkommen war, hielten sie für den Wahnsinn Besessener, während sie sich doch in Wirklichkeit auf Ziele richtete, die jenseits der kurzen Unwirklichkeit unseres irdischen Daseins liegen. Die Kosmopoliten ihrerseits vertraten die Ansicht, wir Menschen seien wie die Götter und die Götter wie die Menschen, mit dem einzigen Unterschied, daß jenen im Dienste ihrer im wesentlichen menschlichen Leidenschaft größere Macht zu Gebote stand. Die Kosmopoliten würde ihrem Glauben nach ihr Fortgang aus dem Reich dieser Erde in ein anderes Reich führen, das sich davon kaum unterschied und kaum bedeutender war. Sie behaupteten, dem Gebrauch dessen, was sie Vernunft nennen, müsse in dieser wie auch in jeder anderen Welt ihr Hauptbestreben gelten.

Die Chinesen unterschieden sich deutlich sowohl von uns Kamar wie auch von den Kosmopoliten. Während nach Ansicht letzterer der Mensch wie die Götter ist, setzen die Chinesen den Menschen noch über die Götter und stellen die Existenz der Götter in Frage. Ich hätte erwartet, daß diese Überzeugung vom Nichts zu einer tiefen Krankheit des Geistes führt – in jedem einzelnen wie im ganzen Reich –, so daß die Menschen weder Gesetz noch Ziel kennen. Doch so verhielt es sich nicht. Davon überzeugt, daß die Menschen Gebieter des Universums und die Chinesen an Weisheit, Tugend und Macht allen anderen überlegen seien, hatten diese Han-Leute, wenn die Berichte stimmen, ein Reich errichtet, das als das mächtigste auf der Welt gelten muß. Wir hatten viel über den Glanz des Han-Volkes gehört, und da die unwürdigen Erben des Großen Aschoka das ihnen Zugefallene nicht zusammenzuhalten verstanden, sah es ganz so aus, als lebe der Han-Kaiser in unübertroffener Großartigkeit. Verglichen mit ihm war, das räumten sogar die Kosmopoliten ein, selbst Alexander ein umherziehender Abenteurer.

Obwohl sie die schwache Gruppe der Han, die voll Zuversicht unter dem Schirm ihres großen Kaisers ritten, mit Leichtigkeit hätten vernichten können, wurde sie entsprechend den bei ihnen gängigen Freundschaftsbräuchen willkommen geheißen. Da die Chinesen keine Herrschaftsansprüche stellten, sondern sich mit einigen Geschenken zufriedengaben, brauchten wir uns nicht mit ihnen anzulegen. Der Hengst hatte uns nicht in *ihr* Land geführt, und so bekamen sie statt einer Schlacht Festlichkeiten geboten.

Um die Mitte des Nachmittags erreichten wir den Großen Saal des Bürgerpalastes, eines der wenigen Gebäude, die nicht nur eine Marmorfassade, sondern auch im Inneren marmorne Wände besaßen, wenn auch zwischen den beiden dünnen Schichten Backsteine lagen. Gemäß unserem Recht als Herren des Landes betraten wir den Saal als letzte – Harrap, der Priester, Anand und ich folgten mit zwanzig weiteren Prinzen und Offizieren den letzten Kosmopoliten in ihren kurzen bunten Gewändern auf dem Fuße, die Hand in Hand zu ihren Plätzen schlenderten, wobei sich einige sogar um die Hüften faßten. Möglicherweise habe ich unterlassen, ihre Überzeugung mitzuteilen, daß es nur in der Beziehung zwischen Männern wahres und gleiches Einssein gibt. Ihre Frauen dienen ihnen zur Hervorbringung der Nachkommenschaft und zur Ausübung der Kurtisanenkünste. Jene unfruchtbare Vorstellung von der Männerliebe spiegelte sich in der allgemeinen Unfruchtbarkeit des Lebens. Nicht nur pflegten sie solche Bindungen, wie viele Kschatrija sie auf Feldzügen eingehen, über lange Zeit hinweg, sie verweigerten sich dem Leben insgesamt mit der Behauptung, nur zwischen gleichartigen Seelen könnte eine Paarbindung entstehen.

Zwar verbargen die Chinesen alle Gedanken hinter ihren glatten maisfarbenen Gesichtern mit den flachen Wangenknochen und umschleierten Augen, doch entnahm ich dem Zucken eines seidenen Ärmels und dem kurzen Kommentar aus kaum geöffneten Lippen Verachtung, während sie zusahen, wie die Liebhaber von Kosmopolis ihre Plätze an den niederen Tischen einnahmen. Davon abgesehen merkte ich kaum etwas von der Art, wie sie auf die Kosmopoliten oder auf uns reagierten, obwohl wir mit dem Anführer der chinesischen Abordnung und seinen Adjutanten beisammensaßen. Zur Verständigung bedurften wir selbstverständlich der Hilfe des alten Sprachenherolds, der am unteren Ende der Tafel saß. Doch auch ohne diese Schranke ruhten die Han so sehr in sich selbst, daß sie nicht darauf angewiesen waren, ihr wahres Wesen nach außen zu kehren.

Sie dankten uns für die Gastfreundschaft, die wir ihnen in unserer Eigenschaft als Beherrscher von Kosmopolis erwiesen hatten, und erkundigten sich höflich nach unserer Sendung, während die Sklaven den Wein eingossen und mit Fleisch und Früchten gefüllte Weinblätter herumreichten. Diese Frage weckte die missionarische Begeisterung unseres Priesters, und er erging sich des langen und breiten über unseren Zug. Aufmerksam hörte der Anführer der Chinesen auf alles, was ihm der Herold in seine eigene Sprache übersetzte. Die dünnen Lippen gespitzt und mit der schmalen Hand den schwarzen Aufschlag seines blauen Seidengewandes glattstreichend, fragte er: «Wollt Ihr nicht Euer schönes Tier verkaufen? Ich kann gut zahlen. Gewiß wäre es eine Bereicherung für das Gestüt des Kaisers.»

Der Priester schüttelte den Kopf. Sein Gesicht war vor Empörung rot angelaufen, und seine schlaffen Lippen zogen sich im Versuch, seinen Zorn zu unterdrücken, scharf zusammen. Um Höflichkeit bemüht, sagte er: «...Ihr müßt wissen, Er ist kein Pferd, sondern ein Awatara.»

Natürlich verstand ich nicht, was der Herold den beiden Chinesen sagte, doch sie schienen die Erklärung des Priesters zu verstehen. Der dürre Anführer sagte vier Silben zu seinem untersetzten Adjutanten, und beide lehnten sich laut lachend zurück.

«Sie benutzen Wörter, die ich kenne, aber ich verstehe ihren Sinn nicht», klagte der Herold. «Sie sagen, ‹ein weißes Pferd ist kein Pferd›!»

Ich bat den Herold, sich das erklären zu lassen, als sich der chinesische Adjutant herüberbeugte, immer noch laut lachend, wobei in seinem Mund nicht mehr als ein Dutzend gelbe Zahnstümpfe sichtbar wurden. «Ihr seid keine Kaufleute, oder ihr würdet verkaufen», sagte er. «Für einen Eroberungszug ist eure Zahl zu gering. Also müßt ihr Plünderer sein. Warum, meine Herren, plündert ihr dann nicht?»

«Unser Zug», gab Harrap geduldig zur Antwort, «hat höhere Ziele. Wir stehen im Dienst der Götter, die Ihre eigenen Absichten kennen.»

«Auch die Götter, habe ich gehört, erheben keine Einwände gegen einen Klumpen Gold und eine Handvoll Edelsteine – von lieblich duftendem Fleisch ganz zu schweigen», beharrte der Adjutant.

«Sprich mit Dieben nicht über Geschäfte, und nicht mit Parias über die göttliche Lehre», zitierte ich Harrap leise das Sprichwort und beugte mich dann vor, um dem chinesischen Adjutanten zu antworten. Aber der Anführer sprach bereits. «Meine Herren, wir ehren euren Glauben und eure Sendung. Vielleicht könnt ihr eines Tages an den Hof unseres Hohen Kaisers kommen und etwas über unsere Gebräuche lernen.»

«Und woran glaubt ihr?» fragte der Priester.

«Wir wissen, daß es Geister gibt», antwortete der Anführer und gebot seinem Adjutanten mit einer Handbewegung Schweigen, «sie mischen sich aber nicht in die Angelegenheiten der Menschen ein – außer in die alter Weiber. Unser Glaube spricht mit wünschenswerter Klarheit. Zum Glück sind wir im Besitz der tiefsten Erkenntnis. Unsere Weisen haben den wahren Zweck des Menschseins erkannt, und wir leben, um ihn zu erfüllen.»

«Und welcher ist das?» fragte der Priester.

«Der Mensch ist weder auf die Gnade der Götter noch darauf angewiesen, daß Sie ihn anleiten», antwortete der Anführer. «Er muß lediglich unter dem vollkommenen Gesetz, das unsere Weisen enthüllt haben, seine Angelegenheiten in vollkommener Art ordnen. Wenn ihn seine Vorgesetzten ordnungsgemäß unterweisen, kann er die Billigung seiner Ahnen damit erringen, daß er sich richtig verhält. Wenn dann in China alles den Vorschriften gemäß geordnet ist, wird die ganze Welt glücklich sein.»

«Auf welche Weise kann Ordnung, die in China herrscht, die ganze Welt glücklich machen?» wollte ich wissen.

«Dafür zu sorgen ist unser Auftrag, da unser Reich in der Mitte liegt», gab der Anführer der Chinesen schlicht zur Antwort. Der

Adjutant hatte sich von dem Gespräch zurückgezogen und wandte seine ungeteilte Aufmerksamkeit dem Pokal mit Wein zu.

«Und wie wollt ihr diese Aufgabe ausführen?» fragte Harrap ebenso verwirrt wie ich.

«Wir sind zugleich mit Weisheit gesegnet und mit Pflichten überhäuft», antwortete der Anführer und führte bedächtig mit dürren Fingern eins der gefüllten Weinblätter zum Munde. «Wir wollen erreichen, daß sich alle Menschen auf der Welt richtig verhalten, und bemühen uns, sie glücklich zu machen – und all das allein durch unser Beispiel. Sollten wir auf Ungehorsam oder absichtliche Ablehnung stoßen, muß natürlich der Hohe Kaiser seinen Armeen den Marschbefehl erteilen, so sehr ihn das schmerzt.»

Obwohl mich bei der unbekümmerten Überheblichkeit des chinesischen Anführers ein kalter Schauer überlief, hätte ich gern mehr über seine sonderbare Lehre gewußt. Da ich aber befürchtete, daß Harraps Zorn aufflammen und uns in einem raschen Aufblitzen von Messern gegen die Chinesen und die Kosmopoliten alle miteinander verzehren könnte, schob ich bedauernd meine Neugierde beiseite und richtete die Fragen, über die ich bereits berichtet habe, an den Obersten Magistrat, wobei ich mich betrunken stellte.

Bald brauchte sich niemand mehr zu verstellen. Die übrigen Stunden des Festmahls vergingen mit halb verstandenem Gebrabbel. Der Herold, der nicht mehr imstande war, unsere Worte zu übertragen, vertrieb sich die Zeit, indem er etwas vor sich hin summte, das ein Gemisch aus einem halben Dutzend Sprachen war. Am Ende des Gelages konnten den Bürgerpalast nur noch unser Priester und der Anführer der chinesischen Abordnung ohne den Beistand von Sklaven verlassen. Der eine hatte nichts, und der andere kaum etwas getrunken.

22

Ich wagte die Augen nicht zu öffnen, weil ich damit die vollkommene Beglückung zu verscheuchen fürchtete, die ich empfand und die ebenso intensiv wie gestaltlos war. Schicht um Schicht schälte sich vor meinem inneren Auge heraus, wie die Quelle meiner Empfindung beschaffen war, eine vielfarbige schwebende Kugel, die ich schließlich vollständig auf meinen Lidern abgebildet sah. Erstaunlicherweise waren einige Augenblicke aus der Wirrsal des Festmahls unverändert in meiner Erinnerung erhalten geblieben.

Nicht nur entsann ich mich, daß ich eine endlose Ballade gesungen hatte, die mir von göttlicher Schönheit schien, sondern auch, daß sich der Oberste Magistrat zu mir herübergebeugt hatte, über die Platten mit Speiseresten, die Weinpfützen und zersprungenen Kelche hinweg, die den niedrigen Tisch bedeckten, als habe dort eine Schlacht stattgefunden. Während er sich mit den fettigen Fingern durch den Bart fuhr, zwinkerte er mir zu. Es sollte onkelhaft wirken, mißriet ihm aber zu einer anzüglichen Grimasse. Obwohl sich seine blaßblauen Augen seinem Willen widersetzten, bildete seine Zunge die Sätze, die er sagen wollte – schwerfällig, aber verständlich.

«Oberst Jakir, mächtiger Krieger und scharfsinniger Gelehrter. Ich muß Euch ein Geheimnis anvertrauen, das Ihr gewiß mit Freude vernehmen werdet. Wir Kosmopoliten sind weithin dafür bekannt, daß wir gern und viel dem Wein zuspr ... e ... chen – nun ja, daß wir gern und viel trinken.»

«Ein wohlverdienter Ruf, o Magistrat», gab ich zur Antwort und hob meinen Kelch, um ihm zuzuprosten.

«Aber wir haben ein Geheimnis, Oberst. Unsere Luft ist so trokken und frisch, daß wir beim Erwachen nie unter der Qual leiden, die die Menschen ‹des Teufels Zechgelage› nennen. Uns bleibt der peinigende Durst ebenso erspart wie die hervortretenden Augäpfel und der bleierne Kopf. Ihr könnt also reichlich trinken, ohne solche Folgen befürchten zu müssen.»

Im Bewußtsein, daß mir die geschilderten Qualen am folgenden Tag erspart bleiben würden, hatte ich seinen Rat befolgt.

Kaum hatte ich im Bewußtsein dieses Geheimnisses fröhlich die Augen aufgeschlagen, um die helle Sonne zu begrüßen, als ich schon wieder auf den Kissen lag, in meinem Hals ein Stöhnen unterdrükkend. Nie hatte ich mehr oder länger getrunken, und nie hatten die Teufel hingebungsvoller in meinem gemarterten Körper gezecht. Bittere Galle stieg mir in die Kehle, die Abwässer von Kosmopolis liefen mir durch den ausgedörrten Mund, Arme und Beine ließen sich von meinem Gehirn voller Sand und Kameldung nichts vorschreiben. Nur eine Streitaxt hätte den Hammerschlägen Einhalt gebieten können, welche mein Schädeldach zu zerspalten drohten.

In der bitteren Erkenntnis, daß die Kosmopoliten in jeder Hinsicht voller Lug und Trug waren – mochte es bedeutend oder belanglos sein –, zwang ich meine Augenlider mit den Fingerspitzen auseinander. Kein sengendes Sonnenlicht durchbohrte meine Augäpfel, wie ich erwartet hatte, denn alles war grau. Ich legte die Hände auf die Ohren, und die Hammerschläge hörten auf zu hallen. Jetzt tönte fortwährender Donner. Die Wüstenluft, die mir hätte in die Nasenlöcher strömen müssen, war voll Feuchtigkeit, und die Sonne von schmutzigen Wolken verhangen. Gewaltiger Druck lastete auf mir, so schwer, daß ich mich nicht einmal dann mühelos hätte bewegen können, wenn ich den Vorabend in enthaltsamer Einsamkeit verbracht und die Weden heruntergesagt hätte. Wie bei mir hatte der Zauber offenbar auch bei den Kosmopoliten versagt. Der uns zugewiesene Sprachenherold schlich, ein Bild des Jammers, mit zitternden Händen und gebeugtem Rücken über die polierten Steinböden des Großen Palastes. Seine gelben Augäpfel waren blutunterlaufen, und nicht entfernt erinnerte seine zittrige Stimme an den Wohlklang, der für gewöhnlich seinem Mund entströmte. Er war ein Greis, dem die Götter Jahrzehnte zu viel auf der Erde zugebilligt hatten.

«Seit zwanzig Jahren», sagte er in ungewohnt verschliffener Sprechweise, «habe ich keinen solchen Tag erlebt. Die Sonne hat uns verlassen. Die Bewässerungsgräben werden verschüttet, wenn ein Gewitter kommt. O Zeus, warum zürnst du uns?»

An jenem Nachmittag zogen alle Kosmopoliten voll Verzweiflung durch den Großen Palast. Während wir in dem Gewitter lediglich den Vorboten eines Wolkenbruchs sahen, war es für sie das Vorzeichen einer Katastrophe, ein Hinweis darauf, daß ihre Götter, von denen sie so wenig hielten, sie verlassen hatten. Zum erstenmal sah ich sie ernsthaft beten. Sie flehten zu den Göttern, das Gewitter möge vorüberziehen, wenn es aber doch käme, zumindest nicht das ausgeklügelte Netz flacher Gräben und tiefer Brunnen zerstören, dem sie ihre Ernten – und ihre Existenz – verdankten.

Der Regen kam mit der Nacht. Wolkenbrüche wechselten mit leichtem Nieselregen ab, und den schwarzen Himmel über der Wüste durchzuckten Blitze. Jedesmal, wenn weißer Lichtschein den Horizont erhellte, kniete sich unser Herold mitsamt der Dienerschaft erneut nieder. Ihre Gebete waren so angstvoll, daß sie beinahe hysterisch wirkten. Sie wußten, daß ihre Götter wüteten, wenn

Sie ein Gewitter schickten, denn ein volles Jahrzehnt hindurch hatte Kosmopolis kaum mehr als sachten Landregen erlebt. Wir Männer von Kamardol legten uns früh schlafen. In uns riefen das Brüllen des Donners, die zuckenden Blitze und der strömende Regen Erinnerungen an die tief eingeschnittenen Täler unseres Landes wach. Während der Große Palast erbebte und Regen in die Lehmziegel hinter der Marmorverkleidung eindrang, schliefen wir voll Behagen.

Eine Erscheinung weckte mich. Sie sah aus wie Prinz Gorbabordol, dem der spärliche Bart in nassen Strähnen um das lange, von Erschöpfung bleiche teigige Gesicht lag. In seinen kleinen Augen funkelte boshafte Befriedigung wie der schwache phosphoreszierende Schimmer in den Tiefen eines jahrelang unbenutzten Brunnens. Er stand über mich gebeugt, so daß Wasser von seinem durchnäßten gelben Umhang auf meine Decke lief.

«Oberst», sagte er betrübt, «der Hengst ist fort, und Blitze fahren um unser Lager zur Erde.»

«Der Hengst fort?» wiederholte ich, noch schlaftrunken. «Und Blitze um das Lager?»

«Wie ich es gesagt habe, Oberst.»

«Wie ist das geschehen?» fragte ich, mit einem Mal hellwach. «Und was habt ihr unternommen?»

«Wir sind Ihm gefolgt, bis wir sicher waren, daß es nicht nur ein nächtlicher Ausflug war. Jetzt reiten die Prinzen Ihm nach, und Mirab bricht das Lager ab.»

«Wir müssen Harrap wecken und aufbrechen.»

«Das würde ich auch empfehlen. Sonst seid Ihr Adjutant einer verschwundenen Armee – und Prinz Harrap strebt einem Auftrag nach, der nicht göttlicher ist als der, den ihm die Kugeln zwischen seinen Schenkeln aufdrängen.»

Harrap erwachte augenblicklich, als habe er nur auf die Mitteilung gewartet. Während wir kaum eine Viertelstunde später durch die Straßen stürmten, zeigte sich, daß der Regen aufgehört hatte. Wasserläufe gurgelten durch die Vertiefungen in der Straßenmitte, doch die hochgelegenen Ränder und die Gebäude trockneten bereits in der scharfen Nachtluft.

«Ich habe dir ja gesagt, wir würden ein Zeichen bekommen», rief Harrap überwältigt aus. «Und das ist bestimmt unser Zeichen. Hast du den Herold vom Stand der Dinge unterrichtet?»

«Es ist das Zeichen», gab ich zur Antwort. «Der Herold wird den Magistratsherren mitteilen, daß sie unsere Befehle zu erwarten haben.»

«Unter Umständen werden sie lange warten müssen, vielleicht aber auch nicht!»

Außerhalb der Stadtmauern knirschte der Sand unter den Hufen unserer Pferde, denn die durstige Erde sog das Wasser so begierig in sich auf, wie der Gewinner eines Laufes den Fingerhut voll Wein hinunterstürzt, den man ihm zum Lohn für seinen Sieg reicht. Im Nordosten hing dort, wo sich unser Lager befand, ein Dach aus weißen Rauchschwaden über einem blaß-orangefarbenen Band, das ein wenig heller glomm als die aufgehende Sonne. Wir spornten unsere aufwiehernden Pferde zum Galopp an. Sie hätten sich am liebsten vom Geruch des Feuers abgewandt, der ihre geweiteten Nüstern erfüllte. Unsere Befürchtungen hätten wir uns sparen können, denn lediglich der spärliche Bewuchs der Wüste um das Lager herum stand in Flammen. Die Vorhut war dem Hengst bereits auf der Fährte, und Mirab, unerschütterlich wie eh und je inmitten von Rauch und Geschrei, bereitete den Abmarsch der Hauptstreitmacht vor.

«Hatte ich dir nicht gesagt, daß das Zeichen unverwechselbar sein würde, sobald es käme?» jubelte Harrap. «Das bedeutet den Befehl zum Aufbruch – so, wie wir vorher die Weisung hatten zu bleiben.»

Bald trabte die gesamte Streitmacht erneut nordostwärts, denn wieder strebte der Hengst in jene Richtung, als folge Er einem unsichtbar vorgezeichneten Weg. Ächzend begehrten die Männer, schnaubend die Pferde und Kamele auf, als sich zeigte, daß die Zeit der Ruhe vorüber war. Doch da alle wohlgenährt und ausgeruht waren, konnten die Sänften für die Verwundeten zusammengelegt und den Saumtieren aufgepackt werden.

Große Freude erfüllte mich beim Aufbruch aus der armseligen Verderbnis von Kosmopolis, und so ritt ich voll wohligen Behagens, bis Anand sein Tier neben mich lenkte und mich mit ernstem Gesicht aus der Marschsäule zu sich herüberwinkte. «Eure Götter scheinen auf die Mithilfe der Menschen angewiesen zu sein», sagte er mit bleichen Zügen und gab mir ein zusammengeknülltes Stück Stoff, das mit Öl getränkt und an einem Ende verkohlt war.

«Woher hast du das?»

«Ich habe mir das Feuer genauer angesehen, während meine Leute ihre Tiere sattelten», gab er zur Antwort. «Dieser Fetzen lag am äußersten Rand des Flammenkreises. Ein Rinnsal hat das Feuer an der Stelle gelöscht.»

«Und du meinst, die Kosmopoliten...»

«Wer sonst? Sie haben dem Omen etwas nachgeholfen. Sie waren unserer Anwesenheit und Forderungen wohl ebenso überdrüssig wie wir dieser Leute.» Als ich nicht antwortete, fragte er: «Was gedenkst du zu tun?»

«Ich weiß noch nicht. Ich werde mit dem Priester reden.»

Doch war der Entschluß in meinem Kopf schon halb gefaßt, und der Priester stimmte zu: «Wenn wir das Harrap zeigen, macht er auf dem Absatz kehrt und greift Kosmopolis an. Außerdem würde es seinen Glauben erschüttern, und das wäre noch schlimmer. Wir sollten es lieber lassen.»

«Das entspricht auch meinem Wunsch. Aber können wir diesen Akt der Gottlosigkeit einfach ungestraft hinnehmen?»

«Unsere Aufgabe ist es, dem Hengst zu folgen. Wir sind nicht gehalten, nach der Eroberung Rache zu nehmen. Euer Freund Anand mag spotten, daß es sich bei dem Feuer um keinen wirklichen Fingerzeig handelt, weil es von Menschenhand gelegt wurde. Aber wer vermag mit Sicherheit zu sagen, daß nicht die Götter die Kosmopoliten zur Brandstiftung veranlaßt haben, um das vom Gewitter gelieferte Vorzeichen zu bekräftigen?»

Obwohl ich mich nicht mit dieser einfachen Vernunftbegründung des Priesters einverstanden erklären konnte, enthielt ich Harrap das Wissen über den schnöden Verrat unserer neuen Vasallen vor. Ich brachte es nicht über mich, unsere Kraft mit dem Versuch einer Eroberung von Kosmopolis zu vergeuden. Doch einem Vorhaben widersetzte ich mich nicht, das Harrap im Verlauf des Vormittags vortrug, als uns der Hengst, der unvermittelt nach Nordwesten abgebogen war, in großem Bogen durch die Äcker leitete, auf denen die Ernte von Kosmopolis noch grün auf dem Halm stand.

«Jakir!» rief er mich zu sich. «Du hattest recht – natürlich nur zum Teil, denn die Unterwerfung der Kosmopoliten war ernst gemeint. Die Götter würden nicht zulassen, daß es sich anders verhielte. Aber dennoch hattest du recht. Mit den Vorbehalten, die der Magistrat durchblicken ließ, haben sie sich selbst betrogen.»

«Ich bin froh, daß Ihr mir zustimmt», gab ich rasch zur Antwort.

Ich nahm seine Worte, auch wenn sie nicht besonders bereitwillig aus seinem Munde kamen, als Zeichen dafür, daß die in Kosmopolis zwischen uns entstandene neue Nähe wachsen würde, bis sie so stark war wie das Einverständnis, das vor Beginn der Expedition zwischen uns geherrscht hatte.

«Ich denke mir das so, Jakir», fuhr er fort. «Die Bewohner von Kosmopolis haben für ihre Zweifel Strafe verdient, sollten aber nicht zu schwer bestraft werden. Sie haben uns Treue geschworen, aber das Gelöbnis kam nicht von Herzen. Was hältst du davon, wenn wir im Vorüberziehen ihre Bewässerungsgräben mit Erde anfüllen?»

Diese einfachen Gräben verteilen in Kosmopolis, ebenso wie bei den meisten zivilisierten Wüstenbewohnern im Herzen des Erdteils, das kostbare Wasser so, daß die Menschen dem Boden Nahrung für sich und ihre Tiere abgewinnen können. Da es an der Oberfläche verdunsten würde, leitet man es von den Brunnen der in der Mitte liegenden Oase unterirdisch weiter. Um die dafür erforderlichen langen Leitungen anlegen zu können, hatten die Kosmopoliten alle fünfzig Meter Schächte gegraben, die wie Brunnen in die Tiefe reichten, und zwischen ihnen kurze tunnelähnliche Kanäle angelegt.

Die Auswirkungen des Gewitters hatten die mit Steinen ausgekleideten Schachtöffnungen halb in sich zusammensinken lassen, und so dauerte es bei jeder von ihnen höchstens zehn Minuten, bis wir genug Erde hinabgeworfen hatten, um den unterirdischen Kanal zu verstopfen. Während wir zusahen, wie unsere Arbeitsgruppen voll Schadenfreude im zarten Grün des Frühsommers herumhackten, überfiel mich einen Augenblick lang Besorgnis. Wenn die jungen Pflanzen aus Wassermangel braun wurden und verdorrten, würde Hungersnot die Stadt Kosmopolis heimsuchen. Allerdings hatten wir nur die Wasserleitungen im Norden verstopft, so daß die Menschen überleben würden – allerdings würde es für sie einen Winter voller Mühsal und Entbehrungen bedeuten, bis das Wasser wieder floß. Auch wenn ich kein Mitleid mit den verräterischen Kosmopoliten und kaum mehr mit ihren unglücklichen und allen Lebensmutes beraubten Sklaven empfand, die natürlich als erste und am meisten leiden würden, fragte ich mich, ob wir das Recht hatten, den Früchten der Erde das Leben abzuschneiden.

Ich ließ mir diese Bedenken nicht anmerken, als Harrap jubelte:

«Die Götter haben diese Strafe angeordnet. Sie mag allen Gottlosen zur Warnung dienen. Sie haben befohlen, und wir vollenden lediglich die von Ihnen begonnene Heimsuchung. Die Kosmopoliten werden vermuten, die Götter selbst hätten die Tat ausschließlich durch den heiligen Regen vollbracht.»

Die Genugtuung, der Stadt zu schaden, die uns willkommen geheißen hatte, erfüllte die Krieger mehrere Tage mit Freude. Doch als der Hengst ständig weiter nordwestwärts strebte, den Bergen entgegen, machten sich in unseren Reihen aufs neue die früheren Befürchtungen breit. Natürlich trug jeder Mann seine eigenen Amulette bei sich, denen die Gebete seines eigenen Priesters Kraft verliehen hatten und auf denen der Segen der Götter seines Heimatdorfes ruhte. Mir war bekannt, daß die meisten Amulette Abbilder der Erdmutter-Gottheit enthielten, obwohl Ihre Verehrung offiziell untersagt war. Doch die Männer fürchteten, sogar diese Gottheit könne, so weit von Ihrem eigenen Land entfernt, einen Teil Ihrer Macht einbüßen. Während wir uns der Gebirgsbarriere näherten und die Luft täglich kälter wurde, begann das Murren.

«Der Hengst führt uns einer neuen Heimsuchung entgegen», flüsterten unsere Männer. «Diesmal werden wir nicht ungefährdet durch das Hochgebirge gelangen.»

«Wir haben die Erdmutter-Gottheit beleidigt, indem wir die Fruchtbarkeit des Bodens zerstört haben», sagten andere. «Sie ist mächtiger als die Götter, welche den Hengst lenken.»

Nach wie vor waren die Männer als Ergebnis des Wohllebens körperlich in bester Verfassung, und ich achtete kaum auf ihre unterdrückten Klagen. Nach einer Woche, deren Eintönigkeit lediglich von Begegnungen mit Nomaden unterbrochen wurde, fanden wir Ablenkung in einer kleinen Stadt. Sie hieß Heliopolis und war eine Art Ableger von Kosmopolis. Obwohl wir nur einen Tag blieben, um Tribut und formale Unterwerfung der Bewohner entgegenzunehmen, stimmte die leichte Beute die Männer froh, und ihr Murren hörte auf.

Der Hengst führte uns eine volle weitere Woche nordwestwärts. Schließlich stießen wir auf nahe beieinanderliegende Dörfer, die um eine große Stadt herum gruppiert waren. Da ihre Einwohner unserem Vormarsch keinen Widerstand entgegenzusetzen wagten, betrachtete Harrap ihr stillschweigendes Einverständnis als Unterwerfung und strebte der Stadt entgegen. Das Gebirge war so nahe, daß man es beständig blau und weiß jenseits der Ebene leuchten sah. Die Entbehrungen des langen Zuges hatten dafür gesorgt, daß das Fett, das die Männer in Kosmopolis angesetzt hatten, nach und nach wieder verschwand. Auch ihnen schien die Aussicht auf eine Schlacht verlockend. Wie Harrap hielten sie sich mittlerweile für unbesiegbar.

Schon ließen sich die Backsteintürme der Stadt mit ihren hoch aufragenden Brustwehren am Horizont unterscheiden, als der Hengst überraschend den unsichtbaren Weg verließ, von dem Er sich zwei Wochen lang hatte leiten lassen. Statt dessen folgte Er einem Wasserlauf, der so schmal war, daß seine Ufer im Sand lediglich einen kümmerlichen Streifen bleichen Grüns bildeten. Als sei das von Anfang an Seine Absicht gewesen, strebte Er jetzt nach Südosten. Wir folgten Ihm wie Entchen, die folgsam im Kielwasser der Mutter paddeln. Voll Zorn sah Harrap die Türme hinter uns versinken, und die Männer fluchten. Dennoch machte wohl niemanden die Aussicht unglücklich, auf Schlacht und Beute verzichten zu müssen, wenn wir dadurch der entsetzlichen Bedrohung durch das Gebirge ausweichen konnten.

Aus dem grünen Faden, dem der Hengst folgte, wurde ein breites Band und nach längerer Zeit ein fruchtbares Tal. In der Nähe zahlreicher Ansiedlungen waren wohlgenährte Tiere und üppige Felder zu sehen. Je weiter wir unbekannten Landstrichen südwärts zustrebten, desto größer wurde die Zahl der Namen von Flüssen, Brunnen und Städten, die der Priester auf seiner Karte verzeichnete. Über der Freude der Reise und der Leichtigkeit, mit der wir das Wenige niederritten, das uns gelegentlich an Widerstand begegnete, vergaßen alle bis auf die Kriegslüsternsten unter uns ihr Bedauern darüber, daß wir der unbekannten großen Stadt nicht hatten näherrücken dürfen. Dörfer wie große und kleine Städte verneigten sich vor dem Zug des Hengstes und zollten Kamardols Großkönigen Tribut.

Einige Männer waren nach wie vor unzufrieden. Es waren diejenigen, die erst dann richtig auflebten, wenn sie Feinde töten und ihr eigenes Leben der Gefahr aussetzen konnten, die von deren Schwertern ausging.

Harrap äußerte dem Priester und mir gegenüber seine Bedenken, da er der Mühelosigkeit nicht traute, mit der wir vorankamen. «Wie können wir uns selbst kennenlernen», fragte er, «wenn uns die Götter nicht auf die Probe stellen? Welchen Wert hat dieser würdevolle Zug, der so gemessen und so belanglos ist wie ein Vorbeimarsch auf dem Paradeplatz?»

Der Priester und ich antworteten jeweils auf unsere eigene Weise. Der Form nach unterschieden sich unsere Antworten, aber dem Inhalt nach waren sie gleich: «Der Hengst hat diesen Weg gefunden. Er hat uns den unbefleckten Siegen entgegengeführt, die den Ruhm unseres Volkes im Herzen des Kontinents verkünden. Über die Großzügigkeit der Götter zu klagen ist ebenso vergeblich – und gottlos –, wie Ihrer Boshaftigkeit zu fluchen, wenn das, was Sie uns zu tun gebieten, unsere Kräfte zu übersteigen scheint.»

Damit ließ sich Harrap nicht milde stimmen, und so machte er inmitten seiner Triumphe ein finsteres Gesicht. Es kam mir ganz so vor, als sehne er sich nach schier übermenschlichen Strapazen. Dahinter stand keineswegs Demut – die Überzeugung, daß er der Gaben nicht würdig war, welche ihm die Götter in den Schoß fallen ließen –, sondern ein unbändiges Selbstwertgefühl, mit dem er die Götter aufforderte, ihm Aufgaben zu stellen, die seinen gewaltigen Kräften entsprachen. Voll Besorgnis, daß ihn lediglich der Tod – seiner und unserer – zufriedenstellen würde, hoffte ich nach wie vor, daß ihn eine neue Stimme besänftigen könne. Ich überredete ihn dazu, mit dem Überlebenskünstler Barniar zu sprechen, dem Brahmanen aus Hindustan, der das Herz des Erdteils weit besser kannte als jemand von uns, auch wenn sogar ihm der Weg neu war, dem wir zur Zeit folgten.

«O erhabener Prinz, Eure Anwesenheit hüllt diesen elenden Wurm in strahlendes Licht», sagte er, sich in der Art der Männer aus Hindustan mit seinen eigenen Worten herabsetzend. «O königliche und würdevolle Hoheit, ich habe lange unter den Barbaren gelebt. Darf ich sprechen?»

«Was hast du mir zu sagen?»

«Nur wenig, Hoheit. Es entspricht der Wesensart dieser Menschen, die inmitten von Wüsten hausen, nur zu kämpfen, wenn sie sicher sind, daß sie siegen werden. Die Macht, die von Eurem Zug ausgeht, beeindruckt sie so sehr, daß sie sich beugen. Nicht einmal in Gedanken wagen sie Eurem kaiserlichen Glanz Widerstand entgegenzusetzen. In meinen unvollkommenen Augen ist ihre Unterwerfung ein Ergebnis Eurer überlegenen Macht, ein glänzenderes Zeugnis als tausend siegreiche bestandene Schlachten.»

«Ich verstehe nicht ganz», sagte Harrap, und ich hörte aus seiner leicht zu durchschauenden Verstellung den Wunsch nach noch weitergehender Schmeichelei heraus.

«Verzeiht in Eurer Großmut meine stammelnden Worte, o Erhabene Hoheit. Ich möchte sagen, daß sich nur die Stärksten Euch in den Weg zu stellen wagen. Die anderen, jene, die sich unterwerfen, sind Eures Schwertes nicht würdig.»

Ohne mit der Wimper zu zucken, schluckte Harrap diese Lobhudelei, wie er sie weder aus meinem noch des Priesters Munde je hören würde. Zwar folgten wir gemeinsam dem Hengst nach Südosten, doch ritt Harrap in unserer Mitte allein, herausgehoben durch einen Stolz auf seine Majestät, wie ich ihn im Gesicht seines Vaters, des Großkönigs, nie wahrgenommen hatte.

Doch verliehen uns allen die ehrenvollen Triumphe jener Tage eine Spur von Göttlichkeit. Während der Sommer in jenem von Ödland umgebenen Landstrich einer kurzen, üppigen Zeit der Reife entgegendrängte, beugten sich die Menschen unserem Willen, als wären wir Götter. Datteln und Melonen schwollen zu saftiger Reife an; binnen einer Woche stand das Getreide höher als die Köpfe unserer Pferde, und seine Ähren hingen schwer von Leben und Fruchtbarkeit herab. Wie besessen huschten die dicken, glänzenden Bienen zwischen den Blüten hin und her, die rot, orange und lila auf einem smaragdgrünen Tuch für ihre Mahlzeiten ausgebreitet waren. Nie hatten wir eine solche quellende Fülle in unserem Land gesehen, wo alles unmerklich der Reife entgegengeht. Wir bekamen ein zweites Frühjahr geschenkt, das sich von einem Augenblick zum anderen in einen vollen Sommer verwandelte, und unsere Herzen waren so glücklich wie in jenem ersten Frühling, der unseren Qualen im Gebirge voraufgegangen war.

Der unendliche Strom kleiner Schwierigkeiten, der einem Adjutanten im Krieg wie im Frieden, im Feldlager wie unterwegs zu schaffen macht – all das schien von mir zu weichen. Ob Tiere krank waren, Krieger miteinander stritten oder Ausrüstungsteile beschädigt wurden, alles schien sich von selbst zu lösen oder wurde von subalternen Offizieren gelöst, die gelernt hatten, sich ihrer Fähigkeiten mit Zuversicht zu bedienen. Inzwischen folgte unserem Zug lediglich noch ein Troß aus fünfzig oder sechzig unerschrockenen Scharlatanen, Marketenderinnen und Huren; die übrigen waren irgendwo unterwegs hängengeblieben.

Unsere Beziehungen zu den Städten, die uns Tribut leisteten, gestalteten sich über alle Maßen unkompliziert und wurden zur Routine. Ihre Oberhäupter erkannten, daß wir keine Marodeure waren, die sie – darin Heuschrecken gleich, die keinen anderen Trieb als den der Zerstörung kennen – ihrer Schätze berauben und ihre Untertanen abschlachten wollten. So unterwarfen sie sich in geordneter Weise und zahlten ohne zu zögern den von uns verlangten symbolischen Tribut. Im Laufe der Zeit übernahm es Anand, sich um die Einzelheiten zu kümmern. Harrap, der wieder in seine Besessenheit verfallen war, konnte von nichts anderem als der Expedition reden, während Anand und ich die Bereiche abgesteckt hatten, auf denen wir uns nicht einigen konnten. So kam es, daß ich auf dem Weg von einer Oase zur anderen immer häufiger allein über den ockerfarbenen Sand ritt.

Ich zwang mein Pferd durch die glühenden Tage des Sommers voran, und nachdem ich die vordersten der Bankerte erreicht und überholt hatte, sah ich den Hengst. Daran, daß dem Awatara, dem wir ins Unbekannte folgten, Blut über die Flanken strömte, wenn Er schnell lief, hatte ich mich ebenso gewöhnt wie an den einsamen und feurigen Mut, der von Ihm ausging. Eigentlich war es mehr als Mut. Noch immer verhielt ich jedesmal den Atem, und mein Herzschlag stockte, wenn ich Ihn aus der Ferne erblickte. So deutlich erkennbar war Seine Vollkommenheit, daß ich jeden Muskel und jedes Haar unterscheiden konnte, obwohl Er nur eine winzige und ferne Gestalt zwischen den gelben Sänden war, an deren Rändern leuchtendes Grün das glänzende Himmelsgewölbe mit der goldenen Scheibe der Sonne darauf berührte.

Bisweilen verhielt Er den Schritt, um mich näher an Sich heranzulassen, oder wandte sich gar um und wieherte mir Seinen Gruß entgegen. Anschließend nahm Er die kleinen braunen Zuckerklumpen entgegen, die ich stets für Ihn bereithielt. Auch dann noch, wenn Er wie ein Fohlen um mich herumtollte und Leckerbissen heischte, ging von Ihm eine Aura unverfälschter Majestät aus – und mehr als das. Ich wußte, daß Er Sich herabließ, wenn Er mir Seine Zuneigung schenkte. Dabei handelte es sich um eine ebenso natürliche Herablassung wie die, mit der uns die Götter Ihre Gunst schenken. Jedesmal, wenn ich mich Ihm näherte, schwand der graue Schleim des Zweifels, der unseren Zug befleckt hatte.

Während jener einsamen und freudevollen Ritte neben dem Gottwesen beendete ich meinen ‹Gesang der Suche›. Da nicht so recht paßte, was mir damals im gesegneten Gebirgstal des Frühlings an Worten gekommen war, erdachte ich, auf das alte Lied gegründet, neue Verse, von denen ich vermutete, sie würden sich besser singen lassen:

So empfing das strahlende Kamardol den weißen Hengst,
Den der kalte Nordwind gezeugt hatte
Jenseits der Berge, die den breiten Himmelsrand bewachen
In weißen Landstrichen, die auf alle Zeiten von Eis bedeckt sind.
Seine Hüter, die Morgendämmerung und die Adler, die schwerelos fliegen,
Gaben uns Menschen den Auftrag, Ihn sicher
Aus den Zähnen des Windes, Seines Vaters, herbeizuschaffen.

So empfing das strahlende Kamardol den weißen Hengst.
In die den Menschen bekannten Welten brachten Ihn
Harrap, der heldenhafteste junge Prinz unseres Volkes
Und andere, die Ihm dienten. Sie alle hatten geschworen,
Unermüdlich für die Suche zu reiten, ausdauernd zu kämpfen –
Und so es der Götter Wille ist, das glühende Antlitz der Sonne zu erstürmen,
Über der Heiden Gebeine hinweg, durch das Blut Seiner Feinde.

So empfing das strahlende Kamardol den weißen Hengst.
Wir schmückten Ihn mit Rosen- und Goldgirlanden und
Salbten Seine Mähne mit duftendem Öl und rotem Blut.
Unsere tapfersten Söhne gaben Ihm das Geleit und schworen,
Dem Hengst zu folgen, wohin Er sich wendet – von weißen Wolkenbänken
Bis zu den Erdspalten, hinter denen der Hölle Tore liegen,
Während die Rosen fallen, bedeckt mit dem Blut Seiner Feinde.

So empfing das strahlende Kamardol den weißen Hengst.
Die tapfersten sterben, die Standhaftesten bleiben.
Der Hengst führt uns weiter zu Ländern, in denen unsere Schwerter
Die Barbaren vernichten und von den Klugen den Zehnten nehmen.

Auf alle Zeiten könnten wir weiter reiten, Halbgötter durch Ihn,
Hätten wir nicht unseren Göttern geschworen, nach dem Ablauf eines Jahres
Heimzukehren, was aber nur den Stärksten vergönnt ist.

Auch den Refrain, der zwischen den einzelnen Strophen gesungen werden sollte, überarbeitete ich:

So ist der Wille der Götter gleich dem unserer Könige,
Und wir reiten in Ihrem Namen.
Dem Hengst zu folgen und sogar den Brahmanen zu töten
Der Seinen Ruhm nicht kennt.

Viele Dutzend Strophen umfaßte der ‹Gesang der Suche›, als er fertig war. Da ihn bis auf den heutigen Tag nicht nur Krieger, sondern auch alte Bauersleute und junge Lebemänner singen, man ihn in Schulen wie in Weinschänken hört, gibt es keinen Grund, sie hier alle noch einmal niederzuschreiben. Eine einzelne Strophe aber blieb mir unauslöschlich im Kopf; sie konnte ich weder vergessen noch in meine Ballade einfügen, obwohl sie mich wie ein immer wiederkehrendes Jucken zwischen den Schulterblättern an ihre Gegenwart erinnerte:

Jeder unserer Tage führt uns zur Ewigkeit,
Ob schnell oder langsam.
Wir suchen nur ein Zeichen, das uns zeigt,
Daß die Suche nicht vergebens ist
Und wir heimkehren werden,
Damit unser Glaube nicht zuschanden wird.

Heute ist mir selbstverständlich klar, wie einfältig meine Kleingläubigkeit war. Ich besaß den besten denkbaren Beweis für den göttlichen Ursprung unseres Auftrags, und viele Male hatten wir zum Lohn für unsere Beständigkeit den Segen der Götter erfahren. Doch zu jener Zeit, da uns die Anstrengungen des Ritts über endlose Sandflächen und durch die grausamen weißen und schwarzen Felsen des Gebirges wirklicher schienen als der in unserem Herzen wirkende Wille der Götter, sah ich nicht vollständig klar. Jene irregeleitete Einzelstrophe bleibt Ausdruck der Leiden, die nicht etwa der

Boshaftigkeit anderer Menschen oder der Elemente entsprangen, sondern auf uns selbst zurückgingen. Da sie zeigt, daß Zweifel sogar den heimsuchen, dem sich die Götter über alle Maßen geneigt erweisen, mag sie den anderen als Trost dienen, die auch heute noch zweifeln, inmitten der reichlichen Wohltaten der Götter, die wir gegenwärtig genießen. Doch sollte ich meinen Bericht nicht um dieser Überlegungen willen unterbrechen. Sie werde ich bald in einem weiteren Werk zusammenfassen, das ich für die verdienstvollen Menschen Kamardols zu schreiben gedenke.

Während ich meinen ‹Gesang der Suche› abfaßte, begannen die Pflanzen zu verdorren, als habe die Erde alles Wasser verbraucht, über das sie für den kurzen Zeitraum verfügte, in dem der Boden voll Tatkraft alles der Reife entgegentrieb. Die Vegetation nahm ab, und die Tage wurden so heiß, daß wir jeweils in den Stunden vor und nach der größten Mittagshitze eine Rast einlegten.

Die Sandflächen zwischen den Oasen wurden größer und die bebauten Felder kleiner. Mit einem Mal merkten wir, daß wir nicht mehr durch eine Ackerlandschaft voll grüner Pflanzen ritten, die immer wieder von Streifen gelben Sandes unterbrochen worden war. Jetzt war das Land gelb, und lediglich schmale Streifen stumpfen Grüns durchzogen es.

Ihren Höhepunkt erreichte die unbarmherzige Hitze, als wir uns dem fernen Rand des bebauten Landes näherten. Schon drei Stunden nach Sonnenaufgang verbargen unsere Männer ihre Gesichter unter ihren Umhängen, die sie wie winzige Schutzdächer über die Köpfe zogen. Lieber schluckten sie in der erstickenden Dunkelheit ihren mit Sandkörnern vermischten Schweiß, als sich dem glühend heranstürmenden Wind auszusetzen, der die Feuchtigkeit aus den Augäpfeln riß, so daß sie sich in ihren Höhlen bewegten wie eine über splitterndes Holz gezogene Raspel. Aus der Nase lief uns von Zeit zu Zeit Blut, wie um der schmerzenden Trockenheit von innen heraus Erleichterung zu verschaffen, und unsere Schwertknäufe konnten wir nur ergreifen, wenn wir uns die Hände mit Fetzen umwickelten.

Die Menschen in den letzten Weilern am Rande der Wüste unterwarfen sich ohne zu zögern. Unsicheren Schritts kamen sie aus mit braunen Halmen gedeckten elenden Lehmhütten und sahen geblendet zu uns her, wie wir durch die sich wie halb durchsichtige Schlangen spiralförmig nach oben windenden Hitzegeister näherzogen.

Schmuddelige graue Lumpen bedeckten ihre Köpfe, und die zerfetzten Gewänder, die sie zum Schutz vor der erbarmungslosen Sonne trugen, waren so mit Tierblut und Fett verkrustet, daß sie selbst in der trockenen Hitze stanken. Als Harrap sah, wie elend sie waren, erließ er ihnen die Tributzahlung und verlangte von ihnen lediglich, daß sie sich uneingeschränkt unserer Macht unterwarfen.

«Das hier, Jakir», sagte er lächelnd, «werden wohl nie die wohlhabendsten Städte sein, die wir dem Reich meines Bruders hinzufügen.»

Die Sonne hatte scharfe Furchen in die straffe Haut seiner Wangen gegraben, so daß sie aussahen wie graubraun gebrannte alte Tongefäße.

Wir hatten in der Nähe eines Dorfes namens Kermat unseren Zug unterbrochen. Dort waren die Hunde so matt, daß sie nicht einmal nach den bunt schillernden Fliegen schnappten, die sich auf den handbreiten Wunden an ihren Flanken niederließen. Als der greise Dorfälteste merkte, daß wir von ihnen nicht mehr erwarteten als Gefolgschaft und Wasser, küßte er die Sohle von Harraps Stiefel und fragte scheu: «Mein Gebieter, wohin führt Eure Straße von hier aus?»

Es dauerte volle zwanzig Minuten, bis wir ihm begreiflich machen konnten, daß wir das Ziel unseres Zuges nicht kannten. Selbstverständlich beherrschte Barniar aus Hindustan das Gemisch aus Sanskrit, Turki, Griechisch und einem Dutzend weiterer Sprachen, das im Herzen des Erdteils so lange zur Verständigung diente, daß schließlich eine eigene Sprache daraus wurde. Sie verfügt sogar über ihren eigenen Satzbau, der so einfach ist, daß er unbeholfen wirkt. Schließlich begriff der Dorfälteste, daß wir «unserem Gott folgen» mußten, wie Barniar sich genötigt sah, die Bedeutung unserer Expedition vereinfacht darzustellen.

Zum Zeichen seines Entsetzens verdrehte der Dorfälteste die Augen, wobei sich das undurchsichtige Weiß des leblosen linken Augapfels ebenso heftig bewegte wie sein rotgeränderter und von Eiter umgebener Nachbar. «Nehmt nicht jenen Weg!» kreischte er und wies mit einem verkrümmten schwarzen Zeigefinger nach Südosten, die Richtung, in die wir zogen. «Ihr werdet nichts als Sand finden, der jeden Tag heißer wird, bis die Welt zu Ende ist.»

«Und wohin sollten wir deiner Ansicht nach gehen?» fragte Harrap.

«Dahin», sagte er und zeigte fast genau nach Westen. «Wir haben gehört, daß dort, viele Tagereisen weit, eine große Stadt liegt. Und unterwegs gibt es Wasser.»

Der Priester entfaltete seine Karte. Nachdem er sie häufig hin und her gedreht und verschiedene Winkel einander zugeordnet hatte, sagte er ein einziges Wort: «Kosmopolis.»

«Ich würde dahin nicht wieder gehen, auch wenn wir zurück könnten. Das jedoch wäre nur möglich, wenn der Hengst es wollte», sagte Harrap. «Es ist zwar sinnlos, aber frag ihn ruhig, wie man da hinkommt.»

Verwirrt kratzte sich der Alte mit dem Zeigefinger die Wange, wobei auf der schwarzen Patina ein grauer Streifen zurückblieb. Wortlos kroch er in seine armselige Hütte und kam nach einer Weile mit einer zusammengekrümmten Gestalt auf dem Rücken wieder heraus.

«Vielleicht kann mein Vater es Euch sagen», sagte der Dorfälteste. «Er hat in seinem Leben viel gehört.»

«Wie alt ist er?» fragte Barniar.

«Wir können nicht gut zählen, aber er ist unendlich alt – mindestens fünfundsechzig Winter.»

Die Augen des Mannes, die nichts zu sehen vermochten, die Klüfte und Furchen im schwarzen Schmutz seines Gesichts kündeten von einer Vielzahl durchlebter Jahre, doch war seine Stimme erstaunlich volltönend.

Voll Ungeduld angesichts der Beratung, die sich wegen des ständigen Dolmetschens ungewöhnlich lange hinzog, schlenderte Harrap beiseite. Schließlich aber erfuhren wir, daß die beiden Wüstenbewohner glaubten, bereits vier Tagesritte im Westen beginne eine Reihe von Oasen zu der «großen Stadt» hinzuführen, von der der Priester vermutete, es handele sich um Kosmopolis.

«Könnten wir Ihn nur irgendwie dazu bringen, sich der ersten Oase zuzuwenden, ergäbe sich der Rest von allein», flüsterte ich. «Gibt es nicht irgendeine Möglichkeit...»

Mit einer Handbewegung gebot mir der Priester Schweigen und wies mit dem Kinn auf Harrap, der näherkam. Im stillen war ich nahe daran zu verwünschen, daß wir so auf Gedeih und Verderb an den Willen des Hengstes gefesselt waren, führte uns dieser doch dem Tod im Sand entgegen. Nichts weiter konnte ich tun, als dafür zu sorgen, daß all unsere Wasserschläuche voll waren und wir so viel Dörrfleisch für die Männer und Futter für die Tiere mitnahmen, wie das nur möglich war. An jenem Abend wandte sich der Hengst der Ödnis im Südosten zu. Schon bevor Er sich in Bewegung setzte, war mir klar, daß Er uns keinesfalls der sicheren Behaglichkeit – und Aussicht auf Leben – entgegenführen würde, die Kosmopolis bedeutete.

Ohne Harraps unerschütterliche Willenskraft und die stumpfe Beharrlichkeit der Kamele wären wir in der Wüste elend umgekommen. Obwohl wir nachts weiterzogen und tags im spärlichen Schatten der Dünen lagerten, litten Männer, Pferde und Maultiere. Unsere Haut war rissig, und die vom Durst aufgequollene Zunge, staubbedeckt wie alles, was die gnadenlose Sonne ringsum beschien, füllte den Mund wie die stacheligen Blätter des Kaktus. Täglich starben einige Männer, und um Zeit zu sparen, nahmen wir die Leichname auf unseren Nachtmärschen mit und beerdigten sie mit einer kurzen Zeremonie, wenn wir rasteten. Tiere, die nicht weiterkonnten, wurden an Ort und Stelle geschlachtet, wobei sich die Krieger Kamardols darum schlugen, das dickflüssige dunkle Blut trinken zu dürfen. Wie bei unserem ersten Zug in die Wüste sahen wir vor uns am Himmel den weißen Umriß des Hengstes durch einen endlosen See waten, der unmittelbar außerhalb unserer Reichweite aufglänzte.

Nur ein einziges Mal, als wir uns schon acht Tage in jenem Brutofen des Teufels befanden, drängte ich Harrap, er möge umkehren, bevor unsere Vorräte erschöpft seien.

«Der Vollkommene Hengst kehrt nicht um», gab er zur Antwort. Dabei bemühte er sich vergeblich, seine aufgerissenen und geschwärzten Lippen mit der aufgeschwollenen Zunge zu befeuchten. «Wir haben uns verpflichtet, Ihm zu folgen, oder etwa nicht, Jakir? Jetzt mach wahr, womit du in deinem Lied geprahlt hast.»

Ich schwieg. Da nichts, was ich sagen konnte, etwas an seiner Entschlossenheit ändern würde, unterließ ich jeden Hinweis darauf, daß es ein Unterschied ist, ob man ein Lied verfaßt oder ob es um das Überleben von Kriegern geht. Auch hätte es nichts genützt, ihn daran zu erinnern, daß der entscheidende Punkt unserer Mission darin bestand, nach Ablauf des Jahres zurückzukehren.

In das unbehagliche Schweigen hinein sagte Harrap mit einem Anflug von Vernunft: «Vielleicht hilft es, Jakir, wenn wir daran denken, daß Er nicht nur der Awatara ist, sondern auch ein Pferd. Er *muß* voran, dem Wasser entgegen.»

Sechs weitere Tage lang krochen wir durch die Wüste, wie Würmchen auf der rissigen Haut eines Elefanten, bis wir mehr sahen als einzeln stehende stachlige Wüstenpflanzen. Zweimal kam es so weit, daß ein Reiter mit der Lanze seinen Vordermann durchbohrte, und bevor sie enthauptet wurden, schworen beide, sie hätten nicht einen Mann, sondern einen Fisch vor sich gesehen. In beiden Fällen befahl ich sicherheitshalber den Männern der königlichen Garde, einen Kreis um den Richtblock zu bilden. Nicht das Murren der Männer wegen der Hinrichtungen fürchtete ich, sondern ihr Murren darüber, daß Menschenblut ungenutzt in den Sand floß, das den Durst ebenso gut stillen würde wie Tierblut. Geflissentlich ging ich darüber hinweg, daß von Zeit zu Zeit auf geheimnisvolle Weise eins der Tiere ohne erkennbare Merkmale einer Krankheit und ohne daß es einen Unfall gegeben hatte, verendete. Es waren nicht besonders viele, und ihr Blut erfrischte die Männer. Sie wußten, wie gering unsere Vorräte waren und daß es den Tod aller bedeuten würde, wenn wir umkehrten. Nach wie vor hofften sie, der Hengst werde sie durch die Sandwüste an einen geheimen paradiesischen Ort führen. Ich gründete meine Hoffnungen hauptsächlich auf die Kamele, die stoisch die stachligen Zweige benagten und, so mager sie waren, durchaus imstande schienen, auf alle Zeiten weiterzuziehen – solange man ihnen keine zu schwere Last aufbürdete.

Der schlimmste Augenblick kam gegen Anbruch des elften Tages unseres Zuges durch die Wüste. Wir hatten uns an die Trugbilder am Himmel gewöhnt und gelernt, nicht weiter auf sie zu achten, damit die trügerische Aussicht auf Wasser unseren Sinnen nicht übermäßig schadete. Als wir wieder einmal einen großen See erblickten, diesmal etwa fünf Meilen vor uns, sah jeder rasch beiseite und schüttelte betrübt den Kopf. Im Unterschied zu denen, die wir zuvor gesehen hatten, schien seine blaue Fläche auf dem Sand zu liegen, und auch ich meinte inmitten der bernsteinfarbenen Wüste eine Vertiefung zu erkennen. Während wir näherkamen, blieb der See unverrückbar am Ort, statt vor uns zurückzuweichen. Die ersten Reihen stolperten weiter. Keiner der Männer wagte, die Hoffnung in Worte zu fassen, die in den Schläfen eines jeden von ihnen hämmerte. Stumm stießen wir unseren ermatteten Tieren die Absätze in die Weichen, um sie zu einer Art von Trab zu veranlassen. Nach wie vor ließen sie, obwohl noch durstiger als die Männer, die pro Kopf täglich einen Becher brackiges Wasser bekamen, das mit grünlichem Schleim überzogen war, keinerlei Drang erkennen, sich rascher zu bewegen.

Als wir uns bis auf eine halbe Meile genähert hatten, zeigte sich, daß wir es tatsächlich mit einem See und nicht mit einer Luftspiegelung zu tun hatten. Das blaue Wasser, auf dem es hie und da weiß aufblitzte, leuchtete in der Sonne des frühen Tages. Voll Staunen darüber, daß wir so lange mit einem Durst hatten leben können, der unsere Arme zu stockähnlichen Gebilden verdorrt und aus unseren Mündern Feuergruben gemacht hatte, stürmten wir dem märchenhaften See entgegen. Harrap – und sogar der Priester – verkniff es sich, uns auf die wunderbare Gunst der Götter hinzuweisen, die uns das Wasser schenkten. Vielleicht war beiden klar, daß jeder der Männer im innersten Herzen seinen Glauben erneuerte und Dank sagte.

Bald erwies sich der vermeintliche See als breiter ausgetrockneter Salzsumpf. In ihm gab es so wenig Wasser wie Erbarmen im Herzen der Hunnen, und spottlustig leuchteten seine Kristalle in der Morgensonne, als seien es Wellen.

Laut schrien wir unsere Enttäuschung heraus. Ein Stöhnen, so tief empfunden wie die flehentlichen Bitten der Toten vor den Toren der Hölle, kam aus zweitausend Kehlen, die so ausgedörrt und rissig waren wie der Salzsee. Nur ein Mann sprach Worte, die einen Sinn ergaben. Es war der Priester. In seinem Gesicht, dessen Haut in tausend losen Wellen herabhing, wirkten die Augen riesig. Kaum hörbar krächzte er: «Es stimmt also: in dieser Wüste wechseln die Flüsse ihren Lauf, und die Seen verschwinden.»

Zwar bewunderte ich die Wißbegierde des Priesters, wenn auch nur mit Maßen, doch teilte ich sie nicht mehr. Fast überstieg die Mühe, die es mich kostete, die Männer zum Weiterziehen zu bewegen, meine Kräfte. Zweimal mußte ich Harraps Befehl weitergeben, die königliche Garde, die letzte Säule unserer wankenden Autorität, habe Massenhinrichtungen vorzunehmen. Fünf Berittene und vierzehn Fußsoldaten wurden enthauptet. Sie mußten sterben, weil sie ihre Kameraden aufgefordert hatten, sich hinzulegen und an ihrer Seite den Tod zu erwarten, statt sich weiter zu quälen. Siebeneinhalb Monate lag der Auszug aus Kamardol zurück.

Der Hengst folgte Seinem vorgezeichneten Weg, ohne von der Südostrichtung abzuweichen. Er fraß die verdorrten Blätter der wenigen Wüstensträucher und wurde täglich dürrer. Aber nie verlangsamte Er den Schritt. Jedesmal, wenn ich Ihn sah, war Er schöner. Das weiche Fleisch hatte Er so von Seinem Körper abgestreift, wie das Wasser von Ihm ablief, und wie einen alten Fußabdruck in Granitgestein sah man nur noch das Äußere Seines Geistes.

Am Morgen des fünfzehnten Tages stießen wir auf eine Oase namens Gaustana-lezli. Nachdem wir uns eine Düne emporgequält hatten, als gehe es in die Ewigkeit, lagen von einem Augenblick auf den anderen grüne Felder und kühle Wasserläufe vor unseren Augen.

23

Nach Kosmopolis waren wir mehr oder weniger aus Versehen gelangt. Nahezu alles, was wir über die Stadt wußten, ging auf Barniars bruchstückhafte Erinnerung an das zurück, was er bei den Hunnen erlebt hatte. Von der unbekannten Stadt, die im fernen Nordwesten im Schatten des großen Gebirges lag und an deren Eroberung uns der Hengst durch Seine Richtungsänderung gehindert hatte, hatten wir nichts als die hohen Kuppeln zu sehen bekommen. Da wir nie erfuhren, wie die dort lebenden Menschen sich selbst oder ihr Reich nennen, weiß ich nicht einmal ihren Namen.

Den Ruhm der großen Stadt im Südosten aber verbargen weder Entfernung noch Verständigungsschwierigkeiten. Ihren Namen hatten wir von den Männern der Oase fast im selben Augenblick gehört, als unsere Tiere gierig im seichten Teich zu saufen begannen. Noch während das Wasser an uns herablief, das wir uns über die staubigen Köpfe gossen, hörten wir voller Freude eine Sprache, die unserem eigenen Prakrit sehr ähnlich klang. Es war ungefähr so, als höre man Flüstern durch Risse in der Wand, denn die Aussprache unterschied sich deutlich, und den Sinn entstellten Beimengungen aus Wörtern der vielen Sprachen, die man im Herzen des Erdteils spricht. Die Bewohner der Oase Gaustana-lezli waren mit ihren Erläuterungen ebenso freigebig wie mit ihren wenigen Vorräten – letzteres gewiß ebenso sehr aus Mitleid mit unserem Elend wie aus Furcht vor den Waffen, die wir zitternd in den geschwächten Händen hielten. Nie, erklärten sie, seien so viele Männer aus der

Wüste gekommen, die sie als «unendliche tote Einöde» bezeichneten. Im allgemeinen hatten sich von untergegangenen Karawanen zwei oder drei Überlebende, höchstens einmal ein Dutzend, dorthin geschleppt. Im Bemühen, uns aus unserem todesähnlichen Bewußtseinsdämmer aufzuwecken, teilten sie uns mit, was vor uns lag: «Gaustana, das juwelengekrönte Gaustana, die bedeutendste Stadt der Welt.»

Fünfzehn Tagesritte südwestwärts liege die Stadt, erklärten sie, und enthülle dem Reisenden offenherzig ihren Glanz, während er Tal auf Tal durchquere, eins fruchtbarer als das andere. Am Ende des sich immer weiter öffnenden Füllhorns liege Gaustana. Dort, hieß es, lebten gewöhnliche Menschen wie Fürsten und Fürsten wie Götter, niemand werde von anderen unterdrückt, und alle lebten in Eintracht miteinander. In Gaustana gebe es eine so große Fülle geistiger Güter, weit mehr als weltliche, daß die Menschen materiell vergleichsweise arm seien, auch wenn sogar die Frauen von Dienstboten an heiligen Tagen und anderen Festtagen an ihren weichen Armen zahlreiche goldene Armbänder trügen. Vieles schilderten uns die Wüstenbewohner, aber dennoch zeichnete, was sie so bereitwillig über Gaustana von sich gaben, kein deutliches Bild in meinem Kopf. Mag sein, daß sie der Ansicht waren, wir müßten die Vollkommenheit des Reiches ohne fremde Hilfe entdecken.

Eine Woche lang blieben wir in jener von ihren Bewohnern Gaustana-lezli genannten Oase. Dieser Name bedeutete so viel wie «Der kleine Stern Gaustanas». Die Menschen dort waren stolz auf ihre Beziehung zu der großen Stadt, obwohl sie andere Götter verehrten und von ihr in Wahrheit wenig mehr wußten, als was die Legenden berichteten. Der Hengst, der nahezu ebenso erschöpft war wie unsere Reit- und Lasttiere, stellte keine hohen Anforderungen an die Wachsamkeit Seiner Beschützer. Er weidete und ruhte innerhalb des grünen Dreiecks, das zwei vom Teich in der Mitte der Oase ausgehende schmale Wasserläufe bildeten und das sich in keiner Richtung weiter als eine halbe Stunde erstreckte. Vier Tage dauerte es, bis Ihn die erwachende Neugier in die kleine Befestigungsanlage lockte, welche die Bewohner der Oase zu ihrer Sicherheit errichtet hatten. Sogar Harrap war träge und ließ zu, daß sich Mensch und Tier nach dem Zug durch die Glut der endlosen Sandwüste erholten.

Vielleicht hätte es mich nicht überraschen sollen, daß er die lange

Rast nach unserer großen Anstrengung so gelassen hinnahm. Wahrscheinlich ging meine große Überraschung darauf zurück, daß seine Besessenheit auch meine Empfindungen zu beherrschen begann und ich ihr größere Kraft beimaß als ihr zukam, weil sie beständiger war als die Wüste, die Gebirge oder gar der Tod, dem in unseren Reihen ein fester Platz zugewiesen war. Das ruhige Ausharren des Hengstes erneuerte und bestärkte die Erkenntnis, die sich mir in der Wüste aufgedrängt hatte: Den Kern unserer Suche – das eigentliche Wunder der Expedition – bildete Harraps unbeirrbare Entschlossenheit. Der göttliche Wille, der in diesem Mann wirkte, trieb den Hengst voran, obwohl er Ihn weder berührte noch mit Rufen, plötzlichem Voranstürmen oder geschwungenen Waffen antrieb. Wenn Harraps Wille erschlaffte, verhielt der Hengst gefügig den Schritt. Voll Ehrfurcht vor den feingewebten Plänen der Götter erkannte ich, daß sich Ihr Wille mehr durch Harrap als durch den Hengst verwirklichte. Doch sprach ich zu niemandem über meine neue Erkenntnis. Anand, der ohnehin nur halb von unserer Expedition überzeugt war, hätte über meine Gewißheit gespottet, daß der Wille der Götter Harrap ebenso wie den Hengst erfüllte. Der Priester, von dem ich wußte, daß sich sein Glaube sichtlich von dem unterschied, was er sagte, hätte mich mit irgendwelchen hohl tönenden Plattheiten über die geheimnisvollen Kräfte abgespeist, die allem innewohnen. Was Harrap betraf, wußte ich nicht, woran ich war, doch fürchtete ich, daß er in seiner Selbstherrlichkeit meine Vorstellung als schlichte Wahrheit hingenommen hätte. Eine solche alles übersteigende Selbstgefälligkeit aber hätte zerstört, was uns an Zuneigung noch aneinander band. Noch schlimmer aber wäre es gewesen, wenn mich Harrap wegen meiner Zweifel verflucht und mich aus der Gemeinschaft der Expedition ausgeschlossen hätte, und so schwieg ich. Dennoch war das eigentliche Wunder – das dafür sorgte, daß ein vom Glauben besessener Mensch durch seinen bloßen Willen den Hengst lenkte – großartiger als das Wunder, das in jenem Tier den Willen der Götter am Werk sah.

Mit den Bewohnern von Gaustana-lezli verfuhren wir schonend. Bereitwillig unterwarfen sich uns diese Menschen, die, kaum zivilisierter als die barbarischen Nomaden, am Rande der ihnen bekannten Welt lebten. Wir hatten ihnen klargemacht, daß sie keineswegs ihre eigenen, den unseren so ähnlichen Götter aufzugeben brauchten, sondern von ihnen lediglich erwartet wurde, die Überlegenheit der durch den Hengst wirkenden Götter anzuerkennen und den Großkönigen von Kamardol Treue zu schwören. Großherzig hatten sie ihre knappen Vorräte mit uns geteilt, als wir fast zu schwach waren, unseren Forderungen Nachdruck zu verleihen. Selbst Harrap, der alle Geschenke als etwas ansah, das uns zustand, fand lobende Worte für ihre Selbstlosigkeit. Als ihre Vorräte am fünften Tag nach unserer Ankunft zur Neige gingen, erklärte er: «Wir müssen weiterziehen, hin zu dem Preis, den uns die Götter zugedacht haben – zum juwelengeschmückten Gaustana.»

Doch nach wie vor genügten dem Hengst die frischen Weidegründe, die Er nach dem Zug durch die dürre Wüste gefunden hatte. Als wolle Er Harraps Ungeduld verspotten, sprang Er munter im hohen Gras neben den Wasserläufen einher. Obwohl Seine Weigerung, Harraps Willen zu folgen, meine persönliche Erkenntnis entwertete, wußte ich, daß wir abwarten mußten, bis Ihm nach Aufbruch zumute war.

Am Morgen des sechsten Tages nahm mich Anand beiseite und schlug vor: «Laß die Bankerte vorausreiten, Jakir. Vielleicht wird der Hengst ihnen folgen, ist Er doch schließlich gewöhnt, daß sie hinter Ihm reiten.»

Ich gab den Bankerten den Befehl zum Aufbruch, da ich in diesem Versuch kein Sakrileg zu entdecken vermochte – vielleicht sollte ich besser sagen, ich erstickte meine Bedenken mit der Überlegung, wir zwängen den Hengst ja nicht, uns zu folgen, und Er werde das gewiß erst tun, wenn Ihm danach zumute sei. Doch beriet ich mich weder mit Harrap, noch teilte ich ihm mit, was ich getan hatte, als Gorbabordols Kurier kam und berichtete, der Hengst sei aufgebrochen und die verbliebenen rund vierzig Prinzen folgten Ihm. Allerdings kostete es mich Mühe, den Mund zu halten, als mir Harrap meine mangelnde Festigkeit im Glauben vorhielt, während er sich munter zur ihm vorherbestimmten Eroberung Gaustanas in den Sattel schwang.

«Wir haben nur eine Pflicht», sagte er, «und die heißt, Ihm getreulich zu folgen. Er setzt sich zu dem Zeitpunkt in Bewegung, zu dem Er es soll – und stets dem größeren Ruhm entgegen.»

Ich schluckte meine Antwort herunter. Nichts von dem, was mir auf der Zunge lag, hätte etwas Gutes bewirkt, und jede einzelne der Antworten, die ich hätte geben können, wäre geeignet gewesen, dem Unfrieden zwischen uns neue Nahrung zu geben. Außerdem beunruhigte mich etwas, das ebenso bedeutend war wie das Rätsel um den Willen des Hengstes. Gern hätte ich mit Harrap über die Treuegelöbnisse gesprochen, die man uns unterwegs ohne Umschweife gemacht hatte und die möglicherweise wenig aufrichtig gemeint waren. Welchen Wert hatte diese bereitwillige Unterwerfung, wenn wir nicht bleiben konnten, um Nutzen daraus zu ziehen? War die Ergebenheit, die diese Menschen angeblich den wahren Göttern erwiesen, mehr als die bloße Bewegung von Händen und Lippen? Hatten wir das Reich von Kamardol vergrößert, oder gaben wir uns aufgrund von Scheineroberungen Täuschungen hin? Harrap hätte sich ebenso besorgt über diese Fragen zeigen müssen wie ich, doch kam ich schließlich zu dem Ergebnis, es sei sinnlos, sie ihm gegenüber anzusprechen. Statt dessen trug ich meine Befürchtungen dem Priester vor, auch wenn ich nicht damit rechnete, Antworten zu bekommen, die mir weiterhalfen.

«Ihr braucht nicht zu befürchten», riet er mir, «daß sich die Götter täuschen lassen. Sie halten uns und führen uns Ihren Zielen entgegen. Für Sie ist unerheblich, ob es sich um eine große Stadt oder um einen fernen Weiler handelt...»

«Hier geht es nicht um die Frage der Größe», unterbrach ich ihn, «sondern um die Herzen der Menschen.»

«Offenbar sind die Götter zufrieden, sonst würden Sie uns nicht gebieten, gegen die Gottlosen vorzugehen. Doch haben Sie lediglich auf der leichten Züchtigung bestanden, die wir den Kosmopoliten auferlegt haben... Im übrigen enthält meine Karte hier noch Material für tausend weitere Ansprüche. Wir sind die ersten. Es ist nicht unsere Aufgabe, etwas zu halten, sondern es zu finden – die Götter werden es später nehmen. Auf meiner Karte und in Euren Aufzeichnungen tragen wir den Samen des Reiches mit uns, das später einmal den Namen Groß-Kamardol tragen wird.»

Ich ging dem Geheimnis in meiner Unterredung mit dem Priester nicht weiter nach und sprach es Harrap gegenüber gar nicht erst an. Statt dessen überließ ich mich den Freuden des Unterwegsseins, genoß es, wie die kühle Luft meine Wangen liebkoste und mein Atem wie junger Wein in der Nase perlte. Nach der unfruchtbaren Wüste, wo sich die Dünenhöcker unter der Peitsche des grausamen Windes duckten, war es angenehm zu sehen, wie sich unter den tanzenden Hufen unserer Pferde ein Fächer unendlicher Fruchtbarkeit ausbreitete. Täglich gewann die lebende Erde an Boden, nahmen wir die

Verwandlung vom verdorrten Braun und Gelb der ersten Oasen zum saftigen Grün von Obstgärten wahr. Mit einemmal gab es Gemüsebeete und vor allem rankende Pflanzen, an denen die roten, violetten und blauen Kleinodien hingen, Blüte und Frucht.

Nachdem unsere Männer gelernt hatten, in den Zügen des verborgenen Erdteils zu lesen, wußten sie, daß uns die schwarzen Hufe des Hengstes der Grenze des letzten Gebirges entgegenführten. Doch ohne Furcht vor der neuen Mühsal frohlockten sie angesichts der Fülle, welche die Erde bot. Sie hatten erfahren, daß das Gebirge, das den unter ihm liegenden Ebenen reichlich Wasser spendet, dieser geheimen Welt alles Leben schenkt. Ohnehin hatten die Feuer der Sandwüste die Angst vor den Bergen aus ihnen herausgebrannt.

Nichts behinderte unser Vorankommen, und wir erlebten fast eine Wiederholung unseres ersten idyllischen Eroberungszuges durch eine Sandwüste, der uns nach Kosmopolis geführt hatte. Inmitten fruchtbarer Felder lebten die Menschen in Siedlungen, die zu klein waren, als daß sie uns hätten Widerstand leisten können. Die Krieger in den wenigen Befestigungen, an denen wir vorüberkamen, dachten nicht daran, uns den Weg zu verlegen, und Harrap war damit zufrieden, auf dem Weg nach Gaustana einfach an ihnen vorüberzuziehen. Der Wortlaut der Brahmanas bestärkte ihn in seiner Annahme, dies Stillhalten bedeute Unterwerfung. «Fürsten, die sich dem Zug des Hengstes über ihr Land widersetzen», hieß es in jenen Texten, «müßt ihr vernichten. Sofern sie den Hengst auf dem von Ihm gewählten Weg nicht behindern, weil sie den Willen der Götter erkannt haben, gilt das als Anerkennung der Oberherrschaft des Großen Königs, der den Hengst ausgesandt hat.» Wir fragten nicht, welcher Art ihre Unterwerfung war, denn das leuchtende Ziel unserer zweitausend Lanzen war das juwelenbesetzte Gaustana. In allem anderen vermochte Harrap nichts als glitzernden Schutt zu sehen.

Mir war aufgefallen, daß sich seine neue Besessenheit von dem Augenblick an gesteigert hatte, als er, von Durst gepeinigt, am frischen Wasser der Oase zum erstenmal den tönenden Namen Gaustana vernommen hatte. Zu jenem Zeitpunkt hatte es den Anschein gehabt, als schiebe er ihn beiseite wie den eines weiteren Dorfes mit einer Einwohnerschaft von wenigen hundert Halbnomaden. Je häufiger aber der Name in unseren Ohren hallte, desto mehr weckte er in Harrap erst Neugier und dann eine Zielgerichtetheit, die alles andere verdrängte. «Gaustana, das juwelenbesetzte Gaustana, die großartigste Stadt der Welt», wie die Bewohner der Oase gesagt hatten, war für ihn zum Inbegriff allen Strebens der Expedition geworden. Mit einemmal sah er in dieser Stadt den höchsten Preis und die endgültige Bestätigung. Ein Fehlschlag konnte den Sinn unserer Suche vollständig zunichte machen, ein Erfolg aber würde alle Schwächen vergessen lassen. Von einem Augenblick auf den anderen war Gaustana zum begehrten Preis geworden, der all unsere Leiden vergessen machen und heiligen sollte, und zugleich das schrecklichste Hindernis auf dem Weg zu einer triumphalen Rückkehr nach Kamardol.

«Jakir, eins weiß ich jetzt: dies Gaustana ist der Ort, dem wir die ganze Zeit entgegengeführt wurden», sagte Harrap am fünften Tag nach unserem Aufbruch von Gaustana-lezli am Lagerfeuer. «Bei aller Großmut sind die Götter streng und tragen uns auf, mit lediglich zweitausend Männern diese befestigte große Stadt einzunehmen. Sofern uns das gelingt, werden wir Herren über den ganzen Erdteil sein und nicht nur über sein Herz.»

«Das wird es, Harrap», versicherte ich ihm, obwohl ich es für widersinnig hielt, alles auf eine einzige Stadt zu setzen, wie stolz und unermeßlich wertvoll auch immer sie sein mochte. «Was aber, wenn es uns nicht gelingt?»

«Auch über diesen Fall habe ich nachgedacht. Mir ist klar, daß wir bei dieser Aufgabe allein sein werden. Sie könnte scheitern, darf es aber nicht.»

«Unsere Suche ist ein einsames Abenteuer, Harrap.»

Überrascht merkte ich, daß er den tieferen Sinn meiner scheinbar achtlos hingeworfenen Bemerkung erfaßte. Warmherzig antwortete er: «Ja, Jakir, das ist sie, nicht wahr? Für uns alle. Wenn die Götter gebieten, hört der Mensch nur noch Ihre Stimmen, und die anderer Menschen kommen aus weiter Ferne.»

«Das stimmt, Harrap.» Ich sprach so leise, daß meine Worte über dem Knacken des trockenen Holzes im Feuer kaum zu verstehen waren.

«Aber bald werden wir noch einsamer sein», sagte er schließlich – als hätte ich ihm nicht angeboten, unsere Kameradschaft wieder aufleben zu lassen. «Sobald uns die Götter nach Gaustana gebracht haben, werden Sie uns, dessen bin ich gewiß, für eine Weile verlassen und uns auf die Probe stellen. Jeder wird mit seinem Mut allein sein und auf Ihre Hilfe verzichten müssen.»

«Warum, Harrap, türmt Ihr immer höhere Hindernisse auf?» brach es aus mir heraus. «Warum quält Ihr Euren Geist? Wir haben Großes vollbracht. Könnte ich in diesem Augenblick zu den Menschen von Kamardol sprechen, würde ich sagen, daß wir Gewaltiges geleistet haben. Die Schrecken, die wir besiegt... die Ländereien, die wir gewonnen... der Glaube, den wir nicht aufgegeben haben... all das war so beispiellos, daß man uns schon jetzt, in diesem Augenblick, nur wenige Menschen mit ihren Taten an die Seite stellen kann.»

«Vielleicht hast du recht mit dem, was du sagst, Jakir. Aber es genügt nicht.»

«Warum nicht?» fragte ich erneut. «Warum werft Ihr den Göttern wieder ins Gesicht, was Sie uns großmütig geschenkt haben? Warum soll diese neue Stadt, auf die wir durch einen Nebel von Berichten hindurch kaum einen Blick haben werfen können, Berichte, die Unwissende uns erzählt haben – warum soll diese Stadt zum Prüfstein unserer Taten, ja, unseres Lebens werden?»

«Ich weiß, daß es sich so verhält – und so muß es sein!» gab er zur Antwort. Mehr zu sagen war er nicht bereit.

Ich war an einen Mann gefesselt, den es auf eine ähnliche Weise an den finsteren Rand der Selbstvernichtung trieb, wie sich manche Männer nach heimlichem Genuß in Betten sehnen, die von göttlichen Verboten und tausend scharfen Schwertern umstellt sind. Harrap vermochte ebensowenig, es bei seinen Triumphen bewenden zu lassen, wie ein sinnentrunkener Wüstling seiner neuesten Eroberung auf Dauer treu zu bleiben vermag. Mehr oder weniger befürchtete ich, daß ihm lediglich der Tod den Ruhm verschaffen konnte, nach dem er strebte. Ihn in diesem Leben zu gewinnen schien er nicht imstande. Dennoch tat ich, was in meinen Kräften stand, um uns auf die unausweichliche Begegnung vorzubereiten.

In allen Oasen priesen die Männer Gaustanas Macht und Wohlstand, doch erhielten wir kaum Kenntnis von Dingen, die uns hätten von Nutzen sein können – beispielsweise über die Stärke der Armeen oder die Zahl der Bewohner. Nicht einmal über das Aussehen der Stadt erfuhren wir etwas. Weder wußten wir, wie sie angelegt war, noch wo sich ihre Tore, Wälle, Gräben und andere Verteidigungsanlagen befanden. Ich drang in die Ältesten der Dörfer, die sich uns unterwarfen, und bemühte mich, im tauben Gestein ihrer Worte das harte Metall der Tatsachen zu finden. Schließlich war ich so verzweifelt, daß ich sie der Folter mit Rubindolchen überantwortete. Die Dummköpfe wanden sich vor Schmerzen, als ihr Fleisch brannte, wiederholten aber lediglich laut kreischend, was sie bereits zuvor in würdevollem Ton gesagt hatten: «Gaustana ist eine bedeutende Stadt, die bedeutendste der Welt. Ihre Mauern sind höher als zwanzig Männer, und die Türme darüber sind mit Gold beschlagen. Sie zählt viele zehntausend Menschen, und beschirmt wird sie von vier göttlichen Beschützern, die im Berg der Geister hausen.»

Solch sinnloses Gebrabbel stachelte Harraps monomane Leidenschaft nur noch mehr an, so daß er mich unablässig bedrängte, mehr über Gaustana in Erfahrung zu bringen. Die sorglose Sicherheit, mit der er unsere früheren Heimsuchungen leichthin abgetan hatte, war völlig verflogen, sobald es um diese höchste aller Aufgaben ging. So wischte er auch meinen Einwand beiseite, wir könnten nicht mehr tun, als den Göttern vertrauen, die uns Ihren Willen durch den Hengst mitteilten – sowie der Überraschung, mit der unser Vorstoß erfolgen würde.

«Das ist recht unbefriedigend, Jakir, das weißt du selbst», gab er zur Antwort. «Bei einem unbesonnenen Angriff werden wir selbst mehr unter der mangelnden Vorbereitung leiden als unsere Gegner. Außerdem habe ich dir schon gesagt, daß die Götter uns nicht auf dieselbe Weise unterstützen werden wie bisher. Sie stellen uns anheim, Gaustana aus eigener Kraft zu gewinnen – oder es uns zu verscherzen. Ich muß genau wissen, womit wir es zu tun bekommen.»

Darauf konnte ich ihm keine Antwort geben. Weder besaß ich das Wissen, nach dem es ihn dürstete, noch wußte ich ein Mittel, es zu erlangen. Außerdem sah es schon bald ganz so aus, als könnten wir Gaustana nicht überraschen. Das Land wurde immer fruchtbarer, die bebauten Streifen wurden immer breiter, bis uns schließlich nur noch der goldene Staub, der in den Winden der Dämmerung tanzte, an die quälende Gefahr der dahinter liegenden Wüste erinnerte. Doch Menschen sah man in jenem fruchtbaren Land kaum. Die nächsten Dörfer, in die wir kamen, waren mit ihren wohlgeordneten Obstgärten und dem üppigen Blumenschmuck gänzlich verlassen. Nur einige alte Mönche versahen ihren Dienst vor den Schreinen. Nicht nur unsere Götter hatten sich von uns zurückgezogen, wie mich Harrap gewarnt hatte, sondern auch die Menschen. Überrumpelung würde uns den Sieg nicht bringen, denn offensichtlich wußten die Gaustaner, daß wir uns näherten.

Statt dessen sahen wir uns gezwungen, Maßnahmen für den Fall eines Überraschungsangriffs durch die Gegenseite zu treffen. Gorbabordol berichtete, im Abenddämmer seien links und rechts von ihm in einer breiten, umfassenden Bewegung Bewaffnete aufgetaucht, die dem Hengst beinahe den Weg abgeschnitten hätten. Sie seien vor Ihm her galoppiert und umgekehrt, nachdem sie einen Hagel von Pfeilen abgeschossen hatten. Daraufhin verstärkte ich den stark dezimierten Trupp der Prinzen. Nicht nur die Panzerreiter gab ich ihnen bei, sondern auch die Bogenschützen. In gleicher Weise wie von Gorbabordol beschrieben, verübten kaum erkennbare Gestalten Anschläge auf die Hauptstreitmacht. Diese Anschläge verliefen alle nach demselben Muster. Bei keinem ihrer blitzschnellen Vorstöße, die gewöhnlich aus größerer Entfernung erfolgten – bisweilen aber kamen sie auch auf Schwertlänge heran –, wußten unsere Männer, mit wie vielen Feinden sie es zu tun hatten und wie hoch die Zahl ihrer Verluste war. Jedesmal aber mußten sie sich um zwei oder drei eigene Verwundete kümmern und gelegentlich auch einen Erschlagenen beklagen. Erkennbar waren die dunklen Reiter darauf aus, uns, die keine Furcht kannten, Furcht einzujagen und unsere Stärke zu erkunden, ohne daß wir eine Möglichkeit hatten, die ihre in Erfahrung zu bringen.

Der Hengst stürmte voran wie ein Fohlen, das immer neue und saftigere Weiden entdeckt. Gelegentlich eilte Er so rasch voraus, daß die Tiere der Bankerte alle Kräfte aufbieten mußten, um Ihm folgen zu können. In solchen Augenblicken erwachte in unseren Adern die Hoffnung auf eine bevorstehende Schlacht. Dann wieder verweilte Er einen Tag oder gar länger an einem in Felder von zartem Grün eingebetteten Teich mit klarem Wasser. Als wir dem Weg, der uns in fünfzehn Tagen nach Gaustana hätte bringen sollen, neunzehn Tage lang gefolgt waren, berief Harrap einen Rat ein. Ich wußte, daß er darauf brannte, die Probe zu bestehen. Die Verzögerung quälte ihn. Ich hatte ihn schon laut sein Schicksal verfluchen hören, und einmal sogar murrte er, die Götter hätten den Willen des Hengstes irregeleitet. Beinahe befriedigt hatte er die von ihm empfundene zeitweilige Auflösung der Gemeinschaft mit den Göttern hingenommen – keineswegs aber war er bereit, sich oder anderen seine neue Befürchtung einzugestehen, daß sich die Götter gegen ihn gewandt haben könnten. Dennoch rief er uns zur Beratung zusammen.

Noch acht Stunden nachdem der Scheitelpunkt des Tages überschritten war, legte die Sonne waagerechte Streifen über das Land, als zögere sie, die Erde der Finsternis zu überlassen. Wir entzündeten Feuer, um die von den Kriegern in den Dörfern aufgetriebenen Ziegen und die von den Bogenschützen erlegten Kaninchen zu braten. Die bleichen gelben Flammen wetteiferten mit dem klaren Licht. Die Dämmerung war kühl, und obwohl wir zu siebt im Schutz einer tiefen grünen Bodenwelle neben einem nahezu versiegten Wasserlauf saßen, fröstelte uns, so daß wir uns näher ums Feuer drängten.

Harrap stützte sich mit einem Ellbogen auf den Sattel. Neben ihm hockte Mirab auf den Fersen. Im bleichen Licht der Flammen bildete seine stumpfe gerade Nase einen hellen Streifen, und sein an den Enden hochgezwirbelter Schnurrbart sah aus wie gesponnene Silberfäden. Gorbabordol und Ranbir saßen im Schneidersitz nebeneinander auf einem dicken Baumwolltuch mit quergestreiftem buntem Muster.

Bei der Sitzordnung, die sich zufällig ergeben hatte, saßen wir Männer des Wortes, Dilettanten des Krieges, den Männern des Schwertes gegenüber, deren Beruf das Töten ist. Harrap gegenüber kauerte der Priester unbehaglich auf einem unregelmäßig geformten Felsblock. Neben ihm teilte ich mir mit Anand eine grobe wollene Satteldecke.

Bei unserer Beratung am Feuer, der ersten seit dem acht Monate zurückliegenden Auszug zur Expedition, zeigte sich, welches Siegel sie jedem von uns aufgedrückt hatte. Wir waren mit den goldenen Ketten behängt und mit den glänzenden Edelsteinen geschmückt, die wir aus dem uns gezollten Tribut ausgewählt hatten, um von unseren Triumphen zu künden. Doch nur die Gesichter der beiden alten Haudegen Ranbir und Mirab waren geblieben wie vor unserem Aufbruch, zur Zeit der Weihe des Hengstes. Zeit und Schlachten hatten schon zuvor ihre Züge so gestaltet, daß sie nicht mehr veränderbar waren. An denen von uns anderen aber hatten Sand und Schnee gemeißelt, die Sonne hatte sich in sie hineingebrannt und die Kälte sie zusammengeschrumpft. Mit unseren ruckartigen Bewegungen und den mißtrauischen Blicken ähnelten wir eher einem Trupp verzweifelter Sklaven, die auf Flucht sinnen, als den

Hauptleuten einer Armee, der niemand Widerstand zu leisten vermochte. Ich war froh, daß ich mich nicht selbst sehen konnte.

«Meine Herren», begann Harrap unvermittelt, «wir reiten einer sicheren Niederlage entgegen. Zwar glaube ich nicht, daß uns die Götter im Stich gelassen haben, doch haben Sie Sich von uns zurückgezogen und uns den Auftrag erteilt, ausschließlich mit unseren eigenen Mitteln zu kämpfen. Diese allerdings scheinen für unsere Aufgabe nicht zu genügen.»

«Es ist durchaus möglich», meldete sich der Priester besänftigend zu Wort, «daß uns die Götter noch zeigen, auf welche Weise sich Gaustana erobern läßt. Sie können ebenso unerwartet zu uns zurückkehren, wie Sie uns verlassen haben.»

«Auf diese Aussicht, Brahmane, können wir unsere Expedition kaum gründen», erwiderte Harrap und schüttelte sein dunkles Haar. «Ich schlage vor, daß wir den Rückzug antreten.»

«Rückzug?... Umkehr?... Wie?... Wohin?... Suchen Kamardols Lanzen vor Phantasiegebilden das Weite?»

Jedes der Worte war deutlich zu hören, doch wußte ich nicht, wer sie gesagt hatte. Dabei klang das, was wir sechs in unserem Erstaunen äußerten, in keiner Weise wie menschliche Sprache, sondern wie das verzweifelte Gebell, das ein Trupp Hirschferkel von sich gibt, wenn Pfeile von unsichtbaren Bogen auf sie herniederregnen.

Harrap war ganz und gar Herr der Lage, obwohl seine Worte klangen, als hätte die Verzweiflung sie ihm eingegeben. Mit finsterer Miene wartete er, bis die verblüfften Ausrufe erstarben.

«Angesichts der schwierigen Gegebenheiten sind eure Worte verständlich», sagte er, wobei seine grollende Stimme beinahe wie eine Liebkosung klang. So geschickt heuchelte er Schwarzseherei, daß wohl ich als einziger seine Verstellung durchschaute. «Wir haben geschworen, dem Hengst zu folgen, und Er zieht voran. Auch wenn wir Ihn, der ununterbrochen Gaustana entgegenzieht, im Stich lassen dürfen – wohin könnten wir uns wenden? Wer kennt den Weg, der uns nach Kamardol führt?»

«Dann müssen wir angreifen... Uns bleibt keine Wahl!» meldete sich Mirab zu Wort.

«Ginge das nur», gab Harrap zur Antwort. «Was sollen wir angreifen? Jakir, sag uns, was du über Gaustanas Verteidigungsanlagen in Erfahrung gebracht hast.»

Ich nickte zu Anand hin. Mir war lieber, daß er für mich sprach, damit ich später meine eigene Auffassung vortragen konnte, ohne den Eindruck zu erwecken, ich sei Harraps Sprachrohr. Offiziell war ich das freilich, und überdies auch noch sein Auge und Ohr.

«Der Oberst, Euer Adjutant, hat mich aufgefordert zu berichten, o Prinz», erklärte Anand. «Wir haben viel von Gaustanas ungeheurem Reichtum gehört, besitzen aber nicht die geringste Vorstellung davon, auf wie viele Talente sich dieser beläuft. Soweit wir wissen, ist Gaustana eine große Stadt mit aufragenden Wällen und einer ungeheuren Zahl von Kriegern. Andererseits ist uns unbekannt, ob sie in einem Tal, auf einer großen Ebene oder auf einem die ganze Umgebung beherrschenden Berg liegt, und so haben wir nicht die geringste Vorstellung davon, wie hoch ihre Wälle sind, wie groß die Zahl ihrer Waffen, Vorräte oder Krieger ist. Auch über die von ihren Heeren verwendete Taktik sind wir nicht im Bilde.»

«Ihr seht unsere Schwierigkeit, meine Herren?» fragte Harrap.

Aus dem zustimmenden Gemurmel hob sich Gorbabordols Stimme hervor: «Dann laßt uns angreifen, General. Auf diese Weise werden wir alles in Erfahrung bringen, was wir wissen müssen.»

«Erkundungsangriff», murmelte Mirab. «Gute, bewährte Taktik!»

«Auch wenn uns der Awatara an einen anderen Ort führt?» fragte der Priester.

In diesem Augenblick begann ich Harraps offensichtlichem Verlangen in die Hand zu spielen und sagte: «In unseren Händen, meine Herren, liegt Kamardols Ehre. Malt es euch selbst aus, welchen Eindruck es macht, wenn wir zurückkehren, weil wir in einer Schlacht unterlegen sind, die wir ohne Billigung der Götter geführt haben. Oder schlimmer, wenn wir ohne den Hengst heimkehren, weil man Ihn uns fortnahm!»

«Den hatte ich ganz vergessen», sagte Mirab unwirsch.

«Er wird uns weder leben noch sterben lassen», stöhnte Gorbabordol.

«Wir müssen feststellen, welcher Art ihre Verteidigungseinrichtungen sind», meldete sich Ranbir erstmals zu Wort. «Vielleicht mit einem kleinen Erkundungsangriff... oder wenn wir ein paar Gefangene machen könnten.»

«Bei allem Mut ist kluges Vorgehen ratsam, Ranbir, nicht Draufgängertum», tadelte ihn Harrap. «Für den Fall, daß Gaustana wirklich stark ist, würden wir den Erkundungstrupp verlieren, ohne etwas in Erfahrung zu bringen. Angenommen, die Götter lieferten uns einen Gefangenen in die Hände und dieser sagte die Wahrheit, wäre ich dankbar. Aber ich kann nicht Kamardols Ehre und zweitausend Menschenleben auf die zweifelhafte Wahrheitsliebe eines Gefangenen setzen, den wir aller Voraussicht nach auch gar nicht bekommen.»

«Trotzdem müssen wir etwas herauskriegen...» beharrte Ranbir.

«Gewiß. Aber wie?» fragte Harrap erneut.

«Gelänge es uns doch wenigstens, zwei oder drei Leute nach Gaustana einzuschleusen», überlegte ich laut.

«Wohl mit einer Tarnkappe?» spottete Harrap. «Man weiß dort, daß wir uns nähern. Wenn die Leute so sind, wie man uns berichtet hat, lassen sie nicht einmal eine Maus an ihre Wälle heran, es sei denn, diese könnte eine vernünftige Begründung für ihre Anwesenheit liefern.»

«Die Stadt lebt vom Handel. Das gilt auch, wenn sie von Gefahr bedroht ist», murmelte Anand.

«Sollen wir sie etwa aushungern?» höhnte Harrap. «Sollen wir mit unseren zweitausend Mann eine große Stadt jahrelang belagern?»

«Nein, das nicht, Harrap», fiel ich ihm ins Wort. «Aber gewiß müssen zu allen Zeiten Händler die Möglichkeit haben, zu kommen und zu gehen. Ihr spracht von einer vernünftigen Begründung.»

«Ja. Und – was schlägst du vor?»

«Eine kleine Handelskarawane», gab ich rasch zur Antwort. «Zu klein, als daß man in ihr eine Bedrohung erblicken könnte. Nur Barniar und ich, zwei Kaufleute aus Hindustan, mit zehn oder zwanzig Trägern und Kameltreibern. Diese Rolle könnten Ranbirs Leute glaubhaft spielen...»

«Ich gehe selbst statt deiner», fiel mir Harrap ins Wort, nachdem die Beratung offenbar die Wendung genommen hatte, auf die er hinauswollte.

«Mit Eurem Gesicht, General, das jeder so gut kennt...» begann Ranbir.

Der Priester erhob bereits Einwände. «Und wenn Ihr fielet, wären wir ohne den geweihten Anführer.»

«Mir gefällt das nicht», murrte Harrap. «Barniar können wir

nicht vertrauen, und du, Jakir, solltest dich nicht in eine Gefahr begeben, die nicht die deine, sondern ausschließlich meine ist.»

«Was könnten wir sonst tun, außer ziellos vor Gaustanas Toren hin und her zu ziehen?» beharrte ich.

Da Harrap entschlossen war, die Aufgabe höchstpersönlich durchzuführen, ließ sich meine Aufgabe der vergleichen, einen heranstürmenden Stier abzudrängen, ohne dessen Heiligkeit zu beeinträchtigen. Doch schließlich erzielten wir eine Einigung: Barniar und ich würden in die Stadt ziehen und einen Teil der Schätze aus dem Tribut, den uns Kosmopolis gezahlt hatte, zum Verkauf anbieten. Begleiten würden uns zehn als Diener und Kameltreiber verkleidete Männer der königlichen Garde. Harrap stellte zwei Bedingungen: Eine kleine Marschsäule sollte wenige Tage nach unserem Aufbruch getarnt in die Nähe der Stadt ziehen, um uns zurück zur Hauptstreitmacht zu geleiten. Sollten wir nicht binnen zehn Tagen wieder auftauchen, würde er angreifen, auch wenn dieser Angriff allem Anschein nach zum Scheitern verurteilt wäre.

Durch Druck von allen Seiten schließlich dazu gebracht, einzuwilligen, daß ich an seiner Stelle nach Gaustana zog, wirkte Harrap wie ein Mann, dem man nach langer Zeit eine eingewachsene Pfeilspitze aus einer Wunde entfernt hat. Er hob jedem von uns seinen Pokal entgegen und trank auf den Sieg. So verging die halbe Nacht mit Trinksprüchen und aufs neue bekräftigten Eiden. Nicht länger von der Vergeblichkeit unseres Bemühens gefesselt, sahen wir Gaustana jetzt als Preis, den wir unter Umständen erringen konnten, und nicht mehr als den Fels, an dem unsere Expedition scheitern mußte.

Am nächsten Morgen erwachte ich früh. Ich legte die Gewänder eines friedlichen Händlers an und band dazu lediglich einen Zierdolch um. Barniar war überglücklich, daß er eine Gelegenheit bekam, sich um Harrap verdient zu machen, in dessen Händen sein Leben lag. Wir kamen überein, einen großen Bogen zu schlagen und Gaustana von Süden und nicht von Nordosten her zu erreichen, von wo aus die Stadt unser bedrohlich vorrückendes Heer erwartete.

Ich hatte den Fuß schon im Steigbügel, als Gorbabordol einen Kurier zu Anand brachte, der mich vertreten sollte.

«Sechs rossige Stuten aus unseren Herden sind in der vorigen Nacht ausgebrochen und haben sich nordwärts gewandt, der Wüste zu. Sie ziehen rasch, und der Hengst folgt ihnen schnaubend und laut wiehernd, wie ein Bulle von drei Wintern, der noch keine Kuh gedeckt hat.»

«Und Eure Leute?» fragte ich.

«Er zieht sehr rasch, und ich fürchte, unsere Zahl reicht nicht aus, Ihm in der lebenden Kette zu folgen und Ihn zu beschützen. Es würde nicht einmal genügen, wenn wir die Panzerreiter dazunähmen.»

«Wir folgen Ihm sofort», gebot Harrap, der zu uns getreten war, durch die Unruhe aufmerksam geworden.

So trennten wir uns am Rande des schmalen Bachlaufs, ohne daß Zeit für einen Abschied oder letzte Gedanken blieb. Meine kleine Karawane machte sich südwärts auf den Weg, und die Hauptstreitmacht zog in großem Bogen nach Norden.

Dem Priester, der zu uns herübersah, rief ich zu: «Tragt den Göttern in Euren Gebeten auf, daß Sie uns bald wieder zusammenführen!»

Nach wenigen Augenblicken waren wir zwölf allein. Nur das verlassene Land lag vor uns.

24

Am vierten Tag nach unserem Aufbruch erreichten wir Gaustana. Wir näherten uns der Stadt frühmorgens von Süden her durch Täler, in denen die Wasserläufe miteinander verknüpft waren wie die Adern auf meinem Handrücken. Dies Netz von Bewässerungsgräben hatten Gaustanas Herrscher anlegen lassen, damit Wasser jeweils dorthin gelangte, wo sie es haben wollten. Jedes Feld bekam auch dann seinen Anteil, wenn der Wasserspiegel sank, was in jenem Spätsommer der Fall war.

So viel Mühe hatten sich die Menschen gegeben, und die Erde hatte sie ihnen mit Früchten vergolten. Während ich durch die grünen Täler der Stadt entgegenritt, kamen mir die staubigen Wege nach Kosmopolis in den Sinn, neben denen Felder gelegen hatten, die nur kümmerliche Erträge lieferten. Zwar lag Kosmopolis weiter vom Gebirge entfernt, das letztlich Quelle aller Feuchtigkeit ist, die im verborgenen Teil des Kontinents Leben bedeutet. Doch weder besaß das Reich Gaustana den ertragreichen Boden noch die Wasserfülle, die das Land südlich der Berge erblühen läßt. Trotz aller verblüffenden Fruchtbarkeit war es lediglich eine Insel in der Wüste, ernährte aber, wie wir später erfuhren, über fünfzigtausend Menschen. Die mehr schlecht als recht angelegten Bewässerungsgräben von Kosmopolis mit seinem verzweifelten Streben nach irdischem Glück lieferten kaum zwanzigtausend Menschen Nahrung. Mit Hirn und Hand hatten die Gaustaner diese Fülle einem Land abgerungen, das die Götter ausschließlich für die vielfarbige Eidechse mit ihrer harten Haut, den staubbedeckten stachligen Kaktus und die kleinen bepelzten Geschöpfe geschaffen hatten, die sich tagsüber in Höhlen verbergen und im Abenddämmer hervorkommen, um die ganze Nacht mit zurückgeworfenem Kopf und aufgerissenem Maul nach den Tautropfen zu haschen, die ihnen zugleich als Nahrung und Getränk dienen.

Ich fragte mich, welcher Art diese Menschen sein mochten, die inmitten der Sandwüste in aller Heimlichkeit ein Königreich geschaffen hatten, allem Anschein nach zufrieden waren und nicht den Versuch unternahmen, ihren Herrschaftsbereich auszudehnen. Noch mehr fragte ich mich das, als wir in Sichtweite der Stadtmauern kamen. Gaustana war zwar etwas größer als Kamardol, aber deutlich kleiner als die großen Städte Hindustans.

Beim ersten Anblick wirkte die Stadt, die vor dem Sonnenaufgang dunkel aus der Wüste hervorwuchs, vollkommen. Wir sahen, wie Mauern aus Sandstein und Granit Gestalt gewannen, während die gedämpften Rosa- und Violettöne der Morgendämmerung dem scharfen Tageslicht wichen, das Ecken und gerade Linien erkennen ließ. Die Stadt erhob sich auf einem Hügel in der Nähe der Granitklippen an den östlichen Anhöhen über dem breiten Tal, das sich fast genau in Nord-Süd-Richtung erstreckte. Diese Klippen überragten die beiden höchsten Türme, die quadratisch und rot aus dem grauen Hintergrund heraustraten. Ein zweiter Hügel, etwas niedriger als jener, lag zum Zweck der Beobachtung oder Verteidigung sehr günstig unmittelbar nördlich der Haupterhebung und trug eine kleine Zitadelle. Ihre Mauern wie auch die Quadrate der Kasernen in ihrem Inneren waren gelb. Wie eine massive Treppe erstreckten sie sich bis zu einer quadratischen Halle, deren Fassade aus roh zubehauenen Säulen bestand. Auf dem glatten und baumlosen kleineren Hügel waren keine Gebäude zu erkennen. Offensichtlich war die gelbe Zitadelle mit ihrem weit ausgreifenden Glacis die eigentliche Verteidigungsanlage, während die größere Stadt der Zivilbevölkerung Zuflucht bot.

Nachdem ich erfaßt hatte, wie sich die beiden Erhebungen, deren größere die südwärts führende Straße ins Tal und die kleinere den Weg nach Norden beherrschte, strategisch ergänzten, machte ich einen Knoten in die Fransen des Schals, den ich in meiner Eigenschaft als friedlicher Händler aus Hindustan trug. Da mir klar war, daß man uns nicht aus den Augen lassen würde, solange wir uns auf dem Gebiet von Gaustana befanden, hatte ich mich entschlossen, zur Aufzeichnung meiner Beobachtungen das alte überlieferte Verfahren der Knotenschrift zu verwenden. Schon bald bekam ich Gelegenheit, Wischnu dafür zu danken, daß ich nicht den Versuch unternommen hatte, mir etwas aufzuschreiben, denn schon zehn Minuten nachdem wir die beiden Zitadellen zum erstenmal aus der Ferne wahrgenommen hatten, verstellte uns eine Patrouille den Weg.

Zwanzig Reiter mit dunklen Umhängen und oben abgeflachten runden Topfhelmen kamen rechts von uns aus einem Wacholderhain herabgaloppiert. Sie hielten ihre Lanzen gesenkt, und ihr Anführer, auf dessen orangefarbenem Umhang weiße Streifen prangten, schwang ein langes Krummschwert. Wie seine Leute hatte er das Gesicht hinter einer spitz zulaufenden Maske aus Stahlplättchen verborgen, die von den schräg herablaufenden Seiten seines Helmes abstanden, so daß man annehmen konnte, er habe keinen Hals. Er wirkte etwa so wie ein großer blinder Maulwurf.

«Wißt ihr nicht, daß es Reisenden untersagt ist, über diese Straße zu ziehen?» sagte er in jenem Prakrit-Gemisch, das wir zum erstenmal von den Bewohnern der Oase Gaustana-lezli gehört hatten. Dumpf scholl seine Stimme aus dem stählernen Rüssel. «Wißt ihr nicht, daß der Zutritt zu diesem Land verboten ist?»

Wie verabredet antwortete Barniar, wobei er die Sprechweise seiner Heimat hervorhob. «O Gebieter der Heerscharen, wir führen nichts Böses im Schilde. Unsere Waffen tragen wir lediglich zum Schutz vor Banditen, und mit unserer geringen Zahl könnten wir nicht einmal einer Oase gefährlich werden, die nur einen einzigen Brunnen besitzt. Wieviel weniger vermöchten wir gegen das Reich von Gaustana ausrichten, das der juwelengeschmückte Glanzpunkt im Herzen des Erdteils ist?»

«Du sprichst wie ein Mann aus Hindustan», sagte der Anführer.

Seiner Stimme, die im Helm widerhallte, war scharfe Verachtung anzuhören. «Sag, wer seid ihr?»

«Kaufleute», gab Barniar mit gekonnt bebender Stimme zur Antwort. «Armselige Kaufleute aus Osthindustan, die gekommen sind, ein wenig kläglichen Tand aus Elfenbein und Bernstein feilzubieten, der Eurer Aufmerksamkeit schwerlich wert sein dürfte...»

«Mir liegt nichts an euren Waren», schnitt ihm der Anführer das Wort ab, «denn ich bin Bildhauer und Bauer, kein Kaufmann. Solltet ihr von so weit her gekommen sein, ohne zu wissen, daß niemand dies Land betreten darf, es sei denn, er werde ausdrücklich dazu aufgefordert?»

Während ich noch darüber staunte, daß sich der Anführer einer Wache als Bauer und, wenn ich ihn richtig verstanden hatte, Bildhauer bezeichnen konnte, gab ich zur Antwort: «Wie mein Vetter gesagt hat, o Hauptmann der Heerscharen, wir führen nichts Böses im Schilde. Uns ist lediglich zu Ohren gekommen, daß sich die große Stadt bisweilen herabläßt, dies und jenes zum Zeitvertreib zu kaufen, wenn es auch kaum von Wert sein mag, und so sind wir vor das juwelenbesetzte Gaustana gekommen.»

«Es ist verboten, Kaufmann», gab der Anführer unbeugsam zur Antwort. Er ließ eine volle Minute verstreichen, bis er etwas weniger streng hinzufügte: «Aber ihr habt mit eurer kleinen Zahl einen so langen Weg zurückgelegt. Da unsere Gesetze verlangen, daß wir Fremdlingen beistehen, werde ich euch nicht zurückschicken.»

«Preis und Ehre Eurer Güte, die so hoch aufragt wie Eure Macht», sagte Barniar rasch. Seine Selbstverleugnung ließ meine Zähne klappern, obwohl der Anführer unter der Schmeichelei so anschwoll, wie sich eine feste Rosenknospe dem Tau des Morgens öffnet. «In der Tat sind wir von unserem langen Zug müde und erschöpft.»

«Ich habe nicht gesagt, daß ihr bleiben und Handel treiben dürft. Ich bin lediglich befugt, Reisende abzuweisen oder zum Zwecke genauerer Nachprüfung zur Stadt zu geleiten. Reitet voraus, wir folgen euch.»

Wieder einmal verblüffte mich der Widerspruch zwischen dem Aussehen und den Worten des Anführers. Hinter seinem schwarzen Stahlrüssel wirkte er finster, und die Art und Weise, mit der er vorging, war weit schroffer als gegenüber einer kleinen Karawane erforderlich. Die vor Kamardol postierten Wachen hätten sich in einem solchen Fall gänzlich anders verhalten. Auf der einen Seite konnte keine Rede von verbotenem Land sein, als hätten die Götter dies freundliche und von Natur aus nicht besonders fruchtbare Tal mit einem Tabu belegt, auf der anderen Seite war in Kamardol niemand, der Truppen kommandierte, gehalten, «Fremdlingen beizustehen». Seine Aufgabe erschöpfte sich darin, sie anzuhalten.

Während ich über diese Ungereimtheiten nachgrübelte, war ich froh, daß wir Gaustana erreicht hatten. Hier lagen die Dinge ganz offensichtlich anders als in Kosmopolis, das sich vor dem Aufblitzen von zweitausend Lanzen der Form halber ergeben hatte, ohne mit dem Herzen dahinter zu stehen. Ebensowenig handelte es sich hier um einen Trupp marodierender Hunnen, der sich durch taktisches Geschick aufreiben ließ. Hier hatten wir es mit einer wehrhaften Stadt zu tun, die vielleicht sogar Mittelpunkt eines mächtigen Zivilisationsnetzes war. Lediglich unmittelbare Beobachtung, der Hintergrund unseres Spähtruppunternehmens, konnte uns den Schlüssel zur Eroberung liefern, uns die verborgenen Schwächen zeigen, welche die Götter erkannt haben mochten, bevor sie uns den Auftrag erteilt hatten, die Stadt zu züchtigen. Ich freute mich bereits auf die Eindrücke, die ich gewinnen würde, wenn wir in die Stadt gelangten, auf die unmittelbare Erfahrung für Auge und Ohr, die kein Bericht eines Reisenden ersetzen kann. Ich war sicher, daß wir unsere Aufgabe erfüllen und die Schwächen entdecken würden, und zweifelte keine Sekunde lang daran, daß wir Gaustana einnehmen würden. Zwei Angriffswege hatte ich bereits als unmöglich ausgeschlossen, und ich war überzeugt, daß ich im Laufe der Zeit den für unsere Eroberung vorgezeichneten Zugang finden würde.

Schon von draußen hatte ich einen allgemeinen Eindruck von den hohen, abweisenden Türmen und hoch aufragenden Zinnen gewonnen und hätte bereits einen Grundriß der größeren Zitadelle mit ihren geometrisch angelegten Vorwerken, vorgeschobenen Wachttürmen und eisenbeschlagenen Toren zeichnen können, die für gewöhnlichen Verkehr viel zu groß waren. Sie bildeten den einzigen offenkundigen Schwachpunkt, den ich zu erkennen vermochte, und würden, hoch und breit wie sie waren, einem Berennen mit dem Rammbock nicht lange widerstehen. Zwar war unsere Streitmacht nicht groß genug für eine lange Belagerung, wie sie notwendig wäre, um die Stadt zu berennen, doch war ich voller Zuversicht, einen Weg zu entdecken. Meine eigene kleine Karawane würde bald ohne Widerstand durch diese Tore ziehen, um die Schwäche von Gaustana aufspüren zu können, die es unvermeidlich geben mußte. Unter Umständen hatte diese Schwäche mehr mit den Bewohnern der Stadt als mit ihren Befestigungsanlagen zu tun.

Wir zogen nicht durch die Tore ein. Nur deshalb hatten wir ungehindert bis kurz vor die Stadt ziehen können, weil man uns für eine gewöhnliche Handelskarawane gehalten hatte. Weiter jedoch würden wir nicht kommen, denn unser geringer Stand erforderte keine Rücksichtnahme. Hätten wir mehr Erfolg gehabt, wenn wir mit Staatsgepränge als Abgesandte der Könige von Kamardol vor den Toren der Stadt erschienen wären? Sogleich schob ich diesen Gedanken beiseite. Eine uneingeladen heranziehende königliche Gesandtschaft hätte man wohl schon am letzten Gebirgspaß vor der Stadt zurückkomplimentiert – Höflichkeit hin oder her.

Der Anführer der Wache wies uns zu einem eingefriedeten Karawanen-Lagerplatz in einer Bodensenke am äußersten Rand der Siedlung. Beim Anblick der hohen Mauern, die ihn umgaben, dachte ich zuerst, man wolle uns gefangennehmen. Doch dann erklärte der Anführer, wir könnten uns, von einer Eskorte begleitet, jederzeit unbehindert bewegen, sofern wir das Reich zu verlassen wünschten. Solange wir blieben, fügte er hinzu, dürften wir die Karawanserei nicht verlassen. Kaufleute aus der Stadt würden uns dort aufsuchen, um mit uns Handel zu treiben, vorausgesetzt, man erteile uns nach genauerer Prüfung die Genehmigung dazu.

Fuchsteufelswild warf ich mich auf den Boden des unmöblierten Raums, während sich Barniar um das Abladen unserer Waren kümmerte. Ich flüchtete mich vor meiner Enttäuschung in den Schlaf, obwohl die Lehmziegel die ungeheure Hitze sammelten, die über der Karawanserei flirrte. Der späte Vormittag im Spätsommer der Wüste wäre auch dann unangenehm gewesen, wenn man uns einen von Wind durchfächelten Garten auf der Kuppe des Hügels zugewiesen hätte, in dem dicke Röhrichtmatten das Sonnenlicht fernhielten. In der tiefen Senke der Karawanserei, die der Sonne schutzlos ausgesetzt war und nicht vom kleinsten Lufthauch erreicht wurde, war es unerträglich heiß. Als ich mehrere Stunden nach dem Scheitelpunkt des Tages erwachte, war mein Gewand schweißgetränkt.

Die Gaustaner hatten uns lediglich eine einzige Amphore mit Wasser zur Verfügung gestellt, da sie angesichts des bevorstehenden regenarmen Winters sparsam mit Wasser umgehen mußten. Unsere eigenen stinkenden Wasserschläuche hatten wir geleert, als wir gesehen hatten, daß es in Gaustana offenbar Wasser in Hülle und Fülle gab. Ich bewilligte mir zwei Hände voll, um mir den salzigen Schweiß aus dem Gesicht zu waschen, und beschloß grollend, nie wieder verkleidet auf Reisen zu gehen.

Die körperlichen Strapazen machten mir nichts aus, war ich doch weit Schlimmeres gewohnt – doch das Kriechen vor den Gaustanern, zu dem uns der niedrige Stand zwang, der zu unserer Rolle gehörte, konnte ich ebensowenig ertragen wie die Verachtung jener Menschen. Weder hatten wir eine Möglichkeit, uns zu beschweren, daß man uns als Quartier einen Raum angewiesen hatte, der einst als Folterkammer gedient haben mußte, bis der Henker der Stadt eine geeignetere fand, noch daß das Wasser, das man uns gab, kaum für eine untätige Grille reichte. Eine solche Beschwerde hätte uns nicht mehr Aufmerksamkeit eingetragen als einer Grille die Bitte um Wasser. Ebensowenig wie für jene hätten unsere Gastgeber Verständnis dafür aufgebracht, daß sich einfache Kaufleute, die lediglich auf Gewinn aus sind, über die Behandlung beklagen, die man ihnen angedeihen läßt.

Verzweiflung erfaßte mich, als ich feststellte, daß man uns einschloß und wir damit keine Aussicht hatten, uns die Angaben zu beschaffen, derentwegen wir gekommen waren. In meiner Wut schwor ich, mir irgendwie den Schlüssel zu beschaffen, den ich brauchte, um unserem Heer den Zugang zu dieser Stadt zu eröffnen – und ihren unnahbaren Stolz zu brechen. Während ich mir voll Vorfreude genüßlich ausgedehnte Foltern ausmalte, traten zwei Gewappnete mit ihren Rüsselhelmen ein. Einer von ihnen stellte einen kleinen hölzernen Hocker genau in die Mitte des Raumes.

«Erhebt euch, erhebt euch für den Obersten Befrager!» geboten sie mit der nachsichtigen Geringschätzung eines Dienstboten, der zu einem verstörten Hund redet.

Der so Angekündigte folgte ihnen nach wenigen Minuten. Eines Blickes würdigte er uns erst, nachdem er seine wabbelige Masse auf dem Hocker ins Gleichgewicht gebracht hatte, so daß von diesem nichts mehr zu sehen war. Seine bleichen Hängebacken umschlossen ein kleines Gesicht mit scharfer Nase, hohlen Augen und verschlagenem Ausdruck. Der von einem Obergewand aus feinem Leinen umschlossene unförmige Leib bewegte sich weder mit der langsamen Anmut noch der Schwerfälligkeit, die seiner Fülle angemessen war, sondern ruckartig und eckig. Das ganze Verhalten des Obersten Befragers ließ einen offenkundigen Fanatismus erkennen. Während er sich die schwitzenden Stellen mit einem seidenen Tuch betupfte, wirkte er weder verärgert noch bekümmert, sondern wie ein Lakai, der in zerstreuter Pflichterfüllung eine Lampe poliert. Allem Anschein nach sagte ihm sein Körper nicht mehr zu als mir.

«Ihr seid also Kaufleute aus dem Osten Hindustans?» quetschte er mit monotoner Stimme zwischen schmalen farblosen Lippen hervor. Es war weder eine Frage noch eine Aussage, sondern eine Herausforderung, die er uns entgegenschleuderte.

«Ja, Euer Ehren.» Barniars Antwort troff vor Unterwürfigkeit und Salbung. «Wir haben eine gefährliche Reise über das Gebirge und durch den Sand der Wüste unternommen, um Eure ruhmreiche Stadt zu erreichen. Man hatte uns berichtet, einige ihrer Bürger könnten möglicherweise Gefallen an unseren unbedeutenden Waren finden.»

«Woher kommt ihr?» beharrte der Oberste Befrager, als sei seine erste Frage nicht beantwortet worden.

«Aus dem Land zwischen den großen Strömen, Euer Ehren», gab Barniar zur Antwort. «Vom Rande des großen Salzsees sind wir nordwärts gezogen...»

Während Barniar vortrug, was wir miteinander abgesprochen hatten, machte ich ein unterwürfiges Gesicht. Im großen und ganzen beschrieb Barniar seine eigene Reise bis zum Zeitpunkt der Gefangennahme durch die Gebirgsnomaden. Trotz beständiger scharfer Unterbrechungen durch den Obersten Befrager wirkte er so überzeugend, daß ich selbst glaubte, wir seien unbehindert durch die Gebiete der Radschahs in den Gebirgen des Ostens gezogen. Während er, bald voll Leidenschaft, dann wieder voll Schauder, berichtete, gewann die fiktive Reise in meiner Vorstellung lebendige Wirklichkeit.

So flüssig sprach Barniar, daß ich mich fragte, mit wieviel listiger Phantasie er den Bericht über seine Gefangenschaft bei den Hunnen ausgeschmückt haben mochte, den er uns geliefert hatte. Freilich unterdrückte ich diesen Verdacht rasch, da er meine Konzentration störte. Hier ging es nicht darum, Kamardol vor einem Doppelspiel Barniars zu schützen, sondern darum, den Obersten

Befrager zu überzeugen, daß es sich bei uns um nichts anderes als harmlose Kaufleute handelte.

Während unsere Träger zeigten, was die Lasten unserer Kamele enthielten, schwadronierte Barniar, daß wir auserlesene Stücke aus den im Herzen des Erdteils anzutreffenden Schätzen mit uns führten, die wir in Kosmopolis und anderen Städten des Nordens gekauft hätten. Er schloß mit der Formel, mit der sich Kaufleute mächtige Beamte gewogen zu machen pflegten: «Bitte wählt für Euch, Euer Ehren, was Ihr begehrt!»

«Und ihr seid Brahmanen?» ließ der Oberste Befrager nicht lokker, ohne auf das Angebot zu achten.

«Ja, Euer Ehren», gab Barniar zur Antwort. «Im Osten Hindustans sind Brahmanen häufig als Kaufleute tätig. Wir behalten nur einen kleinen Teil des Gewinns für uns selbst und unterstützen mit dem übrigen unsere Tempel und Schulen.»

«Ich habe schon von der beispiellosen Uneigennützigkeit von euch Brahmanen gehört», spottete er. Mein Herz hüpfte. Wenn er sich zu einer solchen persönlichen Spitze herbeiließ, konnte das nur bedeuten, daß er unsere Geschichte glaubte.

«Das gilt für den Osten», fuhr er fort. «Aber ich habe noch nie davon gehört, daß Brahmanen aus dem Westen als Kaufleute tätig sind.»

Nun befürchtete ich doch, daß er mit seiner Schläue unsere Verkleidung durchschaut hatte.

«Wir sind aus dem Osten, Euer Ehren», beharrte Barniar, «und ich habe auch schon gehört, daß unsere von sich eingenommenen Brüder aus dem Westen unseren Handel als Frevel ansehen. Bei dem Ausmaß an Unterstützung, das ihnen zuteil wird, sind sie nicht darauf angewiesen, sich aufzuopfern, um ihre Schulen und Schreine zu unterhalten. Wir hingegen sehen uns durch dies Opfer nicht als erniedrigt, sondern sind der Ansicht, daß es uns erhebt. Wir meinen…»

«Mir liegt nichts an eurem belanglosen abergläubischen Gezänk», unterbrach ihn der Oberste Befrager voll Geringschätzung.

Jetzt strömte mir der Atem wieder frei durch die Kehle. Also spielte er doch nicht mit uns. Er wußte nicht, daß wir aus dem Westen kamen, von wo aus eine Expedition gegen Gaustana ausgezogen war, sondern versuchte uns lediglich mit seinem Wissen über die Länder südlich des Gebirges zu beeindrucken.

«Berichtet mir erneut über eure Reise!»

«Gern, Euer Ehren», erwiderte Barniar untertänig und begann von vorn.

«Nein, nicht du! Du, Bursche! Berichte mir von euren Reisen!»

Ich ließ die forschenden Fragen und ungläubigen Ausrufe über mich ergehen. Am Ende meines Berichts schien der Oberste Befrager zufrieden.

«Wisset denn, Kaufleute», erklärte er, «daß ihr bleiben und Handel treiben dürft. Ihr werdet euch hier in der Karawanserei aufhalten, wo euch unsere Kaufleute aufsuchen werden. Ich bin mehr oder weniger davon überzeugt, daß ihr seid, was zu sein ihr beteuert. Für den Fall, daß sich etwas anderes herausstellen sollte, gibt es nur eine Strafe: den Tod.»

«Dank Euch, Euer Ehren», pries ihn Barniar. «Darum brauchen wir uns keine Sorgen zu machen. Und jetzt, Euer Ehren, wollt Ihr nicht einige Kleinigkeiten für Euch selbst auswählen?»

Erneut überging der Oberste Befrager das Angebot. Mit einem Lächeln beugte er sich so weit vor, wie sein gewaltiger Bauch das zuließ. Seine schmalen Lippen krümmten sich über kleinen, gleichmäßigen Zähnen, seine Augen mit den dicken Tränensäcken leuchteten auf, und seine Beiläufigkeit fiel von ihm ab. Sein hageres inneres Gesicht zuckte vor Leidenschaft, obwohl die feisten Fleischwülste, die es von der Stirn bis zum Kinn umgaben, bewegungslos blieben. Sein wahres inneres Gesicht war ein kleines finsteres Tier, das sich in einer Schneegrube wand. Die Leidenschaft, die er mit einemmal zeigte, wirkte nicht angenehm. Dennoch zog mich seine Heftigkeit in ihren Bann – teils, weil ich nach wie vor fürchtete, er spiele mit uns, und teils, weil mich die schlagartig eingetretene Veränderung fesselte. Einen Augenblick lang vergaß ich meine alles erdrükkende Enttäuschung über das Scheitern unserer Mission.

«Und fragt ihr euch nicht, warum der Zutritt zu diesem Reich Gaustana untersagt ist? Wollt ihr als Brahmanen, die ihr nun einmal seid, auch wenn ihr Handel treibt, nicht wissen, in was für ein Land ihr gekommen seid?»

Barniar antwortete genau im richtigen Ton, das heißt, ohne besonderen Nachdruck, denn andernfalls hätte er der Geschwätzigkeit des Obersten Befragers gewiß ein Ende bereitet.

«Trotz der zahllosen und wunderbaren Schilderungen von Gaustanas alles überstrahlendem Glanz, die wir vernommen haben, würden wir selbstverständlich gern noch viel mehr hören – alles, Euer Ehren, was Ihr in Eurer Weisheit uns wissen zu lassen geruht.»

«Wisset denn, daß nach dem Tod des heiligen Aschoka, des Bodhisattwa, des größten Herrschers, den die Welt je gekannt hat, in ganz Hindustan und den südlichen Marken des Erdteils Friede und Glück herrschten. Doch gewannen im Laufe der Zeit die alten abergläubischen Gepflogenheiten wieder an Boden, und die Menschen unterdrückten einander, mit der Begründung, die Götter hätten jedem bei der Geburt eine besondere Rolle zugedacht. Nein – unterbrecht mich nicht. Ich bin nicht hier, um mit euch zu streiten. Ich bin nicht so töricht zu glauben, daß ich euch zur Erleuchtung führen kann, doch hoffe ich, euch ein wenig Weisheit anzuvertrauen, die vielleicht eines Tages ...»

Wir saßen einem wahren Eiferer gegenüber, einem Mann, der von einer fixen Idee besessen war. Ich war überzeugt, daß er sich trotz seiner gegenteiligen Behauptung bemühen würde, uns auf die Seite der buddhistischen Ketzerei zu ziehen, die sich im Süden des Gebirges nur mühsam behauptete und zwischen den Unkräutern der Wüste einen neuen Nährboden gefunden hatte.

Fünf Stunden dauerte sein Monolog, bis in die Kühle des frühen Abends hinein. Vielleicht hätte er sich etwas kürzer gefaßt, wenn ihn nicht Barniar und ich mit geschickt gestellten Fragen und ausgeklügelten Einwänden dazu gebracht hätten, daß er fortfuhr. Als er schließlich aufhörte, besaßen wir eine Beschreibung Gaustanas, die wir auf anderem Wege nur in Wochen hätten zusammenbringen können – vorausgesetzt, man hätte uns erlaubt, uns frei in der Stadt zu bewegen und ihren Bürgern ungehindert Fragen zu stellen.

Mich verblüffte, mit welcher Bereitschaft – oder besser gesagt Entschlossenheit – der Oberste Befrager uns so weitgehende Angaben machte. Allerdings erfuhr ich später, daß er Neuankömmlinge, die er auf seine Seite zu ziehen hoffte, gewöhnlich auf diese Weise bearbeitete. In den Gaustanern war der Wunsch, ihren eigenen Glauben dadurch zu stärken, daß sie andere zu ihm hinführten, ebenso ausgeprägt, wie das bei allen Ketzern und überhaupt bei all jenen unvermeidlich der Fall ist, die wegen abweichender Gewohnheiten geschlechtlicher, gesellschaftlicher oder geistiger Art ausgestoßen sind. Später erfuhr ich, daß Gaustana im vergangenen Jahrzehnt begonnen hatte, Männer mit dem Auftrag auszusenden, die Bewohner ferner Oasen zu ihrem Glauben zu bekehren. Doch war dem Obersten Befrager bekannt, daß eine bewaffnete Streitmacht die Grenzen seines Landes bedrohte, und keinesfalls hätte er zu einer Zeit, da Informationen dem Eindringling hilfreich sein konnten, in dieser sorglosen Weise so vieles preisgeben dürfen. Vermutlich stand hinter seiner offenen Schilderung dieselbe Überheblichkeit, die ihn dazu brachte, uns noch im Augenblick der Gefahr unsere falsche Identität zu glauben. So selbstgefällig wiegten sich die anmaßenden und von sich eingenommenen Gaustaner in Sicherheit, daß sie gar nicht auf den Gedanken kamen, eine andere Macht könne ihnen gefährlich werden. Vielleicht hoffte der Oberste Befrager auch, wir würden durch eine Weiterverbreitung der Berichte – die bis in die Einzelheiten hinein der Wirklichkeit entsprachen – alle potentiellen Feinde abschrecken. Auf jeden Fall redete er, und wir hörten ihm zu.

Ich muß mit eigenen Worten berichten, was er sagte, denn unmöglich könnte ich die virtuosen Wortkaskaden dieses Eiferers wiedergeben. Außerdem zog ich zu meinem abschließenden Bericht auch noch andere Quellen heran – fremde Händler, die mit uns in der Karawanserei eingeschlossen waren, Kaufleute Gaustanas, mit denen wir zusammentrafen, sowie eigene Eindrücke, die ich bei einem kurzen Ausflug in die verbotene Stadt gewann. Daher werde ich hier mitteilen, was ich Harrap berichtete, und lediglich die militärischen Einzelheiten aussparen, die einer späteren Abhandlung vorbehalten sind, nämlich einem strategischen Handbuch für Kamardols Heerführer. Harrap, in dessen Gedanken nichts anderes Platz hatte als die Eroberung der Stadt, wollte von der Darstellung der Geschichte und der Gesellschaft nichts wissen, hielt er sie doch für unwesentlich. Mir allerdings schienen sie weder für unser gegenwärtiges Vorhaben noch für unsere allgemeine Aufgabe unerheblich.

Nun mein Bericht: Als etwa ein Jahrhundert nach dem Tod des ketzerischen Herrschers Aschoka Schritt für Schritt die Wahre Religion ihren angestammten Platz wieder einzunehmen begann, flohen gewisse Menschen von niedriger Geburt in das Land nördlich der Gebirge. Nicht Angst um ihr Leben war der Grund dafür, sondern ihre Sorge, man werde sie der Würde entkleiden, die sie durch die schädliche Lehre gewonnen hatten. Ihr zufolge kommt ein Mensch auf die Welt, ohne darin einen von vornherein bestimmten Platz einzunehmen. Mit sich nahmen sie nicht nur ihre Angehörigen und ihren Reichtum, sondern auch andere Parias, die ihre Ketzerei noch nicht öffentlich bekannten, sowie einige als wahre Menschen zur Welt Gekommene, die dem ihnen gebührenden Status entsagt hatten. Die vornehmsten unter jenen Flüchtlingen waren die Abkömmlinge einer Konkubine Aschokas. Sie traten als Anführer auf und verliehen sich den Titel Waysah, was so viel wie «Samen des Bodhisattwa» bedeutet – jedenfalls legten sie den Begriff so aus. Im Laufe der Zeit wurden diese Waysah Beherrscher einer Stadt, die sie in der Wüste erbauten. Ihr Reich nannten sie nach Buddhas Beinamen Gaustana.

Zwischen Gebirge und Sandwüste verborgen, so daß die Welt nichts davon erfuhr, wuchs die Gemeinschaft der Gaustaner. Sie waren außerordentlich arbeitsam, und da sie Vorkommen von Gold und Halbedelsteinen entdeckten, konnten sie später solche Waren und Lebensmittel eintauschen, die sie nicht selbst herzustellen oder anzubauen vermochten. Über die Jahrhunderte hinweg stießen zu den ursprünglichen Siedlern in jener Gegend weitere Menschen, tatkräftig und kühn genug, ein neues und erfüllteres Leben zu beginnen. Während die Gaustaner in ihnen Unterdrückte sahen, waren sie in meinen Augen der Bodensatz der festgefügten Gesellschaft, Verbrecher, die nicht bereit waren, die von den Göttern unter den Menschen festgelegte Ordnung anzuerkennen und irgendwelche gerechten Weisungen ihrer gesalbten Könige gelten zu lassen.

Gaustana hieß sie alle willkommen, war die Stadt doch auf die Fertigkeiten und die Tatkraft der Neuankömmlinge angewiesen. Drei Bedingungen erlegten die Waysah ihnen auf: sie mußten die – von den Gaustanern als Dharma, also Wahrheit, bezeichnete – ketzerische Lehre des Gautama Buddha übernehmen und den Waysah in jeder Hinsicht Gehorsam leisten. Solange sie sich an diese beiden Bedingungen hielten, durften sie als Ergebnis ihrer Arbeit Reichtümer anhäufen. Auf diese Weise zwangen die Gaustaner jeden zur Unterordnung unter die weltliche und geistliche Obrigkeit, während sie lauthals behaupteten, Zwang und Obrigkeit zu verabscheuen. Drittens durfte niemand Gaustana verlassen, es sei denn zur Verbreitung des Dharma oder im ausdrücklichen Auftrag der Waysah. Erst seit etwa fünfzig Jahren war es Fremden gestattet, nach Gaustana zu kommen, um dort Handel zu treiben. Jeder, der das tat, wurde ebenso empfangen wie wir – das heißt, man fertigte ihn innerhalb der Karawanserei ab, wo er ausschließlich mit den zuständigen niederen Beamten und dazu ermächtigten Kaufleuten zusammentraf. Theoretisch maß Gaustana dem Handel keinen Wert bei, da man dort die Ansicht vertrat, man besitze alle materiellen Güter, die zur Führung eines geheiligten Lebens erforderlich waren. In Wirklichkeit bildete der Handel einen der Grundpfeiler für die Existenz der Stadt.

Zu der Zeit, da wir nach Gaustana kamen, war die Stadt ein mächtiges Gemeinwesen mit insgesamt etwa siebentausendfünfhundert Familien. Die gesamte Einwohnerzahl dürfte über fünfzigtausend gelegen haben. Höchstens zweitausend der Männer standen ständig unter Waffen. Ihre Hauptaufgabe war es, Feierlichkeiten den erwünschten Rahmen zu geben sowie den König und die hohen Beamten zu schützen. Gaustanas eigentliche Streitmacht war die Miliz. Eine bestimmte Anzahl dafür tauglicher Männer mußte im monatlichen Wechsel eine Woche lang Waffendienst leisten. Insgesamt verfügte Gaustana, wie der Oberste Befrager erklärte, über ungefähr fünfzehntausend Milizionäre. Später erfuhr ich, daß er in seinem Bestreben, uns mit der Macht des Reiches zu beeindrucken, in diese Zahl auch hochbetagte Männer und Jünglinge mit eingeschlossen hatte, deren militärische Ausbildung gerade erst begann – eigentlich jeden, der bald den schwarzen Rüsselhelm tragen würde oder ihn je getragen hatte. In Wirklichkeit konnte Gaustana wohl höchstens fünftausend kampftaugliche Angehörige der Miliz auf die Beine bringen.

Zu denen, die dem König seinen allmonatlichen Dienst leisteten, gehörte auch der Anführer der Patrouille, die uns angehalten hatte. Seinen Worten nach war er gewöhnlich Landwirt und außerdem Bildhauer. In Gaustana strebte jeder Mann – wie auch die meisten Frauen – eifrig danach, den Ruhm des Dharma zu festigen. Viele von ihnen schufen Buddha-Statuen: Bodhisattwas, Arhats und andere Gestalten aus Gaustanas reichem Pantheon. Ihre Arbeiten reichten von aufs feinste ziselierten Goldstatuetten, nicht größer als ein Daumennagel, bis hin zu den in die Felsen gemeißelten Monumentalidolen von dreihundert Fuß Höhe. Andere bemalten die Skulpturen oder schufen auf großen Bildrollen und Wandgemälden Szenen aus Buddhas Leben nach. Tänzer, Schauspieler und Dichter legten ihre Talentprobe in Stücken ab, die in früheren Zeiten den Buddha gepriesen hatten und jetzt die Volksmasse unterhielten. Wer keine solchen besonderen Begabungen besaß, diente auf andere Weise. Während die einen den beständigen Preisgesang für den Buddha leiteten, der den Herzschlag des Lebens in Gaustana ausmachte, arbeiteten andere als Tischler, Maurer, Köche und Klempner. Diese Handwerker errichteten und unterhielten die gewaltigen religiösen Bauten Gaustanas. Diese Dienste an der Religion, hieß es, erfolgten aus freien Stücken, und niemand, weder Mann noch Frau, verweigere sich ihnen. Allerdings hätte es auch keine Möglichkeit dazu gegeben. Solche Dienste machten die Hälfte aller in Gaustana geleisteten Arbeit aus.

Lediglich eine Gruppe trug mit keinerlei körperlicher oder künstlerischer Arbeit zu Buddhas Ruhm bei, da man annahm, daß sie ohnehin unaufhörlich zu Seinem Ruhme tätig seien: Die Mönche machten mindestens den zehnten Teil der Bevölkerung aus, denn es gab über fünftausend von ihnen. Sie trugen wunderbare vielfarbige Gewänder, saßen behaglich in ihren palastähnlichen Klöstern und brachten ihre Tage mit Beten, Weissagungen und dem Aufzeichnen der *Sutren* zu. Man gab ihnen, was sie wollten, ohne daß sie dafür mit Arbeit oder mit Geld zahlen mußten, das bei den Gaustanern Dinara heißt. Sie genossen höhere Verehrung als alle anderen, mit Ausnahme der Waysah, waren doch in den Worten der Gaustaner ihre unablässigen Gebete «wie der Klang von zehntausend ehernen Trompeten, welche die Himmel auffordern, ihr Wohlwollen und ihre Güte auf Gaustana herniederregnen zu lassen».

Mit Nachdruck wies Gaustanas König auf seine Abstammung vom großen Allbeherrscher Aschoka hin. Neben seinem Namen, der zugleich als Titel diente, nämlich Waysah, trug er die Bezeichnung Sohn des Bodhisattwa und Herr des Dharma. Etwas verwirrend wirkte, daß er außerdem behauptete, in direkter Linie Reinkarnation jenes Anand zu sein, der den Gautama auf seinem Zug begleitet hatte. Anfangs hatten die Waysah sowohl das Amt des Königs wie auch das des Hohenpriesters ausgeübt. Obwohl der gegenwärtige Amtsinhaber nach wie vor den Titel Hohepriester beanspruchte, hatte er den größten Teil der mit jenem Amt verbundenen Vollmachten – wie auch einen Teil seiner weltlichen Macht – an die «Reinkarnation» eines anderen Bodhisattwa verloren, der den Titel Herr des Sangha trug, also über alle Mönche gestellt war. Bekräftigt wurde die Rechtmäßigkeit seiner geistlichen Geburt durch die Abstimmungen der Mönche, denn er war in Personalunion Abt des Klosters vom Heiligen Berg, des kleineren Hügels, den ich anfänglich für die Hauptzitadelle der Stadt gehalten hatte.

Im Kloster wurden der linke Arm des Gautama-Buddha und das ungesäumte Gewand aufbewahrt, das Er getragen hatte, als Er sich in Kusinagara unter dem Sāl-Baum zum Sterben niederlegte. Nach Überzeugung der Gaustaner hausten die vier Schutzgottheiten, die ihr Reich bewachen, auf dem Heiligen Berg und ernährten sich vom beständigen Gebetsgesumm, das wie Weihrauch aus dem Kloster zu ihren Ohren aufstieg. Die Wahrsager erklärten, Gaustana werde so lange bestehen, wie seine Reliquien nicht geraubt, das Kloster geplündert und die Schutzgottheiten vertrieben würden.

Trotz des bedeutenden Anteils, der den Mönchen an der Sicherheit des Reiches zukam, nahmen viele gewöhnliche Bürger an ihrer Trägheit und Hochnäsigkeit Anstoß. Sie klagten, das neuartige Vorgehen, bei dem die Mönche «durch Versuchungen Erleuchtungen wie die Buddhas» zu erlangen behaupteten, sei nichts als ein frommes Deckmäntelchen für Orgien. Obwohl die Religion sowohl Opfer wie auch Tempelprostitution verbot, sah man die ‹heiligen› Ausschweifungen der Mönche als skandalös an.

Ich hörte, wie sich ein dicker Kaufmann, der wohl annahm, wir könnten seine Worte nicht hören, bei einem Kollegen beschwerte: «Sie haben meine Tochter zur ‹Unterweisung›, wie sie es nennen, auf den Heiligen Berg befohlen. Bete für mich zu Buddha, daß sie nicht schwachsinnig und lasterhaft heimkehrt.» Allerdings hielten Gaustanas aufgeblasene Parias alle Aspekte der Religion – die für sie gleichbedeutend mit dem Leben war – für so verehrungswürdig, daß sie ihrem Unbehagen nur insgeheim Luft machten.

Abgesehen von drei Punkten schienen die Gaustaner mit ihrem Leben fern der Welt durchaus zufrieden zu sein. Das waren der zunehmende Sittenverfall der Mönche, der sie mit Abscheu erfüllte, die von ihnen geforderten Zwangsleistungen, denen sie sich aber nicht widersetzten, sowie die Enge ihres Lebens, über die sie nicht sprachen. Ihre Religion bedeutete ihnen keine Belastung, denn wer ihr nicht geweiht war, von dem wurde keine der Kasteiungen verlangt, zu denen die Mönche angeblich verpflichtet waren und denen sich viele auch unterzogen. Um ihren Buddhismus von den Sekten des Schmalen Weges in Hindustan mit ihren strengen Vorschriften und unübersichtlichen Versprechungen über das künftige Leben sowie den Lehren des Breiten Weges zu unterscheiden, die nach und nach in den Bergen entstanden und allen Menschen das Heil versprachen, ohne daß sie sich darum bemühen oder Selbstverleugnung auferlegen mußten, vorausgesetzt, sie glaubten, bezeichneten sie ihren Buddhismus als den des Mittleren Weges. Manche nicht der Religion geweihten Bewohner unterließen es, übermäßige Reichtümer anzuhäufen, andere aßen weder Fleisch, noch nahmen sie berauschende Getränke zu sich. Ein Beispiel dafür war der Oberste Befrager. Zwar war niemand zu solcher Entsagung gezwungen, doch bestrafte man wiederholte und öffentliche Ausschweifung damit, daß man den Missetäter beim dritten Verstoß hinrichtete. Sonderbarerweise bestanden einige der Älteren darauf, strenge Askese müsse mit gleicher Schärfe geahndet werden, habe doch Buddha Mäßigung in allem geboten. Da der Mittlere Weg das Wesen ihrer Lehre sei, erklärten sie, müsse ein Übermaß an Tugend als ebenso verabscheuungswürdig gelten wie ein Übermaß an offen zur Schau getragener Lasterhaftigkeit. Jene eifrigen Verfechter der Mäßigung wurden, wie alle mit Ausnahme der Mönche, von einer einzigartigen Institution in ihre Schranken verwiesen.

Erbliche Ämter, natürlich mit Ausnahme dessen des Waysah, waren in Gaustana geächtet, als sei schon die bloße Vorstellung ein Werk des Teufels. Diesem Vorurteil hingen die Gaustaner an, weil sie einer wie der andere Parias waren, die danach trachteten, ihrem vorgezeichneten Geschick zu entgehen. Dennoch galten manche Männer lediglich deshalb für die Würde des Richteramts als geeignet, weil ihre Väter bereits Richter gewesen waren – es sei denn, sie gelangten durch den besonderen und selten vorkommenden Akt in dies Amt, daß König und Sangha gemeinsam einen von ihnen zum Richter ernannten. Das aus sechsundfünfzig Männern bestehende Richterkollegium konnte aber jeden ausschließen, den sie für unwürdig hielten, ob dieser nun durch Geburt oder Ernennung in jene Position gelangt war. Alle Streitigkeiten zwischen Bürgern sowie zwischen Bürgern und Verwaltung wurden den Richtern zur Entscheidung vorgelegt. Nicht einmal der Waysah begehrte gegen deren Schiedsspruch auf, aus Sorge, das Kollegium könne ihm das Recht dazu absprechen. Außer der hohen Ehre, die man den Richtern erwies, stellte man ihnen auch im vernünftigen Rahmen alle materiellen Güter zur Verfügung, die sie wünschten. Da sie keinen Handel treiben durften, um Gewinn daraus zu schlagen, waren sie zum Ausgleich von der Leistung für die Allgemeinheit ausgenommen, ob auf dem Gebiet der Kunst, der handwerklichen Arbeit oder des Dienstes in der Miliz. Sie lebten, wie mir schien, durch ihre Würde abgesondert im von der Welt abgesonderten Gaustana.

Zwei Nächte bevor wir das Land wieder verlassen wollten – wir hatten alle Waren veräußert und rechneten nicht damit, noch weitere Angaben zu erlangen –, berief mich einer dieser Richter zu sich. Der Hüter der Karawanserei erklärte, jener wolle eine bestimmte, mit Rubinen besetzte Elfenbeinstatuette des Buddha erwerben. Weil er nicht dem Kreis der dazu ermächtigten Kaufleute angehörte, durfte er ebensowenig wie jeder gewöhnliche Bürger die Karawanserei betreten. Da es seine Würde nicht zuließ, daß er sich außerhalb der Mauern mit mir traf, wurde ich in einer verhängten Sänfte durch die großen Tore nach Gaustana hineingetragen. Ich hatte bereits in Erfahrung gebracht, daß ihre große Breite und Höhe, die ihre Stärke verminderte, nötig war, um den gewaltig aufragenden Buddha- und Bodhisattwa-Standbildern Platz zu bieten, die man an hohen Feiertagen vom Heiligen Berg herabbrachte, um sie durch die Straßen der Stadt zu tragen.

Obwohl es mir gelungen war, die fest verschlossenen Vorhänge der Sänfte einen Spalt weit zu öffnen, sah ich lediglich eine Fülle von Lichtern, leuchtend bemalte Fassaden und gutgekleidete Menschen. Ich trat aus der Sänfte unmittelbar in den Vorraum zur Wohnung des Richters und wurde durch einen unbeleuchteten Gang zu einem kleinen Zimmer geleitet, das eine einzige Öllampe ein wenig erhellte. Ein schmächtiger Mann von etwa fünfzig Jahren saß auf einem hochlehnigen Stuhl. Da das Licht nicht ausreichte, seiner Gestalt Fülle oder Tiefe zu verleihen, wirkte er völlig substanzlos, wie eine bemalte lederne Schattenspielfigur.

Während wir die Statuette eine Weile prüfend durch unsere Hände gehen ließen, unterhielten wir uns über ihre Schönheit. Schließlich bot mir der Richter einen Betrag, der ein wenig über dem lag, was mir Barniar als ihren Wert genannt hatte. Ich schwankte zwischen der Geldgier, die ich als Kaufmann eigentlich hätte an den Tag legen müssen, und dem Wunsch, Gunst zu gewinnen, der gleichfalls Merkmal des Kaufmanns sein sollte. Da man mich darauf aufmerksam gemacht hatte, daß der Richter keinesfalls Geschenke annehmen dürfe, halbierte ich schließlich die Differenz.

«Ich sehe schon, daß Ihr ein Kaufmann seid, der das Morgen nicht aus dem Auge verliert», sagte der Richter mit seinem piepsigen Stimmchen. Er klang damit wie ein munterer Spatz. «Aber ich muß Euch darauf hinweisen, daß ich in der Zukunft nichts werde für Euch tun können. Sagt, woher kommt Ihr?»

Während ich ihm wiederholte, was wir dem Obersten Befrager berichtet hatten, unterbrach er mich von Zeit zu Zeit mit Fragen. Zuerst fürchtete ich, auf irgendeine Weise sei unser Geheimnis doch an den Tag gekommen, doch nach einer Viertelstunde merkte ich, daß der eigentlich recht munter wirkende alte Herr, dessen hohes Ehrenamt seine Bewegungsfreiheit beschnitt, lediglich neugierig war. All seine Fragen nach den sonderbaren Gewohnheiten von Menschen und den unglücklichen Fügungen der Natur hätte auch mein Vater stellen können. Zwar ärgerte mich einerseits, daß er mir mit seinen Fragen Angst einjagte, doch empfand ich zugleich auch ein neues Gefühl der Sicherheit.

«Es kommt nicht oft vor, daß wir hier einen Kaufmann sehen, der Brahmane ist», sagte er mit solchem Nachdruck, daß sich meine Nackenhaare wieder sträubten, «und noch seltener sehen wir hier einen Kaufmann, dessen Rechte nicht nur die Schwielen von einem Schwertknauf aufweist, sondern auch die verdickten Fingerspitzen eines Lautenisten.»

«Schwerter führen wir auf dem Weg durch das wilde Gebirge zu unserem Schutz mit, Exzellenz», gab ich zur Antwort, «und wir müssen uns natürlich auch in ihrem Gebrauch üben. Da wir aber wußten, daß in Gaustana alle Menschen sicher sind – auch Fremde –, haben wir unsere Waffen zurückgelassen, bevor wir die Grenzen zu Eurem Reich überschritten.»

«Und wie werdet Ihr Euch auf der Heimreise verteidigen?»

«Sollte man unser Versteck entdeckt und beraubt haben, Exzellenz, werden wir in einem bestimmten Grenzdorf, das ich kenne, neue Schwerter kaufen», gab ich zur Antwort. Ich war dankbar, daß wir nicht mehr die Statuette von einer Hand zur anderen reichten, hätte er sonst doch unfehlbar gesehen, daß meine Handflächen zu schwitzen begannen.

«Wie heißt das Dorf?»

Ich nannte ihm einen Namen. Während mir die schwierig auszusprechenden Silben von den Lippen kamen, merkte ich, daß es Ranbirs Heimatdorf war, das er nicht wieder aufgesucht hatte, seit er mit dreizehn Jahren in die königliche Garde eingetreten war. Er hatte es mir viele Male beschrieben.

«Und was ist mit der Laute?» fragte der Richter, offenkundig zufrieden mit dem, was ich über das Dorf zu sagen gewußt hatte.

«Ich spiele die Laute, Exzellenz.»

«Ja, gewiß, Mann. Aber wo habt Ihr sie?»

«In unserem Gepäck, Exzellenz», gab ich zur Antwort. Insgeheim pries ich meine Dickschädeligkeit, die nicht geduldet hatte, daß ich das Instrument zurückließ. «In den ungeöffneten Ballen.»

«Und warum versteckt Ihr sie?»

«Weil es sich, Exzellenz», stammelte ich, «in meinem Lande für einen Brahmanen ebensowenig schickt, die Laute zu spielen, wie für einen Kaufmann. Vielleicht war es töricht, sie zu verbergen, doch fürchtete ich, daß diese Ächtung auch hier in Gaustana gilt. Außerdem wirkt ein Mann, der die Laute spielt, zu jugendlich, und so hält man ihn vielleicht ernsten Geschäfts für unwürdig.»

«Wir haben keine Verbote – jedenfalls keine *solchen*, junger Mann», lächelte er. «Ich selbst schlage auch die Laute. Würdet Ihr ein wenig mit mir spielen?»

«Es wäre mir eine Ehre, Exzellenz», gab ich die von ihm erwartete Antwort.

Ein Diener brachte zwei Lauten von beachtlicher Qualität herein, und zwei Stunden oder länger sangen wir einander etwas vor. Er spielte recht leidlich, auch wenn er, selbst bevor seine Finger steif wurden, wohl nie mehr als ein begeisterter Dilettant gewesen war.

Als ich aufbrach, sagte der Richter: «Ihr müßt wieder kommen und mich besuchen, wenn Ihr Gaustana erneut aufsucht, junger Sänger. Bei Eurem Handel vermag ich Euch nicht behilflich zu sein, doch Eure Gesellschaft würde mich freuen.»

So gingen all seine Fragen letzten Endes lediglich auf die forschende Neugier des eingeschlossenen Mannes zurück. Am folgenden Vormittag verlangte der Oberste Befrager meine Laute zu sehen. Es kam mir vor, als habe er nicht etwa aufs neue Argwohn geschöpft, sondern sei bekümmert darüber, daß er meine Fertigkeit auf diesem Instrument nicht selbst entdeckt hatte.

In der übernächsten Nacht bekamen wir die Erlaubnis zum Aufbruch. Wir ritten südwärts, in die Richtung, aus der wir gekommen waren. Den ganzen ersten Tag hindurch gab uns ein Miliztrupp das Geleit, um sicherzustellen, daß wir weder vom Wege abwichen, noch uns verweilten. Geduldig ließ ich alles geschehen, war ich doch im Besitz dessen, was zu suchen ich gekommen war.

25

Als wir schließlich zu Harrap stießen, raste er wie der Heilige Stier, dem alles erlaubt war und den man hingebungsvoll verehrte, bis man ihn schließlich zur Opferung in goldene Ketten schlug.

Unsere Rückkehr hatte lange gedauert. Um die wachsamen Miliz-Patrouillen nicht auf unsere Fährte zu bringen, hatte ich meine kleine Karawane zwei Tage lang südwärts bis an den Rand des Gebirges geführt. Erst nach weiteren drei Tagen waren wir auf die Männer gestoßen, die das öde Land nach uns durchsuchten. Noch einmal fünf Tage hatte der Ritt gedauert, der uns in weitem Bogen erst nach Westen, dann nach Norden und schließlich wieder nach Osten um das Reich von Gaustana herumgeführt hatte, bis wir zu unserer eigenen Streitmacht stießen.

Anand, der uns zur Begrüßung einige Meilen weit vom Lager entgegengeritten kam, wirkte bleich und machte einen verbitterten Eindruck. Mich am Leben zu sehen, worauf er nicht mehr gehofft hatte, freute ihn ebenso sehr wie die Aussicht, die in meiner Abwesenheit übernommenen Aufgaben wieder auf mich übertragen zu können. Er sah sich außerstande, Harraps Wutanfälle und Launen länger zu ertragen.

Anand berichtete, was inzwischen geschehen war: Als wir nach den zehn Tagen nicht zurückgekehrt waren, die mir zur Erledigung meines Auftrags bewilligt worden waren, hatte Harrap Befehl gegeben, zu satteln und gegen Gaustana zu reiten. Das allerdings war äußerst unklug, da er nichts über die Stadt wußte. Weder kannte er das Gelände noch die Truppenstärke oder Verteidigungsanlagen der Gaustaner. Den Offizieren hatte er einen heiligen Eid abgenommen, die Stadt zu erstürmen und uns zu befreien, sofern man uns gefangenhielt, und uns zu rächen, sofern man uns getötet habe. Der Hengst, hatte er befohlen, könne im Land zwischen den bewässerten Tälern und der unfruchtbaren Sandwüste bei Seiner Eskorte bleiben.

Rasend vor Zorn, behauptete er, man habe ihn herausgefordert, da dem Willen der Götter Gewalt geschehen sei. Der Hengst habe uns nach Gaustana geführt, und statt sich zu unterwerfen, hätten die Gaustaner Stoßtrupps ausgesandt, um uns an verschiedenen Stellen anzugreifen. «Wo ist Jakir, der Sänger?» wehklagte er. Jakir, das Blut in den Adern seines rechten Arms, sein Bruder durch die Zwillingsschwerter und vor dem Angesicht der Götter. Jakir, wie er selbst der Atem des Hengstes, welcher der Atem der Welt sei. «Wo ist er», fragte er, «wenn ihn die tückischen Gaustaner nicht erschlagen oder in Ketten gelegt haben?»

Verdrießlich waren die Bankerte nordwärts getrabt, um ihre Pflicht zu tun, die darin bestand, den Hengst zu bewachen, während sich alle anderen nach Süden wandten, um zu kämpfen. Eine Schwadron nach der anderen saß auf, die Banner entfalteten sich im Winde, die Rüstungen blitzten in der Morgensonne, das Zaumzeug klirrte, die frisch eingefetteten Zügel lagen weich zwischen Fingern, die wegen der rissigen, schützenden Hornhaut kaum spürten, wie geschmeidig das Leder war. Des eintönigen Umherziehens müde, sehnten sich Kamardols Krieger nach der befreienden Leidenschaft der Schlacht – und sie freuten sich auf die Beute, die bei der Eroberung der Stadt auf sie wartete. Doch auch die schwarze Angst saß mit ihnen im Sattel, dicht hinter ihren regenbogenfarbenen Umhängen, und jeder der Männer flehte leise murmelnd seine eigenen Götter an, sein Leben zu schützen. Zum erstenmal ritten sie gegen eine in jeder Beziehung unbekannte Macht, die möglicherweise die ganze farbenprächtige Truppe so vernichten würde, wie die Männer mit ihren Fingern spielerisch die scharlachrote und schwarze Rüstung eines Sandlaufkäfers zerdrückten.

Die Erkundungstrupps waren bereits unterwegs, und die Kavallerie-Bedeckung begann sich in Marsch zu setzen, als Harrap, die Hand auf dem Sattelknauf, dem Priester gebot, er möge die Götter anflehen, damit Sie seiner Streitmacht den Sieg schenkten.

Geradezu lächerlich wirkte der Priester in einem lose um ihn schlotternden Umhang, der einst einen stattlichen Leib bedeckt hatte. Er trat aus dem Kreis der Pferde heraus, so daß ihn die Krieger deutlich sehen konnten. «Es kann keine Anrufung geben!» sagte er mit fester Stimme und so laut, als spräche er zu den Zehntausenden in Kamardols großer Arena.

«Was sagst du da?» fragte Harrap. Er trieb sein Tier ein Stück voran und sah auf das schlaffe Gesicht des Priesters hinab. Mit den breiten Fingern seiner Rechten zog er den Handgelenkriemen seiner Streitaxt straff, bis der Stiel in seiner Hand lag und die Schneide neben seinem Unterschenkel herabhing.

«Es kann keine Anrufung geben, Hoheit», wiederholte der Priester zu Harrap gewandt, aber wieder so laut, daß es auch die zweitausend Krieger hören konnten. «Bevor wir gegen Gaustana reiten, muß der Hengst entsühnt werden. Wie Ihr wißt, war Er nicht nur mit einer Stute zusammen, sondern möglicherweise mit deren sechs, bis wir Ihn fanden.»

Die Streitaxt hob sich eine Handbreit der Horizontalen entgegen, hing aber immer noch an Harraps Seite herab. Die knotigen Adern an seinem Handgelenk schwollen an. Der Priester wich nicht zurück. Er hatte seinen Augenblick gut gewählt. Hätte er die Sache Harrap unter vier Augen vorgetragen, wäre eine bittere Auseinandersetzung die unausweichliche Folge gewesen, aber gegen seine öffentliche Erklärung konnte nicht einmal Harrap etwas unternehmen.

Das wurde ihm binnen Sekunden klar. Erneut hing die Streitaxt locker an ihrem Lederriemen herab, und er erkundigte sich voll Bitterkeit: «Wie lange wird die Entsühnung dauern, o Brahmane?»

«Das weiß ich nicht, o Prinz. Vielleicht fünf Tage, vielleicht zehn.»

Während hilflose Wut Harraps Wangen und Stirn gelb verfärbten und zwischen seinen Schlitzaugen die schmetterlingsförmige Narbe rot aufflammte, gab er Anand den Befehl, die Kundschafter zurückzurufen.

Dann hatte er sich, ein Gefangener des Zeremoniells, beleidigt in seine Jurte zurückgezogen, die er täglich einmal verließ, um vom Rücken seines Pferdes herab den Riten der Entsühnung zuzusehen, wobei er mit niemandem ein Wort wechselte. Unbeirrt hatte der Priester sechsmal die aufwendigen Riten wiederholt, wobei er Waju Milch und Weizen als Weihegaben darbrachte, um den Samen des Hengstes erneut in den Zustand der Heiligkeit zu versetzen. «Waju», so heißt es in den Brahmanas, «ist der Reichtum spendende Wind, und er wandelt den Samen um; auf diese Weise versieht der Reichtum spendende Wind auch den Hengst mit Samen.»

Als ich diesen Bericht hörte, überlegte ich, ob nicht der Priester beim Ausbruch der rossigen Stuten und ihrer Flucht nach Norden die Hände im Spiel gehabt hatte, um auf diese Weise den Hengst von der Richtung abzulenken, die nach Gaustana wies, und damit unseren Angriff zu verzögern. Später schwor er mir, es sei nicht so gewesen, und ich mußte ihm glauben, da er erklärte, er habe auf der Durchführung der Riten bestanden, um zu verhindern, daß Harrap unsere Streitmacht gegen unbekannte Gefahren nach Gaustana in Marsch setzte, wo sie möglicherweise zerschmettert worden wäre wie ein Adler an einem Felssporn, den der Nebel verhüllt. Wenn es notwendig gewesen wäre, erklärte der Priester, hätte er ein Vorzeichen herbeigeführt. Angesichts seiner Offenheit gab es für mich keinen Anlaß, an seiner Aussage zu zweifeln, er habe die Stuten nicht freigelassen. Doch fragte ich mich immer wieder, wie dehnbar sein Glaube sein mochte, der so sehr seinem eigenen Willen unterworfen war, daß er keine feste Gestalt annahm.

Der Priester teilte mir mit, er habe lediglich erreichen wollen, daß Harrap auf die Nachrichten warte, mit denen ich zurückkehren würde. Allerdings fragte ich mich, ob er auch damit rechnete, daß Harraps wilde Entschlossenheit abklingen würde, Gaustana auch dann zu zerschmettern, wenn die Truppen der Stadt zehnmal so stark waren wie unsere eigene Streitmacht.

Mit Ausnahme Gorbabordols, der sich beim Hengst befand, und Anands, den ich nicht hinzubat, weil ich fürchtete, er könne um Schonung für die Anhänger seiner Religion bitten, waren wenige Stunden nach meiner Rückkehr dieselben Männer im Sonnenschein versammelt, die nahezu einen Monat zuvor um das Feuer herum beratschlagt hatten – Harrap, der Priester, Ranbir, Mirab und ich. Ich erstattete meinen Bericht, der vielleicht etwas länger war als der von mir bereits niedergeschriebene, aber im wesentlichen das gleiche enthielt.

Gerade als ich meinen Angriffsplan vortragen wollte, den ich während des langen Ritts entwickelt hatte, erklärte Mirab: «Wirklich schade, äußerst bedauerlich. Doch wie der frühere König zu sagen pflegt, eine verlorene Stadt bedeutet nicht, daß der ganze Feldzug vergeblich war. Ich sehe aber keine andere Möglichkeit. Bestimmt sage ich, was alle denken: Dieser Gegner ist für uns zu mächtig…»

«Glücklicherweise hat der Hengst bereits eine andere Richtung eingeschlagen», sagte der Priester, und es klang ganz unbefangen. «In einem solchen Fall gebietet weder die Ehre noch der Befehl der Gottheit, daß wir mehr tun, als es uns die Weisheit rät. Nach der Entsühnung ist Er wieder frei und steht unter dem Einfluß der Götter. Wir müssen Ihm folgen und unseren Angriff gegen Gaustana auf ein anderes Mal verschieben.»

«Wären die Patrouillen dieser Leute nicht so weit vorgeschoben oder schliefen sie wenigstens manchmal», fügte Ranbir hinzu, «könnte ein Überraschungsangriff Erfolg versprechen. Wäre das innere Tal Gaustanas offener und nicht am schmalen Ende durch Wachen versperrt... wären die Zitadellen nicht so hoch und die Wälle nicht so stark... Nun ja, es hätte eine beeindruckende Schlacht werden können.»

«Soll ich Befehl geben, weiterzuziehen, General?» fragte Mirab und stützte sich auf seinen kurzen Spieß, als er sich erhob. Er hatte die Frage aus bloßer Höflichkeit gestellt und war davon überzeugt, daß er die Antwort wußte.

«Setz dich, Mirab», gebot ihm Harrap in einem Ton, der fast wohlwollend klang. «Noch sind wir nicht fertig. Es gibt noch dies und jenes zu besprechen.»

«Ach ja, Einzelheiten?» sagte Mirab und ließ sich brummend wieder nieder. «Schon gut... ich wollte nur nicht, daß der Hengst einen zu großen Vorsprung bekommt.»

Harrap wartete, bis Mirab schwieg. Dann sprach er so leise, daß wir uns vorbeugen mußten, um ihn verstehen zu können. «Es schmerzt mich, meine Herren – und ich spreche jetzt aus der Tiefe meines Herzens –, es schmerzt mich, Männer, die älter sind als ich und die in der Kriegskunst wie in der Verehrung der Götter meine Lehrer waren, jetzt belehren zu müssen. Aber mir scheint, meine Herren, daß ihr den Zweck unserer Expedition vergessen habt.»

«Wirklich, General, das ist nicht recht», begehrte Mirab auf. Ranbir und der Priester schwiegen.

«Unser Auftrag *heißt nicht*, einen angenehmen Ritt durch die schöne Landschaft zu unternehmen und uns mit den Siegen zu schmücken, die uns in den Schoß fallen», fuhr Harrap fort. «Er heißt auch nicht, einer Schlacht auszuweichen, weil sich der Feind uns als überlegen erweisen könnte. Unser Auftrag lautet, dem Vollkommenen Hengst zu folgen... Ihm den Weg freizumachen, wenn sich Ihm jemand entgegenstellt. Er hat uns nach Gaustana geführt, und die Ketzer dort wollten nicht gestatten, daß Er weiterzog. Wir können uns nicht anmaßen, darüber zu rechten, ob wir losschlagen sollen oder nicht. Es gibt für uns nur eine einzige Frage zu entscheiden, und zwar die, *auf welche Weise* wir losschlagen wollen.»

«Offen gestanden finde ich das ein bißchen stark, General», setzte Mirab an. «Immerhin...» Als er sah, daß Ranbir dem Priester einen Blick zuwarf, mit dem er diesen aufforderte zu reden, brach er ab und gab nur noch ein unverständliches Gemurmel von sich.

«Hoheit», meldete sich der Priester bedächtig zu Wort. «Zwar haben uns diese Gaustaner einen Hinterhalt zu legen versucht, aber Ihm konnten sie den Weg nicht versperren. Der Hengst hat aus eigenem Antrieb die Richtung gewechselt.»

«Spitzfindigkeiten», knurrte Harrap. «Lauter brahmanische Spitzfindigkeiten. Der Hengst hat uns durch die Wüste nach Gaustana geführt. Muß Er erst mit dem Schädel gegen das Stadttor hämmern, damit Ihr den offenkundigen Willen der Götter erkennt? Unsere Sendung wäre absurd, wenn wir durch das Gebiet der größten Stadt auf unserem Weg ziehen und auf Widerstand stoßen, aber beiseite gehen, weil man uns keine Unterwerfung anbietet. Wenn wir uns so verhielten, würde es sich nicht um eine wirkliche Expedition handeln, sondern um ein Ausweichen vor den Tatsachen... Es wäre nicht das, was Ihr gelobt habt, sondern ein fauler Zauber, wie die falschen Expeditionen, die es früher gegeben hat.»

«Ich nehme den Willen der Götter besser wahr als Ihr, o Prinz», beharrte der Priester. «Das ist meine Aufgabe. Und ich sage Euch, daß es zu keiner offenen Begegnung gekommen ist. Wir sind erst verpflichtet, tätig zu werden, wenn Er uns geradewegs zur Festung Gaustana bringt.»

«Ketzerei! Wir sind hergeführt worden, um eine empörende Ketzerei auszumerzen», sagte Harrap mit einer Stimme, die wie ein Echo des prophetischen Tons klang, in dem der Priester gesprochen hatte. «Sofern unsere Expedition einen Sinn hat, der über die Mehrung unseres eigenen Ruhms hinausgeht, heißt dieser, der Ketzerei Einhalt zu gebieten und die verräterischen und ungehorsamen Parias zu züchtigen. Wir sind die Geißel der Götter.»

Diese leidenschaftliche Erklärung, mit der Harrap unumwunden aussprach, was nicht hätte gesagt werden dürfen, rief ein minutenlanges qualvolles Schweigen hervor. Auch ich war entsetzt, obwohl ich schon seit einer Weile gespürt hatte, wie diese gefährliche Überzeugung in Harrap herangewachsen war. Zweifellos war er von etwas inspiriert, aber ich fragte mich, ob es sich um eine Eingebung der Götter handelte oder ob die Inspiration auf eine krankhafte Veränderung zurückging, die in ihm stattgefunden hatte.

Gleichwohl deckte sich Harraps Wille mit dem meinen, denn

auch ich war entschlossen, Gaustana anzugreifen. Er hatte sich auf das Geheimnis unseres Ziels berufen, statt sich der Wirklichkeit unserer schwierigen Lage zu stellen. Da er nicht nur im Ton eines Priesters sprach, sondern auch mit den entsprechenden Worten, konnte ich ihn am besten mit Zitaten aus den Schriften unterstützen.

«Meine Herren», sagte ich, «die Brahmanas warnen vor einer übertrieben buchstabengetreuen Auslegung der göttlichen Worte. Dort steht: ‹Nur ein Paria und ein törichter Brahmane glauben, daß der Text alle Antworten enthält.› Weiter heißt es in den Schriften: ‹Wer dem Hengst die Anerkennung versagt, den sollst du erschlagen.› Doch würde ich empfehlen, daß wir lieber über unser Ziel reden als über die heiligen Schriften.»

«Das tue ich ja gerade», erwiderte der Priester heftig. «Gewiß lautet unser Auftrag, dem Hengst zu folgen. Niemand bestreitet das. Aber darüber hinaus heißt unser höheres Ziel, Ihn ungefährdet nach Kamardol zurückzubringen, wenn Sein Jahr um ist...»

«Es steht geschrieben: ‹Ohne einer Herausforderung auszuweichen...›» wandte ich ein.

«Niemand hat uns zum Kampf herausgefordert», gab der Priester zur Antwort. Sein Zorn war gewichen, und seine Stimme klang wieder so gelassen wie die eines Stabsoffiziers, der einen Schlachtplan erläutert. «Eine Falle bedeutet die Situation für uns nur, wenn wir darauf bestehen, aus eigenem Antrieb hineinzugehen. Wieviel besser wäre es, jetzt ehrenvoll vorüberzuziehen und später mit einem großen Heer zurückzukehren und das Nest der Ketzer zu zerschmettern.»

«Ja», stimmte Mirab zu. «Das ist die Lösung, ganz richtig. Vernünftig und militärisch überzeugend. Wir sollten jetzt ein paar Stoßtrupps losschicken, um zu sehen, mit welcher Taktik sie kämpfen. Wenn wir dann im nächsten Jahr die Expedition hinter uns haben, kommen wir wieder, zerschmettern Gaustana, besetzen die Stadt und fügen sie den Besitzungen unserer Krone ein.»

«Auch wenn wir sie jetzt einnehmen könnten, verfügten wir nicht über genug Männer, um sie zu halten», erinnerte uns Ranbir.

«Wir werden uns auf keinen Fall mit scheinlogischen Rechtfertigungen für Feigheit zufriedengeben», zerschnitt Harraps Stimme den Chor selbstgefälliger Zustimmung und gegenseitiger Beweihräucherung. «Ich greife an. Diesen Siegespreis lasse ich mir unter keinen Umständen entgehen.»

Das Schweigen wurde im Licht des Tages greifbar und dehnte sich über zwei, dann drei und schließlich fünf Minuten. Mit einemmal nahm ich die Geräusche des Lagers um uns herum wahr. Das Klirren des Zaumzeugs, das Schnauben der Pferde, die Rufe der Männer. Schande lag greifbar zwischen uns im Sonnenlicht, schwarze Ehrlosigkeit stand so dicht und so deutlich vor uns, daß wir ihre schleimige Haut mit unseren Fingerspitzen tasten konnten. Mit Entsetzen sah ich, daß zum erstenmal in der Geschichte unseres Volkes Offiziere bereit schienen, sich ihrem Oberkommandierenden zu widersetzen.

«Eure Befehle, General?» fragte ich förmlich, um das lastende Schweigen zu brechen.

Harrap gab keine Antwort. Er wollte keinen kampflosen Sieg. Lieber riskierte er die endgültige Katastrophe, die es bedeuten konnte, wenn er seinen Willen gegen ihre gemeinsame Entschlossenheit setzte. Das Schweigen dauerte weitere Minuten an, und jeder wich dem Blick des anderen aus.

«Natürlich folgen wir Euch», sagte Ranbir schließlich knapp und ohne Umschweife. «Allerdings fürchte ich, daß es unseren Tod bedeutet. Schon merkwürdig – ich habe Euch das Befehlen gelehrt, soweit Ihr das überhaupt nötig hattet, und nun befehlt Ihr unseren Tod. Eure Anordnungen, General?»

«Natürlich folgen wir Euch», schloß sich Mirab an. «War das je fraglich? Ich weiß nicht… auch wenn wir gerade über die Sache gesprochen haben. Ich kann nun einmal nicht gegen meine Empfindungen an, doch wenn Ihr sagt, daß wir reiten, dann reiten wir. Zwar bin ich alt aber, bei Wischnu, ich bin nach wie vor Soldat… Ich kann gehorchen.»

«Vermutlich könnte ich meine eigene Meinung weiter vertreten», sagte der Priester matt. «Ihr wißt sehr wohl, wie ich die Vorzeichen ausgedeutet habe. Aber Ihr laßt mir kaum eine Wahl. Ich kann die Vollkommene Suche nicht damit beflecken, daß ich die Anrufung verweigere, mit der wir von den Göttern den Sieg erflehen. Auch wenn sich herausstellen sollte, daß diese Anrufung das Vorspiel unseres Untergangs war, muß die Expedition bis an ihr Ende vollkommen bleiben.»

Harrap lehnte sich zurück. «Nun, Jakir, ich glaube, du bist zu einigen Folgerungen gekommen. Willst du uns sagen, wie wir Gaustana einnehmen können?»

Obwohl ich schon seit Tagen genau wußte, was ich sagen würde, sobald sich die Gelegenheit dazu bot, ließ ich eine Pause von einigen Sekunden eintreten, als müsse ich meine Gedanken ordnen. Wußte Harrap nicht, fragte ich mich, was er getan hatte – oder war es ihm gleichgültig? Für den Augenblick schien es mir nicht so wichtig, dieser Frage nachzugehen, hatte ich doch mein Ziel erreicht. Also begann ich: «Da unsere Zahl geringer ist als die der Gaustaner hinter ihren Wällen, denke ich, daß wir uns ihre Schwächen zunutze machen müssen. Eine, die ich bemerkt habe, ist taktischer Art. Keinesfalls können die Gaustaner alle Wege bewachen, die von Norden und Süden zur Stadt führen, und gleichzeitig eine Streitmacht aufbieten, die stark genug ist, uns Widerstand zu leisten. Im Osten und Westen bieten die Felswände einen so guten Schutz, daß die Bewohner Gaustanas den Zugängen dort kaum Aufmerksamkeit zuwenden. Die Hauptschwäche der Stadt aber liegt weniger deutlich zutage.» Ich machte eine Pause und sah Harrap an.

«Stadt *und* Religion sind eins», erklärte ich. «Dennoch sind die Mönche, die ihr Dharma verkörpern, von den Bürgern getrennt, und zwar nicht nur in ihren Herzen, sondern auch durch den Ort, an dem sie leben, und durch ihre Verteidigungsanlagen. Diese Mönche, die keine Kämpfer sind, hüten Gaustanas Seele in einer von der Stadt getrennten Zitadelle.»

Ausführlich erläuterte ich Einzelheiten, die ich hier nicht zu wiederholen gedenke, da der Bericht über unseren Angriff sie enthalten wird.

Ich hatte angenommen, Harrap sei so sehr auf sein Ziel fixiert, daß er kaum wahrgenommen hatte, wie er seine Offiziere an den Rand der Meuterei getrieben hatte. Doch da irrte ich mich. Er sah keine Wahl, als Gaustana anzugreifen – ganz gleich, welche Gefahr das für unsere Einigkeit oder unser Leben bedeutete, und dazu mußte er uns zur Übereinkunft zwingen, ohne seine Überredungskünste einzusetzen, die ihm durchaus zu Gebote standen. Während der gesamten langen Beratung, die sich anschloß, hielt er sich auffallend zurück, um uns zu einer freiwilligen Übereinkunft zu bringen. Jetzt nahm er es mit der Planung so genau, wie er zuvor in seinem Beharren auf den Angriff unerbittlich gewesen war.

Sonderbarerweise erhoben sich über die Wogen meines eigenen Zorns gewisse Bedenken, als ich merkte, wie ernsthaft Harrap die Aufgabe anging. Obwohl es für ihn nur eine Möglichkeit gab, nämlich den Angriff, erfaßte er mit dem geschulten Auge des erfahrenen Heerführers, wie verzweifelt das Unternehmen war. Darüber gab er sich keiner Täuschung hin. Mit der Gerissenheit, die er in hundert Schlachten gelernt hatte, bemühte er sich darum, seine Vorbereitungen für einen Kampf zu vervollkommnen, dem sich sein Verstand widersetzt hätte. Den alten Haudegen Mirab und Ranbir gefiel es, daß sich Harraps Bedenken nahezu mit ihren eigenen deckten. Auch sie zeigten sich von der militärischen Aufgabe fasziniert, die ihnen da bevorstand. So heftig argumentierten sie, als stamme die Entscheidung über das Unternehmen von ihnen persönlich und als müßten sie die Zustimmung ihres zögernden Oberbefehlshabers zur Durchführung gewinnen. Der Priester wirkte so unbeteiligt, daß man glauben konnte, er sei nicht anwesend und beschäftige sich mit der Erkundung der Vorzeichen.

Der lange Ritt und die kräftezehrende Auseinandersetzung hatten mich erschöpft. Da ich zur Sache nicht mehr viel beisteuern konnte, nachdem ich mein Wissen über Gaustana und den allgemeinen Angriffsplan vorgetragen hatte, beschloß ich, mich zum Schlafen niederzulegen. Angaben über den genauen Zustand unserer Streitmacht konnte Anand ebensogut beisteuern wie ich. Obwohl Anand die Rolle des Adjutanten nur stellvertretend ausfüllte, erhob der Priester Einwände, da er ihm nach wie vor mißtraute. Harrap pflichtete mir bei, als ich darauf hinwies, daß ich durch meine lange Abwesenheit nicht hinreichend informiert sei und ihm daher ausschließlich Anand mitteilen könne, was er wissen müsse. Ich schlief den langen heißen Nachmittag hindurch, während die drei über die Karten des Tales von Gaustana und die von mir gezeichneten Skizzen der Festungsanlage gebeugt diskutierten. Sie skizzierten ihre Taktik, verwarfen Geplantes, um wieder von vorn zu beginnen, während sich die dreieinhalb Tagesreisen entfernte Stadt auf ein weiteres ihrer gewaltigen blutlosen Feste zu Ehren Buddhas vorbereitete, mit denen sie sich hauptsächlich beschäftigte.

Das gleichmäßige Trommeln von Hufen weckte mich, und ich sah, daß ein Trupp Reiterei unser Lager verließ.

«Exerzieren – jetzt?» fragte ich Anand.

«Nein», gab er zur Antwort, «sie reiten als erste nach Gaustana.»

«Um das Wenige an Überraschung preiszugeben, das wir vielleicht noch auf unserer Seite haben? Auf jeden Fall würden sie die Befürchtungen der Gaustaner bestärken!»

Harrap selbst antwortete mir: «Sie sollen den Zugang von Norden her erkunden – und die Gaustaner beunruhigen.»

Ich muß meine Ungläubigkeit ziemlich deutlich gezeigt haben, denn lachend erklärte er: «Die Gaustaner sind uns zahlenmäßig so sehr überlegen, daß wir nur siegen können, wenn wir uns ihre Stärke zunutze machen. Nicht ihre Schwäche wird sie überwinden, sondern ihre Stärke. Wir müssen ihre Tugenden gegen sie selbst wenden. Dazu gehört die Aufmerksamkeit und Flinkheit, mit der ihre Miliz auf Übergriffe reagiert. Dieser Vorstoß unserer Reiterei ist die erste Stufe unseres Planes. Wir werden den Gegner zu einer massierten Attacke gegen unsere Spieße und Pfeile verlocken, wobei die gewohnte Rolle von Verteidiger und Angreifer umgekehrt wird, so daß die schweren Verluste auf der Gegenseite liegen dürften. Unterdessen wird ein kleiner Trupp unter Ranbir einen Schlag gegen die Zitadelle ihres Glaubens führen. Wenn er erst das Herz ausgerissen hat, das ihnen den Kampf gebietet, werden die Glieder von allein absterben.»

Während in meinem Herzen plötzliche aufkeimende Hoffnung mit Bedenken im Widerstreit lag, schienen die drei Befehlshabenden sehr zufrieden mit sich. Ein zufriedenes Grinsen trat auf Anands Gesicht, und sogar der Priester lächelte. Sie waren von überschäumender Zuversicht, und ihre Gesichter glänzten vor Freude. Solche Gesichter voll grenzenloser Vorfreude hatte ich schon früher gesehen. Als Harrap und ich in unserer Jugend unter Ranbirs und Mirabs Anleitung erst die Handhabung der Waffen, sodann die Taktik und schließlich die Kunst der Strategie gelernt hatten, pflegten wir uns ebenso rückhaltlos zu freuen, wenn wir mit ausgeklügelten Teufeleien unsere Lehrmeister zur Verzweiflung brachten.

«O Jakir», stieß Ranbir durch sein Gelächter hindurch aus, «wir brauchen Euch wieder. Kommt, zeichnet uns noch einmal so viele Pläne vom Tal und von den Zitadellen, wie Ihr könnt.»

«Sie müssen so akkurat wie möglich sein», fügte Harrap hinzu. «Laß lieber etwas weg, wenn du nicht ganz sicher bist, statt uns durch Irrtümer zu gefährden.»

Der endgültige Angriffsplan war von so genialer Einfachheit, daß er auch mich insgeheim beglückte, während ich die genauen Anweisungen für die jeweiligen Einheiten niederschrieb. Sie sahen im einzelnen vor:

1. Die leichte Reiterei zieht mit einem Vorsprung von einem Tages-

ritt die Verteidiger auf sich und versucht gleichzeitig, erfolgversprechende Wege ins Tal zu erkunden und Stellen auszuspähen, an denen wir uns vor einem Hinterhalt hüten müssen. Die Gefahr, die damit verbunden ist, daß die zur Erkundung ausgesandte Reiterei den Feind warnt, ist vertretbar. Es gibt keine Möglichkeit, das Gelände zu erkunden, ohne die Verteidiger zu warnen.

2. Die Hauptstreitmacht wird am Abend des zweiten Tages eintreffen. Die Reiterei wird wieder zu ihr stoßen, und sie werden die Verteidiger gemeinsam an den Flanken angreifen. Sobald die Gaustaner – die anfänglich ein Ablenkungsmanöver befürchten dürften – überzeugt sind, daß wir sie in unserer Torheit tatsächlich frontal angreifen, werden sie ihre gesamte Streitmacht gegen uns aufbieten. An einem Ort, den wir nach den jeweiligen Umständen erkunden müssen, werden wir sie in einen Hinterhalt zu locken versuchen. Auf jeden Fall werden wir in der Defensive bleiben, uns einigeln und mit einem Wall aus Schilden und Spießen umgeben. Die Bogenschützen werden uns in gewohnter Weise aus einer bestimmten Entfernung unterstützen.
3. Es ist damit zu rechnen, daß die Gaustaner, in der Überzeugung, uns vernichtend schlagen zu können, den größten Teil ihrer Streitkräfte gegen unsere Igelstellung aufbieten. Dabei dürften sie schwere Verluste erleiden.
4. Sobald die dreihundert Mann der königlichen Garde, unterstützt von den zweihundert Fußsoldaten der Palastwache, Gaustana über die Berge von Osten her erreicht haben, werden sie in das Kloster auf dem Heiligen Berg eindringen. Sie werden sich unmittelbar vor der Morgendämmerung des dritten Tages an Seilen von den Felsüberhängen herunterlassen und die furchtsamen Mönche überwinden.
5. Wenn die Sonne vollständig aufgegangen ist, müßte der Heilige Berg in unserer Hand sein. Die Gardisten werden einen polierten Schild dreimal in der Sonne aufblitzen lassen, um ihren Erfolg zu melden, und am höchsten Punkt der Zitadelle das große Kriegsbanner Kamardols hissen. Eventuelle Schwierigkeiten werden durch rasch aufeinanderfolgendes Aufblitzen eines Schildes gemeldet.
6. Sobald wir im Besitz der Zitadelle sind, geht die Hauptstreitmacht von der Verteidigung zum Angriff über. Alle rufen: «Eure

Reliquien gehören uns! Eure Schutzgötter sind in alle Winde geflohen!» Angesichts ihrer Verluste und dieser Vorzeichen werden die Fanatiker ein leichtes Opfer unserer Schwerter. Die ungeschützte Stadt gehört uns.

7. Wir haben den Plan entworfen, so gut uns das möglich war. In dem Bewußtsein, daß uns ein Rückzug nicht möglich ist, werden wir mit aller Kraft und allem Mut kämpfen, die uns zu Gebote stehen. Alles übrige müssen die Götter entscheiden, für deren Wahrheit wir kämpfen. Wir weihen die Stadt Waruna und Pragpati.

«Kein schlechter Plan, was?» Harraps Begeisterung war herzwärmend. «Gerade gründlich genug, um uns zu zeigen, was wir zu tun haben, läßt er genug Spielraum, daß wir uns nicht selbst Fußangeln legen.»

Meine eigene Freude war nahezu ebenso überschäumend wie die seine, sah ich doch meine Abrechnung mit Gaustana sowie die letzte Bewährung der Expedition greifbar nahe. Allerdings wurde diese Freude ein wenig getrübt, so, wie ein einziger Öltropfen das vollkommene Leuchten einer Wasserfläche auch dann beeinträchtigen kann, wenn das Wasser unter dem Öl und um es herum blinkt und blitzt. Ein kleiner Teil meines Ichs – vielleicht war es der detailversessene Adjutant, der ich geworden war – trauerte im voraus um die Toten, mit denen wir für den Sieg würden bezahlen müssen. Aber wann waren große Pläne je ohne Blutvergießen ausgeführt worden? Auch war ich enttäuscht, weil mir Harrap meinen Wunsch, Ranbirs Streitmacht zu begleiten, rundheraus abgeschlagen hatte. Dazu hatte er sich der fadenscheinigen Erklärung bedient, er brauche mich persönlich. Als ich darauf hinwies, daß Anand bei der Koordinierung des Angriffs Ranbir unterstützen könne, gab er zur Antwort: «Das kommt überhaupt nicht in Frage. Sieh zu, daß er in deiner Nähe bleibt – und behalte ihn im Auge. Ich traue diesem übergelaufenen Brahmanen nicht, der sich zugleich zum Krieger und zum Buddhisten bekehrt hat. Vergiß nicht, daß wir gegen seine Glaubensbrüder zu Felde ziehen.»

Während des langen Ritts nach Süden setzte ich Anand von Harraps Mißtrauen in Kenntnis. Auf meine Frage, wie er allem Anschein nach unbekümmert der Zerstörung eines buddhistischen Reiches entgegenreiten könne, erklärte er schließlich: «Vielleicht müßte mich das bekümmern, aber das ist nicht der Fall. Ich habe erst Kamardol und jetzt Harrap meinen Eid geleistet. Daß ich den nicht brechen kann, ist klar.»

«So einfach ist das?»

«Ich fürchte, nein. Du siehst in der Lehre, der Gaustana anhängt, eine Ketzerei dem Alten Glauben gegenüber. In meinen Augen sind die Gaustaner in zweifacher Weise als Ketzer anzusehen, da sie das Wesen des Dharma leugnen. Sofern das möglich ist, verabscheue ich diese Ketzerei noch mehr als du die Menschen, die nach eurer Ansicht keine Menschen sind.»

«Das verstehe ich nicht ganz», sagte ich.

«Sieh doch, Jakir», erklärte er geduldig. «Buddhas Weg besteht darin, allen Menschen die Welt zu öffnen, damit die Wahrheit überall hingelangen kann. Er ist universell, im Unterschied zum Alten Glauben, der einen Menschen vom anderen und ein Reich vom anderen scheidet. Die Gaustaner haben sich abgeschlossen. Sie tun scheinheilig so, als herrschten sie im Namen Buddhas, denn es gibt bei ihnen keinen offenen Weg. Mir wäre es lieber, sie würden ausgerottet, als daß sich ihre falsche Lehre durchsetzt, mit der sie dem Wesen unseres Weges Schaden zufügen würden.»

«Und wenn Gaustana eine vollkommene buddhistische Stadt wäre?» fragte ich.

«Ich weiß nicht. Ich fürchte, daß ich dann nicht mit euch reiten würde. Aber heute tue ich es!»

26

Vom ersten Augenblick an lief die Sache so ab, als zwängen die Götter die Verteidiger dazu, die ihnen von unserer Strategie zugedachte Rolle zu spielen. Unsere Kundschafter und unsere Reiterei zogen Gaustanas vorderste Verteidigungslinie aus dem Tal ab und hatten mit dem von ihnen ausgelegten Köder so großen Erfolg, daß ihnen dreimal so viele Männer im Galopp folgten, wie ihre eigene Streitmacht zählte. Am Nachmittag des zweiten Tages herrschte im Tal von Gaustana Aufregung. Männer in schwarzer Rüstung mit Rüsselhelmen strömten aus der grau-roten Stadt, formierten sich in aller Eile und ritten nordwärts, wie Ameisen, die unter einer Wolke von Wespen aus ihrem Haufen hervorkommen. Etwa ein Viertel von ihnen ritt südwärts, um das Tal gegen einen Angriff von dorther zu schützen. Harrap war hochzufrieden mit der Art, wie die erste Phase unseres Plans ablief. Dieser nach Süden entsandte Trupp, merkte er an, werde den Gaustanern in den entscheidenden Stunden fehlen, in denen ihre Hauptstreitmacht mit unserer Igelformation zusammenstieß.

Beobachten konnten wir den Aufmarsch von Gaustanas Streitkräften immer nur dann, wenn wir einen Hügel hinaufritten. Das taten wir mit voller Absicht, um dem Feind zu zeigen, wie groß die Zahl der Gegner war, mit denen er es zu tun hatte. Meist ritten wir an jenem heißen Nachmittag durch das Netz von Hohlwegen, welche die Hochflächen nördlich des Tales durchzogen. Ein gleichmäßiger Wind wirbelte in unserem Rücken die pulverfeine Erde auf, so daß wir unter einem Dach aus goldenem Staub ritten. Gelegentliche Böen rissen diese Decke auf und ließen hohe Staubsäulen von Gebüsch und Gräsern aufsteigen. Harrap hatte Befehl gegeben, in lokkerer Formation zu reiten. Jeder hielt sich mindestens zwölf Fuß hinter seinem Vordermann, und von jeder zehnten Lanzenspitze wehten Wimpel, die wir in aller Eile verfertigt hatten. Vermutlich dachten die Gaustaner, wir seien mindestens viermal so stark wie in Wirklichkeit.

All unsere Siegeshoffnungen gründeten sich auf den fanatischen Kampfeswillen der gaustanischen Miliz. Auf die Annahme, daß er sie unseren Lanzen entgegentreiben würde, hatten wir die Aufteilung unserer Streitmacht abgestimmt. Beim Gedanken, ich könnte das Wesen der Gaustaner falsch eingeschätzt haben, überlief mich unwillkürlich ein Schauder. Falls sie sich wachsam zurückhielten oder, schlimmer noch, unsere Flanken über nur ihnen bekannte Pässe umgingen, würde es uns das Leben kosten, und unsere Mission wäre zu Ende. Während der Nachmittag, ungerührt von den Leidenschaften der Menschen, allmählich in die Abenddämmerung überging, berichteten unsere Kundschafter, daß sich die Gaustaner lediglich vereinzelt auf kleine Scharmützel einließen, sich aber nicht zur Schlacht stellten. Kurz darauf legte ich Harrap meine Befürchtungen dar, die ich nicht länger für mich behalten konnte.

«Nun, Jakir», sagte er, «es gab keine andere Möglichkeit. Doch die Gefahr ist groß – weit größer als Ranbir und Mirab gesagt haben. Angenommen, wir ritten ausschließlich im eigenen Interesse –

das heißt, die Götter hätten unsere Expedition nicht angeordnet –, würde ich fünf Goldtalente gegen eines setzen, daß wir *den Sieg nicht* erringen, und zwei gegen eins, daß wir auch *nicht* überleben. Da uns aber die Götter günstig gestimmt sind, halten sich die Aussichten die Waage.»

«Und wenn sich die Gaustaner im Hohlweg nicht zum Kampf stellen?» beharrte ich. «In der offenen Ebene können sie uns einfach umzingeln und in Stücke hacken.»

«Sie werden uns bestimmt nicht herauslassen, wenn sie annehmen, daß ich größere Streitkräfte in Reserve halte. Bei dieser Rechenaufgabe habe ich es mit einem Gegner zu tun, von dem ich nicht weiß, wie er denkt. Falls die Gaustaner glauben, daß ich nur ein paar tausend Mann befehlige, werden sie mich nicht im Hohlweg halten wollen, denn dann könnten sie uns in der Ebene nach Belieben vernichten. Sofern sie aber der Ansicht sind, die Zahl meiner Leute sei größer als die der ihren, müssen sie mich unbedingt in den Hohlwegen festhalten, weil ich hier meine zahlenmäßige Überlegenheit nicht ausspielen kann. In dem Fall müßten sie sich darauf einstellen, uns innerhalb des Hohlwegs abzuwehren. Das aber wäre meinen Absichten in keiner Weise dienlich. In einem solchen Hohlweg ist ein Verteidiger zwangsläufig im Vorteil, wenn er nicht von einer Überzahl überrannt wird. Also muß ich die Gaustaner dazu bringen, uns im Hohlweg *anzugreifen*, und so habe ich dafür gesorgt, daß sie uns zwar für stärker halten, als wir sind, aber nicht für zu stark.»

«In dem Fall», sagte ich voll Bitterkeit, «reiten wir der gewissen Niederlage entgegen, wie es uns Mirab und Ranbir vorausgesagt haben. Der Plan schien so einfach, und er wirkte so zwingend... Wartet Ihr jetzt auf ein Eingreifen der Götter?»

«Nein. Zwar bitte ich Sie um Ihre Gunst, rechne aber nicht damit, daß Sie tätig werden.»

«Heißt das, wir werden hier am Rande der Wüste sterben – und Kamardol vergißt unseren Ruhm?»

«Glaubst du, ich suche den Tod, bevor unser Auftrag erfüllt ist?»

Er hatte die Stimme gesenkt, damit nicht der Fahnenträger Zeuge der Ungewißheit wurde, die er nur mir anzuvertrauen bereit war. Doch seine Augen zogen sich vor Vergnügen schmal zusammen, und seine Lippen umspielte Vorfreude, während er mit breiten Fingern nachlässig die Zügel locker hielt.

«Was dann, Harrap?» erwiderte ich sein breites Lächeln, von seiner Stimmung und dem Vertrauen angesteckt, das wieder zwischen uns bestand.

«Auf jeden Fall werden sie glauben, wir seien so stark, daß sie uns nicht daran hindern können, in die Ebene durchzubrechen. Wenn sie uns dort dann an verschiedenen Stellen in Gefechte verwickeln, deren Ausgang uns zwingt, uns in die Hohlwege zurückzuziehen, werden sie mich in meiner Schwäche gewiß für unklug halten. Die Aussicht auf den bevorstehenden Sieg wird sie dazu veranlassen, uns in den Hohlweg zu folgen. Ich werde mich immer weiter zurückziehen, als wiche ich vor ihnen aus. Und damit werde ich ihre Stärke mehr und mehr brechen.»

«Das ist ungewiß», sagte ich.

«Wäre es gewiß, wäre es kein Krieg», lachte er und schickte einen Kurier mit dem Befehl an die Kundschafter, sobald man ihnen hart zusetze, sollten sie sich schleunigst zu uns zurückziehen.

Die lange Wüstendämmerung wich der Dunkelheit. Grau überlagerte den goldenen Staub, Schwärze herrschte, wo die Schatten der Felszinnen auf die Hohlwege fielen. Wie ein Fisch vom Boden eines Teiches hinauf zum ersterbenden Licht an die Oberfläche blickt, sahen wir aus den finsteren Tiefen heraus an den Felsrändern das Sonnenlicht schwächer werden. Während die Männer unserer Reiterei nach und nach zu uns zurückkehrten, öffneten wir die Reihen, um sie aufzunehmen. Ihr Befehlshaber machte ein angewidertes Gesicht, obwohl er aussah, als komme er eher von einem anstrengenden Urlaub als von einem Scharmützel. Mit einem Tuch wischte er sich die von Schweiß und verkrustetem Schmutz bedeckte Stirn. Nichts wies auf eine Schlacht hin. Weder sah ich verbundene Wunden noch zerbrochene Schwerter oder verbeulte Rüstungsteile.

«Die stellen sich einfach nicht», sagte er empört, «und fallen auf keine List herein. Statt dessen haben sie im Hohlweg eine Sperre aus Felsbrocken errichtet. Jetzt erwarten sie uns, etwa eine Viertelmeile vor der Stelle, wo sich der Hohlweg in die Ebene öffnet.»

«Ach, wären doch die Pläne der Menschen der Wille der Götter», zitierte Harrap voll Selbstironie. «Das ist nicht Fisch und nicht Fleisch. Diese Dilettanten des Krieges können sich nicht für eine bestimmte Taktik entscheiden.»

Kunstvoll wickelte er sich die Zügel um die Knöchel und löste das Geflecht langsam wieder, bevor er sagte: «Nun, wie es scheint, muß ich ein paar Fußsoldaten opfern… auch wenn ich mir das eigentlich nicht leisten kann.»

Die Infanterie rückte im Trab vor, die Spieße neben ihren langen Schilden zum Angriff gesenkt. Etwa fünfzig Bogenschützen fanden einen Weg auf die Höhen, von wo aus sie die rund zwanzig Männer eines Spähtrupps der Gaustaner töteten. Eine halbe Stunde später war die Sperre beseitigt. Dreißig Leute hatte es uns gekostet. Betrübt schüttelte Harrap beim Anblick der zerknittert zwischen den großen Felsbrocken liegenden grünen Umhänge der Fußsoldaten den Kopf. «Es gab keine andere Möglichkeit», sagte er mit entschlossener Stimme, mehr zu sich selbst als zu mir. «Und das ist erst der Vorgeschmack.»

Ich suchte nach einer Antwort, um ihn auf die Schlacht einzustimmen. Bevor ich etwas sagen konnte, war die Reiterei durch die Lücke in der Sperre gestürmt und hatte uns mit sich gerissen. Hufe trommelten auf dem weichen Sand, und ein Vorhang aus gelbgrauem Staub und hallenden Echos dämpfte jedes Wort und jeden Gedanken. Erbarmungslos wie der Wind hielten wir nicht einmal inne, um die Reiter mit ihren schwarzen Rüsselhelmen niederzumachen, die in einer Doppelreihe den Hohlweg versperrten. Wir überritten sie einfach, wobei wir nur eine kurze Verzögerung und ein leichtes Gefühl des Steigens spürten, wie der Wind, der einen Heuhaufen niederreißt und über die verstreuten Reste dahingleitet. Schrill wieherte mein Pferd beim Geruch des Blutes auf und setzte über den Kadaver einer gescheckten Stute hinweg. Von unserer kleinen Hülle aus Staub und Lärm umgeben, stürmten wir aus der Öffnung des Hohlwegs in eine breite Ebene, die sich den beiden Zitadellen Gaustanas sacht entgegensenkte.

Das trügerische Licht der Dämmerung täuschte meine Augen. Was ich im einen Augenblick trotz des aufsteigenden Staubs mit übernatürlicher Klarheit sah, entzogen dem Blick im nächsten unförmige dunkle Schatten, die weder von Menschenhand noch von der Natur geschaffen schienen. Gaustanas Miliz erwartete uns, in halbmondförmig aufgestellte Schwadronen von jeweils etwa zweihundert Mann aufgeteilt. Ihre Pferde standen bis zu den Fesseln in den gelben Stoppeln der abgeernteten Weizenfelder. Als ich ihre unheilvoll dräuende Streitmacht gesichtslos hinter den stumpfen Rüsseln der runden Helme gewahrte, erinnerte sie mich erneut an eine Schar monströser Maulwürfe. In einer weitausgreifenden Bewegung führte Harrap unsere ersten fünfhundert über die vorderste Linie der Gegner, wobei wir alle mit gesenkter Lanze schreckenerregende Rufe ausstießen. Unmittelbar hinter uns führte Mirab den zweiten Trupp von fünfhundert Reitern heran. Noch standen die Reihen der Gaustaner reglos und stumm.

Am jenseitigen Ende des Halbmondes wendete Harrap. Streitrösser strauchelten und bäumten sich laut wiehernd bei dem plötzlichen Richtungswechsel aus dem vollen Galopp heraus auf. Dennoch folgten die tausend, als hingen sie an einem einzigen Seil. Der Gegner hatte lediglich ein einzelnes schwarzes Horn an der Spitze des Halbmondes herausgeschoben, als er den Eindruck gewann, wir könnten seine Formation an der Flanke umfassen. Als wir mit unserem zweiten Ansturm der vordersten Linie der aus dem goldgrauen Dunst bedrohlich aufragenden schwarzen Gestalten näherkamen, schoben sie sich langsam voran. Sie schleuderten uns kurze Speere entgegen und deckten uns mit einem Pfeilhagel ein. Über dem Brüllen von Männern, dem Wiehern von Pferden und dem Klirren von Metall hörte ich die zahllosen Hufe, die durch die Stoppeln rauschten, wie unaufhörliches Knistern und Rascheln seidener Röcke von Tänzerinnen.

Auf ein Zeichen Harraps hin ertönten unsere Trompeten, und wir zogen uns vor dem schwerfälligen Vorrücken der Miliz etwa hundert Fuß zurück, um uns neu zu formieren. Nahezu eine Minute wartete Harrap, dem Anschein nach unschlüssig, während sich unsere Männer unsicher hierhin und dahin wandten. Als seine Hand herabfuhr, befahlen die Trompeten den Angriff, obwohl die fünfzig Fuß zwischen unseren Reihen und denen der Feinde zu wenig Platz für einen angemessenen Anlauf boten. Wir stießen mit unmerklicher Kraft, fast sanft, gegen sie und wichen nach wenigen Sekunden zurück, so daß kaum Zeit für einen einzigen Lanzenstoß oder Schwertstich nach den schwarzen Gestalten blieb. Abermals zogen wir uns zurück, um uns in offenkundiger Verwirrung und Unentschlossenheit neu zu formieren. Kaum einer von uns war verwundet.

Noch zweimal führte Harrap uns in betont stümperhaften und wirkungslosen Angriffen gegen den Feind, während die Dunkelheit immer mehr zunahm. Jedesmal schoben uns die Gaustaner, die jetzt in kräftigem Trab gegen uns anritten, weiter zurück, bis wir am Eingang zum Hohlweg eine ungeordnete Masse bildeten. Schamvoll ertönten unsere Trompeten, und die letzten Reihen unserer Truppe wandten sich um, zurück in den Hohlweg, wobei Männer stöhnten und Pferde wieherten. Die verblüffte Miliz wartete gerade lange genug, daß sich bis auf die vorderste Reihe alle von uns dem Rückzug anschließen konnten.

Als es soweit war, beendeten auch wir das Zerrbild eines Gefechts und stürmten in den Hohlweg, der so finster war wie eine Höhle. Binnen drei Minuten öffnete sich die Igelformation, um uns einzulassen. Hinter den unverrückbaren Fußtruppen schloß sich die Reiterei zu festen Gruppen zusammen. Die Männer der berittenen Infanterie hängten den Pferden die Zügel über das Maul und ergriffen ihre schweren Spieße.

Mit einemmal merkte ich, daß es finstere Nacht war. Dank dem unaufhörlichen Drill der letzten Monate stolperten wir nicht blind umher. Dabei hätten uns unsere eigenen Waffen gefährlicher werden können als dem Feind, vor dem wir in scheinbarer Auflösung und vollständig demoralisiert geflohen waren. Doch ich hatte gesehen, daß wir kaum Schaden genommen hatten: hier ein verbeulter Helm, dort ein gebrochener Arm, ein Armbrustbolzen in einem Schulterblatt oder eine Fleischwunde in einem Bein – insgesamt zählten wir zwanzig bis dreißig Verwundete. Nur vier oder fünf waren tot oder bewußtlos draußen in der Ebene zurückgeblieben. Ob die Gaustaner von uns das gewünschte Bild bekommen hatten, fragte ich mich besorgt. War es uns gelungen, sie zu überzeugen, daß wir verheerende Verluste erlitten hatten und vor ihrer Übermacht das Weite suchten? Hatten wir ihre Wut und ihren Blutdurst hinlänglich angestachelt, so daß sie uns in den tückischen Hohlweg folgten, um uns vernichtend zu schlagen?

«Sie sind zu feige. Ihr Blut ist zu kalt», sagte mir Harrap mit bitterem Ton leise ins Ohr. «Sie werden sich bei dieser Finsternis nicht hier in die Schlucht wagen. Aber Ranbir muß bei Morgengrauen angreifen. Ich frage mich nur …»

Sein Kopf, eine dunkle Kugel, kaum dichter als die umgebende Finsternis, begann die vertrauten Züge zu zeigen. Mit einemmal überflutete Licht sein zerklüftetes Gesicht. Das Horn eines orangefarbenen Mondes wuchs aus den Felsen über uns, so gewaltig, daß es schien, als könnte ich danach greifen, falls ich dort oben stünde. In der Ebene vor dem Hohlweg mußte jetzt eine Art Dämmerlicht herrschen. Kaum begann der Mond die Szene zu beleuchten, hörte ich die Gaustaner vorrücken. Ihre langen Messinghörner gaben einen trübseligen Kampfesruf von sich, und die Milizionäre stachelten einander mit abgehackten Schreien an, wie eine Meute Terrier, die einen Dachs hetzen. Offenbar waren sie der Ansicht, sie hätten es mit der ungeschützten Nachhut einer in wilder Auflösung fliehenden Truppe zu tun, und so stürzten sie sich in unsere schweren Spieße. Die Fußtruppen von Kamardol bildeten quer über den Hohlweg Reihen von vierzig Männern: Die vorderste kniete und hielt die Spieße emporgereckt, die zweite stand mit gesenkten Spießen, und die dritte schleuderte zwischen den Schultern ihrer Kameraden hindurch Speere gegen den vorrückenden Feind. Die schwirrenden Bogensehnen hinter ihnen sandten einen Strom von Pfeilen hoch in die Luft, die wie ein Wasserfall auf die Köpfe der Milizionäre herabstürzten. Zwar bogen sich die Reihen unserer Fußsoldaten nach innen wie eine Stahlplatte unter dem Hammer des Schmiedes, öffneten sich aber nicht.

Nahezu fünf Minuten dauerte das Gefecht, bis Harrap einen Befehl gab, und unsere Trompeten verkündeten: «Macht den Weg frei! Macht den Weg frei!» Schrittweise zogen sich die Fußtruppen zurück, so, als seien sie für eine raschere Gangart zu benommen. In ihren Reihen entstand eine Lücke, durch die sie die Milizionäre in den Tod lockten. Im rötlich-orangefarbenen Schein, der den Hohlweg erhellte, sah ich, wie uns Gaustanas Reiterei über ihre eigenen Toten hinweg entgegenritt. Als unsere Fußtruppen stehenblieben und sich so matt umdrehten wie ein tödlich verwundetes Tier, dem kein Ausweg bleibt, griff die Miliz erneut an.

«Wären meine Männer nicht geborene Krieger – sie hätten hervorragende Schauspieler werden können», lachte Harrap voll Begeisterung. «Sieh nur, wie sie so tun, als hätten sie entsetzliche Angst und stünden kurz vor dem Ende! Dabei hat kaum einer von ihnen einen Kratzer.»

In der Menge, die von den zu beiden Seiten aufragenden Felswänden eingezwängt wurde, konnte ich kaum mehr sehen als die im Mondlicht aufblitzenden Helme und Spieße unserer Fußtruppen. Doch deutlich erkannte ich dahinter die dunklen und gesichtslosen Wellen der Gaustaner, die immer wieder gegen uns anrannten, während wir Schritt für Schritt zurückwichen. Ob sie nun militärische Dilettanten waren oder nicht, diese Parias hatten keine Angst zu sterben. Ich bewunderte, wie sie unverdrossen und mutig immer wieder gegen den undurchdringlichen Igel vorstießen.

Harrap hatte ein glänzendes Täuschungsmanöver eingeleitet. Die Gaustaner wußten nicht, daß sie gegen einen kaum geschwächten Feind in den Tod stürmten. Ihr Blutdurst und das im Halbdämmer liegende Durcheinander verhinderten, daß sie ihre eigenen Verluste erkannten, und so merkten sie lediglich, daß die Männer hinter den langen Schilden immer rascher zurückwichen. Ihnen mußte jeder Vorstoß so vorkommen, als sei er der letzte, bevor sie uns auf der Flucht dahinmetzeln konnten. Während sie zu Dutzenden und Hunderten fielen, ohne daß wir bei unserem Rückzug mehr als nur einige Dutzend auf dem Schlachtfeld zurückließen, waren diese verbohrten Narren tatsächlich der Ansicht, sie beherrschten das Geschehen. Wieder stürmten sie heran, und dabei drang aus ihrer Kehle ein Knurren wie von jagenden Wölfen. Als wir eine Stelle erreichten, an der sich der Hohlweg weitete, kam es zu einem allgemeinen Handgemenge.

Die Leidenschaft der Menschen verwandelte die Zeit, die den Nachmittag gemessenen Schritts durchzogen hatte. Jetzt vergingen die Minuten abwechselnd mit der atemberaubenden Geschwindigkeit, mit der ein Fakir dem Höhepunkt seines ekstatischen Tanzes entgegentaumelt, und der quälenden Langsamkeit, mit der sich Wolken Fuß um Fuß und Woche um Woche zum Monsun aufschichten, der schließlich kühlenden Regen auf die ausgedörrte Erde stürzen läßt.

Ich hob meinen Schild, um einen Hieb abzuwehren, und ungezählte, unendliche Stunden vergingen, bis die Spitze meines Schwertes das weiche Fleisch zwischen dem schwarzen Helm und dem Brustpanzer des Gegners fand. In dem kurzen Augenblick, den es dauerte, um den Kopf herumzureißen und eine neue Herausforderung zu erkennen, sah ich eine vollständige Milizabteilung, die sich sammelte, ihre Lanzen einlegte und machtvoll heranstürmte, ihre Schwerter zog, voll Panik begriff, daß sie umzingelt war, und sich sterbend auflöste wie verschütteter Puder, den eine Kurtisane gedankenlos von ihrem Seidenärmel bläst.

Unmerklich rückte die Morgendämmerung heran. Das goldene Mondlicht verblaßte, und schließlich leuchtete das Licht des vollen Tages. Als wir den Feind in der falschen Dunkelheit zurückzudrängen begannen, stieß er mit seinen eigenen nachdrängenden Einheiten zusammen, und so fielen die Gaustaner unter den Schwertern ihrer Kameraden. Der Gegendruck wurde nach und nach geringer, hörte dann mit einem Schlag auf, und wir ritten in Schlachtordnung über die Gefallenen des Gegners hinweg aus dem Hohlweg hinaus. Unsere so mühevoll eingeübte Disziplin ließ uns die Ermüdung vergessen. Als die Sonne hoch am Himmel stand, hielten wir wieder auf der Ebene, wo die Schlacht vor jener Ewigkeit begonnen hatte, die nur einen kurzen Augenblick zurücklag.

Noch war dieser Augenblick nicht vorüber – oder die Zeit hatte ihre Richtung umgekehrt. Vor uns erstreckte sich derselbe dunkle Halbmond aus zehn Schwadronen mit jeweils zweihundert Männern, den wir am Vorabend herausgefordert hatten. Unsere Zahl war um schätzungsweise ein Zehntel vermindert, wir hatten etwas mehr als hundertfünfzig Tote und Verwundete zu beklagen – kein hoher Preis für die Vernichtung von zweitausend Feinden. Aber schlagartig und voll Verzweiflung wurde mir deutlich: Dies Gemetzel genügte noch nicht. Unsere List war fehlgeschlagen, wegen der Enge des Hohlweges hatte die Miliz nicht mit allen Truppen angegriffen. Wir hatten die Schlacht gewonnen, aber den Feldzug verloren.

Harrap befahl anzugreifen. Voll Verblüffung darüber, daß wir die Nacht wohlbehalten überstanden hatten, wohingegen die Schlucht die zehn Schwadronen der Gaustaner verschluckt hatte, zogen sich die schwarzen Reihen in einer Wellenbewegung zurück. Unmittelbar vor dem Zusammenprall wandten sie sich vor unseren Lanzen zur Flucht. Nach einer Weile allerdings formierten sie sich wieder und rückten langsam gegen die Reihen unserer ausgelaugten Männer vor. Aufs neue ertönten unsere Trompeten zum Angriff.

Hinter mir ertönte die Stimme des Priesters: «Schaut nur, meine Brüder... schaut, die Stadt gehört uns! Ihre Reliquien sind ihnen genommen... ihre Schutzgeister sind entflohen!»

Um mich herum nahmen Männer den Ruf auf, während ich sprachlos zu den beiden Zitadellen Gaustanas hinübersah, die sich unbewegt aus dem Morgendämmer erhoben. Die rot-grauen Wälle und Türme der Stadt und die gelben Stufen des Klosters auf dem Heiligen Berg schienen einander zu schützen. Doch dreimal blitzte ein Lichtstrahl von diesem Heiligen Berg, durchdrang den Staub der Morgendämmerung, blitzte erneut dreimal auf. Im Wind, der sich mit der Morgendämmerung erhoben hatte, flatterte das Grün und Scharlachrot von Kamardols Kriegsbanner auf der höchsten Turmspitze der Zitadelle. In jenen dicht beieinanderstehenden Kästen, die wie ein gemalter Hintergrund vor dem Himmel wirkten, hatten viele Männer das Leben verloren – und Kamardol hatte triumphiert.

«Eure Reliquien gehören uns, eure Schutzgeister sind in alle Winde geflohen!» stimmte ich mit heiserer Stimme in das Geschrei der übrigen ein, so daß meine Kehle schmerzte.

So gut wie taufrisch stürmten wir gegen die Reihen der Miliz. Sie hielten stand, auch wenn sich viele Köpfe verzweifelt nach dem fremden Banner umdrehten, das von ihrem Heiligtum herabwehte. Harrap sagte mit Nachdruck etwas zu seinem Fahnenträger, und die Trompeten wiederholten sein Kommando laut, durchdringend und fordernd. Während wir uns neu formierten, um einen Angriffskeil zu bilden, verharrte die Reihe der Gaustaner inmitten des Staubes, den der auffrischende Wind hochwirbelte. Über das gelbe Stoppelfeld hinweg spürte ich die neue Entschlossenheit des Gegners. Ohne die Aussicht auf Sieg, ihrer Schutzgeister beraubt, würden die Männer in Reih und Glied sterben, auch wenn ihre Stadt verloren war.

Keine Streitmacht vermochte dem stählernen Keil standzuhalten, den unsere Formation in ihre Reihen trieb. Vorn drängten unsere schweren Reiter, und hinter ihnen schob das Gewicht von eineinhalbtausend Panzerreitern. Sie durchbrachen die Mitte des Halbmonds, schwangen dann herum, um die Miliz von hinten anzugreifen. Die sich aufweitenden Seiten des Keils rissen ein immer größeres Loch in die vordersten Reihen der Miliz. Sie lösten sich zwar auf, formierten sich aber erneut, um Schwadron für Schwadron zu kämpfen. Das jedoch war gut für uns, denn so konnten wir sie niedermachen, wo sie sich uns stellten. Eine volle halbe Stunde hieß es: angreifen, lösen, neu formieren, während die Zahl der schwarzen Gestalten in ihren Rüsselhelmen immer mehr abnahm. Als ich den Blick senkte, sah ich die niedergetrampelten und mit Gefallenen übersäten geröteten Stoppeln. Ich malte mir aus, wie wir mit einer kurzen Belagerung die verbleibenden rund tausend Milizionäre zur Aufgabe zwingen würden, die jetzt noch die Stadt hielten. Unsere Disziplin würde die verzweifelten Männer vor den Toren ihrer Stadt zerschmettern – wenn sie nicht einfach flohen. Gaustana gehörte uns, und die heilige Macht des Hengstes war bewiesen. Mit einem Lachen, das meines früheren Unglaubens spottete, hieb ich auf einen Arm ein, der einen Streich mit dem Streitkolben gegen Harraps Helm führte. Gaustana war unser. Alles, was jetzt noch kam, würde eine bloße Wiederholung sein, der erneute Beweis der Wahrheit, der bereits jetzt in transzendentaler Weise erbracht war.

Der Wind frischte immer mehr auf. Der gelbe Staub trieb uns ins Gesicht und nahm uns mit seinen scharfen Körnern die Sicht. Mit tränenden Augen sah ich zu den beiden Zitadellen hinauf, bevor sie im Staub des Sturmes unsichtbar wurden. Kamardols Kriegsfahne hing an einer einzigen Ecke. Grün und scharlachrot zuckten ihre Falten im Wind, als wolle sie sich zum Himmel emporheben. Vor meinen Augen löste sie sich und hob sich einen Augenblick, bevor sie der Wind hinabschleuderte. An ihrer Stelle entfaltete sich ein anderes Banner – die weiße Fahne Gaustanas mit Streifen in den fünf Farben, die dem Glauben des Mittleren Weges heilig waren: Rot, Gelb, Blau, Orange und Grün. Kaum hatte ich sie durch die Staubwolken erkannt, die um die Hügelkuppe lagen, folgten rasch nacheinander Lichtblitze wie von einem polierten Schild, der vor dem Himmel zitterte. Ich zählte achtzehn Blitze, dann kam keiner mehr.

Auch Harrap war der Umschwung aufgefallen, und mit leiser Stimme knurrte er neben mir: «Wenn Ranbirs Unternehmen fehlgeschlagen ist...»

Zum ersten Mal unsicher, ließ er eine Pause eintreten. Einen Augenblick später befahl er den Trompetern, zum Angriff zu blasen. Wir nahmen das Gemetzel wieder auf, obwohl alle Krieger den Fahnenwechsel bemerkt hatten. Nachdem wir noch kurz zuvor voll jubelnder Entschlossenheit gewesen waren, gab es jetzt nur noch ein systematisches – nahezu teilnahmsloses – Abschlachten, und die Milizionäre kämpften nicht mehr mit der grimmigen Wildheit erschöpfter und erschlagener Männer, die fest mit ihrem Tod rechnen. Neue Hoffnung beflügelte ihre Schwerthiebe. Auch schien die Zahl von Gaustanas Kriegern zuzunehmen. Ich begriff, daß ihnen Verstärkung zu Hilfe eilte, Truppen, die durch die Wiedereinnahme des Klosters nicht mehr in der Stadt benötigt wurden. Kaum vermochten wir den Gegner durch die dichte Wand aus Staub zu erkennen, die der Wind herübertrug, doch immer wieder stürmte er gegen uns an. Diesmal waren wir wahrhaft in die Defensive gedrängt.

Die nun folgenden Stunden vermag ich nicht zu beschreiben. Das lag zum Teil daran, daß der Staubsturm seinen gellenden Höhepunkt erreichte. Harrap und ich konnten weder den Feind noch die eigenen Leute sehen, außer wenn wir mit undeutlich wahrnehmbaren Gestalten zusammenstießen, die das Hin und Her der Schlacht in unsere Nähe trieb. Wir flohen. Der vom Wind gepeitschte Staub verfolgte uns in den Hohlweg und trommelte uns auf den Rücken. Nach wie vor ist mir unklar, ob der große Sturm der Anfang unserer Niederlage war, indem er uns blendete, oder ob er uns letzten Endes rettete, weil er die Gaustaner zwang, die Verfolgung abzubrechen. Ich sage lediglich, daß uns die Schlacht und der Sturm über fünfhundert Männer kosteten – mehr als ein Drittel unserer Hauptstreitmacht.

Als wir wieder zu den Prinzen und dem Hengst stießen, berichteten sie uns, daß Ranbir erschlagen war – und alle seine Leute, mit Ausnahme von fünfzig Angehörigen der Palastwache, die für den Angriff auf die Zitadelle zu spät gekommen waren, und sechs Gebirgssoldaten, die sich an den Seilen nach oben retteten. In Wirklichkeit hatten die Mönche, von denen wir angenommen hatten, sie seien von Wohlleben und Trägheit verweichlicht, wie die Tiger gekämpft. Wie durfte man erwarten, fragten die Überlebenden, daß fünfhundert Männer gegen fünftausend bestehen konnten – Männer, die nach dem ersten überraschten Zurückweichen einer wie der andere bereit waren, für ihre heiligen Reliquien und die Orte zu kämpfen, mit denen sie innig verbunden waren?

Niemand, nicht einmal der tobende Harrap, konnte den fünfhundert Gefallenen auf dem Heiligen Berg einen Vorwurf machen, und niemand, auch nicht Harrap, ließ mich die falsche Einschätzung der Mönche entgelten, die zu unserem Untergang geführt hatte. Nur ich selbst machte mir Vorwürfe, während ich mich benommen darum bemühte, die kaum tausendzweihundert Überlebenden neu zu formieren, die von den nur acht Monate zuvor aus Kamardol aufgebrochenen zweieinhalbtausend geblieben waren. Kämpfen würden wir wohl wieder können, aber sofern uns die Gaustaner in unserer Schwäche überfielen, wären wir gezwungen, die Flucht anzutreten.

Fünf stämmige Mönche, so wurde mir berichtet, hatten Ranbir zu Boden gerissen. Während ihm das Blut aus Gesichts- und Nakkenwunden quoll, hatte er bis zum letzten Atemzug gekämpft, damit unser Banner die wenigen Minuten länger flattern konnte, die uns möglicherweise den Sieg verschaffen würden. Ranbir war tot, zusammen mit den Männern, die er seine Schneeaffen genannt hatte, sowie denen der von ihm verachteten Palastwache. Zum

Schluß hatten sie auf einem Berg aus den Leichen ihrer Gefährten und der Feinde gestanden. Jeder der Männer der Gebirgstruppe und jeder Fußsoldat Kamardols hatte mindestens zwei Mönche erschlagen – und mancher gar drei oder vier. Sie hatten am Ende wilder gekämpft als am Anfang, sei es, daß sie hofften, mit ihrem Leben unseren Sieg erkaufen zu können, sei es, daß einer wie der andere entschlossen war, in der letzten Phase des Gefechts, in der jeder auf sich allein gestellt war, seinen Göttern das Bild eines würdigen Todes zu bieten. Vielleicht hatten sie auch einfach nur so gehandelt, weil sie nicht anders konnten.

Ranbir, von dem ich mein erstes Schwert bekommen hatte, war tot. Ranbir, der wie ein zwar verständnisloser, aber geduldiger Onkel gestrahlt hatte, als ich mich ihm gegenüber zum erstenmal meiner Laute und meiner Lieder gerühmt hatte, die er meine «Torheit» nannte. Ranbir war tot, und er war für mich nicht mehr als eine Zahl in der langen Liste der Gefallenen, die ich mit nach Kamardol zurücknehmen würde, falls ich dorthin zurückkehrte. Ranbir war tot, ich aber konnte nicht glauben, daß er nicht mehr am Leben sein sollte.

Zu Bewußtsein kam mir das an dem Abend, da wir den Hengst fanden, an dem Abend, da wir am Rand der Wüste lagen und nicht wagten, gegen die plötzlich hereinbrechende Kälte Wachfeuer zu entzünden, konnten doch diese die Rächer Gaustanas auf unsere Fährte führen. Zum erstenmal holte mich die Wirklichkeit ein. Alles Gefühl und jegliche Wärme waren aus meiner Brust gewichen. Ich empfand nichts als die gefrorene Leere der Machtlosigkeit. Die Wunde riß mir die Eingeweide heraus und packte Hände voll scharfer Eisbrocken in die schmerzende Höhlung.

Ranbir war tot, den ich «Vater» genannt hatte. Ranbir, der für mich mehr als wirklich gewesen war, war er doch lebendiger als mein leiblicher Vater, der sich stets im Hintergrund hielt. Keine der Tränen sämtlicher Frauen Kamardols, keins der Gebete aller Priester und keins der Tieropfer, nicht einmal mein eigenes Entsetzen und mein eigener Kummer würden ihm je so viel Atem verleihen, daß er auch nur ein einziges Wort von sich geben konnte.

Während ich mir den Umhang über das Gesicht zog, flüsterte ich das von den Angehörigen seines Gebirgsstamms gewöhnlich gesagte Totengebet, das er mich gelehrt hatte. «Mögen die Berge unter seinen Füßen Ameisenhaufen sein, mögen die Frauen zittern und ihre Schenkel öffnen, wenn er sich nähert, mögen all seine Nachkommen Söhne sein! Mögen die Flüsse nie zufrieren, die Obstbäume auf alle Zeiten Frucht tragen und die Bergziegen seiner Lanze entgegenfliegen! Er ist dorthin gegangen, wo all diese Gebete das Lob einer ewigen Wirklichkeit sind.»

Es nützte nichts. Keins meiner Gebete, keins meiner Lieder konnte etwas an der Wirklichkeit ändern, welcher Ranbir auf jenen von Winden umtosten Hügel begegnet war. Keine Macht, nicht einmal die der Götter selbst, würde dem zerstörten Leib Leben einhauchen, der unter den heiligen Reliquien von Fremden gelegen hatte. Harrap und ich waren die Ursache seines Todes. Ach, hätten wir doch nur diese Tage voller Grauen und jene schicksalsschwere Entscheidung zurücknehmen können! Aber nichts auf dieser Welt war imstande, das Entsetzen aus meinen stumpf blickenden Augen zu vertreiben.

Ich weiß nicht, wie viele Feinde ich im Laufe meines Lebens mit eigener Hand erschlagen hatte – vielleicht zehn, zwanzig oder mehr. Ich hatte den Tod von Hunderten miterlebt, Männern aus Kamardol und ihrer Feinde aus fremden Reichen. Aber nie vor jener Nacht am Rande der Wüste hatte ich dem Tod wirklich ins Gesicht gesehen. Hier ging es nicht um einen Zeitvertreib junger Männer, nicht um eine ungestüme Kurzweil, bei der Menschen und Königreiche auf dem Spiel standen. Unsere Expedition lag in den Händen der unbeugsamen Götter, die keinen unserer Fehler je verzeihen und die Ihrigen nie richtigstellen.

Ich wußte, daß Ranbir tot war. Wir hatten ihn getötet, Harrap und ich.

27

Ich weiß nicht, ob uns Gaustanas Streitkräfte verfolgten und wir ihnen durch unsere rasche Flucht entkamen. Mag sein, daß sie der von den Göttern geschickte Sandsturm und das Blutbad, das wir in ihren Reihen angerichtet hatten, von einer Verfolgung abhielten. Ebenso aber könnten auch die Götter unsere Bewegungen, mit denen wir Schritt für Schritt dem Weg des Hengstes nach Norden folgten, so gelenkt haben, daß es den Verfolgern nicht möglich war, uns aufzuspüren.

Wir suchten Zuflucht in der Wüste, wie sich ein Hase ins dornige Dickicht flüchtet, wohin ihm die Hunde nicht zu folgen vermögen. So viele Wege zogen sich durch das ungeheuer weite Land, daß sich unmöglich sagen ließ, wohin sich jemand gewandt hatte. Von Osten her hatten wir Gaustana durch die Ödnis der Wüste erreicht, wo der Puls der Welt nicht spürbar war und sich außer den gewaltigen wandernden Dünen nichts bewegte. Auf unserer Flucht nach Norden unterbrachen Sümpfe und felsige Auswüchse, ausgetrocknete Teiche und kleine, mit niedrigem dürrem Gebüsch bedeckte Flächen die Sandwüste. Außerdem traten in der rissigen Erde hier und da Bäche zutage und führten einige Meilen weit brackiges Wasser mit sich, bis sie versickerten. In den kleinen Inseln harter Gräser, die dort wuchsen, stießen wir bisweilen auch auf Quellen und Brunnen. Obwohl sich vor uns kein fruchtbares Tal auftat, fanden wir, ebenso wie die Nomaden, auf deren Lager wir von Zeit zu Zeit stießen, und das kleine Getier, das den Adlern zur Beute diente, stets gerade genug Wasser, um uns am Leben zu erhalten. Was auch immer der Grund sein mochte: Gaustaner sahen wir von dem Augenblick an nicht wieder, da der Wind sie hinter einem Wall aus gelbem Sand verbarg.

Der Hengst zog rasch, geradezu stürmisch, nordwärts, als wolle Er reuevoll einen Abstand zwischen Sich und Sein Abenteuer mit den Stuten legen. Der Sand hob das Weiß Seiner Reinheit noch hervor. Dem Hengst konnte ich keine Schuld geben, denn Sein Weg hatte um Gaustana herumgeführt. Ursache unserer Schande war die Wut, die in mir alle Weisheit erstickt hatte – und die Zwangsvorstellung, die nach wie vor Harrap nicht aus ihren Fängen ließ. Meinen Kummer besänftigte ich, indem ich dem Hengst zusah, den Seine Begleiter über die freien Flächen führten. Sein Geist war ungebrochen und folgte stets dem wahren Weg. Nicht Er hatte uns eine falsche Richtung gewiesen – wir selbst hatten mutwillig Seine unmißverständlichen Hinweise falsch gedeutet.

Auch die Krieger suchten die Schuld nicht beim Hengst, obwohl sie Ihn als Verkörperung der Kraft hätten hassen können, die zu unserem Untergang geführt hatte. Noch im ersten Entsetzen unserer wilden Flucht schätzten sie kühl unsere Verluste ab. Am schlimmsten war es natürlich, daß wir die Palastwache und Ranbirs königliche Garde eingebüßt hatten, auch wenn die regulären Truppen für das eine kaum und das andere noch weniger Trauer aufbrachten.

Vielleicht wagten sie nicht, gegen die Götter aufzubegehren, die den Hengst lenkten – verkörperte Er doch die göttliche Gnade, die sie wieder nach Hause geleiten sollte. In Wahrheit war Er ihre einzige Hoffnung auf Heimkehr. Obwohl Er die Männer immer weiter von Kamardol fortführte, ritten sie häufig nach vorn, um aus Seinem Anblick neuen Mut zu schöpfen.

Harraps Ruhm und die Zuneigung, welche Kamardols Krieger seit langem für ihn empfanden, bewirkten, daß sie ihm weiterhin folgten und keinerlei Murren gegen ihn laut wurde. All ihr Zorn entlud sich gegen ein einziges, eindeutiges Ziel: Die Männer waren davon überzeugt, daß die Götter uns wegen des Brudermordes an den Minderen Kamar gezüchtigt hatten, hatte man doch im Anschluß an diese Untat weder Besänftigungsriten befolgt, noch das Orakel befragt. Außerdem, jammerten sie, verfolge uns die Erdmutter-Gottheit selbst nach wie vor voll Zorn, weil wir die Bewässerungsgräben von Kosmopolis zerstört hatten. Obwohl niemand Harraps Namen als Anstifter dieser beiden verruchten Taten nannte, baten die Krieger den Priester, er möge den Ritus der Großen Entsühnung vornehmen. Harrap wies ihr Ansinnen zurück, hauptsächlich weil er nicht bereit war, sich öffentlich zu seiner Verfehlung zu bekennen. Ohne reuigen Täter aber konnte es auch keinen Sühneritus geben.

Während jener Tage bemühte ich mich fast ständig, an Harraps Seite zu sein, um ihm so viel Trost zu spenden, wie ich vermochte. Doch ließ er sich nicht von mir trösten und sprach nur dann mit mir, wenn er eine Frage beantworten oder einen Befehl erteilen mußte. Meist ließ er zu, daß Mirab und ich die Anweisungen gaben, die für den Marsch wichtig waren. Seine Seele hatte sich an einen hochgelegenen kalten Ort des Kummers zurückgezogen, fern von all seiner Schande. Nur ein einziges Mal hatte er von Gaustana gesprochen. Als wir von Ranbirs Tod erfuhren, hatte er ausgerufen: «O Ihr Götter! Was habe ich getan? Das Wagnis war groß! Aber ich hatte den Auftrag dazu.» Seither schwieg er. Auch ritt er nicht, wie früher, voraus, wenn ihn etwas bedrückte, um im Anblick des Hengstes Kraft zu finden.

In meiner Verwirrung sah ich keine andere Möglichkeit, als mich mit Anand zu beraten. Doch über Harraps ungreifbare Ängste konnte ich mit ihm nicht sprechen. Zöge ich Anand mit da hinein, würde ich die letzte Verbindung zu Harrap durchtrennen, mir endgültig eingestehen, daß es zwischen uns keinerlei Zuneigung mehr gab. Doch auch wenn Harrap nichts von mir wissen wollte, hing ich nach wie vor sehr an ihm – möglicherweise mehr denn je, weil er so dringend des Trostes bedurfte, den anzunehmen er nicht bereit war.

So wandte ich mich an den Priester. Er war seit den allerersten Anfängen der Expedition mit dabei, und Harraps Krankheit der Seele ging ihn als Arzt wie als Priester an. Ich bat ihn, gemeinsam mit mir nach Mitteln zu suchen, meinen einstigen Spielgefährten wieder zu sich selbst zu bringen. «Er hat schon schwerere militärische Niederlagen erlitten», sagte ich. «Was er im Kampf um Gaustana eingebüßt hat, hatte er bei früheren Gelegenheiten zwei- und dreifach eingebüßt. Jedesmal galt seine erste Sorge dem Wohl seiner Männer – und die zweite war es gewesen, die Schlappe auszuwetzen. Nie hat er Niederlagen ohne weiteres eingesteckt, doch immer haben sie ihn in seiner Entschlußkraft bestärkt. Diesmal aber ist er wie ein altes Weib, das in den Tempel geht, sich zu Füßen der Gottheit setzt und auf den Tod wartet. Dabei ist er kein Narr.»

«Er muß zum erstenmal ertragen, daß sein ganzes Sehnen zerstört wird», sagte der Priester.

«Das stimmt», gab ich zur Antwort und vergaß in meiner Sorge um Harrap meinen eigenen Anteil an unserer Schande. «So betrachtet war das seine bisher schwerste Niederlage. Nie hatte er den Sieg so sehnlich erhofft und sich nie die Schätze und den Ruhm so lebhaft ausgemalt wie diesmal. Um so mehr müssen wir ihm helfen. Könnten wir doch nur erreichen, daß er den Hengst ansieht und aus Seinem Anblick neue Willenskraft gewinnt.»

«Das würde wohl nicht geschehen ... ganz gewiß nicht.»

«Warum nicht?»

«Weil Harrap und der Hengst jetzt Widersacher sind», gab der Priester bedächtig zur Antwort. «Nunmehr geht es um eine Auseinandersetzung zwischen den beiden.» Diese Worte drückten eine Befürchtung aus, die ich mir selbst nicht einzugestehen gewagt hatte.

«Seht doch, Jakir: sofern uns der Hengst den rechten Weg gewiesen hat, liegt der Irrtum ausschließlich bei Harrap. Wenn ich die Sache richtig deute, haben wir nicht nur eine fürchterliche Niederlage erlitten, sondern mit seinem Angriff auf Gaustana hat Harrap auch Verrat an der Expedition geübt. Er *kann* den Hengst nicht ansehen! Entweder ist er zum Verräter an seinem eigenen Geschick geworden, oder der Hengst ist ein falscher Verkünder. Nur eines von beiden kann richtig sein. Doch Harrap kann keins von beiden hinnehmen.»

«Das stimmt nicht...» wollte ich aufbegehren, hielt dann aber inne. Tief von der scheußlichen Wahrheit dessen getroffen, was der Priester gesagt hatte, fragte ich erneut: «Was kann ich jetzt tun?»

«Es gibt nur eine einzige Möglichkeit, und ob sie Erfolg haben wird, ist keinesfalls sicher. Ihr habt gesagt, daß Ihr seine Schuld teilt...»

«Ja!» rief ich aus.

«Dann sprecht zu ihm von Eurer Schuld, gesteht ihm Eure aufrichtig empfundene Scham. Bittet ihn, Euch zu helfen. Wenn er sich dann nicht mehr ganz allein fühlt, spricht er vielleicht... Er muß reden, oder das Schweigen wird eine Mauer zwischen ihm und den Menschen und Göttern errichten.»

Dem Rat des Priesters folgend, ritt ich zu Harrap und sprach schamvoll von meiner eigenen Schuld. Er hörte mich an und schüttelte dann den Kopf. «Nein, Jakir», gab er freundlich zur Antwort. «Du kannst ebensowenig dazu wie ich. Wir haben getan, was uns aufgetragen war. Wir haben die Zeichen richtig gedeutet, als keiner der anderen etwas davon wissen wollte. Die Schuld tragen nicht wir. Wohl aber wurden wir in die Irre geleitet.»

«Wie das?» fragte ich. Ich hatte Angst vor seiner Antwort, aber ebenso groß war meine Angst gewesen zu schweigen, als er sich schließlich bereitgefunden hatte, mit mir zu sprechen.

«Siehst du das wirklich nicht? Es liegt für mich offen zutage! Der Hengst ist lediglich ein Übermittler, keine Manifestation – ein Gefäß, aber kein Awatara. Lange war Er ein Bote der Götter, die uns wohl wollten. Jetzt ist Er von anderen Kräften erfüllt.»

Es gab für mich keinen Grund, etwas zu sagen, und ich hätte auch keine Worte zu finden vermocht.

«In der Welt gibt es noch andere Götter als unsere eigenen», fuhr er fort. «Manche haben wir vielleicht einfach dadurch beleidigt, daß wir Sie vernachlässigten. Andere mögen auf der Seite unserer Feinde stehen. Jene anderen Götter aber, dessen bin ich gewiß, sind in den Hengst gefahren und haben Ihn von Seinem wahren Weg fortgelenkt. Sie, und nur Sie, haben uns das...haben uns unser Gaustana bereitet!»

Harraps Erklärung hätte uns beide freigesprochen – ihn von seiner schweren und mich von meiner leichteren Schuldenlast. Aber ich brachte es nicht fertig, diese Lösung hinzunehmen. «Wäre der Hengst wirklich besessen», wandte ich ein, «hätte Er uns dann nicht unmittelbar vor die Stadt und in den Untergang geführt? Wäre das Zeichen in dem Fall nicht so deutlich gewesen, daß wir nicht einmal die Möglichkeit gehabt hätten, es unterschiedlich auszudeuten – wie wir das getan haben?»

«Nein, Jakir! Die Götter – vor allem die uns feindlich gesonnenen – geben sich nicht so leicht verständlich, Sie sind nicht so geradeheraus. Sie wollten uns in die Irre führen – uns Zeit lassen, bis wir uns schließlich durch unsere Entscheidung gänzlich ans Messer lieferten.»

«Dann seid Ihr der Ansicht, daß der Hengst uns betrügt?»

«Nein. Er selbst kennt keine Falschheit. Aber Götter, die uns feindlich gesonnen sind, haben von Ihm Besitz ergriffen. Jetzt ist Er *ihr* Übermittler und Gefäß.»

«Dann müssen wir dem Priester den Auftrag erteilen, daß er diese Götter vertreibt und die zur Rückkehr auffordert, die ursprünglich in Ihm wohnten und uns zuvor so redlich geführt hatten. Außerdem müssen wir unseren Irrtum sühnen, denn wir haben zugelassen, daß man uns in die Irre führte.»

«Nein, und nochmals nein! Es hat keinen Irrtum gegeben. Ich konnte nicht anders handeln, denn alle Zeichen...»

«Warum wollen wir nicht die Götter austreiben, die uns haßerfüllt gegenüberstehen, bevor Sie uns in eine neue Katastrophe führen?»

«Die Zeit dafür ist noch nicht reif. Wir müssen weiter leiden. Aber sie wird kommen, wenn wir die dafür erforderlichen Opfer bringen können.»

Dem Priester teilte ich lediglich mit, seine List habe die gewünschte Wirkung gehabt, denn er hatte gesehen, daß ich lange mit Harrap gesprochen hatte. Später ritt Harrap wieder unter die Krieger Kamardols und lobte ihren Mut und ihre Geschicklichkeit. Aber als sie ihn baten, den Ritus der Großen Entsühnung von Brudermord und Unterdrückung der Fruchtbarkeit vollziehen zu lassen, wollte er nichts davon wissen. Auch teilte ich dem Priester nichts von Harraps Entschluß mit, für eine rituelle Reinigung des Hengstes zu sorgen, wenn die Zeit dafür kam. Mir genügte es einstweilen, daß Harrap den Weg ein Stück weit zurückgekommen war. Ich brachte es nicht übers Herz zuzulassen, daß er und der Priester aneinandergerieten, wobei der eine behauptete, die Vorzeichen hätten uns mit voller Absicht in die Irre geführt, und der andere darauf bestand, daß wir wohl richtig geleitet worden seien, die Anweisungen aber falsch ausgelegt hätten.

So ritten wir nordwärts, nach wie vor unter den Folgen der Katastrophe leidend. Die düsteren Tage verliefen eintönig, als sei die Expedition unterbrochen. Dabei hatten wir eigentlich Gelegenheit, uns von der Niederlage zu erholen, denn es fiel nichts weiter vor. Wohl war es tagsüber sehr heiß und trocken, doch wurden die Nächte immer kälter, je weiter wir nach Norden vorrückten, und der Wind trug den Geruch von Schnee zu uns her. Es war bereits Herbst, und die Nomaden bereiteten ihre Winterlager vor. Sie drängten ihre Filzjurten an niedrig gelegenen Stellen zusammen, wo immer sie ein dünnes Rinnsal mit Wasser vorfanden. Diese Nomaden veranlaßten wir, dem Hengst Ehrerbietung zu erweisen, nachdem sie sich uns um den Preis weniger Menschenleben, keins davon eins der unseren, unterworfen hatten. Zweimal stießen wir auf Siedlungen, die als Städte bezeichnet wurden, vermutlich, weil sie nicht über das engere Gebiet der kleinen Oasen hinausreichten. In Wirklichkeit handelte es sich um nichts als einige hundert Elendshütten. Umgeben waren sie von Mauern aus getrocknetem Lehm, die Ziegen daran hindern mochten, die Ansiedlung zu verlassen, aber einem Angriff hätten sie keine zehn Minuten lang standgehalten. Ein solcher aber war in keinem Fall nötig, denn die Ältesten dieser Spottbilder von Städten unterwarfen sich, sobald sie unseren Zug erblickten. Wir ließen uns von ihren Bewohnern mit frischem Fleisch und dem wenigen an anderen Grundnahrungsmitteln versorgen, was sie besaßen.

Trotz seiner Überzeugung, daß unsere Expedition erst dann wieder wie vorgeschrieben weitergehen konnte, wenn dem Hengst die uns feindlich gesonnenen Götter ausgetrieben waren, gaben diese kleinen Erfolge Harrap etwas mehr Seelenruhe.

«Noch sind wir nicht ganz verloren, was, Jakir?» Der Druck der tiefen Niedergeschlagenheit, der auf ihm lastete, hatte seinen natürlichen Überschwang nicht vollkommen zerstört. «Aber das sind Bagatellen. Die Zeit für die wahren Opfer wird kommen. Wir werden unsere eigenen wirklichen Götter wieder herbeibeschwören – und größtem Ruhm entgegenreiten, bevor uns der Hengst heimbringt.»

Ohne sich um Harraps schwankende Empfindungen zu kümmern, führte uns der Hengst fünfunddreißig Tage lang ununterbrochen nach Norden, bis wir die Ausläufer des Himmelsgebirges erreichten. Ich nenne diesen Gebirgszug so, weil auf der Karte des Priesters zu sehen war, daß wir uns weit nördlich der großen Stadt befanden, von der sich der Hengst nach Kosmopolis gewandt hatte, und wir wußten, daß das Himmelsgebirge das Herz des Erdteils im Norden begrenzte. Der Schnee des frühen Winters bedeckte den Boden drei bis vier Zoll tief, und die Winde vom Ende der Welt drangen mit scharfen Fingern durch unsere Umhänge. Fast spielerisch griffen sie in Abständen an, als wollten sie uns lediglich an ihre furchterregende Macht erinnern, die uns bei unserem Zug durch das Gebirge unerbittlich zugesetzt hatte.

Unsere struppigen Ponys steckten die Köpfe in den Wind, und die zockelnden Kamele, die allmählich ihr struppiges Winterfell bekamen, legten gegenüber der Kälte dieselbe lässige Hochnäsigkeit an den Tag, mit der sie der Hitze begegnet waren. Die Männer murrten, weil wir uns immer mehr von Kamardol entfernten, aber sie jammerten nicht wie geschlagene Truppen. Von Zeit zu Zeit, berichtete Anand, sprachen sie miteinander von ihrer Sehnsucht nach der Großen Entsühnung, aber ich hörte, wie sie aus der Niederlage einen Sieg machten, indem sie sich rühmten, daß sie den Kampf gegen Gaustanas Krieger überlebt hatten, denen keine anderen Krieger der Welt standgehalten hätten. Mit jedem neuen Erzählen veränderte sich die Geschichte zu ihren Gunsten, bis es schließlich hieß, lediglich der Sandsturm habe verhindert, daß wir den Sieg an unsere Fahnen heften konnten.

Harrap saß Kumyß trinkend mit den Kriegern um das Lagerfeuer und hörte ihrem Gerede zu. Von Selbstzufriedenheit förmlich trunken, erklärten sie, keine andere Truppe hätte eine so ungeheuer überlegene gegnerische Macht abschlachten und sich dennoch retten können, als sich der Sturm zum Verbündeten jenes Feindes machte. Kein anderer Heerführer, erklärten sie, hätte einen so kühnen Angriff planen und gleichwohl seine Streitmacht aus den Fängen des Feindes befreien können, als sich das Kriegsglück wendete. Harrap hörte sich das alles widerspruchslos an. In jenem besonderen Licht gesehen, war der Feldzug gegen Gaustana trotz allem eine bewundernswerte Waffentat. Ich hoffte, sein neuer Gleichmut werde Harrap vor einem Streit mit dem Priester bewahren, obwohl sich dieser kaum vermeiden ließ, wenn er auf seiner Behauptung beharrte, der Hengst sei besessen.

«Die Schlacht um Gaustana», sagte Harrap gedankenverloren, «war wirklich eine beachtliche Leistung, Jakir. Wären nicht uns feindlich gesonnene Götter in den Hengst gefahren, hätten wir die Stadt genommen. Auch dann noch war der Feind auf die Unterstützung des Sturmes angewiesen, um uns Widerstand leisten zu können. Aber die Zeit des Opfers – die Zeit Seiner Entsühnung – wird kommen. Dann werden wir alle zu noch größeren Taten bereit sein.»

Der Hengst, der sich westwärts gewandt hatte, folgte jetzt einem Weg, der sich am Rande des Vorgebirges entlangzog. Tiefe Spuren im lockeren Sand, den eine federleichte Schneeschicht bedeckte, zeigten, daß schon viele Menschen und Tiere hier entlanggezogen sein mußten. Die Männer jubelten, daß Er die Richtung auf Kamardol eingeschlagen hatte, doch im Unterschied zu früher schleppte sich der Hengst jetzt gemächlich voran und legte pro Tag nicht mehr als drei oder vier Meilen zurück. Zuerst nahm ich an, Er sei müde oder die warnende Stimme Seines Instinkts lasse Ihn zögern, dem Weg nach Hause zu folgen. Doch Sein Fell, das früher hell geschimmert hatte, war glanzlos; die Augen, in denen Sein Wille geleuchtet hatte, waren stumpf, und Sein Leib, einst eine vollkommen geschwungene Linie straffer Muskeln, war jetzt aufgedunsen.

Doch machte ich mir keine großen Sorgen um das Tier, schienen doch lediglich Seine Eingeweide von dem groben Gras entzündet zu sein. Eher fürchtete ich, die Krankheit des Hengstes könne Harrap in seiner Überzeugung bestärken, daß Er besessen war. Einer solchen Erklärung würden auch die Krieger beipflichten. Dann war der Konflikt zwischen Harrap und dem Priester unausweichlich.

Als Harrap wissen wollte, warum wir so langsam vorankämen, erklärte ich ihm, daß der Hengst an einer Entzündung leide. Da er nach wie vor nicht bereit war, sich Ihn anzusehen, gebot er lediglich: «Kümmere dich darum, Jakir.»

Unsere Hufschmiede untersuchten den Hengst, als Er, alle viere von sich gestreckt, keuchend und schwer atmend im Schnee lag. Trotz heißer Kräuterpackungen und abführenden Öls, das wir Ihm einflößten, verschlechterte sich Sein Zustand stündlich. Der Priester holte all seine Arzneivorräte aus den Satteltaschen. Da der Hengst von sich aus nichts schluckte, mußten wir Ihm alles einflößen. Desungeachtet quoll Sein Unterleib weiter auf, und die Haut spannte sich so außerordentlich, daß es mich schmerzte, Ihn auch nur anzusehen.

«Es gibt nur ein Mittel, mit dem wir Ihn möglicherweise heilen können», seufzte der Priester schließlich. «Es ist mindestens ebenso gefährlich wie die Krankheit. Man muß Ihm ein Messer in den Unterleib stoßen, damit das Gas entweichen kann, das Ihn zu ersticken droht. Für den Fall allerdings, daß das fehlschlägt...»

«Und wer wird das Messer führen», fragte ich, «das den Heiligen Hengst töten kann, mit Sicherheit aber Seine Vollkommenheit entstellt, so daß Er nicht mehr die unbefleckte Reinheit des Heiligen Gefäßes darstellt?»

Niemand sagte etwas, während ich den Blick von einem der angespannten Gesichter zum anderen wandern ließ. Ich als Brahmane kam für die Aufgabe nicht in Frage, und sowohl Gorbabordol als auch Anand wirkten unentschieden. Ersterer sah beiseite; auf seinem teigigen Gesicht lag erkennbare Furcht. Schließlich legte Anand seine Hand auf die meine und zog den Dolch aus dem Gürtel. «Wo?» fragte er.

«Du – ein Brahmane?» stieß ich hervor.

«Das war einmal», lächelte er.

«Und wenn Er stirbt, verlierst du das Leben mit Ihm. Die Männer werden dich in Stücke reißen.»

«Ich weiß. Doch besser ein Tod im Versuch der Rettung, als schrittweise inmitten des Haufens umzukommen, der aus uns wird, wenn Er stirbt – ohne Manneszucht und ohne Ziel. Die Entweihung des Hengstes schätze ich gering ein neben allem, was wir auf uns geladen haben und noch auf uns laden werden.»

Alles sah zu mir her und wartete, daß ich Anand die Weisung gab. Ich aber zögerte und erklärte: «Erst muß ich mit Harrap sprechen. *Diesen* Befehl kann ich nicht geben.»

Harrap unterhielt sich gerade mit den Anführern einer Karawane, die an uns vorüberzog, während wir neben der Straße lagerten. Es waren Kaufleute, denen darum zu tun war, ihre Heimat zu erreichen, bevor der Winter mit voller Macht einsetzte. Im Unterschied zu anderen Kaufleuten, denen ich bis dahin begegnet war, handelte es sich um würdige und stattliche Männer. In hölzernem Prakrit erklärten sie, daß sie aus dem Königreich Buchara kämen und teils Juden und teils Perser seien. Sie schienen zu begreifen, daß es dringend war, als ich ihre förmlichen Höflichkeiten abschnitt, um von Harrap eine Entscheidung zu verlangen.

«Ein wertvolles Tier... das krank daliegt», sagte einer der Juden, ein untersetzter Mann mittleren Alters, dessen dichten schwarzen Bart einzelne weiße Fäden durchzogen. «Und Ihr habt all Eure Heilmittel ausprobiert? Vielleicht... kann ich helfen. Das Tier ist wohl sehr wertvoll?»

«Wertvoller, als Ihr Euch vorstellen könnt», gab ich zur Antwort und faßte ihn in meiner Rastlosigkeit beim Ärmel.

Als wir bei dem Hengst eintrafen, lag Er, von einem Kreis ehrfürchtig zuschauender Prinzen umstanden, mit geschlossenen Augen da und zitterte bei jedem Atemstoß. Sein Unterleib war so aufgedunsen wie die Schweinsblasen, die Kinder zum Spaß aufblasen, so daß es den Eindruck erweckte, als werde die straffgespannte Haut schon unter der Berührung eines Fingernagels bersten. Seelenruhig betrachtete der Jude erst Maul und Augen, zog vorsichtig die Lider hoch und öffnete mit überraschender Kraft die festgeschlossenen Kiefer. Nachdem er den Unterleib des Tieres betrachtet hatte, fuhr er mit den Fingerspitzen auf der Haut den Umrissen der Eingeweide nach. Zum Abschluß seiner Untersuchung streifte er sich einen Handschuh aus dünner weißer Seide über die Hand und schob diese bis zum Unterarm in den After des Tieres.

«Ich denke, man kann etwas tun», sagte er, zog den besudelten Handschuh behutsam aus und ließ ihn zu Boden fallen. «Hoffentlich ist es nicht schon zu spät.»

Von seinem Diener ließ er sich die Satteltasche bringen. Dann sagte er bedächtig, während er sich in den Schnee kniete, um die Pulver und Öle miteinander zu vermischen, die er aus in Seide gewickelten Päckchen und ledernen Fläschchen abmaß: «Es ist – wie sagt man – eine Verengung der Eingeweide. Wir werden es versuchen.»

Während zehn Männer den Hengst hielten, goß Ihm der Jude eine größere Menge des Tranks in den Schlund. Fast trafen ihn die wild um sich schlagenden hinteren Hufe, als er Ihm einen langen Schlauch, der von einer mit roter Flüssigkeit gefüllten Blase ausging, in den After schob.

«Fertig», sagte er. «Jetzt heißt es abwarten. Gott wird entscheiden.»

Das Warten dauerte meiner Erinnerung nicht länger als zehn oder fünfzehn Minuten, auch wenn es mir damals so vorkam, als handele es sich um einen vollen Tag und eine Nacht. Bewegungslos lag der Hengst da. Das wilde Umsichschlagen hatte Ihn erschöpft. Sein Unterleib war so aufgedunsen, daß ich sicher war, er werde bersten.

«Das Messer!» sagte ich schließlich und nickte zu Anand hin.

Im selben Augenblick überlief ein gewaltiger Schauer das Tier. Jeder Muskel wirkte verkrampft, als liege Es im Todeskampf. Dann entströmte Seinem After eine schleimige gelbe Flüssigkeit und befleckte Seine weißen Läufe. Erneut erschauerte der Hengst, dann lag Er still da. Auch das heftige Zucken Seines Halses bei jedem Atemzug hatte aufgehört.

Mein Dolch saß dem Juden an der Kehle, doch hinderte mich sein Lächeln daran, zuzustoßen. Gleichmütig sagte er: «Es wirkt. Seht nur!»

Der Hengst atmete wieder. Aus Seinem After floß der gelbe Schleim, vermischt mit harten, zusammengebackenen Grasklumpen. Die Hufe suchten auf dem Schnee nach Halt, während Er auf die Beine zu kommen versuchte. Krieger stützten Ihn, und mühevoll gelang Ihm Sein Vorhaben. Gesenkten Hauptes tat Er schwankend einige Schritte, während Ihm nach wie vor Flüssigkeit aus dem After rann. Als der Strom versiegte, bog Er den langen Hals zu Boden, um an dem weißen Schnee zu lecken.

«Jetzt hat Er es hinter sich», sagte der Jude. «Aber ihr dürft mindestens vier Tage lang nicht weiterziehen. Könnt ihr euch so lange gedulden?»

Er warf mir einen sonderbaren Blick zu, als ich feierlich versicherte: «Wir können ebensogut vierzig wie vier Tage warten.»

In meiner freudigen Erleichterung muß ich sinnlose Worte gestammelt haben, während ich mir die goldene Kette abnahm, die Diamant- und Rubinringe abstreifte und ihm alles in die Hände legte. Mit erstauntem Gesicht sagte er, wobei eine lange Furche zwischen seine dichten Augenbrauen trat und seine kleinen blauen Augen belustigt aufblitzten: «Ich freue mich, daß Ihr Eure Ärzte bei einem Erfolg so freigebig belohnt, wie Ihr sie bei einem… Fehlschlag… unnachsichtig bestrafen würdet. Ich glaube allerdings nicht, daß mir die Anstellung zusagen würde.»

«Nehmt das», drängte ich ihn, «es gibt für Euch noch weit mehr.»

«Den werde ich behalten», gab er zur Antwort und wählte einen nicht besonders wertvollen Daumenring in Gestalt einer geringelten Schlange mit kleinen Augen aus Rubinen. «Er soll mich stets daran erinnern, wie weit der Mensch gelangt ist. Aber im übrigen bin ich Kaufmann und kein Arzt.»

Darüber hinaus etwas als Belohnung anzunehmen, war er nicht bereit, obwohl ich ihn während unseres Ritts zurück zum Lager nachdrücklich darum bat. Allerdings wollte er wissen: «Was für ein Tier ist das, daß Ihr mir für eine einfache Heilung dankt, als hätte ich einen bedeutenden Herrscher den Klauen des Todes entrissen?»

«Er ist das Gefäß unserer Götter», antwortete ich schlicht.

Mit Betrübnis und Schwermut, wenn ich den Ausdruck hinter seinem dichten Bart richtig gedeutet habe, sah mich der Jude an. Weitere Fragen stellte er mir nicht.

Harrap lud die fünfundzwanzig bedeutendsten Männer der Karawane zu einem großen Dankes-Festmahl ein, an dem auch fünfundzwanzig unserer Offiziere teilnehmen sollten. Anfangs erklärten sie, weiterziehen zu müssen, wenn sie rechtzeitig Buchara erreichen wollten, schließlich aber gaben sie nach – möglicherweise auch unter dem Eindruck des großen Freudenturniers, das unsere Reiterei abhielt – eine Demonstration unserer Fertigkeit im Umgang mit Waffen und zugleich unserer Macht.

Während wir zusahen, flüsterte ich Harrap zu: «Jetzt ist doch alles gut, nicht wahr?»

«Inwiefern?»

«Der Hengst ist geheilt», antwortete ich.

«Ja, und wir statten dafür unseren Dank ab. Der Versuch der böswilligen Götter, die in Ihn gefahren sind, um Ihn zu vernichten, ist gescheitert.»

«Wir dürfen also annehmen», ließ ich nicht locker, «daß die Macht dieser Götter damit gebrochen ist.»

«Durchaus nicht. Die Erkrankung des Hengstes beweist, daß Er von Ihnen besessen ist. So leicht läßt sich unser Sieg nicht erringen. Die böswilligen Gottheiten müssen ausgetrieben werden.»

Schlimme Vorahnungen, die allerdings nicht genau faßbar waren, bedrückten mich, während ich meine Vorbereitungen zu dem Festmahl traf. Da wir kein Zelt mitführten, das groß genug war, um fünfzig Personen aufzunehmen, ließ ich rings im Kreis große Feuer entzünden. Wir saßen in einem Amphitheater aus flackernden roten und gelben Flammen inmitten des Wohlgeruchs, den das brennende Holz aus Bergkiefern verströmte. Der Mond war ein straffgespannter Bogen aus bleichem Silber, und aus großer Ferne glitzerten die Sterne am klaren Nordhimmel. Um den Kaufleuten jede erdenkliche Ehre zu erweisen, ließ Harrap Speisen und Getränke auf dem goldenen Geschirr auftragen, das wir als Tribut bekommen hatten und von dem noch das geringste Stück einem Kaiser als Grabbeigabe Ehre gemacht hätte. Auch aßen wir nicht von den weißgescheuerten Brettern, die uns auf der ganzen Reise begleitet hatten, sondern von juwelenbesetzten ziselierten Tellern, und statt aus den zerbeulten Blechbechern tranken wir den Wein aus mit Schlachtszenen geschmückten goldenen Pokalen. In hohen Kannen brachten ihn Ordonnanzen durch den Flammenkreis herbei, und niemand, der trinken wollte, mußte zweimal darum bitten. Wir schmausten und zechten wie eine Tafelrunde von Königen vor der Schlacht.

Es gab reichlich Geflügel und Fleisch, denn unseren Jägern war das Glück hold gewesen. Die Perser aßen mit großem Appetit und drängten uns ihre eigenen eingelegten und kandierten Köstlichkeiten auf. Mit der Erklärung, daß sie bestimmte Speisegesetze zu befolgen hätten, aßen die Juden nichts von dem angebotenen Fleisch. Nur von dem gewürzten Trockengemüse, das wir als Appetitanreger auftragen ließen, nahmen sie ein wenig. Ihrerseits boten sie uns Scheiben des von ihnen mitgeführten Fleisches an, das zusammengerollt war und schwarze Pfefferkörner enthielt. Es war in seiner Art gut, doch für meinen Geschmack zu mild. Trotz der unermeßlichen Hilfe, die sie uns erwiesen hatten, ließ sich der Priester nicht herbei, davon zu kosten. Er saß ein wenig abseits, weil er sich bei diesem mit Kastenlosen gemeinsam eingenommenen Mahl nicht beflecken wollte.

Mir zur Rechten saß der untersetzte jüdische Kaufmann, der den Hengst geheilt hatte. Sein Gewand aus lila und weißer Wolle war so kunstvoll gearbeitet, daß die Streifen ineinander verliefen und im flackernden Feuerschein beständig ihre Umrisse änderten, wie die Schwungfedern fliegender Stare. Links von mir hockte ein dürrer Perser, dessen glänzender brauner Bart zu dichten Locken gedreht war, die ihm über das braune Gewand bis auf die Brust herabfielen. Seine spitz zulaufende Kopfbedeckung aus roter Seide hatte er abgesetzt. Als auch der Jude seine Pelzmütze abnahm, zeigte sich, daß er darunter ein schwarzes Seidenkäppchen trug, das gerade den Hinterkopf bedeckte. Es sah aus wie die weiße Mütze, die der Priester stets trug, war aber kleiner.

Der Perser stellte viele neugierige Fragen. Unaufhörlich wollte er etwas über das Reich Kamardol und das Ziel unseres Zuges durch das Herz des Erdteils wissen. Ich gab ihm vollständig Antwort, nicht nur, weil die Gesetze der Gastfreundschaft das geboten, sondern auch, weil uns meiner Ansicht nach von diesen friedlichen Kaufleuten keine Gefahr drohte. Als ich erklärte, daß wir dem Hengst folgten, den die Götter leiten, verstummte der Perser wie zuvor die Juden. Ich fragte ihn nach seiner eigenen Religion.

«Wir glauben», sagte er gemessen, als fürchte er mich zu kränken, der ich wußte, daß alle Menschen ihrer eigenen Religion anhängen, «daß es auf der Welt nur zwei Geister gibt: einen guten und einen bösen. Jener, der das Gute verkörpert, besitzt die größere Macht, doch ist die des Bösen nur um ein weniges geringer. Das Schlachtfeld dieser beiden Geister ist unsere Welt; in ihr spielt sich der Kampf zwischen Licht und Finsternis ab. Unser Gott lebt in der Sonne und dem Feuer.»

«Und was ist mit den Menschen?» fragte ich, von dieser ungewöhnlichen Vorstellung gefesselt. «Sind sie auf immer an das Rad des Lebens gebunden, oder glaubt Ihr, daß die Seele mit dem Körper dahingeht?»

«Die Seele lebt weiter», gab er zur Antwort, «gerettet werden aber kann sie nur, wenn sie dem Guten folgt.»

Mich belustigte die schlichte Annahme, die Götter ließen sich so eindeutig auseinanderhalten wie Schachfiguren, weiß und schwarz, gut und böse. Wäre das tatsächlich im komplizierten Muster der Welt so deutlich herausgearbeitet und das Leben der Götter und Menschen so erkennbar voneinander getrennt – wie glücklich müßten dann die Menschen sein!

«Und auf welche Weise», fragte ich, «folgt der Mensch dem Guten? Das scheint mir doch recht schwierig.»

«Leicht ist es nicht. Aber wir empfangen dazu eine Anleitung, so wie der Tag in Hell und Dunkel geteilt ist. Erst vor einem Jahrhundert kam er, der Mithras genannt wird und eine Ausprägung des Guten ist, zu den Menschen. Er hat uns erhoben, und seinen Vorschriften folgen wir.»

Der Jude, dessen Name Daobid war, schnaubte: «Das ist ein alter Streitpunkt zwischen uns, Sarkaataris. Aber ich kann es nicht mit anhören, wie du diesem Krieger falsche Vorstellungen in den Kopf löffelst. Wisset, Oberst, es gibt nur einen Gott, und er ist mehr als Gut und Böse, da er alles erschaffen hat. Wir Juden brauchen lediglich Seinen Gesetzen zu folgen. Zum Bösen, wie Sarkaataris es nennt, kommt es ausschließlich dann, wenn der Mensch die Gesetze Gottes des Herrn übertritt.»

Ich stellte ihm dieselbe Frage über die Seele wie zuvor dem Perser Sarkaataris.

«Ob eines jeden Menschen Seele nach dem Tod des Leibes von ihm getrennt weiterexistiert, wissen wir nicht», räumte er ein. «Möglicherweise kehrt jede Seele zu Ihm, dem Schöpfer, zurück, um Teil der einzigen ewigen Seele zu werden. Es ist aber nicht von Bedeutung, ob es sich so verhält. Wir sind lediglich gehalten, dem Herrn Gott auf dieser Erde zu gehorchen.»

Die jüdische Lehre, die anspruchsvoller und zugleich einfacher war als die des Persers, sprach mich noch weniger an als die unfruchtbaren Glaubensvorstellungen der frühen Buddhisten. Es erstaunte mich, daß jemand, der so gelehrt zu sein schien, glauben konnte, was schon ein Zehnjähriger aus Kamardol als übermäßig schlicht zurückweisen würde.

«Und der Mensch?» fragte ich erneut. «Was gibt Euer Gott den Menschen?»

«Die Welt und ihre Freuden, aber nicht mehr. Bisweilen beschützt und ernährt Er uns, häufig aber schickt Er uns Heimsuchungen.»

«Warum?»

«Davon haben wir keine Kenntnis. Wir wissen lediglich, daß der Herr, unser Gott, aus Seinem eigenen unerforschlichen Ratschluß heraus über Freud und Leid bestimmt.»

«Unter allen Umständen? Wird das stets so sein?»

«Nein, nicht immer», gab Daobid zur Antwort, «unsere Propheten sagen, wenn die Zeit erfüllt ist, wird der Herr, unser Gott, den Messias schicken, damit uns Dieser auf Erden zur Freude erhebt. Sie wird der Lohn dafür sein, daß wir Seinen Willen erkennen und verstehen.»

«Und wann wird dieser Messias kommen?»

«Das weiß niemand, nicht einmal die Propheten. Dieser Mithras des Sarkaataris mag ein Prophet sein, aber er ist nicht der uns Juden versprochene Messias, der bei Seinem Kommen Liebe und Eintracht mit sich bringen wird. Immerhin läßt sich deutlich erkennen, daß gegenwärtig auf Erden weder Liebe noch Eintracht herrscht.»

Bei diesen Worten sagte der Perser mit Nachdruck: «Daobid, mit deinen Worten entweihst du, was du nicht kennst.»

«Deine Götter sind die deinen», gab Daobid unbeirrbar zur Antwort. «Auch wenn Sie falsch sind, mögen Sie für euch die rechten sein. Aber der Herr, welcher der Gott der Juden ist, hat uns einen wahren Messias versprochen. Wir wollen euch euren Glauben ebensowenig streitig machen wie dem Obersten den seinigen. Niemand muß an den Herrn, unseren Gott, glauben, welcher der einzige Gott ist, neben dem es ...»

Um unsere Gäste von ihrer zunehmenden Hitzigkeit abzulenken, fragte ich sie nach ihren Reisen.

Mit erkennbarer Erleichterung beruhigten sie sich. Inmitten des barbarischen Feuerkreises berichteten sie vom Hof des Kaisers von China, wo sie Seide gekauft hatten. Sie beschrieben, wie die Chinesen die Hunnen aus ihrem Reich verjagt hatten, sprachen von endlosen salzigen Meeren, die sich weiter ausdehnen, als der Blick und das Wissen der Menschen reicht, die Monate hindurch über deren Fläche reisen, und laut aufseufzend beneideten sie die Kaufleute, welche ihre Waren auf dem Wasser jener Salzmeere nach China brachten, um ihr leichtes Leben und den hohen Gewinn.

Ihre phantasievollen Erzählungen heiterten mich auf und brachten mich durch ihre übertriebene Unwahrscheinlichkeit zum Lachen. Auf jeden Fall waren sie weit unterhaltsamer als das heftige Streitgespräch von Jude und Perser über ihre Götter, die mir einer ebenso phantastisch zu sein schienen wie der andere. Lachend und große Mengen Wein trinkend, verbrachten wir den Abend. Als die Karawane am nächsten Vormittag weiterzog, schwankten mehr als tausend beladene Kamele auf den Sohlen ihrer Füße über die lange kalte Straße der Stadt Buchara entgegen.

Während ich an jenem Vormittag zusah, wie der Hengst nahe der Quelle weidete und allmählich wieder zu Kräften kam, sprach mich Harrap an und fragte: «Was hältst du von unseren Gästen?»

«Sie besitzen großes Wissen auf allen Gebieten. Doch was die Götter betrifft, sind sie von einer Schlichtheit des Denkens, die an Torheit grenzt», gab ich zur Antwort.

«Sind sie bereit, dem Hengst die nötige Ehre zu erweisen?»

«Das kann ich mir nicht vorstellen», gab ich zur Antwort. «Aber es spielt auch keine Rolle. Da sie lediglich landfremde Reisende sind, besteht kein Anlaß, von ihnen Unterwerfung zu verlangen.»

«Nun, immerhin ziehen sie durch unser Gebiet, das Land, das uns der Vollkommene Hengst geschenkt hat. Warum hast du von ihnen keine Unterwerfung verlangt?»

«Ich bin einfach nicht auf den Gedanken gekommen», sagte ich, bestürzt über die Heftigkeit seiner Worte.

«Würdest du sagen, daß sie unter ihrem eigenen Volk so etwas wie Brahmanen sind?» fuhr er fort.

«Ich denke schon», sagte ich zögernd. «Unzweifelhaft verfügen sie über große Kenntnisse auf dem Gebiet ihrer eigenen Religion.»

«Du hast recht», befand Harrap mit Nachdruck. Er schien der banalen Frage sehr viel Gewicht beizulegen. «Es sind Brahmanen, Jakir. Sie sind es. Die Götter haben es bestimmt!»

«Was sind sie? Was haben die Götter bestimmt?» fragte ich, von seinen Worten und dem geheimnisvoll-dunklen Tonfall seiner Stimme verwirrt.

«Diese Juden und Perser sind die Opfer zur rituellen Reinigung des Vollkommenen Hengstes. Die Götter haben sie dazu ausersehen. Damit, daß wir sie opfern, werden wir die bösen Gottheiten austreiben, die in Ihn gefahren sind. Danach werden wir mit Ruhm bedeckt nach Kamardol heimkehren.»

Ich erfaßte den Sinn seiner Worte so allmählich, wie ein Genesender vorsichtig Löffel um Löffel seinen Brei zu sich nimmt, aus Furcht zu ersticken, wenn er zu viel auf einmal schluckt. Wir standen einander von Angesicht zu Angesicht gegenüber, doch kam ich mir geschrumpft und fern vor, als befänden wir uns auf gegenüberliegenden Berggipfeln. Ich sah zu dem gleichfalls geschrumpften Harrap hinüber und erfaßte ihn aus großer Entfernung vollständig mit einem Blick. Er wirkte auf mich wie jemand, den ich noch nie zuvor gesehen hatte. In seinen sonst so ruhigen Augen, aus denen stets Beständigkeit gesprochen hatte, leuchtete jetzt gänzliche Mißachtung des Lebens anderer; die glatten Flächen seiner Wangen, einst Zeichen aufrichtiger Geradlinigkeit, vermittelten in jenem Augenblick den Eindruck barbarischer Brutalität; und die schmetterlingsförmige Narbe, die früher Merkmal seines Mutes gewesen war, kündete in jenem Augenblick von Boshaftigkeit. Ein so abgrundtiefes Entsetzen würgte mich, daß ich nur etwas stammeln konnte, was sich in Wirklichkeit kaum als Einwand bezeichnen ließ: «Aber... aber... die Gesetze der Gastfreundschaft... wir haben mit ihnen gemeinsam Wein getrunken!»

«Die Ansprüche der Götter stehen über den Gesetzen der Gastfreundschaft», sagte er. «Gib Befehl, daß man sie verfolgt.»

«Das kann ich nicht, Harrap», sagte ich. «Das kann ich nicht!»

«Wieso nicht?» Seine Stimme klang erstaunt. «Siehst du nicht, daß sie die Männer sind, von denen die Brahmanas sprechen? Sogar in deinem eigenen ‹Gesang der Suche› sprichst du von ihnen. Heißt es dort nicht: ‹Erschlagt auch den Brahmanen, der den Hengst nicht erkennt›?»

«Sie sind keine Brahmanen, sondern Juden und Perser.»

«Aber unter ihresgleichen sind sie Brahmanen. Das hast du selbst gesagt.»

«Das ist doch etwas völlig anderes», wandte ich ein.

«Meiner Ansicht nach nicht. Ich frage dich noch einmal: Würden sie dem Hengst Achtung erweisen?»

«Ich weiß nicht. Wahrscheinlich nicht. Allerdings haben wir sie nicht gefragt.»

«Dann wollen wir das nachholen – und diejenigen unter ihnen unbehelligt ziehen lassen, die sich ordnungsgemäß unterwerfen. Vorwärts jetzt, Mann... Gib deine Befehle.»

«Aber Harrap», wandte ich ein, «der Wahre Glaube hat Menschenopfer abgeschafft – nicht einmal Parias werden mehr geopfert. Ihr würdet damit in die Barbarei zurückfallen.»

«Was sagst du da? Ich falle in die Barbarei zurück?» fuhr er auf. «Nach den Gefahren, die ich für den Wahren Glauben auf mich genommen habe, wagst du es, *mir... mir...* Barbarei vorzuwerfen?»

«Ja, das tue ich!» Überrascht hörte ich meine eigene feste Stimme und meine trotzigen Worte. «Das werfe ich *Euch* vor. Wir alle haben Schweres erduldet. Wir alle haben Gefahren bestanden, wie sie kein Angehöriger unseres Volkes je kennengelernt hat. Aber wir waren auf der Suche nach der Zukunft. Unser Streben richtete sich nicht darauf, in die Vergangenheit zurückzufallen. Der Kult der Erdmutter-Gottheit ist wider das Gesetz – und mit ihm auch Menschenopfer.»

«Sieh doch, Jakir!» sagte er. Es klang nachsichtig, so, als lasse seine Begierde, mich zu überzeugen, seinen Zorn verrauchen. «Wir haben erstaunliche Taten vollbracht, sind außergewöhnlichen Menschen begegnet und haben von ihren Göttern erfahren. Die Männer sagen, wir hätten die Erdmutter-Gottheit erzürnt, indem wir die Wasserleitungen von Kosmopolis verstopft haben. Zwar glaube ich nicht, daß sie damit recht haben, aber dies Opfer wird ihre Ängste beschwichtigen.»

«Ihr wäret bereit, mehr als hundert Männer zu töten, die unsere Gäste waren, nur, um die Krieger zu beschwichtigen? Früher hattet Ihr keine Angst vor ihrem Murren.»

«Das ist auch jetzt nicht der Fall. Aber im Unterschied zu dir habe ich der Erdmutter-Gottheit nicht abgeschworen. Außerdem besteht eine wirkliche Notwendigkeit. Wir wären den Gaustanern nicht unterlegen, hätten nicht die Götter gegen uns Partei ergriffen, die uns feindlich gesonnen sind, und hätten Sie nicht vom Hengst Besitz ergriffen. Kennst du eine andere Möglichkeit, diese Götter aus Ihm auszutreiben als durch Menschenopfer? Es ist von den Göttern bestimmt! Es war von Anfang an vorgesehen, daß wir so handeln müssen!»

Sein besessener Eifer, der für kurze Zeit erloschen schien, war wieder angefacht und verstärkte sich rasch. Die Schleier, welche die Zukunft verhüllen, öffneten sich einen Augenblick lang, und ich sah, daß ich nachgeben mußte, wollte ich nicht alles zerstören, was seit unserer Kindheit zwischen Harrap und mir entstanden war, indem ich es zu einer Auseinandersetzung mit ihm kommen ließ. Im nächsten Augenblick wußte ich, welchen Weg ich zu gehen hatte, und es erfüllte mich mit tiefer Schwermut, daß ich nicht nachgeben konnte. Nach wie vor von törichter Zurückhaltung, versuchte ich dem Unausweichlichen aus dem Weg zu gehen, indem ich die weniger scharfe der beiden Antworten gab, die sich gegen meine Zähne drängten.

«Wir haben vor Gaustana ein Wunder verlangt, Harrap. Ich habe mich geirrt – und Ihr Euch auch. Unsere Annahme war falsch. Wir wollten ein Wunder, und es wurde uns verweigert. Gaustanas Schutzgeister haben gesiegt, weil wir ihnen jeden Vorteil eingeräumt haben. Das aber bedeutet nicht, daß unsere eigenen Götter den Hengst verlassen hätten. Es bedeutet lediglich, daß wir zu viel gefordert haben.»

«Zu viel gefordert, sagst du. Ich sage dir, Jakir, daß unser gesamtes Unternehmen ein Wunder war, eine Kette von Wundern, bei der eins auf das andere folgte. Wenn uns gerade jenes Wunder verweigert wurde, kann es nur einen Grund dafür geben: Der Hengst ist besessen! Wir müssen an Ihm eine rituelle Reinigung vollziehen. Alles andere ist brahmanische Spitzfindigkeit... Du brabbelst über verstaubten Texten, statt dich der Wirklichkeit zu stellen, die vor deinen Augen liegt.»

Lange sah ich den Vermessenen an, bevor ich ihm eine Antwort gab, und trotz meines Zorns bemühte ich mich, die letzte Kränkung zu vermeiden. Noch wollte ich ihm seine Mißachtung der göttlichen Vorzeichen und seine eigene schlechte Kriegführung nicht vorhalten. «Spitzfindig verhaltet Ihr Euch, und zwar in äußerst plumper Weise, indem Ihr Zuflucht zu einer wörtlichen Ausdeutung früher Texte nehmt. Deren Zeit ist abgelaufen. Seither haben wir gelernt, was Mitgefühl ist. Wir wissen, daß kein Mensch ein Opfertier ist – auch wenn er möglicherweise falschen Göttern folgt.»

«Mitgefühl! *Du* sprichst mir von Mitgefühl? Bist du nicht Krieger geworden und hast mit einer einzigen Tat deine Herkunft verraten, deine Gelehrsamkeit und das dir auferlegte Gebot, Leben zu schonen? *Du* sprichst *mir* von Mitgefühl? Zum letzten Mal: diese Männer... sind... als Opfer... ausersehen. Sie beten mit kindlicher Inbrunst zu falschen Göttern. Für mich ist Kamardols Ruhm mehr als ein leeres Wort. Du allerdings würdest Kamardol verkaufen, um dein Gewissen zu beschwichtigen, das sich von einem Augenblick auf den anderen bei dir meldet. Ja, es stimmt, was geschrieben steht: ‹Hüte dich vor dem Sohn des Brahmanen, wenn er vom Krieg schwafelt.› Gib den Befehl, Oberst!»

Mein Zorn steigerte sich so sehr, daß er fast dem seinen gleichkam, und meine Hand fuhr zum Dolch im Gürtel. «Ich denke nicht daran!» rief ich aus. «Diesen Befehl gebt selbst, General. Verlangt in eigener Person das hinterhältige Abschlachten unschuldiger Männer, die uns Beistand geleistet und mit uns ein Festmahl gefeiert haben. Begeht jede Untat, nach der Euch gelüstet, wie bestialisch, gemein und erbärmlich auch immer sie sei. Tut alles, was Euch die Möglichkeit gibt, Euch das eigene Versagen nicht eingestehen zu müssen.»

«Mein Versagen?» schrie er, den Stiel der Streitaxt in der Hand.

«Ja, das habe ich gesagt. Euer eigenes Versagen! Ihr sucht doch nur einen Vorwand, wollt Euch die schweren Fehler nicht eingestehen, die törichten Fehleinschätzungen, die zu dem aberwitzigen Angriff auf Gaustana geführt haben. Lieber opfert Ihr Eurer maßlosen Eitelkeit weitere hundert Menschen. Aber ich kenne Euch nur allzu gut. Nicht die Götter haben sich von uns abgewendet – Ihr seid uns in den Rücken gefallen. Ihr habt mich und, was schlimmer ist, Euch selbst verraten.»

Jetzt war alles gesagt, was gesagt werden konnte. Keuchend standen wir einander gegenüber, als hätten wir fünf schwere Runden lang miteinander gerungen. Die purpurrot angelaufene Narbe zwischen Harraps Augen war ein Maß seines Zornes. Ich weiß nicht, wie lange wir einander über die tiefe Kluft des Nichtverstehens hinweg so anstarrten. Jedenfalls war es lange genug, um an ein Dutzend Vorfälle aus unserer Kindheit zu denken, bei denen uns Ranbir angeleitet und unterwiesen hatte. Harrap wandte sich als erster ab und ließ mit einer Bewegung äußersten Abscheus den Axtstiel aus den Fingern gleiten.

«Ich werde die Befehle erteilen», brummte er mit aufs neue beherrschter Stimme. «Nur der Liebe, die ich einst für dich empfand, Jakir, hast du es zu verdanken, daß du nicht der erste bist, der dahingeht, um die Götter zu besänftigen. Wir werden fortfahren wie zuvor, aber ausschließlich deshalb, weil auch du durch die Expedition geheiligt bist. Doch richte künftig das Wort nur noch an mich, wenn es um Notwendigkeiten des Marsches geht.»

«Das werde ich nicht tun», knurrte ich und wandte mich ab, um mein Pferd zu besteigen.

Ich galoppierte dem Hengst entgegen, denn ich wollte ihn sehen. Erst nach einigen Meilen merkte ich, daß Anand hinter mir ritt. Mit scharfen Worten befahl ich ihm umzukehren, doch er gehorchte nicht und blieb trotz all meiner Vorhaltungen an meiner Seite. «Du hast mich einmal gefragt», sagte er, «was mich davon abbringen könnte, mich unserer Unternehmung unterzuordnen. Damals konnte ich darauf keine Antwort geben. Aber dieser Vorfall hat meine Haltung verändert. Wenn du nicht anordnen kannst, daß Menschen geopfert werden – wie könnte ich mich dann daran beteiligen? Ich reite mit dir.»

Ich gab nach, da ich merkte, daß er sich in seiner Entschlossenheit ebensowenig umstimmen lassen würde wie Harrap. Während wir weitertrabten, stoben zwei Schwadronen der Reiterei an uns vorüber. An ihrer Spitze ritt Harrap und neben ihm der Priester.

28

Noch heute, da alle widerstreitenden Leidenschaften der Expedition ausgestanden sind und der unermeßliche Ruhm in ewiger Reinheit glänzt, bin ich froh, daß ich mich damals weigerte, bei der Opferung der Juden und Perser mitzuwirken.

Die Riten, teilte mir der Priester später mit, wurden in jeder Beziehung gemäß den inzwischen nahezu in Vergessenheit geratenen Vorschriften durchgeführt. Einige der Männer band man an Pferde, die sie über den Erdboden schleppten, andere wirbelte man an geflochtenen Seilen herum. Manche wurden zwischen Felsbrocken zermalmt, und wieder andere häutete man bei lebendigem Leibe. Weitere Verfahren der rituellen Tötung fanden buchstabengetreu entsprechend den geheiligten Opfervorschriften statt, die unsere Vorfahren zweitausend Jahre lang befolgt hatten, bis im Laufe der Zeit Menschenopfer geächtet wurden. Sogar das Verhalten der geheiligten Opfer deckte sich vollständig mit dem archaischen Vorbild. Während die einen, schon sterbend, um ihr Leben flehten, schwiegen andere stolz, und viele beteten zu ihren Göttern, die ihnen keine Hilfe zu gewähren vermochten.

Da sich unser Volk von dieser Art kurzem Prozeß, wie er in früheren Zeiten üblich war, losgesagt hat, wird sich ein ähnliches Schauspiel möglicherweise nie wiederholen. Auch wenn ich bisweilen bedaure, nicht Zeuge des Sühneopfers gewesen zu sein, bin ich im großen und ganzen froh, daß ich nicht dabei war. In mir gibt es eine sonderbare Schwäche. Wohl habe ich gelernt, den hohen Ruhm zu lieben, den der in der Schlacht erlittene Tod bedeutet, doch ist mir das methodische Abschlachten von Opfern oder die Hinrichtung von Verbrechern im Morgengrauen ein Greuel. Auch der heilige Augenblick, da der Priester dem Widder oder Stier das glänzende Opfermesser an die Kehle setzt, läßt mich innerlich erschauern. Es ist eigenartig, aber so verhält es sich nun einmal, und ich kann es nicht ändern.

Zweierlei vermag ich im Zusammenhang mit jenem Sühneopfer bis auf den heutigen Tag nicht vollständig zu verstehen. Warum begehrte ich so heftig gegen die Opferung jener Männer auf, letzten Endes nichts anderes als Reisende, die zufällig unseren Weg gekreuzt hatten? Warum übernahm der Priester so widerspruchslos die Ausführung? Eher hätte ich angenommen, er werde Harrap

Vorhaltungen wegen seiner ketzerischen Behauptung machen, der Hengst sei vom Bösen besessen.

Meine Befürchtung, die Freveltat werde das Gewebe unserer Expedition zerreißen, bewahrheitete sich nicht. Sie trieb keinen Keil zwischen Harrap, den geheiligten Anführer, und den Priester, die menschliche Verkörperung der Seele unserer Unternehmung, wohl aber zwischen mich und Harrap, der ebenso zu meiner Jugend gehört hatte wie die allmähliche und verwirrende Zunahme meines eigenen Bewußtseins und meiner eigenen Kräfte. Die unüberbrückbare Kluft, die sich zwischen uns aufgetan hatte, reichte tiefer als die Entfremdung, zu der es bei der Überquerung des grausamen Gebirges im Herzen des Erdteils oder beim Debakel vor Gaustana gekommen war. Sie hing mit dem Tode Ranbirs zusammen. Ihn hatten Harrap und ich mit einem halb scherzhaft gemeinten Ausdruck der Höflichkeit ‹Vater› genannt, doch war er in vielem uns beiden ein wirklicher Vater gewesen. Für mich endete unsere Expedition an jenem Vormittag, und alles, was darauf folgte, war ein erneuter Zug durch eine andere Welt in einer anderen Zeit.

Keinesfalls war ich bereit, meine Entscheidung zurückzunehmen, auch wenn sich zeigte, daß das Menschenopfer die Furcht der Krieger vor weiterer Heimsuchung durch die Götter wie auch Harraps Besorgnis besänftigt hatte, die Götter sännen auf sein Verderben. Ob auch aus dem Hengst die Geister ausgetrieben wurden, die sich unserem Ziel entgegenstellten, vermag ich nicht zu sagen. Nach wie vor bin ich der Ansicht, daß die Ursache unserer Niederlage vor Gaustana in erster Linie in unserer eigenen Fehleinschätzung zu suchen ist. Möglicherweise ließe sich Vergeltung dafür üben, doch würde das die Niederlage weder rechtfertigen, noch etwas an ihr ändern. Dennoch wandelte sich unser Geschick, nachdem sich der Hengst erholt hatte und das Sühneopfer in der Wüste vollzogen war, zu unseren Gunsten. Während wir über den Vegetationsstreifen westwärts zogen, der den südlichen Rand des Himmelsgebirges von den im Norden gelegenen Zonen der Wüste trennt, gelang uns äußerst rasch und ohne Schwierigkeit die Eroberung von Städten, die man keineswegs als unbedeutende Weiler bezeichnen kann.

Unsere Streitmacht zählte nicht mehr als tausend Krieger, und der hinter uns herziehende Troß war auf knapp fünfzig Köpfe geschrumpft. Mindestens vierzig von ihnen waren auf ihr Gewerbe erpichte Prostituierte, die übrigen in verschiedenen Künsten erfahrene Scharlatane. Mit einer Kampferfahrung und Leidensfähigkeit, die über die anderer weit hinausging, erwiesen sich die Tausend als unbesiegbar, solange sie es nicht mit einem zahlenmäßig hoch überlegenen Gegner zu tun hatten. Daß es zu solchen Begegnungen nicht kam, verdankten wir ausschließlich der Führung durch den Hengst, denn Harrap wäre auch nicht davor zurückgeschreckt, eine Streitmacht von zehntausend zum Kampf herauszufordern, wären wir auf eine solche gestoßen. Auch die von mir befürchteten Auseinandersetzungen um Prostituierte, die häufig in Messerstechereien ausarteten, blieben uns erspart. Ich hatte Befehl gegeben, daß sich niemand einer von ihm bevorzugten Frau zuwenden dürfe, sondern jeder die zu nehmen hatte, die gerade verfügbar war, wenn sich seine Lenden regten. Bei uns geblieben waren nur diejenigen Dirnen, deren leidenschaftliche Anhänglichkeit noch größer war als der Genuß, den ihnen geschlechtliche Freuden bereiteten. Zwar bedrückte mich der Gedanke nicht besonders, dennoch befürchtete ich, diese vierzig könnten vom Ansturm ihrer Begierde eines vollen Tausends Männer überfordert, wenn nicht gar zugrunde gerichtet werden. Doch halfen unsere Eroberungen mit, sie zu schonen, denn dabei gab es immer wieder neue Frauen.

Die Gnade der Götter bewirkte, daß die Städte des Nordens zitterten, wenn wir uns näherten. Die Hunnen schoben sich wie ein unermeßlicher Gletscher über die gefrorenen Ebenen nördlich des Himmelsgebirges nach Westen. Der unerbittliche Druck der Chinesen, denen darum zu tun war, ihre Grenze zu ‹befrieden›, wie sie es nannten, hatte dafür gesorgt, daß ein aus vielen hundert Stämmen bestehendes ganzes Volk unterwegs war. Zudem schoben die Chinesen ihre Marschsäulen wie Speere westwärts in Richtung auf Fergana, woher der Hengst gekommen war. Nur kleine Gruppen marodierender Hunnen bezwangen das Himmelsgebirge und suchten die Städte am Nordrand der Wüste heim, deren Entschlußkraft von der Furcht vor den tückischen Überfällen der Hunnen und der noch größeren Furcht vor dem erbarmungslosen Näherrücken der Chinesen geschwächt war. Die meisten öffneten uns ihre Tore. Alle, die uns Widerstand leisten wollten, wurden Opfer ihrer eigenen Angst. Ihre Waffen, die sich in ihren zitternden Händen gegen sie selbst wandten, zerbrachen wir mit derselben Beiläufigkeit, wie eine Bulldogge eine Ratte zwischen den Zähnen zermalmt. Die Götter ließen uns alles zum Vorteil geraten.

Hätte ich mit Harrap gesprochen, hätte er meine Überzeugung verlacht, daß sich die Städte uns nur deshalb ergaben, weil ihre Furcht vor den Hunnen und Chinesen sie aller Stärke beraubt hatte. Während dem Massenopfer Sieg auf Sieg folgte, verstärkte sich in ihm die Überzeugung, er sei allmächtig. Doch hätte ich nicht einmal dann etwas gesagt, wenn wir einander noch ebenso nahegestanden hätten wie vor unserem Aufbruch zur Suche. In seinem Selbstwertgefühl rückte er um keinen Deut von der Vorstellung ab, daß unser eigener Ruhm und unsere eigene Stärke aus unserem westwärts gerichteten Ritt in den Winter eine Abfolge von Eroberungen machten. Ich aber erkannte, daß die Hunnen und Chinesen Werkzeuge in den Händen der Götter gewesen waren, den Schrecken zu erzeugen, der uns zum Nutzen gereichte.

Noch heute wecken die Namen jener Städte in meinem Herzen angenehme Erinnerungen. Da war Jolsol, deren Älteste mit ausgesuchter Feierlichkeit vor uns kapitulierten, wozu sie uns mit einem Tribut aus Gold, Edelsteinen und Fleisch auf fünfundzwanzig Meilen vor den Toren der Stadt entgegenzogen – sowie fünfzig ihrer gewinnendsten jungen Frauen. Dann war da Arkord, die Stadt, deren Sandsteinmauern so kunstfertig in einen Einschnitt zwischen zwei Bergen errichtet waren, daß sie einer Streitmacht, zehnmal so groß, wie es die unsere war, hätte trotzen können. Ihr Herrscher wollte uns auch Widerstand leisten, doch öffneten seine Truppen die Tore, nachdem dreihundert unserer Reiter ein Aufgebot von achthundert der ihren beiseite gefegt hatten, das uns entgegengeschickt worden war, um unsere Kampfkraft zu erproben. Ihlbarghand nahm uns weder feierlich noch trotzig auf, sondern so gleichgültig, als seien wir eine Karawane aus hundert harmlosen Kaufleuten. Dort erkrankten wir alle an der Ruhr, und als sie nach acht Tagen abebbte, war jeder von uns über alle Maßen geschwächt. Jede dieser Städte lieferte uns ihre Schätze ab, und alle huldigten dem Hengst und unterwarfen sich den Großkönigen Kamardols. Auf der Karte des Priesters hingen sie wie eine Kette aus Diamanten quer über den weißen Hals des Nordens.

Die größte von allen war Lighfar, und ihre Eroberung tilgte die Schlappe von Gaustana nahezu aus unserer Erinnerung. Als Königreich mit fünfundzwanzigtausend Einwohnern, das mit dem Rükken zum Gebirge lag und sein Gesicht der Wüste zukehrte, besaß Lighfar die Vorzüge beider – das Wasser der Berge und die Fruchtbarkeit der Ebene. Als wir die Stadt erreichten, barsten die Lagerhäuser des Königs fast von der Ernte aus Trauben, Melonen, Birnen und Pfirsichen. Mit viertausend Kriegern versuchte sie uns Widerstand zu leisten, und eine Weile befürchtete ich ein weiteres Gaustana. Doch statt massiert anzugreifen, kamen die Verteidiger Einheit für Einheit heraus. Die ersten sechshundert von ihnen, Söldner aus den südlichen Bergen, erledigten wir mit unseren Pfeilen. Die anderen fielen auf unseren Hinterhalt herein und wurden an unserer Igelformation zuschanden. Als wir in die Stadt einzogen, für deren Besitz wir mit achtundneunzig Männern bezahlt hatten, tötete Harrap den König mit einem Stich seines Zeremonienschwerts durch die Kehle, und die Prinzen und die Panzerreiter erschlugen dessen Minister und Höflinge. Hinter uns ließen wir eine Stadt mit nicht mehr als zehntausend Bewohnern, deren Frauen, vom Blut ihrer Männer bespritzt, inmitten der Asche ihrer niedergebrannten Behausungen über leeren Truhen jammerten. Lighfar unterwarf sich dem Reich Kamardol wahrhaft und auf Dauer. Niemand, der mit dem Leben davonkam, konnte an der überlegenen Macht des Hengstes zweifeln.

Dick beulte sich mein Waffenrock, als ich die um das Verzeichnis der Beute erweiterte Liste unserer Siege hineinsteckte. Harrap war unbeschwert und aufgeräumt wie früher. Er trug die Last der Expedition so leicht, daß es aussah, als ruhe auf ihm keinerlei Bürde – so hatte ich ihn zum letztenmal gesehen, als wir das Fohlen nach Kamardol gebracht hatten. Herzlich sprach er zu allen außer mir, angefangen vom Priester und Mirab bis hinab zum einfachsten Spießträger. Nur eines, berichtete mir der Priester, war er nach wie vor nicht bereit zu dulden, und das war Widerspruch. Da ich nicht daran dachte, ihm noch einmal zu widersprechen und der Priester das nicht konnte, herrschte Harrap so unumschränkt über unser umherziehendes Kamardol wie die Sonne über den Mittagshimmel.

Sogar mir und Anand gegenüber zeigte er sich ein wenig milder. Es war ihm nicht möglich, das Schweigen aufrechtzuerhalten, das er zwischen uns hatte eintreten lassen, denn die Unternehmung verlangte, daß wir uns miteinander berieten. Von jener Notwendigkeit abgesehen, schien die Wärme des Sieges den Nebel des Grimms vertrieben zu haben, den er mir gegenüber empfand. Wir sprachen miteinander wie das unter Oberbefehlshabern und ihren Adjutanten üblich ist, denen sie vertrauen, doch die Zuneigung war dahin, die zwischen zwei Männern bestanden hatte, dem Prinzen Harrap und dem Schreiber Jakir. Harrap, glaube ich, lag daran, sie wiederherzustellen, wünschte er doch außer meinen Diensten auch meine Ergebenheit. Ausschließlich mir gegenüber gab er sich weniger erhaben als sonst. Er bemühte sich erneut, meine Billigung für sein Verhalten zu gewinnen, als enthielte ich ihm etwas für ihn Wesentliches vor. Möglicherweise verminderte meine Bockigkeit die vollkommene Selbstzufriedenheit, die in seinem Verhalten zu lesen war. Doch ich war nicht bereit, durch die grünen Täler seiner Zuneigung erneut dem schwarzen Ödland des Verrats entgegenzuziehen.

Am deutlichsten zu spüren war die stumme Bitte – denn etwas anderes hätte sein Stolz nicht zugelassen – nach der Eroberung Lighfars, eine vollkommene Schlacht, die in vollkommener Weise geführt worden war. Während er über dem Leichnam des Königs stand, befahl er die Plünderung der Stadt. Dann fragte er mich: «Hätte ich mich anders verhalten können?»

«Nein», gab ich zur Antwort. «Der Widerstand, den die Stadt geleistet hat, erforderte diese Züchtigung.»

So verhielt es sich auch, und ich konnte nicht weniger sagen. Aber mehr zu sagen war ich nicht bereit, und Harrap mußte entweder auch mich erschlagen oder sich mit dem wenigen begnügen, was ich ihm zuteil werden ließ. Immerhin fragte er nicht weiter.

Gelegentlich habe ich darüber nachgedacht, ob ich die mir von Harrap angebotene Hand hätte ergreifen sollen. Allerdings war ich dazu nicht imstande. Es war unrecht gewesen, die Fremden zu opfern, und es kam einer Beleidigung der Götter gleich. Unsere Pflicht war es, Ihnen Menschenleben in der Schlacht oder zur Bestrafung für Sünden zu schenken – nicht aber als Opfergabe. Mit seinem großen Sühneopfer hatte Harrap Krieg gegen die Götter geführt. Indem er Sie aus dem Hengst vertrieb, hatte er Sie bestrafen wollen, denn er war der Ansicht, Sie hätten ihm Ihre Gunst verweigert. Vom Hochmut über seine einzigartige Fähigkeit geblendet, sah er in der Gunst der Götter nichts weiter als eine unerhebliche Mitwirkung, auf die er unter allen Umständen Anspruch erheben durfte und die günstigstenfalls einen kleinen Beitrag zu seinem Unternehmen leistete, aber keineswegs von entscheidender Bedeutung dafür war. Ich hatte gehofft, ihn mit meiner Mißbilligung und meiner Weigerung, mich an diesem Frevel zu beteiligen, vor der letzten Torheit bewahren zu können, die es bedeutete, sich über die Götter zu erheben. Möglicherweise hatte ich ihn daran gehindert, sich im eigenen Herzen einen Schrein zu erbauen, wo er vergöttert herrschen würde. Doch fürchte ich, das kleine von mir errichtete Hindernis hatte keineswegs mehr bewirkt als ein Seil, mit dem man eine Schneewächte festbindet, damit sie im Frühjahrsregen nicht dahinschmilzt. Er hielt sich am Ende wohl für ebenso bedeutend wie die Götter – wenn nicht für bedeutender.

Das Schwert, dessen Drohung nach dem Sühneopfer stets zwischen Harrap und mir stand, saß locker in seiner Scheide, als der Hengst uns von Lighfar aus westwärts in die Berge führte. Auch wenn unsere Feindschaft nicht offen zutage lag, war sie doch erkennbar und schneidend. In jeder anderen Hinsicht stand es vorzüglich um unseren Zug, auch wenn unsere Zahl auf kaum mehr als neunhundert geschrumpft war. Wir hatten Siege erfochten und schwere Heimsuchungen überstanden, und wir hatten wieder gesiegt. Keine Macht des Erdteils wäre imstande gewesen, uns Widerstand zu leisten, solange sie mit weniger als dem Zehnfachen unserer Zahl auftrat.

Nur noch drei Monate blieben bis zu unserer Rückkehr nach Kamardol, wo unsere Expedition mit den Riten der Rückkunft gekrönt werden sollte. Der Hengst führte uns heimwärts. Sein Weg verlief ein wenig südwestlich unserer ursprünglichen Richtung, weil so die Pässe über das Gebirge liefen. Hätte Er einen anderen Weg eingeschlagen, wäre es denkbar gewesen, daß wir Ihm unseren Willen aufgezwungen hätten, verlangten die Gesetze der Suche doch, daß wir binnen eines Jahres nach der Weihe zurückkehrten. Vor dieser Notwendigkeit mußte Seine Unverletzlichkeit ein wenig in den Hintergrund treten. Aber es war nicht nötig, Ihn zu bedrängen. Er fand den langen Weg nach Hause, führte uns durch steilansteigende Täler zwischen den dräuenden Bergen, in denen wir keinen menschlichen Feind zu fürchten brauchten. Harrap beglückwünschte sich in seiner Selbstbeweihräucherung aufs neue. Ich wußte, daß die Gnade der Götter auf uns ruhte, und ich fühlte mich wohl.

Der zweimonatige Weg durch das Gebirge hat an der Oberfläche meiner Erinnerungen angenehme Eindrücke hinterlassen. Meine Notizen werden mit einem Mal dürftig, als sei bereits alles gesagt worden. Ich glaube, jeder von uns hatte bereits gefunden, was er suchte, als wir erneut in den Irrgarten der jenseits von Kamardol hoch aufragenden Berge eindrangen.

Nicht nur gegen Menschen, sondern auch gegen die Götter, die sein Verderben wollten, hatte sich Harrap durchgesetzt. Nachdem er die ihm verliehene Macht bis an ihre Grenzen erprobt hatte, wußte er, daß weder Mensch noch Gottheit imstande war, seinen Willen zu brechen. Er wußte noch mehr: Sein unzerstörbarer Name würde hart und glänzend wie ein Diamant fortdauern. Nie würden die größeren Siege, die er später an der Spitze gewaltiger Heere erringen würde, den einsamen Mut der wahren Suche überschatten; und auch seine spätere kaiserliche Größe würde die bei der Expedition gewonnene Statur nicht überragen. Er hatte sich als ruhmreichster Held seines Volkes erwiesen. Nachdem er gezeigt hatte, daß seine Kräfte grenzenlos waren – so wie der Mensch Grenzen mißt –, hatte er meinem Eindruck nach bereits beschlossen, sich dem Smaragdthron nicht mehr zu versagen, von dem er zuvor nichts hatte wissen wollen.

Ich war zu der Erkenntnis gelangt, daß ich zu tun vermochte, was von mir verlangt wurde – und hatte gemerkt, daß Stärke von Vorteil ist. Auch hatte ich erkannt, daß es im Verhalten von Menschen größere Unterschiede gibt als zwischen Wüsten und Berggipfeln, doch die gewaltigsten Unterschiede, die wildesten Schwankungen, leben im Herzen des einzelnen beieinander, einerlei, aus welchem Volk er stammt. Aber ich hatte noch mehr gelernt. Die Götter haben durchaus ein Auge auf die Geschäfte der Menschen, aber die Menschen trachten danach, in der Blindheit finsteren Unwissens Ihr Eingreifen zu erflehen – oder gar zu kommandieren. Gelegentlich sind die Götter bereit, Ihren Willen dem Wunsch der Menschen entsprechend zu ändern, doch können wir Ihre Gunst nicht herbeirufen. Wir müssen uns damit zufriedengeben, daß sie uns von Zeit zu Zeit zufällt. Auch konnten wir nicht auf plötzliche Erleuchtung hoffen, gibt es doch so viele Götter mit so vielen voneinander abweichenden Zielen, daß wir weder wissen, an wen wir uns wenden, noch in welche Gestalt wir unsere Bitte kleiden sollen. Wir waren auf die beständige Suche verwiesen, und es war gut, daß so viele Völker ihre Götter auf so mancherlei unterschiedliche Weise suchten. Erst wenn wir Menschen im Laufe der Zeit unser eigenes Streben und die Gunst der Götter vollständig verstehen, dürfen wir uns von der fortdauernden Suche zurückziehen.

Anand blieb skeptisch, soweit es um die Frage ging, ob sich die Götter um die Menschen kümmern. Er war lediglich bereit, der Anforderung zu genügen, die er sich selbst auferlegt hatte: sich jedem Menschen gegenüber so zu verhalten, als wäre er es in eigener Person, es sei denn, die Wünsche des anderen bedrohten die eigene Existenz oder standen den eigenen Pflichten im Wege. Müde lächelte Anand, wenn ich seinen Glauben unfruchtbar nannte, gebe es doch darin keinerlei lebendigen Grundsatz, der etwas Neues hervorzubringen vermöchte. In seinem Glauben, erklärte ich, sei der Mensch die einzige Instanz, die über den Menschen befinde.

Schließlich fragte Anand, wie ich so zuversichtlich von der Gunst der Götter sprechen könne, wenn doch das von Harrap veranstaltete Gemetzel unter den Juden und Persern, von dem wir beide wußten, daß es sich um eine schändliche Freveltat handelte, ihm so viel Glück eingetragen habe.

Ich gab zur Antwort, daß wir Menschen den Göttern nicht durch unsere Taten gebieten könnten, ob gut oder böse, und warf ihm vor, er habe wie die Kosmopoliten die Menschen zu seinen Göttern gemacht. Dann fragte ich ihn, wie er die Krieger, die das Menschenopfer so bejubelt haben, noch zu Gestalten seiner Verehrung machen konnte.

«Wir besitzen nur, was uns gegeben wird», gab er ernsthaft zur Antwort. «Von allem aber, was man uns gibt, können wir statt des Schlechtesten das Beste wählen!»

Was Mirab erstrebt hatte, konnte ich ebensowenig beantworten wie die Frage, was er in der Expedition gefunden hatte. Vielleicht war es nur sein eigenes Leben, das er gleichermaßen vor dem gereizten Zorn König Tschandras wie vor den Gefahren der Expedition bewahrt hatte. Soweit ich sehen konnte, hing er demselben Glauben an wie zuvor, und der lief darauf hinaus, daß es sich bei den Göttern um nichts als eine andere – und besonders unberechenbare – Art von Generälen handelte.

Der Priester blieb das Rätsel, das er gewesen war, seit ich zum erstenmal erkannt hatte, welche komplexen Bündel von Motiven und Handlungsweisen hinter seiner gewohnten Maske orthodoxer Schlichtheit verborgen waren. Stets hatte er darauf beharrt, lediglich mitgeritten zu sein, um Macht und Würde des Wahren Glaubens erneut in seine Rechte einzusetzen. Was er über jenen klaren und einfachen Zweck hinaus für sich selbst erstrebte, vermochte ich nicht zu ergründen. Ebensowenig konnte ich erkennen, ob er wahrhaft an die Götter glaubte. Mir war klar, daß sich seine Ziele weit schwerer fassen ließen, als er eingestand, und ich wußte auch, daß hinter seinem Glauben weit mehr Schläue steckte, als er zu erkennen gab. Doch vom eigentlichen Wesen seines Glaubens wußte ich zum Schluß nicht mehr als zu Anfang.

Doch ich schweife von meinem Bericht ab. Es muß genügen zu sagen, daß wir an jenen letzten Tagen der Expedition ein Gefühl der Vollendung empfanden, obwohl sich nur im Vergleich mit dem Vorausgegangenen sagen ließ, daß es auf jener letzten Etappe nicht zu Zwischenfällen kam. Da wir die höchsten Gipfel umgingen, war der Weg, auf dem wir zurückkehrten, etwas länger und umständlicher als der, den wir in das Herz des Erdteils genommen hatten. Nichtsdestoweniger setzten uns die Schneestürme des Winters schlimmer zu als die sprunghaften Frühlingsgewitter beim Aufbruch, auch wenn sie weniger launisch und rascher vorüber waren. Zweimal stießen wir auf kleine Jagdtrupps von Uiguren, setzten ihnen aber nicht nach.

Wir näherten uns den oberhalb Kamardols liegenden Pässen vom Westen her. Zum Teil verflocht sich unser Weg mit dem, den Harrap, der Priester und ich zu jener Zeit genommen hatten, als wir den Hengst aus Fergana brachten – so, wie sich zwei Wollstränge auf dem Boden einer Weberstube ineinander verheddern. Die vertrauten Orte riefen in mir neben Erinnerungen auch eine gewisse Betrübnis über manches wach, das wir getan, und anderes, das wir unterlassen hatten.

Doch voll Behagen knurrte Harrap: «Wir haben seither einen langen Weg hinter uns gebracht, was?»

Der Hengst beschleunigte den Schritt. Vielleicht zogen Ihn Erinnerungen an warme Stallungen und reichliches Futter voran. Doch fehlte noch ein voller Monat bis zum Zeitpunkt unserer Rückkehr, und Harrap wollte, mit einem Mal zögernd, nicht zulassen, daß wir die verbleibenden Tage innerhalb der Grenzen des Reiches Kamardol verbrachten, wo jenseits der Gipfel die grauen und weißen Hänge hundert Meilen bis zu unserer Hauptstadt hinabstürzten. Nicht nur befahl er uns, in einem gut bewässerten Tal, das die Ausläufer des letzten Gebirgszugs unterhalb Kamardols durchzog, ein Lager aufzuschlagen, er schickte auch unter dem Befehl eines Sergeanten zehn Berittene über die Pässe nach Kamardol, als handele es sich um ein feindliches Reich, das sie insgeheim erkunden mußten. Angesichts seiner Überzeugung, daß keine Macht seinem Willen standzuhalten konnte, vermag ich nicht zu sagen, ob ihm taktische Vorsicht oder Besorgnis angesichts dessen, was wir daheim vorfinden mochten, zu dieser Unterbrechung riet. Möglicherweise wollte er das Geheimnis der Expedition bis zu dem Tag für sich bewahren, der für unsere Rückkehr angesetzt war und an dem wir mit Ruhm bedeckt in Kamardol einreiten würden.

Da es den Hengst drängte, den letzten Gebirgszug zu überqueren, mußten die Prinzen in drei Tagen viermal eine Kette über den Paß bilden, um Ihn davon abzuhalten. Danach nahm Er hin, daß Seinem Willen, der zuvor dem unseren geboten hatte, eine Beschränkung auferlegt wurde, und weidete in aller Gemütsruhe wenige Meilen von unserem Lager entfernt. Er fügte sich in die Umstände bereitwilliger und verständnisvoller als die meisten Menschen das tun, wenn in ihrem Leben eine Wende eintritt.

Am Vormittag des fünften Tages nach ihrem Aufbruch kehrten zwei unserer Kundschafter im Galopp zurück. Schwer atmend hoben und senkten sich die Flanken ihrer Tiere, ihre Mäuler waren mit flockigem Schaum bedeckt. Die Gesichter der Männer waren angespannt, und vor Müdigkeit verschwamm ihnen alles vor den Augen. Sie drängten sich durch die Reihen der Krieger, ohne auf deren herausgebrüllte Fragen zu achten, und ließen sich neben meinem Lagerfeuer zum Bericht aus dem Sattel gleiten. Harrap schien vergessen zu haben, welche Würde er sich schuldig war, so rasch eilte er zu uns herüber.

«Es gibt viele Veränderungen, Hoheit», stieß einer der Reiter hervor. Dabei erbleichte sein wettergegerbtes Gesicht. Offenbar floß ihm angesichts der entsetzlichen Meldung, die er zu überbringen hatte, das Blut langsamer durch die Adern. «König Gupta ist tot, und König Tschandra herrscht allein. Die Damen Tamar und Ambiala folgen uns im Abstand eines halben Tagesritts und...»

Ohne mir den Bericht zu Ende anzuhören oder Mirab zu sagen, daß seine Tochter auf dem Weg zu uns war, galoppierte ich den Pfad hinauf zum Paß. Ich weiß nicht, wie lange ich allein geritten war – es mochte eine Viertelstunde oder auch eine halbe gewesen sein –, als mich Harrap überholte. Mehrere Stunden lang trieben wir, umgeben vom schweigenden Schnee, unsere Pferde die Hänge hinauf, ohne ein Wort miteinander zu wechseln, bis wir einen kleinen Trupp gewahrten, der uns entgegenkam und zwischen den Felszakken abwechselnd verschwand und wieder auftauchte. Erst nach einer weiteren Stunde waren wir nahe genug heran, um das Blitzen von Helmen über den grünen und scharlachfarbenen Umhängen zu erkennen.

Unsere Kundschafter eingerechnet, bestand der Trupp lediglich aus neun Reitern. Zum Schutz vor dem scharfen Wind, der Schnee mit sich trug, hatten alle Tücher um den Kopf gelegt. Frauen waren nicht zu sehen. Ohne das Wort an die Berittenen zu richten, hielt ich mein Tier an und wandte es halb, um ins Lager zurückzukehren. In jener Sekunde haßte ich die Männer, weil ihre gleichmütige Anwesenheit mich meines Entzückens beraubte. Doch im nächsten Augenblick verflog mein rasch aufgestiegener Zorn, und eiskalt fuhr mir Beklemmung so in die Glieder, daß ich meine Finger in den Handschuhen nicht spürte. Verzweifelt vor Furcht, daß Tamar unterwegs gestürzt sein könnte, spornte ich mein Pferd an und stürmte den Hang hinauf, der zwischen uns und den Berittenen lag.

Auf den halb von Schnee bedeckten Felsen zurückgleitend und vergeblich Halt im lockeren Schnee suchend, erreichten unsere Pferde die Spitze des Trupps. Erneut sah ich zu den Kriegern hin, und die Beklemmung fiel von mir ab. Meine Hände zitterten, und ungeheure Seelenruhe breitete sich in mir aus, während mir zugleich das Blut vor Entzücken durch die Adern stürmte. Hinter den vordersten Berittenen sah ich Tamars goldbraunes Haar, dessen Glanz der Staub kaum trübte. Über dem Grün und Scharlach des Reiterumhangs, den sie trug, erkannte ich ihr ernsthaftes leuchtendes Gesicht, das auf dieser Welt nicht seinesgleichen hat. Ich sprang vom Pferd und nahm kaum wahr, daß Ambiala neben ihr ritt. Tamar kam mir auf der Schneefläche entgegen, und wir umarmten einander neben dem Weg unter den Gipfeln.

Ich drückte sie an mich, und suchend fuhren meine Hände unter ihren Umhang, wollten sich doch all meine Sinne vergewissern, daß sie wirklich wieder bei mir war. Ich weiß weder was ich, noch was sie sagte, aber ihre Stimme klang erst wild vor leidenschaftlicher Freude und dann sanft und beschwichtigend, als tröste sie ein kleines Kind. Als sich unsere Leiber voneinander lösten – nur unsere Hände blieben verbunden –, sah ich, daß die Männer der Reitertruppe den Blick auf die Berge geheftet hielten, als hätten sie noch nie Schnee oder Felsen gesehen. Harrap sprach nach wie vor leise mit Ambiala.

Wir legten an Ort und Stelle eine Rast ein, und während Ambiala berichtete, tranken wir aus den ledernen Feldflaschen der Krieger den köstlichsten Wein, den ich je getrunken habe. Von Zeit zu Zeit fiel ihr Tamar ins Wort, um dies und jenes zu ergänzen, doch für gewöhnlich saß sie stumm da, den Kopf an meine Schulter gelehnt, und ihre Hand in der meinen.

«Ich dachte schon, du wärest tot», flüsterte ich. «Man hatte uns berichtet, daß ihr kämet, und dann sah ich nichts als Krieger.»

«Das tut mir leid. Tschandras Männer haben zwei von ihnen erschlagen», gab sie zur Antwort. «Wir haben ihre Umhänge genommen.»

Nach unserem Aufbruch zur Expedition, berichtete Ambiala, sei zwischen den Zwiekönigen Tschandra und Gupta einige Monate lang alles gut gegangen. Sie ergänzte, was wir wußten, durch manches, das sie später erfahren hatte. Daß es den beiden nicht gelungen war, uns an unserem Vorhaben zu hindern, begriffen sie, als sie vom Abschlachten der uns nachgeschickten Schindmähren erfuhren und nachdem keiner von den Minderen Kamar zurückkehrte, die Gupta beauftragt hatte, uns einen Hinterhalt zu legen. Dennoch ließen sich die Zwiekönige in ihrer Selbstgefälligkeit nicht beirren. Obwohl wir ihrer festen Überzeugung nach die unbekannten Gefahren im Herzen des Erdteils auf keinen Fall überleben konnten, ließen sie die für das Jahr unserer Abwesenheit vorgeschriebenen Riten weiterhin ausführen. Unaufhörlich brachten Priester Opfer dar, und die Sänger verschiedener Orden sangen zehn Tage lang den geheiligten Zyklus der zehnfältigen Gesänge, um ihn dann wieder von vorn anzustimmen. Dieses Schauspiel scheinbarer Frömmigkeit befolgten sie peinlichst genau, um das Volks hinters Licht zu führen.

Nachdem sie vier Monate nach unserem Auszug nichts von oder über uns gehört hatten, kamen die Zwiekönige frohlockend zu dem Ergebnis, einen jeden von uns habe sein Schicksal ereilt. Sie vermochten nicht zu glauben, daß Harrap wahrhaftig beabsichtigte, mit unserer ganzen Streitmacht jeweils dorthin zu ziehen, wohin uns der Hengst führte, und sei es mitten ins Herz des Erdteils. Ihrer festen Überzeugung nach würde er sich innerhalb der ungefährlichen Zone an den Grenzen von Kamardol bewegen, sofern er noch lebte. In dem Fall aber hätten sie irgend etwas über uns erfahren müssen. Da sie keine solchen Berichte bekamen, fühlten sie sich in ihrer Ansicht bestärkt, wir müßten Feinden oder dem Gebirge zum Opfer gefallen sein, denn keinesfalls konnten sie sich vorstellen, daß wir im Herzen des Erdteils untergetaucht waren. Kaum war die gemeinsame Furcht vor Harrap von ihnen abgefallen, die sie in gewisser Hinsicht geeint hatte, als sie danach trachteten, einander zu vernichten.

Das Zerwürfnis begann mit Kleinigkeiten, mit unbedeutenden Querelen um Macht und Ansehen. Tschandra erließ Anordnungen zugunsten der Buddhisten, ohne sich darum zu scheren, daß Gupta damit nicht einverstanden war; dieser wieder blieb dem Kronrat fern, damit dessen Erlasse keine Gültigkeit erlangten. Guptas Macht gründete sich auf die Minderen Kamar, seine kriegerischen Stammesangehörigen. Diese aber verweigerten ihm den Gehorsam, als sie erkannten, daß Tschandra ihm überlegen war. Hinzu kam, daß er in ihren Augen für den Verlust ihrer dreihundert von uns getöteten Brüder verantwortlich war. Dennoch stand die Partie mehr oder weniger ausgeglichen – Gupta war mit seiner verschlagenen Bedenkenlosigkeit durchaus Tschandras bedächtiger Beharrlichkeit gewachsen. Wohl trauerten die Streitkräfte um Harrap, hielten es aber für unter ihrer Würde, in die Auseinandersetzung zwischen dem Elefanten- und dem Kobrakönig einzugreifen. Verächtlich sagte das einfache Volk, der Wurm habe das Schwein angefallen, und fragte zugleich, wie jener auf den Gedanken kommen könne, dabei den Sieg davonzutragen.

Das Zerwürfnis – merkte Tamar an – wurde keineswegs zielstrebig durchgehalten. Häufig unternahm Gupta etwas gegen die Macht seines Bruders, ohne die Sache zu Ende zu führen. Lieber zog er sich in die duftenden Gärten der Kurtisanen zurück, wo er wochenlang lag, vom Wein aufgequollen und von fleischlichen Wonnen erschöpft. Solche Verlockungen bedeuteten Tschandra nichts. Sein Blut, das ihm träge durch die Adern floß, kannte nichts als den Hunger nach unumschränkter Macht.

Während Gupta – fuhr Ambiala fort – in plötzlichen scharfen Attacken immer wieder gegen Tschandra vorging, errichtete dieser auf seine eigene schwerfällige Weise das Gebäude seiner Macht. Den Buddhisten gab er Geld und die Erlaubnis, Anhänger unter den kastenlosen Paria zu werben, die nicht als Menschen galten, wie auch unter den Angehörigen der am untersten Rand der Menschheit angesiedelten geringsten Kaste, den Schudra. Damit, daß sie die Lehre Buddhas annahmen und Tschandra Treue gelobten, kamen diese Bruderschaften der Besitzlosen «zum Ausgleich für früheres Leiden» in den Genuß einer Fülle neuer Vergünstigungen und Rechte. Tschandra bemühte sich, mit Hilfe von Einschüchterung und Geschenken die Herrschaft über das Netz von Spitzeln, Zuträgern und *agents provocateurs* zu gewinnen, das den Priestern des Alten Glaubens unterstand. Natürlich bemühten sich diese, das zu verhindern, bildete doch der Geheimdienst seit langem eine der Grundfesten ihrer Macht. Selbstverständlich war dieser Pöbelhaufen aus Bartscherern, Hausierern, Dirnen, Dienstboten, Fakiren und Jahrmarktskünstlern darauf erpicht, dem zu dienen, der am besten zahlte. Wie in ein Faß ohne Boden schleuste Tschandra unermüdlich Geld in die verschlungenen Kanäle, die bis in den letzten Haushalt Kamardols reichten. Als Gegenleistung erfuhr er manches, keinesfalls nur Erdachtes, und gewann die Herrschaft über tausend flinke Zungen, die überall jeweils das verkündeten, wessen seine Politik bedurfte: abenteuerliche Verleumdungen oder liebedienerische Lobpreisung.

Mittels Geschenken, Drohungen und Schmeichelei stellten die aus den gewalttätigen Gesetzesbrechern der Straße rekrutierten Schläger seiner persönlichen Garde und der Geheimdienst Trupps zusammen, die sich, wenn das verlangt wurde, an die Spitze eines Aufruhrs setzten oder das Volk zum Jubel anpeitschten. Mit heuchlerischer Förmlichkeit und stets im Namen der Zwiekönige handelnd, ordnete Tschandra die altüberlieferte Macht der Dorfältesten neu, «indem er sie ergänzte, ohne darin einzugreifen». Eine sorgfältig ausgewählte Anzahl zentral agierender Beamter sollte «den Zwiekönigen unverzüglich die Bedürfnisse des Volkes bekanntgeben und anschließend die wohlwollenden Antworten der Könige weiterleiten». Diese Beamten unterstanden unmittelbar Tschandra und waren ausschließlich ihm zu Gehorsam verpflichtet. In den Dörfern verkündeten sie die «neue Ordnung, unter der alle Menschen gleich sind und den Segen des Buddha empfangen». Das aber hinderte sie nicht, auf den Rat aller bedeutenden Vertreter der alten Ordnung zu hören, die bereit waren, auf der neuen Grundlage mit ihnen zusammenzuarbeiten, und die Beamten räumten ihnen Vollmachten ein. Mannschaftsdienstgrade wie Offiziere des stehenden Heeres bestach Tschandra mit Beförderungen und üppigen Geschenken, in der Hoffnung, damit ihre Unterstützung – oder zumindest ihre Neutralität – für den unausweichlichen Zeitpunkt zu erkaufen, da es zum Zusammenstoß zwischen seinem Leibregiment und der Garde seines Bruders Gupta kommen würde.

Aufgrund der Verschlagenheit, mit der Tschandra vorging – fügte Tamar hinzu –, erwiesen sich seine vielfältigen Aktivitäten, die hier kunstlos und in geraffter Form berichtet werden, als wirksam. Ströme von Gold waren zur Bezahlung all jener nötig, deren Gunst er zu gewinnen hoffte, wie auch für die Schaffung neuer Institutionen. Anfänglich verwendete er ein volles Viertel der Staatseinnahmen darauf, die Liebe des Volkes zu erkaufen, so wie er mit seinen anderen Aufwendungen Macht kaufte. Das einfache Volk, das sich nach den Tagen des Ruhms unter dem Großkönig sehnte, betete nach wie vor, dieser möge zurückkehren, um die alte Ordnung neu zu errichten, denn unter ihr hatte jeder gewußt, woran er war. Sofern der Großkönig aber tot war, wollten die Leute Harrap auf dem Thron sehen, damit er in der gewohnten Weise über sie herrsche. Als Tschandra merkte, daß er zwar Ergebenheit kaufen konnte, auf keinen Fall aber Liebe, führte er alle früheren Tribute, Abgaben und Umlagen wieder ein. Binnen eines Monats hatte er deren Last um die Hälfte vergrößert, hielt er doch seine neue Waffe, die aus Spionen, Bruderschaften, Beamten und Straßenschlägern bestand, für so machtvoll, daß er es sich leisten zu können glaubte, auf die Zustimmung des Volkes zu verzichten. Ihm genügte die oberflächliche Treue, die er kommandieren konnte, so daß die Menge schrie: «Heil, Tschandra! Heil dem Großkönig Tschandra!» Ein weiterer Grund für die Einführung all dieser Steuern lag darin, daß seine neue Art zu herrschen äußerst kostspielig war.

Nur vor einem einzigen Schritt – nahm Ambiala den Faden wieder auf – schreckte Tschandra lange zurück. Seinem Bruder Gupta erwies er alle Ehre, und nie unternahm er offen etwas gegen ihn. Einen Monat zuvor allerdings hatte sich sein Verhalten dem Mitkönig gegenüber grundlegend geändert. Im Volk lief das Gerücht um, der Großkönig sei tot. Doch aus den Toren des Klosters von Ghokrao drang keine Silbe über das Schicksal des Monarchen, welcher der Welt entsagt hatte, obwohl es hieß, die Buddhisten würden ihrem Beschützer und Hauptverbündeten nichts vorenthalten. Unmittelbar gegen Gupta vorzugehen, nahm man an, habe Tschandra erst gewagt, als ihm die Mönche mitteilten, daß sein Vater nicht mehr unter den Lebenden weile – wobei offen blieb, ob ihn der Ratschluß der Götter oder Menschenhand ins Jenseits befördert hatte.

Als sich Tschandra zum Handeln entschlossen hatte, setzte er sein Vorhaben mit dem Nachdruck eines wütenden Elefanten um. Was an Erlassen veröffentlicht wurde, trug ausschließlich seinen Namen. Die Minderen Kamar wurden unter dem Vorwand an die Grenzen beordert, ausschließlich sie seien imstande, die Marken zu schützen und die von Kamardol benötigten neuen Territorien zu erschließen. Wer Guptes Namen – außer voll Verachtung – in den Mund nahm oder ihn gedankenlos als König bezeichnete, verschwand spurlos. Guptas Leibregiment erlitt in plötzlich ausbrechenden Zusammenstößen mit Tschandras Leuten schwere Verluste. Es waren gewöhnliche Schläger, dennoch machte sich Tschandra kaum die Mühe, sie öffentlich zurechtzuweisen.

«Als Gupta sah, daß Verbrecher, die unversehens Reitersäbel und Kriegskeulen in den Händen hielten, seine eigenen Leute erschlugen», sagte Ambiala, «vermochte nicht einmal er im Wohlleben Zuflucht vor der Gefahr zu suchen. Vielleicht entsprach das genau Tschandras Absicht.»

Endlich – fuhr sie fort – schüttelte Gupta seine Trägheit ab und führte seine Leibregimenter gegen Tschandra, als dieser eines Morgens zum Gebet ging. Im selben Augenblick begann das Abschlachten aller, derer sich Tschandra entledigen wollte. Da sich die Streitkräfte zurückhielten, fand Gupta an jenem Vormittag inmitten seiner Leibregimenter den Tod, und am Nachmittag desselben Tages wurden alle Halbbrüder Tschandras erschlagen. In der Nacht erkrankte die alte Königin in ihrem schlichten Landhaus. Tschandra ließ das Gerücht ausstreuen, sie leide an Altersschwäche, doch als sie zwei Tage später starb, nachdem sie vergeblich Ranbir und Harrap zu ihrem Schutz herbeigefleht hatte, liefen Gerüchte in der Stadt um, sie sei vergiftet worden.

Als nächstes verkündete Tschandra, die «Feinde des Volkes von Kamardol», auch wenn ihre Zahl gering sei, bedeuteten eine große Gefahr, da die unerschütterliche Entschlossenheit ihre Triebfeder sei, die geheiligte neue Ordnung zu stürzen. Also ordnete er Massenverhaftungen von Guptas Anhängern an, und keine Menschenseele erfuhr ihr weiteres Schicksal. Ebenso wurde jeder festgenommen, von dem bekannt war, daß er auf irgendeine Weise mit Harrap zu tun gehabt oder auch nur gut von ihm gesprochen hatte. Durch seine Mittelsleute, offizielle wie geheime, ließ Tschandra erklären, es sei nicht nur eine Sünde, sondern auch eine Gotteslästerung, die sichere Heimkehr des verschwundenen Prinzen zu wünschen, denn Harrap habe zusammen mit dem Volk, dem seine Mutter entstammte, eine verräterische Verschwörung gegen Kamardol angezettelt.

Auch in den Streitkräften kam es zu Säuberungen. Sie aber erfolgten unauffällig und ohne erkennbare Härte. Offiziere verschwanden einzeln, und auf ihre Positionen rückten Tschandras Gefolgsleute nach. Das Ganze geschah unmerklich, damit niemand Alarm schlug, denn das hätte Widerstand provozieren können. Nicht einmal die aufmerksamsten Offiziere fanden einen hinreichend schwerwiegenden Anlaß, sich mit ihren Kameraden zu einer Meuterei zusammenzuschließen, da sich kein Zusammenhang zwischen den einzelnen Vorfällen erkennen ließ und jede Dienstenthebung, für sich genommen, formal gerechtfertigt schien. Nach und nach wurden die Streitkräfte, von ihrem der Krone geleisteten Treueschwur gelähmt, aller Macht entkleidet. Hätte sich jemand entschlossen an ihre Spitze gestellt, wären ihm Offiziere und Mannschaften gefolgt, doch einen solchen Anführer gab es nicht.

«Gerade vor einer Woche haben Ambiala und ich erfahren», sagte Tamar, «daß auch wir verhaftet werden sollten. Im allgemeinen hat Tschandra Frauen verschont, da sie seiner Ansicht nach nicht über genug Macht verfügen, ihm zu schaden. Doch uns beide hielt er wohl für zu eng mit den ‹toten Verrätern Harrap und Jakir› vertraut. Er scheint Euch, den er für tot hält, mehr zu fürchten als den wachsenden Zorn des Volkes. Wie viele andere auch sind deine Eltern nach Süden geflohen, Jakir. Dein Vater hat gesagt, du würdest schon wissen, wo du ihn finden kannst – falls du noch lebtest und ich mit dir zusammenträfe.»

Ich nickte und dachte unwillkürlich an meines Vaters Vettern, die fünfhundert Meilen im Süden in Sindhia lebten. Dann fragte ich: «Aber wie habt ihr eure Flucht bewerkstelligt, du und Ambiala?»

«Nun, wir sind hier», gab sie munter zurück. «Da wir fürchteten, daß uns Tschandra im Süden suchen würde, sind wir mit einigen Dienerinnen nach Norden geflohen und haben darauf vertraut, daß uns die Götter zu euch führen würden.»

«Das war doch Wahnsinn!» rief ich aus.

«Schon möglich», erklärte sie ungerührt. «Aber jetzt sind wir doch bei euch, oder nicht?»

«Ja – aber allein durch die Gnade der Götter. Wie seid ihr auf unsere Kundschafter gestoßen?»

«Wir sind, als Bauersfrauen mit ihren Töchtern verkleidet, auf unseren Maultieren nordwärts geritten...»

Finster dreinblickend sagte Ambiala: «Ausgerechnet ich habe die dicke alte Mutter gespielt.»

«Dann sind wir auf Angehörige von Tschandras eigenen Leibregimentern gestoßen», fuhr Tamar fort. «Niemand hatte gewußt, daß er sie zur Bewachung der Grenzen abgestellt hatte. Mindestens dreißig von ihnen haben uns angehalten und unseren Dienerinnen Gewalt angetan. Uns beide hatten sie sich bis zuletzt aufgespart. Gerade als sie sich mit den Dienerinnen vergnügten, kamen eure elf Berittenen die Straße entlang. Als sie die Wüstlinge aufforderten, uns freizugeben, wurden sie von Tschandras Männern angegriffen.»

«Angehörige des Leibregiments gegen die reguläre Reiterei, Hoheit», warf der Sergeant mit vor ungläubiger Empörung bebender Stimme ein. «Dabei waren sie kaum dreimal so viele wie wir. Wirklich unerhört.»

«Eure Leute wußten nicht, daß sich Tschandras Schläger inzwischen sogar über die Streitkräfte erheben», sagte Ambiala lächelnd. «Aber das Gefecht dauerte nicht lange.»

«Zwei Tote, Hoheit. Wir haben zwei gute Männer verloren», ergänzte der Sergeant.

Da Harrap nichts fragte, tat ich das. «Und was ist mit den Angreifern, Sergeant?»

«Von denen lebt natürlich keiner mehr, Oberst. Wenn man die Leichen findet, wird man marodierenden Barbaren die Schuld geben», sagte der Sergeant. «Die Dienerinnen haben wir beerdigt.»

«Natürlich», sagte Harrap leichthin. «Warum hast du gefragt, Jakir?» Er fügte hinzu: «Gut gemacht, Leutnant.»

Der Sergeant strahlte. Er schien bereits den weißen Schal auf den Schultern zu spüren, der seinen neuen Rang anzeigte.

Harraps Geste war übertrieben. Der Mann hatte nicht mehr getan, als wir von unseren Kriegern erwarten. Vielleicht empfand Harrap, wie auch ich, eine gewisse Ehrfurcht für Kamardol, das Reich, das vor allen anderen auf dem Erdteil hervorstach. Vielleicht war er dem Sergeanten dankbar dafür, daß er ihm Ambiala zugeführt hatte, die er mit in sein Zelt nahm. Jedenfalls kann ich mir nicht vorstellen, daß er mir zuliebe handelte, auch wenn Tamar in Ambialas Begleitung über die Berge zu mir gekommen war.

Nur am Rande beschäftigten sich meine Gedanken mit Harraps sonderbarer Geste, und auch unserer schwierigen Situation wandte ich kaum mehr Aufmerksamkeit zu. Nicht einmal neunhundert Männer gab es noch, die den Eid darauf abgelegt hatten, nach Ablauf der nächsten vier Wochen in unsere Heimat zurückzukehren, wo inzwischen sogar unsere Namen geächtet waren und der König danach trachten würde, uns zu vernichten, die er bereits für tot hielt. Mir war bekannt, daß Harrap Botschaften an gewisse Kommandanten schickte, wobei er den Kurieren auftrug, sich als Landleute zu verkleiden und, sofern sie erkannt würden, zu behaupten, sie seien ganz zu Anfang von der Expedition desertiert und wüßten nichts von ihrem Verlauf. Da er mich nicht um meinen Rat bat, forschte ich nicht weiter nach.

So ungewöhnlich meine Selbstgefälligkeit heute erscheinen mag, damals fiel sie mir nicht einmal auf. Nicht Mattigkeit war die Wurzel meines Verhaltens, sondern der Rausch, der damit zu tun hatte, daß ich völligen Seelenfrieden genoß.

Tamar umschloß mich, wie ich es von ihr noch nie erlebt hatte. Ihr Leib, der mir so wohlbekannt war, schien mir deshalb nur um so geheimnisvoller. Ihre vertraute Erregung wurde durch unsere lange Trennung erneuert und verwandelt, und ich begriff, daß sie mir immer wieder neu sein würde. Wir lagen in meiner kleinen dunklen Jurte in Liebe versunken beieinander, so vollständig eins, daß das Zusammenfinden unserer Leiber dazu beinahe überflüssig war. Ihr glänzendes Haar wickelte sich um meinen Arm, und ihr schwellender Hals, eine Spur zu kräftig für das in Kamardol geltende Schönheitsideal, besiegte mich durch seine Verletzlichkeit. Ihre gerade Nase wirkte zugleich streng und fein. In ihren grauen Augen blitzte animalisches Verlangen und im nächsten Augenblick so etwas wie Unendlichkeit auf.

All das war mir teuer, doch es war nur die äußere Hülle. Ihr Körper war ein herrliches Gefäß für die unendliche Vollkommenheit ihres Seins. Sie besaß das rasch erfassende Mitgefühl und vollständige Verstehen, das über die Gesetze der Logik hinausgeht; in ihrem Gelächter schien Heiterkeit auf; sie bewies ein munteres Verständnis für die Welt, sogar in Augenblicken der Trauer, wie es nur Frauen gegeben ist – und sie besaß es in höherem Maße als alle anderen. Das waren die wahren Bestandteile ihres vollkommenen Seins, in dem ich das Ziel meiner eigenen langen Suche fand.

Als ich ihr meine Gedanken mitteilte, fragte sie lächelnd: «Mußtest du so weit fortgehen – und so lange bleiben –, um zu finden, was stets für dich da war?»

Da diese Notwendigkeit das einzige war, was ihre weibliche Gewißheit nicht zu erfassen vermochte, küßte ich sie erneut und sagte: «Ja!»

Sieben Tage nachdem sie zu mir zurückgekehrt war, umschritten wir, durch goldene und weiße Tücher verbunden, siebenmal das heilige Feuer, während der Priester die Hochzeitsriten abhielt. Trotz ihrer Einwände, daß ich damit meine Kastenzugehörigkeit aufgäbe, hatte ich sie dazu gedrängt. Ich tat ihre Bestürzung ab, konnte ich doch an nichts mehr denken als an Tamar und mich und machte mir auch keine Gedanken mehr über die Frage der Kaste. Sie bedeutete mir weniger als der Schwung ihrer Augenlider oder ihre Stimmung, die sie dazu veranlaßte, zwei Stunden nach dem Scheitelpunkt der Nacht hinauszugehen und zum zunehmenden Mond hinaufzuschauen.

Daher lachte ich und fragte: «Willst du deinem Vater Schande machen?»

Ebenfalls lachend gab sie mir recht, und der Priester schloß den Bund. Harrap vertrat die Stelle des Herrschers; Anand war mein Trauzeuge, und zugeführt wurde mir die Braut von ihrem Vater Mirab.

Wohl waren wir alle heimatlos und würden es möglicherweise auf immer bleiben. Doch Tamar und ich waren Heimatlose in einem Reich des Entzückens.

29

Der Frühling kehrte in die Berge zurück, und die ersten violetten Blüten des Heidekrauts am Rande des schmelzenden Schnees waren ein Hinweis darauf, daß sich unsere Expedition ihrem Ende näherte. Bald würde der Zyklus des Hengstes vollendet sein. Zwei einander berührende Kreise hatten sich in Raum und Zeit geschlossen. Es fehlten nur noch die winzigen Bruchteile von hundert Meilen und drei Wochen. Der vorige Frühling hatte uns der Expedition geweiht und an das Unterwegssein gewöhnt. Die duftenden Winde des neuen Frühlings, der die Zeit tief empfundenen Jubels darüber hätte sein sollen, daß wir überlebt hatten und siegreich geblieben waren, bedeutete für uns die schwerste Gefahr des heiligen Jahres.

Die unerbittliche Zeit würde ihren Kreislauf beenden, sofern sie nicht unseren Tod brachte – wie bereits zwei Dritteln jener Krieger, die im Vorjahr aus Kamardol ausgeritten waren. Dennoch wäre das volle Jahr, das sich von Frühjahr zu Frühjahr gerundet hatte, nicht mehr als das stets wiederkehrende Wunder der Erneuerung, dessen leuchtendes Geheimnis durch unendliche Wiederholung befleckt würde, wenn wir nicht an seinem Ende den Hengst zu der Weihestätte führten, an der Er gesalbt worden war. Zeit und Menschenwille, die seit unserem Auszug machtvoll miteinander gerungen hatten, lagen in verbissenem Widerstreit. Die Zeit würde einfach dadurch obsiegen, daß sie fortdauerte, es sei denn, es gelang uns, ihren Griff damit zu lösen, daß wir trotz der tödlichen Feindschaft, mit der uns der König gegenübertrat, zur festgelegten Stunde im Kamardol einritten. Es war unser Auftrag, den Kreis des Raumes zu schließen, indem wir unbehelligt in die Stadt zurückkehrten – sonst wären in dem Augenblick, in dem sich unausweichlich der Zeitkreis schloß, aller Mut und alle Opfer der Suche vergeblich gewesen.

Mir zeigte sich unsere Zwangslage eher vom Standpunkt eines Zuschauers als von dem eines Beteiligten. Für mich hatte die Expedition mit Tamars Ankunft ihr Ende gefunden. Wäre ich Herr meiner Entschlüsse gewesen, hätte ich sie und den Hengst an den Wohnort unserer Vorfahren gebracht, nach Sindhia, wohin mein Vater bereits zu seinen Vettern zurückgekehrt war. Aber nicht ich hatte das Kommando, und auf keinen Fall würde ich Verrat an Harrap üben, indem ich den Hengst an mich brachte – das hätte ich nicht einmal getan, wenn ich dazu imstande gewesen wäre. Als ich Tamar meine Fluchtphantasie mitteilte, hörte sie mir schweigend zu.

«Wäre die Expedition dann wirklich vollendet?» fragte sie schließlich.

«Nein, der Form nach nicht, das weißt du doch», gab ich zur Antwort und warf das Bärenfell beiseite, das wir über uns gezogen hatten. In der Jurte genügte die Wärme einer dünnen Seidendecke. Tamar lag auf der Seite, ihre Brüste berührten sanft meine Brust, und ihre Beine umschlangen die meinen.

«Aber meine eigene – unsere – Expedition ist bereits beendet», fuhr ich fort. «Schließlich habe ich gefunden, was ich am Anfang aufgegeben hatte. Ich würde jetzt gern die unnötige Gefahr vermeiden, der wir uns gegenübersehen, und uns alle für das Leben bewahren: dich, mich und den Hengst, den Göttlichen Boten.»

«Hältst du mich für so billig?»

«Ich verstehe nicht, was du meinst», gab ich verwirrt zur Antwort.

«Ich auch nicht ganz», räumte sie ein. «Aber mir scheint die Suche der Preis zu sein, den wir alle gezahlt haben, und er muß vollständig entrichtet werden. Eine Stimme sagt mir, daß der Zug *unbedingt* bis an sein vorgezeichnetes Ende gelangen muß. Unsere Verbindung wurde durch die Expedition geschaffen, und unser Geschick ist mit ihr verflochten. Sofern ein Bestandteil zerstört wird, kann das auch mit den anderen geschehen.»

«Du bist ja eine richtige Seherin geworden», spottete ich gutmütig.

«Möglich», sagte sie ganz ruhig. «Ich weiß nicht, warum wir nach Kamardol zurückkehren müssen, auch wenn es unseren Tod bedeutet. Aber im tiefsten Herzen fühle ich, daß das unsere Pflicht ist, Jakir.»

«Dann gibt es nichts mehr zu sagen», erklärte ich halb belustigt und halb verärgert, weil sie die Entscheidung traf, die behaglich in Kamardol geblieben war, während ich unter Gefahren und Wirren dem Hengst über den Kontinent gefolgt war.

«Mir ist bewußt, Jakir», sagte sie und ging damit eher auf das ein, was ich dachte, als auf meine Worte, «daß es mir nicht zukommt zu urteilen, denn ich habe nicht wie du die Leiden eures Zuges erduldet. Doch ich spüre es, als sei mir ein Siegel aufs Herz gedrückt: die Expedition muß zu Ende geführt werden!»

Vielleicht hätte ich darauf verweisen sollen, daß sie für uns mit unserer eigenen Erfüllung bereits zu Ende gegangen war und wir unsere Verpflichtungen bis zum letzten i-Tüpfelchen eingelöst hatten. Doch unterließ ich das und fuhr statt dessen mit den Fingern über die leichte Wölbung ihres Unterleibs hinab zu ihren Schenkeln. Sie jedoch wiesen widerspenstig zusammengepreßt meine suchende

Hand ab, und voll praktischer Vernunft sagte Tamar: «Und wie würden wir es anstellen, uns fortzustehlen? Dazu wären nicht einmal du und ich allein imstande, ohne den Hengst.»

«Es war nur eine Wunschvorstellung», gab ich zurück. «Es scheint uns vorherbestimmt zu sein, Ihm bis in den Tod zu folgen.»

Ihre Schenkel öffneten sich unter meiner Hand, und sie rief aus: «Komm zu mir, Jakir. Jetzt gleich ... Warte nicht länger.»

Den Rest des Nachmittags riß uns eine Flut ständig wiederholten Taumels mit sich, den auch – soweit man mir berichtet hatte – andere schon verspürt hatten, unmittelbar bevor sich die Vorhänge des Todes hinter ihnen schlossen. Um die Zeit der Abenddämmerung befahl uns eine Ordonnanz in Harraps Jurte.

Harrap und Ambiala warteten im Inneren der Halbkugel aus Filz, die kaum größer war als meine eigene Jurte, allerdings mit farbenprächtigen Seidenstoffen ausgekleidet. Auf den buntbemalten fellbezogenen Kameltruhen lagen in buntem Wirrwarr goldenes Geschirr und juwelenbesetzter Schmuck. Während wir an die Seiten der Jurte gedrängt in einem engen Kreis auf gestreiften Kissen saßen, berührten sich unsere gekreuzten Beine beinahe. Ambiala goß gekühlten Wein in Pokale aus Kosmopolis, die mit Bildern von Alexanders siegreichen Feldzügen geschmückt waren. Als Harrap zu sprechen begann, fuhr ich mit dem Zeigefinger den Umrissen von König Porus' sich aufbäumendem Kriegselefanten auf meinem Pokal nach. So leise Harrap sprach, klang seine Stimme doch wie der Widerhall des Donners aus einer fernen Schlucht.

«Ich habe euch hergebeten, damit alles so ist wie am Anfang – wir vier haben den Zug vollendet. Ambiala und Tamar, indem sie daheim blieben, Jakir und ich, indem wir ausgeritten sind.»

«Und der Priester?» fragte ich, denn ich zögerte, die Kameradschaft zu bestätigen, die er zwischen uns heraufbeschwor.

«Gewiß, er war von Anfang an bei uns, dennoch halte ich ihn heraus. Er war ein Abgesandter, nicht jemand wie du und ich, der die Dinge in Gang hielt – oder wie Ambiala und Tamar, die während unserer Abwesenheit unsere Namen und Seelen in Kamardol bewahrt haben.»

«Auf diesen Kreis wollen wir trinken, Prinz Harrap», sagte Tamar, der darum zu tun war, daß ich meine feindselige Haltung aufgab.

«So sei es, Dame Tamar!» fuhr Harrap rasch fort. «Ebensowenig wie den Priester würde ich Anand, Gorbabordol oder auch, Tamar, deinen Vater Mirab, dazubitten. Wir vier haben den Zug vollendet. Unter allen Menschen dürfte allein Ranbir bei uns sitzen, wenn der Kreis nicht unterbrochen wäre, denn er hat die Expedition gerettet.»

Ich spürte in meinen Augen etwas aufsteigen und schloß die Lider, um die Tränen zurückzuhalten. Unter keinen Umständen wollte ich dem vertrauten Zauber der Vergangenheit nachgeben, den Harrap heraufbeschwor. «Auf Ranbir», murmelte ich, «und auf die Heerscharen, die er jetzt befehligt. Wir haben ihm viele tote Krieger geschickt, über die er gebieten kann – weit mehr Feinde, gegen die er kämpfen muß, als Mitstreiter, die ihm unterstehen!»

«Fürwahr, Jakir, das haben wir! Ich trinke auf Ranbir.» Als habe er meinen Spott nicht gehört, fuhr er fort, wie jemand, der unbedingt eine auswendig gelernte Ansprache loswerden will, bevor er sie vergißt. «Zwischen uns beiden hat in den letzten Monaten nicht alles zum besten gestanden, nicht wahr, Jakir? Bei solch großen Unternehmungen wie der unseren bleiben Unstimmigkeiten – oder gar Streitigkeiten – nicht aus, und gewiß war unser Unternehmen einzigartig. Die Menschen stolpern über Belanglosigkeiten, kleinliches Gezänk, das sie in ihrer Heimatstadt keine fünf Minuten lang entzweien würde. Die Götter haben uns jetzt ein volles Jahr im selben Geschirr vorangetrieben. Daß davon keine Abschürfungen und Verletzungen blieben, durfte man füglich nicht erwarten – Verletzungen, die bisweilen recht tief gingen. Allerdings hätte ich nicht erwartet, daß es zwischen uns beiden zu einer so scharfen Auseinandersetzung kommen würde, ebensowenig, wie ich annehmen würde, daß mir meine rechte Hand den Gehorsam verweigert.»

«Es war nicht ausschließlich meine Schuld, Harrap», gab ich zur Antwort, von der gebieterischen Art betäubt, in der er die Entschuldigung vorbereitete, die er offenbar beabsichtigte.

«Nein, wohl nicht», sagte er gedehnt, als wende er das ereignisreiche Jahr in seiner Erinnerung hin und her. «Es ist gut möglich, daß auch ich mitunter ungeduldig und vielleicht sogar gelegentlich unvernünftig war. Die Götter hatten mir vollkommene Sicherheit geschenkt und mir zum Ausgleich dafür eine lastende Bürde auferlegt.»

«Wir *alle* haben Beschwernisse auf uns genommen, die anderen das Rückgrat gebrochen hätten.»

«Das stimmt, Jakir. Aber ich hatte das Kommando. Wenn sich deine Bürde im Vergleich zu der anderer Männer ausnahm wie ein Ochse im Verhältnis zu einer Milbe, war meine wie ein Elefant im Verhältnis zu einem Ochsen. Außerdem werde ich stets in deiner Schuld stehen wegen der Unterstützung, die du mir bei Gaustana gewährt hast, als für eine Weile sogar meine Entschlossenheit ins Wanken geraten war.»

«Aber wir hatten unrecht... wir sind vor Gaustana unterlegen. Weit besser wäre es gewesen, gar nicht erst anzugreifen. Wir hätten auf Mirab und Ranbir hören sollen – und hätten damit Ranbir vor dem Tod bewahrt.»

«Jakir, nach wie vor erfaßt du die Großartigkeit unseres Zuges nicht vollständig», sagte Harrap betont nachsichtig. «Es war von den Göttern gewollt, daß wir angriffen. Dessen war ich damals ebenso sicher, wie ich es heute bin. Offensichtlich haben uns die Götter, die unser Unglück wollten und in den Vollkommenen Hengst gefahren waren, bis wir Sie durch das Sühneopfer austrieben, entsetzlich getäuscht. Ich will nicht von den Fehlern sprechen, die andere bei Gaustana gemacht haben, aber ich bin mir über jeden Zweifel hinaus sicher, daß unser Angriff vorherbestimmt war.»

Es sah ganz so aus, als sei ich zu einem Versöhnungsbankett geladen. Nun, so mochten meine Urteilskraft das Fleisch und meine Fehler den Wein dazu abgeben. Wütend starrte ich den Mann an, der an die Stelle des Harrap getreten war, den ich mein Leben lang gekannt hatte. «Wir verschwenden unsere Zeit», begann ich sachlich, «und...»

Doch er sprach weiter, walzte meinen Zorn mit seiner laut tönenden Stimme nieder: «Mag sein, daß es besser gewesen wäre, südwärts in die Länder zu ziehen, die wir kannten. Wäre nur der Vollkommene Hengst südwärts gezogen... wir hätten die Grundlage für Kriege und Eroberungen legen können, die eine Generation beschäftigt hätten. Jetzt haben wir uns dem kalten Norden zugewendet, wo die Menschen verstockt und die Götter häufig voll Feindseligkeit sind. Doch werden wir den vollständigen Sieg im Laufe der Zeit erringen. Vielleicht war es die Absicht der Götter, mich auf so gewundenen Pfaden zum Thron zu führen.»

Mit einem tiefen Zug leerte er seinen Pokal und hielt ihn Ambiala hin, ohne in seinen Worten eine Pause eintreten zu lassen.

«Oder wenn Er uns weitergeführt hätte... hätten wir Loyang ausgeplündert und den Schatz des Kaisers geraubt, die Gesamtheit der Reichtümer Chinas. Wir wären dazu imstande gewesen, Jakir. Wir werden es tun, sobald ich Großkönig bin.»

«Immer vorausgesetzt, andere können sich zu Eurem Mut und Eurer absoluten Gewißheit des Bevorstehenden aufschwingen.»

«Nein, das ist nicht erforderlich, und die Götter bestehen auch nicht darauf», erwiderte er voll Gleichmut, als seien meine bitteren Worte lediglich die gewöhnliche kleine Münze der Schmeichelei, wie sie jeder katzbuckelnde Höfling ständig bereithält. «Sie brauchen lediglich zu folgen, ohne Fragen zu stellen.»

In jenem Augenblick hätte ich Tamars Hand genommen und sie aus der Jurte geführt – vielleicht unserem Tod entgegen, wenn uns Ambiala nicht erneut Wein aufgenötigt hätte. Die anerzogene Reaktion auf einen Akt der Gastfreundschaft ließ mich tun, was die Furcht vor dem Tode nicht vermochte, und ich blieb.

«Gewiß habt Ihr Tamar und Jakir nicht hergebeten, um mit ihnen über die Vergangenheit zu reden, Prinz Harrap», sagte Ambiala rasch. «Für derlei wird an den langen Abenden im Großen Palast noch reichlich Zeit sein.»

«Das ist wahr», sagte er überrascht, wie jemand, der pötzlich zu sich kommt. «Jakir, ich muß mit dir über das reden, was vor uns liegt.»

«Prinz Harrap würde gern Euren Rat einholen, damit sichergestellt ist, daß ihr beide bei den Heimsuchungen, die vor uns liegen, eines Sinnes seid, Jakir», sagte Ambiala voll Liebenswürdigkeit.

«So ist es, Jakir. Wir müssen unsere Pläne gemeinsam fassen und sie mit unserem vereinten Willen verwirklichen.»

«Noch habe ich nicht erfahren», gab ich beißend zur Antwort, «was Ihr in jüngster Zeit aus Kamardol gehört habt.»

«Prinz Harrap wollte alle Fäden des Wissens in Händen halten, bevor er Euch hinzurief», sagte Ambiala lächelnd. «Tamar und Euch wollte er erst in eurer Wiedersehensfreude stören, als er wußte, was uns erwartet.»

«Das war gewiß der Grund, Jakir. Ihr beide wart so überglücklich, daß ich euch damit nicht behelligen konnte.»

Ich staunte, wie Harrap, der sich in eigener Person den Göttern entgegenstellte, indem er behauptete, sie wollten unser Unglück, seinen Willen Ambialas sanfter Leitung unterordnete, ohne aufzubegehren. Gewiß wäre er nicht im Traum darauf verfallen, Rücksicht auf meine Empfindungen zu nehmen, wenn ihm meine Gegenwart nicht wichtig gewesen wäre.

Flüchtig sahen die beiden Frauen einander an. Als sich der Blick von Tamars grauen und Ambialas braunen Augen traf, war einen Lidschlag lang zu erkennen, daß Einverständnis zwischen ihnen herrschte. Bedeutete das Anteilnahme an Harraps Schwierigkeiten, oder bedauerten sie einander, wie die Ausbilder zweier ungebärdiger Fohlen? Hatten sie sich beraten und vereinbart, Harrap und mich wieder auszusöhnen? Tamars gelassener Blick beantwortete meine Fragen und wies mich zugleich an, Harrap bei seinem Vorhaben zu unterstützen. Fast konnte ich ihren Gedanken hören: «Tu das, wenn du mich liebst – und wenn du möchtest, daß wir am Leben bleiben!»

«Was habt Ihr erfahren?» fragte ich Harrap. «Und was müssen wir tun?»

«Ich habe einen Plan. Aber laß uns zuerst erneut auf die Freundschaft trinken, die alle Belastungen überdauert.»

Ich hob meinen Pokal, einen Augenblick lang mitgerissen durch die Erinnerung an das, was zwischen uns gewesen war. Kaum hatte ich einen tiefen Zug genommen, kehrte der Zweifel zurück. Nach den Ereignissen der jüngsten Vergangenheit würden wir nie fähig sein, die ferne Vergangenheit erneut heraufzubeschwören.

«Nun, Jakir», sagte er munter, «die Gefahr für uns ist groß, aber nicht größer – in Wahrheit sogar geringer – als die, der wir uns zuvor schon erfolgreich gestellt haben. Mein reizender Bruder Tschandra weiß, daß wir leben, nicht aber, wo wir uns aufhalten. Zwar würde er uns bedenkenlos töten lassen, doch muß er zuvor die Riten der Heimkehr abhalten ...»

«Weil sonst die Suche null und nichtig wäre ... und er als Herrscher keine Legitimation besäße», stimmte ich zu.

«Wenn er seine Macht nicht aufs Spiel setzen will, kann er uns beide nicht töten lassen, bevor die Riten stattgefunden haben. In ihre Durchführung muß er einwilligen.»

«Gut und schön ... nur der Hengst ...» kamen die Worte aus meinem Mund, die ich nicht bedacht hatte.

«Der Hengst?» fragte Harrap, offenkundig erstaunt. «Was ist mit Ihm?»

«Ich habe mich versprochen. Ich meinte nicht den Hengst, sondern die Nachwehen... Was wird Tschandra im Anschluß an die Riten unternehmen?»

«Natürlich müssen wir uns vor seinen Anschlägen hüten. Meine Abgesandten sind zurückgekehrt, und auch der Priester hat Nachricht von seinen Helfern. Die Berichte stimmen überein. Wenn Tschandra durch die Riten der Heimkehr erneut geweiht ist, kann er uns keinesfalls öffentlich töten lassen. Damit würde er sowohl die Streitkräfte als auch das Volk erzürnen. Er würde den Auftrag, uns aus dem Weg zu räumen, keine Stunde überleben. Aber er könnte für einen Unfall sorgen – vielleicht ein Feuer, das uns im Schlaf dahinrafft.»

«Ihr, ich und die anderen – alle an getrennten Orten, aber zugleich?»

«Das ist das große Hindernis, dem er sich gegenübersieht. Es würde ihm kaum gelingen, das Volk davon zu überzeugen, daß uns ein niederträchtiges Geschick alle gleichzeitig für den Tod ausersehen hat, während uns noch die Heiligkeit der Suche umgab. Diese Situation bildet eine würdige Herausforderung für die Heimtücke meines reizenden Bruders.» Er warf den Kopf zurück und lachte laut auf. Noch einmal sah ich den Harrap, den ich einst gekannt und geliebt hatte. Das zerstörte Gesicht, so tragisch, wenn er gelockert war, und so entstellt, wenn er wütete, war erneut das eines fröhlichen Kobolds, von Spottsucht verzerrt. Ich stimmte in sein Lachen ein.

«Gewiß hat Tschandra einen anderen Plan», sagte Tamar, ohne in unser Gelächter einzustimmen. «Er würde nicht davor zurückschrecken, sogar den Zufall für seine Zwecke einzuspannen.»

«Das muß er wohl, Tamar. Aber er ist sich noch nicht über das schlüssig, was er will. Unsere Kundschafter wissen es nicht genau, doch glauben sie, daß er ebenso vorgehen wird wie bei Guptas Entmachtung.»

«Er kann uns nicht dazu zwingen, ihn anzugreifen», wandte ich ein.

«Da bin ich nicht so sicher. Andererseits genügt es, wenn der Anschein erweckt wird, daß wir ihn, den Großkönig, angegriffen haben, der durch die Expedition dazu gesalbt ist, über Reiche zu herrschen. In einem solchen Fall würde uns der Pöbel in Stücke reißen, und unsere Unantastbarkeit würde uns keinen Schutz mehr gewähren.»

«Wenn das so ist», merkte Tamar vorwitzig an, «braucht ihr euch doch nur Zurückhaltung aufzuerlegen. Wenn ihr peinlich darauf achtet, nichts gegen ihn zu unternehmen, was sich als Angriff auslegen läßt, hat er keine Handhabe gegen uns.»

«Das ist wohl nicht so einfach, Tamar, meine Gemahlin. Wie Prinz Harrap sagte, hätte Tschandra die Möglichkeit, dafür zu sorgen, daß der Anschein gegen uns spricht. Auch weiß ich nicht, wie lange wir die Demütigungen zu ertragen vermöchten, denen er uns zweifellos aussetzen würde.»

«Nicht eine Sekunde gedenke ich Tschandras niederträchtiges Frohlocken zu ertragen», erklärte Harrap. «Ich werde ihn vorher vernichten – noch vor den Riten.»

«Wie?»

«Das Stichwort heißt Brudermord... Meine Männer haben Angst vor Brudermord, und sie verabscheuen ihn. Tschandra hat seinen eigenen Tod damit besiegelt, daß er den Angriff der Minderen Kamar gegen uns zugelassen hat, wenn sie auch in Guptas unmittelbarem Auftrag handelten. Er hat sich befleckt, so daß er sich gar nicht an den Riten beteiligen darf. Die Streitkräfte werden Tschandra töten, bevor die Riten der Heimkehr den Höhepunkt erreicht haben. Dazu genügen wenige Abteilungen.»

«Dann wird Prinz Harrap Großkönig, Begründer und Vollender der Expedition und durch sie gesalbt.»

«Du sagst es, Jakir», stimmte er zu.

«Laßt uns trinken!» rief ich voll Hochgefühl. Im Augenblick, da ich den Pokal niedersetzte, war mir klar, daß ich eher mit Tamar und dem Hengst nach Sindhia fliehen als mich Tschandras Bosheit entgegenstellen würde, um erneut ein Blutbad nach dem anderen auszulösen, damit Prinz Harrap König werden konnte. Aber ich war gebunden.

Die Frauen zogen sich an die andere Seite der Jurte zurück, um die auf den Kameltruhen ausgebreiteten Schmuckstücke zu bewundern, und wir sprachen eine Weile über unsere Pläne für den Vormittag des Tages, an dem die Riten der Heimkehr gefeiert werden sollten. Dabei ging es darum, wo wir die Männer Aufstellung nehmen lassen wollten, die sich an der Expedition beteiligt hatten, und was mit den Teilen der Streitkräfte geschehen sollte, die sich in Kamardol aufhielten. Außerdem unterhielten wir uns über Ranbir und unsere gemeinsame Knabenzeit. In diesen Minuten waren wir wieder eins.

Tamar erklärte, es sei Zeit, in unsere eigene Jurte zurückzukehren. Beim Abschied von Harrap in der Finsternis der Nacht erklärte dieser: «Ich habe dich um deinen Rat gebeten, Jakir, weil du bei diesem Unternehmen das Kommando führen sollst. Ich selbst werde als Prinz der Expedition waffenlos und ohne Rüstung neben dem Haupt des Hengstes stehen.»

«So soll es geschehen, Prinz Harrap», gab ich zur Antwort. «Ich schwöre es dir zu.»

Etwas anderes konnte ich nicht sagen, obwohl ich Abscheu in meiner Kehle und meinen Eingeweiden spürte. Diese Aufforderung, seine Gunsterweise – so schwach sie waren und so sehr seine Überheblichkeit sie entwertete –, alles diente nur einem kalten Zweck. Er war entschlossen, mich erneut so eng mit ihm zu verbinden, wie wir es vor dem Aufbruch zur Expedition gewesen waren. Niemandem sonst konnte er rückhaltlos trauen, wenn er bei den Riten unbewaffnet und verletzlich dastand. Mir wäre es lieber gewesen, er hätte von Anfang an klargemacht, worauf er hinauswollte, statt sich zum Schein mit mir auszusöhnen.

«Natürlich, Prinz Harrap, das werde ich», wiederholte ich. Mir blieb gar keine andere Wahl. Unser Leben lag in seiner Hand – nicht nur meins, sondern auch Tamars.

«Sagt, Prinz Harrap», fragte ich nach einer Pause, «was habt Ihr in diesem Jahr gefunden?»

«Nun, Jakir, die Welt... die Welt in meiner Kraft... und mein Königreich... das mein Kaiserreich sein wird.»

Nach einigen weiteren Worten schieden wir voneinander. Als ich Harraps Hinterlist voll Bitterkeit verwünschte, gab Tamar lediglich zur Antwort: «Er ist, was man aus ihm gemacht hat... und kannst du nicht sehen, Jakir, daß er deiner wirklich bedarf? Außer dir hat er in der Welt der Menschen niemanden. Er braucht dich, aber bitten kann er nur auf seine eigene Weise.»

Ich pries sie im stillen wegen ihres Einfühlungsvermögens und vergaß ihre Worte.

Einer sonderbaren Trägheit nachgebend, unterließ Harrap es, unser Lager aus dem breiten Tal an der Straße, die nach Kamardol führte, zu verlegen, obwohl es uns keinerlei Schutz vor einem Überfall bot. Mir schien es töricht, darauf zu vertrauen, daß Tschandra von unserem Zufluchtsort nichts wußte. Unser Tod – und seine Annahme, daß wir nicht mehr lebten, wurde erst durch unser Eintreffen an der Grenze von Kamardol widerlegt – war für ihn von so wesentlicher Bedeutung wie der Atem, der durch seine Kehle ging, und die Nahrung in seinem Magen. Nur indem er uns töten ließ und Anspruch auf den Hengst erhob, konnte er die Vorteile aufrechterhalten, die ihm die Expedition eintrug, und sich zugleich der Bedrohung entziehen, die Harrap für ihn bedeutete.

Nicht einmal von der einfachen Vorsichtsmaßnahme eines besseren Verstecks wollte Harrap etwas wissen. Zwar fürchtete er Kamardol, ließ sich aber zugleich von der Vertrautheit des Landes besänftigen und äußerte die Überzeugung, die Götter würden für unsere Sicherheit sorgen.

Ich hätte ihn dazu drängen müssen, das Lager zu verlegen, und hätte das trotz meines eigenen Hochgefühls vielleicht auch getan, wäre ich nicht vor einer erneuten Auseinandersetzung mit seinem Willen zurückgeschreckt. Schlimmer, als nichts zu sagen, schien mir die Vorstellung, ihm vergeblich zu raten, denn das hätte das zarte Pflänzchen des neu aufkeimenden Vertrauens in uns absterben lassen.

Selbstverständlich stellten wir Posten auf, doch wollte Harrap während der zehn Tage bis zu unserem Abmarsch nach Kamardol bleiben, wo wir waren. Zudem hatten die starken Schneestürme des Frühjahrs bereits die hohen Wächten gelöst, die auf den Gipfeln vor uns lagen, und unser breites Tal schützte uns sowohl vor den Lawinen wie auch vor der plötzlichen Heftigkeit der Winde, die ganze Schneegebirge in die Luft schleuderten, wie Kinder, die mit einem Haufen Gänsedaunen spielen.

Die Botschafter kamen mit der frühen Morgensonne: Gorbabordols Kurier eilte aus den nördlichen Bezirken herbei, wo die Bankerte den Hengst hüteten, ein anderer Bote kam von der Postenlinie, die den schmalen Paß bewachte, der südwärts durch die Berge nach Kamardol führte. Am Sattelhorn von Gorbabordols Kurier glänzte ein gehörnter Helm. Kaum hatte ich einen Blick auf diesen Beweis für die Anwesenheit der Minderen Kamar geworfen, rief ich meinem Trompeter zu: «Wappnen und aufsitzen! Wappnen und aufsitzen!»

Noch während die Trompeten ihren erschreckten Alarmruf hinauskreischten, ließen Harrap und ich uns von den Kurieren Bericht erstatten. Verblüfft lauschten wir dem, was sie atemlos meldeten.

«Unmittelbar vor Morgengrauen...» Gorbabordols Kurier mußte seinem jagenden Atem jedes einzelne Wort abringen. «Mindere Kamar... an die sechshundert... haben von Norden her angegriffen... Gorbabordol sagt, er zieht sich vom Lager zurück... Der Hengst ist in Sicherheit.»

«Die Nebelwand riß auf... eine Minute lang... es schneite», keuchte der Bote aus dem Süden. «Wir konnten eine Streitmacht von mehr als vierhundert Mann sehen, unter Umständen Mindere Kamar. Sie kamen den Paß emporgeritten.»

«Mirab, nimm zweihundert Fußsoldaten und halte den Paß im Süden. Nicht angreifen, nur den Paß halten. Anand, begleite Mirab...»

Harraps Befehle kamen so knapp und exakt, als habe er während der inhaltslosen Tage seine Reaktion auf die versuchte Überrumpelung geplant.

«Und du, o Brahmane», wies er den Priester an, «kümmere dich um die Halbkrüppel und die Frauen. Du wirst diese hundert Leute kommandieren. Verbergt euch in der Schlucht, von wo es unmittelbar vor der nördlichen Einmündung dieses Tals nach Nordosten geht. Jakir und alle übrigen begleiten mich. Zum Hengst!»

Auch wenn der Wind Schnee und Nebel in unserem niedrig liegenden Tal durcheinanderwirbelte, stand mir dessen Gestalt deutlich vor Augen. Nach Süden, wohin Mirab und Anand abkommandiert waren, stieg ein mit Felsen besetzter flacher Hang allmählich zu dem schmalen, gewundenen Paß empor, der höchstens zwanzig Männern nebeneinander Platz bot. Bis kurz vor dem nördlichen Eingang war das Tal breit und ohne besondere Merkmale. Von dort zog sich, leicht ansteigend, eine gezackte Kluft mehrere hundert Meter nordostwärts bis an eine steile Felswand. Den nördlichen Zugang zu unserem Tal bildete eine breite Öffnung zwischen sanft geschwungenen Hügeln. Sie mündete übergangslos in das Gewirr gewundener Hohlwege, die zu schroffen Abstürzen liefen.

Ich küßte Tamar, dann hüllten die hin und her schwingenden Vorhänge des Schnees sie ein, durch deren undurchsichtige Weiße Harrap und ich nordwärts ritten. Obwohl wir langsam zogen, um die Leute zusammenzuhalten, sagte mir lediglich das Bewußtsein der von dem langen Jahr eingeschliffenen Disziplin, daß uns mehr als fünfhundert Männer folgten – so blind und taub machte uns der Schnee für alles, was weiter als fünfzig Schritt entfernt war. Als wir den breiten nördlichen Zugang des Tales erreichten, nahm die Stärke des Windes, der sich im Gewirr der Hohlwege gebrochen hatte, deutlich ab. Da er keine kleinen Schneeberge mehr auf seinem Rücken mit sich brachte, reichte unser Blick im wirbelnden Dunst etwas weiter. Hinter dem tief in die Felsen eingeschnittenen Pfad, durch den wir zogen, erkannten wir unvermittelt eine von hohen Felswänden umstandene Hochfläche. Unmittelbar vor der Felswand, die über einem steilen Abgrund emporragte, ließ Harrap anhalten.

«Wir warten, bis die Minderen Kamar losschlagen», erklärte er. «Gorbabordol und die Bankerte werden mit dem Vollkommenen Hengst zu uns stoßen, denn hier sind sie in Sicherheit. Danach kann der Angriff kommen. Es ist unerheblich, welcher meiner reizenden Brüder diese Toren befehligt. Ich werde die Mindern Kamar unter Tschandra ebenso vernichten, wie es ihnen unter Gupta geschah.»

Er überließ es mir, die Reiterei nach Norden hin aufzustellen. Ich verteilte sie zwischen den Felsen in unserem Rücken und dem Abgrund vor uns. Unser linker Flügel reichte zweihundert Schritt weiter ostwärts, damit er den nördlichen Hohlweg abriegeln konnte, durch den sowohl Gorbabordol wie auch die Minderen Kamar kommen mußten. Der rechte Flügel stand an der Felswand, die sich ostwärts um uns herumschwang und die Hochfläche halb einschloß. Wir befanden uns auf der mittleren von drei großen Felsstufen: die eine lag über uns, und die niedrigste endete im Abgrund.

«Ein letztes Gefecht, und wir sind daheim», rief ich Harrap zu, als meine Leute die ihnen zugewiesenen Plätze eingenommen hatten.

«Es war ein langer Ritt, Jakir», kam seine Antwort.

Nur schwer kamen die Pferde im losen nassen Schnee voran, und die Männer riefen einander ungeduldig zu. Unverwandt hielt ich den Blick auf den schmalen Spalt gerichtet, durch den sie kommen mußten: voran Gorbabordol mit dem Hengst und seinen Leuten, dann die Minderen Kamar. Aufgeregt rutschte ich im Sattel hin und her.

Ein Trupp kam durch die Felsspalte gestürmt: Prinzen in gelben Umhängen und Panzerreiter in Grün und Scharlach. Erst als sie uns erreichten, zügelten sie ihre Tiere. Zu beiden Seiten von fünf Reitern flankiert, tauchte der Hengst inmitten des wabernden weißen Dunstes auf. Allmählich gewann Seine Gestalt feste Umrisse, als forme der Dunst selbst Seine weiße Reinheit. Umgeben von Gorbabordol und seinen Leibwächtern kam Er dorthin, wo Harrap und ich inmitten unserer rufenden Trompeten warteten. Nun erkannte ich, daß mit Ihm nur fünfzig der Ihm als Begleitschutz mitgegebenen Hundertschaft von Prinzen und Panzerreitern zurückgekehrt waren.

Zu zehnt und zehnt kamen die Minderen Kamar durch die Öffnung des Hohlwegs herangaloppiert, und das plötzlich durch den Dunst brechende Sonnenlicht ließ die weißen Hörner auf ihren Helmen funkeln. Als sie quer zum kalten Wind angriffen, spießten sie sich durch ihr eigenes Ungestüm auf unseren Lanzen auf. Einige Minuten nach den ersten waren alle sechshundert da. Sie standen uns gegenüber, mit dem Rücken am Abgrund, während wir vor den Felswänden postiert waren.

«Unverbesserliche Dummköpfe», knurrte Harrap voll Befriedigung.

Durch das Getümmel des Angriffs und den Lärm der Trompeten fiel um uns eine Wand von Schnee hernieder. Mitten im Gefecht konnte ich den Blick nicht zur Felswand hinter mir wenden. Trotz des langen Umwegs, den sie über die kleineren Pässe genommen hatten, um uns von Norden her angreifen zu können, waren die Minderen Kamar frisch, wir hingegen von unserer langen Expedition ausgelaugt. Andererseits handelte es sich bei uns um von den Prüfungen des letzten Jahres gestählte reguläre Truppen, während sie kaum mehr als Straßenräuber waren. Eine andere Streitmacht konnte Tschandra für seinen Verrat nicht aufbieten, da er ihn insgeheim betreiben mußte. Dennoch mußten wir vor dem ersten Anprall der Minderen Kamar zurückweichen. Erst nach einer Viertelstunde vermochten wir sie Schritt für Schritt dem Absturz entgegenzudrängen. Wir kämpften in offener Schlachtordnung, Mann gegen Mann.

Harrap und ich sahen es im selben Augenblick. Der im Kampfgetümmel unbewacht gebliebene Hengst war durch unsere Reihen gestürmt und galoppierte jetzt südostwärts auf die Ecke zu, wo die Felswand unvermittelt in den Absturz mündete. Ich sah mich um und rief eine Handvoll Männer zusammen. Mit einem mächtigen Ruck schüttelte Harrap den Krieger ab, der ihn am Hals gepackt hatte, und galoppierte dem Hengst nach.

Bald darauf folgte ich mit zwei anderen und dem Trompeter, bis ich mit einem Mal erkannte, daß eine gewaltige Schneemasse im

Begriff stand, vom Rand der Felswand auf uns herabzugleiten. Der weiße Tod hing so riesengroß über uns wie der Große Palast Kamardols. Im nächsten Augenblick sah ich, daß der Hengst nicht mehr voranstürmte. Er war im Schutz des Überhangs auf einem äußerst schmalen Felsband stehengeblieben, genau in dem Winkel, wo die beiden Felswände auf den Absturz trafen. Ohne Ihm zu schaden, würde die Lawine über Ihn hinwegdonnern, wie ein Wasserfall, und stürzt er noch so gewaltig herab, ungefährlich über einen Schwimmer hinweggeht, wenn sich dieser nur fest gegen die Felswand drückt.

Ich rief Harrap zu, daß der Hengst in Sicherheit sei, er selbst sich aber auf dem Unheilspfad der Lawine befinde. Er hörte mich nicht, jagte vorwärts und spornte sein Pferd so an, daß von dessen Flanken Blut auf den niedergetrampelten Schnee tropfte.

Links und rechts von ihm tauchten zwei Krieger der Minderen Kamar aus dem Dunst auf. Ich rief dem Trompeter einen Befehl zu und preschte Harrap nach, geradeaus, wo er Haken geschlagen hatte, um dem Hengst zu folgen. Der nasse Nebel fuhr mir in die Augen und blendete mich einen Augenblick lang. Als er sich hob, sah ich Harrap jenseits des Abgrundes, unter jedem Arm einen feindlichen Krieger. Die Lawine hüllte jenen Teil der Hochfläche ein, bevor sie über den Absturz zu Tal donnerte, wo sie für den Prinzen und seine Gegner einen Katafalk bilden würde.

Im selben Augenblick war mir klar, daß es mir möglich gewesen wäre, ihn vor dem Tod zu bewahren, wenn ich nicht innegehalten hätte, um Männer zusammenzurufen, die mir folgen sollten. Noch als wir den Hengst in unsere Reihen zurückführten, fragte ich mich, warum ich das nicht getan hatte. Dann schüttelte ich meine Zweifel ab und wandte mich wieder meinem Kommando zu.

Kaum habe ich den Mut, das Ende jener schicksalsträchtigen Schlacht zu berichten. Noch heute verdunkeln Wut und Schmerz, die damals meinen Blick trübten, meine Erinnerung. Nicht nur unsere Männer, auch die feindlichen Krieger hatten gesehen, wie Harrap in die Tiefe stürzte. Als sogar Kamardols kühne Reiter vor Entsetzen zögerten, befahl ich dem Trompeter, zum Rückzug zu blasen. Trotz ihres wütenden Murrens kamen meine Männer dem Befehl nach, und so traten wir durch das Gewirr der Hohlwege den Rückzug an, während die triumphierenden Minderen Kamar immer wieder Ausfälle gegen unsere Nachhut machten.

Wir zogen uns weit zurück, hinab ins Tal, in dem unser Lager stand, bis zu der Schlucht, in der die Frauen verborgen waren. Uns mochten fünf Minuten bleiben, bevor die Angreifer durchbrachen.

«Krieger Kamardols!» rief ich in die plötzlich eingetretene Stille. «Prinz Harrap ist tot. Niemand vermag das Kommando zu führen wie er. Doch wird keiner der Minderen Kamar überleben, um sich zu rühmen, daß er Ihn habe sterben sehen. Folgt mir!»

Ich schickte einen Kurier an Mirab. Er sollte nach zwanzig Minuten abziehen, als sei er geschlagen, und die Angreifer in das Tal vorrücken lassen. Dann sollte er ihnen nachsetzen.

Kaum war mein Kurier fort, als unsere Verfolger triumphierend ins Tal gestürmt kamen, wobei ihr eigener Jubel und die immer noch wallenden Nebelschwaden ihre schlecht geordneten Reihen auseinanderrissen. Ich wartete, bis alle im Tal waren, dann warf sich meine Reiterei quer über den Zugang, so daß sie unserer Attacke auf keinen Fall ausweichen konnten.

Meine Truppen kämpften mit wilderer Entschlossenheit als je während des gesamten heiligen Jahres. Harraps Schatten trieb sie durch meine Befehle zu solcher Gewalt und Ausdauer an, wie seine körperliche Gegenwart das nicht vermocht hatte. Als der kleinere Teil der gegnerischen Streitmacht von Süden heranzog, trieb ich bereits ihre Hauptstreitmacht zwischen die Reihen, von denen sie in einem Mörser zerrieben wurden. Das Eintreffen der geschwächten Verstärkung aus dem Süden verwirrte den Feind lediglich und bot unseren Lanzen neue Ziele. Mirabs Ankunft vollendete meinen Sieg. Die letzten Krieger der Minderen Kamar fielen weniger als eine Stunde nach dem Scheitelpunkt des Tages. Harrap war tot, aber er war gerächt.

Trübsinn erfaßt mich, wenn ich an den Rest jenes Tages denke. Ich erinnere mich, daß Ambiala die Nachricht von Harraps Tod mit Fassung aufnahm und hinausritt, um zu sehen, wo er sein Ende gefunden hatte. Der Priester begleitete sie. Er kehrte allein zurück und teilte uns mit, Ambiala sei mit solcher Gefaßtheit und Anmut über den Steilabhang geschritten, als habe sie sich bei einem Festmahl zu Harrap gesellt. Die Frau, die nie hätte Königin werden können, folgte dem Mann, der König geworden wäre, und vereinigte sich durch ihre Selbstaufopferung im Tode und für die ganze Ewigkeit mit ihm als seine treue Gemahlin.

Bevor die Nacht hereinbrach, hatte Anand unsere Verluste gezählt und festgestellt, daß nur noch fünfhundert der Männer fähig waren, ihre Pferde zu besteigen. Auf einem zwischen den Stäben seiner Jurte gespannten Umhang brachte man Mirab zu mir. Sein linkes Bein war oberhalb des Knies abgetrennt und sein rechter Arm zerschmettert. Der Priester erklärte, trotz dieser schweren Verwundungen werde er überleben.

Während Tamar weinend meine Hand und die ihres Vaters hielt, forderte mich Mirab matt auf: «Jakir, Ihr müßt jetzt den Befehl übernehmen. Ich vermag das nicht.»

«Und alle, die noch leben, in den rituellen Tod führen?» fragte ich voll Verbitterung.

«Ja, sofern das nötig ist», gab er zur Antwort. «Für den Fall, daß uns der Tod befohlen wird, müßt Ihr das tun.»

30

Weder nach der Würde noch der Macht, die das höchste Kommando mit sich bringt, hatte ich gestrebt; schließlich hatte mich Harrap mehr oder weniger gegen meinen Willen zum Krieger bestimmt. Während der gesamten Expedition hatte es mir genügt – und mehr als das –, daß er mir eine eigene Einheit unterstellt und mir eine genau umrissene Aufgabe gegeben hatte. Ich hatte keinen anderen Wunsch gekannt, als eine leise Stimme in seinem Ohr zu sein, mein Ziel war es gewesen, mit Hilfe meines im kühlen Denken geschulten Geistes seine rasch aufflammende Impulsivität zu lenken, ihn vielleicht zurückzuhalten, wenn ihn seine Begeisterung ins Unglück gerissen hätte – und, sobald er König würde, diese Rolle weiterzuspielen.

Schicht um Schicht hatten die aufeinanderfolgenden Auseinandersetzungen zwischen uns die Hoffnung zerstört, daß ich diese Rolle spielen könnte, und zum Schluß ließ er sich nur noch von seinem eigenen Stolz und seinen Dämonen raten. Gleichwohl war in mir der Kern der Hoffnung beharrlich am Leben geblieben. Irgendwie war es mir gelungen, weiterhin zu glauben, die Erfüllung der Suche werde alles zwischen uns wieder einrenken, denn ohne Harrap gab es für mich in Kamardol keinen Platz. Mit seinem Tod starben auch all meine Hoffnungen auf die Zukunft. Dennoch übernahm ich den Befehl über das, was von unserer Streitmacht übrigblieb. Höchstens fünfhundert waren trotz ihrer Wunden noch imstande zu kämpfen, zweihundert oder mehr lagen auf Tragbahren.

Als sich dem Drängen Mirabs, ich solle den Oberbefehl übernehmen, auch noch der Priester und Anand anschlossen, sah ich mich gezwungen, ihnen zu willfahren, obwohl ich weder nach der Position noch den damit verbundenen Machtbefugnissen getrachtet hatte. Auch Gorbabordol unterstützte den Wunsch der beiden Männer, übelgelaunt wie eh und je, doch ohne von seiner Ansicht abzurücken. Alle vier erklärten, die Krieger würden niemandem folgen als mir, der von klein auf Harraps Bruder gewesen sei und das Gegenstück zu dessen blitzendem Zeremonienschwert trug. Außerdem falle mir, da Mirab verstümmelt sei, die Aufgabe von Rechts wegen zu, nähme ich doch in unserer kleinen Hierarchie den dritten Platz ein. Gorbabordol hätte sich gegen meine Nachfolge auflehnen und unter Hinweis auf seinen Rang als Prinz den Oberbefehl selbst beanspruchen können. Doch mit seinem Hochmut hatte er es nicht vermocht, die Achtung der regulären Truppen zu erringen, und so blieben lediglich fünfzehn Prinzen, die seinen Anspruch unterstützen konnten – vorausgesetzt, sie wollten das. Bei diesem Stand der Dinge schloß sich Gorbabordol dem Chor der anderen Stimmen an, und so wurde ich General unseres fürchterlich gebeutelten Restheeres.

Wie Menschen nun einmal sind, hätte ich den Status genießen können, in den ich durch Harraps Tod gelangt war, wenn mir eine Hoffnung darauf geblieben wäre, unsere Expedition letzten Endes doch zu einem guten Ende zu führen. In Wirklichkeit allerdings war die zu gewinnende Ehre nicht nur eine leere Hülse, sondern zugleich über alle Maßen schmerzlich. Mein Weg war genau vorgeschrieben. Ganz gleich, was ich während meiner elftägigen Amtszeit tat – mit Ausnahme des Hengstes war jeder von uns zum Untergang verurteilt.

Meine erste Sorge galt der Möglichkeit, daß Tschandra mit einem einzigen weiteren Schlag meine geschwächte Streitmacht vernichten könnte. Zu jener Zeit war mir nicht bekannt, daß er nicht mehr imstande war, Truppen gegen uns aufzubieten, nachdem wir seine Minderen Kamar niedergemacht hatten. Nur jene halbwilden Stammeskrieger, die nach Blutrache dürsteten, brachten den Mut auf, gegen die Überreste meiner geheiligten Truppe zu reiten. Ich hätte versuchen können, den Harraps Händen entglittenen Faden der Intrige wieder aufzunehmen, doch wußte ich nicht, wer bei den regulären Truppen seine Kontaktleute gewesen waren. Ambiala hätte es mir sicherlich sagen können, doch auch sie war tot. Die Kuriere zu befragen, die seine Botschaften hin und her getragen hatten, war wenig sinnvoll, denn keinem von ihnen war mehr als ein Bruchteil des Gesamtplanes bekannt gewesen. Da Kamardols Streitkräfte niemandem außer Harrap gehorchen würden, waren mit seinem Tod alle Hoffnungen auf einen Sieg über Tschandra dahin. Aus diesen Erwägungen heraus richtete ich mein ganzes Streben lediglich darauf, daß man vor dem festlichen Begehen der Riten der Heimkehr keinen weiteren Angriff gegen uns führen konnte, denn ein solcher würde tödlich sein. Mir war klar, daß man unsere Einheit – unter dem einen oder anderen Vorwand – zerschlagen würde, sofern wir unversehrt zu den Riten in der Stadt eintrafen. Dennoch kannte ich kein anderes Ziel als diese Vernichtung. Meine Absicht war es, komme, was da wolle, in einer stolzen Parodie des Triumphes mit im Winde flatternden zerfetzten Fahnen zu jenen Riten in die Arena einzureiten.

Ich unterdrückte den irrwitzigen Wunsch, mit dem Hengst südwärts nach Sindhia zu fliehen – teils, weil Tamars Traumbild diesen Ausweg ausschloß, vor allem aber, weil ich die von Harrap und mir gemeinsam begonnene Aufgabe allein zu Ende führen mußte.

Wir hatten eine einzigartige Expedition überstanden, die bedeutendste, von der man je vernommen hatte. Doch sie war noch nicht vollendet. Sofern ich nicht den Hengst zu den Riten der Heimkehr nach Kamardol zurückbrachte, würde man in unserem Zug nichts als ein glückloses – und vergebliches – Unterfangen von Marodeuren sehen, das einen höheren Preis an Menschenleben gefordert und eine jämmerlichere Beute eingetragen hatte als die meisten solcher Unternehmen. Ich hatte miterleben müssen, daß unsere Götter, denen widerwillig gebrachte Opfer ein Greuel waren, sich die Tötung von Menschen gern gefallen ließen und sie der von Tieren vorgezogen hatten. Wir hatten Ihnen bereits eine große Zahl von Leben geschenkt, mußten Ihnen aber auch das der Übriggebliebenen anbieten, damit Sie es nehmen konnten, so Ihnen daran lag. Mit einer Gewißheit, die in mir Übelkeit aufsteigen ließ, war mir klar, daß Ihre Unersättlichkeit auch unser Leben verschlingen würde. Die Krieger allerdings hätten von gänzlich anderen Kreisen aus Raum und Zeit umschlossen sein können als jenen, die mich umgaben. Sie, die von Tschandras Machenschaften so gut wie nicht unterrichtet waren, jubelten darüber, daß sie – mit ihrem gewaltigen Triumph über die Minderen Kamar – die letzte Gefahr überwunden hatten, die zwischen ihnen und der Heimat lag. Lediglich ihre Ermattung und Harraps Tod dämpften ihren ohrenbetäubenden Jubel.

Auf keinen Fall durfte ich mit der Truppe länger im offenen Tal lagern, wo uns Tschandra nicht nur vom Leben zum Tode befördern, sondern uns auch den Ruhm der bereits vollbrachten Taten streitig machen konnte, indem er uns umbringen ließ, bevor die Riten der Heimkehr die Expedition krönten. Ohne auf die Klagen der Krieger zu achten, verlegte ich das Lager auf die vom Gewirr der Hohlwege umgebene Hochfläche, von der herab Harrap in die Tiefe gestürzt war. Auch alle Gefallenen unserer letzten Schlacht trugen wir dorthin – Mindere Kamar wie unsere eigenen Toten.

Wir schichteten einen riesigen Haufen vom Wind geglätteter Felsen auf, und der Priester opferte sechzehn Pferde, eins für jede der sechzehn Himmelsrichtungen, in die uns die Expedition geführt hatte. Erneut kamen uns die Tränen, während wir die Leichname der Krieger Kamardols wie auch die der verräterischen Minderen Kamar zu Harraps Gesellschaft in den Abgrund stürzten. Die einen würden ihm als Gefährten auf seiner Reise dienen, die anderen seine Sklaven sein. Tamar stand im blutgetränkten Schnee der Hochfläche, der während der Schlacht aufgewühlt und in gezackten, rosa gefärbten Hügelchen erneut gefroren war. Sie weinte nicht mehr und legte mir die Hand auf den Arm, als ich das Gehänge meines Zeremonienschwerts vom Gürtel lösen wollte, um beides den Leichnamen nachzuschleudern. «Außer dem Schwert bleibt dir nichts von ihm», sagte sie. «Willst du es nicht lieber behalten, um an Tschandra Rache für ihn zu nehmen?»

Willig schlossen meine Hände den Gürtel erneut. Am König für Harraps Tod Vergeltung zu üben – auf diesen Gedanken war ich ebensowenig verfallen wie darauf, Rache an den feindseligen Bergen oder grausamen Winden zu nehmen. In Tschandra sah ich nicht mehr als ein weiteres Werkzeug, das den Willen der Götter ausführte, und diesem war ich aufs innigste verpflichtet. Sofern es uns vorherbestimmt war, mit wehenden Fahnen in den Tod zu gehen, während heilige Gesänge erschollen und der Weihrauchduft aufstieg, würden wir zumindest ein grandioses Opfer abgeben. Gern wäre ich Ihres Willens völlig sicher gewesen, und mir kam der Gedanke, daß ich nicht daran gedacht hatte, den Priester zu befragen, dessen Aufgabe es war, der Götter Willen zu lesen. In jenem Augenblick begriff ich erst richtig, wie einsam Harrap mit seiner Befehlsgewalt gewesen war. Während ich mit diesem neuen Verständnis an ihn dachte, überkam mich eine wilde Begierde bei der Vorstellung, Tschandra mit seinem Blut für Harraps Tod zahlen zu lassen.

Zwar würden Angehörige seiner Leibregimenter den König umgeben, doch ist es unmöglich, einen Herrscher vor dem raschen Zustoßen eines Mannes zu schützen, der weiß, daß der Tod ohnehin auf ihn wartet. Ich überlegte, ob ich mit eigener Hand den Dolch führen oder unter den anderen zum Sterben Verdammten jemanden finden sollte, bei dem der Wunsch, Tschandra tot zu sehen, weniger nahe lag als bei mir. Doch dann malte ich mir aus, welches Geschick Kamardols harrte, wenn Tschandra nicht mehr lebte, der letzte Sproß des königlichen Geschlechts. Sofern es keinen unumstrittenen Thronfolger gab, würden sich all die unbedeutenden Prinzen miteinander um den Besitz des Smaragdthrons bekriegen. Das Reich würde zerfallen, das Volk würde leiden und schließlich dahingehen. Zögernd nahm ich meine vorschnelle Entscheidung zurück, wie ich einen Lieblingshund zurückpfeifen würde, der des eigenen Lebens nicht achtend einen Tiger anzugreifen im Begriff stand. Ich entschloß mich abzuwarten. Durch den Widerstand gegen seine brutale Regierung würde Tschandra zwangsläufig seinen eigenen Nachfolger heranziehen und auf diese Weise sozusagen mit eigener Hand die ihm von mir zugedachte Rache an sich vollziehen. Zwar würde ich das nicht miterleben, und das Volk würde eine Weile leiden müssen, doch nicht annähernd so sehr wie im anderen Fall. Eine andere Lösung gab es nicht.

«Ich werde das Schwert behalten», sagte ich zu Tamar, «und mir Gedanken über eine geeignete Vergeltung machen.»

Nur vier Tage wollte ich bis zum Aufbruch nach Kamardol warten, um meine vielen Verwundeten nach und nach über die Pässe schaffen zu können. Außerdem würden wir in der Höhle des Löwen weniger gefährdet sein. Sobald wir besiedeltes Gebiet erreicht hatten, mußte Tschandra unserem heiligen Zug freies Geleit bis zur geweihten Opferstätte gewähren.

Meine Hoffnung richtete sich ausschließlich auf die Riten der Heimkehr. Sie waren mein einziges Ziel – darüber hinaus gab es nichts. Da ich keinen Grund sah, am mir zugedachten Untergang zu zweifeln, hoffte ich, wenigstens meine Männer könnten Tschandras Mißgunst überleben. Andererseits war mir klar, daß der König keinen von denen leben lassen würde, die mit Harrap geritten waren. Hinter seiner Mißgunst verbarg sich Furcht. Niemand durfte leben, um das Volk mit Liedern und Berichten anzustacheln, welche seines Bruders Tapferkeit besangen und seinen eigenen Verrat anprangerten. Ich erkannte, wie einfach es für Tschandra war, uns allen den Tod zu bereiten, so daß das Volk zwar murren, aber niemand es wagen würde, die Hand wider ihn zu erheben. Die herausragendsten unter uns – Tamar, Anand, Mirab, den Priester und alle Prinzen – konnte er unter dem Deckmantel königlicher Gastfreundschaft festhalten, bis ein unglücklicher Zufall unserem Leben ein Ende setzte. Die Krieger konnte er zu einem Lagerplatz geleiten lassen, wo sie sich von den Strapazen ausruhen durften. Dort konnte eine ansteckende Krankheit ausbrechen, welche die Männer ohne ihr Wissen in ihrem Blut aus den fernen Ländern im Herzen des Erdteils mitgebracht hatten. Damit wären alle, die sich an Harrap erinnerten, auf immer verstummt.

Während jener vier Tage empfanden Tamar und ich ein seltsames Glück. Es hatte weniger damit zu tun, daß wir uns mit unserem Schicksal abgefunden hätten – eher schon damit, daß wir entschlossen waren, ihm fest und offen entgegenzugehen. Zwar läßt sich unsere Gemütsverfassung schwer beschreiben, doch hatte sie nichts mit Resignation zu tun. Dazu fühlten wir uns zu stark. Wir genossen nicht nur unsere Leiber, sondern planten auch, wie wir die Zukunft gestalten würden, sofern wir die Möglichkeit dazu hätten. Auch Trauer empfanden wir, aber nicht so sehr deshalb, weil uns jenseits der Berge der Tod erwartete, sondern weil wir wußten, daß unsere Liebe nie ganz vollkommen sein würde, denn die Frucht würde ihr versagt bleiben.

«Ich weiß noch, Jakir», seufzte Tamar in bitterem Spott, «wie ich mich immer selbst verwünscht habe. Du brauchtest mich, wie es schien, nur anzusehen... und schon wuchs ein Kind in meinem Leib heran. Dann all die Aufregung mit der Abtreibung. Und jetzt... könnte ich doch nur rasch einen Sohn in mir wachsen lassen... ihn zur Welt bringen, bevor wir sterben.»

Befriedigung bereitete mir auch der bereitwillige Gehorsam der Krieger. Er entsprang ihrer Überzeugung, daß ich sie sicher nach

Hause gebracht hatte, indem ich die Minderen Kamar aufrieb, als sie uns, nachdem Harrap in den Abgrund gestürzt war, zwischen ihren Schilden und Speeren hatten. Anand sagte, die Krieger erzählten einander, ich hätte ebensoviel zu den Siegen unseres Expeditionsjahres beigetragen wie Harrap selbst. Vielleicht war es mein Glück, daß mir so wenig Zeit blieb, mich an das Hochgefühl des Befehlens zu gewöhnen. Auch wenn es der Wahrheit entsprechen mochte, daß ich die Männer durch die Gefahren der Expedition geleitet hatte, vermochte ich sie doch am Ende nicht zu retten. Tamars Ansicht nach aber mußte eine Überzeugung, die von so vielen Menschen geteilt wurde, ein Gutteil Wahrheit enthalten. Wie auch immer, die damit verbundene Empfindung war mir nicht unangenehm.

Über die Art von Harraps Ende sprach ich mit Tamar wenig, und die Szene trat mir auch nur dann vor Augen, wenn mich die Erinnerung daran unversehens überraschte. Zwei einander widerstrebende Gedankenströme bahnten sich ungebeten ihren Weg in meinem Kopf. Der eine versicherte mir, die Ehre, der ich jetzt teilhaftig wurde, sei wirklich verdient. Meiner Überzeugung nach hatte ich alles getan, um Harrap im Verlauf unserer Expedition und im Augenblick seines Todes beizustehen, sogar mehr, als unsere Kameradschaft aus früheren Zeiten verlangte. Ich war der Ansicht, daß er, von seiner eigenen Machtfülle besessen, lieber in den Tod gegangen war, als einen noch so geringen Teil seines Stolzes aufzugeben, indem er auf meine Hilfe wartete. Der andere Gedanke kam weniger häufig, quälte mich jedoch um so mehr. Ich fürchtete, daß ich vom ersten Augenblick unserer Expedition darauf hingearbeitet hatte, Harrap erniedrigt – oder tot – zu sehen. Ich war mir sicher, daß ich ihn hätte retten können, wenn ich mein Pferd fünfzehn Sekunden früher angespornt hätte. Doch war es mir unmöglich zu entscheiden, welche der beiden Stimmen die Wahrheit sagte – oder ob überhaupt eine von beiden.

Als sich unser Zug zum letztenmal in Marsch setzte und wir südwärts zogen, verscheuchte ich Befriedigung wie Betrübnis aus meinen Gedanken. Unser jämmerlicher Zug verlangte meine Aufmerksamkeit so vollständig, daß meine privaten Gedanken flüchtig waren wie das Spiegelbild einer weißen Taube oder eines schwarzen Schwans im Wasser eines vom Wind aufgewühlten Teiches, das so rasch vergeht, wie der Vogel über ihn dahinfliegt. Die Männer waren glücklich, sangen jubelnd und dankbar angesichts der Heimkunft, mit der sie nicht wirklich gerechnet hatten. Tamar, Anand, der Priester und ich waren gelassen, obwohl wir wußten, welches Schicksal die Krieger wie uns selbst erwartete. Wir hatten uns frei für unser Ende entschieden. Die Zeit der Unsicherheit war vorüber.

Die Wolken verschwanden, so daß uns die Sonne ihren schwachen Schein schenken konnte. Die schweren Schneewächten, welche die allnächtlich erneut hereinbrechende Kälte wieder gefrieren ließ, hingen inmitten all der frühlingshaften Bewegung, als seien sie auf alle Zeiten unverrückbar an ihrem Platz. Um den Hengst, dem wir vor dem Aufbruch viel Aufmerksamkeit zugewendet hatten, kümmerten sich die Männer während der Marschpausen liebevoll und priesen Ihn mit ihren Händen. Er war so vollkommen, als sei Er der Vereinigung der beiden reinsten Elemente, Licht und Schnee, entsprungen. Achtzehn Monate lag es zurück, daß Harrap und ich mit dem Fohlen über eben diesen Paß nach Kamardol gekommen waren, und wir hatten eben die Furt durchquert, die noch vor uns lag. Zwischen den Reihen der Prinzen wirkte Er größer, runder, mächtiger und, das war das sonderbarste, genauer modelliert. Der Bildhauergeselle hatte ein Standbild geschaffen, das vor seinem eigenen Auge wie dem des Betrachters vollkommen war. Der Meister hatte diesem Standbild hier ein wenig hinzugefügt, dort eine Spur fortgenommen und es mit kunstfertigen Händen so geglättet, daß ein Meisterwerk entstanden war, welches alle dem Menschen gegebene Vollkommenheit übertraf.

So brachte ich den Hengst ein zweites Mal nach Kamardol. Weder hatte Ihn das Blut befleckt, das wir um Seinetwillen gegeben und genommen hatten, noch war Er von den körperlichen und seelischen Qualen entstellt, die wir auf Seinem Zug erlitten hatten.

Auf dem Weg zur Furt hinab, die wir vier in jener Nacht überquert hatten, als wegen der Trauerfeierlichkeit um den Großkönig nicht einmal der Fährmann auf seinem Posten gewesen war, sangen die Krieger meinen ‹Gesang der Suche›. Ich hörte sie kaum. In der Ebene vor uns lag Kamardol. Über dem dunklen Halsband der Türme blitzten die in allen Farben schimmernden Kuppeln der Stadt. Doch war sie für mich weniger wirklich als die Erinnerung an Kosmopolis, Gaustana, Lighfar und die erbärmlichen Oasenstädte in der gelben Wüste.

Jenseits der Furt erwartete uns eine große Menschenmenge weißgekleideter Landleute, Edelleute in bunter Seide, Krieger in polierten Brustpanzern sowie Priester und Mönche in roten und goldenen Gewändern. Ihr unaufhörlicher Jubel überdeckte sowohl die schwache Klage unserer eigenen Trompeten wie auch die fröhlichen Klänge, die auf den Lauten der Stadt angeschlagen wurden, während wir durch das eiskalte Wasser unsere Verwundeten auf Bahren ans andere Ufer brachten, die Berittene hoch zwischen sich hielten. Eine Unzahl bunter Wimpel, die von in den Boden gestoßenen langen Stangen flatterten, leuchtete hell wie die Sonne. Ich aber sah nichts als das Banner, das so kurze Zeit in der frischen Brise über dem Heiligen Berg von Gaustana geweht hatte.

Hohe Hofbeamte begrüßten uns förmlich. Einen Augenblick lang schwand ihre steife Haltung, als sie erkannten, wie gering unsere Zahl war und daß auch die Männer, die noch im Sattel sitzen konnten, nahezu alle verwundet waren. Ein ernster Ausdruck legte sich auf ihre glatten, vom Wohlleben zeugenden Gesichter, als ich sie von Harraps Tod in Kenntnis setzte. Doch schon bald verdeckte Begeisterung darüber, daß die bedeutendste aller Expeditionen gelungen war, ihren Gram. Auch die hohen Beamten jubelten wie Schuljungen, als ich auf ihre eifrigen Hilfsangebote antwortete, unser einziger Wunsch sei es, unbehindert in die Stadt ziehen zu können.

Hinter meiner Antwort steckte keineswegs nur gespielte Tapferkeit, wenn sie auch durchaus einen großen Anteil daran hatte. Wir unterschieden uns, das merkte ich bald, von jenen, die in Kamardol geblieben waren, und nie wieder würden wir so sein wie sie. Ich erkannte, daß ich unter meinem eigenen Volk fremd war, und in meiner kalten Abgeschlossenheit erfaßte mich Widerwille gegenüber den wohlgenährten Gesichern, die vor Wohlleben ölig glänzten und deren Mündern gedankenlose Glückwünsche entquollen.

Trotz meiner Benommenheit am Ende unserer Expedition und meiner Verachtung für jene, die nicht mit uns geritten waren, sah ich, daß viele fehlten, die uns eigentlich hätten begrüßen müssen – und außerdem, daß über den Seidengewändern der hohen Beamten viele neue Gesichter saßen. Ich nahm den alten Hauptmann der Hüter der Furt beiseite und vertraute ihm meine Verwundeten an; ein kluger Schachzug. Es sah aus, als begreife er, warum ich ihm den Auftrag gab, sie über die gesamten Streitkräfte zu verteilen, damit sie nicht leicht aufzuspüren seien. Er versprach das nicht nur, sondern grüßte mich mit der steifen Förmlichkeit, die ein Oberkommandierender erwarten darf, und schnurrte die vollständige Gehorsamsformel herunter, die so alt war, daß viele darin vorkommenden Wörter in der Alltagssprache nicht mehr verwendet wurden. Verblüfft hörte ich, daß mich der narbenbedeckte Veteran als General ansprach, trug den Titel aber gelassener, im Bewußtsein, daß ich alles mir Mögliche getan hatte, um die Schwerverwundeten vor dem Tod zu bewahren, der uns übrige erwartete.

Wir ritten über Alexanders Heerweg zum Lager neben der großen Opferstätte, in die wir am Vormittag einziehen würden. Die Dörfer, die verlassen gelegen hatten, als wir mit dem Hengstfohlen nach Kamardol gekommen waren, grüßten unseren schwerfälligen Zug mit dem Lärm von Trommeln und einem Blütenschauer. Von den Blüten, die unsere Pferde mit ihren Hufen zertraten, stieg ein angenehm frischer Duft auf. Zu unserer Begrüßung wurden die langen Hörner der Rinderhirten geblasen, und munter knatterten seidene Banner im Winde. Im Dorf Alexanderruhe hatte man die mageren Köter an die Kette gelegt; doch sie bellten im Chor und zerrten an ihren Fesseln, als wollten sie uns diesmal mit Liebkosungen willkommen heißen, nachdem sie uns bei unserer vorigen Ankunft als Eindringlinge behandelt hatten.

Ich betastete das Bildnis Alexanders auf meiner abgegriffenen Silbermünze und mußte an so manches denken. All das steigt jetzt zusammen mit dem Geruch von Koriander, Peperonischoten und frisch gebackenem Brot in meiner Erinnerung auf. In jenem Augenblick spürte, hörte oder sah ich kaum etwas. In den Bergen hatte ich Tamar wiedergefunden. Das gegenwärtige Zerrbild einer Rückkehr war nichts weiter als ein Vorspiel, das wir vor den Riten der Heimkehr ertragen mußten – bevor uns auf Befehl des Königs der Tod ereilte.

Tamar und ich waren nicht auf Worte angewiesen. Vielleicht hatten wir auch keine Worte für unsere Bedürfnisse mehr. Doch zu Anand, der links von mir ritt, sagte ich leise, als wir durch Alexanderruhe zogen: «Ist es nicht an der Zeit, daß du uns verläßt? Die Suche war nie die deine, jedenfalls nicht so, wie sie bis in die Tiefen der Seele hinein unsere war. Ist es nicht an der Zeit, daß du uns verläßt und dem Tod aus dem Wege gehst, indem du dich zu deinen buddhistischen Brüdern gesellst?»

«Nein, das ist es nicht, Jakir, mein General», gab er zur Antwort. Obwohl es mir fern gelegen hatte, ihn kränken zu wollen, klang seine Stimme schroff. «Jeder begibt sich auf seine eigene Expedition. Es war ebenso sehr meine Suche wie die eure oder die eines anderen, und ich rechne es mir als besonderen Glücksfall an, daß wir Seite an Seite jeder seiner eigenen Suche nachgehen konnten.» Er ließ eine Pause eintreten und wischte sich Blütenblätter aus dem Gesicht. «Wie lange, glaubst du, könnte ich dem Tod aus dem Wege gehen, ganz gleich, ob ich mich unter meinen buddhistischen Brüdern befinde oder nicht? Vielleicht gäbe es für mich die Möglichkeit, mein Leben damit zu erkaufen, daß ich jetzt zu Tschandra ginge und vor den Menschen für den Rest meiner Tage die Expedition besudelte. Ich habe Kamardol als Leutnant der Reiterei verlassen, die Bestandteil einer großen Streitmacht war. Ich kehre als Adjutant mit den tapfersten Soldaten zurück, die je ein Jahr endlosen Kampfes überlebt haben. Auch mich kennt man nur zu gut, als daß ich dem Schicksal durch Täuschung entgehen könnte. Es war auch meine Expedition.»

Seine Heftigkeit verblüffte mich ebenso sehr wie der schneidende Zorn, der plötzlich in seiner sonst so sanften, zögernden Stimme lag, doch verstand ich sehr wohl, was er sagte. All der von den in Kamardol Gebliebenen einstudierte Pomp bedeutete weniger als ein Schattenspiel bemalter Figuren aus Eselshaut, die von Lehrlingen des Puppenspiels geführt wurden.

«Außerdem brauchst du vielleicht einen Adjutanten», fügte er hinzu, und schon wieder lag munteres Lachen in seiner Stimme.

«Dort, wohin ich gehe?»

«Wohin auch immer du gehst!»

So schied ich von Anand, und unser Lebewohl war eine Bekräftigung des Unbekannten. Dennoch durchstöberte meine unbefriedigte Neugierde die kleine Welt der Suche, welche die einzige mir bekannte Wirklichkeit war. Ich forderte den Priester auf, Anands Platz an meiner Seite einzunehmen, als wolle ich, daß er mit mir zusammen die eintönigen Hochrufe entgegennahm.

«Bevor wir sterben, sagt mir, o Priester», bat ich ihn, «war unser Zug wirklich das von Euren Vorzeichen zugesicherte große Unternehmen? Seid Ihr mit dem zufrieden, was Ihr gefunden habt?»

«Welche Antwort ich darauf erteilen kann, hängt auch von den Riten der Heimkehr ab», begann er hochtrabend. Doch als er spürte, daß meine Frage weder auf Eitelkeit noch auf Spottlust zurückging, nahm seine Stimme einen weniger pompösen und zugleich einen ernsteren Ton an. «Ich weiß es nicht. Wirklich nicht, Jakir. Es gibt so vieles zu erwägen... Insbesondere auf einen oder zwei Punkte kommt es an. Hätte ich die Zeit dazu, würde ich... jahrelang... darüber nachdenken... auch beten... müssen. Aber so kann ich wohl nur sagen, daß ich es nicht weiß. Dennoch spüre ich etwas...»

«Mehr könnt Ihr mir nicht sagen?» unterbrach ich ihn.

«Nein, im Augenblick nicht. Dabei werden wir alle vor Ablauf der Woche unsere Expedition beendet und unsere Antworten gefunden haben.»

«Und sonst nichts? Ist das alles – nach *diesem* Jahr?»

«Ja, ich glaube... unter Umständen aber auch nicht. Sind wir nicht über die Frage nach Erfolg oder Fehlschlag hinaus? Wir haben in der Wirklichkeit und im Geiste unbekannte Reiche entdeckt und in uns aufgenommen. Sofern sich nicht alle meine Mitpriester als Narren erweisen, haben wir außerdem den Wahren Glauben gerettet...»

Ohne daß ich weiter in ihn drang, fuhr er schließlich fort: «Wir haben den Beherrschern des Reiches Gelegenheit zu hundert Eroberungen verschafft, und sie werden sie nutzen, wenn sie keine Dummköpfe sind. Kamardol könnte im Laufe der Zeit die Herrschaft über das Herz des Erdteils antreten und schließlich ganz Hindustan und den Süden in seine Gewalt bringen. Wir haben sogar persönliche Reichtümer gewonnen – soweit es uns Menschen überhaupt möglich ist, über Besitztümer dieser Welt zu verfügen. Im weltlichen Sinne würde ich unsere Expedition nicht als Fehlschlag bezeichnen.»

Ich gab mich mit seiner Antwort nicht zufrieden. «Und was habt Ihr für Euch selbst gefunden?»

«Für mich selbst? Eine gewisse, nun, sagen wir, eine gewisse Verwirrung?» Er war nicht bereit, mehr zu den Fragen zu sagen, obwohl ich nicht locker ließ.

Um die Abenddämmerung trafen wir im Lager ein, das neben der Arena der Opferstätte für uns vorbereitet war. Seit wir ein Jahr zuvor von eben dieser Stelle aufgebrochen waren, hatten die Priester nicht aufgehört, Gebete herunterzuleiern. Weder sie noch der Krieg sollten uns bis zum nächsten Tag unter die Augen kommen.

Ich befahl Anand, Frauen und Kinder der Krieger einzulassen, die lautstark vor den Toren Zutritt verlangten. Als er breit lächelnd einwandte: «Es steht aber doch geschrieben, daß die Gefährten des Hengstes unbefleckt in die Opferstätte einziehen sollen», antwortete ich ihm gleichfalls mit einem breiten Lächeln.

Da ich für meine Männer mehr nicht tun konnte, gesellte ich mich in dem großen, für uns errichteten Seidenzelt zu Tamar. Wir schliefen in jener Nacht wenig und sprachen über vieles, nicht nur über die Suche. Da wir auch nicht viel schlafen wollten, störte uns der Lärm im Lager nicht – weder das Rufen und Singen noch das Lachen und Weinen von Kindern oder die schrillen Schreie von Frauen, die lange Zeit solche Wonnen hatten entbehren müssen.

Schließlich fielen wir doch erschöpft in Schlaf, aber er war nicht besonders erquickend. Wir erwachten zwei Stunden vor Morgengrauen, als der unaufhörliche Tumult im Lager noch anschwoll und den neuen Tag begrüßte. Früh standen meine Männer auf, um den Hengst zu striegeln und ihre lädierten Brustpanzer zu polieren. Tschandra hatte uns mitteilen lassen, alle Überlebenden des Zuges dürften in die Arena einziehen und nicht nur, wie es eigentlich der Vorschrift entsprach, die gesalbten Vierhundert – Prinzen, Panzerreiter, Bogenschützen und Freisassen –, oder wer von ihnen übrig geblieben war. Ich empfand diese Geste nicht als Gnadenerweis, schien sie mir doch seinem Vorsatz entsprungen, uns alle in die Hand zu bekommen.

Ich küßte Tamar, bevor sie davonritt. Eine Ehrenwache geleitete sie. Geschickt hatte sie ihr der König – wie ich fürchtete, weil er verhindern wollte, daß sie mit den Höflingen sprach, und er sie rascher in seine Gewalt bekommen konnte, sobald ihm danach war. Wir sagten nicht mehr als ‹Lebewohl›, denn unsere Herzen vermochten keine Worte zu finden, so wie unsere Augen keine Tränen fanden. Ich sah ihr nach, wie sie auf immer von mir ging, dann drehte ich mich um, damit meine Leute nicht Zeugen meiner Schwäche wurden. Doch als ich sie rufen hörte, wandte ich mich ihr in meiner Schwäche wieder zu. «Bis heute abend, mein Liebster!» Ihre Stimme erhob sich hell und klar über den Trubel des Lagers. «Bis heute abend!»

«Bis heute abend!» rief ich zurück. «Wo auch immer wir wieder zusammentreffen mögen.»

Ich löste ihr langes scharlachrotes Tuch, das ich mir um den Helm geschlungen hatte, und ließ seine Enden im Morgenwind flattern. Ihr in blaßblaue Seide gekleideter schmaler Rücken, der über den

Hüften so straff wirkte wie die Sehne eines Bogens, da sie seitwärts im Damensattel saß, wurde vor meinen Augen immer kleiner. Der leuchtende Vorhang ihres Haars fiel ihr in Wellen auf die Schultern.

Neben mir wartete Gorbabordol. Über seinem einfachen weißen Gewand sah sein langes verdrießliches Gesicht wie die Maske eines Schauspielers aus. Zwölf weitere der Bankerte hatten die Expedition überlebt und sollten wie er als ‹Prinzen des Ritus› an der Feier teilnehmen. Sie alle trugen die gleichen weißen Gewänder. In ihrer Mitte wartete der Vollkommene Hengst, so gelassen, als stehe Er inmitten Seiner eigenen Herde am Hang eines Hügels von Fergana. Erneut machte ich Gorbabordol seine Pflichten klar und wiederholte ihm, was er bereits wußte, nämlich, daß sich der Hengst einfinden mußte, sobald meine Trompete erscholl. Breit lächelnd erwiderte er, wobei er in gespielter Geduld seine gelben Zähne entblößte: «Ich werde gehorchen, General.»

In meiner Gürteltasche fand ich einen braunen Zuckerklumpen für den Hengst. Mit dem Maul nahm Er ihn mir von der Hand und nickte mit gravitätischer Höflichkeit Seinen Dank. Ich tätschelte Ihm den Hals, liebkoste Ihn mit der leichten Kreisbewegung der Hand, die Er so gern mochte, und versuchte nochmals, in Seinen vorstehenden Augen das Geheimnis der Gottheit zu lesen. «Sei stolz, Kleiner», flüsterte ich Ihm ins aufmerksam gespitzte Ohr. «Sei stolz, mein Sohn – und alles wird gut sein.»

Schließlich wandte ich mich von dem Hengst ab und bestieg mein Reittier, um die Fünfhundert um die enge Biegung an das offene Ende der hufeisenförmigen Opferstätte zu führen. Neben den regulären Truppen, welche die Gegenkurve der Arena besetzt hielten, wirkten wir zerlumpt und ungepflegt. Tschandra hatte mindestens dreitausend Soldaten aufgeboten, mit blitzenden Kettenhemden und leuchtenden Umhängen, die über die Kruppen ihrer Pferde herabhingen. Man hätte meinen können, er habe Angst vor dem Volk. Die Reiterei jubelte uns zu, worüber wir uns freuten. Während ihre Trompeten den ‹Marsch des Generals› und ‹Salut des Prinzen› schmetterten, ließen die Bannerträger ihre Paniere in der Morgenluft tanzen.

Da ich keine Möglichkeit hatte, mich gegen die kaum verdiente Huldigung zu verwahren, denn niemand hätte mich gehört, nahm ich sie, mich verneigend, entgegen. Meine Männer strafften sich in ihren abgewetzten Sätteln und zeigten stolz ihre zerbeulten, rostigen

Brustpanzer und fadenscheinigen, zerfetzten Umhänge, die sie nicht gegen die glänzende neue Ausrüstung hatten eintauschen wollen, welche uns der König geschickt hatte. Sie trugen ihre blutverkrusteten Verbände, als seien sie aus feinster chinesischer Seide und die Flecken darauf die kostbarsten Kleinodien aus den Schatzkammern aller Könige der Welt.

Die Opferstätte war wie ein gewaltiger Kessel, der über einem ungeheuren Feuer brodelte. Jubel und Musik stiegen zum Himmel wie Wolken wohlriechenden Rauches. Uns umgab ein Gemisch aus allerlei Gerüchen: Blut und Butter, zerfetzte Erde und Milch, Blumen und Weihrauch. Die Augen schmerzten förmlich unter dem Anprall der auf sie einstürmenden blitzenden Farben: das Gelb der Priestergewänder; die Schmucksteine der nackten Tänzerinnen; die schwarzen Umhänge des königlichen Leibregiments; die Frauen des Volkes in ihren dunkelrosa und lila Röcken neben den gelblichbraunen Obergewändern ihrer Männer; die hinreißenden Seidenkleider der Hofdamen leuchteten neben den bunten Uniformen ihrer Gatten. Alle mit Ausnahme des Königs und seiner Gemahlinnen, fünf bunte Puppen oben auf dem hohen goldenen Turm in der uns gegenüberliegenden Krümmung des Hufeisens, erhoben sich, um uns zu ehren.

Die Lauten ließen ihr frohlockendes Lied erklingen, und die Saiten meines eigenen Instruments, das am Sattel hin, stimmten von selbst jubilierend ein. Ein Lobeshymnus von Trompeten erscholl, und tausend Priester sangen das Lied des Siegreichen Waruna. Dann erstarb der Aufruhr, sei es von selbst, sei es, weil die Menschen in der Menge, die inmitten des allgemeinen Lärms ein sonderbares Geräusch vernahmen, einander Zeichen machten, still zu sein. Unvermittelt trat Schweigen ein, und aus ihm heraus sangen meine eigenen Männer meinen ‹Gesang der Suche›.

Während sie sangen – ich schwieg als einziger, um die Worte zu genießen –, ließ ich den Blick über die Arena der Weihestätte schweifen. Die einundzwanzig Opferpfähle waren leer. Sie standen um den Großen Altar herum, vor dem in der Mitte der mit Goldblech beschlagene Zedernpfahl auf den Hengst wartete. Das ganze heilige Jahr der Expedition hindurch waren den Göttern täglich die vorgeschriebenen Opfer gebracht worden, anschließend hatte man die geheiligten Kadaver aus der Opferstätte entfernt, um sie zu verbrennen. Genau vierhundertundeinundvierzig Tiere waren bereits durch die unter dem Gesang der Priester geöffneten Tore gezogen – Ochsen und Schafe, Hähne und Hunde, Rotwild und Bären. Oben auf seinem volle vier Stockwerke hohen Turm saß der König, umgeben von seinen Gemahlinnen und seinen höchsten Würdenträgern. Die schwarz uniformierten Krieger seines Leibregiments füllten die drei unteren Stockwerke und bildeten unten um den Turm einen dichten Ring. Dieser König, dem ich jetzt meine Männer zum Treuegelöbnis entgegenführte, empfand keine Liebe für sein Volk; er herrschte, indem er Angst und Schrecken verbreitete. Jetzt war er selbst Opfer des von ihm hervorgerufenen Entsetzens.

Wir hielten an, und ich hob die Hände zur Andeutung eines Grußes. Ich brachte es nicht fertig, mich im Sattel zu verneigen, wie es der Brauch verlangte. Mit fleckigen braunen Lippen lächelte Tschandras aufgequollenes Gesicht auf mich hernieder, gelb glänzend von Galle und Selbstzufriedenheit. Obwohl sein Gesicht bei der großen Entfernung zwischen uns nicht größer war als mein Daumennagel, sah ich jeden der verabscheuungswürdigen Züge deutlich vor mir.

«Großartiges habt ihr geleistet», tönte Tschandra. Unwillkürlich fragte ich mich, ob er wohl bereits seinen Anteil an dem von uns mitgebrachten Schatz begutachtet hatte. «Ihr habt mir die Schlüssel zur vollständigen Macht überbracht! Ihr seid die Grundsteine, auf denen ich mein Reich errichten werde! Das Geschick, das meinen Bruder heimgesucht hat, sieht mich tief bekümmert, auch wenn er gewiß sein Leben gern für den Ruhm dieses Tages – und meine Macht – hingegeben hat. Aber mein persönlicher Kummer darf der Freude des Reiches nicht im Wege stehen. Ihr alle habt eure Aufgabe glänzend erledigt, und euer Lohn wird all eure Erwartungen übertreffen – vor allem der Eure, Jakir, mein General!»

So sprach der Mörder über sein Opfer Harrap. Meine Hand zuckte zur Schlaufe an meiner Seite hinab, in der mein Speer geruht hätte, wäre es uns gestattet gewesen, außer unseren Schwertern Waffen mit in die Opferstätte zu nehmen. Obwohl der König oben auf seinem goldenen Turm gänzlich sicher war, duchlief eine gewisse Unruhe die schwarze Reihe des Leibregiments, das uns gegenüberstand. Meine Männer jubelten, als der König mit diesen Worten meinen Rang bestätigte. Sie glaubten immer noch, die Minderen Kamar hätten uns ausschließlich angegriffen, um Blutrache an Harrap zu üben.

«Wir sind von Eurem Lob überwältigt, Majestät!» sagte ich knapp, die kürzeste noch vertretbare Formel verwendend. Während ich meine Leute an die ihnen zugewiesene Stelle am Rande der Opferstätte führte, war mir klar, daß nur der Tod den Haß zwischen Tschandra und mir aus der Welt schaffen konnte – und er würde mit Sicherheit nicht als erster sterben.

Ich nickte meinem Trompeter zu. Zum letztenmal ertönte das Signal ‹Vorrücken›, das wir während der Expedition so oft vernommen hatten. Der Hohepriester am Großen Altar vor dem goldenen Turm begann mit der Anrufung. Seine Stimme beschwor die Götter mit wohlklingenden lauten Tönen. Dann sah ich, daß der Priester unserer Expedition neben ihm stand, an der Stelle, die dem offiziellen Gehilfen des Hohenpriesters vorbehalten war. Mir kam der Gedanke, daß er wohl überleben würde, und ich war eigentlich froh darüber. Der beschwörende Singsang des Hohenpriesters nahm an Inbrunst zu.

Alle Geräusche erstarben, als der Vollkommene Hengst in die Opferstätte trabte, von Gorbabordol und seinen zwölf Mitprinzen gefolgt, alle in weiß. Das unterdrückte Wiehern einer Stute wurde hörbar, und die Ohren des Hengstes stellten sich auf. Den Kopf auf der geschwungenen Säule Seines Halses zurückwerfend, gab Er ihr Antwort, gleichsam, als erwidere Er damit die Anrufung des Hohenpriesters.

Als der Hengst, der die im Inneren des Großen Altars verborgene Stute suchte, auf diesen zugaloppierte, schlug der Lärm der Menge erneut über uns zusammen. Verwirrt ergab Er sich in Sein Schicksal, als Ihm die Priester ein langes Seil um den Hals warfen, dessen loses Ende um den Pfahl in der Mitte legten und es an einem geschickt unter den Goldblechen verborgenen Haken festknoteten. Schnaubend wühlte Er mit Seinen scharfen Hufen den blutgetränkten Boden auf, voll Abscheu vor dem Ihm verhaßten Geruch. Die Priester näherten sich Ihm. Ihnen folgten die Gemahlinnen des Königs. Sie wurden einem schändlichen Ritual entgegengeführt. So lästerlich sind die Ungeheuerlichkeiten, die dabei begangen werden, daß man bei den Göttern um Vergebung und Entsühnung flehen muß.

Während die Priester den Hengst mit Büffelmilch und Blut bestrichen, mit Soma und Wein, mit dem Harn von Kühen und mit Molke, fuhren sie mit ihrem Sprechgesang fort, klagten die Lauten, machten die Possenreißer ihre Späße und huschten leichtfüßige Tänzerinnen durch die Arena.

Mit vielen beeindruckenden Namen wurde Er belegt: Man nannte Ihn Sonne, Blitz und Donner, den Wind Waruna, und Pragpati, den Atem der Welt. Sie bezeichneten Ihn als Awatara Aller Götter und gaben Ihm viele weitere göttliche und ruhmreiche Namen. Während der Sprechgesang der Priester, von lauten Trompeten begleitet, weiterging, führten sie Ihn, ohne mit ihren bewundernden Äußerungen aufzuhören, zu einem goldenen Tuch, das doppelt gelegt vor dem Altar ausgebreitet war, und warfen ein weiteres goldenes Tuch über Ihn, so daß Er vollständig davon bedeckt war. Als der Hengst unter dem schimmernden Tuch verschwand, schloß ich die Augen. Vor meinem entsetzten inneren Auge sah ich, was Ihm als nächstes zugedacht war.

Mit einem einzigen Schlag eines vergoldeten stählernen Szepters würde man Ihn, wie es in den Brahmanas heißt, ‹zur Ruhe bringen›. Dann würde die Haupt-Gemahlin des Königs erneut vortreten, und mit niedergeschlagenen Augen würden ihr die drei Neben-Gemahlinnen folgen. Vierhundert Dienerinnen, die hinter dem goldenen Turm bereitgestanden hatten, warteten ihnen auf. Die als Königin bezeichnete Haupt-Gemahlin würde sich unter das goldene Tuch begeben, das Glied des toten Hengstes ergreifen und es auf ihr eigenes Geschlecht drücken, während der Hohepriester den liturgischen Gesang anstimmte: «Möge der Vollkommene Hengst, Gott und Tier, Dir Seinen Samen schenken. Aus Ihm besteht das Universum, aus Seinem Blut sind die Flüsse, aus Seinen Augen die Meere, aus Seinen Knochen die Berge und aus Seinen Eingeweiden das Land. Möge der Same des Universums Dich, o Königin, befruchten, so wie dem König, Deinem Gemahl, jetzt die größte Macht im Universum geschenkt ist.»

«O Mutter, Mutter, niemand nimmt mich», würde die Königin ausrufen und mit diesen Worten all unserer Großtaten spotten und Seinen leuchtenden Mut herabwürdigen. «Das Tier schläft. Und ich bin Ihm zugefallen, mit Duftöl gesalbt und in Seide gekleidet.»

Der Hohepriester würde sie zu größerer Anstrengung ermahnen, und die Königin würde ausrufen, als gelte es dem Hengst: «Wir beide wollen unsere Gliedmaßen ineinander verschlingen.»

«Ergieße Deinen Samen in sie», würde der Hohepriester gebieten. «Ergieße ihn in die Bahn, die sie Dir zwischen ihren Schenkeln bereitet hat. Spiele mit dem Organ, das in den Frauen das Leben erweckt, laß es in ihrer Scheide hin und her fahren.»

So würde die makabre Wechselrede weitergehen, während die Königin unter dem gänzenden Tuch neben dem toten Hengst lag. Gleichzeitig würden die anwesenden Priester und die vierhundert Dienerinnen allerlei Späße miteinander treiben, sich gegenseitig als Hahn und Henne bezeichnen und das Geschlecht des jeweils anderen so verspotten, wie sie damit auch über die Männer spotteten, die für diese krankhafte, schamlose Belustigung entarteter Menschen ihr Leben im Herzen des Erdteils in Schnee und Wüsten gelassen hatten. Wenn ihre Lustbarkeit schließlich vorüber wäre, würden sich der König und seine Gemahlinnen um den armen verstümmelten Kadaver herum niederlassen und das Mark aus Seinen gebrochenen Knochen saugen. Dieser Mummenschanz, hieß es in den Brahmanas, werde dem König wie seinem Reich eine Macht verleihen, die nicht ihresgleichen hatte.

Durch meine Tränen sah ich diese Szenen auf den Lidern meiner geschlossenen Augen ablaufen. Als ich einen lauten Aufschrei hörte, der nicht zur Liturgie gehörte, öffnete ich die Augen.

Der Hengst war tot. Zerknittert lag das goldene Tuch über Ihm, und samt ihren Dienerinnen kamen die Gemahlinnen des Königs herbei. Der goldene Turm, auf dem der König thronte, summte und wimmelte von verblüfften Höflingen. Das Ganze sah aus wie das sinnlos erscheinende Hin-und-Hereilen riesiger schwarzer Ameisen, deren gewaltigen Haufen der Fuß eines Elefanten zertreten hat. Ein Reitereioffizier in voller Rüstung beugte sich über die Balustrade und schwenkte einen dunklen kugelförmigen Gegenstand.

Zuerst entsetzt und dann von schrecklicher Freude erfüllt, sah ich, daß er König Tschandras Haupt an seinen langen, fettigen Haaren hielt. Benommen und unentschlossen standen die schwarz uniformierten Männer des Leibregiments da. Einige machten sich daran, den Turm zu ersteigen, doch dann ertönte hinter ihnen das Hämmern von Hufen, und sie sahen, wie die reguläre Reiterei in die Arena sprengte, um des Königs Leibregiment niederzureiten.

Ich war benommen, unfähig, mich zu rühren, und meine Männer waren vor Entsetzen wie gelähmt. Dann merkte ich, wie Anand an meinem Umhang zupfte. «Hör doch, Jakir, hör doch!» sagte er mit lauter Stimme. «Hör doch, was die Leute rufen!»

Die Berittenen wendeten ihre Pferde, kamen auf mich zu, verneigten sich tief im Sattel und riefen: «Jakir, Jakir, Jakir soll König sein! Jakir, der Harraps Schwert trägt. Jakir-Harrap, durch die Expedition König von Kamardol!»

Den Helm beiseite schleudernd, breitete ich meinen Umhang weit aus. Zwei Reitereioffiziere näherten sich mir mit Tschandras Krone. Jetzt ließ auch das Volk seine zustimmenden Rufe ertönen: «Jakir, Jakir! Jakir-Harrap, König von Kamardol!»

SCHLUSSBEMERKUNG

An dieser Stelle, an welcher der chinesische Schreiber vermutlich eine Anmerkung des ersten Übersetzers wiedergab, merkte er an: *Die Schriftzüge der nachstehenden kurzen Schlußbemerkung unterscheiden sich deutlich von denen der Sanskrit-Handschrift. Die Buchstaben sind kleiner und ordentlicher, außerdem läßt sich eine Vorliebe für komplexe diakritische Zeichen erkennen, die schon zur angenommenen Entstehungszeit des Originals veraltet und längst vergessen waren, als die Übersetzung in Angriff genommen wurde.*

Ich füge einige weitere Tatsachen hinzu, damit der Bericht über das Leben meines Sohnes so vollständig ist, wie ihn menschliches Wissen gestalten kann. Obwohl lediglich die Götter die Wahrheit vollständig zu erkennen vermögen, schmerzt mich das jähe Ende seines eigenen Berichts. Es ist unerläßlich, die geschichtlichen Ereignisse, die mehr sind als die Summe des Lebens einzelner Menschen, so vollständig niederzuschreiben, wie es das dem Chronisten verfügbare Material zuläßt. Ich werde dies Manuskript zu meinen persönlichen Aufzeichnungen nehmen, denn es wäre mir nicht recht, wenn Jakirs beschämend unverhüllte Darstellungen im Staatsarchiv Kamardols lägen, das ich hier in Sindhia aufbewahre. Vielleicht fällt sein Bericht mit meinen eigenen unbedeutenden Hinzufügungen nach vielen Generationen in die Hände eines Mannes unserer Familie, der in den von meinem Sohn beschriebenen Ereignissen eine Bedeutung zu erkennen vermag, die dieser erfolglos darin suchte. Vielleicht ist es auch jemand, der nicht von unserem Blut stammt, wohl aber die Gabe der Erkenntnis besitzt. Auf jeden Fall muß es ein Mann sein, der späteren Zeiten angehört.

Schon bald, nachdem man unseren Sohn zum König ausgerufen hatte, wurden meine Gattin und ich in allen Ehren aus unserem Exil in Sindhia nach Kamardol zurückgeholt, und ich bekleidete erneut das Amt des Hofchronisten. Obwohl Jakir wollte, daß ich die Amtsbezeichnungen ‹Prinzen-Erzeuger› und ‹Erster Minister zur Linken› annahm, erfüllte ich dieselben Aufgaben wie eh und je. Wie zuvor hielt ich die Moränen fest, welche der Strom der menschlichen Leidenschaften im Leben der Mitmenschen und in der Organisation des Reiches hinterläßt.

Im selben Augenblick, da Krieger und Bevölkerung Kamardols meinen Sohn zum König ausriefen, begriff er, daß weder er noch Tamar sich jenen Riten der Heimkehr entziehen durfte, die ihm so widerwärtig erschienen waren, denn jenes Spiel bildete das Wesen des Opfer-Mysteriums, war der Akt, der König und Reich die größte Machtfülle und nicht endende Fruchtbarkeit bescherte. So vollzog Tamar unter dem Goldtuch die symbolische Kopulation mit dem toten Hengst, während die Priester und Hofdamen die Worte sprachen, welche die Wonnen der Zeugung heraufbeschwören, so spöttisch und ehrfurchtslos sie scheinen mögen.

Jakir und Tamar nahmen aus den Händen der Priester die zerbrochenen Knochen entgegen und sogen aus deren elfenbeinerner Höhlung das noch dampfende Mark, welches die geheime Kraft des Hengstes enthielt. Ich glaube nicht, daß er das lediglich tat, weil er sonst die ihm angebotene Krone nicht hätte entgegennehmen können. Meiner Überzeugung nach war ihm klar, daß er seine übergroße Empfindlichkeit hintanstellen mußte, sofern er die dem König übertragene, auf die Expedition zurückgehende Macht übernehmen wollte. So kam es, daß der Hengst, der Awatara aller Götter, in meinem Sohn wiedergeboren wurde, der die Quelle Seiner Kraft verzehrt hatte.

Der Glanz, der über der beendeten Suche lag, nahm den Riten der Heimkehr den Ruch der Zwielichtigkeit. Vieles von dem, was die Anforderungen des täglichen Lebens bereits verfälscht hatten, wurde durch die Weihe der im Herzen des Kontinents begangenen Taten wieder zurechtgerückt. Weder tat es der Heiligkeit der Handlung Abbruch, daß die Opferung des Hengstes vor der Krönung des Königs stattfand, noch daß Jakir unmittelbar zuvor mit Tamar das

Lager geteilt hatte. Da nicht einmal der naivste aller Novizen unter den Priestern der Ansicht war, daß sich der verworfene Tschandra mit einem in vollständiger Enthaltsamkeit verbrachten Jahr auf die Riten vorbereitet hatte, durfte niemand gegen die unmittelbar zurückliegende Vermählung meines Sohnes aufbegehren. Vor allem war Jakir vom Ruhm der Suche umgeben – einer flammenden Aura, die alles reinigte, und außerdem war Kamardol auf ihn angewiesen. Nur indem er den Thron bestieg, ließen sich die verschiedenen Teile des Reiches zusammenhalten, die Tschandra gegeneinander und gegen die Krone aufgebracht hatte. In seinem eigenen Bericht hat mein Sohn, möglicherweise unbeabsichtigt, gezeigt, warum er bei jener Gelegenheit unersetzlich war, etwas, das sich häufiger in den Vorstellungen von Dichtern als in den nüchternen Berichten der Historiker findet.

Die von Jakir im Verlauf der Expedition sowie nach seiner Inthronisierung, wie ich sehe, in unzusammenhängender Weise und großer Eile verfaßte Handschrift gehört zu den verwirrendsten historischen Dokumenten, die mir je begegnet sind. Zwar liefert sie ganz allgemein reichhaltige Angaben, schweigt sich aber bedauerlicherweise über bestimmte wesentliche Punkte aus. Auch wenn das in ihr Wiedergegebene von bisweilen geradezu furchterregender Offenheit ist, denke ich doch, daß er hie und da wortlos über manches hinweggegangen ist. Beispielsweise vermag ich weder seine unentschlossene Haltung gegenüber den Heiligen Riten noch seine Andeutungen zum Wert der Wahren Religion recht zu glauben. In verschiedenen dieser nicht miteinander vereinbaren Einstellungen sehe ich Phantastereien eines Geistes, den eine lange und schwierige Pilgerfahrt auf eine harte Probe gestellt hat, doch ist es mir nicht möglich, sie vollständig zu verstehen.

Keinesfalls aber kann ich hinnehmen, daß er den Anschein erweckt, als habe er von der Verschwörung, als deren Ergebnis er zum König gemacht wurde, erst in dem Augenblick etwas erfahren, da ihn zwanzigtausend Kehlen aufforderten, die Krone anzunehmen. Vielleicht hatte er so viele Wunder miterlebt, daß er nicht zugeben durfte, daß es sich bei dieser Schlußapotheose nicht um ein Wunder, sondern um das Ergebnis eines in allen Einzelheiten ausgeklügelten Planes handelte. Es versteht sich von selbst, daß Tschandra von seinem persönlichen Adjutanten getötet wurde, dem an unserem Hofe eine besondere Aufgabe zukommt. Da er diesen Offizier selbst in sein hohes Amt berufen hatte, war er, obgleich sonst stets mißtrauisch, bei ihm nicht auf Verrat gefaßt. Keinen persönlichen Adjutanten zu ernennen wäre gleichbedeutend mit dem Eingeständnis gewesen, daß er sogar die Männer seines Leibregiments fürchtete. So hatte er aus den Reihen der Subalternen einen Mann erwählt und so hoch erhoben, daß dieser alles Tschandra verdankte. Der Herrscher konnte sich offenbar nicht vorstellen, daß sein Günstling aus Angst vor der Ächtung durch die Gefährten, die seine Welt bedeuteten, der Anordnung der Obersten Kommandierenden der Streitkräfte folgen und den König töten könnte.

Es liegt auf der Hand, daß die Streitkräfte nie einen anderen als Harrap zum König gewollt hatten. Nach seinem Tod, verursacht durch schmählichen Verrat, standen die Befehlshaber vor der Wahl, einen anderen Kandidaten zu finden oder aber zuzulassen, daß Tschandra nach und nach ihre Kaste und ihre Macht schrittweise zerstörte. So verfielen sie auf Jakir, einen Brahmanen aus einer alten Hofbeamtenfamilie, die durch mehrere Generationen an Kamardols Großkönige und zumal durch mich an den letzten von ihnen gebunden war. Außerdem war er ein Krieger, den seine Männer, wie ich höre, wegen seiner menschlichen Haltung ebensosehr liebten wie wegen seiner Tapferkeit und seiner Fähigkeit, Entbehrungen zu ertragen. Mehr noch, er gehörte zu Harrap, war der Mann, der nicht nur von frühester Jugend an wie auch während der gesamten Suche Gefährte des Großen Helden gewesen war, sondern auch das Gegenstück zu Harraps Zeremonienschwert führte. Da er all das in sich vereinte und außerdem der General war, der die Expedition überlebt hatte, würde ihm das Volk zujubeln.

Ob Jakir auch der Mann war, der über lange Zeit hinweg Harraps Tod gewollt und diesen durch seine Saumseligkeit besiegelt hat, entzieht sich meiner Kenntnis. Da keiner außer mir seinen Bericht gelesen hat, beunruhigte dieser Zweifel außer Jakir selbst keine Menschenseele. So kam eins zum anderen, und Jakir wurde König von Kamardol. Er nahm den Herrschernamen Jakir-Harrap an und führte einen silbernen Hengst im Wappen. Als das Volk nach einigen Jahren begann, ihn den Großen Pferdekönig zu nennen, störte es ihn nicht, daß die beiden anderen Namen, also Harrap und Jakir, allmählich in Vergessenheit gerieten.

Stets trug er am rechten Handgelenk einen Reif aus geflochtenem Haar, das dem Schweif des Vollkommenen Hengstes entstammte, und er verwendete große Mühe darauf, die Zucht reinzuhalten, die dieser vor dem Angriff auf Gaustana mit den sechs ausgebrochenen Stuten begonnen hatte. Alle reinweißen Fohlen behielt er und kreuzte die Geschwister miteinander, um den Bestand seiner geliebten Zucht sicherzustellen. Fohlen, die eine einzige noch so winzige gefärbte Stelle aufwiesen, wurden der Reiterei zur Verfügung gestellt. Sie gingen an Offiziere, die durch herausragende Taten der Ehre würdig waren, des Königs eigene Pferde zu reiten. Fünfmal fand er Fohlen, die sich äußerlich in nichts vom Vollkommenen Hengst unterschieden, und jedes von ihnen war von ungewöhnlicher Schnelligkeit und Ausdauer. Doch gab es nie eins, das in diesen Eigenschaften dem Vollkommenen Hengst gleichkam, noch eines, das nach großen Anstrengungen blutete.

Tamar, seine Königin, schenkte ihm während der ersten fünf Regierungsjahre zwei Söhne und eine Tochter, und erst im sechsten Jahr nahm er die zusätzlichen drei Gemahlinnen, welche die Würde seines Amtes verlangte. Meiner Frau und mir wuchs seine brahmanische Gemahlin Bolela, Tochter meiner eigenen jüngeren Schwester, richtig ans Herz, doch meinem Sohn blieb sie gleichgültig. Unser Augapfel aber war Harrap, sein zweiter Sohn aus Tamars Schoß.

Möglicherweise ist es ungehörig, daß ich abschweife, um persönliche Einzelheiten zu berichten, mit deren Hilfe ich allerdings die Darstellung meines Sohnes für unser Familienarchiv ergänzen will. Daher werde ich mich erneut der öffentlichen Angelegenheit von Jakir-Harraps Herrschaft von neun Jahren und zwei Monaten zuwenden.

Unterstützt von Anand, der sein Erster Minister zur Rechten wurde, und dem Priester der Expedition, der unter ihm das Amt des Hohenpriesters bekleidete, bemühte sich mein Sohn darum, im alten Kamardol eine neue Gesellschaft heranzubilden. Mirab diente ihm bis zu seinem Tode als Berater für die Streitkräfte, und Gorbabordol war sein Sprachrohr im Adel. Ich vermag nicht zu beurteilen, ob Jakir sein großes Ziel erreicht hat, doch war er zweifellos weit visionärer und weit unternehmender als irgendeiner der Großkönige Kamardols vor ihm. Manche hatten die Grenzen des Reiches gewaltig ausgeweitet und andere tiefgreifende Veränderungen im Leben der Menschen und in ihren Beziehungen zueinander vorgenommen. Doch keiner hatte vor meinem Sohn den Versuch unternommen, die Gesellschaft Kamardols in jeder Beziehung zu erneuern.

Es war Jakirs Überzeugung, daß die Religion die Quelle ist, aus der das Leben aller Menschen strömt und das Wesen eines jeden Reiches von der Art dieser Quelle bestimmt wird. In Kamardol war sie geteilt, und so war auch das Reich geteilt. Mit seiner Bemühung, die Kluft zu schließen, die durch das ganze Volk ging, schuf Jakir einen Neuen Glauben. Dabei faßte er den Alten Glauben und den Buddhismus zu einem Ganzen zusammen und bezog sogar die früheren Kulte mit ein, welche die Erdmutter-Gottheit verehrt hatten. Auch fügte er einige neue Bestandteile hinzu, auf die er im Verlauf der Suche gestoßen war.

Vom Hohenpriester darin bestärkt, lehrte er, daß alle Götter ein Allmächtiger Gott seien, der sich in verschiedenen Reichen und sogar verschiedenen Einzelmenschen in unterschiedlicher Gestalt zeige. Er verfügte, daß jeder nach Gutdünken die Gottheit verehren dürfe, daß aber niemand – ob einzeln oder als Gruppe – kraft seiner Ausübung der Religion andere Menschen besitzen oder um ihr Eigentum bringen dürfe. Er stärkte das Kastenwesen mit der Erklärung, daß die von diesem gemachten Unterscheidungen, wenn auch in unvollkommener Weise, die in der Natur anzutreffenden Unterscheidungen widerspiegelten, die dazu führen, daß ein Pferd schneller ist als ein Ochse – und manche Pferde weit schneller sind als andere. Trotz der Kastenunterschiede, betonte er, seien alle Menschen wahrhaft Menschen, und er verfügte, daß keine Gruppe – wie beispielsweise die Parias – vom Menschsein ausgeschlossen bleiben dürfte. So veränderte sich das Wesen der Kasten unter Jakirs Herrschaft. Die darin gemachten Unterscheidungen zwischen den Menschen, von denen jeder als Mensch gilt, verglich er mit den verschiedenen Erscheinungsformen des Allmächtigen Gottes, den die Menschen verehren, wobei alles in gleicher Weise von der Gottheit ausgeht, auch wenn sich die einzelnen Erscheinungsformen stark voneinander unterscheiden. Er betonte, daß die Kasten von der Gottheit eingesetzt seien, ihr Zweck aber sei, wie er erklärte, die Menschen nach ihren Aufgaben zu unterscheiden, nicht hingegen minder bedeutende Gruppen von solchen zu trennen, die angeblich von größerem Nutzen oder höherem Wert seien.

Alljährlich opferte er dem Wesen, das er den Allmächtigen und Einen Gott nannte. Dazu dienten ihm ausschließlich Vögel, Schlangen und andere wildlebende Tiere, die sich vom Menschen unterscheiden. Er verbot das Opfer solcher Tiere, die ihre Jungen lebend gebären und ihre Neugeborenen säugen. Das Pferd wurde im Herzen der Menschen zum zentralen Lebewesen des Neuen Glaubens, obwohl Jakir immer wieder erklärte, es sei lediglich eine weitere Ausprägung des Einen Gottes. Neben dem Pferd wurde auch ihm Verehrung zuteil – und er ließ sie sich gern gefallen. Häufig sagte er mir, es sei unerläßlich, Männer und Frauen Kamardols durch einen solchen zentralen und spezifischen Glauben zu binden, bis ihre Seelen mit den schönen, aber abstrakten Vorstellungen des Neuen Glaubens eins würden.

Der Leser, zu dem ich über die Jahrhunderte hinweg spreche – sei er von unserem Blut oder Angehöriger eines fremden Volkes –, gewinnt möglicherweise den Eindruck, daß ich mein kritisches Urteil durch väterliche Gefühle habe beeinflussen lassen, wenn ich erkläre, Jakir sei nicht der Selbstvergötterung schuldig. Doch habe ich bei der Abfassung dieses kurzen Berichts dieselben strengen Maßstäbe angelegt wie bei meinen sonstigen für die Öffentlichkeit bestimmten Chroniken. Außerdem wäre der Versuch sinnlos, die offen zutage liegende Wahrheit – soweit ich sie zu erfassen vermag – in einem Dokument zu verdunkeln, von dem ich hoffe, daß es einem Geist, der imstande ist, sie zu erkennen, eine höhere Wahrheit vermittelt. Welchen Grund hätte ich außerdem zu lügen? Wer diesen Bericht einst in Händen hält, wird selbst beurteilen müssen, ob ich die Wahrheit sage, wenn ich feststelle, daß sich Jakir nicht der Selbstvergötterung hingab.

Woran er im Innersten seines Herzens wirklich glaubte, weiß ich nicht genau. Doch schien er von einer Suche nach allem besessen zu sein, was wahrhaft gut und böse ist – Begriffe, die für mich keine Bedeutung haben, weil in ihnen die Vorstellung einer scharfen Trennung zwischen den Göttern mitschwingt, nicht aber die Vorstellung einer beständigen spannungsreichen Wechselbeziehung zwischen Ihnen. Überdies versuchte Jakir, diese Definition absolut und noch über den Wechsel zwischen Streit und Einigkeit unter den Menschen zu setzen, in welchem sich diese Wechselbeziehung auf der Erde äußert. Da es von ihm und anderen Hunderte von Schriften* gibt, welche die Grundsätze des Guten und Bösen behandeln und in denen er seine Hoffnung ausdrückt, es werde noch in seiner Epoche eine unverkennbare Offenbarung durch einen Menschen kommen,

* Offensichtlich hat keine davon überdauert. (R.S.E.)

der als Awatara auftritt, werde ich über diese Sache nicht weiter schreiben.

Jakirs weltlicher Ehrgeiz war ebenso weitgreifend wie sein geistlicher. Die Streitkräfte standen seinem Herzen nahe, weil sie ihm die Krone verschafft hatten, und außerdem, weil er in ihnen die einzige Gruppierung in Kamardol sah, die bereits die von ihm für das ganze Reich erstrebte Vereinigung unterschiedlicher Kräfte vollzogen hatte. Da ihm die Streitkräfte am Herzen lagen, bemühte er sich darum, sie zu beschäftigen. Immer wieder zogen Kamardols Truppen in das Herz des Erdteils, um unser Reich durch Unterwerfung jener Städte zu vergrößern, die sich im Verlauf der Expedition symbolisch ergeben hatten. Im fünften Jahr seiner Herrschaft schickte er eine große Streitmacht unter Anand aus, die den Auftrag hatte, Gaustana zu erobern und alle Mönche im Kloster auf dem Heiligen Berg zu töten. Der unterworfenen Stadt gab er den Namen Awalometsera, was im alten Sanskrit so viel bedeutet wie «Ruhm der Gebirgstruppen», begab sich aber nie selbst dorthin.

Ich will mich nicht lange bei bestimmten Themen aufhalten, die sich in den Amtlichen Chroniken ausführlich abgehandelt finden. Wie allgemein bekannt ist, stürmten neun Jahre und zwei Monate nach dem Beginn von Jakirs Herrschaft aus dem Nordgebirge die Kuschan heran und eroberten Kamardol. Sie hängten den König als Zielscheibe für ihre Pfeile auf, und sterbend rief er seine Überzeugung hinaus, der Eine Allmächtige Gott lasse allen Menschen Gerechtigkeit widerfahren. Tamar hatten sie zuvor erwürgt. Ich sah jene Schrecken der Zerstörung nicht, da ich vor dem letzten Angriff südwärts nach Sindhia geflohen war und den Zweitgeborenen des Königs, Harrap, unter dem Vorwand mitgenommen hatte, ihm die Gräber seiner Vorfahren zu zeigen. So endete die Herrschaft Jakir-Harraps, des Großen Pferdekönigs von Kamardol, und so endete die Geschichte Kamardols als eigenständiges Reich. Die Kuschan fügten es ihren anderen Eroberungen bei und nutzten es als Stützpunkt für ihre Eroberungszüge weiter im Süden.

Obwohl bei jener Gelegenheit starke Kräfte am Werk waren, bin ich überzeugt, daß sich Jakir sein Geschick selbst zuzuschreiben hat. Die Masse, die sich Kuschan nannte, setzte sich aus Uiguren und Hunnen, Sakas und Gaustanern, Griechen sowie Angehörigen verschiedener Turk-Stämme zusammen – lauter Völkerschaften aus dem Herzen des Erdteils, die er mit seinen überfallartigen Angriffen heimgesucht hatte. Zu einem mehr oder weniger gemeinschaftlichen Ganzen verschmolz sie das unerbittliche Vorrücken der Chinesen, das so langsam und bedächtig erfolgte wie der Bau der großen Mauern seit der Han-Dynastie. Da sich die Kuschan vor den Chinesen retten mußten, wandten sie sich gegen uns. Dieser Zusammenschluß von Stämmen und Völkern eroberte Kamardol, das sie einst alle unterworfen hatte. Zuerst plante Jakir, einen Keil zwischen sie zu treiben, um gegen jede einzelne dieser Gruppen kämpfen zu können. Doch war deren Furcht vor den Chinesen so groß, daß nichts sie aufzuspalten vermochte – sie waren für eine Einwirkung von Menschen ebenso unzugänglich wie eine Lawine, die aus dem Hochgebirge herniederdonnert. Später dann, als Jakir erkannte, daß er keine Möglichkeit hatte, dieser Großmacht Widerstand entgegenzusetzen, versuchte er mit ihr zu paktieren.

Im Gesamtzusammenhang der Geschichte war Jakirs Herrschaft lediglich eine Episode, und man mag die Auffassung vertreten, das Ende unseres Landes sei vorherbestimmt gewesen. Doch vermute ich – und damit komme ich zu der Frage, die meinen Sohn so quälte –, daß jeder Mensch sein eigenes Geschick bestimmt. Über Jakirs Ende habe ich bereits geschrieben. Der Hohepriester, der zugleich Priester jener Expedition war, erlitt sein Martyrium unter den Händen der Kuschan. Anand überlebte. Nicht nur diente er Kamardols neuen Herren, er redete ihnen auch die Absicht aus, das Volk von Kamardol zu unterjochen. Die Kuschan, die zur Verwaltung unfähig waren, begriffen, daß das Volk sie haßte, und so bestimmten sie Leute von Kamardol zu Verwaltern ihres Reiches. Sie töteten Jakirs Söhne – und sogar seine Töchter –, doch Anand, einst Jakirs Erster Minister zur Rechten, forderten sie auf, dem Volk Kamardols zu dienen, indem er seinen neuen Herrschern diente. Da sie zu dem Ergebnis gekommen waren, daß ich selbst nichts mit Jakirs späterem Königtum zu tun hatte, machten sie sogar mir, seinem Vater und Ersten Minister zur Linken, das Angebot, ich solle mein Amt als Hofchronist des Reiches wieder ausüben. Nach reiflichem Überlegen lehnte ich das ab, obwohl ich mich dem Volk Kamardols gegenüber ein wenig schuldig fühlte und es mir großen Seelenschmerz bereitete, die Gelegenheit auszuschlagen, aus intimer Kenntnis der Zusammenhänge heraus die Amtlichen Chroniken fortzuführen. Schweren Herzens tat ich, was ich als meine Pflicht ansah, und blieb in Sindhia im Exil. Dort wachte ich über das Heranwachsen meines

Enkels Harrap, den die Kuschan für tot hielten, weil Tamar am Tag, da die Stadt gefallen war, einem Edelknaben dessen Kleider angezogen hatte.

Jakir hatte meiner Überzeugung nach vor jenem Tag, da schließlich ihn sein Geschick in den Untergang riß, gefunden, was er suchte. Macht hatte er gewünscht, so wie Harrap mehr Ruhm gewollt hatte, als er sich selbst eingestand, und so wie Ranbir nichts anderes gewollt hatte als dienen. Anand und ich wollten einfach überleben.

Alle Menschen, scheint mir, streben bestimmten Zielen nach, auch wenn sie sich möglicherweise über ihre eigenen wahren Beweggründe nicht klar sind. Jeder von uns fand, was er erstrebte, erreichte das Ziel, das er sich letztlich gesetzt hatte. Wie ich schon sagte, schaffen sich die Menschen ihr eigenes Geschick, und die Götter sind fern. Ihnen kann man weder gebieten noch Sie anflehen, daß Sie bestimmte Wünsche der Menschen erfüllen. Das führt höchstens zu den geringen Auswirkungen auf die Ereignisse, die darauf zurückzuführen sind, daß die Anrufung der Götter die Seele der Menschen zu verändern vermag. Der Mensch bestimmt seine eigenen Ziele durch sein Tun – oder seine Untätigkeit. Manche finden ihr Ziel in bedeutenden Unternehmungen, wie es die Suche war, andere hingegen finden es auf einfachere Weise und ohne Umwege.

Die Geschichte ist nun berichtet. Wäre diese meine Schilderung Bestandteil der Amtlichen Chronik, würde ich sie jetzt mit der heiligen Formel schließen, die letztlich alle Fragen beantwortet: *«So geschah es durch den Willen der Götter!»* Da ich aber eine persönliche Anmerkung zur Geschichte verfaßt habe, werde ich mir zwei weitere kurze Anmerkungen gestatten. Möglicherweise erwecken sie im gedachten Leser der Zukunft ein Verstehen, das über den auf diesen Seiten behandelten Gegenstand hinausgeht. Jener Leser, der womöglich nur in meiner Vorstellung existiert, ist für mich so wirklich geworden, wie die von Leidenschaften erfüllten Männer und Frauen es waren, deren Leben und Tod ich sah.

Da alte Männer der Vergangenheit nachtrauern, ist es vielleicht nicht unpassend, daß ich es bedaure, meinen Sohn nicht vollkommen verstanden zu haben. Beständig riefen Jakirs Verhalten und Berichte in mir den Eindruck hervor, daß er überzeugt war, ich hätte sein Vorgehen grundsätzlich mißbilligt. Das allerdings ist mir völlig unverständlich, zumal seine Einschätzung nicht stimmte, auch wenn ich an seiner Stelle häufig anders gehandelt hätte und es mir weh tat zu sehen, wie er sich voll Begeisterung in große Fährnisse stürzte, die er vermieden hätte, wenn er meinem Rat gefolgt wäre. Der Grund dafür lag darin, daß er die Dinge falsch einschätzte. Doch habe ich keineswegs alles mißbilligt, was er tat, denn schließlich war er Herr seiner Entschlüsse. Vielleicht ist es ein Naturgesetz, daß zwischen Vätern und Söhnen stets diese Art von Spannung besteht: Der Vater hat den Eindruck, daß der Sohn seinen Rat in den Wind schlägt, und der Sohn spürt voll Bitterkeit, daß der Vater mißbilligt, was er tut. Jakirs Haltung allerdings war für mich stets etwas, das leichter zu ertragen war als Haß oder Gleichgültigkeit.

Auch eine andere Angelegenheit, die nicht so belanglos ist wie die erste, bereitet mir Unbehagen. In den letzten Jahren der Kuschan-Herrschaft hat das Volk von Kamardol, was durchaus natürlich ist, seine Zuflucht vor der Unterdrückung durch die Fremdherrschaft in Ausprägungen des Alten Glaubens gesucht. Sie verehren die Erdmutter-Gottheit mit allen alten und verabscheuenswerten Riten so, wie sie den Vollkommenen Hengst und den Großen Pferdekönig verehren. Hielten sie ihre Riten nicht insgeheim ab, überstiege die Zahl ihrer Menschen- und Tieropfer – und das Leiden derer, die geopfert werden – bei weitem die Zahl und das Leiden jener, die der Erdmutter-Gottheit vor langen Zeiten dargebracht wurden, als Ihr Kult des Volkes einzige Religion war. Mich bedrückt vor allem, daß damit die Vorschriften des Wahren Glaubens mißachtet werden, dem ich seit meiner Geburt beständig angehangen habe – auch, als mein Sohn seine eigene Religion ins Leben rief. Ebenso ist es beunruhigend, daß zur Verehrung Jakirs, dem die Opferung von Menschen und Haustieren stets ein Greuel war, das Blut beider vergossen wird.

Ich bin darüber hinaus, mir Sorgen um die Zukunft zu machen oder der Vergangenheit nachzutrauern.

Häufig spielt der junge Harrap, den meine Gattin und ich als unser eigenes Kind in Sindhia aufgezogen haben, vor der Tür meines Hauses. Sein größtes Vergnügen ist es, auf einem weißen Fohlen aus der Nachkommenschaft des Hengstes über grüne Felder und Wiesen zu reiten. Auf seine lauten Rufe antwortet das Fohlen mit leisem Wiehern, und gemeinsam stürmen sie durch den Morgendunst dahin. Sie dann zu sehen fällt den Augen eines alten Mannes schwer, und bisweilen überkommt mich eine sonderbare Vision, die alle meine Vernunft beiseite schiebt. Dann will es mir scheinen, als seien Junge wie Fohlen jene Dahingegangenen, die in nahezu identischer Gestalt wiedergeboren wurden, und ich muß unwillkürlich denken, daß die Götter das Leben der Menschen lenken und die Suche erneut in unbekannte Reiche führen wird, die weiter entfernt liegen und noch phantastischer sind, als es das Herz des Erdteils zur Zeit meines Sohnes Jakir und des Vollkommenen Hengstes war.

Robert S. Elegant

Robert S. Elegants große und erfolgreiche Romane erzählen von den Ränken und Feindschaften, von der Jagd nach Glück und Geld in den mächtigen Familien Chinas. **Robert S. Elegant,** der selbst lange Jahre als Korrespondent in Hongkong lebte, gewährt damit einen tiefen Einblick in die Geschichte, die politischen Geschicke und die uralte Kultur dieses riesigen und nach wie vor geheimnisvollen Reichs der Mitte.

Die Dynastie *Roman*
(rororo 5000)
In Hongkong, der brodelnden Hafenstadt am Gelben Meer, einst Tor zum rätselhaften Reich der Mitte, heute Brückenkopf des Handels zwischen Ost und West, spielt diese große, sieben Jahrzehnte umspannende Geschichte eines Familien-Clans: Liebe und Feindschaft, Reichtum und Macht und der beispiellose Aufstieg eines Handelshauses.

Mandarin *Roman*
(rororo 5760)
In der zweiten Hälfte des vergangenen Jahrhunderts erfährt der jüdische Kaufmann Saul Halevie das Ränkespiel am chinesischen Kaiserhof. Im Reich der Mitte herrscht Aufruhr, doch ändert sich wenig an den Spielregeln der Korruption: Ohne Geld geht nichts in China, mit Geld alles. Ein Roman voller unschätzbarer kulturgeschichtlicher Details und dramatischer Szenen.

Mandschu *Roman*
(rororo 5484)
Im 17. Jahrhundert gerät China in schwere Bedrängnis. Die Macht des altehrwürdigen Herrscherhauses der Ming ist ausgehöhlt durch Korruption und Intrigen. Vor den Toren der großen Städte im Norden stehen die Heere der Mandschu, und es ist nur noch eine Frage der Zeit, wann die «barbarischen Eroberer aus dem Norden», die Tataren, die Macht der Ming endgültig zerstören und die Herrschaft an sich reißen.
«... ein historisch-exotisches Kolossalgemälde.»
Hamburger Abendblatt

Sturm über Shanghai *Roman*
(rororo 13152 und als gebundene Ausgabe)

rororo Unterhaltung

Historische Romane

Dorothy Dunnett
Die Farben des Reichtums Der Aufstieg des Hauses Niccolò
Roman
(rororo 12855)
«Dieser rasante Roman aus der Renaissance ist ein kunstvoll aufgebauter, abenteuerreicher Schmöker über den Aufsteig eines armen Färberlehrlings aus Brügge zum international anerkannten Handelsherrn – einer der schönsten historischen Romane seit langem.» Brigitte

Josef Nyáry
Ich, Aras, habe erlebt... *Ein Roman aus archaischer Zeit*
(rororo 5420)
Aus historischen Tatsachen und alten Legenden erzählt dieser Roman das abenteuerliche Schicksal des Diomedes, König von Argos und Held vor Trojas Mauern.

Pauline Gedge
Pharao *Roman*
(rororo 12335)
«Das heiße Klima, der allgegenwärtige Nil und die faszinierend fremdartigen Rituale prägen die Atmosphäre diese farbenfrohen Romans der Autorin des Welterfolgs ‹Die Herrin vom Nil›.» The New York Times

Pierre Montlaur
Imhotep. Arzt der Pharaonen
Roman
(rororo 12792)
Ägypten, 2600 Jahre vor Beginn unserer Zeitrechnung. Die Zeit der Sphinx und der Pharaonen. Und die Zeit des legendären Arztes und Baumeisters Imhotep. Ein prachtvolles Zeit- und Sittengemälde der frühen Hochkultur des Niltals.

rororo Unterhaltung

T. Coraghessan Boyle
Wassermusik *Roman*
(rororo 12580)
Ein wüster, unverschämter, barocker Kultroman über die Entdeckungsreisen des Schotten Mungo Park nach Afrika um 1800. «Eine Scheherazade, in der auch schon mal ein Krokodil Harfe spielt, weil ihm nach Verspeisen des Harfinisten das Instrument in den Zähnen klemmt, oder ein ärgerlich gewordener Kumpan fein verschnürt wie ein Kapaun den Menschenfressern geschenkt wird. Eine unendliche Schnurre.» Fritz J. Raddatz in «Die Zeit»

John Hooker
Wind und Sterne *Roman*
(rororo 12725)
Der abenteuerliche Roman über den großen Seefahrer und Entdecker James Cook.

3288/1

Horizonte

Bruce Chatwin
In Patagonien *Reise in ein fernes Land*
(rororo 12836)
Bruce Chatwin hat auf einer langen Reise dieses malerisch schöne, wilde Land am Ende der Welt erkundet.

Jimmy Burns
Jenseits des silbernen Flusses
Begegnungen in Südamerika
(rororo12643)
Fünf Jahre lang lebte Jimmy Burns in Buenos Aires und bereiste Argentinien, Brasilien, Peru, Ecuador, Bolivien und Chile.
Burns war 1988 Preisträger des Somerset Maugham-Award.

Amos Elon
Jerusalem *Innenansichten einer Spiegelstadt*
(rororo 12652)

Eddy L. Harris
Mississippi Solo *Mit dem Kanu von Minnesota nach New Orleans*
(rororo 12646)

Katie Kickman
Im Tal des Zauberers *Innenansichten aus Bhutan*
(rororo 12651)
Es gibt nur noch wenige Gegenden auf der Erde, die Geheimnisse geblieben sind, und eine davon ist Bhutan. Als eine der ersten Europäerinnen gelang es Katie Hickman, das Land im Himalaya und das wilde Bergvolk der Bragpas zu besuchen.

Ursula von Kardorff
Adieu Paris *Streifzüge durch die Stadt der Bohème*
(rororo 13159)

rororo Unterhaltung

John Krich
Wo, bitte, liegt Nirwana? *Eine Reise durch Asien*
(rororo 12642)

John David Morley
Grammatik des Lächelns
Japanische Innenansichten
(rororo 12641)

Charles Nicholl
Treffpunkt Café «Fruchtpalast»
Erlebnisse in Kolumbien
(rororo 12582)
«Eines der spannendsten Reisebücher überhaupt – und brillant geschrieben!» *New York Times*
Im Goldenen Dreieck *Eine Reise in Thailand und Burma*
(rororo 13173)

Stuart Stevens
Spuren im heißen Sand
Abenteuer in Afrika
(rororo 12647)

Theodore Zeldin
«Ich liebe das Leben, und das Leben liebt mich» *Was es heißt, Franzose zu sein*
(rororo 12644)

3283/2

Romane und Erzählungen

Barbara Taylor Bradford
Bewahrt den Traum *Roman*
(rororo 12794 und als gebundene Ausgabe im Wunderlich Verlag)
Eine bewegende Familien-saga: die Erfolgsautorin erzählt mit Charme und Einfühlungsvermögen vor allem die Geschichte zweier Frauen, die sich ihren Platz in einer männlichen Welt erkämpfen.
Und greifen nach den Sternen *Roman*
(rororo 13064)
Wer Liebe sät *Roman*
(rororo 12865 und als gebundene Ausgabe im Wunderlich Verlag)

Barbara Chase-Riboud
Die Frau aus Virginia *Roman*
(rororo 5574)
Die mitreißende Liebesgeschichte des amerikanischen Präsidenten Thomas Jefferson und der schönen Mulattin Sally Hemings.

Marga Berck
Sommer in Lesmona
(rororo 1818)
Diese Briefe der Jahrhundertwende, geschrieben von einem jungen Mädchen aus reichem Hanseatenhaus, fügen sich zusammen zu einem meisterhaften Roman zum unerschöpflichen Thema erste Liebe.

Diane Pearson
Der Sommer der Barschinskys *Roman*
(rororo 12540)
Die Erfolgsautorin von «Csárdás» hat mit diesem Roman wieder eines jener seltenen Bücher geschrieben, die eigentlich keine letzte Seite haben dürften.

rororo Unterhaltung

Dorothy Dunnett
Die Farben des Reichtums
Der Aufstieg des Hauses Niccolò. Roman
656 Seiten. Gebunden im Wunderlich Verlag und als rororo 12855
«Spionagethriller, Liebesgeschichte, spannendes Lehrbuch (wie lebten die Menschen vor 500 Jahren?) - einer der schönsten historischen Romane seit langem.» *Brigitte*
Der Frühling des Widders
Die Machtentfaltung des Hauseses Niccolò. Roman
640 Seiten. Gebunden im Wunderlich Verlag
Das Spiel der Skorpione
Niccolò und der Kampf um Zypern. Roman
784 Seiten. Gebunden im Wunderlich Verlag

Marti Leimbach
Wen die Götter lieben *Roman*
272 Seiten. Gebunden im Wunderlich Verlag und als rororo 13000
Das Buch zum Film «Entscheidung aus Liebe». Die Geschichte von Hilary und Viktor.

3287/2

3298/1